GOLDMANN

Autor

Robert Shea wurde 1933 in New York geboren. Er studierte Englisch und Literaturgeschichte und arbeitete anschließend als freier Schriftsteller und Redakteur bei verschiedenen Zeitschriften. Den deutschen Lesern wurde er durch die *Illuminatus*-Trilogie bekannt, die er gemeinsam mit Robert A. Wilson schrieb. Seit seinen beiden Büchern *Zeit der Drachen* und *Der letzte Zinja,* in denen er die Welt des mittelalterlichen Japan wiederaufleben ließ, ist er ein vielgelesener Autor spannender und unterhaltender historischer Romane. Robert Shea lebt heute mit seiner Frau und einem Sohn in einem Vorort von Chicago.

Von Robert Shea ist als Goldmann-Taschenbuch außerdem erschienen:
Der letzte Zinja. *Roman* (6836)

ROBERT SHEA

DAS KREUZ UND DIE LAUTE

ROMAN

Aus dem Amerikanischen
von Uwe Neumann

GOLDMANN VERLAG

Die amerikanische Originalausgabe erschien unter dem Titel
»All Things are Lights«
bei Ballantine Books, New York

Der Roman *Das Kreuz und die Laute* erschien bereits in zwei Einzelbänden unter den Titeln *Das Kreuz und die Laute. Mont Ségur* (Goldmann-Taschenbuch 9176) und *Das Kreuz und die Laute. Jenseits des Meeres* (Goldmann-Taschenbuch 9177)

Der Goldmann Verlag
ist ein Unternehmen der Verlagsgruppe Bertelsmann

Made in Germany · 2. Auflage · 12/91
Genehmigte Taschenbuchausgabe

Umschlaggestaltung: Design Team München
Umschlagmotiv: Miniatur
Druck: Elsnerdruck, Berlin
Verlagsnummer: 11989
AK · Herstellung: Heidrun Nawrot
ISBN 3-442-11989-8

Für Yvonne

»Die wirkliche Welt, das war das,
worin ich mit dir gelebt habe.«

Erster Teil

Frankreich

1244 – 1248

I

Roland kniff die Augen zusammen und starrte durch die Dunkelheit hinauf zum Gipfel des Mont Ségur, auf dem die Festung der Katharer lag. Er stand auf einem erhöhten Wall hinter den Palisaden des kleinen hölzernen Forts der Kreuzritter und konnte trotz der Entfernung Stimmen hören und die Fackeln erkennen, die sich auf dem Festungswall der Katharer hin und her bewegten.

Die beiden Männer, die diese Nacht mit ihm Wache hatten, ein Sergeant und ein einfacher Soldat aus der Bretagne, unterhielten sich leise über die Frauen, die sie dort unten im Tal haben könnten. Sie schienen nicht zu bemerken, was da droben, in der Festung der Katharer, vor sich ging. Roland, der wußte, daß Diane dort war, konnte seinen geschärften Blick nicht von der belagerten Festung lösen.

Er wußte, daß er bald handeln mußte. Mit jedem Tag wurden die Kreuzritter stärker und die Katharer schwächer. Sollte die Festung der Katharer fallen, würden die Kreuzritter alle niedermetzeln, auch Diane.

Grinsend bot der Sergeant seinem jungen Kameraden einen Weinschlauch an. Doch der Bretone sollte ihn nie in die Hand bekommen.

Hinter den Mauern der Katharer-Festung tat es einen Schlag, der die Erde erzittern ließ, als ob die Faust eines Riesen auf den Mont Ségur geschlagen hätte. Roland kannte das Geräusch und versuchte, seine Panik zu unterdrücken, während er die Arme hob, um die beiden anderen Männer zur Leiter zu zerren. Doch es blieb ihnen keine Zeit mehr, sich nach unten in Sicherheit zu bringen. Der Schlag war durch das Gegengewicht einer Steinschleuder verursacht worden, und pfeifend näherte sich der losgeschleuderte Stein.

Ein Schatten, so groß wie ein Weinfaß, schob sich vor den Sternenhimmel. Der Stein traf die Brüstung, und die ganze Palisade wurde erschüttert. Einen Augenblick lang sah Roland das entsetzte Gesicht des Sergeanten, dann hörte er schon den Schrei, als der Mann von dem Geschoß zu Boden geschmettert wurde.

Roland und der junge Soldat klammerten sich an die Holzwand, um nicht in die Tiefe hinunterzustürzen. Rechts von ihnen hatte der Stein ein gähnendes Loch in der Palisade zurückgelassen.

In Kürze würden weitere Steine folgen, das wußte Roland, und er hatte nur den einen Wunsch, schnell die Leiter zu erreichen. Dennoch zwang er sich, in Ruhe zu beobachten, was in der Katharer-Festung geschah. Er sah, wie das Haupttor aufschwang. Der rötliche Schein der lodernden Fackeln spiegelte sich auf den Helmen und Speerspitzen als die Krieger aus dem Tor stürmten. Roland versuchte zu zählen: Es mußten mehr als hundert sein.

Sein Atem ging schneller, und sein Herz klopfte. Das war das Ablenkungsmanöver, das er brauchte.

Er rief in die Dunkelheit hinunter, und sein Schreien mischte sich mit den Rufen der erwachenden Kreuzritter im Fort. »Zu den Waffen! Zu den Waffen! Die Katharer greifen an!«

Er schob den Soldaten vor sich her, und sie kletterten schnell die Leiter hinunter. Der junge Bretone schluchzte.

»Alain. Diese Schufte haben Alain erwischt.«

»Trauert später um ihn«, sagte Roland. »Versucht jetzt erst einmal, selbst am Leben zu bleiben.«

Er zögerte am Fuß der Leiter. Der Stein hatte die Holzbalken auseinandergebrochen und unten in der Palisade klaffte ein Loch, das groß genug war, um einen Mann durchzulassen.

»Ich werde hinausgehen und versuchen, sie aufzuhalten«,

sagte Roland und zog seinen Zweihänder, der fast beinlang war, aus der Scheide. »Ihr macht dem Kommandanten Meldung!«

»Gott mit Euch, Sire«, sagte der Soldat zu ihm.

Roland lief hinaus in die Dunkelheit und war nun allein mit seiner Furcht und Erregung.

Der Boden erzitterte, als ein zweites Geschoß der Katharer irgendwo in der Festung niederging. Er hörte das Holz splittern und Schreie voller Schmerz und Entsetzen. Dann gab es wieder einen schweren Schlag, doch diesmal war es das Gegengewicht der Schleuder der Kreuzritter, und heulend flog ein schwerer Stein als Antwort auf das Geschoß der Ketzer zurück in ihre Festung. Im Fort der Kreuzritter entstand ein Getöse: Die Männer zwängten sich in ihre Kettenhemden, legten ihre Schwerter um und riefen die Namen ihrer Schutzpatrone und den Schlachtruf der Kreuzritter: »Gott will es!«

Er muß ein grausamer Gott sein, der das will, dachte Roland.

Die Katharer hatten einen felsigen Bergkamm zu überqueren, der ihre Festung auf dem höchsten Gipfel des Mont Ségur von der niedrigeren Bergspitze trennte, auf der die Kreuzritter in aller Eile ihr Belagerungsfort errichtet hatten. Vielleicht hatten ihn einige der Katharer herauskommen sehen, aber bevor sie hierhergelangen würden, konnte er sich weiter unten zwischen den Felsen am Hang verbergen. Er steckte sein Schwert in die Scheide zurück, denn er hatte nicht die Absicht, gegen die Katharer zu kämpfen. Er schnallte den Gurt ab und legte ihn so um Brust und Schultern, daß das Schwert und der Dolch auf dem Rücken herunterhingen.

Roland berührte das rote Seidenkreuz auf der linken Seite seines schwarzen Wappenrocks mit den Fingerspitzen und wünschte sehr, sich dieses verhaßte Symbol herunterreißen zu können. Aber nur dadurch, daß er sich den Kreuzrittern angeschlossen hatte, war es ihm möglich gewesen, hierherzukommen. Und in dieser Nacht würde er Diane dort herausholen, oder sterben.

Er stand in der Dunkelheit und atmete tief ein, um sich für die bevorstehende Anstrengung zu sammeln. Trotz seines Kettenhemdes und seines Helms fühlte er sich verwundbar, Angst überkam ihn.

Geduckt schlich er weiter. Der Hang war steil; ein einziger Fehltritt, und er würde tief unten auf den Felsen zerschmettert liegenbleiben. Vorsichtig und bedachtsam kletterte er über große Felsbrocken, bis er einen schmalen Felsvorsprung etwa neun Meter unterhalb des Gipfels erreichte. Er ging hinter einer Reihe verkohlter Hütten in Deckung, in denen die Katharer gewohnt hatten, bevor die Belagerung begannn. Überall auf diesem Berg roch es nach verbranntem Holz. Als er den Weg zum Gipfel erreichte, hörte er deutliche Rufe im Languedoc-Dialekt. Die Katharer ließen ihren Schlachtruf erschallen. Sie mußten das Kreuzritter-Fort erreicht haben. Wie schön, wenn es ihnen gelänge, die Kreuzritter zu vertreiben!

Die scharfkantigen Felsen bohrten sich durch die dünnen Ledersohlen in Rolands Füße. Er hatte so wenig Panzerung wie möglich angelegt, aber das Umherklettern in den Felswänden der Pyrenäen in dem fünfzig Pfund schweren Kettenhemd ermüdete ihn schon genug. Sein bester Schutz, so hoffte er, war sein schwarzer Umhang, der seine Bewegungen vor den Augen beider Seiten verbergen würde.

Die Schlachtrufe der Kreuzritter aus dem Norden und der Katharer aus dem Languedoc hatten sich jetzt so vermischt, daß Roland sie nicht mehr unterscheiden konnte. Schwerter krachten auf Schilde aus Holz und dröhnten auf metallenen Helmen. Schreie gellten durch die Nacht, und manche verloren sich in der dunklen Tiefe, wenn die Männer vom Gipfel hinab in den grausigen Tod stürzten.

Doch als Roland die Nordseite erreichte, nahm der Lärm der Schlacht ab. Die Kalksteinwände der Festung, die sich wie ein Schiffsrumpf über ihm erhoben, leuchteten schwach unter dem Sternenhimmel. Wie die Arche auf dem Berg Ararat, dachte er. Nur daß diese Arche diejenigen nicht retten konnte, die in ihr Zuflucht gesucht hatten. Riesig und schwarz zeichnete sich gegen den bleichen Hintergrund der Mauer ein vorspringender Fels ab. Rolands Vater, der vor Jahren einmal hiergewesen war, hatte ihm geschrieben: »Ein großer Stein endet nur drei Meter unterhalb der Brüstung, und ein geschickter Mann kann von dort aus auf die Mauer gelangen. Du solltest es schaffen, wenn der Wein und die Frauen Frankreichs deinen Körper nicht vorzeitig ruiniert haben.«

In der jahrhundertealten Mauer bemerkte Roland Risse und Spalten, in denen man sich mit Fingern und Zehen würde festklammern können, doch es würde eine gefährliche Kletterpartie werden. Er nahm Anlauf und zog sich auf den vorspringenden Felsen. Als er oben angekommen war, sprang er an der Wand hoch und versuchte mit den Händen eine Kante zu finden, die ihm Halt bot. Dann tastete er mit der rechten Fußspitze so lange umher, bis er sie in eine Spalte zwischen den Steinen zwängen konnte. Vielleicht konnte er sich jetzt weiter nach oben drücken. Seine Glieder schmerzten, weil er sich an die Wand pressen mußte, aber er konnte sich langsam weiter nach oben schieben. Er wagte nicht, über die Schulter zu blicken. Hinter ihm und unter ihm gab es nichts als die schwarze, gähnende Leere. Rechte Hand – rechter Fuß, linke Hand – linker Fuß, so schob er sich langsam nach oben, bis seine Handflächen endlich den ersehnten Mauersims berührten. Er atmete auf und hatte nicht einmal bemerkt, daß er die Luft bis dahin angehalten hatte. Er zog sich noch ein Stück weiter nach oben, stützte beide Arme auf, stemmte sich hoch und legte sich oben flach auf die Mauer.

Jetzt konnte er einen Blick in den Abgrund wagen. Hunderte von Lichtern blinkten wie Sterne im Hauptlager der Kreuzritter am Fuß des Berges. Die leuchtenden Punkte tanzten vor seinen Augen, und ein Schwindelgefühl überkam ihn. Sein Herz hämmerte wild, und er krallte sich so heftig in das Mauerwerk, daß seine Fingernägel brachen. Er brauchte seine ganze verbliebene Kraft, um sich wieder zu erheben. Jetzt machte er keine Anstrengung mehr, sich zu verbergen.

Sofort hörte er einen schrillen Alarmruf aus der Dunkelheit

innerhalb der Mauern. Es war die Stimme einer Frau. Nur vage konnte er eine hölzerne Plattform etwa eineinhalb Meter unter sich erkennen und sprang hinunter. Als sich drei dunkle Gestalten näherten, hob er langsam die leeren Hände.

»Ich bin ein einzelner Mann, das Heer der Kreuzritter ist dort unten«, rief er. »Ich komme in Freundschaft.«

Er hörte das Murmeln von Frauenstimmen und starrte angestrengt in die Finsternis. Aber das einzige Licht war ein schwacher Strahl, der aus dem Mauerriß eines steinernen Hauses in einiger Entfernung das Dunkel durchbrach. Der Wind hatte gedreht und wehte einen bestialischen Gestank zu ihm herüber, der ihm fast den Atem nahm. Was müssen diese Menschen gelitten haben, dachte Roland von Mitleid überwältigt, obwohl ihm von dem Geruch fast übel wurde. Weil sie schon seit über einem Jahr belagert wurden, konnten die Katharer kein Wasser zum Waschen verschwenden.

»Darf ich herunterkommen?« schrie Roland den versammelten Gestalten zu, die er in der Dunkelheit nur undeutlich ausmachen konnte.

»Werft Eure Waffen zu uns herunter. Dann werden wir Euch auf jeden Fall etwas länger am Leben lassen«, rief eine Frauenstimme.

Roland schnallte die schweren Waffen ab und ließ sie seitlich von der Plattform gleiten. Eine schlanke Gestalt trat aus dem Schatten hervor und ergriff die Scheide des Langschwertes. Roland fand eine Leiter und kletterte vorsichtig hinunter, bis seine Füße die flachen Pflastersteine berührten. Er stand mit dem Rücken zur Wand und blickte auf eine Reihe von niedrigen Holzbauten, die nur wenige Meter entfernt waren.

Drei hagere Frauen umstellten ihn. Zwei von ihnen hielten die Spitzen ihrer Speere direkt vor sein Gesicht. Eine andere Frau zielte mit einer Armbrust auf ihn. Eine Bewegung ihres Fingers genügte, und der Pfeil würde ihn durchbohren, als ob sein Kettenhemd aus Baumwolle wäre. Er war hier in größerer Gefahr als vorher in der Bergwand.

Doch er verhielt sich ganz ruhig und blickte die Frauen an. Sie sahen alt aus, vermutlich viel älter, als sie wirklich waren. In ihren Augen stand blanker Haß.

Die Frau mit der Armbrust sprach. »Warum kämpft Ihr nicht da draußen an der Seite unserer Männer, wenn Ihr ein Freund seid? Warum tragt Ihr das Zeichen der Kreuzritter?« zischte sie.

»Es ist jemand hier, den ich retten will.«

»Retten? Unsinn«, sagte eine andere Frau verächtlich. »Wir werden bald sterben. Die Hoffnung auf Hilfe haben wir bereits vor Monaten aufgegeben. Der Tod ist unsere Rettung – unsere Erlösung von der Macht des Bösen.«

»Trotzdem will ich es versuchen.« Innerlich machte er sich Vorwürfe. Hatte er etwa erwartet, daß sie ihn wie einen Helden empfangen würden? Er hätte ihre Gefühle voraussehen müssen.

»Lügner!« fauchte die zweite Frau. »Spitzel!« Ihre Speerspitze berührte fast sein rechtes Auge. Er mußte seine ganze Willenskraft aufbieten, um nicht zurückzuweichen. Sollten all seine Anstrengungen, Diane zu finden, hier enden?

»Woher sollen wir wissen, daß Ihr die Wahrheit sagt?« fragte die Frau mit der Armbrust.

»Die Antwort findet Ihr in Euerm Inneren«, sagte Roland mit ruhiger Stimme, obwohl er innerlich in Aufruhr war. »Alles, was ist, ist Licht. Das Licht leuchtet in jedem Mann und in jeder Frau.«

Er bemerkte, daß sich die Speerspitzen ein wenig senkten. Er war Diane sehr dankbar dafür, daß sie ihm vor langer Zeit diese Sätze beigebracht hatte.

»Der Teufel selbst kann diese heiligen Worte sagen«, erklärte die erste Frau. »Was wißt Ihr von der wahren Bedeutung der Worte, die Ihr gebraucht habt?«

Roland zuckte mit den Achseln. »Ich weiß, daß sie einen der fundamentalsten Grundsätze eures Glaubens ausdrücken.«

»Dann ist es also nicht Euer Glaube?« fragte die Frau. »Ihr seid keiner von uns?«

»Wenn ich ein Lügner und Spitzel wäre, wie Ihr es glaubt,

würde ich sagen, ich sei einer von Euch. Aber da ich ein aufrichtiger Mann und ein Freund bin, sage ich ehrlich, daß ich als Katholik erzogen wurde. Ich bin Roland de Vency, und wurde hier im Languedoc geboren. Vielleicht habt Ihr von meinem Vater, Arnaud de Vency, gehört.«

»De Vency? Sire Arnaud? Ich erinnere mich an ihn. Ein Katholik, aber ein genauso unerbittlicher Kämpfer gegen die Kreuzritter wie jeder unserer eigenen Männer.« Die Frau ließ die Armbrust sinken.

Roland atmete vor Erleichterung auf. »Mein Vater liebte das Languedoc«, erklärte er. »Und ich tue es auch. Die Kreuzritter sind auch unsere Feinde. Und ich bin hierhergekommen, weil die Frau, die ich liebe, unter euch ist.«

»Bringen wir ihn zu den Vollkommenen, Corba«, sagte die zweite Frau. »Sie sollen entscheiden. Aber wenn Ihr auch nur eine einzige falsche Bewegung macht, Sire, werden wir Euch aufspießen.«

Sie gingen in eine Gasse zwischen den dunklen Holzgebäuden. An dem unerträglichen Gestank und der gespenstischen Stille erkannte Roland, daß hinter den verschlossenen Türen Menschen lauschten und warteten.

Er konnte keine Wachen am Eingang zu dem Festungsturm erkennen. Zweifellos hatte sich jeder verfügbare Mann dem Angriff auf die Kreuzritter angeschlossen. Rolands Bewacherinnen stellten ihre Waffen neben einer hohen, zweiflügeligen Eingangstür ab und öffneten sie. Als er eintrat, war er geblendet, obwohl nur einige Kerzen den Raum erhellten, denn seine Augen hatten sich an die Dunkelheit gewöhnt. Er wußte, daß der Festungsturm von Mont Ségur eine der heiligen Stätten der Katharer war. Doch als er sich jetzt in dem riesigen Raum umschaute, stellte er verwundert fest, daß es außer den weißen Kerzen in den schwarzen schmiedeeisernen Kerzenhaltern keinerlei Zierat gab. Als religiöse Stätte erschien ihm der Ort merkwürdig kahl. Er kannte nur Kirchen voll prächtig bemalter Wände und Statuen. Doch diese Schlichtheit strahlte Bescheidenheit und Frieden aus.

In dem Raum waren unzählige Männer und Frauen versammelt, die mit gesenkten Köpfen dastanden. Einige beteten laut, andere waren ganz still. Alle waren barhäuptig und trugen schwarze Roben. Roland hatte schon öfter einige der Vollkommenen gesehen, aber niemals so viele von ihnen an einem Ort. Obwohl seine Eltern Katholiken waren, hatten sie ihn gelehrt, diese Gläubigen einer anderen Religion wegen ihres Heldentums und ihres tugendhaften Lebens fast als Engel und Heilige zu betrachten. Es war ein überwältigender Eindruck, so viele dieser guten Männer und Frauen beisammen zu sehen.

Und obwohl der Raum voller Menschen war, schien hier der unangenehme Geruch von ungewaschenen Körpern nicht mehr vorhanden zu sein. Roland zweifelte nicht daran, daß auch die Vollkommenen die Entbehrungen aller anderen in dieser Festung teilten, aber ihre Bedürfnislosigkeit schien ihr Fleisch gereinigt zu haben.

Hinten, am anderen Ende des Raumes, sah Roland einen uralten, weißhaarigen Mann auf einem einfachen hölzernen Stuhl sitzen, der auf einem Steinsockel stand. Roland wußte, daß es der geistige Führer der Sekte, der Bischof Bertrand le Marti sein mußte, der manchmal auch als Papst der Katharer bezeichnet wurde.

Hier drinnen wird Diane wohl nicht sein, dachte Roland. Vermutlich war sie eher mit den anderen Glaubensbrüdern und -schwestern, die das heilige Gelübde nicht abgelegt hatten und sich um die Verteidigung der Festung kümmerten, dort draußen in den Holzbauten. Roland wußte, daß die Vollkommenen niemals Waffen trugen.

Ein junger Mann kam herüber, und seine schwarze Robe schlotterte um seinen Körper, der schmal wie eine Lanze zu sein schien. Die Frau namens Corba berichtete ihm, daß Roland über die Mauer geklettert sei. Der Vollkommene starrte auf das Kreuz auf Rolands Brust.

Roland spürte das Mißtrauen. »Ich bitte Euch um Verzeihung, aber ich mußte das hier tragen, um bis zu Euch vorzudringen.«

Er griff mit einer Hand an das rote Seidenkreuz und riß es ab. Das Geräusch des reißenden Stoffes in der Stille des Raumes ließ viele Köpfe zu ihm aufschauen. Roland warf die Seidenfetzen auf den Boden und trat mit den Füßen darauf.

»Wer ist das?« fragte Bischof Bertrand mit leiser, aber deutlicher Stimme. »Bringt er Neuigkeiten?«

Bevor ihn jemand daran hindern konnte, durchquerte Roland den Raum und kniete zu Füßen des Bischofs nieder. Er ergriff die Hand des alten Mannes. Sie war schmal und zart wie der Flügel eines Vogels, und Rolands kräftige Finger hielten sie vorsichtig, als er mit seinen Lippen den Handrücken berührte. In seiner Jugend hatte Roland schon viel über Bischof Bertrand reden gehört, besonders eine Geschichte, derzufolge er vor vielen Jahren in einem Streitgespräch mit einem berühmten katholischen Prediger, dem Pater Dominikus, den Sieg errungen hatte. Der Bischof mußte jetzt über neunzig Jahre alt sein. Sein Gesicht war knochig und von weißen Haarsträhnen umrahmt. Die dunkelbraunen Augen schienen von innen heraus zu leuchten.

»Ich wünschte, Ihr hättet das Kreuz nicht mit Füßen getreten, junger Mann«, sagte der Bischof mit einer Stimme wie raschelndes Pergament. »Es war unser größter Fehler, die Religion unserer Gegner zu mißachten. Eine starke Kirche darf nicht auf Haß gegründet sein. Wer bist du, mein Sohn?«

»Ich bin Roland de Vency, Hochwürden, ein Troubadour und Ritter. Ich war ein Geächteter, war lange aus diesem Land verbannt. Als meine Eltern, meine Schwester und ich flohen, wurde ein Kopfgeld auf uns ausgesetzt. Doch nun bin ich ins Languedoc zurückgekehrt.«

Der Bischof sah Roland durchdringend an. »Du bist dunkel und hast ein romanisches Gesicht wie unsere Leute hier im Süden. Aber du bist auch groß und blauäugig wie die Menschen aus dem Norden. Ich sehe in dir eine Vermischung, eine Vereinigung von Nord und Süd, von Franken und Gallien. Eine schmerzvolle Verbindung, zumal unser Land gerade von einem Krieg zwischen Nord- und Südfranzosen erschüttert wird. Du bist ein trauriger Mann – als Troubadour trägst du düstere Farben. Du hast Schwierigkeiten, mit dir zurechtzukommen, mein Sohn. Du weißt nicht, wer du bist.«

Bei der Erinnerung an das schmachvolle Geheimnis seiner Geburt, fühlte Roland einen Stich in seiner Brust. Und er spürte auch seine Scheu vor der Kraft dieses Geistes.

»Ohne Zweifel hat man dich nach dem berühmten Helden Roland benannt, von dem uns das Rolandslied berichtet, daß er hier in diesen Bergen im Kampf gegen die Sarazenen fiel«, fuhr der Bischof fort. »Und wahrscheinlich hat dich dieser Name zu gefährlichen Abenteuern verleitet. Warum bist du hierhergekommen, Roland de Vency?«

»Hochwürden, ich suche die Frau, die ich liebe; Diane de Combret.«

Ein aufgeregtes Murmeln erhob sich hinter Roland, und die Augen des Bischofs weiteten sich vor Erstaunen.

»Diane gehört Eurem Glauben an, ich weiß, und ich wurde als Katholik erzogen. Aber bevor ich in die Verbannung ging, haben wir uns geliebt und waren einander versprochen. Der Krieg hat uns getrennt. Ich nahm einen neuen Namen an und kam zurück, um nach ihr zu suchen. Aber sie schien wie vom Erdboden verschwunden. Dann erfuhr ich, daß sie hier ist, und schloß mich zum Schein den Kreuzrittern an. Ich begab mich in das Lager meiner Feinde, um sie vor ihnen zu retten.« Er breitete seine Arme weit aus. »Wenn ich alle hier retten könnte, würde ich es tun. Aber ich bin nur ein einzelner Ritter. Wenn all die tapferen Krieger, die diesen Ort verteidigen, den Feind nicht besiegen können – kann ich es? Aber das Leben dieser Frau, das für mich wertvoller ist als alle anderen, kann ich vielleicht retten.«

Bischof Bertrand blickte ihn freundlich und traurig zugleich an. »Diane? Sie ist hier, mein Sohn. Sie hat jedes deiner edlen Worte gehört.«

Roland spürte, wie er zu zittern begann. Diane war hier in diesem Raum! Unsicher erhob er sich von den Knien und wandte sich um.

Da stand sie vor ihm: groß, blaß, in einem langen schwarzen Gewand. Das Licht der Kerzen schien plötzlich heller zu werden. Die leichte Röte ihrer Wangen, ihr langes glänzendes Haar, ihre großen Augen – Diane war da, und alles erstrahlte in neuen Farben.

»Roland, Roland«, flüsterte sie. »Wie bist du hierhergekommen? O Roland, ich bin so glücklich, dich wiederzusehen.«

Der Klang ihrer Stimme war für ihn wie ein wunderschönes Lied, gespielt auf einer wohlklingenden Leier. Er konnte nichts sagen. Er war wie betäubt und doch bei klarerem Bewußtsein als je zuvor.

Diane weinte, Tränen strömten über ihre Wangen. Sie streckte ihm ihre Hände entgegen, um ihn an sich zu ziehen.

Dann wurde ihr bewußt, was sie tat. Mit sichtlicher Anstrengung ließ sie ihre Arme wieder sinken und trat zurück. Ihre Augen waren immer noch auf ihn gerichtet, doch der Blick war jetzt voller Schmerz.

Er fiel vor ihr auf die Knie. »Diane, ich liebe dich.« Es kümmerte ihn nicht, daß die Vollkommenen ihn anstarrten.

Sie schüttelte den Kopf. »Du darfst nicht mehr so zu mir sprechen.«

Verzweifelt sank er in sich zusammen. Sein Verstand sagte ihm, daß es stimmte, was er tief in seinem Herzen aufgrund ihrer Anwesenheit hier schon geahnt hatte. Sie hatte das Consolamentum empfangen. Sie war eine Vollkommene geworden, und die menschliche Liebe war ihr von nun an versagt. Sein Herz wurde schwer wie Blei. Der Schmerz breitete sich von diesem Zentrum der Verzweiflung aus und erfüllte seinen ganzen Körper.

Er erhob sich. »Die Steinschleuder deiner Leute hat mich erst vor kurzem verfehlt. Ich wünschte, sie hätte getroffen.«

»O Roland, wenn ich doch nur meine Seligkeit mit dir teilen könnte«, sagte sie sanft. »Kein Mann hätte es je vermocht, mich dir zu entreißen. Jeden Tag habe ich deine Stimme in meinem Herzen singen hören. Aber selbst deine Lieder konnten gegen den Wohlklang von Gottes Musik nicht bestehen.«

Diane trug keinen Schmuck. Aber ihr langes, rotgoldenes Haar, das ihr in Wellen über die Schultern fiel, war viel prächtiger als alle Juwelen. Ihre Augen waren weder braun noch blau, eher eine Mischung, ein katzenhaftes Grün. Ihre Gesichtszüge waren immer sehr zart gewesen, aber das monatelange Fasten hatte Schatten auf ihre Wangen gelegt, die sie den Engeln in den Kathedralen gleichen ließen.

»Ich muß deine Entscheidung anerkennen, Diane«, sagte er. »Aber wenn du nicht als meine Geliebte mit mir kommen kannst, dann folge mir als Vollkommene. Ich kann dich durch die Linien der Kreuzritter schmuggeln. Bitte, laß mich dein Leben retten!«

Noch bevor Diane antworten konnte, flog die Tür krachend auf. Er hörte das Schreien und Jammern von Frauen. In der Ferne hallten die Rufe der Männer im Schlachtgetümmel. Der Steinboden unter Rolands Füßen erzitterte, und er spürte, wie unter der Wucht der Steine Mauern und Wände barsten.

Eine Gruppe von Frauen taumelte herein. Sie trugen einen Verwundeten, der in einen blauen Umhang gehüllt war. Roland trat beiseite, als die Frauen ihre Last vorsichtig vor dem Bischof ablegten. Als der Umhang zur Seite fiel, erkannte Roland, daß ein Schwerthieb die Schulter des Mannes getroffen hatte. Sein Arm hing nur noch an einigen Sehnen. Die Frauen versuchten, die Blutung zu stillen, indem sie Tücher auf die Wunde preßten.

»Euer Heiligkeit«, röchelte der sterbende junge Mann, »ich bitte um das Consolamentum.«

»Du wirst gerettet werden und in das Einzige Licht eingehen, Renald, mein Sohn.« Erstaunlich gewandt erhob sich der Bischof von seinem Stuhl und kniete nieder. Er legte seine Hand auf die Stirn des Sterbenden und flüsterte einige Worte.

Roland war von der Einfachheit dieses Rituals ergriffen. Doch mit diesem Sakrament war ihm auch Diane genommen worden, dachte er dann bitter.

»Renald de Lantar«, flüsterte Diane zu Roland. »Einer unserer Besten.«

Roland empfand Mitleid mit dem Sterbenden. Das könnte auch ich sein. Und gerade jetzt könnte ich den Platz dieses Mannes einnehmen. Ich kann diese Leute in ihrem Kampf unterstützen. Und ich könnte mit Freuden viele der Kreuzritter töten. Aber ich würde Besseres vollbringen, wenn ich diese eine Frau retten könnte.

Als der Bischof aufhörte zu sprechen, brachte Renald de Lantar unter Schmerzen hervor: »Es ist vorbei, Hochwürden. Wir haben es wieder nicht geschafft. Bernard Roainh und Peire Ferrier... tot. Unsere Männer... viele sind gefallen... abgestürzt, als wir auf dem Rückzug waren. Zu viele Kreuzritter... zu stark.« Er schloß die Augen.

Eine der Frauen legte ihre Hand auf sein Herz. Weinend erhoben sich die Frauen, die ihn gebracht hatten, und trugen den Leichnam fort.

Bischof Bertrand wandte sich mit einem Seufzer an Diane. »Willst du mit Sire Roland gehen, mein Kind? Ich fürchte, dies sind die letzten Augenblicke unserer Freiheit.«

»Nein, Euer Heiligkeit«, sagte Diane entschlossen.

Verzweiflung ergriff Roland.

»Bitte, Hochwürden«, fuhr sie fort, »wie kann ich diesen Ort verlassen, um mich in Sicherheit zu bringen, während meine Brüder sterben? Es käme mir vor, als würde ich die schwerste aller Sünden begehen.«

»Wie kann es eine Sünde sein, leben zu wollen?« beharrte Roland.

»Für uns ist der Tod der Sieg«, sagte Diane und ihre grünen Augen leuchteten. »Und wenn das Leben irgendeines Menschen gerettet werden soll, dann gibt es wertvollere als meines. Deine Idee, mich durch die Reihen der Kreuzritter hier herauszuholen, ist nichts als das Hirngespinst eines leichtsinnigen Troubadours.« Diane wandte sich ab. Die Tür zum Turm wurde abermals geöffnet, und Roland stand allein da, voller Scham und Zorn.

Noch mehr Verwundete wurden hereingebracht und nebeneinander auf den Boden gelegt. Langsam und liebevoll gingen die schwarzgekleideten Vollkommenen mit Diane in ihrer Mitte durch die Reihen der verletzten Männer. Bischof Bertrand folgte ihnen langsam und erteilte Anweisungen. »Behandelt diese Wunde«, sagte er. »Dieser Mann wird in einiger Zeit wieder gesunden.« Anderen, die im Sterben lagen, erteilte er das Consolamentum und ging weiter. Jeder Vollkommene hätte das Sakrament geben können, doch Roland spürte, daß es für die Sterbenden eine besondere Freude war, es aus der Hand ihres Bischofs zu empfangen.

Roland überlegte dumpf, während er beobachtete, wie Diane die Verwundeten versorgte. Er war den ganzen Weg aus Paris hierhergekommen, hatte sein Leben wieder und wieder für sie aufs Spiel gesetzt, hatte ihretwegen alle anderen Frauen aufgegeben – einschließlich der schönen Comtesse Nicolette. Wie konnte sie seine Bemühungen verspotten? Wie konnte sie seinen Vorschlag zurückweisen? Nur, weil ihn sich ein Troubadour ausgedacht hatte? Ja, er war ein Troubadour, ein Liedermacher, und er war stolz auf seine Kunst. Einst hatte sie seine Lieder geliebt.

Wie alt war er gewesen, als Peire Cardenal ins Château Combret gekommen war?

Es war im August desselben Jahres gewesen, in dem König Ludwig VIII. starb und Ludwig IX. zum König gekrönt wurde. Also war es 1226 gewesen. Vor achtzehn Jahren, als er zehn war – zwei Jahre jünger als der neue König. Auf der Flucht vor den Kreuzrittern, die ins Languedoc eingefallen waren, fand Rolands Familie viele Monate lang Zuflucht bei den de Combrets, einer wohlhabenden Katharer-Familie. Ihr Schloß lag in der Provence, östlich des Languedoc, und der Kreuzzug und die Verfolgung waren noch nicht bis hierher vorgedrungen. An den Tischen im großen Saal waren meist zwanzig und mehr Personen zusammengekommen: Die Combrets, die Vencys und Gefolgsleute und Adlige aus der näheren Umgebung. Dutzende von Kerzen erhellten den Raum zu solchen Anlässen.

Diane saß normalerweise neben Rolands Schwester Fiorela, aber an diesem Abend hatte sie sich aus irgendeinem Grund auf den Platz neben Roland gesetzt. Er hatte ein seltsames Prickeln in seinem Körper gespürt. Zum Teil war es wohl die Erwartung auf die Lieder des großen Troubadours Cardenal. Aber Roland wußte, daß diese merkwürdigen Gefühle auch mit dem zierlichen, erst neunjährigen Mädchen an seiner Seite zu tun hatten, deren Haar so rot leuchtete, als würde es brennen.

»Wirst du Peire Cardenal etwas vorsingen?« fragte sie ihn.

Ihm war, als hätte ihn der Stein aus einer Schleuder getroffen.

»Warum sollte der größte Troubadour dieses Landes mich hören wollen?« Rolands schmale Gestalt sank hinter dem Tisch zusammen. »Ich bin schon froh, ihm zuhören zu dürfen.« Guacelm, der Spielmann der Combrets, der Roland das Lautenspiel beigebracht und auch versprochen hatte, ihn noch den Umgang mit der Leier zu lehren, hatte ihm gesagt, seine Begabung sei ein Geschenk Gottes. Aber was wußte Guacelm schon davon? Er war nur ein Spielmann und kein Troubadour.

Roland war voller Eifer in der Arbeit mit Guacelm, aber selbst seinem Lehrer gegenüber würde er niemals zugeben, daß er manchmal, wenn er allein in den Bergen für Steine und Bäume sang, davon träumte, ein Troubadour zu sein. Er sah sich selbst den Worten und Versen befehlen wie ein König seinen Gefolgsleuten und die Seigneurs und ihre Damen mit der Macht seiner Stimme in seinen Bann zwingen. Mit der Geschicklichkeit seiner Finger wollte er Laute und Leier die kunstvollsten Töne entlokken. Manchmal vergaß er, daß er der Sohn eines verfolgten Geächteten war, und stellte sich vor, überall gern gesehen und geachtet zu sein.

»Ich finde dein Spiel wundervoll.« Dianes grüne Augen blickten ihn an. Er liebte Diane ebensosehr wie Fiorela. Sie war für ihn wie eine zweite Schwester, eine Schwester, deren zerbrechliche Schönheit Beschützergefühle in ihm auslöste. Aber da war noch mehr. Wenn er Diane ansah, verstand er, warum Männer Ritter sein wollten.

Seine Schwester würde heranwachsen, heiraten und fortgehen. Von Diane würde er sich nie trennen.

Nachdem Brot und Fleisch verzehrt waren, trugen die Diener silberne Schalen herein, in denen sich alle nach dem Mahl die Hände waschen konnten.

Der Hausherr, Etienne de Combret, bat Peire Cardenal, der zu seiner Rechten am Tisch saß, ihnen die Ehre zu erweisen, eines seiner Lieder zu singen.

Cardenal nahm seinen Platz in der Mitte des Saales ein. Er war ein untersetzter Mann mit eisgrauem Haar und einer zerschundenen Nase, die sein zerfurchtes Gesicht beherrschte. Er gab ein Zeichen, Guacelm trat vor, setzte sich und nahm die Leier zwischen seine Knie. Im Raum wurde es still, und Cardenal sang ein Klagelied von einer Dame, die jung gestorben war. Die süßen Töne seiner Stimme erhoben sich über Guacelms Begleitmusik, und als das Lied schließlich geendet hatte, blickte Roland kurz zu Diane hinüber und sah, daß sie Tränen in den Augen hatte.

Der Beifall war heftig, aber Cardenal lächelte und räusperte sich. »Im Laufe des Abends werde ich lustiger«, sagte er, und alle lachten.

Und das wurde er. Er sang erst Lieder von Heldentaten in Schlachten und dann auch komische Lieder. Ein Diener stellte einen juwelenbesetzten Silberkelch in seine Reichweite und sorgte dafür, daß er ständig gefüllt blieb. Cardenal nahm nach jedem Lied einen kräftigen Zug. Er begann scherzhafte Verse über die aktuellen Geschehnisse zu singen – über das Gerücht, daß die verwitwete Königin – die Mutter des jetzigen Königs von Frankreich – sich den Comte de Champagne als Liebhaber genommen hatte. Vom Papst, der drohte, Friedrich, den Kaiser des Heiligen Römischen Reiches zu exkommunizieren, weil er es unterlassen hatte, einen Kreuzzug ins Heilige Land zu führen. Er sang eine Weise gemeinsam mit Guacelm, eine Art Zwiegesang darüber, ob ein Mann zwei Frauen zur gleichen Zeit wirklich lieben kann. Cardenal übernahm dabei den Part des Befürworters, und der Beifall der Gäste erklärte ihn zum eindeutigen Sieger. Obwohl er

Cardenal sehr bewunderte, spendete Roland keiner Seite Beifall, denn er war sicher, daß ein Mann nur eine einzige Frau ehrlich lieben konnte. Er wußte, daß sein eigener Vater niemals eine andere Frau als seine Mutter geliebt hatte.

Der Wein beeinträchtigte Cardenals Gesang in keiner Weise. Wenn er überhaupt eine Wirkung zeigte, dann höchstens die, daß sein Bariton noch wohlklingender wurde. Er sang ein Duett mit Dianes Mutter, Madame Maretta, die selbst Gedichte schrieb und Roland die Grundlage von Reim und Versmaß beigebracht hatte.

Dann sang Cardenal Liebeslieder, von denen Roland annahm, daß er sie selbst geschrieben hatte. Er sang von der ewigen Liebe, von der Liebe, die sich den Gesetzen der Menschen und selbst Gottes Geboten widersetzte, von Liebe, die Männer und Frauen wie ein Feuer verzehrte, und von der Liebe, deren Licht blind machte.

Roland wurde sich auf einmal gewahr, daß er Dianes zarte Hand schon eine Weile fest umschlossen hielt.

Als Cardenal sein letztes Lied gesungen hatte, war der Beifall nur deswegen etwas schwächer als vorher, weil alle so tief ergriffen waren. Roland fühlte sich kraftlos und erschöpft. Seine Hand, die immer noch Dianes Rechte hielt, zitterte. Widerwillig ließ er sie los, weil er fürchtete, daß jemand ihn sehen und sich darüber lustigmachen könnte.

Nach einem Augenblick des Schweigens schob Etienne de Combret den juwelenbesetzten Kelch über den Tisch zu Cardenal.

»Trinkt heute abend daraus und behaltet ihn für immer, Maître Peire. Ein armseliges Ding im Vergleich zu Eurer Musik. Aber ein Zeichen des Dankes für einen der schönsten Abende meines Lebens.«

Cardenal verbeugte sich. »Ein großzügiges Geschenk, Monseigneur.«

Welche Kraft er hat, dachte Roland. Cardenal hatte stundenlang gesungen, und alle wünschten nichts sehnlicher, als daß er die ganze Nacht weitersänge. Ich könnte die Menschen niemals so fesseln. Es ist vermessen von mir, mich mit der Musik zu befassen.

Die Gäste kamen in Bewegung. Etienne de Combret, Arnaud de Vency und Cardenal standen am Tisch und unterhielten sich. Guacelm, der Spielmann, gesellte sich zu ihnen.

Doch dann sah Roland, daß Guacelm über den Tisch hinweg auf ihn deutete. Panik stieg in ihm auf, und er wollte aus dem Saal laufen.

Sein Vater gab ihm mit einem Lächeln auf seinem dunklen Gesicht ein Zeichen. Roland saß wie angewurzelt da.

»Geh, Roland«, flüsterte Diane, »du mußt gehen!«

Mit langsamen Schritten ging er auf die Männer zu. Peire Cardenal blickte ihn scharf an.

»Man sagte mir, daß du das Singen und Musizieren lernst, mein Junge. Bist du denn gut darin?«

»Mittelmäßig, Monseigneur«, sagte Roland mit leiser Stimme.

»Nenn mich nicht Monseigneur, Junge«, grollte Cardenal. »Ich bin der Sohn eines Bäckers, mehr nicht. Was an mir respektiert wird, ist das und das.« Mit seiner Hand berührte er seine Stirn und seine Kehle.

»Ich finde das ist mehr wert als eine vornehme Herkunft«, sagte Arnaud de Vency. Roland war so verlegen, daß er seinen Vater nicht ansehen konnte.

»Zu viele unserer guten Troubadoure haben ihr Leben eingesetzt – und es verloren – im Kampf gegen die sogenannten Ritter des Kreuzes, die das Languedoc überfallen haben. Es gibt nur noch zwei oder drei, die diese Kunst beherrschen. Wir brauchen neues Blut. Also, laß hören, was du kannst, Junge!«

Rolands Mutter trat zu der Gruppe. »Roland, sing eines deiner eigenen Lieder. Das über die Pinien.«

Roland hätte in diesem Augenblick lieber einer Horde von fränkischen Kreuzrittern mit gezückten Schwertern gegenübergestanden.

Sire Etienne bat um Ruhe, und alle setzten sich, um zu lauschen. Guacelm drückte Roland die Laute und ein Plektron in die Hand, und sein Vater gab ihm einen sanften Schubs, damit er in die Mitte des Saales ging. Er mußte um den Tisch herumgehen und kam an Diane vorbei.

Sie hielt seinen Arm fest und flüsterte. »Du wirst wundervoll sein!«

Halb benommen ging er in die Mitte der Halle und stand mit erhobenem Haupt da, denn er erinnerte sich, wie Cardenal vor wenigen Augenblicken dort gestanden hatte. Er betete, daß er sich an alle Worte erinnern würde. Er hatte sie schon oft für sich gesungen, aber trotzdem fühlte er sich noch unsicher. Die Laute lag groß und schwer in seinen Händen, und er ließ die Melodie in Gedanken noch einmal an sich vorbeigleiten. Dann nahm er das Plektron fest zwischen Daumen und Zeigefinger und spielte die einleitenden Töne.

Er blickte Diane an, deren grüne Augen im Kerzenlicht leuchteten. Dann atmete er tief ein und begann zu singen. Die Finger glitten wie von selbst über die Laute und seine Sopranstimme vibrierte in der Kehle. Sein Blick schweifte durch den Raum, aber er sang nur für Diane.

»Im Sommer sind alle Berge so grün,
Grün ist das Land und grün jeder Baum.
Doch wenn der Herbst kommt, geht alles dahin.

Und wenn erst der Schnee fällt, leicht wie ein Flaum,
Dann schläft die Welt im tiefsten Traum.
Nur die Pinien, die Pinien sind immer grün…«

Es war nur ein kurzes Lied mit drei Strophen. Und während er sie sang, war ihm, als könnte er mit Cardenals Ohren hören, wie nichtssagend seine Verse waren. Aber als er schon glaubte, nicht mehr weitersingen zu können, schaute er Diane an, und es kam ihm vor, als sei sein Lied doch nicht so schlecht.

Der Beifall und die Jubelrufe waren lauter und länger, als er es je erhofft hätte. Sie sind nur freundlich zu mir, weil ich Arnauds Sohn bin, sagte er zu sich selbst. Er verbeugte sich tief.

Die Laute und das Plektron ließ er auf dem Tisch liegen. Er traute sich nicht einmal, Guacelm anzusehen. Die Menschen begannen wieder miteinander zu reden. Glücklicherweise war sein Lied schon vergessen.

Er ging durch eine Seitentür und eilte die Wendeltreppe zum Wachturm hinauf, der zwei Stockwerke über der Haupthalle lag. Dort trat er ins Freie und atmete tief die kühle Luft ein, die nach Meer roch, denn das Château Combret lag nah an der Küste. Er lehnte sich gegen die scharfe Kante einer Burgzinne.

Die Eichentür knarrte hinter ihm, und eine große Gestalt war im schwachen Licht der Sterne zu erkennen.

»Warum, zum Teufel, bist du so schnell verschwunden, Junge? Findest du, daß du zu gut für uns bist?«

Roland zuckte innerlich zusammen. »Ich könnte nie so gut sein wie Ihr, Maître Peire.«

»Zum Teufel mit den Vergleichen. Ich kann nicht beurteilen, wie gut ich wirklich bin, und du auch nicht. Entscheidend ist, von sich selbst zu wissen, daß man gut genug ist, ein Troubadour zu sein.«

»Aber wie soll ich das wissen?«

Cardenal kam ganz dicht zu ihm her, und Roland konnte den Wein in seinem Atem riechen. »Du weißt es, weil ich es dir sage und weil ein Troubadour einen anderen Troubadour erkennen kann.«

Der stämmige Mann schlug ihm auf die Schulter. Der harte Schlag schmerzte, aber er ließ Roland daran denken, daß auch der Knappe durch einen Schlag mit dem Schwert seines Seigneurs zum Ritter wird.

»So könnte ich ein Troubadour werden?« Roland fühlte sich so leicht, als könnte er zu den Sternen emporschweben.

Cardenal schnaufte. »Freu dich nicht zu früh, mein Junge! Das ist kein einfaches Leben. Man singt für sein Essen, wenn man es genau betrachtet.«

»Ja«, sagte Roland kleinlaut. Er wollte widersprechen, aber hatte Angst, es zu tun.

»Es gibt noch etwas Wichtigeres für einen Troubadour, als das Singen und Spielen«, fuhr Cardenal fort.

»Was ist das?«

»Die Liebe. Ehe er zum Liedermacher wird, ist ein Troubadour ein Mann, der liebt. Du bist zu jung, um die Liebe zu kennen. Aber du wirst sie kennenlernen, und deine Liebe wird so sein wie das Meer. Manchmal wird sie dich schlimmer peinigen als die Qualen der Hölle. Die Liebe öffnet die verstecktesten Winkel deines Herzens. Du brauchst eine Dame, eine Göttin, die dich inspiriert. Ohne sie wirst du ein Nichts sein.«

Roland hatte schon unzählige Liebeslieder gehört und sie auch selbst gesungen. Er hatte eine vage Ahnung von dem, was Männer und Frauen gegenseitig anzog. Aber die Worte von Cardenal verwirrten ihn, und er sagte nichts.

»Zu lieben ist das höchste Glück, das der Mensch kennt«, sagte Cardenal. »Und vor allen anderen Menschen ist den Troubadouren die Fähigkeit gegeben, am tiefsten in dieses Mysterium zu blicken, dessen Gesetze seit Menschengedenken von den Frauen bestimmt werden. Erinnere dich daran, was ich dir gesagt habe, aber denk im Augenblick nicht weiter darüber nach. Dein Vater wird es dir erklären, wenn du bereit bist.«

Wenig später durchquerte Roland die dunkle Halle, um ins Bett zu gehen. In seinem Kopf schwirrten freudige und angstvolle Gedanken durcheinander. Ich muß immer lieben, dachte er. Ja, soviel habe ich begriffen. Ein Troubadour ist immer verliebt.

In seinen Gedanken sah er ein Mädchen mit rotem Haar und einer blassen Haut, die ihn anblickte und sagte: »Du wirst wundervoll sein!«

Ja, dachte er. Es ist Diane. Ich mag noch zu jung sein, aber ich liebe sie schon jetzt, und wenn wir älter sind, werde ich es ihr gestehen. Ich werde ihr Troubadour sein und sie mein Leben lang lieben.

Doch nun hatte sich Diane von ihm entfernt und sich entschlossen, eine von denen zu werden, die zwischen dieser Welt und dem Himmel lebten. Sie hatte das Consolamentum und nicht die Lieder eines Troubadours gewählt. Und als er sie bei dem letzten der Verwundeten beobachtete, erkannte er, wieviel edler ihr Ziel war. Er hatte jetzt kein Recht mehr, Anspruch auf sie zu erheben.

Seine Aufmerksamkeit wurde auf den Bischof gelenkt, der seine Betreuung beendet hatte und zu seinem Stuhl zurückgekehrt war. Er breitete seine Arme aus und winkte die Männer und Frauen, die Besten seiner Glaubensgemeinschaft, zu sich heran.

»Meine Kinder, der Kampf, den wir in dieser Nacht verloren haben, soll unser letzter sein. Die Zeit des Kämpfens muß der Vergangenheit angehören. Es hätte eine solche Zeit nie geben dürfen. Niemals hätten unsere Leute zu den Waffen greifen sollen. Das hat unsere Feinde nur zu noch größeren Gewalttaten veranlaßt. Ich werde unseren tapferen Ritter jetzt auffordern, den Kampf aufzugeben und zu kapitulieren.«

Von überall her hörte Roland Seufzen, Stöhnen und leises Weinen. Aber er hörte keinen Widerspruch. Sie haben sich in ihr Schicksal ergeben, dachte er. Vielleicht ist es ihnen sogar willkommen.

Mit einem traurigen Lächeln blickte Bischof Bertrand im Raum umher. »Diane. Bitte komm zu mir, mein Kind.«

Voller Anmut und Würde trat sie vor den Bischof, und Roland merkte, wie ihm der Atem stockte. Sie verneigte sich, ihr flammendrotes Haar glänzte.

»Diane«, sagte der Bischof sanft, »vielleicht hat Gott diesen tapferen Mann aus einem bestimmten Grund geschickt. Der Welt draußen müssen Botschaften überbracht werden. Wir haben den Schatz unserer Kirche versteckt, und die Kunde von dem Versteck muß zu unseren überlebenden Brüdern gelangen. Du mußt sie ihnen überbringen, Diane.«

Diane öffnete den Mund, um zu widersprechen, aber Bischof

Bertrand brachte sie mit einer knappen Handbewegung zum Schweigen. »Du wirst auch unseren Heiligen Kelch und die uralten Bücher, die aus dem Osten zu uns gelangten, mit dir nehmen. Bereite dich auf den Abschied vor, mein Kind.«

Tief neigte Diane ihren Kopf. »Ich muß mich Eurem Willen fügen, mein Bischof. Aber ich beneide Euch um Euer Martyrium. Und vielleicht bin ich es nicht wert, mit Euch zu sterben, weil ich Euch beneide.«

Roland fiel ein Stein vom Herzen. Diane würde mit ihm gehen.

II

Schweren Herzens traf Diane die Vorbereitungen für ihren Aufbruch. Sie wußte, daß sie jedes Gesicht, in das sie blickte, zum letzten Mal sah. Es war ihr, als müsse *sie* sterben, und alle *anderen* würden weiterleben. Warum nur muß ich gehen? Wie könnt ihr mich ausschließen, jetzt, wo ihr alle kurz davorsteht, die Krone des Märtyrers zu erwerben. Ich möchte mit euch sterben. Ich will nicht allein weiter durch diese Welt irren.

Jahrelang waren diese Menschen ihre einzige Familie gewesen. Als sie noch ein Kind war, wurde ihr Glaube überall im Süden Frankreichs offen gepredigt und praktiziert. Seit zwanzig Jahren wurden Kreuzzüge gemacht, aber die Vollkommenen sprachen in den Straßen der großen Städte wie Toulouse und Béziers noch immer zu den Menschen und bekehrten viele zu ihrem Glauben. Angefangen von den Lehnsherrn und ihren Damen in den Schlössern bis zu den Bauern in den Bergen war über die Hälfte der Bevölkerung der Sekte der Katharer beigetreten. Dieses Jahr, das Jahr 1244 würde nun wohl als der Zeitpunkt des Untergangs des Katharismus in Frankreich in die Geschichte eingehen. Von jetzt an würde es nur noch einen kleinen, geheimen Haufen geben, der sich verborgen halten mußte. Nein, so wollte sie nicht leben! Sie hatte das Verlangen, sich niederzuwerfen und den Bischof noch einmal zu bitten, sie hierbleiben zu lassen. Die Pflicht drückte sie nieder wie ein schweres Gewicht, aber sie mußte gehorchen. Schweigend machte sie sich bereit.

Nach kurzer Zeit standen Diane und Roland mit einer Gruppe der Vollkommenen auf der nordöstlichen Mauer. Von Leuten, die erst kürzlich auf dem Mont Ségur Zuflucht gesucht hatten, hatte Diane einen rot-grünen Anzug bekommen: Tunika und Hose eines Stallburschen. Sie hatten ihr das Haar kurzgeschnitten und es unter einer Kappe mit einer langen Fasanenfeder verborgen. Auf Rolands schwarzen Rock war wieder das Kreuz der Kreuzritter genäht worden und auch Dianes Tunika hatte ein rotes Kreuz vorn drauf. Ein Seil war um ihre Taille und ihre Knie gebunden. Roland war auf die gleiche Weise verschnürt.

»Ich bin so hilflos wie ein kleines Kind«, flüsterte er ihr mit dem schiefen Grinsen zu, an das sie sich noch von früher erinnerte.

Tränen traten ihr in die Augen, als sie all die schwarzgekleideten Männer und Frauen betrachtete, die ihr Lebewohl wünschten. Der greise Bischof Bertrand streckte die Hand zu ihr hoch. Trotz der Behinderung durch die Verschnürung beugte sie sich hinunter und küßte die Fingerspitzen. Ihre Tränen tropften auf seine bleiche Haut.

»Ich will Euch nicht verlassen. Ich will mit Euch sterben.«

»Dein Tod wird kommen, wenn es Zeit ist. Möge es ein schöner Tod sein. Geh mit Gott, mein Kind.«

Diane spürte, wie Roland ihre Hand ergriff und sie drückte. Seine unerschütterliche Stärke tröstete sie. Doch seine Berührung war gegen die Grundsätze, nach denen sie lebte. Eine neue Furcht überfiel sie. Sie war jetzt in Rolands Obhut. Was würde geschehen? Wie würde sich seine Nähe auf sie auswirken? Sie hatte ihn sehr geliebt. Wenn er nicht als Verbannter hätte fliehen müssen, hätte sie wohl nie das Consolamentum empfangen. Sie mußte wachsam sein.

Roland zog kräftig an den Stricken, an denen sie hingen, um sicherzugehen, daß sie auch hielten. Dann gab er ihr einen sanften Stoß. Sie spürte eine Angst, die ihr fast den Atem nahm. Sie betete das Vaterunser, um ihre Furcht zu bekämpfen und trat in die Leere hinaus. Unter sich sah sie kein Licht, das ihr anzeigen konnte, wo wieder Boden war.

Ihr Leben lag in den Händen derer dort oben, die das Seil hielten und es langsam nachließen. Das Seil schnitt tief in ihre Taille und ihre Hüften. Um den Schmerz zu lindern, zog sie ihren Körper mit den Händen etwas am Seil nach oben. Sie war dankbar für die Wildlederhandschuhe, die ihre Hände vor dem Aufschürfen schützten. Ihre Arme schmerzten. Ihr war klar, daß sie froh sein konnte, nicht mehr Gepäck zu haben. Sie hatte nur das kleine Bündel mit dem goldenen Abendmahlsgefäß, das der Heilige Kelch genannt wurde, auf dem Rücken. Der Kelch war ein Heiligtum und durfte nur von einem der Vollkommenen berührt und transportiert werden.

Sie blickte nach oben und im Schein der Fackeln sah sie wie Roland herabgelassen wurde, mit seinen Waffen, seiner Rüstung und dem Bündel mit den zwei großen Büchern. Er mußte größere Schmerzen haben als sie. Und welch schweres Gewicht mußte es erst für die dort oben sein, deren vom Hunger geschwächte Arme ihn halten mußten. Sie betete, daß sie ihn nicht fallen lassen würden. Und sie flehte zu Gott, er möge Roland und ihr selbst auch die Kraft geben, alles zu ertragen, was ihnen nun bevorstand.

Während sie tiefer nach unten gelassen wurde, konnte sie Roland kaum noch sehen. Sie versuchte, in seiner Nähe zu bleiben und rief von Zeit zu Zeit leise nach ihm. Wenn seine tiefe Stimme ihr antwortete, fühlte sie sich wohler.

Allmählich konnte sie im Licht der Sterne den Gipfel des Mont Ségur über sich erkennen, und sie hatte das Gefühl, als würde sie in den Schlund der Hölle hinuntergelassen.

Sie sah sich selbst Hunderte von Metern über dem Tal in der Luft hängen, und ihr Magen krampfte sich zusammen. Ihr Körper schwang langsam von einer Seite zur anderen, und sie klammerte sich in verzweifelter Angst an das knarrende Seil. Doch der stechende Schmerz in ihren Armen und Handgelenken ließ sie daran zweifeln, daß sie sich noch viel länger daran festhalten könnte.

Von oben ertönte immer noch schwach ein Krachen und Klirren, dazwischen Rufe und Schreie. Jeden Augenblick konnten die Kreuzritter dort eindringen und auch diejenigen entdecken, die diese Seile hielten, an denen Roland und sie hilflos über dem Abgrund baumelten.

Als sie sich vorstellte, daß ihre Brüder von diesen langen Schwertern niedergemetzelt wurden, daß sich ihr Blut über die geheiligten Steine ergoß, schluchzte sie laut auf. Sie hörte, daß Roland leise etwas sagte, zweifellos Worte des Trostes, aber sie konnte sie nicht verstehen.

Sie verlor jegliches Zeitgefühl. Es schien nur einige Minuten her zu sein, seit die Ihren ihr Lebewohl gesagt hatten. Und doch erschien es gleichzeitig eine Ewigkeit her. Würden sie denn nie den Boden erreichen? Sie hatte das Gefühl, als schnitte das Seil um ihre Taille sie in zwei Hälften.

Plötzlich fühlten ihre Füße lose Steine und berührten dann festen Boden. Ihre Beine waren zu schwach, um sie aufrechtzuhalten, und sie brach zusammen. Aber ihr machte der schmerzhafte Sturz nichts aus – es tat so gut, wieder Erde unter den Füßen zu haben. Roland, der ebenfalls auf seine Hände und Knie gestürzt war, kroch zu ihr heran und kniete sich neben sie. Sie wollte, daß er sie in die Arme nahm, doch gleichzeitig hatte sie Angst vor seiner Umarmung.

Dann schaute sie auf und sah eine Flammenkrone auf dem Gipfel. »Oh, guter Gott, nein«, flüsterte sie. Die Brandpfeile der Kreuzritter mußten die Holzhäuser entzündet haben.

»Wir haben ihn Mont Ségur, den sicheren Berg, genannt«, sagte sie zu Roland und starrte in das Feuer. »Wir haben geglaubt, daß Gott uns dort oben beschützen würde. Wir hätten uns daran erinnern müssen, daß Gott – der wahre Gott – diese

Welt nicht regiert. Sein Widersacher tut es.« Unwillkürlich schaute sie noch einmal nach oben und sah, daß die Flammen schwächer geworden waren und der Himmel nicht mehr schwarz, sondern violett war. Ein rotes Glühen, nicht vom Feuer, sondern von der aufgehenden Sonne verursacht, erschien hinter den Gipfeln der bewaldeten Berge im Osten des Mont Ségur. Jetzt bemerkte sie, daß ihr langer Abstieg vom Gipfel des Berges von Mitternacht bis zum Tagesanbruch gedauert hatte.

Sie zitterte in ihrem dünnen Umhang – nicht nur wegen der Kälte. Sie rieb ihre Hände aneinander, um sie zu wärmen, aber als sie sie anhauchte, gefror ihr Atem zu Reif. Der Frühling würde erst in einigen Wochen kommen. Doch die Menschen auf dem Gipfel würden ihn nicht mehr erleben.

Mit klammen Fingern begann sie die Seile zu lösen. Roland half ihr dabei, und sie erschauerte erneut bei seiner Berührung.

»Komm, Diane! Schau nicht mehr hinauf! Wir brauchen deine Augen jetzt für den Weg, der vor uns liegt.«

Sie zwang sich zum Aufstehen. Als sie Roland ansah, bemerkte sie im schwachen Morgenlicht, daß er auch erschöpft war. Doch sie wußten, daß sie in dieser Kälte nicht lange stehenbleiben durften.

»Du kennst diesen Wald«, sagte er. »Das Hauptlager der Kreuzritter liegt in der Nähe des Dorfes am Fuß des Berges. Kannst du uns hinführen?«

Sie seufzte und machte ihm ein Zeichen, ihr zu folgen.

Als sie dem Hang, von dem sie gerade heruntergelassen worden waren, den Rücken zukehrten, fielen die Seile sirrend zu Boden. Die Chance, daß die Kreuzritter die Seile hier unten am Waldrand finden würden, war sehr gering. Sie würden niemals erfahren, daß jemand vom Mont Ségur entkommen war. Sie spürte tiefe Dankbarkeit für die Treuen, die dort oben die Seile gehalten hatten, bis sie sicher unten angelangt waren.

Neben Roland ging sie tiefer in den Pinienwald hinein. Sie schaute kurz zu ihm herüber. Sein Gesicht war dunkler und kantiger, als sie es in Erinnerung hatte. Die Nase erschien so scharf und schmal wie die Schneide einer Axt. Seinen Helm hatte er nach hinten geschoben und sein dichtes, schwarzes Haar umrahmte sein Gesicht. Er drehte den Kopf zur Seite und blickte sie an. Die leuchtenden blauen Augen in seinem dunklen Gesicht ließen sie innerlich erbeben. Mein Gott steh mir bei, dachte sie voller Verzweiflung, es wird nicht leicht werden.

»Warum müssen wir ins Lager der Kreuzritter, Roland?«

»Mein Zelt und mein Begleiter sind noch dort. Ich mußte in ihre Armee eintreten, verstehst du? Das war die einzige Möglichkeit dort oben hinzukommen.« Er deutete in Richtung des Berges.

Der Gedanke, daß sie sich mitten unter die Kreuzritter begeben sollte, erfüllte sie mit Angst. »Ich kann nicht, Roland.«

»Du wirst dort sicher sein. Niemand vermutet einen der Katharer mitten in diesem Heer.« Sein Gesicht bekam einen bitteren Ausdruck. »Und besonders keinen Vollkommenen.«

Er wird nie verstehen, was mir mein Glauben bedeutet, dachte sie traurig.

Eine Zeitlang gingen sie schweigend nebeneinander her. Die Luft war vom Duft der Pinien erfüllt, und sie sog ihn tief in ihre Lungen hinein. Nach fast einem Jahr des Eingeschlossenseins in der Festung hatte sie den süßen Geruch von klarer Luft fast vergessen. Doch der Gedanke, daß ihre Brüder nicht einmal dieses kleine Vergnügen mit ihr teilen konnten, verdoppelte nur ihren Schmerz.

Sie ging weiter und hielt die Zweige für Roland zurück, damit sie ihm nicht in das Gesicht schlugen. Gewandt kletterte sie über Steine und Wurzeln. Ihr Körper bewegte sich leicht, aber ihr Herz war schwer.

»Du bewegst dich so sicher«, sagte Roland plötzlich, »so anmutig und schnell wie ein Reh. Und dieser Abstieg vom Berg – nur wenige Frauen könnten das schaffen. Als ich dich zuletzt gesehen habe, Diane, warst du eine zarte junge Dame. Jetzt bist du eine Bergbezwingerin.«

Seine Worte ließen sie innerlich glühen. »Bei uns gibt es keine

Damen. Frauen verrichten die gleiche Arbeit wie Männer. Auch die heilige Arbeit. Vor der Belagerung zog ich durch das Languedoc und predigte, Roland. Ich brachte das Sakrament zu den Menschen, die es brauchten.«

Verwundert sah er sie an. »Was halten deine Mutter und dein Vater von dem, was du jetzt tust?«

Unvermittelt blieb sie stehen. Erstaunt machte auch Roland halt. Sie wandte sich um und sah ihn an.

»Ich bin sicher, daß sie sehr glücklich über mich sind. Beide sind im letzten Jahr gestorben. Die Inquisitoren ließen sie das gelbe Kreuz der Ketzer tragen und schickten sie zum Betteln auf die Straße. Sie waren schon zu alt, um den Winter zu überstehen. Aber sie hatten einen schönen Tod. Ich erreichte sie noch rechtzeitig und gab ihnen das Consolamentum.«

»O Diane!« Er streckte seine Arme nach ihr aus.

Trotz ihres Kummers brachte sie es fertig, einen Schritt zurückzutreten und machte eine abwehrende Handbewegung.

Roland schlug die Hände vors Gesicht und drehte ihr den Rücken zu. »Willst du dich nicht einmal von mir trösten lassen?« rief er.

»Es ist doch gut.« Ihr war, als würde sie keine Luft mehr bekommen. »Es ist alles in Ordnung. Laß uns weitergehen.«

Mindestens eine Stunde lang lief sie vor ihm her. Zweige schlugen in ihr Gesicht, und manchmal rutschte sie auf den Schneeflecken aus, die sich in den kalten Niederungen des Waldes gehalten hatten. Ihre ledernen Stiefel waren völlig durchweicht und ihre Zehen taub vor Kälte. Gerade als sie glaubte, keinen einzigen Schritt mehr laufen zu können, spürte sie, wie Roland ihr leicht auf die Schulter klopfte. Er war auch völlig erschöpft und deutete auf einen umgefallenen Baum. Sie setzten sich beide.

Sie nahm ihre Kappe ab, rieb sich die Stirn und schüttelte ihre gestutzten Haare. Ihr Kopf fühlte sich fremd und leicht an. Sie band ihr Bündel ab und legte es vorsichtig auf den Boden. Roland tat es ihr nach.

Als sie ihn anschaute, sah sie ein Verlangen in seinen Augen, das ihr angst machte. Es erinnerte sie an die Zeit, als er und sie noch viel jünger waren. Sie dachte an eine Gebirgswiese voll weißer Blumen und an den Geschmack seiner Lippen. Und an einen Vers, den er für sie geschrieben hatte:

»Was Mann und Frau in Liebe eint,
Ist zu des Höchsten Lob gemeint.«

Plötzlich überkam sie Sehnsucht. Wenn sie nur noch einmal dieses Mädchen sein könnte! Die Stärke ihrer Gefühle erschütterte sie. Sie war immer stolz auf ihre Vollkommenheit gewesen, hatte sich glücklich geschätzt, daß sie die tiefen Wahrheiten ihres Glaubens verstehen und dieser Welt den Rücken zuwenden konnte. Unterlag sie in Rolands Gegenwart wieder der Illusion?

Es wäre sicher besser für mich gewesen, droben auf dem Berg in den Tod zu gehen, dachte sie.

Sie legte den Kopf auf ihre verschränkten Arme und fragte sich, was mit denen, die sie liebte, auf dem Mont Ségur geschehen sein mochte. Vielleicht starben sie gerade in diesem Augenblick auf dem Scheiterhaufen. Sie wollte weinen, aber sie erinnerte sich, daß die, die starben, glücklich waren. Der Körper war wie ein Tongefäß, in dem ein Strahl des reinen Lichtes gefangen war. Der Tod bedeutete das Zerbrechen des Tonkruges und die Befreiung des Lichtes.

»Weinst du, meine Liebste?« fragte Roland zärtlich.

»Um die, die dort oben auf dem Berg sterben müssen«, sagte sie mit stockender Stimme. »Aber auch um mich, weil ich nicht mit ihnen sterben werde.«

Sie blickte zu Roland auf, als sie das sagte, und sah die Verzweiflung in seinem Gesicht. Er kann es nicht verstehen, dachte sie traurig. Niemals. Ich muß ihn so bald wie möglich verlassen.

»Warum willst du dich unbedingt opfern?«

Es war hoffnungslos. Er glaubte, daß Gott seinen Körper als etwas Wertvolles geschaffen hatte. Er war ein Troubadour, der an die Liebe glaubte, die durch den Körper ausgedrückt wurde.

Seine Jahre als Verbannter schienen ihn nicht verändert zu haben.

»Ich opfere mich gar nicht, Roland. Alles, was ich tue, tue ich nur für mich. Der Tod ist lediglich die Rückkehr in das Licht, aus dem wir alle kommen. Wenn ich das Licht erblicke, wie ich es ab und zu kann, dann bin ich so glücklich, wie es kaum vorstellbar ist. Dieses Glücksgefühl... du kannst es nicht wissen, wie groß es ist.«

»Größer als die Liebe?«

Sie erinnerte sich daran, wie er versucht hatte sie in die *Amour courtois*, die höfische Liebe, einzuführen, bevor er und seine Familie geflohen waren. Was wäre ich wohl jetzt, fragte sie sich, wenn er geblieben wäre. Wie wunderbar, daß ich frei geblieben bin und das Heilige Licht entdecken durfte.

»Ja, das Glück, das ich durch meinen Glauben gefunden habe, ist größer als das, was du Liebe nennst.«

»Das glaube ich nicht. Wer sich selbst als Vollkommener bezeichnet, gibt vor, kein Mensch mehr zu sein.«

»Ich weiß, wie menschlich ich bin, und dieses Wort ist eine Last für mich – für uns alle«, antwortete sie ernst. »Wir behaupten nicht, vollkommen zu sein, sondern wir versuchen so zu leben, als wären wir frei von den Verlockungen der Welt. Und wenn uns das nicht gelingt, so gibt es für uns keine Vergebung und keinen neuen Anfang.«

Voller Schmerz schloß er die Augen, doch dann wandte er sich ihr wieder zu: »Ich kann nicht glauben, daß Gott will, daß Menschen wie Statuen – oder wie körperlose Geister – leben. Besteht das Leben, das du gewählt hast, nicht nur aus Angst und dauerndem Verstecken und der Gewißheit, daß diese Schurken dich eines Tages fangen und bei lebendigem Leib verbrennen werden? Ich begleite dich, wohin du willst, Diane. Bei mir wirst du sicher sein. Ich werde dich fort von diesem Krieg nach Italien bringen. Es ist sehr schön in Italien. Dort gibt es Orte, an denen die Inquisition keine Macht hat. Du kannst leben, wie du willst. Denk an die Kinder, die wir haben könnten.«

Sie spürte das Verlangen, die Arme nach ihm auszustrecken. Noch mehr Erinnerungen kamen in ihr hoch – wie sie ihn in der großen Halle ihres Vaters singen und die Leier spielen hörte, wie sie mit ihm das nach Pinien duftende Land durchstreifte und sich an einem Gebirgsbach zum ersten Mal geküßt hatten. Sie kämpfte gegen die sanfte Woge der Zärtlichkeit an.

»Nein, Roland, niemals! Ich habe das Gelübde abgelegt, niemals einen Mann zu berühren, es sei denn, um sein Leben oder seine Seele zu retten.«

Seine blauen Augen starrten sie an und leuchteten so hell wie Flammen. Sie fürchtete, schwach zu werden, wenn sie noch länger in diese Augen blickte. Ihre Seele war in Gefahr.

»Du hast dieses Gelübde geleistet, weil du nicht wußtest, daß wir uns wiedersehen würden. Sei ehrlich zu dir selbst.«

»Selbst wenn ich könnte, würde ich das Gelübde nicht rückgängig machen.« Das sagte sie mit äußerster Bestimmtheit.

Seine Augen wurden feucht, und er preßte die Lippen zusammen.

Sie streckte ihre Hand aus, um seine Schulter zu berühren, zog sie aber zurück, noch bevor sie ihn erreicht hatte.

»Es stimmt, ich habe nicht geglaubt, daß ich dich wiedersehen würde. Ach Roland, als ich dich dort in der Festung stehen sah, fühlte ich fast soviel Freude wie in den Augenblicken des Lichtes. Das letzte, was ich von dir gehört hatte, war, daß du in Avignon seist. Wo bist du wirklich gewesen?«

»In Italien, meist in Sizilien.« Rolands Stimme klang, als würde er sich aus einem tiefen Meer von Traurigkeit befreien. »Die Inquisition war kurz davor, uns in Avignon einzuholen, und deshalb reisten meine Mutter, mein Vater, meine Schwester und ich auf Eseln an der Küste entlang in die Lombardei. Von dort aus nahmen wir ein Schiff nach Palermo, wo mein Vater in Kaiser Friedrichs Dienste trat.«

Ein mildes Lächeln entspannte seine scharfen Gesichtszüge. »Der Kaiser braucht Männer, die lesen und schreiben können, aber nicht der Geistlichkeit angehören, um ihn in seinem endlosen Streit mit dem Papst zu unterstützen. Mein Vater konnte deshalb in seinen Diensten schnell aufsteigen. Jetzt bekleidet er ein hohes Amt am kaiserlichen Gerichtshof. Er ist sehr beschäftigt, doch er findet immer noch Zeit, mir Briefe zu schreiben.«

»Ich freue mich für ihn«, sagte Diane bewegt, doch sie dachte wieder an den Tod ihres eigenen Vaters in der Hütte eines Schäfers. »Wie geht es deiner Schwester Fiorela?«

»Nachdem ich weggegangen war, hat sie Leonardo Celino geheiratet, einen Höfling Kaiser Friedrichs und Ritter des Heiligen Römischen Reiches. Meine Mutter schreibt, daß er ein durch und durch tugendhafter Mann ist, was man am Hof des Kaisers selten findet.«

Sie hatte Gutes und Schlechtes über Kaiser Friedrich gehört: daß er zügellos war, aber auch, daß die Menschen offen ihre Meinung äußern konnten.

»Und du?« fragte sie lächelnd. »Warst du am Hof des Kaisers auch tugendhaft?«

Er lächelte und zuckte mit den Achseln. »Ich tat, was ich am liebsten tue. Ich hatte die gute alte Laute mitgebracht, mit der ich vor Peire Cardenal spielte. Ich habe mir das Ziel gesetzt, ein Meistertroubadour zu werden. Der Kaiser hat sich mit einigen der größten Dichter und Sänger unserer Zeit umgeben, und ich bin ihr Lehrling gewesen. Sie brachten mir einiges bei und schon bald durfte auch ich meine Lieder dem Kaiser selbst vortragen. Ich muß wohl gefallen haben, denn danach speiste ich öfter an des Kaisers Tisch als selbst mein Vater.«

Diane erinnerte sich an die Zeit, als Roland ganz für sie allein gesungen hatte und mit seiner Stimme manchmal die Seele in der Tiefe ihres Körpers zu erreichen schien. Dann war es also nicht nur die Liebe, dachte sie. Wenn Kaiser Friedrich ihn mochte, muß er wirklich sehr gut sein.

»War es nicht schwer für dich«, fragte sie, »dir deine Kunst zu bewahren, während du von Ort zu Ort gereist bist?«

Er zuckte mit den Schultern. »Das Herumreisen ist die Hauptbeschäftigung der Troubadoure. Immer, wenn wir irgendwo für längere Zeit blieben, versuchte ich, jeden Troubadour der Umgebung zu treffen und von ihm zu lernen.«

»Und dann hat Friedrich dich schließlich an seinem Hof aufgenommen?«

Rolands Gesicht verdüsterte sich. »Er hat mich auch noch für andere Sachen gebraucht. Jetzt, wo er Süditalien und das Deutsche Reich beherrscht, versucht er auch noch Norditalien unter seine Kontrolle zu bringen, und der Papst will ihn davon abhalten. Ich kämpfte in den Städten Italiens als einer der Ghibellinen des Kaisers in den Schlachten gegen die Guelfen des Papstes. Friedrich schlug mich selbst zum Ritter. Doch sogar im dicksten Schlachtgetümmel kamen mir immer wieder Verse in den Sinn. Ich wäre glücklicher gewesen, wenn ich nur einfach meine Musik hätte schreiben und singen können. Aber die Welt wollte es nicht. Genausowenig, wie sie dich deinen Glauben ausüben läßt.«

»Aber am Hof des Kaisers ging es dir sicher besser als hier. Warum bist du nicht dort geblieben?«

»Ich liebe dich«, sagte er niedergeschlagen.

In ihrem Herzen trauerte sie mit ihm.

»Ich liebe auch mein Land«, fuhr er fort. »Ich träumte immer von beidem, von dir und vom Languedoc. Ich kehrte zurück, und als erstes begann ich nach dir zu suchen. Aber alle meine Freunde waren tot oder in der Verbannung, und man erzählte mir, daß auch du tot wärst.«

»Weil sie mich schützen wollten«, sagte sie. »Die Inquisition ist überall im Süden Frankreichs. Sie spürt die Vollkommenen einen nach dem anderen auf.«

Er nickte. »Es war nicht möglich, herauszufinden, ob du noch am Leben warst, und früher oder später hätten die Inquisitoren auch herausgefunden, daß Arnaud de Vencys Sohn wieder im Languedoc war. Deshalb zog ich es vor, nach Paris zu gehen, wo bis jetzt die Inquisition ihr Handwerk noch nicht ausübt. Und dort kennt man mich als den italienischen Ritter, Orlando di Perugia. Ich versuchte als Troubadour durchzukommen. Dann erhielt ich einen Brief von meinem Vater. Der Kaiser hatte einen Hilferuf vom Mont Ségur erhalten. Darin wurden die Namen derer erwähnt, die dort eingeschlossen waren. Dein Name war auf dieser Liste. Mein Vater, der dieses Land sehr gut kennt, schrieb auch, wie ich in die Festung eindringen könnte. Um deinetwillen schloß ich mich dem Kreuzzug gegen die Albigenser an. Und jetzt habe ich dich wiedergefunden und dich doch verloren. Alles, was mir noch bleibt, sind meine Lieder.«

Er stand abrupt auf. »Wenn wir hier im Wald den Kreuzrittern begegnen, werden sie uns Fragen stellen, und es wird schwer sein, die richtigen Antworten zu finden. Wir müssen das Lager erreichen, und das dauert bestimmt den ganzen Tag.«

Seine Stimme war kühl, wie die eines Mannes, der versucht, seine Gefühle zu verbergen – vielleicht sogar vor sich selbst, dachte Diane.

Diane hatte Angst vor den feindlichen Soldaten. Sie spürte das Verlangen, Roland davonzulaufen und sich in der Tiefe des Waldes zu verstecken. Aber sie stärkte sich mit dem Gedanken: Gott ist mit mir, und ich brauche nichts zu fürchten.

Als sie viele Stunden später in den langen Schatten der Nachmittagssonne durchs Tal gingen, sah Diane zu den Gipfeln westlich des Mont Ségur auf. Es waren zerklüftete, schwarze Schatten. Als sie ihren Blick auf den belagerten Berg richtete, leuchtete die Spitze im Licht der untergehenden Sonne wie Gold. Roland ging jetzt voraus und führte sie am Ufer eines kleinen Gebirgsbaches entlang. Als sie den Bach zum letzten Mal gesehen hatte, war sein Wasser rein und klar gewesen. Doch jetzt war es widerlicher brauner und stinkender Abwasserkanal.

Als sie Gestalten entdeckte, die im Wald umherschlichen, erstarrte sie.

»Keine Angst«, sagte Roland. »Das ist das Lager des Pöbels. Die Trödler, die Huren und die Diebe. Sie leben mit der Armee wie die Flöhe mit den Hunden.«

Sie war noch nicht ganz beruhigt und blieb stehen, um sich das

Gesicht mit Erde einzureiben, damit die Haut rauher wurde und mehr wie die eines Mannes aussah. Außerdem bestand sie darauf, auch Rolands schweres Bündel zu tragen. Ein Ritter würde auffallen, wenn er etwas anderes als seine Waffen trug.

Weiter unten stand ein Mädchen mit glatten Haaren knöcheltief im Wasser und starrte Diane aus glasigen Augen an. Sie glaubt, daß ich ein Mann bin, dachte Diane. Das Mädchen konnte nicht älter als dreizehn sein, doch unter ihrem zerrissenen Kleid wölbte sich der Bauch. Sie öffnete das Kleid, um ihre durch die Schwangerschaft vergrößerten Brüste einladend zu zeigen. Diane konnte den Anblick nicht ertragen und wandte sich ab. Das Leben hatte die Seele dieses Mädchens zerstört, und sie schien eher einem Tier zu gleichen. Konnte es ein schlimmeres Verbrechen geben, als so eine Kreatur zu zwingen, ein Kind in diese elende Welt zu setzen? Sie hörte ein Geräusch und drehte sich zu Roland um. Er hatte eine Silbermünze aus seinem Gürtel genommen und sie dem Mädchen zugeworfen.

Als sie weitergegangen waren, sagte er: »Meine Mutter hätte auch so eine sein können, wenn Arnaud de Vency sie nicht gerettet hätte, nachdem sie von einem Kreuzritter geschwängert worden war.«

Sie hörte den Schmerz in seiner Stimme und bedauerte ihn. Sie kannte die Ursache seines Kummers. Früher, als er ihr den Hof machte, hatte er ihr anvertraut, daß Arnaud de Vency nicht sein leiblicher Vater war, sondern ein Kreuzritter, der Adalys, Rolands Mutter, vergewaltigt und geschwängert hatte. Weil er seine Abstammung haßte, schien Roland sich zuweilen selbst zu hassen.

»Sprich nicht so von dir, Roland. Jeder von uns ist in Schande geboren, ob seine Eltern nun verheiratet sind oder nicht.«

Roland sah sie ärgerlich an. »Und deshalb verachtet ihr Vollkommenen die menschliche Liebe. Manchmal wundert es mich nicht, daß die Katholiken euch verfolgen.«

Ihr war, als hätte er sie geschlagen.

Schweigend ging sie hinter ihm her. Der anschwellende Lärm

in der Ferne beunruhigte sie: rauhe Männerstimmen, das Wiehern von Pferden, das Klirren von Eisen. Als sie hinter ihm aus dem Schutz der Bäume trat, blieb sie mit angstvoll klopfendem Herzen stehen.

Vor ihr lag, was sie als die Macht des Bösen ansah.

Hinter einer hohen Wand aus zugespitzten Baumstämmen wogte ein Meer aus Samt- und Seidenfahnen. Es gab Banner mit blutroten Kreuzen, einige waren lang und schmal, andere aus festerem Stoff, groß und quadratisch oder mit vielen Punkten versehen. Wieder andere zeigten die Wappen der Nationen und Grafschaften, die sich nach dem Aufruf des Papstes zum Kreuzzug gegen die Albigenser zusammengeschlossen hatten, um Dianes Religion zu bekämpfen.

Männer mit eisernen Helmen und langen Panzerhemden gingen vor der hölzernen Wand auf und ab oder ritten auf großen Schlachtrossen, die bunte Seidenüberwürfe trugen. Die Palisade schien meilenweit um die Hügel herumzuführen. So weit Diane sehen konnte, war die Gegend von Tausenden von Zelten bedeckt, deren Spitzen und Dächer sich auf den Anhöhen am dichtesten drängten. Oben auf den Kuppen standen die größten Zelte und weiter unterhalb lagen die kleineren der weniger wohlhabenden Ritter.

Von den Kochfeuern ringelten sich dicke Rauchwolken in die klare Bergluft. Dianes Magen geriet in Aufruhr. Der Geruch von gebratenem Schaffleisch zog zu ihr herüber. Weil sie wegen ihres Gelübdes kein Fleisch essen durfte, war ihr selbst der Geruch zuwider.

Der Lärm des Lagers war jetzt beängstigend, erschien ihr wie ein ohrenbetäubendes Getöse. Konnte sie sich überwinden, dieses Lager zu betreten?

Roland ging zum Haupttor voraus, und sie folgte ihm zögernd.

Ein Sergeant mit langem schwarzen Bart trat hervor, um sie zu kontrollieren.

»Ich bin Orlando di Perugia«, sagte Roland.

Der Sergeant führte die Hand an seinen spitzen Helm, um Rolands ritterlichem Stand die Ehre zu erweisen. »Und wer ist dieser junge Mann, Sire?« Er sprach die *Langue d'Oïl*, die rauhe Sprache des Nordens.

»Mein Bursche natürlich«, sagte Roland leichthin. »Guibert de Saint-Fleur.«

Diane nickte dem Sergeanten gleichgültig zu.

»Warum hat Euer Seigneur Euch erlaubt, das Lager zu verlassen?« fragte der Wachtposten. »Hat man Euch nicht gesagt, daß Comte de Gobignon befohlen hat, daß jedermann im Lager bei den Waffen bleibt?« Mit schmalen Augen beobachtete er Roland.

Diane schlug das Herz bis zum Hals. Sie betete, daß der Wachtposten sie nicht allzu genau anschauen würde.

»Warum der Großalarm?« fragte Roland mit unglaublich ruhiger Stimme.

»Irgend etwas passiert oben auf dem Berg, Sire.« Der Sergeant deutete zum Mont Ségur, der über ihnen aufragte. »Keiner weiß, was. Kann sein, daß wir gewinnen oder daß die Bougres, diese Schufte, einen Gegenangriff machen.«

Mühsam unterdrückte Diane ein Zusammenzucken. Dauernd erfinden sie irgendwelche Namen für uns, dachte sie. Sie nennen uns Bougres – wie gemein das klingt! –, weil unsere Religion aus Bulgarien zu uns gekommen ist; oder sie nennen uns Albigenser, weil unser erstes Zentrum im Languedoc die Stadt Albi gewesen ist. Als ob diese Bezeichnungen ihnen auch schon die Macht über uns gäben. Sie mögen den Namen nicht, den wir uns selbst gegeben haben – Katharer, die Reinen.

»Der Graf ist selbst dort oben, aber wir haben noch keine Nachricht«, fuhr der Wachtposten fort. »Man braucht einen halben Tag, um dort hochzukommen.«

Das wissen wir nur zu gut, sagte Diane zu sich und fühlte sich von bleierner Müdigkeit ergriffen.

»Davon höre ich zum ersten Mal«, lächelte Roland. »Ich war an einem Ort, wo mich keine Boten erreichen konnten. Ich besuchte die Tochter eines einheimischen Seigneurs. Sie hat alle ihre Freier im Krieg verloren. Jetzt ist sie zu alt, um zu heiraten, und sehnt sich nach einem Mann. Es war meine Pflicht, sie glücklich zu machen. Meldet mich, wenn Ihr wollt. Ich werde meine Strafe auf mich nehmen. Die Ehre verbietet es mir, ihren Namen preiszugeben.«

Wie leicht Roland das Lügen fällt, dachte Diane. Würde der Sergeant ihm glauben, oder würden sie festgehalten werden?

Aber der Sergeant grinste nur. »Euer ritterlicher Zeitvertreib ist etwas für Euren Beichtvater, Sire. Was trägt Euer Mann in diesen Paketen?«

»Irgendwelchen Tand, den mir die Dame aufgedrängt hat.« Wieder lächelte Roland. »Unverheiratete Damen eines gewissen Alters sind so sehr dankbar.«

Großer Gott, dachte Diane, was mache ich nur, wenn er verlangt, daß ich die Pakete öffne?

Der Sergeant lachte. »Nun, es freut mich zu sehen, daß unsere galanten Ritter Erfolg haben. Es ist kein Wunder, daß die Frauen in der Gegend einen richtigen Mann brauchen. Die ganzen verdammten Bougres halten sich nur gegenseitig den Arsch hin.«

Diane spürte wie ihr Gesicht vor Zorn glühte.

Die Wache trat zurück und ließ Roland mit einer Verbeugung in das Lager.

»Es tut mir leid«, sagte Roland, als sie außer Hörweite des Mannes waren, »aber du wirst noch viel gemeinere Bemerkungen über deine Leute mitanhören müssen.«

Roland führte sie auf einem gewundenen sumpfigen Pfad an den hohen, viereckigen Zelten entlang, von denen jedes einen bemalten Wimpel mit den Abzeichen des Ritters, der darin wohnte, auf der Spitze trug. Die Zelte waren nicht gerade überlegt dort aufgestellt, wo es den Rittern gefallen hatte.

Als sie Gesang hörten, ergriff Roland ihren Arm und zog sie vom Weg herunter.

Kurz darauf sah sie ein Dutzend katholischer Priester in roten Meßgewändern, die goldene Kreuze und Seidenbanner trugen.

Hinter den Priestern gingen Jungen in schwarz-weißen Roben, die Glöckchen läuteten und Weihrauchgefäße schwenkten. Die Gewänder der Priester empfand Diane als abstoßend protzig. Eine Welle des Hasses überwältigte sie fast. Priester wie diese hatten das vierzig Jahre währende Blutvergießen im Languedoc ausgelöst. Sie glaubten, Gott zu dienen, aber Diane war davon überzeugt, daß sie die Werke des Teufels vollbrachten. Sie hörte sie das *Salve Regina* singen. Sie beteten mit einer Hymne an die Jungfrau Maria um den Sieg über ihre Leute. Wie konnte Gott eine leibliche Mutter haben? Das war Gotteslästerung!

Sie fühlte ein Zupfen am Arm und sah, daß Roland im Morast kniete. Sie zögerte. Niemals würde sie vor solchen Priestern auf die Knie sinken. Aber wenn sie es nicht tat, riskierte sie, entdeckt zu werden. Wenn man ihr nur erlaubt hätte, offen als Katharer in den Tod zu gehen! Sie schluckte hart, kniete nieder und machte das Zeichen des Kreuzes.

Nachdem die Prozession vorbeigegangen war, stand sie auf, nahm die beiden Pakete auf den Rücken und trottete neben Roland den gewundenen Pfad entlang. Die Angst blieb, denn sie war davon überzeugt, daß jeder dieser Männer um sie herum ihre Verkleidung durchschauen konnte. Roland nannte die verschiedenen Gruppen an denen sie vorbeikamen: Normannen, Bretonen, Ritter aus der Ile de France, Engländer, Belgier, Deutsche. Aber ihr Blick blieb auf den Boden geheftet, weil sie es nicht wagte, in die grausamen Gesichter der Kreuzritter zu blicken. Aus Angst, von ihm getrennt zu werden, stolperte sie dicht hinter Roland her.

»Viele dieser Männer gehören der zweiten Generation der Kreuzritter an«, sagte Roland leise. Sie spürte, daß er versuchte, sie von ihrer Furcht abzulenken. »Ihre Väter kamen, als der Papst das erste Mal zum Krieg aufrief, und die Söhne sind immer noch dabei. Amalric de Gobignon ist einer von ihnen.«

»Wer?« fragte sie mit erstickter Stimme.

»Du siehst aus, als wenn du dich zu Tode fürchtest. Versuch doch, dich so zu bewegen wie alle anderen auch. Graf Gobignon ist der Oberbefehlshaber dieses Heeres. Schau, hier haben die Ritter aus Italien und Aragon ihre Zelte aufgeschlagen. Hier lagern sogar einige wenige Ritter aus dem Languedoc, die sich den Kreuzrittern angeschlossen haben.«

Der Klang einer laut singenden Stimme unterbrach Roland. Die Stimme war weich und voller Heiterkeit, und trotz ihrer Furcht fühlte sich Diane besser.

Sie folgte Roland durch einen Kreis dichtgedrängter Zelte und blickte dann auf ein freies Feld mit einem niedrigen Hügel, auf dem Männer im Gras saßen. Kleine Feuer brannten, um gegen die eisige Februarkälte anzukämpfen. Alle Männer hatten ihre Schwerter und Helme zur Seite gelegt. Ihr wurde klar, daß nur ein kleiner Teil der Armee dort oben auf dem Mont Ségur war. Das gesamte Heer war riesig. Gobignon hatte noch nicht einmal damit begonnen, seine Männer in die Schlacht zu schicken. Es war die ganze Zeit über aussichtslos gewesen.

Jetzt sah sie den Sänger, einen kleinen, untersetzten jungen Mann mit blonden Locken. Das Holz seiner Laute leuchtete in der späten Nachmittagssonne fast golden. Er stand vor einem flachen, schwarzen Zelt. Auf dem spitzen Dach flatterte ein Wimpel, auf dem ein silberner Greif zu sehen war.

Der junge Mann trug ein lustiges Lied vor:

»Rief der König der Katzen munter und froh:
›Wo ist dieser Mäuserich, sagt mir, wo?
Der verführt' alle Mäusedamen im Land?‹
›Im Palast‹, jauchzt' die Katzenkönigin, ›oh!‹
Und kichert leise, nicht minder froh.
›Er sündigt wie Onan mit seiner Hand!‹«

Die Menge johlte vor Freude, doch das steigerte nur noch Dianes Entsetzen, und der Geruch von Wein drehte ihr fast den Magen um.

Roland stand am Rand der Menge und beobachtete den lächelnden Spielmann.

Warum bleiben wir hier? dachte sie. Warum gehen wir nicht weiter bis an einen sicheren Ort? Jemand aus der Menschenmenge reichte dem Spielmann einen Weinschlauch, aus dem er sich einen dicken, roten Strahl in die Kehle rinnen ließ. Diane bemerkte, daß er in ihre Richtung schaute, zuerst auf Roland, dann auf sie. Das Gesicht des Spielmanns verlor seine Fröhlichkeit und bekam einen besorgten Ausdruck.

Als Roland plötzlich losging, lief Diane schnell hinter ihm her. Die Männer machten ihm eifrig den Weg frei. Irgend etwas an ihm scheinen sie zu fürchten, dachte sie. Vielleicht seine Größe oder seinen langen schwarzen Umhang. Als Roland vor dem Zelt ankam, kehrten die Männer zu den Feuern an der Seite des Hügels zurück.

Der Spielmann verbeugte sich vor Roland. »Ich dachte, es wäre nett, diese Burschen zu unterhalten, während wir auf Neuigkeiten warten, Maître.« Er sah Diane merkwürdig an.

»Habe ich um eine Erklärung gebeten?« erwiderte Roland kurz. »Komm herein, schnell.«

Diane folgte Roland in das schwarze Zelt. Innen war es genauso karg wie außen. Eine Truhe aus rotbraunem Holz, die mit Messingnägeln beschlagen war, schien das einzige Möbelstück zu sein.

Er ist kein Katharer, aber er lebt genauso bescheiden wie wir, dachte sie.

Roland streckte schweigend die Hand aus, und der Spielmann reichte ihm die Laute. Roland lächelte, strich mit seinen schmalen Fingern über die Saiten und das polierte Holz und wickelte das Instrument in ein weißes Tuch. Diane konnte ihre Augen nicht von seinen Händen lösen. Sie waren immer noch so schön, wie sie sie in Erinnerung hatte.

Der Spielmann warf sich auf die Knie.

»Maître! Gott sei gedankt, daß Ihr sicher zurückgekehrt seid. Vor Sorge um Euch konnte ich nicht schlafen. Ich habe diesen Flegeln dort draußen etwas vorgesungen, um meine Angst zu bekämpfen.« Wieder schaute er Diane an.

Ob er weiß, wer ich bin? fragte sich Diane. Muß ich ihn fürchten, oder ist er ein Freund?

Roland ergriff die Arme des jungen Mannes, zog ihn hoch und umarmte ihn herzlich. »Ich bin froh, dich wiederzusehen, Perrin. Aber warum diese Angst um mich? Hast du denn kein Vertrauen zu mir?« Noch bevor der junge Mann etwas erwidern konnte, wandte sich Roland an Diane.

»Das ist Perrin. Er kommt tatsächlich aus Saint-Fleur. Manchmal begleitet er mich, wenn ich singe. Er fungiert auch als mein Bursche, aber er taugt nicht viel. Jetzt, zum Beispiel, sollte er wissen, daß wir die ganze Nacht vom Berg heruntergeklettert und den ganzen Tag marschiert sind und daß er sofort eine Decke für dich ausbreiten müßte.«

Perrin lächelte zaghaft. »Ist das...?«

»Ja, Perrin, das ist die Dame, die wir erwartet haben. Madame Diane de Combret.«

»Eine hervorragende Verkleidung, Madame«, grinste Perrin, breitete schnell eine Decke für sie aus und strich sie glatt. »Setzt Euch hierher, bitte. Und vergebt mir bitte auch, falls mein Lied Euch beleidigt hat.«

Roland lachte. »Es ist anständig von dir, die Schuld auf dich zu nehmen. Ich habe das Lied geschrieben, Diane.«

Sie konnte keine Scham in Rolands Blick erkennen. Unflätigkeiten amüsieren ihn, dachte sie. Er ist zu Hause in dieser Welt und in seinem Körper.

»Aber es ist kaum zu glauben«, Perrin schüttelte seinen Kopf. »Ihr seid wirklich durch die Schlachtlinien hindurchgekommen, seid in die Katharer-Festung gelangt und mit Eurer Geliebten entkommen? Was für ein großartiger Stoff für ein Lied!«

Diane spürte, wie ihre Wangen aufglühten, als er sie Rolands Geliebte nannte.

»Wenn es nötig sein sollte, wirst du dein Leben für sie geben, Perrin«, sagte Roland und blickte dem anderen fest in die Augen. Diane fiel auf, daß er einen Kopf größer war als Perrin. Roland ist größer als jeder andere auf dieser Welt, dachte sie.

»Madame«, Perrin verneigte sich, »laßt mich Euch mit allem Respekt sagen, daß ich nichts von Ketzerei halte. Aber ich würde für diesen Mann sterben, und er hat sein Leben aufs Spiel gesetzt, um Euch hierherzubringen. Ich werde nicht nur für Euch sterben; wenn ich muß, werde ich sogar meine unsterbliche Seele opfern, um Euch zu helfen.«

Sie spürte, wie sich ihr Körper vor Zorn versteifte. Ewige Verdammnis, für den, der ihr hilft? Wie kann er es wagen? Das ist in der Tat Ketzerei! Rom ist es, das vom Irrglauben zersetzt ist.

Ohne eine Antwort nahm sie ihre Kappe ab und legte sie neben sich auf die Truhe. Mit den Fingern strich sie sich durch das dichte rote Haar, das ihr jetzt, wie bei den Männern üblich, nur noch bis auf die Schultern reichte. Sie hörte Perrins Seufzen, blickte auf und bemerkte, daß er sie anstarrte. Sie wußte, daß Männer ihre Haarfarbe sehr aufregend fanden, aber das schmeichelte ihr nicht mehr.

»Ich finde das Gerede von verdammten Seelen lästig«, sagte sie kühl.

Perrin lief rot an und drehte sich um.

Roland sah sie ärgerlich an. »Wenn ein Mann dir seine Seele zu Füßen legt, solltest du sie nicht in den Schmutz treten, Diane. Wenn er seine Seele retten wollte, würde er sie verlieren. Das könnte auch dir passieren.«

Diane wurde rot, und Tränen brannten in ihren Augen. Sie schämte sich. Wie konnte sie so grob mit diesen beiden Männern sein, die ihr Leben für sie riskierten? Sie hatte sich des Hochmuts schuldig gemacht. Sie verdiente es nicht, eine Vollkommene genannt zu werden.

Roland drehte sich um und streckte Perrin seine Arme hin und der half ihm beim Ausziehen des Wappenrocks und schnürte ihm das Kettenhemd auf. Dann hängte er das schwere Kettenhemd an einen Ständer neben der Truhe. Roland seufzte tief und reckte und streckte sich.

Plötzlich geriet Diane in Panik. Wollte er jetzt auch noch sein Hemd ausziehen? Doch sie wunderte sich, warum sie das erschrecken sollte. Sie hatte schon oft in engen Unterkünften gelebt und viele halbnackte Männer gesehen. Aber sie kannte den Grund ihrer Angst. Tief in ihrem Inneren fühlte sie das Verlangen, seinen Körper zu sehen. Sie erhob sich und wandte sich verschämt von Roland ab.

»Ich weiß, wieviel Kummer und Schmerz du ertragen mußt, Diane«, sagte Roland zärtlich. »Aber du hast noch kein einziges Mal geklagt. Du bist wirklich bewundernswert. Verzeih, daß ich dich gerade so angefahren habe.«

»Es gibt nichts zu entschuldigen«, erwiderte Diane, den Tränen nahe. »Ich habe es verdient.«

Als die Männer draußen plötzlich schrien und jubelten, zuckte sie zusammen. Das Furchtbare mußte geschehen sein!

»Das klingt, als ginge ein Ausrufer durchs Lager«, sagte Roland. »Perrin?«

Nachdem der junge Bursche gegangen war, sagte Roland: »Diane, du kannst diesem Mann wie deinem Bruder vertrauen. Hab keinen falschen Eindruck von ihm, nur weil du ihn ein schmutziges Lied hast singen hören. Seine Moral ist so unerschütterlich wie ein Schlachtroß.«

»Wenn du sagst, daß ich ihm vertrauen kann, Roland, dann werde ich ihm vertrauen.«

»Gut. Das wirst du auch müssen, denn ich werde dich unverzüglich mit ihm nach Paris schicken. Ich besitze ein kleines Haus außerhalb der Stadt, in dem du sicher sein wirst. Je eher du diesen Ort verläßt, wo man nach Katharerblut dürstet, um so besser. Ich muß bleiben, oder man wird mich wegen Fahnenflucht anklagen.«

Als sie den Schmerz in seinen Augen erkannte, wußte sie, ohne daß er es aussprach, daß er sie nicht gern gehen ließ.

Er wandte sich von ihr ab, öffnete die Verschnürung seines Hemdes und zog es aus. Sie wollte sich wegdrehen, aber es war ihr unmöglich. Er ging zu dem Haken hinüber und hängte sein Hemd auf. Mit ihren Blicken verschlang sie die straffen Muskeln, die sich geschmeidig unter seiner dunklen Haut bewegten.

Er drehte sich um und sah sie an. Blitzförmig verlief eine weiße Narbe von seiner rechten Schulter über die Brust und den Bauch. Diane seufzte kurz auf. Er zog den linken Mundwinkel hoch und lächelte sie an. Das war das schiefe Grinsen, das sie so gut kannte – und liebte.

Ein kalter Schauer lief über ihren Körper und ihr Herz flatterte. Sie versuchte, sich die Finsternis der Hölle, den Aufenthaltsort des Teufels vorzustellen. Wenn ich mein Gelübde breche, bin ich für immer verloren.

»Diane«, sagte er sanft.

»Bitte, Roland«, hauchte sie mit erstickter Stimme, »zerstöre mich nicht.« Sie drehte ihm den Rücken zu.

Lange Zeit schwiegen sie. Sie zitterte, fürchtete seine Berührung und sehnte sich doch danach.

»Ich habe dir nichts getan und werde dir nichts tun«, sagte er.

»Ich bin schwach«, erklärte sie. »Ich wußte nicht, wie schwach ich bin. Ich bin dir ausgeliefert.«

Sie hörte, wie er sich hinter ihr bewegte, und war gespannt vor Angst und Erwartung.

»Sieh mich an, Diane!«

Langsam drehte sie sich um. Er hatte sich seinen Umhang über die Schultern geworfen. Seinem Gesicht konnte sie ansehen, wie sehr er litt.

»Ich habe auch meine Grundsätze. Solange ich dich liebe, ist dein Wunsch auch mein Wunsch. Wenn du glaubst, daß das Verlangen nach mir Schwäche ist und daß meine Liebe dich zerstören muß, dann werde ich dich nicht berühren. Du mußt zu mir kommen, weil du es wirklich willst – oder gar nicht.«

Erleichterung – und Enttäuschung – überkam sie. Sie setzte sich wieder auf die Truhe.

Perrin kam ins Zelt zurück. »Gerade sind Nachrichten vom Gipfel des Berges gekommen.« In seinen Augen sah Diane Mitleid. »Die Katharer haben heute morgen Unterhändler geschickt. Die Bedingungen wurden akzeptiert. Mont Ségur hat kapituliert.«

Diane legte ihren Kopf auf die Arme und begann das Vaterunser zu beten. Seit sie mit Roland den Gipfel verlassen hatte, war ihr klargewesen, daß sie diese schreckliche Nachricht einmal erreichen würde.

Sie fühlte Rolands tröstende Hand auf ihrer Schulter und ließ sie dort ruhen, denn in ihrem Kummer sehnte sie sich verzweifelt nach menschlicher Zuwendung.

Als sie in ihrem Gebet zu den Worten »Führe uns nicht in Versuchung« kam, sprach sie sie voller Eindringlichkeit um ihrer selbst willen. Dann weinte sie. Nicht nur um den Untergang von Mont Ségur, sondern auch vor Verwirrung und Verzweiflung über ihre eigene Lage.

III

Roland stand hoch aufgerichtet vor der Festung der Katharer und sah, wie die hohen, hölzernen Tore aufschwangen. Von seinem Standort aus konnte er sehen, daß das Feuer der letzten, nächtlichen Schlacht, die jetzt fünfzehn Tage zurücklag, alles außer dem steinernen Festungsturm zerstört hatte. Innerhalb der Kalksteinmauern erkannte er primitive Unterkünfte aus Zeltfetzen, die über verkohlte Balken gebreitet waren.

Als die Verurteilten, eine lange Reihe von schwarzgekleideten Männern und Frauen, aus der Festung kamen, hörte er Abschiedsrufe und lautes Wehklagen von den Zinnen und Eingangspforten. Rolands Herz schien auszusetzen.

Während der fünfzehn Tage Gnadenfrist, die bei der Kapitulation zugestanden worden waren, hatte er zusammen mit den anderen Kreuzrittern im Lager gewartet. Jetzt, wo Diane und Perrin sicher auf dem Weg nach Paris waren, fühlte er sich verpflichtet, Zeuge der letzten Augenblicke der Katharer zu sein. Trotz seines Abscheus hatte er seine Hilfe beim Geleit der Gefangenen zu ihrer Hinrichtung angeboten. Die Katharer, die sich dem katholischen Glauben anschlossen, konnten jetzt in Frieden gehen, obwohl man sie gezwungen hatte, ihren gesamten Besitz der Kirche zu geben und für den Rest ihres Lebens ein gelbes Kreuz zu tragen. Doch jene, die an ihrem Glauben festhielten, würden sterben.

Sobald die Katharer aus der Festung kamen, sollten sie einzeln von einem Soldaten zu einem Tisch in der Nähe des Eingangs geführt werden, an dem zwei Dominikaner vor großen Pergamentrollen saßen. Die Mönche würden den Namen jedes zum Tode Verurteilten notieren. Diese säuberlichen Aufzeichnungen waren ein Teil der Macht der Inquisition.

An der Spitze der Prozession ging der Bischof der Katharer. Die rotgoldenen Strahlen der späten Nachmittagssonne fielen auf Bertrand le Martis weißes Haar und erweckten den Eindruck, als stünde es in Flammen.

»Umstellt sie«, rief der Anführer von Rolands Trupp.

Widerwillig trat Roland zusammen mit den anderen Kreuzrittern vor. Das Langschwert und der Dolch hingen schwer an seinen Seiten. Er trug sie nur, weil man das von einem Ritter erwartete. Seinen Helm und sein Kettenhemd hatte er im Zelt zurückgelassen. Er wußte, daß er keine Waffen und Panzer brauchen würde, um die Vollkommenen zu begleiten. Jetzt waren sie alle Vollkommene, denn alle Gläubigen, die beschlossen hatten, zu bleiben und zu sterben, hatten das Consolamentum erhalten.

Roland und die anderen Kreuzritter stellten sich neben den Verurteilten auf, als sie von der Westseite des Berges abstiegen. Zuerst konnte Roland die Katharer nicht ansehen. Während er mit ihnen ging und um sie trauerte, fühlte er Scham darüber, daß er leben sollte, während seine eigenen Landsleute starben.

Er hörte nur das Schlurfen von Hunderten von Füßen über Steine und Kiesel. Er lauschte gespannt, wenn sich ab und zu eine Stimme zum Gebet oder zum Choral erhob.

Als er seinen Blick auf die Prozession richtete, sah er voll Entsetzen in Augen, die er kannte. Es war die Frau namens Corba, die ihn mit der Armbrust empfangen hatte, nachdem er die Mauer erklommen hatte. Sie ging Hand in Hand mit einer älteren Dame und einem jungen Mädchen, das stark hinkte. Die langen Haare des Mädchens verdeckten sein Gesicht. Roland sah vor sich das Bild seiner Mutter und seiner Schwester, und Tränen brannten in seinen Augen.

Ist das der furchtbare Feind, fragte er sich im stillen, gegen den der Papst alle Ritter des Christentums ausgesandt hat? Roland sah die Vollkommenen an – geschwächte schwarzgekleidete Figuren, viele von ihnen Frauen und alte Männer. Der Katharismus ist wirklich zu sanft für diese Welt, dachte er.

Während Roland beobachtete, wie die Gefangenen sich ihren Weg über den steilen, felsübersäten Pfad suchten und sich von Felskante zu Felskante herabließen, bewunderte er ihre gegenseitige Hilfe. Ein noch kräftiger junger Mann nahm das hinkende Mädchen auf seine Arme und trug es. Dieser junge Mann und das Mädchen könnten noch ein langes Leben vor sich haben, dachte Roland. Gott, warum müssen ihre jungen Körper ein Opfer der Flammen werden?

Als er ins Tal blickte, konnte Roland die Wiese sehen, auf der bald alle Vollkommenen versammelt sein würden. In den letzten Tagen der Gnadenfrist hatte er voller Unbehagen beobachtet, wie die Kreuzritter die Wiese mit einem Zaun aus Holzpfählen umgaben. Auf der Wiese hatten sie Berge von Holzscheiten aufgestapelt. Obwohl das Holz vom Winter noch etwas feucht war, würden das Stroh, das die Soldaten unter das Holz gemischt hatten und das darübergegossene Pech, ein wahres Höllenfeuer entfachen.

Roland starrte auf die Kämpfer und Priester herunter, die sich um das Gatter versammelt hatten und sich über den Berghang weiter nach unten verteilten. Sie sind alle glücklich, sagte er sich. Das ist ihre Erfüllung, ihr Lohn für den Einsatz all der Mühen, des Geldes und des Blutes in fast einem Jahr der Belagerung.

Eine kleine Gruppe in blauen, violetten und roten Gewändern und Kappen löste sich aus der Menge und ging der herabsteigenden Prozession entgegen. Die großen Seigneurs, dachte Roland, die Herren dieses Spektakels. Mögen sie alle in der Hölle schmoren für das, was sie am heutigen Tage tun.

Ein Mann aus dieser Gruppe war größer als alle anderen. Obwohl er gewichtig war, erklomm er den gefährlichen Pfad mit großer Leichtigkeit. Als Roland den Mann erkannte, sträubten sich seine Nackenhaare. Seine Hände begannen zu zittern, und die Muskeln spannten sich. Es war Amalric, Comte de Gobignon, der Führer dieser Armee und der Zerstörer der Languedoc.

Der Befehlshaber von Rolands Trupp eilte den Abhang hinunter, um den Grafen zu treffen, und beugte sein Knie vor ihm.

Amalric, seine Daumen in den juwelenbesetzten Gürtel gehakt, wechselte einige Worte mit ihm. Sein aschblondes Haar, das ihm in Wellen auf die Schultern fiel, war fast so schön wie das einer Frau, doch seine gerade, lange Nase und das kantige Kinn verliehen seinem Gesicht einen kraftvoll männlichen Ausdruck.

Das Gespräch war beendet, und der Kommandant kam den Hang wieder hinauf. Amalric und seine Begleiter folgten in langsamerem Tempo.

Als der Offizier wieder bei Rolands Trupp war, hob er die Hand, um den Zug der Katharer aufzuhalten. »Der Monseigneur hat Anweisung gegeben, daß die Gefangenen an Händen und Füßen gefesselt und aneinandergebunden werden sollen.«

Eine Welle des Zorns ergriff Roland.

»Viele dieser Menschen«, rief er, »sind alt und krank. Alle sind durch Hunger geschwächt, und der Weg ist steil. Wie sollen sie es schaffen, wenn sie gefesselt sind?«

Er spürte, wie die anderen Männer des Geleittrupps ihn anstarrten.

Der Offizier schaute Roland nicht in die Augen. »Der Monseigneur hat befohlen, daß die Gefangenen zusammengebunden und den Rest des Weges geschleppt werden.«

Roland war fassungslos. Er schaute auf die lange Reihe der Katharer, die geduldig warteten. Sein Blick begegnete dem von

Bischof Bertrand. Lag da nicht ein warnender Ausdruck in den Augen des alten Mannes? Egal! Roland konnte sich jetzt nicht mehr zurückhalten.

»Was für eine abscheuliche Grausamkeit!« sagte er laut.

Amalric hörte die Kritik, und Zorn ergriff auch ihn. Wie konnte ein einfacher Ritter wagen, seine Befehle in Frage zu stellen! Aber er wußte, ein guter Führer durfte sich nicht von Gefühlen leiten lassen. Bleib ruhig! sagte er zu sich selbst. Finde heraus, was hier vor sich geht, bevor du vor dem ganzen Heer etwas unternimmst!

Während er weiter den Hang heraufkletterte, fragte er mit liebenswürdiger Stimme: »Wer nennt meine Befehle verabscheuungswürdig?«

Obwohl er seinen Ärger zurückhielt, spürte er dieses angenehme Kribbeln im Blut, das ihn immer vor großen oder auch kleineren Scharmützeln überfiel.

Nun sah er einen Ritter unerschrocken aus dem Kreis seiner Leute heraustreten. Amalric sah ihn abschätzend an: Er ist sehr groß. Er könnte fast meine Größe haben. Aber er ist schmächtig. Ich bin ihm gewichtsmäßig überlegen. Das Gesicht ist dunkel und sehr schmal, die große, gekrümmte Nase wirkt darin riesig. Vermutlich ist er Spanier oder Italiener; vielleicht kommt er auch aus der hiesigen Gegend.

Amalric war stolz darauf, möglichst viel über die Männer unter seinem Kommando zu wissen. Doch er war sicher, daß er diesen Mann niemals zuvor gesehen hatte. Wer immer es sein mochte, es war niemand von Bedeutung. Das wurde schon durch seinen dünnen, schwarzen Umhang, seine abgetragene, schwarze Tunika und den schmucklosen Gürtel mit dem einfachen Schwert deutlich. Ein hagerer, düsterer Bursche, dachte Amalric, und auch noch einer ohne Geld. Nur der Schatten eines Ritters.

Doch dann fiel Amalric die Haltung des Mannes auf. Der hielt den Kopf und die Schultern stolz gereckt und sah ihn an, als wäre er seinesgleichen. Und diese Augen! Auffallend, das leuchtende Blau! Genauso blau wie meine eigenen, dachte Amalric. Sie schienen überhaupt nicht in dieses braune Gesicht zu gehören. Es war, als würde ihn ein anderer Mann durch eine Maske hindurch anblicken. Und der Ausdruck in diesen Augen war mehr als herausfordernd. Lag nicht auch Haß darin?

»Wer seid Ihr, Monsieur?« fragte Amalric neugierig.

»Ich bin Orlando di Perugia«, antwortete der Ritter ruhig und bestimmt. Er machte keine Verbeugung und sprach mit Amalric wie mit einem Gleichgestellten.

Amalric spürte, wie sein Blut zu kochen begann. Er hatte von diesem ritterlichen Troubadour Orlando schon gehört. Er verfluchte sich dafür, daß er es versäumt hatte, die Namenslisten seiner Armee gründlich durchzusehen. Sonst hätte er sich schon früher mit diesem Mann befaßt, denn der hatte die Dreistigkeit besessen, seiner Frau ein Lied zu widmen.

Amalric erinnerte sich noch genau an den Brief, den er vom Verwalter seines Stadthauses in Paris erhalten hatte. Bei Einbruch des Winters war ein Mann in der Abenddämmerung an der Gartenmauer erschienen und hatte gesungen. Als die Wachen herauskamen, um ihn zu verscheuchen, war er fort. Später brachte ein Bursche den Text des Liedes, an die Gräfin Nicolette gerichtet, ins Haus. Der Brief geriet in die Hände eines der Amalric ergebenen Diener, der sofort Spitzel aussandte, die den Knappen verfolgten und so zu jenem Orlando aus Perugia gelangten, einem Troubadour, der erst kürzlich nach Paris gekommen war. Der Diener hatte ihm das Lied geschickt. Es hieß »In Bewunderung der anmutigen Comtesse Nicolette«, und Amalric hatte es in tausend Fetzen zerrissen, ohne es zu lesen. Er hatte sich vorgenommen, den Mann auf jeden Fall zur Verantwortung zu ziehen, wenn der Feldzug vorüber war. Und nun stand derselbe Orlando vor ihm und verspottete seine Befehle.

»Ich gebe meine Anweisungen nicht leichtfertig, Orlando di Perugia. Was habt Ihr gegen meinen Befehl einzuwenden?«

»Diese Menschen gehen widerstandslos in ihren Tod. Warum soll man ihnen in den letzten Augenblicken noch unnötiges Leid zufügen?«

Amalric starrte auf die lange Reihe der Ketzer, die sich über den ganzen Hang erstreckte, und fast bis zum Tor der Festung reichte, die sie beherbergt hatte. Beim Heiligen Dominikus, wie er diese Albigenser haßte! Mit ihren ausgezehrten Gesichtern und schwarzen Gewändern sahen sie aus wie ein Schwarm Geier. Er konnte ihren Anblick nur ertragen, weil er wußte, daß er sie bald vernichten würde. Er würde am liebsten mit gezogenem Schwert, wie ein Schnitter bei der Ernte auf einem Weizenfeld, auf sie zugehen und jede Frau und jeden Mann mit eigener Hand niederstrecken. Man konnte gar nicht genug Vergeltung üben, für das, was sie dem Christentum angetan hatten.

Und auch mir. Denn Kreaturen wie diese haben meinen Vater umgebracht!

»Barmherzigkeit steht einem edelmütigen Ritter wohl an, Sire Orlando. Aber diese Ketzer verdienen Euer Mitleid nicht. Die Mehrzahl von ihnen sind die sogenannten Vollkommenen, die Prediger und Anführer, die unzählige andere vom wahren Glauben abgebracht haben. Sie sind schlimmer als Mörder. Sie töten Seelen. Sie mit Würde in den Tod gehen zu lassen würde ihnen noch eine letzte Gelegenheit bieten, ihre irregeleitete Anhängerschaft in ihrer Überzeugung zu stärken. Wollen wir, daß die Menschen im ganzen Languedoc erzählen, daß diese Bougres vom Berg herabspaziert sind, sich auf den Scheiterhaufen gelegt und ihr Leben hingegeben haben wie echte christliche Märtyrer? Nein, wir wollen, daß man erzählt, man habe sie in den Tod zerren und auf die Scheiterhaufen werfen müssen!«

»Die Menschen sind oft grausam in ihrem Zorn«, sagte Orlando, und seine Stimme zitterte, als ob er selbst vor Wut bebte. »Aber die gemeinste Grausamkeit von allen ist überlegte und geplante Grausamkeit.«

»Ihr habt Eure Erklärung abgegeben, Troubadour, und das ist mehr, als Euch zusteht. Warum zeigt Ihr so ein besorgtes Interesse an diesen Handlangern des Teufels?« Amalric grinste verächtlich. »Ihr scheint mir ein Mann, der lieber auf der Laute klimpert, als das Schwert zu führen. Ich habe zwar schon mal eines Eurer hübschen Lieder gehört, aber noch nichts von Euren tapferen Taten gesehen. Vielleicht spürt Ihr eine innere Verbindung zu diesem alten, pervertierten Bougre dort?« Amalric deutete auf den schwarzgekleideten Alten an der Spitze der Katharer, auf ihr bischöfliches Oberhaupt.

Wie beabsichtigt, brachten ihm seine Worte das Gelächter der umstehenden Ritter ein.

»Was ist das für ein Mann«, fragte Orlando ganz ruhig, »der sich daran erfreut, alte Männer und Frauen, kranke und halbverhungerte Menschen zu quälen? Vielleicht sollte ich ein Lied darüber schreiben, was für eine heldenhafte Tat Ihr heute hier vollbringt.«

Amalric kochte vor Wut. Er bleckte seine Zähne, erhob die Faust und stürzte sich auf Orlando.

Der Troubadour schien dem Schlag nicht auszuweichen, aber er trug nur eine Schramme auf der Wange davon, hatte dafür aber Amalrics Arm und Handgelenk im Griff. Eine Drehung seines Körpers, und der Troubadour hatte Amalrics Unterarm fest umklammert.

Amalric geriet in Panik, als er spürte, daß der Knochen im nächsten Moment brechen würde. Er mußte in die Knie gehen.

Dann wurde er plötzlich losgelassen, und der Troubadour trat schnell von ihm zurück.

Als der Graf sich aufrappelte, starrten ihm die erstaunten Gesichter einer Vielzahl von Rittern entgegen. Sein Gesicht glühte vor Scham.

»Sollen wir ihn töten, Monseigneur?« rief Amalrics Adjutant, Guy d'Etampes.

»Braucht Ihr die Hilfe anderer, um Eure Händel für Euch zu entscheiden?« spottete der Troubadour.

»Niemand hat das je von mir behauptet«, sagte Amalric. »Soll der Kampf entscheiden. Ich bin der Anführer dieser Armee, und mit der Macht, die mir verliehen ist, werde ich ein schnelles und endgültiges Urteil fällen.« Er zog seinen dreischneidigen Dolch mit der fünfundzwanzig Zentimeter langen Klinge aus Toledo-Stahl und zückte ihn gegen den Troubadour. Dann bewegte er sich langsam auf die linke Seite des Troubadours, weil er erwartete, daß der dunkle Mann seinen eigenen Dolch mit der rechten Hand ziehen würde. Er machte einen Schritt den felsigen Hang hinauf, so daß er höher stand als der Troubadour. Er spürte die eigene Überlegenheit und Stärke.

Sein Dolch reflektierte das Sonnenlicht und ließ einen hellen Fleck auf dem Umhang des Troubadours tanzen. Er hob den Dolch etwas an, so daß der Lichtstrahl direkt in Orlandos Augen fiel. Der Troubadour fuhr zurück, machte einen Schritt zur Seite, doch Amalric blendete ihn wieder. Er duckte sich, wechselte den Dolch von einer Hand in die andere und sammelte sich, um sich auf den Gegner zu stürzen.

Aber der Troubadour, mit der untergehenden Sonne im Rükken, war nur ein körperloser Schatten.

Amalric sah ihn den Verschluß seines Umhangs öffnen und ihn flink um seinen rechten Arm wickeln.

»Zieht Dolch oder Schwert, Sire, mir ist es gleich«, sagte Amalric. »Ich würde nie einen unbewaffneten Mann niederstrecken.«

»Mit leeren Händen bin ich ebensogut bewaffnet wie Ihr mit Eurem Fleischspieß«, höhnte der Troubadour.

Amalric spürte, wie sein Gesicht vor Wut glühte.

Er griff Orlando an. Der Troubadour hob den rechten Arm, den der Umhang schützte, aber Amalric änderte die Richtung seines Stoßes und zielte mit seinem Dolch unterhalb des rechten Armes direkt auf die Brust seines Feindes.

Der Troubadour versuchte den Stoß mit dem linken Arm abzuwehren.

Amalric grunzte zufrieden, als er spürte, wie der Stahl tief ins Fleisch eindrang. Fluchend zog er den Dolch mit aller Kraft aus dem Arm des Troubadours.

Mit schmerzverzerrtem Gesicht stolperte Orlando über einen Felsen und fiel auf die Knie. Hilfesuchend blickte er sich nach den Kreuzrittern um, die sich um sie herum versammelt hatten, um den Kampf zu beobachten. Niemand sagte etwas, um ihm Mut zu machen, niemand machte Anstalten ihm zu helfen. Sein Schwert und sein Dolch steckten immer noch in der Scheide.

»Zieht Euer Schwert, verdammt noch mal!« brüllte Amalric, um sicherzugehen, daß alle Schaulustigen ihn hören konnten.

Statt nach seiner Waffe zu greifen, wickelte der Troubadour seinen Umhang vom rechten Arm.

Amalric griff an.

Er sah, wie der Troubadour eine Handbewegung machte und der Umhang sich entfaltete.

Dann fühlte Amalric, wie sich etwas um seine Knöchel schlang. Hilflos und voller Entsetzen wurde ihm klar, daß er stürzte. Er hatte gerade noch Zeit, die Spitze seines Dolches von seinem Körper abzuwenden, bevor er auf sein Gesicht fiel.

Beim heiligen Dominikus, dieser Umhang war eine Waffe. Er hatte Gewichte in den Ecken.

Ein stechender Schmerz durchzuckte ihn, als sein Gegner mit Wucht auf seinem Rücken landete. Die Knie des Troubadours bohrten sich zwischen seine Schulterblätter und preßten seine Brust auf die spitzen Felsen, auf denen er lag.

Als Amalric seinen Arm hob, um mit dem Dolch zuzustechen, fühlte er den Griff des Troubadours an seinem Handgelenk. Doch die Hand war vom Blut so schlüpfrig, daß Amalric seinen Arm befreien konnte.

Ein heftiger Schmerz lief von Amalrics Hand durch seinen rechten Arm, und er brüllte laut auf. Der Troubadour hatte einen Felsbrocken auf seine Hand geschmettert.

Amalrics Hand war leer, und er spürte, wie sich die Spitze seines eigenen Dolches gegen seine Kehle preßte.

»Ich kann Euch jetzt töten«, sagte die Stimme über ihm.

»Nur zu!«

»Ich werde es aber nicht tun«, fuhr der Troubadour fort,

»Eure Gefährten würden es mir sicher mit gleicher Münze heimzahlen. Aber wenn Ihr Euch bewegt, werde ich Euch die Kehle durchschneiden. Ich lasse Euch unter der Bedingung frei, daß man den Katharern erlaubt, wie Menschen, auf eigenen Füßen, in den Tod zu gehen. Gebt mir Euer Ehrenwort.«

Amalric drehte den Kopf, um zu dem Troubadour aufzusehen. Er hatte keine Wahl, wenn er nicht mit einer Dolchspitze in der Kehle sterben wollte. Sein Haß brannte ihm das falkenähnliche Gesicht dieses Mannes für immer ins Gedächtnis.

»Ihr habt mein Wort, aber bedenkt, daß unser Kampf jetzt erst beginnt.«

»Er hat schon vor langer Zeit begonnen«, sagte der Troubadour leise.

Amalric spürte, wie die Last des Mannes von ihm wich. Ohne seine schmerzende rechte Hand zu benutzen, erhob auch er sich wieder auf die Beine.

Der Troubadour hatte ihm schon den Rücken zugekehrt und ging davon, während das Blut von seinem linken Arm zu Boden tropfte.

Ohne Amalric noch einmal anzusehen, ließ er den Dolch klirrend auf den felsigen Boden fallen. D'Etampes eilte herbei, hob ihn auf und brachte ihn zu Amalric.

Ich könnte ihn jetzt töten, dachte Amalric und wog den Dolch in seiner Hand. Aber nein, nicht vor all diesen Männern. Das wäre eines Ritters unwürdig.

Er ließ den Troubadour gehen, aber eines Tages würde er diesem Mann die Haut bei lebendigem Leibe abziehen, nahm er sich vor. Langsam steckte er den Dolch in die Scheide zurück.

Doch ein quälender Gedanke fraß sich wie ein Wurm in der Tiefe seines Hirns fest und beunruhigte ihn. Wieso hat es dieser Mann geradezu darauf angelegt, meinen Haß auf sich zu lenken. Was hat er mit mir zu tun?

Langsam ging Roland davon. Sein linker Arm war wie taub. Sein Blut tropfte von den Fingerspitzen auf die Felsen. Die Männer machten ihm widerwillig Platz. Nur ein Wort von Amalric, und diese Gesellen würden ihn niedermetzeln. Roland spürte ihren Haß auf den anmaßenden Ritter, der den Grafen Amalric mit merkwürdigen Mitteln besiegt hatte. Noch nie in seinem Leben hatte er sich so alleine gefühlt.

In gespannter Erwartung eines Angriffs ging er weiter und achtete aus den Augenwinkeln auf plötzliche Bewegungen. Aber es gab keine. Statt dessen hörte Roland, wie Amalric leise etwas sagte und seine Adjutanten der Prozession den Befehl zum Weitermarschieren gaben. Er vernahm keine weiteren Befehle in bezug auf das Fesseln der Gefangenen. So ließ man die Katharer schließlich doch noch aus eigener Kraft in ihren Tod gehen.

Die schwarzgekleideten Männer und Frauen vermieden es, Roland anzusehen, als sie hinter ihm ihren qualvollen Abstieg vom Berg fortsetzten. Sie wußten, daß sie ihn nur noch mehr in Gefahr bringen würden, wenn sie ihm ihre Dankbarkeit irgendwie zeigten. Er fühlte die Welle der Liebe, die von diesen Menschen ausging, die so bald vernichtet werden sollten, genauso deutlich wie den Haß der Kreuzritter.

Ich sollte jetzt ins Lager heruntergehen, mein Pferd satteln und von hier verschwinden, dachte Roland. Ich bin schwer verwundet. Ich brauche Hilfe, und hier werde ich keine bekommen. Wenn Amalric diese armen Menschen erst umgebracht hat, wird er seine volle Aufmerksamkeit auf mich richten. Und selbst wenn ich jetzt gehe, wird er mir wahrscheinlich Männer hinterherschicken.

Aber Roland brachte es nicht über sich, zu gehen. Er mußte Diane berichten können, wie sie umgekommen waren. Und darüber hinaus hatte er das Gefühl, daß diese armen Gefangenen in ihrem letzten Augenblick wenigstens einen Freund haben sollten, selbst wenn seine Liebe und seine Trauer im Herzen verborgen bleiben mußten.

Mit seinem Dolch schnitt er aus seinem Umhang zwei Streifen

heraus. Den einen wickelte er um die Wunde, und mit dem anderen band er den Arm ab, um die Blutung etwas aufzuhalten. Sein Arm pochte jetzt von der Schulter bis zum Handgelenk.

Er blickte hinunter auf das Feld des Martyriums. Die lange Reihe schwarzer Gestalten hatte die Palisade jetzt fast erreicht.

Roland bewegte sich mühsam den Hang herunter und hielt seinen Arm hoch, um ihn vor den spitzen Felsen zu schützen.

Einige Männer in der Menge erkannten ihn und gingen aus dem Weg, als er sich näherte, doch die meisten waren viel zu sehr an dem interessiert, was nun geschehen würde, um auf ihn zu achten. Er lehnte sich in der Nähe des Zugangs an die rohbehauenen Balken.

Kaum fünf Meter von ihm entfernt brannte ein gut durchgeglühtes Holzfeuer. Er konnte die Hitze spüren. In der Nähe des Feuers standen Männer mit noch nicht entzündeten Fackeln.

Roland blickte hinüber zu den Katharern, die nun vor dem offenen Tor stehengeblieben waren. Bischof Bertrand stand immer noch in der vordersten Reihe seiner Leute. Den Kreuzrittern gegenüber hatte sich eine Gruppe von Männern in prächtigen Gewändern aufgestellt. Die hohen vergoldeten Mitren auf den Köpfen der Prälaten glänzten. Der Dicke in dem prachtvoll bestickten Purpurgewand mit zwei oder drei juwelenbesetzten Ringen an jedem Finger war der katholische Bischof von Albi, der während der Belagerung auch Truppen kommandiert hatte. Das hier mußte für ihn ein ganz besonderer Triumph sein, da das Ketzertum gerade in seiner Stadt so besonders stark gewesen war.

Inmitten all dieser roten und purpurnen Pracht fiel Roland ein Mann auf. Sein schwarzer, wollener Umhang und seine weiße Tunika waren fast so schlicht wie die Gewänder der Vollkommenen. Roland erkannte die Tracht der Dominikaner, der führenden Inquisitoren. Das glänzende, blonde Haar, das sein hageres Gesicht umrahmte, war auf dem Kopf zur priesterlichen Tonsur geschoren. Er ging allein auf die Katharer zu, verharrte einen Augenblick im stillen Gebet und blickte mit seinen blauen Augen gen Himmel. Roland hatte ihn schon vorher gesehen, und man hatte ihm gesagt, daß er der Mönch Hugues, der jüngere Bruder von Amalric de Gobignon war.

Roland sah gespannt zu, als der junge Dominikaner zu den versammelten Katharern zu sprechen begann. Waren sie dankbar für diese zusätzlichen Augenblicke ihres Lebens, die ihnen die Predigt brachte, oder verlängerte sie ihr Leiden nur noch?

»Obwohl ihr Gott euer ganzes Leben lang verleugnet habt, liebt er euch immer noch – sogar in diesem Augenblick«, sagte der Mönch Hugues anklagend.

Als er fortfuhr, erwies er sich als gewaltiger Prediger, der mal wie ein Löwe brüllte und mal wie ein Windhauch säuselte. Er sprach so fesselnd, daß Roland fast den Schmerz in seinem Arm und den Kummer in seinem Herzen vergaß.

Die Sonne verschwand hinter den Gipfeln im Westen und die Dunkelheit brach herein, als der Dominikanermönch im Schein des flackernden Feuers endlich zum Schluß kam.

»Ihr werdet eines qualvollen Todes sterben. Sicherlich wißt ihr, daß es nicht die Kirche ist, die euch bestraft. Die heilige Inquisition hat nur bewiesen, daß ihr euch der Ketzerei schuldig gemacht habt. Es sind die weltlichen Herrscher, die darauf bestehen, daß ihr zu Asche verbrannt werdet.«

Wie Pilatus, der sich Jesu Blut von den Händen wäscht, dachte Roland.

»Doch dieser Feuertod ist nicht aus purer Grausamkeit beschlossen worden«, fuhr Hugues fort. »Wir erlauben der weltlichen Regierung, eure Körper als Zeichen dafür zu verbrennen, daß die Kirche von diesen falschen Lehren gründlich gereinigt werden muß. Denkt noch einmal über eure Ketzerei nach. Befragt euer Herz. Seid ihr so sicher, daß ihr das Richtige tut, wenn ihr die Flammen wählt? Ist niemand unter euch, der Zweifel verspürt? Habt keine Angst! Der Zweifel ist die Stimme Gottes in euren Herzen. Er versucht euch zu retten. Tretet vor! Tretet vor, kommt zu Gott! Rettet euch selbst; dies ist eure letzte Gelegenheit. Ich bitte euch. Jesus Christus bittet euch. Tretet vor!« Weinend fiel der Mönch auf die Knie und wiederholte seine Bitten.

Keiner der Katharer sprach oder rührte sich.

Ein kalter Schauer lief Roland über den Rücken. Welch ein Volk, das angesichts der Flammen und mit dem beißenden Gestank des Pechs in der Nase einer solchen Predigt widerstehen konnte.

Schluchzend ließ sich der Mönch mit dem Gesicht nach vorn in das zertrampelte Gras der Wiese fallen.

Eine andere Stimme erhob sich jetzt über das Prasseln des Feuers. »Ihr habt gesagt, daß die Kirche gereinigt werden muß.«

Als Roland begriff, daß diese Stimme aus den Reihen der Katharer gekommen war, wußte er sofort, daß es Bischof Bertrand war, der sprach. Die Stimme war nicht mehr so sanft, wie Roland sie zuletzt gehört hatte, sondern klar und laut, wie sie vor vierzig Jahren gewesen sein mußte, als er mit dem damaligen Pater Dominikus debattiert hatte.

»Die Kirche soll gereinigt werden«, fuhr der Katharer-Bischof fort, »von den Feuern, die ihr heute entzündet, werden Funken sprühen, die ein großes Feuer der Reinigung entfachen werden. Die Korruption, die Tyrannei und der Aberglaube der Kirche von Rom werden niedergebrannt werden.«

Der Bischof von Albi machte eine unwillige Bewegung mit seiner feisten Hand, und die Ringe glitzerten. »Wir sind nicht hierhergekommen, um einer ketzerischen Predigt zuzuhören. Ihr habt eure letzte Chance zur Reue vertan. Hiermit seid ihr den weltlichen Mächten überantwortet.« Er wandte sich an einen jungen Mönch, der am Tisch saß und eifrig auf einer Rolle Pergament schrieb. »Es soll festgehalten werden, daß die Angeklagten ohne Reue gestorben sind.«

Mit diesen Worten wies er auf einen Ritter, der auf einem großen, kastanienbraunen Pferd saß und eine Pergamentrolle in der Hand hielt. Es war Amalric. Die silberne gräfliche Adelskrone und der Mantel aus Purpur und Gold demonstrierten seine Macht: die Macht, zweihundert Menschen in den Flammentod zu schicken. Im Namen Ludwigs, des Königs der Franken, verlas Amalric das Todesurteil für alle Vollkommenen. Die kalte

Gelassenheit, mit der er den Spruch verkündete, war furchtbarer als ein wütender Haßausbruch.

Männer mit Speeren begannen nun die Verurteilten durch die Pforte der Palisade zu drängen. Rolands Herz begann aus Angst vor dem, was er mitansehen würde, wie wild zu schlagen. Wenn der blanke Stahl eines Feindes sein eigenes Leben bedrohte, hatte er nie ein solch quälendes Entsetzen verspürt.

Er schaute zum Mont Ségur hinauf. Die eroberte Katharer-Festung und das jetzt ausgestorbene hölzerne Fort der Kreuzritter waren noch in Sonnenlicht getaucht, doch die Schatten der nahen Gipfel hatten bereits die Wiese erreicht. Auf den Mauern der Festung konnte er winzige Gestalten ausmachen. Es mußten die Abtrünnigen sein, die ihren Glauben verleugnet und das Leben gewählt hatten und jetzt als einzige übrigbleiben würden. Für sie muß es noch schlimmer sein, dachte Roland mitleidig.

Er wandte sich wieder den Katharern in der Umzäunung zu. Wie vorher am Berg, halfen sie sich auch jetzt gegenseitig beim Betreten ihrer Todesstätte. Innerhalb der Palisaden waren die Holzscheite so hoch aufgeschichtet, daß sie einen Mann noch überragten. Bischof Bertrand und die älteren Vollkommenen wurden von jüngeren Männern in schwarzen Gewändern auf die Scheiterhaufen heraufgezogen und -gehoben. Sie kauerten sich eng aneinander auf den Holzscheiten, die unter dem Gewicht zusammenfielen und nachgaben, um Platz für die Nachfolgenden zu machen. Weil so viele zur gleichen Zeit verbrannt werden mußten, hatten sich die Kreuzritter gar nicht die Mühe gemacht, für jeden einzelnen Verurteilten einen Pfahl aufzustellen.

Roland konnte immer noch kaum glauben, daß dies wirklich passierte. Er hatte schon davon gehört, daß Menschen zu Tausenden umgebracht wurden; das geschah meist nach Belagerungen, wenn die Männer immer noch im Blutrausch der Schlacht waren. Doch hier hatte es nach der Belagerung eine Pause gegeben. Die Kreuzritter und Inquisitoren hatten Zeit gehabt, in aller Ruhe nachzudenken, und das war das Ergebnis. Daß dies alles aus Überlegung geschah, ließ ihn an der Menschheit verzweifeln.

Roland sah, wie die Frau namens Corba die ältere Frau, mit der sie gekommen war, vorsichtig auf den Scheiterhaufen heraufzog. Anschließend halfen Corba und der mutige junge Mann dem hinkenden Mädchen beim Hinaufklettern. Zwischen den drei Frauen bestand eine große Familienähnlichkeit. Waren sie etwa Großmutter, Mutter und Kind? Roland spürte Tränen in seinen Augen brennen und einen Druck in der Kehle. Seine Hilflosigkeit machte ihn fast verrückt.

Ich hätte Amalric töten sollen.

Aber das hätte nichts geändert.

Als alle Vollkommenen innerhalb der Palisaden waren, schlossen sechs Krieger das schwere Holztor und stützten von außen Balken dagegen, um es zu sichern. Männer mit brennenden Pechfackeln erklommen die Leitern, die gegen die hölzernen Wände gelehnt waren. Die roten Flammen glühten in der Abenddämmerung. Aus der Umzäunung war das Murmeln von über zweihundert Stimmen zu hören, die gemeinsam das Vaterunser beteten.

Roland blickte zu Gobignon hinüber. Mit unbewegtem Gesicht erhob der Graf seine Hand. Selbst aus dieser Entfernung konnte Roland mit schwacher Genugtuung feststellen, daß die Hand geschwollen und blau angelaufen war. Amalric ließ seine Hand mit einer entschlossenen Geste sinken. Die Männer auf den Leitern warfen ihre Fackeln in den Pferch.

Einen Augenblick lang war das Vaterunser noch zu hören. Dann schossen die Flammen dröhnend empor. Roland hörte die Schreie, denn obwohl sie die Vollkommenen genannt wurden, waren sie doch menschliche Wesen, und sie starben unter qualvollen Leiden. Die goldenen Banner der Flammen schossen so hoch auf, daß sie den Mont Ségur verdeckten.

Das lodernde Feuer, das seine Opfer verschlang, wurde stärker und größer und verschonte gnädig Henker und Zuschauer durch das ohrenbetäubende Getöse der Flammen, das die Schreie übertönte und sich wie das stete Tosen eines Wasserfalls anhörte, und die dicken, schwarzen Rauchwolken stiegen hoch in den windstillen, violetten Himmel auf, so daß der entsetzliche Gestank schnell davongetragen wurde.

Roland hörte keinen Laut von den Männern in seiner Nähe. Als die Holzwände selbst Feuer fingen, zogen sich die Zuschauer langsam zurück. Roland spürte die sengende Hitze auf Gesicht und Händen, doch er wußte, daß das nichts war, im Vergleich zu dem Feuer, das die Katharer auf ihren Körpern fühlten.

Er blickte zu Hugues hinüber. Das Gesicht des Mönchs war naß vor Tränen. Trauert er wirklich um jene, die er für verlorene Seelen hält?

Bischof Bertrand, Corba und all diese gütigen Menschen, die Roland nur so kurz gekannt hatte, mußten bereits tot sein.

Erschüttert sank er zu Boden, vergrub sein Gesicht in den Händen und begann zu schluchzen. Die Schmerzen in seinem verwundeten Arm, die er bei dem Entsetzen über das, was er sah, vergessen hatte, überwältigten ihn jetzt und schossen durch seine ganze linke Körperhälfte, als ob eine Lanze ihn durchbohrt hätte.

»Wenn Ihr so furchtbar um sie trauert, warum geht Ihr dann nicht mit ihnen ins Feuer?« sagte eine harte Stimme über ihm. Roland erhob sich erschöpft. Er spürte das plötzliche Verlangen, seinen Dolch zu ziehen und zuzustechen. Aber der Gedanke verging so schnell, wie er gekommen war, und wurde von einer weiteren Welle des Kummers verdrängt.

Roland streckte seinen verletzten Arm aus und berührte sanft die Schulter des Mannes. »Ihr wißt nicht, was ihr getan habt«, sagte er.

Der Mann zuckte vor ihm zurück.

Roland drehte jetzt endlich dem riesigen Feuer den Rücken zu und ging davon. Er konnte diesen Anblick nicht länger ertragen. Wie kann ich jemals in meinem Leben wieder einen Augenblick der Freude empfinden, nachdem ich das gesehen habe? Wie kann ich einen anderen Menschen lieben, wenn ich weiß, daß Menschen so etwas tun können?

Während er den Hang zum Hauptlager hinunterstolperte,

wurde der Schmerz in seinem Arm so stark, daß ihm schwindlig wurde. Er wußte, daß er seinen linken Arm verlieren oder sogar sterben könnte, wenn seine Wunde nicht behandelt würde. Aber es gab niemanden im Lager, dessen Hilfe er sich anvertrauen konnte.

Ich muß zu meinem Pferd gelangen und versuchen, unterwegs Hilfe für meinen Arm zu bekommen. Vielleicht finde ich Leute, die sich an meinen Vater erinnern. Und zwar jetzt, bevor Amalric seine Leute auf mich hetzt.

In seiner Verzweiflung kam er aber nur langsam voran, weil es für ihn eigentlich keine Rolle mehr spielte, ob er an seiner Verwundung starb oder ob Amalric ihn umbrachte.

Diane hatte hierbleiben und sterben wollen. Ich habe dich damals nicht verstanden, Diane. Aber jetzt kann ich es.

Er sprach auch zu den Toten. In eurem Andenken schwöre ich, daß ich alles in meinen Kräften Stehende tun werde, um solchem Unheil wie diesem ein Ende zu setzen. Vielleicht ist es aussichtslos. Aber wenn ich nicht für Diane leben kann, und doch weiterleben sollte, dann zu diesem guten Zweck.

Ein bewaffneter Mann trat ihm in den Weg.

Verteidigungsbereit richtete sich Roland auf.

Der Mann sah wie jeder andere Kreuzritter aus, doch er redete ihn in der Sprache des Languedoc an. »Eure Wunde muß versorgt werden, Sire Roland. Es gibt Menschen, die Euch helfen wollen, so wie Ihr denen geholfen habt, die sie geliebt haben. Würdet Ihr mir folgen?«

»Ich habe viele Feinde«, sagte Roland, denn er bemerkte erstaunt, daß der Mann ihn bei seinem richtigen Namen genannt hatte.

»Ihr habt aber auch Freunde. Alles ist Licht.«

Als Roland ihn genauer ansah, erkannte er, daß ihm Tränen über die Wangen liefen. Er mußte einer der vielen geistigen Kinder der Vollkommenen sein, die durch das grausame Geschehen dieses Tages allein zurückgeblieben waren. Ein kleiner Lichtblick inmitten der Düsternis und Verzweiflung schien aufzuflakkern. Ja, es gab Armeen, die Menschen gnadenlos in den Tod schicken konnten, angeführt von Baronen wie Amalric und Priestern wie Hugues. Aber es gab auch noch Männer wie diesen, und mehr Menschen wie die, die verbrannt worden waren. Jetzt habe auch ich ein Gelübde abgelegt, nach dem ich leben muß, Diane, dachte er.

Innerlich gestärkt sagte er: »Ja. Ich werde mit Euch gehen.«

IV

Die Comtesse Nicolette de Gobignon drückte ein feuchtes Tuch auf die Stirn des Königs. Obwohl er vollkommen hilflos dalag, fand sie seine Körpergröße eindrucksvoll. Er glich einem umgestürzten Kirchturm. Nur zwei andere Männer sind noch ebenso groß, dachte sie. Amalric und Orlando.

Ein plötzliches Schuldgefühl ergriff sie. Wie konnte sie nur an den Troubadour denken, während ihr königlicher Herr hier im Sterben lag.

Sie blickte Ludwig an und sah das Kruzifix aus Elfenbein und Holz auf seiner Brust, das sich bei jedem seiner mühsamen Atemzüge hob und senkte.

Nicolette hatte das Gefühl, selbst kaum atmen zu können. Am anderen Ende des überfüllten Zimmers prasselte ein Feuer in einem riesigen steinernen Kamin. Die Luft war stickig. Sie verabscheute die wollenen Vorhänge, die Wandbehänge und die dikken Teppiche, von denen die Hitze im Zimmer gehalten wurde. Aber sie wußte, das Schloß Pontoise-les-Noyons, etwa einen Tagesritt nördlich von Paris gelegen, brauchte diese dicken Mauern und kleinen Fenster um der Kälte zu trotzen – anders als der helle, freundliche Landsitz im Languedoc, auf dem sie aufgewachsen war.

Der Schweiß rann ihr von der Stirn und brannte in den Augen.

Sie bekam kaum Luft und hatte das Gefühl, ohnmächtig zu werden, wenn sie nicht bald nach draußen gehen konnte.

Dutzende von Leuten, die königliche Familie und Höflinge, hatten sich in dem Zimmer versammelt und machten es nur noch stickiger. Ihr Geflüster störte Nicolette, wie das Summen eines Mückenschwarms.

Sie spürte, daß sie alle besorgter um sich selbst als um den König waren. Sogar Ludwigs Gemahlin und seine Mutter waren, obwohl sie sich um ihn sorgten, zu beschäftigt, um irgend etwas für ihn zu tun.

Sie bemerkte, daß die Lippen des Königs zuckten, und schnell beugte sie sich dicht über ihn. Jedes seiner letzten Worte konnte von äußerster Wichtigkeit sein.

»Jerusalem«, murmelte er. »Türme – aus Gold. Goldene Himmelspforten. Kristallklare Wasser.« Er rang nach Luft.

»Ganz ruhig, Majestät«, flüsterte sie. »Entspannt Euch.«

Ludwigs schwere Lider öffneten sich etwas und nur das Weiße in seinen Augen war zu erkennen. Er ist im Delirium, dachte sie.

»Die Bäume tragen das ganze Jahr Früchte«, sagte er ganz deutlich. Dann fiel er wieder in sein Gemurmel zurück. Darauf folgte nur noch Schweigen.

Sie nahm ein frisches Leinentuch aus dem silbernen Becken neben sich, drückte das lauwarme Wasser aus und legte es auf Ludwigs hohe Stirn.

Warum Jerusalem? Sie wußte, das Jerusalem, von dem er stammelte, existierte nur in seiner Fieberphantasie. Sie hatte den Kreuzrittern zugehört, die dort gewesen waren. Da gab es keine goldenen Türme oder Himmelspforten. Es gab überhaupt keine Türme oder Tore mehr, denn die Türken hatten sie zerstört.

Sie hielt den Atem an. Vielleicht war es nicht das irdische Jerusalem. Sollte er schon den Himmel sehen?

Als sie sich vorstellte, der König könnte seine Augen für immer geschlossen haben, lief ihr ein kalter Schauer über den Rükken, und ihr Magen verkrampfte sich. Sie erinnerte sich daran, daß sie als Mädchen gesehen hatte, wie das Dorf, nicht weit vom

Schloß ihres Vaters, von plündernden Rittern bis auf die Grundmauern niedergebrannt worden war. Jetzt sah sie diese Flammen wieder, hörte die Schreie der verwundeten Männer, der verängstigten Kinder, der Frauen, die vergewaltigt wurden. Was in den vergangenen Jahren im Languedoc geschehen war, würde jetzt in ganz Frankreich passieren. Krieg. Der Krieg hatte ihren geliebten Vater getötet und sie in die Ehe mit einem Feind getrieben. Was für Qualen würde sie diesmal erdulden müssen?

Es würden sich Parteien bilden, und sie würde sich entscheiden müssen, welcher sie sich anschließen wollte. Welche Seite würde Amalric wählen? Sie wußte es nicht. Und wohin sollte sie gehen? In Paris bleiben, nach Norden ins Château Gobignon fliehen oder nach Hause ins Languedoc?

Sie hätte am liebsten geweint, denn sie mochte Ludwig sehr. Als sie neu an den Hof gekommen war – eine Fremde, ja fast eine Ausländerin –, hatte er sich besondere Mühe gegeben, freundlich zu ihr zu sein. Und wie liebevoll er mit seiner Marguerite umging!

Er ist nicht nur gut zu denen, die ihm nahestehen, dachte sie, sondern zu jedermann: zu Kaufleuten, zu Städtern und Bauern. Wie sie ihm zujubelten, wenn er vorbeifuhr! Was würde aus ihnen allen werden, wenn er starb?

Amalric müßte jetzt dringend hier sein!

Aber er hielt es für wichtiger, die Besitzungen zu inspizieren, die ihm die Kirche nach seinem Sieg über die Katharer übereignet hatte. Er machte Bestandsaufnahmen, schlug örtliche Aufstände nieder und bestimmte die Männer, die jedes Schloß und jede Stadt für ihn besetzten und verwalteten. Seit dem Frühjahr reiste er nun im Languedoc umher. Wenn der König starb, konnte Amalrics Abwesenheit gefährlich für ihn sein, aber andererseits konnte er auch eine Menge verlieren, wenn er seine neuen Ländereien nicht völlig in Besitz nahm. Er stand immer kurz vor dem Abgrund und wägte eine Gefahr gegen die andere ab. Und wie er das genoß!

Aber nicht alle Männer waren wie Amalric.

Eine Woge des Kummers überrollte sie, stärker als der Schmerz um den sterbenden König. Sie hatte sich so viel von Orlando erhofft. Sie hatte ihn sehr geliebt. Und jetzt war diese Liebe tot.

Es tat sehr weh, an ihn zu denken. Aber vielleicht war es besser, den Schmerz zu fühlen als gar nichts. Der König rührte sich nicht. Er atmete gleichmäßig und schien zu schlafen. Während sie so dasaß und ihn betrachtete, begannen ihre Gedanken zu wandern. Sie gab sich ihren Träumen hin...

...Sie erinnerte sich, wie sie ein Zittern überfallen hatte, als ihr Blick zum ersten Mal dem des Troubadours begegnete. Seine himmelblauen Augen, im Kontrast zu seiner dunklen Haut, zwangen sie, ihn anzusehen, als wäre er ein Zauberer, der sie in seinen Bann schlüge. Es war Anfang September vor über einem Jahr gewesen, und der König und die Königin hielten außerhalb des Schlosses in Chinon hof. Amalric war weit weg – er hatte mit der Belagerung des Mont Ségur begonnen.

Die ersten Worte des Troubadours waren nicht an sie, sondern an den König gerichtet.

»Wenn Ihr gestattet, Majestät, werde ich ein Lied von Peire Cardenal vortragen.«

Sogar als er sprach, wanderte sein Blick zu ihr und schien ihre Zustimmung ebenso zu erbitten wie die des Königs. Sie ertappte sich dabei, wie sie unwillkürlich nickte und ihm zulächelte.

Er sang, und seine Stimme, ein wohltönender, weicher Bariton, berührte sie. Süße Verwirrung überkam sie, und sie war sicher, daß er in Wirklichkeit für sie sang. Sie beobachtete seine langen, schmalen Finger auf den Saiten seiner Laute und hatte das Gefühl, als würden diese Finger ihre Hand halten und streicheln.

Ihr Blick lag auf seinem glänzend schwarzen Haar, und sie prägte sich seine hohe, enge Stirn, die leuchtend blauen Augen, seine große, leicht gebogene Nase und sein scharfes Kinn ein. Nein, dachte sie, er ist kein schöner Mann im landläufigen Sinn;

doch auf einmal gerieten ihre bisherigen Ansichten über gutes Aussehen ins Schwanken.

Während des ganzen Liedes sah sie ihn völlig hingerissen an, und jedesmal, wenn sich ihre Blicke trafen, begann ihr Herz schneller zu schlagen.

Sie war von einem schmerzlichen Verlangen erfüllt – und doch war sie glücklicher, als sie es seit langem gewesen war. Sie wollte die ganze Welt umarmen, als ob sie bis zu diesem Augenblick geschlafen hätte und jetzt zum ersten Mal erwachte und richtig lebte. Während sie ihm zuhörte, stellte sie sich vor, daß er ganz allein für sie Lieder sang, die er für sie gemacht hatte. Seine Verse würden ihr von einem geheimen Königreich der Liebe erzählen. Dort wäre sie die Herrscherin, und er würde sie anbeten. Sie sah sich selbst an irgendeinem geheimen, lieblichen Ort in seinen Armen liegen.

Für sie endete sein Lied viel zu früh. Er verbeugte sich tief – und so anmutig, dachte sie – vor König Ludwig und Königin Marguerite und nahm ihr Lob und ihre Anerkennung entgegen. Dann schritt er mit der stolzen Haltung eines Fürsten über die offene Wiese und stellte sich zwischen die anderen Höflinge.

Erst da wurde ihr klar, daß sie seinen Namen nicht gehört hatte. »Wer ist er?« flüsterte sie ihrer Freundin Marguerite zu.

Marguerite blickte zum Troubadour hinüber, schaute dann Nicolette an und lächelte. »Sieht er nicht aus, als wenn er ein Landsmann von uns wäre, ein Mann aus dem Languedoc? Ein gutaussehender Mann! Wenn ich Ludwig nicht so sehr lieben würde, könnte sogar ich mich von diesem Mann angezogen fühlen.«

»Aber wer *ist* er?« fragte Nicolette noch einmal.

»Er nennt sich Orlando di Perugia«, sagte Marguerite mit einem Seufzer. »Wo Perugia liegt? Ich glaube in Norditalien. Schade, daß er kein echter Troubadour aus dem Languedoc ist.«

Während das Fest auf der Wiese weiterging, hatte Nicolette nur noch Augen für ihn.

Orlando. Diesen Namen hatte sie an diesem Nachmittag viele Male zu sich selbst gesagt und ihre Lippen dabei so bewegt, als würde sie ihn küssen.

Aber sie wagte es nicht, mit ihm zu sprechen. Amalric hatte seine Gefolgsleute, Kontaktmänner und Zuträger überall unter den Teilnehmern dieses Festes, und man würde ihn sicher davon unterrichten, wenn sie Interesse an einem anderen Mann zeigte. Was für ein Glück, daß die Mutter von Ludwig, Königin Blanche, an diesem Tag nicht mit auf der königlichen Gesellschaft war. Sie beobachtete die jungen Damen des Hofes immer wie ein Falke die Hasen.

Doch Nicolette war jetzt richtig dankbar, daß Amalric weit weg von hier im Krieg war.

Als sich der König und die Königin am Ende der Festlichkeiten zurückzogen, warf der Troubadour ihr beim Verlassen der Wiese noch einen feurigen Blick zu.

Sie war überglücklich. Nach elf einsamen Jahren einer Ehe, die sie nur eingegangen war, um ihre Mutter und ihre Schwestern zu retten, schien es ihr nun, als hätte sie ihre wahre Liebe gefunden.

Aber würde sie je wieder etwas von ihm hören?

Schon am nächsten Tag übergab ihr Agnes, ihre Zofe, eine Pergamentrolle mit einem schwarzen Band. Nicolette stieß einen Schrei des Entzückens aus: Er war in Schwarz gekleidet gewesen.

Sie löste das Band und verschlang die Worte, die dort standen:

»In Bewunderung der anmutigen Comtesse Nicolette.

Als ich Euch gestern hab' gesehn,
Verblaßte gar der Sonne Schein.
Ich sah Euch unter Blumen stehn,
Doch war'n die andern fad und klein.
O hehre Frau, wie seid Ihr schön!
Wie gern würd' ich jetzt bei Euch sein!«

Nur diese wenigen Zeilen. Begierig las sie sie wieder und wieder. Und welch große freudige Überraschung, daß diese Verse in ihrer Heimatsprache – der *Langue d'Oc* des Südens – geschrieben waren!

Während sie nun am Bett des sterbenden Königs saß, erinnerte sie sich an das erste Mal, als Orlando nur für sie gesungen hatte. Es war zu Beginn des Winters im vorigen Jahr gewesen, nachdem der König und die Königin nach Paris zurückgekehrt waren. Sie war im Stadthaus der Gobignons am rechten Ufer der Seine und hatte sich zu Bett begeben. Sie war mit den Gedanken an ihren Troubadour eingeschlafen und hatte, wie so oft, von ihm geträumt.

Sie glaubte zu träumen, als sie seine Stimme hörte. Doch sobald sie merkte, daß er draußen im Garten vor ihrem Fenster sang, war sie hellwach.

Er sang eine Aubade, ein Tagelied aus dem Languedoc, das vom Trennungsschmerz zweier Liebender erzählte, die ein Freund vor dem herannahenden Morgen warnt. Sie erhob sich langsam aus ihrem Bett und ging auf Zehenspitzen zum Fenster. Obwohl sie barfuß war und nur ihr Nachtgewand trug, spürte sie die Dezemberkälte kaum. Sehnsüchtig wollte sie die Fensterläden öffnen. Doch da hörte sie von unten die zornigen Stimmen der Wachen und erstarrte vor Entsetzen.

»O nein. Bitte laß ihm nichts geschehen«, betete sie.

Sie hörte schnelle Schritte und das Klirren von Waffen.

Voller Angst preßte sie ihre Hände auf die Brust. Dann war es plötzlich still.

Sie ging in ihr Bett zurück und weinte vor Sorge, daß ihrem Troubadour etwas zugestoßen sein könnte.

Etwas später erzählte ihr Agnes mit einem Augenzwinkern, daß die Wachen einen Vagabunden verfolgt hätten, der aber entkommen sei.

Vor Erleichterung wäre Nicolette beinahe ohnmächtig geworden.

Als Agnes ihr eine Woche später ein gefaltetes Pergament gab, fieberte Nicolette wieder vor Aufregung. Wie sie es erwartet hatte, war es die Bitte, sie sehen zu dürfen:

»An die Dame, die mir nicht mehr aus dem Sinn gehen will.

Wir sind zwei Strahlen ein und derselben Sonne. Die Göttin, der wir beide dienen, kann es nicht zulassen, daß wir voneinander getrennt sind. Ich möchte meinen Lichtstrahl mit dem Euren verschmelzen, auf daß sie vereint heller leuchten als Sonne und Mond.

Bitte händigt Eure Antwort dem Boten aus, der Euch diese Nachricht gebracht hat.«

Keine Unterschrift.

»Sein Bote möchte wissen, ob er eine Antwort erhält, Madame«, sagte Agnes mit einem verschmitzten Lächeln.

Nicolette vertraute Agnes, die seit ihren Kindertagen bei ihr war. Sie waren beide im gleichen Alter, und Agnes hatte ihr Heim und ihre Familie aufgegeben, um Nicolette zu begleiten, als sie gezwungen war, Amalric zu heiraten. Beide fühlten sich in diesem nördlichen Land nicht recht zu Hause und teilten ihre Vorliebe für den Minnedienst der Troubadoure.

»Noch nicht«, sagte Nicolette. »Ich muß erst darüber nachdenken.«

Den ganzen Tag lang grübelte sie darüber nach, was sie antworten sollte. Sie nahm ein Stück Pergament, begann einen Brief, löschte ihn mit Bimsstein wieder aus und versuchte es noch einmal. So ging das mehr als ein dutzendmal. Es ist noch zu früh für ein Treffen, sagte sie sich. Wenn er mit den Gepflogenheiten der höfischen Liebe vertraut ist, weiß er das so gut wie ich. Nein, zuerst muß er mit Liedern und Briefen aus der Entfernung um mich werben. Dann, vielleicht nach einem Jahr, werde ich ein sehr kurzes, geheimes Treffen arrangieren. Dabei wird sich erweisen, ob ich ihm vertrauen kann und er nur tut, was ich ihm erlaube. Dann werde ich ihm einen Kuß gestatten. Über Monate und

Jahre werden wir einander ganz allmählich näherkommen: uns küssen, streicheln, erst angekleidet beieinanderliegen, dann nackt, und schließlich, wenn ich ihn voll und ganz geprüft habe, werden wir gemeinsam die Wunder der Minne genießen.

Doch der Gedanke an die Vereinigung ihrer Körper ließ sie fast augenblicklich seine Umarmung und den Druck seines schlanken, festen Körpers auf ihrem spüren. Sie spürte, wie ihre Hände seine Schultern umfaßten, ihn näher zu sich heranzogen.

Warum muß ich warten? Warum muß ich es hinauszögern, wie man es in den alten Romanzen getan hat? In einer Woche, einem Monat könnte er sterben, und ich würde nie das Glück kennen, in seinen Armen zu liegen!

Welch ein schrecklicher Gedanke!

Sie nahm ein neues Stück Pergament und begann ihm zu schreiben, daß er die Zeit und den Ort für ein Rendezvous bestimmen möge.

Doch es fiel ihr schwer, den Federkiel fest in der Hand zu halten, denn plötzlich glaubte sie die mahnende Stimme ihrer vor drei Jahren verstorbenen Mutter zu hören.

»Du willst dich ihm sofort hingeben, weil die Vereinigung mit einem geliebten Mann, den Menschen paradiesische Freuden beschert.« Warnend hatte ihre Mutter den Finger erhoben. »Aber halte dich zurück! Wenn du dich ihm sofort schenkst, wird die Liebe, die er für dich empfindet schneller an Kraft verlieren, als du es für möglich halten würdest. Du mußt die Macht der unerfüllten Sehnsüchte – seiner und deiner – nutzen, um ihm einiges beizubringen. In dieser Welt beherrscht der Mann die Frau, aber im Königreich der Liebe ist sie die Gebieterin, die der Mann *midons*, meine Herrin, nennt, weil sie über ihn bestimmt. Nach alter Tradition haben die Mütter diese Weisheit seit Menschengedenken heimlich an ihre Töchter weitergegeben. Und ich weiß, daß es wahr ist, weil ich es erlebt habe. Wenn du diese Erfahrung machst, dann denke daran, daß du nicht die erste Frau bist, die so empfindet, obwohl es dir so erscheinen mag. Diese Lehre hat sich seit Generationen bewahrheitet. Du wirst niemals den Zauber der Liebe erfahren, wenn du dich nicht an ihre Regeln hältst.«

Seit Nicolette mit dreizehn Jahren geheiratet hatte, kannte sie die körperliche Vereinigung mit einem Mann. Sie erinnerte sich sogar noch an die Nacht, zwei Jahre nach ihrer Hochzeit, als sie ihre Abneigung gegen Amalric vergessen und seinen Körper so vollkommen genossen hatte, daß sie später vor Erschöpfung am ganzen Körper zitterte.

Doch tief in ihrem Inneren wußte sie, daß Liebe mehr als das sein konnte. Was wahre Liebe bedeutete, kannte sie aus den Erzählungen ihrer Mutter, dem Geflüster ihrer Freundinnen und aus unzähligen Gedichten. Liebe konnte die Menschen zu Gipfeln der Seligkeit emportragen, die die Priester sonst nur den Heiligen im Himmel verhießen.

Sie ballte ihre Hand so heftig zur Faust, daß der Federkiel zerbrach und einen großen Tintenfleck auf dem Pergament hinterließ.

Es konnte die einzige Chance in ihrem Leben sein. Mit Vierundzwanzig war sie nicht mehr so jung. Doch das Glück, das sie am Ende erfahren würde, war die Verzögerung wert. Sie schrieb:

»Sire!

Drängt mich bitte nicht. Ich muß sicher sein, daß Ihr es ernst meint, und nur die Zeit kann das erweisen. Blindes Verlangen kann schnell vergehen, doch wahre Liebe soll ewig währen.«

Die Tage vergingen und wurden zu Wochen der Einsamkeit. Doch sie erhielt keine Antwort und ihr anfänglicher Kummer verwandelte sich in Bitterkeit. Warum war sie nicht ihrem ersten Impuls gefolgt und hatte sich heimlich mit ihm getroffen? Der Gedanke, alles zerstört zu haben, wurde immer quälender.

Doch Marguerite, der Nicolette ihren Kummer anvertraut hatte, versicherte ihr, daß es richtig gewesen war, das Rendezvous noch zu verschieben. Aber was spielte es für eine Rolle, ob sie das Richtige getan hatte, wenn sie Orlando für immer verloren hatte?

Es kostete sie einige Mühe, sich einzureden, daß diese eine Nachricht von ihr, seine Leidenschaft nur noch verstärkt haben müßte, wenn er sie wirklich liebte. Dennoch fragte sie sich immer wieder, ob er ihren tadelnden Ton mißverstanden hatte und sich gekränkt fühlte.

Dann begann das Eis auf der Seine zu schmelzen. Der Winter ging zu Ende. Aus dem Süden war die Kunde gekommen, daß Mont Ségur bald fallen würde. Vielleicht würde Amalric dann zurückkehren, und ein Rendezvous wäre unmöglich. Und noch immer hatte sie keine Nachricht von ihrem Troubadour.

Als die Bäume in Paris zu grünen begannen, entnahm sie den Gerüchten bei Hof, daß der Troubadour ins Languedoc geritten sei. Ihr Schmerz war so groß, als hätten die Inquisitoren gerade ihr Todesurteil gesprochen.

Was bedeutete das? War er aus Paris geflohen, um sie zu vergessen? Oder war er – wie sie vermutet hatte – ein Mann aus dem Languedoc, der nur vorgab Italiener zu sein, und jetzt gegen die Kreuzritter zu Felde zog?

Obwohl sie seinen Verlust fortwährend spürte, machte sie dieser Schmerz seltsamerweise glücklicher, als sie es seit ihrer Heirat je gewesen war.

Sie gab die Hoffnung nicht auf. Eines Tages würde er von seiner geheimnisvollen Reise zurückkehren. Eines Tages würde sie ihn wiedersehen. Was sie auch falsch gemacht hatte, weshalb er sich auch von ihr gewandt hatte: niemals würde sie ihren Fehler wiederholen.

Während des darauffolgenden Sommers begleitete sie als Hofdame der Königin Marguerite das Königspaar auf einer Reise durch das Königreich.

Weil Ludwig seine Untertanen nicht mit großen Ausgaben belasten wollte, hatte er nur ein kleines Gefolge mitgenommen: ein Dutzend vornehmer Begleiter, zwei Dutzend Knappen und Pagen, etwa zwanzig Geistliche, damit er nicht auf die theologische

Unterhaltung verzichten mußte, die er so liebte, und fünfzig Diener unter der Führung von Isambert, dem Palastkoch. Der König hatte so großes Vertrauen zu seinen Untertanen, daß ihn nur ein paar hundert Ritter begleiteten. In den Schlössern und Abteien, die sie besuchten, wurden sie reichlich bewirtet und unterhalten und die Pferde wurden untergestellt und gefüttert. Jeder Mann des Gefolges und auch viele der Frauen hatten drei Pferde. Obwohl es für die Damen auch Wagen gab, die von Maultieren gezogen wurden, ritten Marguerite und Nicolette lieber auf Pferden. Sie reisten durch den Nordosten des Landes, durch die Champagne, die Picardie, Artois und Flandern, und besuchten neben anderen Schlössern auch das Château Gobignon.

Amalric, von Stolz über seine Eroberung des Mont Ségur erfüllt, reiste extra nach Norden, um den Gastgeber für die königliche Gesellschaft zu spielen. Nicolettes Begegnung mit ihm war kalt und ohne Gefühle. Sie war deshalb erleichtert, als sie zusammen mit dem König und der Königin wieder abreisen konnte. Sie vermutete, daß es Amalric ebenso ging, der ins Languedoc zurückeilte, um sich wieder um seine neuen Ländereien zu kümmern.

In Nordfrankreich war der Sommer die schönste Jahreszeit für Nicolette, denn sie fühlte sich dann fast wie zu Hause. Doch in diesem Sommer, fast ein Jahr nachdem sie den Troubadour zum ersten Mal gesehen hatte, lag ein Schleier des Kummers zwischen ihr und der wärmenden Sonne und dem Grün der Wiesen und Wälder.

»Es gibt Nachrichten aus Paris, Nicolette«, sagte Marguerite eines Morgens in Troyes ernst, als Nicolette ins königliche Schlafzimmer kam, um der Königin beim Ankleiden zu helfen. »Ein gewisser Troubadour ist zurückgekehrt.«

Nicolette wurde es erst heiß, dann kalt. Warum hatte Marguerite diese gute Nachricht so ernst erzählt?

»Sagt mir alles, was Ihr wißt«, rief sie.

»Es sind schlechte Neuigkeiten, doch ich spreche zu Euch als Eure Freundin, die Eure Geheimnisse kennt.«

»Warum?« Der düstere Ausdruck im Gesicht der Königin erschreckte Nicolette. Irgend etwas Furchtbares war geschehen.

»Es hat auch etwas mit Eurem Mann zu tun.«

Völlig überrascht ließ Nicolette die Kette fallen, die sie Marguerite gerade um den Hals legen wollte. »Amalric! Weiß er etwas?«

»Das ist möglich«, sagte Marguerite, griff nach der Halskette, die über ihren Busen glitt und legte sie sich selbst um. »Kommt, setzt Euch her.«

Nicolette starrte in Marguerites große braune Augen und versuchte zu raten, was sie ihr mitteilen würde.

»Ein Knappe, der Ludwig Briefe aus Paris brachte, hat erzählt, daß Orlando schwer verwundet und todkrank in sein Haus außerhalb von Paris zurückgekehrt ist. Obwohl schwer verwundet, soll er den ganzen Weg von den Pyrenäen bis nach Paris ganz allein geritten sein.«

Nicolette fühlte sich ganz benommen.

Der Mann, den sie liebte – ja, liebte – war todkrank. Würde er sterben? Würde sie ihn nie mehr wiedersehen? Sie konnte es nicht fassen.

»Was ist geschehen? Wie wurde er verwundet? Schnell, erzählt es mir!«

»Er war bei dem Heer, das den Mont Ségur unter der Führung Eures Mannes belagerte.« Marguerite legte ihre Hand auf die von Nicolette.

Ihr Troubadour kämpfte gegen das Languedoc? Nicolette hatte das Gefühl, als würde sie von einer Lanze durchbohrt.

»Ich weiß nicht, was er dort gemacht hat, aber Amalric hat ihn verwundet, Nicolette. Sie haben vor dem gesamten Heer die Dolche gegeneinander gezückt.«

Das Zimmer schien sich plötzlich zu drehen.

Amalric und Orlando im Zweikampf? Hatte Orlando gegen die Kreuzritter gekämpft? Oder war es ihretwegen? Habe ich deshalb nichts von ihm gehört? Sie preßte die Hände auf ihre hämmernden Schläfen.

Und was war mit Amalric? Er hatte im Château Gobignon nichts davon erzählt – überhaupt nichts.

»Aber warum haben sie gekämpft?« fragte sie mit zitternder Stimme.

»Wegen eines Befehls, den der Troubadour nicht befolgen wollte, oder so etwas. Vielleicht war das auch nur eine Ausrede. Vielleicht haben sie in Wirklichkeit miteinander gekämpft, weil Euer Mann von der Zuneigung des Troubadours zu Euch weiß.«

Ein Befehl Amalrics? Dann hatte Orlando sich doch den Kreuzrittern angeschlossen. Wie hatte er das nur tun können?

»Wie schwer hat Amalric ihn verwundet?« fragte Nicolette mit leiser Stimme.

»Ich habe gehört, daß er ihm den Arm aufgeschlitzt hat. Aber Euer Troubadour war auch nicht ohne. Er überwältigte Amalric und setzte ihm einen Dolch an die Kehle. Er hätte ihn töten können, aber er war klug genug, es nicht zu tun.«

Nicolette wurde schwarz vor Augen. Sie fühlte sich wie eine tönerne Statue, die jemand mit einem Hammer in tausend Stücke schlug. Orlando hatte sie nun ganz sicher verloren. Amalric würde nicht eher ruhen, als bis er sich gerächt hatte. Und wie konnte sie sich jemals mit Orlando treffen, wenn Amalric ihm nachspürte und ihn mit seinem Haß verfolgte? Als der Troubadour dem Tod auf dem Mont Ségur entkommen war, hatte er ihn damit nur ein wenig hinausgezögert.

Doch dann änderte sich ihre Stimmung plötzlich. Glühender Zorn stieg in ihr auf. Wie konnte Orlando mir das antun? Ihr Kummer verwandelte sich in Wut, und sie ballte die Hände.

Was für ein Mann war dieser Troubadour, der ihr erst den Hof machte und sie dann verließ, um an einem Krieg gegen ihr Heimatland teilzunehmen? Wie konnte er ein solcher Narr sein, ihren Ehemann herauszufordern? Nein, und nochmals nein, er verdient meine Liebe nicht, sagte sie zu sich.

Doch als sie sein schmales dunkles Gesicht und die strahlenden blauen Augen in Gedanken vor sich sah, überkam sie ein schmerzliches Verlangen.

Marguerite versuchte Nicolette zu trösten. »Orlando war ein Narr. Ihr werdet glücklicher sein, wenn Ihr ihn vergeßt. Und außerdem: alle Troubadoure sind Tollköpfe.«

Nach außen hin tat Nicolette, als würde sie dem Ratschlag der Königin beherzigen, aber innerlich beschäftigte sie einzig die Frage, wie sie ihn wiedersehen könnte.

Dann erst wurde ihr klar, daß sie jetzt Witwe wäre, wenn der Kampf anders geendet hätte. Der Gedanke, wieder frei zu sein, war sehr angenehm. Doch sofort schämte sie sich dafür: Es war abscheulich, ihrem Mann, dem Vater ihrer Kinder, den Tod zu wünschen. Und was würde dann aus ihr, einer Witwe mit drei Töchtern, die von Amalrics Familie abhängig wäre? Wäre das ein Ausweg oder eine noch schlimmere Falle als ihre Ehe?

Sterben...

Der Gedanke daran versetzte sie zurück in die Wirklichkeit, zu dem Sterbenden vor ihr auf dem Bett. Ludwig war erst dreißig Jahre alt. Wie furchtbar! Nicolette empfand es als ungerecht, daß der König so jung sterben mußte. Frankreich brauchte ihn. Es gab keinen besseren.

Morgen ist schon Weihnachten, dachte sie. Weihnachten im Jahre 1244. Alle diejenigen, die sich in Pontoise um das Sterbebett des Königs versammelt hatten, waren nicht in Weihnachtsstimmung. Sie blickten mit dunkler Vorahnung auf den König und beobachteten einander argwöhnisch. Nicolette fühlte sich in Gegenwart dieser Höflinge bedrückt.

Dem Bett am nächsten standen die Königin Marguerite, die Nicolette liebte und bedauerte, und die Königin Blanche von Kastilien, vor der Nicolette sich fürchtete. Neben den beiden Königinnen standen die drei jüngeren Brüder Ludwigs: Robert, Charles und Alphonse. Sie waren alle drei fähige junge Männer, aber Nicolette glaubte nicht, daß einer von ihnen den älteren Bruder ersetzen könnte. Etwas weiter entfernt standen die höchsten Beamten des Hofes, darunter Bischöfe, Barone und die Obersten der kirchlichen Orden. Es waren so viele Leute anwesend, wie der Raum nur fassen konnte. Fast alle Großen des Königreiches waren gekommen, um Ludwig die letzte Ehre zu erweisen. Ein König stirbt niemals allein, hatte Nicolette sagen hören.

Die Gestalt auf dem Bett bewegte sich. Der König schlug die Augen auf und blickte sie an. Vor Anstrengung keuchend setzte er sich auf und schob ihre Hand beiseite, mit der sie ihn daran hindern wollte. Auf seiner Stirn glänzten Schweißperlen, und er zitterte am ganzen Körper, als er das schwere, hölzerne Kruzifix mit beiden Händen hochhielt. Das Gemurmel der Menge verstummte, und es wurde still im Raum.

»Jerusalem ist verloren«, sagte der König mit lauter kräftiger Stimme, die jetzt nichts Fiebriges mehr an sich hatte.

»Jerusalem ist verloren«, wiederholte er, »und ich habe meine Pflicht erkannt.«

Warum spricht er immer noch von Jerusalem? fragte sich Nicolette. Sie hörte, wie sich die anderen im Zimmer dieselbe Frage zuflüsterten. Eine dunkle Vorahnung ergriff sie, daß bald etwas Furchtbares geschehen könnte.

»Ruhig, mein Sohn, ruhig«, sagte Königin Blanche und kam dichter an sein Bett. Sie war eine große, schlanke Frau und trug ein Kleid aus weißem Satin. Seitdem Ludwigs Vater gestorben war, hatte sie nur noch Weiß getragen – die Trauerfarbe der Königinnen –, und deshalb nannte man sie auch die weiße Königin. Sie hatte Frankreich zehn Jahre allein regiert, bis Ludwig herangewachsen war.

Nicolette fürchtete sich vor Blanche. Niemals würde sie vergessen, was nach der Geburt von Ludwigs erstem Sohn im letzten Jahr geschehen war; einer so schweren Geburt, daß Marguerite fast gestorben wäre. Nicolette war damals zusammen mit Ludwig am Bett ihrer Freundin gewesen. Plötzlich war Blanche hereingeplatzt und hatte ihren Sohn aufgefordert, sofort mit ihr zu kommen, weil angeblich dringende Staatsgeschäfte warteten.

»Darf er nicht einmal bei mir bleiben, wenn ich im Sterben liege?« hatte Marguerite geweint.

Blanche hatte sich zu ihr umgedreht und ihre Schwiegertochter mit kalten Augen angeblickt. »Du hast uns einen Thronfolger geboren. Mein Sohn benötigt dich nicht länger.«

Die meisten Mitglieder des Hofes fürchteten sich vor Blanche. Sie war eine harte Frau mit strengen Grundsätzen, entdeckte Fehler sofort und verzieh niemals etwas.

»Von welcher Pflicht sprecht Ihr, Sire?« fragte Marguerite jetzt den König, als sie sich über das Bett beugte.

»Es wird noch Zeit sein, über Pflichten zu sprechen, wenn es ihm besser geht«, sagte Königin Blanche und blickte ihre Schwiegertochter aus schmalen Augen an.

»Jerusalem«, sagte der König wieder und wandte sein Gesicht den Flammen zu, als könne er darin die goldenen Türme und kristallklaren Wasser Jerusalems sehen.

Nicolette fragte sich, ob das Fieber ihn verrückt gemacht hatte.

»Bitte, Ludwig, bleibt ganz ruhig«, bat seine Mutter noch einmal.

»Laßt ihn doch sprechen!« rief Marguerite.

Der Streit der beiden Frauen, die ihm am nächsten standen, schien den König aus seiner Erstarrung zu lösen. Er sprach jetzt ruhiger und war ganz klar bei Bewußtsein. »Ich werde das Zeichen der Kreuzritter tragen, Mutter. Als eben der Tod neben mir stand, gelobte ich Gott, einen Kreuzzug zur Befreiung Jerusalems zu führen, wenn er mich am Leben ließe.«

Nicolette hörte, daß im Zimmer wieder getuschelt wurde. Es geht ihm besser, hörte sie sagen. Er hat Gott versprochen, einen Kreuzzug zu führen, und schon kann er aufrecht sitzen und sprechen. Von mehr als nur einer Person hörte sie das Wort »Wunder«.

»Nein«, sagte ein anderer traurig, »das ist das letzte Aufbäumen eines Fieberkranken vor dem Ende.«

Aber es war nicht das Ende.

Nicolette beobachtete erst mit Staunen, dann mit Freude, daß tatsächlich so etwas wie eine wunderbare Wandlung eintrat.

Ludwigs Farbe kehrte zurück; seine Augen bekamen wieder Glanz. Er stand nun nicht mehr an der Schwelle des Todes, sondern gehörte von Minute zu Minute deutlicher zum Kreis der Lebenden. Schlagartig von dem Augenblick an, in dem er von Jerusalem zu sprechen anfing, hatte seine Genesung begonnen.

Jerusalem. Trotz der Hitze im Zimmer, hatte Nicolette das Gefühl, als wehte ein eisiger Windhauch durchs Zimmer. Es fröstelte sie. Wann hatte es zuletzt einen Kreuzzug gegeben? Sie meinte einen echten Kreuzzug, nicht diesen Kreuzzug gegen die Albigenser, diesen Krieg im Languedoc, in dem Christen gegen Christen kämpften. Nein, solange sie sich zurückerinnern konnte, war kein Heer unter dem Zeichen des Kreuzes nach Outre-mer gezogen – in die Länder jenseits des Mittelmeers. Sie hatte die Veteranen früherer Kreuzzüge Geschichten erzählen hören: Riesige Heerscharen waren ausgezogen gewesen, und nur eine Handvoll Männer waren zurückgekehrt. Die hatten von Seuchen, Hunger und Durst berichtet und von der rasenden Wut der Sarazenen, die die Ritter zu Tausenden töteten. Und ihr Vater hatte oft gesagt, daß zumindest die unsinnigen Kreuzzüge übers Meer in Vergessenheit geraten seien, dafür danke er Gott.

In bezug auf diejenigen, die ins Languedoc eingefallen waren und die er sein Leben lang bekämpfte, hatte Guilhelm de Lumel jedoch eines Tages bemerkt: »Ich kann nur sagen, daß, bevor ich mit ihnen fertig bin, sie sich wünschen werden, sie wären gegen die Türken ausgezogen, statt ihre eigenen Landsleute zu bekämpfen.« Wenige Wochen später fiel er in einer Schlacht gegen die sogenannten Kreuzritter.

Noch in demselben Monat, in dem man die Leiche ihres Vaters auf dem Rücken seines Rosses nach Hause gebracht hatte, trat Amalric in ihr Leben. Er war so, wie sie sich die Kreuzritter immer vorgestellt hatte; arrogant, fanatisch und begierig aufs Blutvergießen. Nur um den Besitz ihrer Familie vor der Enteignung durch die Kirche zu bewahren, hatte sie ihn geheiratet, aber sie hatte sich eigentlich nur als Kriegsgefangene gefühlt. Kein Wunder, daß schon das Wort *Kreuzzug* sie mit Abscheu erfüllte.

Und nun sogar der König? Gott bewahre uns!

Blanche schüttelte den Kopf und blickte hilfesuchend ihre anderen Söhne an. »Er redet noch im Fieber, nicht wahr?«

Auch Marguerite war erschrocken. »Ein Kreuzzug? Nein, Ludwig! So etwas dürft Ihr nicht sagen.«

Der König sprach nun mit feierlichem Ernst und ohne jegliches Anzeichen von Fieber: »Seht mich an Mutter. Merkt Ihr denn nicht, daß es mir bessergeht? Gott hat mich noch einmal verschont. Er möchte, daß ich Jerusalem für ihn befreie.«

»Es ist wahr!« rief Robert, ein Bruder des Königs, und handelte sich dafür einen tadelnden Blick von Blanche ein. »Das Fieber ist vorbei.«

»Gott sei gepriesen!« rief der Erzbischof von Sens und erhob die Hände zum Gebet. Ein aufgeregtes Raunen ging durch den Raum. Einige fielen sogar auf die Knie.

Trotz ihrer Furcht und Traurigkeit fühlte auch Nicolette sich erleichtert. Es grenzt an ein Wunder, dachte sie. Er wird nicht sterben, und das Königreich ist gerettet.

Blanche betrachtete ihren Sohn genauer. Nicolette sah die Freude auf ihrem Gesicht. Überwältigt faltete sie die Hände.

»Gott sei Dank!« flüsterte sie. »O Ludwig…« Sie beugte sich über ihn, aber bevor sie ihn berührte, trat sie zurück. Nicolette erkannte, daß sie nicht vor all diesen Leuten ihre Zuneigung zu ihrem Sohn zeigen wollte.

Als sie wieder etwas sagte, klang ihre Stimme fest und entschlossen. »Ihr habt recht, Ludwig, Gott hat Euch verschont. Aber am besten könnt Ihr ihm dadurch dienen, daß Ihr hier zu Hause die Ketzer bekämpft.«

Ist denn im Languedoc nicht schon genug gemordet worden? dachte Nicolette empört.

»Mutter, der Katharismus ist ausgerottet«, sagte Ludwig. »Seine letzten Führer sind auf dem Mont Ségur gestorben. Ich will Frieden im Languedoc.«

»Amen«, sagte dazu Marguerite aus tiefstem Herzen.

Nicolette fühlte sich Marguerite so verbunden, daß ihr Tränen in die Augen stiegen. Wir sind beide Kinder des Languedoc, dachte sie, und eher Schwestern als Freundinnen.

»Wir brauchen ein Ziel, das alle Franzosen, den Norden und den Süden, einigt«, sagte Ludwig. »Unsere jungen Männer sollen nicht gegeneinander, sondern für die Befreiung Jerusalems kämpfen.«

Ist es soviel besser, dort in der Fremde zu sterben als in der Heimat? fragte sich Nicolette.

Blanche seufzte. »Hätte Gott gewollt, daß Jerusalem uns gehört, hätte er es nicht in die Hände der Sarazenen fallen lassen. Was hat das Christentum gewonnen, nachdem all die Reichtümer und all das Blut geopfert worden sind, um Jerusalem zu halten?«

»Mutter, die Moslems haben Jerusalem im vergangenen Juni erobert. Meint Ihr, es ist Gottes Wille, daß sie es für immer behalten? Wenn wir unsere Versuche, Jerusalem zurückzugewinnen, aufgäben, würde das mehr Christen an ihrem Glauben zweifeln lassen, als jemals von den Katharern bekehrt wurden.«

Blanche wandte sich ab.

Nicolette fühlte, daß die Atmosphäre in diesem Raum sich verändert hatte. Hier fand keine Totenwache mehr statt. Der König saß aufrecht im Bett und unterhielt sich lebhaft. Es sah wirklich so aus, als hätte sein Entschluß, einen Kreuzzug zu führen, seine Genesung eingeleitet.

Aber Nicolette wurde erneut von Furcht ergriffen. Wenn die Männer nach Osten in den Krieg ziehen, was wird dann aus mir? Wird Amalric teilnehmen, und werde auch ich mitgehen müssen? Sie erinnerte sich daran, daß die Könige von Frankreich und die vornehmen Adligen früher immer ihre Frauen mitgenommen hatten. Wie sollte sie in den öden Wüsten, die nur von wilden Heiden bevölkert waren, jemals überleben? Doch ein noch stärkerer Schmerz verdrängte diese Furcht. Sie hatte Orlando verloren, ihre einzige Hoffnung auf Glück. Was machte es also aus, wenn sie im Osten sterben sollte?

Marguerite drängte sich durch den Kreis der Höflinge und ergriff Ludwigs Hand.

»Mein Ludwig, wenn Ihr gestorben wäret, hätte das auch meinen Tod bedeutet. Ich danke Gott für Euer Leben – aus welchem Grund auch er Euch mir zurückgegeben hat. Wenn Euch das Gelübde, den Kreuzzug zu führen, Euer Leben gerettet hat, dann auch das meine. Doch denkt daran, daß ich Euch trotzdem davor zurückhalten könnte, in den Krieg zu ziehen.«

Sie sagte das mit einem Lächeln, das der König zärtlich erwiderte. Nicolette spürte die Liebe zwischen den beiden und beneidete sie darum.

Welche Macht doch die Liebe hat, dachte sie, als sie sah, wie das Gesicht des Königs erglühte.

»Ihr wollt dem König etwas verbieten?« fragte er.

»Jawohl, Sire! Es sei denn, Ihr versprecht mir, mich ins Heilige Land mitzunehmen.«

Statt einer Antwort zog Ludwig sie zu sich heran und drückte sie an seine Brust.

Die Königin Blanche wurde rot vor Zorn. »Ihr seid verrückt«, fauchte sie, »ich würde Euch lieber tot sehen, mein Sohn, als daß Ihr Euch und das Königreich in den Untergang führt.«

Doch Nicolette wußte, daß nur der Anblick von Marguerite in Ludwigs Armen sie so aufbrachte.

Mit zornblitzenden Augen rauschte Blanche aus dem Zimmer. Die Edelleute, die Damen und Kirchenfürsten wichen vor ihr zurück. Doch dann wandten sie sich wieder dem König zu, um seine Reaktion auf den Wutausbruch seiner Mutter zu sehen. Aber Ludwig schüttelte nur traurig den Kopf, verlangte nach der Kiste mit den Landkarten, die er auf Reisen immer mit sich führte, und begann mit seinen Brüdern Pläne zu machen.

Als Nicolette sah, daß sie nicht länger gebraucht wurde, ging sie die Treppe hinunter in den kleinen Raum, den sie sich mit Agnes teilte.

Agnes erwartete sie mit einem ganz seltsamen Lächeln auf dem Gesicht.

»Agnes, der König will einen Kreuzzug unternehmen.«

»Das weiß ich schon, Madame. Die Diener sind alle ganz aufgeregt. Aber jeder weiß, daß es Jahre dauern wird, bis der König und seine Armee aufbrechen können, und bis dahin kann noch viel geschehen, was seine Meinung ändern könnte. Aber jetzt muß ich Euch etwas zeigen.« Sie streckte ihre Hand aus. Nicolette erblickte eine Pergamentrolle, die mit einem schwarzen Band verschnürt war.

Ihr Herz hüpfte vor Freude.

Er hatte geschrieben. Es ging ihm schon so gut, daß er schreiben konnte.

Die Liebe lebte.

Fast zu schwach, um die Rolle zu halten, streckte sie die Hand danach aus und sagte leise: »Bitte...«

Agnes verstand und ließ sie allein.

Nicolette setzte sich auf die Bettkante und begann zu lesen.

Wieder hatte er in ihrer Sprache, der *Langue d'Oc* geschrieben:

»So fern von Euch bin ich verdorrt,
Ein armer Baum am finstern Ort.
Ich brauche Euern hellen Schein,
Sonst werd' ich nimmermehr gedeihn.«

Sollte die Genesung des Königs ein Zeichen sein? fragte sich Nicolette, als sie die letzte Zeile gelesen hatte. Ich dachte, er würde sterben, aber er lebt. Ich dachte, die Liebe wäre tot, aber vielleicht lebt auch sie. Er muß mich noch immer lieben, sonst hätte er mir nicht geschrieben.

Sie wurde ernst. Nein, ich darf meine Hoffnungen nicht in ihn setzen. Er ist ein Narr, der nicht lange leben wird. Ich werde ihn sicher bald verlieren, und ich werde mehr leiden, als ich es ertragen kann. Ich bin kein dummes Mädchen. Ich habe drei Kinder. Ich bin eine Gräfin. Ich habe teuer für den Titel bezahlt. Mein Gemahl ist einer der größten Landbesitzer des Königreichs. Soll ich all das aufs Spiel setzen?

Ja, flüsterte ihr eine innere Stimme zu. Sie blickte auf die

Verse, die auf ihrem Schoß lagen und sehnte sich nach der Umarmung des Mannes, der sie verfaßt hatte. Ohne ihn hat alles keinen Sinn. Wenn ich sterbe – wenn Amalric mich tötet, weil ich mich für Orlando entscheide –, wäre das denn schlimmer, als ohne ihn leben zu müssen? Was Mutter mir einst erzählte, ist wahr: Ein Leben ohne Liebe ist ein totes Leben. Ich brauche ihn, wie ich die Luft zum Atmen brauche.

Ich bin nicht stark genug, diese Liebe zurückzuweisen. Sie hat mich in ihrer Gewalt, und ich bin zu schwach, mich ihr zu widersetzen.

Sie atmete schwer, und ihre Brust hob und senkte sich vor Erregung. Und auf einmal spürte sie zärtlich, wie der seidene Stoff ihres Kleides ihre Brüste umschloß.

Sie erhob sich, faltete das Pergament zusammen und steckte es in eine geheime Tasche in ihrem Unterkleid.

Ich werde denselben Fehler nicht ein zweites Mal begehen, dachte sie. Diesmal werde ich ihn treffen.

Ihr Herz bebte.

Nachdem es Ludwig nun besserging, würde die königliche Gesellschaft nach Paris zurückkehren. Dann konnte sie Orlando eine Nachricht zukommen lassen.

V

Obwohl sie dick vermummt war, zitterte Nicolette. Die Januarkälte ging durch und durch, dennoch fröstelte es sie eher vor Angst als vor Kälte. Sie war gerade am linken Seine-Ufer angekommen, und hier blickte sie verstohlen über ihre Schulter zurück auf die Türme und Zinnen des königlichen Palastes am anderen Ufer. Sie hatte das Gefühl, beobachtet zu werden. Vielleicht hatte irgend jemand auf der Palastmauer sie über die Petit-Pont-Brücke gehen sehen?

Amalric sicher nicht. Er war noch immer im Süden des Landes, nachdem ihn der König erst vor kurzem zum Seneschall von Béziers und den umliegenden Ländern ernannt hatte. Aber er hatte so viele Spitzel und Verbündete in Paris und am Hof. Mit Ausnahme von Agnes waren alle Diener im Stadthaus der Gobignons ihm treu ergeben. Seine Tante, Königin Blanche, lobte ihn bei allen in den höchsten Tönen. Sollte Nicolette in einen Skandal verwickelt sein, wäre die Weiße Königin sicher sehr empört und würde dafür sorgen, daß Amalric davon erfuhr. Und wenn er herauskriegte, daß sie sich mit dem Troubadour heimlich traf? Schon eine Botschaft, ein einziges Lied, nicht nur ein Treffen wie dieses, konnten für sie und Orlando den Tod bedeuten.

Ich sollte auf der Stelle umkehren und über die Brücke zurück in den Palast laufen. Die Straßen im Quartier Latin waren voller Räuber und Verbrecher – sie mußte verrückt sein, nach Sonnenuntergang hier noch allein durchzugehen. Der kleine Dolch, den sie unter ihrem Mantel verborgen hielt, würde einen Angreifer vielleicht abschrecken, aber dann wäre sie auch entdeckt.

Wenn ich um Hilfe riefe, würde der ganze Palast davon erfahren. Blanche würde wissen wollen, was ich hier zu suchen hatte. Nein, dachte sie, und das Blut gefror in ihren Adern, sie würde es schon wissen.

Aber noch einmal in seine Augen zu schauen, war das nicht jedes Risiko wert?

Unschlüssig stand sie im Schatten eines vorspringenden hölzernen Hauses in der Rue Saint-Jacques. Ich muß Orlando unbedingt sehen, dachte sie. Es ist jetzt schon ein Jahr her, und es war mir unmöglich, ihn zu vergessen. Sie sehnte sich einfach danach, mit ihm allein zu sein und in seinen Armen zu liegen.

Doch zuerst mußte er ihr einige Fragen beantworten, die sie so quälten. Warum war er Kreuzritter geworden? Warum hatte er mit Amalric gekämpft? Wie war es möglich, daß er sie liebte und ihr dennoch solchen Schmerz zufügte?

Das würde er ihr erklären müssen. Und selbst wenn seine Erklärungen vollkommen zufriedenstellend ausfallen sollten, müßte sie trotzdem standhaft bleiben und ihm den höchsten Beweis ihrer Zuneigung noch vorenthalten.

Ach, ihr Himmlischen, dachte sie plötzlich. Ich habe ja noch nie mit ihm gesprochen. Ich weiß nichts über ihn, gar nichts.

Aber er könnte nicht so singen und so wunderschöne Verse schreiben und so gut aussehen, wenn er nicht der Mann wäre, für den ich ihn halte! O ja, wenn wir uns treffen, wird es sein, wie es seine Lieder beschreiben. Er wird mir gehorchen, wird nur das tun, was ich ihm sage. Oh, darauf habe ich so lange gewartet. Göttin der Liebe, laß es wunderbar werden!

Doch der Weg, der vor ihr lag, war alles andere als wunderbar. In diesen Gassen schien jeder Schritt neue Gefahren hervorzubringen. Nachdem die Sonne fast untergegangen war, konnte sie kaum ihren Weg finden. Die Schatten der hohen Häuser tauchten die Straßen in Dunkelheit. Sie fürchtete, sich nicht mehr richtig an die Beschreibung erinnern zu können, die er ihr gegeben hatte. Sie streifte rauhe Wände, als sie vorwärts eilte, und versuchte, unbemerkt zu bleiben und nicht in den stinkenden Unrat zu treten, der hier überall auf den Straßen lag. Sie balancierte über die Bohlen, die die Universitätsdiener hier ausgelegt hatten, aber mehr als einmal trat sie knöcheltief in ein Dreckloch. Meine guten Lederstiefel werden völlig ruiniert sein, dachte sie.

Unter ihrer pelzbesetzten Kapuze hervor warf sie verstohlene Blicke auf die flanierenden Studenten aus aller Herren Ländern. Viele trugen die Tonsur der Mönche, hatten aber lange Dolche an ihrem Gürtel, obwohl das Tragen von Waffen für Studenten verboten war. Ob die nun Theologie studieren oder nicht, dachte sie, jeder von ihnen sieht so aus, als ob er nichts lieber tun würde, als mich in eine Seitengasse zu drängen und über mich herzufallen. Und die älteren Lehrer, die immer zu mehreren spazierengingen und sich in fließendem Latein unterhielten, wären wohl auch keine Hilfe.

Es paßt zu Orlando, daß er sich mit mir im Quartier Latin verabredet, dachte sie. Er müßte eigentlich wissen, daß ich nie zuvor hier war. Ich könnte mich verlaufen. Sie sah an den Häusern empor, die sich bedrohlich wie Riesen über ihr türmten. Ich glaube, ich habe mich schon verirrt.

Dieser Gedanke machte sie plötzlich ärgerlich. Marguerite hat recht. Alle Troubadoure sind verrückt: Sie beteuerten ihren Damen ihre Verehrung und brachten sie doch nur in Gefahr! Und ich bin verrückt, daß ich mich hierhergewagt habe.

Doch wie sollte sie den Weg zurück zum Palast finden? Die Häuser sahen alle gleich aus. Die Straßen waren nun ganz finster. Und selbst wenn sie es wagen sollte, einen Passanten um Hilfe zu bitten: Kaum einer schien eine Sprache zu sprechen, die sie verstand. Aber sie durfte auch nicht einfach stehenbleiben. Jeden Augenblick konnte sie angesprochen werden.

Wie sie diese kalte, schmutzige Stadt haßte!

Entschlossen machte sie kehrt und ging den Weg zurück, den sie gerade gekommen war.

Sie wollte die Rue Saint-Jacques suchen, denn die glaubte sie wiedererkennen zu können, weil sie breiter war als die anderen Straßen und zum Teil gepflastert. Und sie wußte, daß die Rue Saint-Jacques direkt zur Brücke führte.

Als sie nun schneller ging, bemerkte sie, daß ihr inzwischen auch die Füße weh taten, und sie wußte nicht, wo sie abbiegen sollte. Sie ging in die Mitte der Straße und spähte in beide Richtungen. Gott sei Dank, über einem der Dächer konnte sie einen der Türme von Notre-Dame erkennen, den die letzten Strahlen der untergehenden Sonne noch schwach erleuchteten. Ich danke dir, heilige Jungfrau Maria. Sie eilte in Richtung der Petit-Pont.

Da hörte sie etwas, was sie erstarren ließ: Eine wohlklingende Tenor-Stimme übertönte den Lärm der Straße.

»Gott schütze Madame Eleanor,
die Königin und Richterin
von Ehre, Geist und Schönheit,
von Großmut und von Treue.
Geboren unter einem guten Stern
und König Heinrich angetraut.«

Ein Schauer durchlief sie von Kopf bis Fuß, und sie rang nach Atem. Sie kannte die Stimme nicht, aber die Schönheit der Melodie, die so wunderbar zu den Worten paßte, rührte sie. Das Lied handelte von Eleanor von Aquitanien, ihrem Vorbild, seit sie zu Füßen ihrer Mutter den Erzählungen über diese große Königin gelauscht hatte. Eleanor, eine Frau des Languedoc, hatte das Ideal der höfischen Liebe an die Königshöfe gebracht und Generationen von Troubadouren inspiriert.

Verzückt blieb sie stehen, ungeachtet der bedrohlichen Gestalten, die an ihr vorübergingen. Ein Vers folgte dem anderen und versetzte sie in eine andere Welt, die nur von Schönheit regiert und aus der die Angst verbannt war. In dieser Welt beteten die Männer die Frauen an und waren ihnen treu ergeben. Und mußten sie schreckliche Taten vollbringen, dann nur aus Verehrung für ihre Damen.

Als das Lied zu Ende war, fühlte sich Nicolette erholt und beruhigt. Auf dem Grund ihrer Gedanken lauerte zwar immer noch die Angst, aber sie hatte sie jetzt nicht mehr völlig in ihrer Gewalt.

Sie bemerkte nun, daß sie vor einem Gasthaus stand, dessen Zeichen zwei goldene Schwerter auf rotem Grund waren.

»Die zwei Schwerter«, erinnerte sich Nicolette, waren ihr von Orlando als Hinweis gegeben worden.

Noch ganz unter dem Bann des Liedes fragte sich Nicolette: Wäre wohl Eleanor auch wie eine ängstliche Magd vor einem solchen Rendezvous zurückgeschreckt? Sie, die erst mit dem König von Frankreich und danach mit dem König von England verheiratet war und es gewagt hatte, sich beiden zu widersetzen? Hätte sie sich wohl von einem verärgerten Gemahl davon abhalten lassen, ihren Liebhaber zu treffen?

Nicolette fühlte neue Kraft in sich.

Sie erinnerte sich jetzt wieder genau an Orlandos Wegbeschreibung: Nach den »Zwei Schwertern« an der nächsten Ecke nach links; nach einer Toreinfahrt mit einer Darstellung des heiligen Julian, des Barmherzigen, in seinem Boot sollte sie wieder nach links gehen, dann würde sie die Strohgasse erreichen. Sie unterdrückte ihre Angst und machte sich sofort auf den Weg. Wenige Minuten später erblickte sie den heiligen Julian.

Eine vermummte Gestalt vertrat ihr den Weg.

Sie schrie vor Schreck auf.

Eine starke Hand legte sich auf ihren Arm.

Ihre Finger tasteten nach dem kleinen Dolch in ihrem Gürtel.

»Schnell, Madame. Ihr seid in Sicherheit. Ich bin es.«

Das war seine Stimme! Bei diesem Klang begann ihr Herz vor Freude zu klopfen.

Der plötzliche Lichtschein einer Fackel warf ihre Schatten auf eine weiße Wand; ein wohlhabender Student ging an ihnen vorbei, dem ein Fackelträger leuchtete. Ein anderer Bediensteter trug seine schweren, in Leder gebundenen Bücher.

Durch den rötlichen Schein der Fackel konnte Nicolette einen Moment lang das Gesicht im dunklen Schatten der Kapuze neben sich erkennen. Durchdringende Augen und eine gebogene Nase verliehen ihm den Ausdruck eines Raubvogels.

»Sire Orlando.«

»Ich bin Euch gefolgt, seit Ihr die Brücke überquert habt. Doch nun sind wir so nahe an unserem Ziel, daß ich dachte, es wäre an der Zeit, mich zu erkennen zu geben.« Er sprach mit dunkler, samtiger Stimme, die sie an seine Lieder erinnerte.

Sie stellte fest, daß er noch immer ihren Arm hielt, daß er sie überhaupt zum ersten Mal berührt hatte.

»Ihr wolltet schon umkehren, nicht wahr?«

»Ja«, antwortete sie unwillkürlich und dachte, wieso er sie wohl die ganze Zeit beobachtet hatte, während sie wie verloren herumgeirrt war, und ihr nicht geholfen hatte. Wieder fühlte sie Ärger in sich aufsteigen.

»Und falls ich beschlossen hätte, dieses reizende Stadtviertel wieder zu verlassen, hättet Ihr versucht, mich aufzuhalten?« fragte sie herausfordernd.

Er gab keine Antwort, sondern schaute ihr nur tief in die Augen und bot ihr seinen Arm formvollendet an.

Sie hielt sich fest, und so gingen sie weiter durch die Strohgasse. Die Aufregung, endlich doch mit ihm zusammen zu sein, machte sie ganz benommen, und sie mußte sich schwer auf seinen Arm stützen. Die Kraft, die er ausstrahlte, faszinierte sie.

»Sehr gern hätte ich Euch aufgehalten«, sagte er schließlich. »Ich hätte mich am liebsten mitten auf die Straße gekniet und Euch angefleht.«

Seine Antwort ließ auch das letzte bißchen Ärger in ihr dahinschmelzen, denn plötzlich wurde ihr bewußt, daß er die Sprache des *Languedoc* sprach. Wie konnte er dann aus Italien stammen?

»Aber ich habe es nicht getan«, fuhr er in ernstem Ton fort, »weil ich weiß, welches Risiko Ihr eingeht. Ich wollte sehen, ob Ihr wirklich aus eigenem Antrieb zu mir kommt, ohne weitere Überredung und ungeachtet der Hindernisse, die im Wege stehen.«

Die Erinnerung an die Gefahr, in der sie sich befunden hatte, ließ sie frösteln. Aber nun, da sie zusammen waren, wußte sie, daß sie die Grenze überschritten hatte. Wenn sie zusammen gesehen worden wären, wäre sie verloren, und doch fühlte sie ein erregendes Prickeln.

Vor einem hübschen dreistöckigen Haus mit verputzten Außenwänden machten sie schließlich halt.

»Dies ist das Haus des Buchhändlers Guillaume«, sagte Orlando. »Im Hinterzimmer kann man Wein trinken und mit Leuten, die Bücher lieben, interessante Gespräche führen.«

»Ich habe davon gehört«, sagte Nicolette. Über Guillaume tuschelten fast alle jüngeren Mitglieder des Hofes. Es war ein Treffpunkt für aufrührerische Studenten, an dem selbst über Ketzerei offen diskutiert wurde. Und das war genau der richtige Ort für ihre abenteuerliche Stimmung. Sie holte tief Luft, und als er die Tür öffnete, trat sie ein.

Sie wurde von dem Schein vieler Kerzen geblendet. Als ihre Augen sich an das Licht gewöhnt hatten, sah sie Hunderte von Büchern, die auf Tischen aufgehäuft waren. Zwei stämmige Angestellte bewachten die kostbare Ware. Sie schlug die Augen nieder und zog sich ihre Kapuze tiefer ins Gesicht.

Orlando führte sie zu einer anderen Tür, und sie betraten einen etwas dunkleren Raum. Er hatte keine Fenster, und nur wenige Kerzen brannten. Im Dämmerlicht saßen Leute an kleinen Tischen beim Wein und unterhielten sich leise. Nicolette hatte davon gehört, daß die Leute, die öfter zu Guillaume kamen, es sogar wagten, über Hexerei zu reden und, noch schlimmer, die Bischöfe und Adligen zu beschuldigen, daß sie die Armen ausplünderten. Solches Gerede konnte einen Menschen sehr schnell in die Kerker der Inquisition bringen.

An der hinteren Wand lehnte ein junger Mann, der auf einer irischen Harfe klimperte. Er hatte lockiges blondes Haar, grinste schelmisch und schien ihnen kaum wahrnehmbar zuzunicken, als sie mit Orlando auf einen Tisch in einer dunklen Ecke zuging. Sie fragte sich, ob er vielleicht einer jener seltsamen geächteten Dichter des Quartier Latin war, die als *Les Chiens Enragés*, als »Die verrückten Hunde«, bekannt waren.

Der blonde junge Mann begann zu spielen, und es wurde still im Raum. Nicolette lauschte gebannt.

»Als Jesus auf die Erde kam,
Da war er wirklich bettelarm.

Jetzt tut der Papst, als sei auch er
Ein armer Mann, doch lügt er sehr.

Er nimmt die armen Christen aus
Und lebt davon in Saus und Braus.«

Nicolette stimmte in das allgemeine Gelächter ein, das gedämpft, aber unüberhörbar durch den Raum ging. Der Sänger gehörte ganz sicher zu den »Verrückten Hunden«.

Was für ein Spaß! Seit sie mit Amalric verheiratet war, hatte sie solche Lieder nicht mehr gehört. Im Château Gobignon oder gar im königlichen Palast wagte niemand solche Spötteleien. Doch das hier erinnerte sie an ihre Kindheit, an die offenen Gespräche am Tisch ihres Vaters.

Sie wandte sich ab und lächelte Orlando zu. Er lächelte zurück, und ihre Haut fing an zu kribbeln.

Ich darf mich nicht so gehenlassen. Noch nicht!

»Würdet Ihr Euch wundern, wenn ich Euch erzählte, daß dieser Mann mein Spielmann ist und ich der Verfasser des Liedes bin?« fragte Orlando.

In diesem Moment brachte ein untersetzter bärtiger Mann, vermutlich der Buchhändler persönlich, zwei große steinerne Krüge mit dem in Paris üblichen hellgoldenen Wein. Er stellte Gläser dazu und verließ den Tisch ohne ein Wort. Sie stellte fest, daß Orlando hier sehr diskret und mit Respekt behandelt wurde.

Jetzt muß ich ihn fragen, dachte Nicolette.

Doch sie zögerte noch immer. Seit er wie aus dem Nichts auf der Straße vor ihr aufgetaucht war, hatte sie herrlich aufregende Augenblicke erlebt. Wenn sich nun herausstellte, daß sie seinen Antworten keinen Glauben schenken konnte, würden ihre ganzen Hoffnungen und ihre Liebe in sich zusammenfallen.

Aber sein zärtlicher Blick machte ihr Mut.

»Ich finde es höchst merkwürdig, daß ein Mann, der sich in seinen Liedern über den Papst lustig macht, sich auch gleichzeitig an einem Kreuzzug gegen die Katharer beteiligt. Wie steht es um Ihre Loyalität, Sire Orlando?«

Seine blauen Augen funkelten sie an: »Darf ich Euch gleich sagen, daß ich gar nicht Orlando heiße, sondern Roland, Roland de Vency. Ich bin wie Ihr im Languedoc geboren.«

Sie war erstaunt und doch auch wieder nicht. Sie lächelte irritiert und fragte ihn: »Warum erzählt Ihr mir das?«

»Damit gebe ich mein Leben in Eure Hände, *mi dons*.«

Mi dons! Eine Welle der Freude überflutete sie. Mit diesen Worten besiegelte der Troubadour seine totale Unterwerfung.

Doch erneut trübten Zweifel ihre Freude. »Warum benutzt Ihr einen falschen Namen?«

Er antwortete mit einem Lächeln: »Ich bin ein Geächteter. Mein Vater, Arnaud de Vency, war ein Gutsherr wie viele andere im Languedoc. Er kämpfte für seine Heimat gegen die Kreuzritter, und ich auch, sobald ich alt genug war. Doch sie kamen immer näher an uns heran. Und jedesmal, wenn wir einen der Ihren töteten, hängten sie dafür zehn Bauernjungen auf. Wir konnten nicht weiterkämpfen. Wir konnten nicht im Languedoc bleiben. Der Name de Vency stand auf der Liste der Geächteten. Wenn ich heute meinen richtigen Namen benutzte, müßte ich deshalb für meine Taten und die meines Vaters büßen.«

Orlandos, nein, Rolands Vater gleicht dem meinem, dachte sie und fühlte sich dem Troubadour noch mehr verbunden. Wenn ich ein Mann gewesen wäre, hätte ich wahrscheinlich dieselbe Geschichte zu erzählen.

»Aber warum seid Ihr nach Frankreich zurückgekommen?«

Roland zuckte mit den Schultern und lächelte traurig. »Vieles bindet mich an dieses Land.« Plötzlich sah er sie mit schmerzerfülltem Gesicht an. »Aber ich weiß nun, daß es mir nicht genügt, nur ein Troubadour zu sein. Nachdem ich all die guten Menschen auf dem Mont Ségur sterben sah, habe ich gelobt, alles, was in meinen Kräften steht, zu tun, um solches Unheil in Zukunft zu verhindern.«

Ihr Kopf begann zu schmerzen. Er beantwortete ihre Fragen, und daraus ergaben sich laufend neue. Er war auf dem Mont Ségur gewesen und hatte das Zeichen der Kreuzritter getragen. Wie hatte er das nur tun können, nach allem, was er ihr gerade erzählt hatte? Spielte er nur mit ihr und genoß ihre Verwirrung?

»Also, dann noch einmal, Sire. Was wolltet Ihr wirklich auf dem Mont Ségur?« fragte sie scharf. »Wenn die Kreuzritter tatsächlich Eure Feinde sind, wie konntet Ihr Euch ihnen dann anschließen?«

Er trank sein Glas leer und sah sie eindringlich an. »Vertraut Ihr mir?«

Sein Blick hielt sie gefangen, und sie hatte das Bedürfnis ihm die Wange zu streicheln. *Konnte* sie ihm vertrauen?

»Was verlangt Ihr von mir«, fragte sie, und erschrak über die Unsicherheit ihrer eigenen Stimme.

»Kommt mit mir irgendwohin, wo wir uns ungestörter unterhalten können. Ich habe oben ein Zimmer für uns vorbereiten lassen. *Mi dons*, kommt Ihr mit mir?«

Sie hatte eine solche Einladung erwartet. Doch als sie ihn die Worte aussprechen hörte, durchflutete sie eine Welle der Erregung. Die Begierde ihres Körpers überraschte sie.

Aber ein Verdacht keimte in ihr auf: Er hat mir kaum etwas erzählt, und jetzt, wo ich ihn dränge, weigert er sich, meine Zweifel auszuräumen. Sollte er es nur darauf abgesehen haben, mit mir allein zu sein und meine Schwäche auszunutzen?

»Ich habe Euch schon mehr gegeben, als Euch nach den Gesetzen der Liebe zusteht, die Ihr selbst ins Spiel gebracht habt«, sagte sie mit möglichst fester Stimme. »Es ist Zeit, daß ich gehe. Begleitet Ihr mich bis zur Brücke?«

Sie bemerkte den Kummer in seinen blauen Augen.

Wortlos sah er sie an.

Sagt, daß ich bleiben soll, flehte sie innerlich.

Er nickte und antwortete gepreßt: »Selbstverständlich, wenn Ihr zu gehen wünscht.«

Plötzlich bedauerte sie ihre Worte.

Nein, nein, ich habe das alles doch so sehr gewollt, dachte sie. Ich kann ihn jetzt nicht verlassen und weiterleben wie bisher. Vielleicht werde ich ihn niemals wiedersehen.

Sie machte keine Anstalten, sich zu erheben.

»Wie soll ich wissen«, sagte sie zögernd, »ob Ihr es ehrlich mit mir meint?«

Er beugte sich zu ihr und im Schein der Kerzen leuchteten seine Augen herausfordernd: »Wer wagt, gewinnt!«

Sie betrachtete sein ernstes Gesicht.

Nein, das war nicht das Gesicht eines Lügners. Und über die Vorgänge auf dem Mont Ségur dachte er wie sie. Ja, es waren zwar Ketzer, aber gleichzeitig auch Leute wie wir, Menschen aus dem Languedoc. Hatte nicht Amalric sie verbrennen lassen? So würde er auch mich verbrennen lassen, wenn er in mein Herz sehen könnte.

Es war ein seltsames Gefühl, Roland in die Augen zu blicken. Mit meiner Furcht vor Amalric bringe ich mich noch um das bißchen Leben, das es wert ist, gelebt zu werden!

Über den Tisch hinweg ergriff er ihre Hand.

Seine Kühnheit war unglaublich.

Aber sie zog ihre Hand nicht weg. Und konnte er nicht die Sehnsucht in ihren Augen lesen?

Seine Handfläche war warm und trocken. Sie konnte ihre Hand nicht bewegen. Die Vorstellung, ihm zu gehören, ließ sie erschauern. Sie hatte das Gefühl, als jagte sie auf einem feurigen Pferd durch einen unbekannten Wald.

Plötzlich stand sie auf und sagte leise: »Ich werde mit Euch gehen.« Sie hielten sich noch immer bei der Hand. Während sie auf die Treppe unweit ihres Tisches zugingen, ließ der Spielmann seine Harfe erklingen und sang:

»Laßt Wein auf meinen Lippen sein
Am Ende meines Lebens.
Und mit Gesang und mit Schalmein,
So zieh' ich in den Himmel ein.
Den Sündern gibt nur Gott allein
Die Gnade des Vergebens.«

Nicolette schaute beim Verlassen des Raums noch einmal zurück, doch niemand schien ihr Gehen zu bemerken. Alle lauschten entzückt dem Lied des Spielmanns. Roland bedeutete ihr, die Treppe hinaufzusteigen.

Im zweiten Stock öffnete er eine schwere Tür. Das Zimmer war vom warmen Schein eines kleinen Kaminfeuers schwach erhellt. Er trat vor ihr ein, entzündete einen Fidibus, mit dem er die Kerzen in dem großen Messingleuchter auf dem Tisch ansteckte.

Ihre Knie zitterten, als sie über die Schwelle trat. Jetzt, dachte sie, werde ich erfahren, wer er wirklich ist.

Im Licht der Kerzen konnte sie das Zimmer deutlicher erkennen. Einen Augenblick lang erschien es ihr wie ein Zelt aus Seide. Kein Fenster war zu sehen. Wände und Decke waren mit schweren Stoffen verhängt. Die aufgestickten maurischen Motive stellten ein Labyrinth aus ineinander verschlungenen purpurnen, grünen und goldenen Ranken dar. Auf der einen Seite des Zimmers stand ein riesiges Bett mit bunten Kissen auf einem mit Teppich belegten Podest. Bei diesem Anblick schlug ihr Herz schneller, und sie wußte nicht, ob vor Furcht oder Erwartung.

Roland ging zurück zur Tür und schob einen dicken hölzernen Riegel durch zwei Eisenringe. »In den großen Tagen des Languedoc hätten solche Treffen in den geheimen Räumen von Schlössern stattgefunden«, sagte er mit seinem schiefen Lächeln. »Jetzt müssen wir mit Gasthäusern vorliebnehmen.«

Er ergriff ihre Hand und führte sie zum Bett.

Panik überkam sie. Das ging ihr alles etwas zu schnell. In der Liebe muß die Frau regieren.

Sie entzog ihm ihre Hand.

»Gasthaus oder nicht, Sire, dieses Zimmer hat seine eigene Note. Wieviel bezahlt Ihr Guillaume dafür, daß er es zu Eurer Verfügung hält?« fragte sie ihn leichthin.

»Seit ich Euch getroffen habe, gab es in meinem Leben keine Frau mehr. Keine Frau, die ich so lieben könnte wie Euch.«

Seltsam. *Keine Frau, die ich so lieben könnte wie Euch.* Er schien sich selbst zu widersprechen.

»Ich fürchte, Ihr versteht nicht ganz, was Liebe für mich bedeutet, Sire Roland. Die Liebe kann nicht wie eine wilde Sturmflut sein, die alles zerstört und dann verschwindet. Sie muß fließen wie ein ruhiger Strom, der nährt, was an seinen Ufern wächst. Die Vereinigung der Seelen sollte das Ziel der Dame und ihres Liebhabers sein; dieses Ziel muß erst verdient werden.«

»Eure Seele entzückt mich«, sagte Roland, nahm ihre Hand und blickte ihr tief in die Augen.

Sie war wie benommen.

»Die Philosophen sagen«, fuhr er fort, »die Seele entspricht dem Körper. Ich verehre die Schönheit Eurer Seele, die in Eurem lieblichen Körper sichtbar wird.«

»Wenn Ihr mich wirklich liebtet, würdet Ihr Euch mir unterwerfen.«

»Ihr habt mich schon bezwungen, meine Gebieterin«, sagte Roland und neigte sein Haupt. »Ich werde Euch meine Kunst zu Füßen legen. All meine Lieder werden Eure Schönheit besingen.« Er kniete vor ihr nieder.

Sie fühlte sich versucht, über sein dichtes Haar zu streichen und seinen Kopf an sich zu pressen, doch sie kämpfte dagegen an. Sie mußte die überlegene Herrin sein, das verlangten die Gesetze der Minne.

»Ihr werdet Gelegenheit haben, Euer Versprechen wahr zu machen, Sire Roland. Am ersten Mai veranstaltet die Königin einen Sängerwettstreit zur Feier der Gesundung des Königs. Die besten Troubadoure und fahrenden Sänger der Christenheit werden daran teilnehmen. Ihr könnt sicher sein, daß ich Euch eine Einladung verschaffe. Ihr werdet mein Favorit sein.«

Roland lächelte, seine linke Augenbraue hob sich. »Ich bin entzückt, *mi dons*. Diese Art von Kampf gefällt mir am besten.«

Kampf. Mont Ségur. Sie wußte immer noch nicht, warum er daran teilgenommen hatte. Er hatte eine Antwort auf ihre Frage vermieden; sie würde sie ihm dennoch immer wieder stellen.

»Da Euch nicht einfiel, auch für Stühle zu sorgen, als Ihr das Zimmer habt herrichten lassen, werde ich mich aufs Bett setzen, und Ihr werdet bleiben, wo Ihr seid.«

»Wie Ihr wünscht, *mi dons*.« Er kniete noch immer.

»Ihr dürft gern stehen, wenn Euch das bequemer erscheint.«

Schweigend stand er auf. Sein Gesichtsausdruck blieb ernst, aber sie sah einen Anflug von Belustigung in seinen Augen.

»Ich hoffe, Ihr wolltet mich nicht verwirren, als Ihr mich in dieses türkische Paradies hier brachtet, Sire. Ich will immer noch wissen, was Ihr auf dem Mont Ségur wolltet. Und was brachte

Euch dazu, meinen Gemahl zu einem Kampf mit dem Dolch herauszufordern?«

»Ah, Euer Gemahl ...« Sein breites Lächeln bewies, daß er sich durch ihren hochmütigen Ton nicht verletzt fühlte, sondern sehr gut verstand, daß er Teil der höfischen Sitte war.

»Ja, mein Gemahl. Es ist ein Wunder, daß Ihr hier heil und gesund vor mir steht. Wißt Ihr, wie viele Menschen er schon getötet hat? Was habt Ihr Euch dabei gedacht, Sire?«

»Nicht an mich, *mi dons*.« Er zuckte mit den Schultern, und sein Gesicht nahm einen traurigen Ausdruck an. »Der Graf de Gobignon befahl, alle Katharer, alte Männer und Frauen, halb verhungerte Menschen, gefesselt und mit brutaler Gewalt den steinigen Abhang hinunter zu dem Scheiterhaufen zu schleifen. Ich protestierte. Ich habe ihn nicht herausgefordert. Und ich habe auch nie eine Waffe gegen ihn erhoben. Wenn Ihr mit irgend jemandem, der den Kampf gesehen hat, gesprochen hättet, wüßtet Ihr das. Schließlich konnte ich ihm seinen eigenen Dolch abnehmen und ihn damit zwingen, seinen Befehl zurückzunehmen.«

»Was Ihr sagt, stimmt mit dem überein, was ich gehört habe. Aber mußtet Ihr ihn denn unbedingt so demütigen?«

Der Troubadour breitete die Arme aus, als wollte er dadurch seinem Erstaunen über diese Frage Ausdruck verleihen.

»Madame, wer um sein Leben kämpft, macht sich keine Gedanken über die Ehre seines Gegners.«

»Er muß Euch dafür mehr als jeden anderen auf der Welt hassen. Seht Ihr das nicht ein?«

Der Troubadour zuckte mit den Schultern. »Seither ist schon fast ein Jahr vergangen, Madame. Soll er doch versuchen, sich an mir zu rächen!«

Seine Gleichgültigkeit machte sie fast wahnsinnig. Er war ein Narr, der einmal Glück gehabt hatte. So einfach war das.

»Es sieht so aus, als hättet Ihr keine Ahnung, was für einen Mann Ihr Euch zum Feind gemacht habt. Er besitzt so viel Land, daß er selbst König sein könnte. Jeden Tag hat er es mit tausend kleineren und größeren Schwierigkeiten zu tun. Aber er ist nicht der Mann, der eine Beleidigung vergißt. Er wird Euch finden.«

»Ich kenne das Haus Gobignon besser, als Ihr annehmt.« Das gelassene, amüsierte Lächeln des Troubadours machte sie rasend. »Was soll ich Eurer Ansicht nach tun? Das Land wieder verlassen?«

»Was soll ich Euch da raten?« Ihre Lippen wurden schmal. »Ihr könnt gar nichts tun. Dazu ist es zu spät. Es war schon zu spät, als Ihr Euch seinem Befehl widersetzt habt. Warum habt Ihr ihn so provoziert, wenn Ihr gleichzeitig die Absicht hattet, mir den Hof zu machen?«

»Ihr habt recht.« Roland schüttelte den Kopf. »Es wäre besser gewesen, wenn ich geschwiegen hätte. Aber es wäre unmenschlich gewesen.«

Sie holte tief Luft. »Wenn Euch die Katharer so nahestehen, was hattet Ihr dann bei den Kreuzrittern zu suchen? Welches dunkle Geheimnis verbergt Ihr vor mir, Sire Roland? Dreimal seid Ihr der Antwort auf meine Frage ausgewichen.«

Er seufzte.

Sie wartete.

Nach längerem Schweigen sagte er: »Ich kann es Euch nicht erzählen.«

Jeder Muskel ihres Körpers spannte sich. »Ihr nennt mich Gebieterin, und doch habt Ihr Geheimnisse vor mir. Ihr spielt mit mir, Messire.« Sie stand auf. »Bringt mich hier sofort heraus.«

Besänftigend erhob er die Hand: »Wartet, bitte! Versucht doch, mich zu verstehen.«

Sie kochte vor Zorn. Verstehen? Er behandelte sie derart unmöglich und bat sie dann, Verständnis zu haben. Hielt er sie etwa für eine Närrin?

»Ich begebe mich nicht in Lebensgefahr, nur um mir Eure Lügen anzuhören, um gesagt zu bekommen, ich soll Euch vertrauen, während Ihr mir Euer Vertrauen verweigert.«

Seine Brauen zogen sich zusammen, und seine Augen sprühten blaues Feuer.

»Wenn ich Euch belügen wollte, dann hätte ich gewiß eine Geschichte erfinden können, die Ihr geglaubt hättet. Wenn ich Euch sage, daß ich es Euch nicht erzählen kann, dann ist das die lautere Wahrheit. Es ist keine Frage des Vertrauens zwischen uns, das Leben anderer hängt von meinem Schweigen ab. Wenn Ihr die ganze Wahrheit über das Geschehen auf dem Mont Ségur erfahren würdet, befändet Ihr Euch in noch viel größerer Gefahr als jetzt.«

»Vor wem?« fauchte sie.

»Vor der Inquisition«, antwortete er gepreßt.

Die Angst, die dieses Wort in ihr auslöste, dämpfte ihren Zorn. Schon immer hatte sie sich vor diesen Mönchen in den weißen Kutten mit den blassen, verkniffenen Gesichtern gefürchtet, die begierig ihre Augen an dem Bösen weideten, das sie immer und überall um sich herum zu entdecken schienen. Sie hatte Angst vor ihren allgegenwärtigen Spitzeln, ihren geheimen Folterkammern und der Gnadenlosigkeit, mit der sie Menschen bei lebendigem Leib verbrennen ließen.

»Versteht Ihr jetzt?« flehentlich fuhr Roland fort: »Ich habe gelobt, alles zu tun, um so schreckliche Ereignisse wie das Massaker auf dem Mont Ségur in Zukunft zu verhindern. Habt Ihr vielleicht gedacht, ich hätte unter dem Zeichen der Kreuzritter gegen meine eigenen Landsleute gekämpft? Ich, ein Geächteter und Sohn eines Geächteten? Weshalb trage ich wohl einen falschen Namen? Ihr wißt nun genug von mir, um Euch ungefähr vorstellen zu können, was ich auf dem Mont Ségur wollte, und das muß vorerst ausreichen. Mit diesem Wissen könntet Ihr mich auf den Scheiterhaufen bringen. Ich bin in Eurer Hand.« Sein Lächeln war ernst, nur der linke Mundwinkel war etwas hochgezogen.

Was will er mir damit wohl sagen? fragte sie sich. War das Gewand eines Kreuzritters nur eine Tarnung für ihn, genauso wie der Name Orlando di Perugia? *Ihr wißt nun genug von mir, um Euch ungefähr vorstellen zu können, was ich auf dem Mont Ségur wollte.* Das konnte nur bedeuten, daß er auf der Seite der

Katharer war. Ob er vielleicht den Belagerten eine Botschaft überbracht hatte? Oder sollte er von dort eine Nachricht nach außen bringen? Das Leben vieler anderer hing von seinem Schweigen ab – wessen Leben? Hatte irgend jemand das Massaker überlebt?

Unsicherheit und Verzweiflung überkamen sie. Ob sie je erfahren würde, wer Roland wirklich war? Er konnte einfach alles behaupten, wie sollte sie es überprüfen? Vielleicht würde sie es eines Tages wissen und es würde zu spät sein! Nein, das beste war, so schnell wie möglich von hier wegzukommen, jawohl, auf der Stelle!

»Von dem Augenblick an, als ich Euch in Chinon zum ersten Mal gesehen hatte, glaubte ich an Euch, und Ihr habt es mir mit wortlosem Verschwinden gedankt. Über ein Jahr lang hatte ich nicht die geringste Ahnung, ob Euch überhaupt etwas an mir liegt. Dann wurde ich, nicht von Euch, sondern von anderen, über diese Verrücktheiten unterrichtet – Eure Teilnahme an dem Kreuzzug im Languedoc, Euer Zweikampf mit meinem Gemahl. Und nun erwartet Ihr von mir, daß ich Euch als meinen Liebhaber akzeptiere, obwohl Ihr mir immer noch keine plausible Erklärung liefern könnt? Haltet Ihr mich für eine solche Närrin, Sire Orlando, Roland, oder wie immer Ihr auch heißt?«

Wieder erschien das schiefe Lächeln auf seinem Gesicht. »Ich halte Euch ganz sicher nicht für eine Närrin, *mi dons*. Ich glaube, Ihr *wißt*, daß ich die Wahrheit sage.« Schritt für Schritt kam er näher. »Ich werde Euer Liebhaber werden, weil Ihr mich liebt.«

Sie blieb wie angewurzelt stehen. Sein verlangender Blick hatte sie in Stein verwandelt, wie der Blick des Basilisken, jenes Monsters aus dem Buch der Bestien.

»Bleibt, wo Ihr seid, Sire! Nein, öffnet mir die Tür! Ich werde Euch nicht lieben, weil ich Euch nicht vertrauen kann.«

»*Mi dons*, Ihr könnt gar nichts dagegen tun, egal, was ich bin. Ich sehe Euch, und ich kenne Euch. Die Liebe beherrscht Euch genauso wie sie mich beherrscht.«

Nicolette spürte, wie ihr heiß wurde. Ihr Atem ging schneller.

»Ich werde dagegen ankämpfen«, sagte sie. »Wenn ich mir Eurer nicht sicher sein kann, muß ich Euch vergessen.« Doch sie hatte eher das Bedürfnis, sich nach hinten auf das weiche Bett fallen zu lassen.

Lächelnd kam Roland noch einen Schritt näher. »Habe ich Euch vielleicht um eine Erklärung gebeten, warum Ihr Euch mit dem Feind vermählt habt?«

Die Worte trafen sie wie ein Keulenschlag. Erst erschrak sie, dann wurde sie zornig. Wie grausam! Wie ungerecht! Ich hatte keine Wahl. Sie trat auf ihn zu und schlug ihm mit aller Kraft ins Gesicht.

Mit Genugtuung sah sie, daß sie ihn aus dem Gleichgewicht gebracht hatte. Seine Wange wurde rot, doch er bewegte sich nicht.

Plötzlich traten ihr Tränen in die Augen.

»Roland, es tut mir leid. Vergebt mir, bitte vergebt mir.« Und dann warf sie sich in seine Arme.

Zuerst war seine Umarmung zärtlich, doch als sie sich fester an ihn preßte, wurde er leidenschaftlicher.

Sie weinte an seiner Brust. »Ihr habt recht. Als ich Amalric heiratete, habe ich unsere Landsleute verraten. Es steht mir nicht zu, von Euch Rechenschaft zu fordern.«

»Ich weiß, daß Ihr Eure Gründe für diese Heirat hattet«, sagte er versöhnlich, »und ich bin sicher, daß sie zwingend waren. Entschuldigt, daß ich davon geredet habe. Was mich betrifft, so ist es wahr, daß ich Euch einiges vorenthalte. Glaubt an mich, und eines Tages, wenn keine Gefahr mehr besteht, werde ich Euch erzählen, was Ihr wissen wollt.«

Sie bekam weiche Knie und preßte sich fest an ihn.

»Es ist genau, wie Ihr sagt«, flüsterte sie, »ich liebe Euch, wer immer Ihr auch seid.«

Zu ihrem Erstaunen wich er zurück.

»Ihr wißt, daß ich Euch begehre, *mi dons*, aber Ihr hattet nicht vor, Euch heute schon mit mir zu vereinen. Als Ihr mit mir in dieses Zimmer« – er lächelte – »in dieses türkische Paradies gekommen seid, habt Ihr mir erklärt, wie unsere Liebe sich entwikkeln muß. Und ich weiß, daß Ihr recht hattet. Es ist zu früh. Ich will mir das Recht erwerben, Euch ganz und gar – Eure Seele und Euren Körper – in meinen Armen zu halten. Je mehr unsere Liebe reift, desto heftiger wird unsere Leidenschaft und desto schöner unsere Vereinigung.«

Heftig atmend, als hätte sie die steilen Treppen eines Schloßturms erklommen, löste sie sich von ihm.

»Ich gehöre Euch heute genauso wie in Zukunft«, hauchte sie.

Er fiel vor ihr auf die Knie und nahm ihre Hand. »Ich gehöre Euch, *mi dons*. Ich bin Euer Troubadour, heute und für immer. Ihr könnt mir befehlen; von diesem Augenblick an, werde ich so leben, wie Ihr wollt. Das schwöre ich bei unserer Liebe.«

Ihr Herz schmolz dahin. Tränen liefen über ihre Wangen.

Er reichte ihr seine Hand, und sie nahm sie.

»Ich werde immer Eure Dame sein, nur für Euch leben und Euch ewig lieben. Das schwöre ich bei unserer Liebe.«

Sanft zog sie ihn hoch und schloß ihn in ihre Arme.

Sein Kuß brannte wie Feuer auf ihren Lippen.

VI

Roland war duch das Tor Saint Denis aus der Stadt geritten und schon fast zu Hause, doch in seinem Innern nagte ein Schmerz, der ihn unsicher und traurig machte. Ständig wiederholte er das Versprechen, das er Nicolette gerade gegeben hatte: *Ich bin Euer Troubadour, heute und für immer*. Diese Worte waren wie Messerstiche.

Ich liebe sie, wie ich keine andere liebe – mit Ausnahme von Diane.

Trotz der eisigen Kälte in dieser Januarnacht, schwitzte er in seinem pelzbesetzten Mantel.

War mein Versprechen an Nicolette eine Lüge?

Nein, jetzt nicht mehr, wo sich Diane durch ihr Gelübde an Gott gebunden hat.

Er hatte immer geglaubt, daß jeder Mann, jede Frau nur einen einzigen Menschen wirklich lieben könnten. Seit er Diane liebte, hatte er dies für ein heiliges Gesetz der Liebe gehalten. Aber es war nicht so. Nicht für ihn.

Was wäre gewesen, wenn ich damals, als ich Nicolette in Chinon begegnete, gewußt hätte, daß Diane noch lebt? Ich hätte Nicolette genauso begehrt, aber nicht um sie geworben. Ich hätte ihr keine Briefe geschickt und nicht vor ihrem Fenster gesungen. Aber ich war sicher, daß Diane nicht mehr lebte. Es waren mir nur meine Erinnerungen aus der Jugend geblieben, um daran meine Gefühle für Nicolette zu messen.

Und dann, als ich Diane doch wiederfand, war sie nicht mehr mein. Ich hatte sie für immer verloren. So schrieb ich schließlich wieder an Nicolette.

Doch heute nacht, als Nicolette mir erlaubt hätte, sie zu lieben – und wie sehr begehre ich sie! –, war ich nur zu einer Umarmung und einem Kuß fähig.

Und mehr wird nicht möglich sein, solange ich Diane noch liebe.

Bei seinem Aufbruch hing der Vollmond tief über den Dächern des Universitätsviertels. Nun stand die silberne Scheibe hoch über ihm, und er konnte das kleine Haus erkennen, das er vor zwei Jahren von dem Geld gekauft hatte, das er in Sizilien erworben hatte. Mein kleines Château, dachte er liebevoll. Kahle Pappeln und Obstbäume ragten über eine zerfallene Mauer. Besonders gefiel ihm der dreistöckige Wachturm aus der Zeit der Normannenüberfälle auf Paris. Er hatte Diane im Mittelzimmer des Turmes untergebracht, und ihre Anwesenheit war jeden Tag Freude und Qual zugleich.

Eine dunkle Gestalt schlich sich unter den tiefhängenden Ästen der kahlen Bäume durch das Tor. Roland brachte sein Pferd zum Stehen. Heller Lichtschein fiel aus der Eingangstür, als der dunkle Schatten darin verschwand. Dann wurde es wieder dunkel. Ein Gefühl von Angst beschlich ihn. Sollte es Gobignon sein? *Er wird Euch finden*, hatte Nicolette gesagt. Schon heute nacht?

Er glitt vom Pferd und band es schnell an einen Baumstamm vor einem im Dunkel liegenden Nachbarhaus. Er schlüpfte durch dasselbe Tor, das die Gestalt benutzt hatte und ging zur Rückseite des Château. Geräuschlos öffnete er die Hintertür und huschte mit der Hand am Dolch hinein.

Lucien, der Koch, seine Frau Adrienne und ihr Sohn Martin wärmten sich am Küchenfeuer. Lange starrten sie ihn an. Adrienne stieß einen kurzen, überraschten Schrei aus. Roland war erleichtert, daß sie unverletzt waren.

»Habt ihr jemanden durch die Vordertür hereinkommen hören?«

»Es war Eure Schwester, Sire«, sagte Lucien. »Madame Diane ist in der Halle und spricht mit Perrin.«

Roland entspannte sich. Er seufzte vor Erleichterung.

Aber dann wurde ihm bewußt, daß er Diane gar nicht sehen wollte. Nicolettes Kuß brannte noch auf seinen Lippen, und ein leises Schuldgefühl beschlich ihn. Er wollte allein sein und einfach schlafen, wenn er konnte.

Aber falls er das Haus nicht wieder verlassen wollte, würde er eine Begegnung mit Diane nicht vermeiden können. Er holte tief Luft und öffnete die Tür.

Perrin saß Diane gegenüber am Tisch. Er wandte den Kopf, als Roland eintrat. Auf Dianes schön geschwungenen Lippen erschien ein Lächeln, das Roland zusammenzucken ließ. Das liebliche Gesicht, das ihn so bezaubert hatte, wirkte jetzt wie ein Vorwurf.

»Nur zu, erzählt es ihm«, sagte Diane zu Perrin. Aufrecht stand sie da in ihrem Umhang aus grober Wolle, der sie kaum vor der Kälte des Winters schützte. Ebenso wie seine Liebe hatte sie auch das pelzgesäumte Cape zurückgewiesen, das Roland ihr angeboten hatte.

»Nun gut, Madame«, stöhnte Perrin. Unsicher wandte er sich an Roland. »Ich muß leise sprechen, Maître. Sie dürfen uns nicht hören«, sagte er in Richtung Küche deutend.

»Zum Teufel, was ist los, Perrin?«

»Madame behauptet«, sagte Perrin kaum hörbar, »sie hätte Eure Erlaubnis, hier in Paris bei den geheimen Treffen der Katharer zu predigen.«

Furcht schnürte Rolands Kehle zu. Er hatte immer noch die Flammen auf dem Mont Ségur vor Augen.

Ja, Diane hatte ihn gewarnt, sie würde ihr Wirken unter den gläubigen Katharern fortsetzen, auch wenn sie bei ihm in Paris Zuflucht nahm. Und jedesmal sorgte er sich um sie, wenn sie sich nach Sonnenuntergang aus dem Hause schlich.

Dianes Blick war fest auf ihn gerichtet. Er war wie gelähmt und hatte das Gefühl, als würden seine Schläfen von Nägeln durchbohrt.

»Diane, die Dominikaner werden nicht aufhören, nur weil Mont Ségur gefallen ist. Jetzt sind sie in Paris aktiver. Erst letzte Woche haben sie eine Frau und zwei Männer vor Notre-Dame verbrannt. Eines Tages wirst du die Nachricht erhalten, daß jemand das Consolamentum braucht, und du wirst gehen. Doch statt eines Sterbenden wird ein Dominikaner auf dich warten.«

»Ich kannte die Leute, die verbrannt wurden«, sagte Diane und senkte traurig den Kopf.

Als sie wieder aufblickte, sah er Trotz in ihren grünen Augen. »Aber gerade deshalb muß ich meine Anstrengungen verdoppeln. Sie haben die Absicht, unsere Religion auszulöschen, aber wir werden das nicht zulassen.«

Freundlich lächelnd wandte sie sich an Perrin. »Doch Perrin hat recht. Ich habe euch beide und die unschuldige Dienerschaft in Gefahr gebracht. Ich sollte gehen. Ich hätte schon lange gehen sollen.«

Nein, wollte Roland rufen.

Es sah so aus, als ob Dianes Vorschlag auch Perrin bedrückte. »Nein, Madame, sprecht nicht vom Gehen. Deshalb habe ich heute nacht nicht auf Euch gewartet, um mit Euch zu sprechen. Der Maître hat recht – wenn Ihr weiterhin Eure Glaubensgenossen trefft, werden Euch die Dominikaner erwischen. Das könnte ich nicht ertragen.«

»Würdet Ihr für Euren katholischen Glauben nicht auch alles wagen, Perrin?« fragte sie.

Der Spielmann schlug die Augen nieder. »So stark ist mein Glaube nicht, Madame.«

Sie ist edler und durchgeistigter als alle, die ich kenne, dachte Roland. Und auch noch so schön! Das Klopfen in seinen Schläfen machte sich wieder bemerkbar, als ob die Nägel noch tiefer hineingetrieben würden.

»Komm mit mir in den Garten, Diane.«

Ihr Blick drückte Besorgnis aus. Sie hatte ihre Furcht vor ihm noch immer nicht überwunden.

Mit gesenktem Kopf ging sie vor ihm durch die Küchentür.

»Es ist schon Mitternacht – ihr solltet längst alle im Bett sein«, knurrte Roland die kleine Familie in der Küche an. Er wartete nicht auf Antwort, sondern folgte Diane in den Garten. Wegen der Kühle der Nacht, zog er seinen pelzbesetzten Umhang fester um sich.

»Nur in einem Haus, in dem ein Mensch allein lebt, kann man etwas geheimhalten«, sagte er. »Trotz Perrins Vorsicht glaube ich, daß die Dienerschaft längst über dich Bescheid weiß.«

»Es scheinen gute Menschen zu sein«, sagte sie. »Nicht die Art Menschen, die andere verraten. Aber wenn sie wissen, was ich bin, müssen sie schreckliche Angst haben, weil ich hier bin.«

Ja, dachte Roland, und wenn ihnen irgend etwas geschieht, ist das auch meine Schuld.

Es war viel zu kalt, um sich auf die Steinbänke zu setzen. Deshalb standen sie sich unter einem alten Apfelbaum mit knorrigen schwarzen Ästen gegenüber.

»Ich vermute, du meinst, deine nächtlichen Ausflüge gehen mich nichts an.«

»Nein«, sagte sie. »Wenn sie herausfänden, daß du mir Zuflucht gewährst, würdest du vermutlich den Rest deines Lebens in einem Kerker verbringen. Das ist heutzutage die Strafe für jemanden, der die Ketzer unterstützt. Fürchtest du dich nicht davor?«

Er sah sich schon in einem kleinen Gewölbe ohne Licht, ohne die Möglichkeit, sich zu bewegen oder mit jemandem sprechen zu können, Monate und Jahre bis zu seinem Tod lebendig begraben. Ich würde verrückt werden, dachte er. Ich würde lieber auf der Stelle gehängt oder sogar verbrannt werden.

Aber er sagte nur: »Ein Ritter muß mit der Gefahr leben können.«

»Schick mich weg, Roland. Sag mir, daß ich gehen soll. Bitte, das wäre für alle das Beste.

»Möchtest du mich so gern verlassen? Warum gehst du nicht einfach? Ich kann dich nicht halten.«

»Es wurde mir befohlen, hier zu bleiben.«

Ihre Antwort schmerzte ihn. Das hatte er nicht gewußt.

Er sah sie an, betrachtete ihr Gesicht, das im Mondlicht wie Marmor wirkte.

Würde sie bleiben, wenn sie wüßte, daß ich einer anderen Frau den Hof mache?

»Ich will, daß du weißt, wo ich heute nacht war, Diane«, sagte er gepreßt. »Ich traf mich heimlich mit Nicolette de Gobignon.«

Sie sah ihn an wie ein verschrecktes Reh. »Die Gräfin de Gobignon? Die Frau des Grafen Amalric, der dich auf dem Mont Ségur beinahe getötet hat?«

Roland lachte bitter. »Komm, Diane, zweifle nicht an meinen Fähigkeiten. Ich hätte ihn töten können, wenn ich es gewollt hätte.«

»Roland«, sagte sie leise, »alles, was du getan hast, hast du aus Liebe zu mir getan. Das weiß ich. Du hast dein Leben aufs Spiel gesetzt, um mich zu retten. Und du hast es noch einmal riskiert, als du mit Gobignon kämpftest, um meinen Brüdern jene Qualen zu ersparen, und das vielleicht auch um meinetwillen. Nun versteckst du mich in deinem Haus, weil du dich nicht von mir trennen möchtest. Aber du, ein Leben lang in Ketten? Dafür will ich nicht der Grund sein.«

»Ich habe die Gräfin de Gobignon heute nacht nicht deinetwegen getroffen«, sagte er ärgerlich.

»Bist du dir da ganz sicher?«

Die Frage gab Roland Zeit zum Nachenken, und sein Ärger verflog.

»Glaubst du, mein Abend mit Nicolette de Gobignon sei meine Art, um dich zu werben?« fragte er sie.

»Hoffentlich nicht, Roland.« Tränen glänzten in ihren Augen. »Du mußt jemand finden, den du voll und ganz lieben kannst.«

»Ich sehe«, sagte er scharf, »ich habe also deinen Segen, wenn ich Nicolette de Gobignon den Hof mache?«

»Du bist ein Troubadour«, sagte sie. »Du mußt eine Dame finden, der du dein Herz schenken kannst. Ich weiß, was *l'amour courtois* bedeutet.« Zärtlichkeit schwang in ihrer Stimme mit. »Ich hatte einen guten Lehrmeister in dir. Aber warum Nicolette de Gobignon, Roland? Ganz sicher haßt der Graf dich jetzt schon. Um seine Frau zu werben, könnte dein Tod sein.« Sie seufzte tief. »Das kann nicht der Grund sein, weshalb du sie erwählt hast, nicht wahr, Roland? Habe ich dich so tief enttäuscht? Machst du der Gräfin oder dem Tod den Hof?«

Ja, so schwer hast du mich enttäuscht, wollte er rufen.

»Und wenn ich den Tod suchte, weshalb sollte dich das erschrecken? Was meinst du, wie ich mich fühle, wenn du zu deinen Versammlungen gehst, und ich nicht weiß, ob du zurückkommst?«

»Lieber Roland, siehst du nicht den Unterschied? Ich glaube von ganzem Herzen, daß ich, wenn ich sterbe – wenn die Inquisition mich ergreift und verbrennen läßt –, viel glücklicher sein, in eine bessere Welt hinübergehen werde. Ich werde mit Gott vereint sein. Aber du glaubst nicht daran. Für dich ist der Tod das Schlimmste. Deshalb darfst du den Tod nicht suchen. Mein Gelübde darf nicht, *darf nicht*, Grund für dich sein, dein Leben aufzugeben. Das könnte ich nicht ertragen.«

»Diane, ich glaube, daß ich Nicolette de Gobignon liebe. Und ich glaube, daß Liebe das einzige ist, wofür es sich zu leben lohnt. Sie zu lieben, kann meinen Tod bedeuten. Aber wenn ich für die Liebe sterbe, wird das ein süßerer Tod sein, als ihn die meisten Menschen erfahren.«

Ein kalter Wind fuhr durch die schwarzen, kahlen Äste, und sie hüllte sich fester in ihren Umhang.

Als sie wieder zu sprechen begann, klang ihre Stimme unsicher. »Wie kannst du sagen, du liebst Nicolette de Gobignon? Du hast mir erzählt, daß du mich liebst. Hast du dich ihr zugewandt, weil ich dich nicht haben will – haben kann?«

Roland drehte sich um, und als er langsam durch den Garten ging, dachte er zurück an den Tag in Chinon, an dem er Nicolette zum ersten Mal gesehen hatte.

Sogar während er sich vor dem Königspaar verneigte, wanderten seine Augen zu der jungen Frau an der Seite der Königin, zu der Frau, die die silberne Krone einer Gräfin trug. Sie hatte eine solche Ausstrahlung, daß sie alle anderen in den Schatten stellte.

Er sang sein Lied für den König und die Königin, aber im Grunde seines Herzens sang er nur für die dunkelhaarige Dame, deren Namen er nicht kannte. Und er war glücklich, als er entdeckte, daß sie seinen Blick erwiderte, sooft er sie ansah.

Nach allem, was er bis zu diesem Tag wußte, war Diane tot. Er hatte sie überall im Languedoc gesucht und nirgends gefunden. Ihre gesamte Familie war verschwunden. Viele Leute hatten ihm gesagt, alle wären längst tot. Er hatte keinen Beweis gefunden, aber in diesem vom Krieg verwüsteten Land waren Tausende gestorben, ohne daß man wußte, wer sie waren. Vom Kummer überwältigt hatte er in Avignon einige Zeit gerastet. Danach war er nach Paris zurückgekommen und hatte sich in Arbeit gestürzt: Er schrieb Lieder, er sang und suchte einen Dienstherrn. Allmählich nahm sein Kummer ab, und sein Herz war wieder frei, obwohl es immer noch einen Platz darin geben würde, der nur Diane gehörte.

Und nun fühlte er sich zum ersten Mal wieder von einer Frau angezogen, und zwar mit aller Macht.

Als er damals in Chinon später in den Kreis der Höflinge zurückkehrte, fragte er einen freundlichen jungen Ritter, namens Jean de Joinville, der zur Begleitung des Königs gehörte, nach der dunkelhaarigen, jungen Frau.

»Ah, die dort. Sie ist sehr schön, aber es ist besser, Ihr vergeßt sie, mein Freund.«

»Euer Rat wird mir mehr nützen, wenn ich erst ihren Namen weiß, Sire de Joinville.«

»Ihr stammt aus Italien, Sire Orlando? Ich weiß nicht, ob der Name Gobignon Euch etwas sagt.«

Gobignon. Diesen Namen hatte er mehr als alle anderen hassen gelernt. Überrascht hatte sich Roland umgedreht und die Frau angestarrt, die ihn so faszinierte. Dicht vor ihm ging sie Arm in Arm mit der Königin an ihnen vorüber. Er bewunderte ihren leichten Gang. Als er sie ansah, trafen sich ihre Blicke, und sie nickte ihm zu. Er sah zur Seite.

Sie war sicher nicht die Tochter, denn soweit er die Gobignons kannte, waren alle groß, blond und blauäugig. Vielleicht war sie nur eine entfernte Verwandte. Er hoffte, es wäre so.

»Diese Dame ist also eine Gobignon?« fragte er schließlich Joinville.

»Durch Heirat, ja. Vielleicht wißt Ihr, daß Graf Amalric mehr Land besitzt, eine größere Armee unterhält und mehr Menschen getötet hat als jeder andere französische Edelmann. Es wäre klug von Euch, Ihr würdet die Gräfin Nicolette überhaupt nicht beachten, Sire.«

Ohnmacht ergriff Roland, aber keine Furcht.

Nicolette. Nicolette de Gobignon. Schon den ganzen Tag lang war er von ihr fasziniert gewesen. Als Amalrics Gemahlin wurde sie nur noch unwiderstehlicher für ihn. Er fühlte sich herausgefordert, als ob man ihm einen Fedehandschuh hingeworfen hätte.

Er blickte über die von bunt gekleideten Höflingen bevölkerte

Wiese. In der untergehenden Sonne warfen die Schloßtürme lange Schatten. Die Königin und die Gräfin de Gobignon spazierten vom Licht in die Dunkelheit.

Jetzt, nach über einem Jahr, stand er in seinem Garten und sagte zu Diane: »Zu der Zeit, in der ich mich zu Nicolette de Gobignon hingezogen fühlte, dachte ich, daß ich dich nie mehr wiedersehen würde. Ich verließ sie, als ich hörte, du seist noch am Leben. Erst nachdem du meine Liebe zurückgewiesen hattest, mußte ich wieder an sie denken.«

Von da an habe ich um sie geworben, ihren Mut und ihren Geist bewundert, sie in meinen Armen gehalten und geküßt, dachte er. Die Liebe zu ihr hätte sich nie entwickelt, wenn du den ersten Platz in meinem Herzen ausgefüllt hättest, Diane. Aber nun ist meine Liebe zu ihr so stark geworden, daß auch du sie nicht mehr auslöschen kannst.

»Und was ist mit ihrem Mann?« fragte Diane. »Reizt sie dich nur, weil du den Grafen demütigen willst?«

Das Verhältnis zwischen Gobignon und mir ist viel verzwickter, dachte Roland. Bei dem Gedanken daran, daß er sie in seine Arme nimmt, könnte ich ihn töten. Aber sie liebe ich um ihrer selbst willen.

»Ich liebte sie sogar schon, bevor ich ihren Namen kannte. Sie ist so lebhaft und geistreich, Diane. Als ich heute nacht mit ihr zusammen war, schien die ganze Welt heller und fröhlicher zu sein. Nein, ich liebe sie nicht, weil sie Amalrics Frau ist. Ich liebe sie, obwohl sie seine Frau ist.

»Dann ist also deine Liebe für mich gestorben? Ich weiß, daß du zu ehrenhaft bist, zwei Frauen gleichzeitig zu umwerben.«

Als Roland sie ansah, begann es in seinen Schläfen wieder zu hämmern. Auch jetzt noch sehnte er sich danach, Diane in seine Arme zu schließen.

Doch er nahm seine ganze Kraft zusammen und sagte: »Ja, Diane, von nun an sind meine Gedanken nur noch bei Nicolette de Gobignon. Und dich liebe ich jetzt wie eine Schwester.«

Schon während ihm die Worte über die Lippen kamen, erschienen sie ihm hohl.

Voller innerer Zweifel stand er da und starrte in den Nachthimmel.

»Ich freue mich für dich, Roland«, sagte Diane. Ihre Stimme war so leise, daß er sie kaum hören konnte.

»Das ist es doch, was du möchtest, oder nicht?«

»Ich möchte nicht, daß dir etwas zustößt, Roland«, sagte sie. Ihre grünen Augen schienen im Dunkeln zu leuchten. »Sei vorsichtig, wenn du ihr den Hof machst. Du darfst deine Gefühle jetzt nicht offen zeigen.«

»Das könnte schwierig werden. Sie will mir eine Einladung zu dem am ersten Mai von der Königin veranstalteten Sängerwettbewerb zukommen lassen.«

»Du mußt tun, was du für richtig hältst. Ich kann dazu nichts sagen. Aber schick mich von hier weg, Roland, weil ich auch eine Gefahr für dich bin.«

Vielleicht wäre es einfacher, Diane gehen zu lassen. Aber ich kann es nicht. Die Dominikaner würden sie schon innerhalb einer Woche aufspüren.

»Du mußt nicht gehen. Die ganze Welt denkt, daß du meine verwitwete Schwester bist. Und ich habe dir gerade gesagt, daß ich dich jetzt wie eine Schwester liebe. Würde ich meine Schwester hinauswerfen?«

»O Roland!« Sie wandte ihm den Rücken zu und schluchzte.

»Mach' ich dich so unglücklich, Diane?« Er wollte seine Hand auf ihre Schulter legen.

Hastig wich sie vor ihm zurück.

»Rühr mich nicht an!« Es klang fast wie ein Schrei. Sie schlug die Hände vors Gesicht.

Verwirrt trat er zurück. Er konnte es nicht fassen, wieviel Angst vor ihm in ihrer Stimme mitschwang.

Sie wandte sich von ihm ab und verbarg sich im dunklen Schatten einer Pinie. »Laß mich bitte allein, Roland. Ich möchte beten.«

»Dann gute Nacht, Diane.«

Erschöpft und zitternd ging er ins Haus zurück. In der Küche war es dunkel. Die Diener und auch Perrin waren zu Bett gegangen.

Sein Kopf dröhnte. Er preßte seine Fingerspitzen gegen die Stirn.

Ich habe meine Wahl getroffen. Nun muß ich damit leben, so gut es geht.

Das Gespräch am vorigen Abend hatte Diane völlig verwirrt zurückgelassen. Im einen Augenblick liebte sie Roland und im nächsten haßte sie ihn für das, was er ihr antat. Ich hatte meinen inneren Frieden, bevor er wieder in mein Leben trat, dachte sie. Obwohl von den Inquisitoren verfolgt und von den Kreuzrittern belagert, lebte ich doch so, wie ich es wollte, und freute mich über jeden Tag. Nun wird jede Stunde zur Qual. Wenn er mich nur auf dem Mont Ségur hätte sterben lassen, dachte sie zum tausendsten Mal.

Es war spät in der Nacht, und sie wartete voller Anspannung inmitten von Gerüsten und Steinblöcken vor dem noch nicht ganz fertiggestellten Südportal der Kathedrale von Notre-Dame. Sie sollte den Mann treffen, der ihr Anweisungen gab. Es war erst das dritte Treffen, und sie wußte nicht, wer er war. Sie trafen sich immer nachts, und er war stets in Umhang und Kapuze gehüllt. So konnte sie ihn selbst unter der Folter nicht verraten.

Ich muß ihm erklären, welche Qualen ich auszustehen habe, dachte sie. Er muß mir erlauben, von Roland fortzugehen.

Seit Roland ihr von Nicolette de Gobignon erzählt hatte, wurde sie vom Schmerz gepeinigt. Während die Eifersucht an ihr fraß, wurde ihr Verlangen nach Roland nur noch größer. Es wurde schließlich so stark, daß sie glaubte, verbrennen zu müssen.

Es war schon schlimm gewesen, als sie in Rolands Haus gekommen war. Während sie seine Wunden versorgte, quälten sie lustvolle Vorstellungen. Und sie litt furchtbar, denn Roland schlief nur ein paar Zimmer entfernt. Und jede Nacht mußte sie sich mit den Worten »Und führe uns nicht in Versuchung« vor dieser Liebe schützen.

Als sie ihren Superior zum ersten Mal getroffen hatte, nachdem sie nach Paris gekommen war, hatte sie ihn gebeten, ihr einen anderen Zufluchtsort zuzuweisen, aber er hatte nur geantwortet, daß die Gefahr zu groß wäre und es keinen sichereren Platz gäbe. Sie hatte gehorcht und war geblieben. Sie hatte versucht, sich abzulenken. Sie hatte darauf bestanden, Lucien und Adrienne bei der Hausarbeit zu helfen. Jeden Tag verbrachte sie Stunden damit, Abschriften der religiösen Texte der Katharer anzufertigen. Diese verteilte sie dann an die kleinen Gruppen von Gläubigen, die sie in Paris betreute. Nacht für Nacht machte sie sich auf und durchquerte manchmal die ganze Stadt, um einer Handvoll Gläubigen in einem kleinen Zimmerchen die Lehren zu verkünden, ihre Fragen zu beantworten und ihnen bei ihren Problemen zu helfen. Schon mehrere Male war sie zu Sterbenden geeilt, um ihnen das Consolamentum zu erteilen. Sie arbeitete bis zur völligen Erschöpfung. Auch fastete sie strenger, als es verlangt wurde. Manchmal hoffte sie sogar, man würde sie verhaften und sie war geradezu versucht, unvorsichtig zu sein, damit es ihr um so leichter fiel. Aber ihr Gewissen ließ das nicht zu. Trotz ihrer unerfüllten Sehnsucht und der unermüdlichen Anstrengungen, sich zu beherrschen, hatte sie ausgehalten. Sie war in Rolands Haus geblieben und hatte keine Sünde begangen. Doch seit sie von Nicolette de Gobignon wußte, war es noch schlimmer. Ihre Reaktion hatte sie selber erschreckt. Ein Gefühl, das sie bis dahin nicht kannte, erfüllte sie: rasende Eifersucht. Sie haßte Nicolette de Gobignon, eine Frau, die sie nie gesehen hatte. Und sie haßte auch Roland.

Endlich mußte sie sich eingestehen, was sie so viele Monate lang zu verdrängen versucht hatte: Sie konnte nicht aufhören, ihn zu lieben.

In jener Nacht hatte sie sich schluchzend auf den kalten Boden geworfen. Einige Zeit darauf war sie in ihr Zimmer im Wachturm gegangen und hatte in ihr Kissen geschluchzt.

Es hätte sie nicht mehr schmerzen können, wenn sich ihre Eltern von ihr abgewendet hätten. Und wenn Bischof Bertrand sie aus der Kirche ausgeschlossen hätte, wäre sie sich dann verlorener vorgekommen?

Sie hatte ihre Sehnsucht nach Roland nur deshalb beherrschen können, weil er auf eine gewisse Weise noch ihr gehörte. Sie hatte die Wahl gehabt, sich ihm zu ergeben oder nicht. Aber jetzt wandte er sich einer anderen Frau zu. Sie war dabei, ihn wirklich zu verlieren. Das konnte sie nicht ertragen.

Sie zitterte, denn die Kälte drang durch die zwei dünnen Dekken, die sie sich gestattete, und wälzte sich auf ihrem Bett hin und her. Dankbar sah sie, wie das Licht des herannahenden Morgens durch die Fensterläden fiel. Erschöpft von der schlaflosen Nacht, konnte sie endlich aufstehen und das Feuer anzünden.

Am Morgen hatte sie dem Gläubigen, der ihre Geheimbotschaften überbrachte, einen Brief gegeben. Sie mußte ihren Superior sprechen, und zwar bald. Wenig später überbrachte ihr der Bote die Anweisungen. Sie sollte abends am Südportal von Notre-Dame warten. Sie fand es eigenartig, daß sich zwei Katharer ausgerechnet vor einer Kathedrale treffen sollten, aber vielleicht war es gerade deshalb der sicherste Treffpunkt.

Der Anblick von zwei Männern in pelzbesetzten dunkelblauen Umhängen mit aufgestickten goldenen Lilien, die langsam an der Kathedrale vorbeigingen, riß sie aus ihren Gedanken. Offiziere der königlichen Wache. Männer wie diese könnten sie eines Tages zum Scheiterhaufen führen. Sie drückte sich tiefer in den Schatten der zwei großen Steine an dem provisorischen Eingang zur Kathedrale. Zufällig berührte sie mit einer Hand den Stein, dessen Kälte ihr in der Handfläche brannte.

»Alles ist Licht«, sagte eine leise Stimme neben ihr. Vor Schreck blieb ihr fast das Herz stehen.

»Es gibt nur ein Licht, und es leuchtet in jedem Mann und in jeder Frau«, antwortete sie automatisch.

Sie drehte sich um. Obwohl sich ihre Augen schon gut an die Dunkelheit gewöhnt hatten, konnte sie nur einen schwarzen Schatten erkennen. Ihr Superior?

»Wir sind einigermaßen sicher hier, Diane«, sagte er. Wie immer flüsterte er. »Die Zunft der Steinmetze ist uns wohlgesonnen. Aber es ist trotzdem gefährlich, wenn wir uns überhaupt treffen. Nicht nur gefährlich für Euch und mich, sondern auch für unsere Arbeit. Warum habt Ihr nach mir geschickt?«

Sie zitterte vor Kälte, aber auch vor Angst. Eine ähnliche Angst hatte sie bei ihrer ersten Predigt vor Fremden gehabt. Würde er ihr zuhören? Es war so wichtig, doch wie konnte sie einen Menschen überzeugen, den sie nicht kannte, ja kaum sehen konnte? Sie sammelte ihre Gedanken wie zu Beginn einer Predigt und holte tief Luft.

»Ihr habt gesagt, daß ich im Haus von Roland de Vency bleiben soll, weil ich dort am sichersten bin. Nun habe ich endeckt, daß ich dort in größerer Gefahr bin als irgendwo sonst auf der Welt.«

»Was meint Ihr, mein Kind?«

Sie erzählte ihm von Rolands Zuneigung zu Nicolette de Gobignon und von sich.

»Diane, Ihr wißt, daß Ihr Eure Liebe zu ihm überwinden müßt. Was hat sich geändert?«

»Ich habe nicht bedacht, wie sehr es mich verletzen würde, wenn er sich einer anderen Frau zuwendet. Ich liebe ihn so sehr, ich glaube nicht, daß ich es ertragen kann. Er hat mich aufgegeben, aber ich glaube, er würde zu mir zurückkommen, wenn ich ihm Anlaß zu ein wenig Hoffnung gäbe. Und jetzt *will* ich ihn zurück. Ihr müßt mich gehen lassen, oder ich werde mich in ewige Verdammnis stürzen.«

Ein verrückter Gedanke nahm von ihr Besitz. Wenn er mir nicht hilft, werde ich mich in der Seine ertränken. Doch sie konnte sehen, wie sich der Mond auf dem dicken Eis des Flusses spiegelte. Welch ein Irrsinn! Und es wäre eine genauso große Sünde, wie mich in Rolands Arme zu werfen.

»Er umwirbt also die Gräfin de Gobignon!« sagte die vermummte Gestalt neben ihr. »Dieser Roland de Vency hat große Pläne. Zuerst demütigt er Amalric, und nun macht er Amalrics Frau den Hof. Die Gobignons sind unsere schlimmsten Feinde, Diane. Wenn Ihr in Vencys Nähe bleibt, könntet Ihr uns vielleicht wertvolle Informationen über sie liefern.«

Plötzlich ärgerte sie sich über diesen Mann ohne Gesicht. Während sie ihn um Hilfe bat, dachte er nur daran, sie auszunutzen.

»Ich soll also für ein paar Informationen meine Seele verkaufen?«

»Ich weiß, wie besorgt Ihr um Eure Seele seid, Diane. Ihr hättet es nicht riskiert, Euch mit mir zu treffen, wenn es nicht um etwas ginge, das Ihr mehr fürchtet als den Tod. Aber denkt nach, mein Kind. Wie viele Vollkommene gibt es noch in Paris? Ich will Euch nicht mit der genauen Zahl belasten, aber es sind weniger als zehn. Und wenn ich Euch sagte, wie wenige es in ganz Frankreich gibt, würdet Ihr verzweifeln. Unsere Feinde sind unerbittlich. Seit vierzig Jahren verfolgen sie uns, und sie haben nicht die Absicht, einen von uns am Leben zu lassen.«

Die großen Glocken von Notre-Dame schlugen Mitternacht. Sie sah zu der mächtigen Kathedrale auf, die schon fast hundert Jahre im Bau war. Sie dachte an die drei Menschen, die vor einer Woche hier auf dem Scheiterhaufen verbrannt worden waren, während eine johlende Menge zusah. Sie dachte auch an den Mont Ségur. Unsere letzte Festung ist gefallen, und überall in Europa entstehen jetzt Bauwerke wie dieses hier. Bevor sie nach Paris kam, hatte sie noch nie solch eine gewaltige Kirche mit so großen bunten Fenstern gesehen. Sie war davon überzeugt, daß die Katholiken sie wunderschön fanden. Aber ihr machte die Macht, die solche Bauwerke errichten konnte, angst. Wie konnte eine Handvoll Menschen wie sie gegen solch eine Kraft bestehen?

Als das Läuten verstummte, sagte sie: »Aber warum muß ich bei Roland bleiben?«

»Eure Identität als Schwester eines ausländischen Ritters, dessen Familie hier unbekannt ist, wird nicht angezweifelt. Es gibt kein anderes Haus in Paris, in dem Ihr ebenso frei von jedem Verdacht wäret. Roland de Vency ist der beste Beschützer, den Ihr Euch wünschen könnt. Und wir wollen ihn im Auge behalten. Sein Vater genießt das Vertrauen von Kaiser Friedrich, und nun gibt es auch noch die Gräfin de Gobignon. Ihr könntet viel für uns tun, wenn Ihr bleiben würdet.«

»Wird es die Kirche nicht belasten, wenn ich sündige?«

Er rückte so dicht an sie heran, daß sie unter der Kapuze ein Tuch erkennen konnte, das er über Mund und Nase gebunden hatte. Er hielt seine Hände ruhig an seiner Seite, und sie spürte, daß er es vorsichtig vermied, sie zu berühren. Doch sie spürte auch seine nervöse Anspannung.

»Ich glaube, daß es Vergebung gibt, Diane.«

Diane wich von ihm zurück. Seine Worte erschreckten sie.

»Wie könnt Ihr mir das Gegenteil von dem erzählen, was mir seit meiner Kindheit beigebracht wurde?«

»Diane, Ihr wißt, daß die Menschen unterschiedlich glauben und lehren können und doch zu unserer Kirche gehören.«

»Unsere Kirche? Aber solche Lehren habe ich niemals gehört.«

»Mit unserer Kirche meine ich die umfassende geistige Vereinigung, von der die Katharer nur ein Teil sind. Es gibt verschiedene Stufen des Glaubens mit unterschiedlichen Lehren auf jeder Stufe, Diane. Es überlebt nur das Schaf, das sich den Wolfspelz überzieht, mein Kind. All die unter uns, die nicht offen als Vollkommene leben können, müssen sich viele seltsame Verkleidungen zulegen. Wenn ich Euch sagte, wer ich in dieser Welt bin, würdet Ihr mir nicht einmal glauben. Um unsere Feinde hinters Licht zu führen, müssen wir als das genaue Gegenteil von dem auftreten, was wir wirklich sind. Diese Verstellung erfordert sogar, daß wir sündigen. Was ich in der Welt tue, *ist* Sünde.«

»Aber Ihr habt das Consolamentum empfangen«, widersprach sie. »Wenn Ihr erst einmal die Sakramente empfangen habt, gibt es keine Vergebung für Eure Sünden mehr. Tausende von uns sind für diesen Glauben gestorben.«

»Tausende von uns sind nicht für ihren Glauben gestorben«, sagte er ernst, »sondern weil wir nicht das glauben, was Rom vorschreibt.«

»Aber ich kann nicht glauben, daß es Vergebung für mich gibt, wenn ich Rolands Liebe annehme.«

Er seufzte. »Nun gut, die Stimme, die Ihr in Eurem Herzen hört, ist die Stimme Gottes – selbst wenn er zu Euch anders spricht als zu mir.« Er wandte sich ab und starrte auf den vereisten Fluß. »Gottes Wege sind seltsamer, als wir denken.«

Sie hatte das Gefühl, als könne das riesige Bauwerk hinter ihr sie jeden Augenblick erschlagen. Sie dachte an den schweren Gewissenskonflikt, der noch vor ihr lag. Ich kann es nicht, wollte sie schreien. Aber ist es möglich, daß ich Roland nicht aus Angst um meine Seele verlassen will, sondern weil es so schwer ist, nicht zu sündigen? Doch habe ich das Recht, mich eine Vollkommene zu nennen, wenn ich die Qual nicht ertragen kann?

Sie seufzte schwer. »Ich werde bleiben«, sagte sie. Eine so übermächtige Müdigkeit überfiel sie, daß sie das Verlangen hatte, auf die kalten Steine zu sinken und nie wieder aufzustehen.

»Gut«, sagte ihr Superior leise. »Und bitte denkt daran, was ich über die Vergebung gesagt habe, wenn Ihr schwach werden solltet.«

»Vielleicht gibt es sie für Euch, weil Ihr daran glaubt. Aber nicht für mich.«

»Gottes Gnade könnte Euch in Erstaunen versetzen.«

Sie wandte sich zum Gehen, doch sie konnte kaum einen Fuß vor den anderen setzen. Sie hatte die Wahl zwischen der Hölle in dieser Welt oder in der nächsten.

»Ich werde Euch in einiger Entfernung bis zur Mauer folgen«, sagte er. »Die Straßen in der Umgebung werden von dem schlimmsten Abschaum von Paris bevölkert.«

Mit gesenktem Kopf eilte sie durch das Bordellviertel, das dicht neben der Kathedrale lag. Die Angst gab ihr die Kraft, auf den Grand-Pont zuzulaufen, der die Ile de la Cité mit dem rechten Seine-Ufer verband. Irgendwo hinter sich vermutete sie ihren Superior, der ihr in der Dunkelheit folgte.

Als sie über die Brücke ging, hörte sie plötzlich Stimmen hinter sich. Furcht ergriff sie, und sie begann zu laufen. Doch die Stimmen kamen ihr bekannt vor. Die eine war die Stimme ihres Superiors, und sie glaubte auch die andere zu kennen. Einen Augenblick zögerte sie, dann kehrte sie um.

Am Ende der Brücke standen zwei Männer. Perrins blondes Haar war im Mondlicht zu erkennen. Sie bekam Herzklopfen, denn er hatte seinen Dolch gezogen.

»In Gottes Namen, Perrin, was tut Ihr?«

»Dieser Mann hat Euch verfolgt, Madame.«

»Das weiß ich«, sagte sie.

Ihr Superior unterbrach sie. »Ihr kennt diesen Mann, Diane?«

Sie sah den Vermummten an und erschrak. Sie glaubte ihren Augen nicht trauen zu können. Seine Hand lag auf dem Griff eines Schwertes, das durch einen Schlitz in seinem Umhang zum Vorschein kam. Dieser Anblick brach ihr schier das Herz.

»Das ist Perrin, Roland de Vencys Bursche«, antwortete sie. »Wie kommt Ihr hierher, Perrin?«

»Zu Eurer Sicherheit bin ich Euch gefolgt, Madame. Ich sah, daß dieser Mann hinter Euch her war und habe ihn aufgehalten.«

»Und im gleichen Moment habe auch ich ihn angesprochen«, sagte der Vermummte belustigt. »Ich werde jetzt besser gehen, Diane. Ihr scheint in guten Händen zu sein. Vielleicht sind es zwei Hände zuviel.«

»Einen Augenblick, Sire«, sagte Perrin ärgerlich.

»Ich versichere Euch, daß Ihr nicht mehr über mich zu wissen braucht, mein Freund«, erwiderte der Vermummte.

»Sagt nichts mehr, Perrin«, bat Diane, »bitte.«

Wie durch einen Zauber war ihr Superior verschwunden.

Was und wer ist er wirklich? fragte sie sich. Ich fühle mich so allein. Der einzige, der alles von mir weiß, ist ein Mann, von dem ich überhaupt nichts weiß.

Gott kennt mich, tröstete sie sich. Und ich ihn.

Solange ich ohne Sünde bin.

»Perrin, Ihr wißt, daß dies für Sire Roland und für Euch gefährlich werden kann«, herrschte sie ihn an, obwohl er ihr doch den ganzen Weg gefolgt war, um sie zu beschützen. »Wenn die Soldaten der Dominikaner mich auf der Straße gefangennehmen wollten, würdet Ihr sie dann mit Eurem Dolch bedrohen wie gerade eben diesen Mann?«

»Ich müßte es tun«, sagte er. »Ich könnte meinem Herrn nie mehr unter die Augen treten, wenn ich das zuließe.«

Lieber Gott, dachte sie, er ist eine treue Seele.

»Wenn sie Euch überwältigen, Perrin, und herausfänden, daß Ihr in Roland de Vencys Diensten steht, würdet ihr beide vor der Inquisition landen.« Doch ihr Ärger war nur oberflächlich. Sie mochte diesen Mann, der so ehrlich und geradeheraus war. Und Mut hatte er für ein Dutzend Männer.

»Und Ihr habt vor der Inquisition keine Angst?« fragte er beinahe anklagend.

»O doch, schreckliche Angst sogar«, antwortete sie. »Aber ich glaube, daß ich tun muß, was ich tue.«

»Euer Glaube hat meinen Herrn zu einem sehr unglücklichen Mann gemacht, Madame.«

Ihr Herz wurde schwer. »Ohne es zu wollen, hat er aus mir eine sehr unglückliche Frau gemacht.«

Eine Zeitlang gingen sie schweigend weiter. Plötzlich sagte er: »Nicht nur mein Herr ist unglücklich. Das Languedoc ist verwüstet. Tausende von Menschen sind gestorben. Soviel Leid – ist Euer Glaube das wirklich wert?«

»Sicher«, sagte sie, ohne zu zögern.

»Seid ihr von eurem Glauben so überzeugt, daß ihr euch dafür zu Hunderten und Tausenden abschlachten laßt?«

Sie erinnerte sich, was ihr Superior dazu gesagt hatte.

»Wir sind nicht immer so überzeugt, von dem was wir glauben«, sagte sie. »Aber wir wissen, was wir nicht glauben können.«

»Was, zum Beispiel, Madame?«

Diane hatte das Gefühl, daß er es ernst meinte. So muß es wohl bei jedem angefangen haben, der erst Katholik war und dann Katharer wurde, dachte sie. Mit Fragen. Und wenn diese ausreichend beantwortet waren, wurden die Fragenden zu Gläubigen.

»Wir haben noch einen weiten Weg vor uns, Perrin. Wenn es Euch wirklich interessiert, kann ich Euch sagen, worin wir uns von den Katholiken unterscheiden.«

»Ich möchte keine ketzerische Predigt hören, aber ich möchte Euch besser verstehen können, Madame«, sagte er.

In ihr wuchs der Eifer, eine Seele für Gott zu gewinnen. Wenn die Neugierde dieses Mannes erst gewachsen ist, muß ich ein Vorbild für ihn sein und darf meinen Gefühlen für Roland nie nachgeben. Vielleicht war er ihr als Hilfe geschickt worden.

»Als erstes solltet Ihr begreifen, daß wir uns nicht als Ketzer betrachten«, sagte sie. »Wir sind die wahren Christen.«

VII

Roland übergab der königlichen Wache am Eingang zum großen Audienzsaal die Pergamentrolle. Während diese die Einladung überprüfte, versuchte er ganz ruhig zu bleiben. Die Glocke der Palastkapelle hatte gerade die Nona geschlagen, und die Aufregung vor seinem Vortrag wurde noch dadurch verstärkt, daß er drei Stunden zu spät kam. Der von der Königin veranstaltete Sängerwettstreit hatte eigentlich schon mittags begonnen.

Der Wächter sah Roland erstaunt an.

»Ich weiß, daß ich schon gestern abend an dem königlichen Empfang hätte teilnehmen sollen«, sagte Roland. »Aber wie Ihr seht, komme ich von weit her.«

»Das werdet Ihr der Königin zu erklären haben, Sire, nicht mir.«

Auf eine Handbewegung der Wache hin öffneten zwei Pagen in blauem Gewand mit aufgestickten goldenen Lilien die Türen. Hochaufgerichtet trat Roland ein, gefolgt von Perrin.

Einen so großen Saal hatte er noch nie zuvor gesehen. Zum Fest des ersten Maitages war er geschmückt mit Girlanden aus gelben, blauen, rosafarbenen und weißen Frühlingsblüten, die von der dunklen Eichendecke hingen, genau wie Nicolette es ihm beschrieben hatte.

Die Mitglieder des Hofes saßen in prächtigen Roben aus Seide und Satin an weißgedeckten Tischen zu beiden Seiten. Die Damen trugen Silberreifen um die Stirn, die Männer gelbe oder violette Kopfbedeckungen, die mit langen Federn geschmückt waren. Hinter den an Tischen sitzenden Edelleuten standen die Leute niedereren Standes in bunten Festgewändern.

Durch hohe Fenster mit echtem Glas, nicht durch Scheiben aus Horn wie in so vielen anderen Sälen, flutete das Licht in den Raum. Es war so hell, daß die dicken gelben Kerzen auf großen Leuchtern, die man überall aufgestellt hatte, ziemlich überflüssig waren. An den Wänden zwischen den Fenstern hingen Fahnen aus Seide, bestickt mit den Wappen der großen Familien Frankreichs. Rolands Blick fiel unwillkürlich auf die purpurne und goldene Fahne der Gobignons am anderen Ende des Saales. Auf der Fahne daneben sah er das Wappen von Blanche von Kastilien, eine Burg mit sechs Türmen.

An einem erhöhten Tisch am Ende des Saales saß die Königin. Sie trug eine Krone aus Kirschblüten.

Und neben ihr saß Nicolette.

Bei ihrem Anblick begann er zu glühen.

Aber sie ist sicher wütend, weil ich zu spät komme, dachte er.

Ein außerordentlich dicker Troubadour stand in der Mitte des Raumes und bedankte sich mit einer Verbeugung für den herzlichen Beifall, den er für sein Lied erhielt. Er wurde von drei Spielleuten begleitet. Auf seinem Kopf trug er einen Kranz aus rosafarbenen Damaszener Rosen. Sein karmesinroter Umhang hatte einen gezackten Saum. Seine Hose war mit üppiger Stickerei verziert, und die langen Spitzen seiner grünen Stiefel waren nach oben gebogen. Ganz schön übertrieben, dachte Roland. Aber ich wünschte, ich hätte sein Lied gehört.

Er wußte, der dicke Troubadour konnte niemand anders sein als Thibaud, der Graf von Champagne, denn der hatte die Damaszener Rosen aus dem Heiligen Land mitgebracht. Aber Roland erinnerte sich auch, daß er eher dadurch bekannt war, daß er mit seiner Liebe einige Jahre lang die Königin Blanche getröstet hatte, nachdem der plötzliche Tod ihres Gatten sie noch so jung zur Witwe gemacht hatte.

Und dort war sie, die alte Tigerin. Roland sah Blanche von Kastilien auf der anderen Seite von Königin Marguerite. Blanche trug ihr unvermeidliches weißes Trauergewand und im Gegensatz zu allen anderen Damen keine Blumen. Es fiel ihm schwer, sich den fetten Mann und die verhärmte alte Frau als Liebende vorzustellen. Aber wer weiß, wie ich aussehen werde, wenn ich einmal alt bin! Wenn ich überhaupt so lange lebe...

Roland bemerkte nun, daß die Aufmerksamkeit einiger auf dem Podest ihm galt. Königin Marguerite blickte in seine Richtung und flüsterte mit Nicolette. Nicolette sah ihn an, aber, soweit er es aus dieser Entfernung beurteilen konnte, zeigte sie keinerlei Reaktion. Andere bemerkten die Blickrichtung der Königin und wandten sich auch ihm zu. Roland hörte Perrins Stoßseufzer an seiner Seite.

Der Applaus für Thibaud verebbte. Der rundliche Graf, dessen Augenblick des Erfolgs durch Rolands Ankunft leider verkürzt wurde, watschelte davon. Finster dreinblickend nahm er an dem Tisch zu Marguerites Rechten Platz. Dort hatten die Wettkämpfer ihren Platz als Zuschauer. Roland erinnerten sie eher an eine Versammlung von Pfauen, einer in farbenprächtigerer Aufmachung als der andere. Dahinter saßen ihre Spielleute mit Instrumenten wie Flöten, Lauten, Leiern, irischen Harfen, Drehleiern, Posaunen und Trompeten. Fahnentragende Pagen standen hinter den Wettstreitern höheren Ranges. Zu seinem Erstaunen bemerkte Roland, daß ein Sänger den makellos weißen Mantel der Tempelritter trug.

Roland wollte gerade am Tisch der Wettstreiter Platz nehmen, als plötzlich Königin Marguerites klare Stimme durch den nun stillen Saal klang.

»Kommt näher, Sire. Sagt uns, wer Ihr seid.«

»Guter Gott«, hörte er Perrin an seiner Seite flüstern.

Roland wünschte sich zurück nach Sizilien. Aber er machte ein entschlossenes Gesicht und ging tapfer vorwärts.

»Majestät.« Er verbeugte sich tief und schritt mit wehendem schwarzen Umhang über den Marmorboden nach vorn.

Während er ging, spähte Roland nach links und nach rechts. Dies konnte seine einzige Chance sein, all die Großen zu sehen, von denen er schon so viel gehört hatte. Jener blonde Mann, der in einem einfachen Gewand mitten unter den Höflingen saß, mußte König Ludwig sein. Ja, man sagt, daß er bei seiner Kleidung keinen großen Aufwand liebt. Was müßte ich tun? Anhalten, mich vor ihm verneigen? Nein, dieser Tag gehört der Königin, und es sieht nicht so aus, als erwarte er besondere Aufmerksamkeit. König Ludwig lächelte und nickte ihm zu, als Roland an ihm vorbeiging. Mit eisiger Miene saß Nicolette da, die Hände krampfhaft verschlungen.

Ich kann nur hoffen, daß ihr mein Lied so gut gefällt, daß sie mir meine Verspätung verzeihen kann. Dem heiligen Michael sei Dank – niemand außer ihr weiß, daß ich nur für sie singe.

Vor dem Podest machte Roland halt und beugte sein Knie. Von unten herauf blickte er verstohlen zu Nicolette. Ein leichter blauer Umhang, den sie über die Schulter zurückgeworfen hatte, wurde im Nacken von einer goldenen Nadel in der Form einer Liebesschleife zusammengehalten. Darunter trug sie ein veilchenblaues Kleid mit tiefem Ausschnitt. Ein Collier aus gefaßten Smaragden hob sich sehr schön von ihrer weißen Haut ab. Ihr welliges schwarzes Haar wurde von einem Goldnetz zusammengehalten, und auch sie trug einen Blütenkranz.

Er wußte nicht genau, was er tun sollte. Die Königin hatte ihn etwas gefragt, also mußte er antworten.

»Majestät, ich bin Orlando di Perugia, ein Ritter und Troubadour. Ich bitte um Vergebung, daß ich erst jetzt komme, und falls ich Euch dadurch gekränkt habe, entlaßt mich bitte sofort. Denn eher würde ich bis ans Ende der Welt gehen, als bei Euch einen Augenblick des Mißmutes hervorzurufen.«

»Unverschämter Kerl«, sagte eine Stimme auf dem Podest laut genug, daß er es verstehen konnte.

Rolands Blick fiel auf Königin Blanche, die auf ihn heruntersah. Er hatte gehört, daß vor allem sie auf die Zerstörung von Mont Ségur bestanden hatte. Wenn er in diesem Raum einen Feind hatte, dann Blanche von Kastilien.

»Euch sei vergeben, Sire Orlando«, sagte Marguerite. »Es ist ein weiter Weg von Perugia nach Paris.«

»Das ist wahr, Majestät«, antwortete Roland der Königin mit einem Lächeln. Ihre braunen Augen blickten freundlich. In gewisser Weise sah sie Nicolette ähnlich, obwohl sie schlanker und etwas älter war. Zwei Frauen aus dem Languedoc am Hof von Paris – es war nur zu verständlich, daß sie sich nähergekommen waren.

»Doch ich bin schon vor zwei Jahren aus Italien hierhergekommen«, fuhr er fort. »Die Liebe ließ mich heute zu spät kommen. Denn für den heutigen Tag wollte ich für die Dame, die ich verehre, ein ganz besonderes Lied schreiben. Aber ich muß gestehen, daß mir vor heute morgen nichts eingefallen war. Ich konnte erst hierherkommen, als mein Lied fertig war.«

Mit angehaltenem Atem wartete er. Wochenlang hatte er dagesessen, auf das Pergament gestarrt, dann wieder zur Laute gegriffen, aber nie einen richtigen Anfang gefunden. Jede Melodie, die ihm einfiel, erinnerte ihn an Diane. Und in seiner Phantasie erschienen nur Bilder des »einen Lichts«. Doch das gehörte zu den Vorstellungen der Katharer und paßte nicht zu Nicolette, sondern zu Diane. Er brauchte ein Lied, das nur Nicolette gewidmet sein sollte.

Er wußte, wie wichtig es für sie war, die erste und einzige Liebe seines Lebens zu sein. Bei ihren heimlichen Treffen in dem Raum über der Buchhandlung hatte sie ihn immer wieder gefragt, ob es noch eine andere gebe und ob er sicher sei, daß es keine andere gebe.

Und immer wieder war sie darauf zurückgekommen, was er auf dem Mont Ségur zu tun hatte. Warum hatte er Paris so plötzlich verlassen – ohne ihr ein Wort davon zu sagen? War da eine Frau im Spiel? Er haßte sich selbst dafür, daß er ihr nicht die ganze Wahrheit erzählen konnte.

Aber nachdem er sich von seiner Liebe zu Diane losgesagt hatte, war es dann nicht die reine Wahrheit, daß Nicolette die einzige Frau in seinem Leben war?

Doch er wußte, daß die Wahrheit nicht ganz so einfach war. Deshalb fiel es ihm so verdammt schwer, dieses Lied zu schreiben. Er saß da, schwitzte vor sich hin, trommelte mit der Faust auf den Tisch und wurde verzweifelter, je näher der erste Mai rückte. Erst heute morgen – als er nach einer schlaflosen Nacht festgestellt hatte, daß er entweder sofort ein Lied schreiben mußte oder gar nicht erst hinzugehen brauchte – war die Blokkade gebrochen, und das Lied schrieb sich wie von selbst.

Wieviel einfacher wäre es doch gewesen, ein älteres Lied nur ein bißchen umzuschreiben. Aber sie hatte zu diesem Anlaß ein ganz spezielles Lied verlangt, und ihre Wünsche – aber auch seine Kunst – waren ihm heilig. In dieser Hinsicht konnte er nicht lügen. Er konnte nur hoffen, daß es ihr gefallen würde.

Nachdem er von einer Dame gesprochen hatte, die er verehrte, hielt er es nicht für angebracht, sie anzuschauen.

»Aus Liebe zu spät zu kommen, ehrt Euch, Sire Orlando«, sagte Marguerite lächelnd. »Doch bestraft werden müßt ihr dafür. Ihr werdet als letzter singen.«

Jetzt blickte Roland zu Nicolette, deren Augen sich fast unmerklich weiteten. Genau wie er erkannte auch sie, welchen Vorzug Marguerite ihm gab. Wer als letzter sang, war im Vorteil. Als Unbekannter in dieser erlauchten Runde würde er nun der

Sänger sein, an den man sich am besten erinnern konnte, wenn die Beurteilung begann.

Ein Schauer der Erregung durchlief Roland. Dies war die Chance zu gewinnen, für Nicolette zu siegen.

Er verbeugte sich tief und sagte: »Wie Ihr befehlt, Majestät. Es ist sehr freundlich von Euch, mich überhaupt teilnehmen zu lassen.«

Er ging zurück an den Tisch, an dem die Wettstreiter saßen, und nahm neben einem blonden jungen Ritter Platz.

»Bei der Verlosung hatte ich den letzten Platz gezogen, aber nun habt Ihr mich verdrängt«, sagte der Blonde gutmütig.

»Vergebt mir, Sire.«

Hinter dem jungen Edelmann stand ein Page mit einer Fahne, auf der sechs rote Querstreifen auf weißem Grund zu sehen waren – das Wappen der Familie Coucy. Dies mußte Raoul de Coucy sein, ein bekannter Troubadour und ein Adliger, dessen Familie fast so viel Land wie die Gobignons besaß.

Der junge Coucy legte die Hand auf seinen Arm: »Hoffentlich ist das Lied, weswegen Ihr so spät kommt, auch die ganze Aufregung wert.«

Sie lehnten sich zurück, um den anderen zuzuhören.

Anfangs verging die Zeit für Roland wie im Flug. Um die Gesellschaft zu unterhalten, hatte Marguerite für die Pausen zwischen den Liedern Tänzer, Gaukler und Akrobaten engagiert. Ab und zu sah Roland zu Nicolette hinüber. Jedesmal wenn sich ihre Blicke trafen, spürte er ein süßes sehnsüchtiges Verlangen.

Er versuchte, ruhig zu bleiben, aber nach zwei Stunden begann das Warten beinahe unerträglich zu werden. Pagen brachten immer wieder Krüge voll Wein und Tabletts voller Braten und Käse. Er lehnte immer ab. Ein großer Trinkbecher stand zwischen Roland und Raoul de Coucy, doch jedesmal wenn der junge Adlige ihm etwas anbot, schüttelte er den Kopf. Sein Magen war zu verkrampft. Er fragte sich, ob er wohl überhaupt eine

Chance hatte. Es war ziemlich unwahrscheinlich, obwohl er schon bei zwei Wettbewerben in Neapel den ersten Preis gewonnen hatte, und beide Male hatte er sogar gegen den Kaiser gesiegt. Doch er wollte in seiner Sprache, in der *Langue d'Oc* singen, und diese Leute hier waren alle aus dem Norden. Er konnte nur hoffen, daß das Lied wenigstens Nicolette gefiel.

Er wollte ihr damit ein Geschenk machen, eine Tat nur für sie vollbringen. Er wünschte sich so sehr, sie in aller Öffentlichkeit verehren zu können, so wie die Troubadoure aus dem Languedoc während der Blütezeit der höfischen Minne ihren Damen ihre Verehrung bewiesen.

Aufmerksam lauschte er den Rondeaus, Balladen, Sirventes und Canzonen, während es in dem Raum langsam dunkler wurde und die Diener mehr Kerzen anzünden mußten. Mehr als das Singen und Spielen interessierte ihn, wieviel Talent seine Rivalen als Verfasser von Versen und Komponisten von Melodien bewiesen. Nicht immer jedoch war der Vortragende auch gleichzeitig der Verfasser des Werkes. Manchmal trug ein Spielmann das Lied seines Meisters vor; wer jedoch selbst eine schöne Stimme hatte, der nahm den Spielmann nur als instrumentalen Begleiter.

Zu Rolands Überraschung schien jeder Troubadour oder Trouvère seine eigene Anhängerschaft zu haben, die ihm lebhaft Beifall spendete. Es wurde in vielen Sprachen gesungen: am häufigsten in der *Langue d'Oïl*, aber auch in der *Langue d'Oc*, in Spanisch, Italienisch, Latein und sogar in Deutsch. Roland konnte alle Lieder recht gut verstehen. Als weitgereister Troubadour waren ihm viele Sprachen vertraut.

Der bemerkenswerteste Mann dieses Tages sang in Latein. Es war dieser Tempelritter, der aus Verona stammte und Guido Bruchesi hieß. Wie alle Templer, aber im Gegensatz zu den anderen Rittern, hatte er einen langen Bart, der ihm bis auf die Brust reichte. Er trug den weißen, auf der Vorder- und Rückseite mit roten Kreuzen bestickten Umhang der Templer. Was wollte er hier? Roland war schon Priestern und Mönchen als Minnesängern begegnet, aber ein singender christlicher Krieger war doch sehr ungewöhnlich.

Bruder Guidos Ballade gefiel Roland gut. Als eine Hymne an die Jungfrau Maria war sie zwar fromm, doch Roland glaubte auch einige versteckte Anspielungen auf die Liebe herauszuhören. Der Templer hatte eine hervorragende Tenorstimme, und als er auf einem hohen Ton endete, sprangen viele seiner Zuhörer auf und applaudierten.

Sire Cosmas, ein den Tartaren entflohener Ungar, sang etwas in seiner Sprache, das niemand verstand. Roland, der von den sizilianischen Mauren am Hof des Kaisers sogar Arabisch gelernt hatte, war wie allen anderen auch das Ungarische total fremd. Trotzdem bekam Sire Cosmas höflichen Beifall. Drauf sang Raoul de Coucy eine schlichte, aber wunderschöne Canzone. Roland klatschte immer noch Beifall, als Coucy schon wieder Platz nahm.

»Ich werde Euch ein Geheimnis verraten«, sagte er schmunzelnd. »Ich bin kein richtiger Trouvère, denn ich habe das Lied eben für meine Frau gesungen.«

Jetzt war Roland an der Reihe. Sein Herz klopfte so stark, daß er glaubte, die Leute müßten das Auf und Ab seiner Brust sehen können. Er warf seinen schwarzen Umhang zurück, damit der silberne Greif zu sehen war, das Wappentier, das der Kaiser seiner Familie zuerkannt hatte. Er war sicher, daß niemand hier, den Greif kennen oder auch nur von den Vencys gehört haben würde. An einer silbernen Halskette trug er ein weiteres Erinnerungsstück von Kaiser Friedrich, ein altes bronzenes Medaillon mit dem Bild eines leierspielenden Apollo. Er hoffte sehr, eine gute Figur zu machen. Morgens hatte er sich mit einem Bimsstein den Bart abgerieben, bis sich seine Wangen seidig glatt anfühlten.

Langsam begab er sich in die Mitte des Saales. Mit einem Schritt Abstand folgte ihm Perrin, der eine mit roten, gelben und grünen Rhomben bemalte Laute trug.

Roland wartete einen Augenblick, bis im Raum absolute Ruhe

herrschte. Perrin stimmte die Saiten der Laute. Alle Anwesenden hatten aufgehört zu essen, zu trinken und zu reden und lehnten sich erwartungsvoll zurück.

Marguerite ist auf unserer Seite, das spüre ich, dachte Roland. Aber die anderen? Sie waren ein anspruchsvolles Publikum, von Kindheit an mit Musik vertraut und geübt in ihrer Beurteilung. Viele von ihnen hätten sicher ebensogut an diesem Wettstreit teilnehmen können.

Perrin schlug einen Akkord.

Roland holte tief Luft. Er warf einen kurzen Seitenblick auf Nicolette.

Sie erwiderte ihn, dann schloß sie die Augen.

Er begann zu singen.

»Was nimmt der Sonne ihren Glanz
und macht den Mondschein trübe?
Schaut in mein Herz heut nacht, Madame,
hier liegt der Trost für alle Sorgen:
  Ein Licht, das alle andern überstrahlt,
  brennt tief in mir, das Licht der Liebe.«

Er hatte eine langsame, getragene Melodie gewählt. Als er daran arbeitete, hatte er an eine Bootsfahrt im Mondschein gedacht. Es war eine zarte, doch leidenschaftliche Weise, die sehnsuchtsvolle Ahnungen der Liebe heraufbeschwor.

Seine Baritonstimme erfüllte den Raum und hallte von Decke und Wänden wider. Seine Muttersprache klang wie eine Herausforderung an diese Menschen aus dem Norden, die mit dem Kreuzzug gegen die Albigenser auch seine Heimat zerstört hatten.

Hinter all den Worten und Tönen durch die spielerische Lautenmelodie hindurch war die Begeisterung für *L'amour courtois* zu spüren. Er hoffte, Nicolette würde den Klang der Worte wiedererkennen, die er ihr ins Ohr geflüstert hatte. Dieses Lied singe ich für Euch, Nicolette.

»Schlaflos verbringe ich die Nacht
und träumend geh' ich durch den Tag.
Doch sie, die meinen Geist beherrscht,
ist Wahrheit – und diese Welt nur Schein.
  Ein Licht, das alle andern überstrahlt,
  brennt tief in mir, das Licht der Liebe.«

Als Roland sein Lied beendet hatte, war es einen Augenblick lang ganz still im Raum. Doch dann brach donnernder Applaus über ihn herein, und er spürte, wie ihm heiß wurde. Er wußte, daß der Beifall einfach aus Freude an dem Wettstreit selbst aufbrandete, doch ein Teil davon galt auch ihm. Er verneigte sich und ging zurück an seinen Platz. Fast die Hälfte seiner Mitstreiter applaudierten heftig, die anderen mit etwas gedämpfterer Begeisterung. Gesenkten Blickes setzte sich Roland auf den Stuhl, den Perrin für ihn bereithielt.

Coucy drückte ihm die Hand. »In meinem ganzen Leben habe ich niemanden besser singen hören. Ihr wart der Beste, lieber Freund. Der Beste des ganzen Tages. Daran besteht kein Zweifel.«

Es tat gut, diese Worte zu hören, aber vor allem fühlte sich Roland erleichtert und dankte dem heiligen Michael, daß er, egal ob gut oder schlecht, erreicht hatte, was er wollte: Er hatte seiner Dame keine Schande bereitet, und es war vorbei.

»Und nun, gnädige Damen und Seigneurs«, sagte Königin Marguerite und erhob sich, »laden wir Euch ein, weiterzufeiern, während wir uns der schwierigen Aufgabe unterziehen zu entscheiden, welcher dieser ausgezeichneten Künstler den Preis verdient hat.« Und sie zeigte den Preis: einen dunkelblauen Seidenschal aus Palermo, mit einem Muster aus goldenen Halbmonden. Auch Roland klatschte Beifall. Der König stand auf und verneigte sich, und alle Männer folgten seinem Beispiel. Dann verließ Marguerite mit einem halben Dutzend Damen ihren Tisch.

Jetzt mochte auch Roland etwas trinken. Er hielt einem Diener den goldenen Kelch entgegen, der zwischen ihm und Coucy stand, und er wurde mit leuchtend rotem Wein gefüllt. Er leerte den Kelch mit einem Zug, ließ ihn wieder nachfüllen und wandte sich an Perrin.

»Was meinst du?«

Perrin grinste. »Nicht schlecht, Maître, gar nicht schlecht.«

»Der Teufel soll dich holen.«

Perrin lachte.

Stunden schienen vergangen zu sein, als die Fanfaren das Publikum wieder verstummen ließen. Die Damen kamen herein und nahmen ihre Plätze ein. Der ganze Saal lauschte gespannt.

Rolands Herz raste.

Ich darf mich gar nicht darum kümmern, sagte er sich. Die Hauptsache ist, daß ich vor dem ganzen Saal meine Liebe zu der Dame meines Herzens bezeugt habe und daß sie es weiß.

Als Marguerite den Gewinner bekanntgeben wollte, bemerkte Roland, daß Blanche nicht neben der jungen Königin, sondern am Kopfende der königlichen Tafel stand. Als ob sie ihren Unwillen über die getroffene Entscheidung demonstrieren wollte, dachte Roland.

Plötzlich hatte er Angst, aber nicht um sich, sondern um Nicolette. Weil er wußte, wie gefährlich Blanche sein konnte, hoffte er einen Moment fast, daß der nicht gewonnen hätte, damit sich ihr Mißfallen gegen jemand anderen richtete.

Dann begegnete er Nicolettes Blick und ihm schwindelte.

Marguerite verkündete: »Die Damen des königlichen Hofes von Frankreich haben beschlossen, daß der erste Preis verdientermaßen dem Ritter aus Perugia, Sire Orlando, gebührt.«

Roland blieb fast das Herz stehen. Sein Gesicht begann zu glühen.

Beifall und Jubel erklangen von allen Seiten, doch er vernahm alles nur wie aus weiter Entfernung. Hände griffen nach ihm. Er wollte aufstehen.

»Kommt zu Euch, Maître«, hörte er Perrin sagen. »Steht auf und nehmt Euren Preis in Empfang.«

»Na also, mein Freund«, rief Coucy und klopfte ihm auf die Schulter. »Ich wußte, ihr würdet gewinnen.«

Halb benommen zwang sich Roland, in die Mitte des Saales zu wanken. Perrin eilte hinterher und drückte ihm die Laute in die Hand. Vorsichtig, Schritt für Schritt, ging Roland auf den erhöhten Tisch zu. Der anhaltende Beifall war wie eine Brandung, durch die er sich seinen Weg bahnen mußte.

Bewegungslos und mit leuchtenden Augen saß Nicolette an Marguerites Seite.

Wenn ich sie doch nur in meine Arme schließen könnte, dachte er.

Er kniete nieder und legte der Königin die bunt bemalte Laute zu Füßen.

»Sire Orlando«, sagte Marguerite, »ich hoffe, daß Ihr weiterhin so gut singt – und weiter von Eurem Spielmann so gut begleitet werdet – zu Ehren dieses Preises und der Damen, die ihn Euch verliehen haben.« Sie entfaltete das blau-goldene Seidentuch, damit alle es sehen konnten, und legte es dann in Rolands ausgestreckte Hände.

»Mögt Ihr es niemals bereuen, daß Ihr mir diesen Preis verliehen habt, Madame«, sagte Roland und hob den Kopf.

Wieder sah er Nicolette an und mußte das Verlangen unterdrücken, allen zu zeigen, was sie ihm bedeutete.

Als Roland sich erhob, wurde er von den Damen und den Troubadouren umringt, die sich ihm vorstellten und ihn beglückwünschten. Er hielt das Seidentuch vorsichtig, als wäre es so fein wie ein Spinnengewebe. Hinter all den Leuten um ihn herum, versuchte er Nicolette zu erspähen.

Der Tempelritter klopfte ihm auf die Schulter. »Großartig, Sire Orlando. Ihr singt die *Langue d'Oc* fast ohne Akzent«, sagte er auf italienisch. »Wenn ich sie spreche oder singe, erkennt jeder sofort, daß ich Italiener bin.«

Roland fühlte sich entdeckt und spannte jeden Muskel an. Es kostete ihn einige Anstrengung, seine Hände ruhig zu halten. Er spürte ein plötzliches Mißtrauen gegenüber Bruchesi. Das doppelte Kreuz auf seinem weißen Mantel erinnerte ihn daran, daß die Templer auch Kreuzritter waren.

Doch ihr Orden hatte sich nicht an der Verwüstung des Languedoc beteiligt.

»Die *Langue d'Oc*«, sagte Roland in der Sprache des Südens, »war seit jeher die Sprache der großen Troubadoure, deshalb bevorzuge ich sie.«

Und dann erschien Nicolette neben ihm.

Dieser Sieg ist ebenso Euer Verdienst wie meiner, wollte Roland ihr sagen.

Zögernd wandte sie sich ihm zu, als ob auch sie hier Feinde vermutete.

Kaum hörbar formten seine Lippen die Worte: *»Mi dons.«*

Der Kreis um ihn herum öffnete sich, um Königin Marguerite durchzulassen, die zu ihm trat und sagte: »In bezug auf die *Langue d'Oc* stimme ich mit Ihnen überein, Sire Orlando. Auch ich liebe das Provenzalische, die Sprache meiner Kindheit. Doch seit der Norden gesiegt hat, fürchte ich, daß wir immer *oïl* anstatt *oc* sagen müssen, wenn wir Ja meinen.«

Roland verneigte sich vor Königin Marguerite. »Das Ja einer Dame hat in jeder Sprache einen süßen Klang, Majestät.«

»Das sind die Worte eines Troubadours, Sire«, lachte Marguerite. »Doch ich fürchte die Fackel der Dichtkunst ist weitergewandert, vielleicht« – und sie lächelte ihm huldvoll zu – »nach Italien, und das Languedoc wird keine Dichter wie Arnaud Daniel oder Bernard de Ventadour mehr hervorbringen.«

»Ja«, sagte eine neue Stimme, »aber die Schönheit einer Sprache zeigt sich doch erst in der Dichtung. Wenn großartige Lieder in der *Langue d'Oïl* gesungen werden, wird auch sie eine große Sprache sein.«

Alle wandten sich um. Der König in seinem einfachen dunklen Gewand mit dem roten Kreuz, dem Zeichen der Kreuzritter, auf einer Schulter stand vor Roland. Er überragte alle anderen.

Roland kniete nieder.

»Bitte steht auf, Sire«, sagte der König und legte seine Hand auf Rolands Schulter. »Ich möchte Euch nur für Euer ausgezeichnetes Lied danken und Euch zu Eurem Gewinn beglückwünschen.«

Roland erhob sich und betrachtete Ludwigs Gesicht. Es wirkte so unschuldig. Er war einunddreißig, aber genausogut hätte er nur einundzwanzig Jahre alt sein können. Nicolette hatte ihm erzählt, daß der König von dem Gedanken besessen sei, Jerusalem von den Türken befreien zu müssen.

Ein plötzlicher Gedanke durchzuckte Roland. Wenn ich in meiner Heimat wäre, würde ich nicht zögern, *mi dons* vor aller Augen zu verehren. Warum nicht hier? Die Königin würde es sicher verstehen und der König wahrscheinlich auch.

Was hält mich dann davon ab? Amalric de Gobignon? Glühender Zorn keimte in ihm auf. Soll ich seinetwegen darauf verzichten, meiner Dame meine Aufmerksamkeit zu erweisen? Die übliche Aufmerksamkeit, die ein Troubadour einer Dame zollt, die ihn inspiriert. Und ich weiß, daß Nicolette den Verstand und den Mut hat, vor dem König, der Königin und dem Hof richtig zu reagieren. Nur wir beide werden die wahre Bedeutung dieser Geste kennen. Also dann: Ich werde es tun.

Roland wandte sich an den König. »Erlaubt mir, eine Frage an Euch zu richten, Majestät. Wem gebührt dieser Preis mehr, dem, der ihn gemacht hat, oder dem, der dazu inspiriert hat?«

König Ludwig lächelte und richtete seine großen blauen Augen auf Roland. »Eine interessante Frage, Sire Orlando. Nun, nach meiner Auffassung haben viele die Gabe, Lieder zu schreiben, aber nur wenige sind so inspiriert, daß sie das Beste aus dieser Gabe machen.«

»Da stimme ich Euch zu, Majestät. Deshalb möchte ich meinen Preis der Dame überlassen, der ich meine Kunst gewidmet habe.« Lächelnd drehte er sich zu Nicolette um.

Plötzlich schienen der König, die Königin, Blanche von Kastilien, die Seigneurs und Damen, ja sogar der große Saal um ihn herum zu verschwinden, und es gab nur noch die dunkelhaarige, junge Frau in Violett für ihn. Er kniete vor ihr nieder und reichte ihr den blau-goldenen Seidenschal.

Ihre Fingerspitzen streiften seine Hand, als sie den Schal nahm, und in Andeutung eines Kusses, berührten ihre Lippen flüchtig die Seide.

Während Rolands Blick auf sie geheftet blieb, hörte er mißbilligendes Getuschel aus dem Saal. Aber es gab auch freundliches Gelächter und prasselnden Applaus.

Ein Mann sagte deutlich: »Bezaubernd!« Er war sich nicht sicher, ob es Raoul de Coucy oder Guido Bruchesi war.

Aber das Getuschel machte ihn unsicher. Hatte er zu rasch gehandelt und Nicolette in Gefahr gebracht?

Doch jetzt gab es kein Zurück mehr. Er mußte weitermachen.

»Madame«, sagte er lächelnd und verbeugte sich, »ich hoffe, Ihr entschuldigt die Unwissenheit eines italienischen *trovatore*. Vielleicht ist die Fackel der Dichtkunst nach Italien gewandert, wie die Königin gesagt hat, und was unter uns noch ein geachteter Brauch ist, wird hier in Paris nicht mehr praktiziert. Wenn ich zu kühn gewesen bin, wenn ich Euer Mißfallen erregt habe, bitte ich Euch, mir zu verzeihen.«

»In keiner Weise, Sire Orlando«, antwortete Nicolette leichthin, doch laut genug, daß es alle hören konnten. »Es spielt keine Rolle, was man hier in Paris tut oder nicht tut – ich bin eine Dame aus dem Languedoc, und diese Aufmerksamkeit eines Troubadours ehrt mich.«

Fragend wandte sich Nicolette an Marguerite, als suchte sie die Bestätigung dafür, das Richtige gesagt zu haben, und die Königin lächelte und nickte zustimmend.

Aus den Augenwinkeln nahm Roland eine Bewegung in der Zuschauermenge wahr. Wie ein weißer Blitz stand plötzlich Blanche von Kastilien in ihrer Mitte.

»Das ist skandalös. Ihr müßt diesem unverschämten Ritter sofort den Schal wiedergeben.«

»Wenn ich diesen Schal zurückgebe«, sagte Nicolette fast unhörbar, »ist das ebenfalls ein Akt der Unhöflichkeit, Madame.«

»Er hat Euch kompromittiert. Die Ehre Eures guten Ehemannes ist in Gefahr.«

Und ihr guter Ehemann wird sicherlich davon hören, dachte Roland. Abermals bereute er seine Kühnheit. Es wäre das beste, dachte er, wenn Nicolette sich Königin Blanche fügen und mein Geschenk zurückgeben würde. Er sah, wie Nicolette sich mit flehendem Blick an Marguerite wandte.

Die junge Königin konnte ihren Zorn selbst nur mühsam unter Kontrolle halten. Sie nahm den Arm des Königs und klammerte sich daran.

»Wer kann besser über Ehre entscheiden als der König?« erklärte sie. »Sagt uns, Majestät, ist die Ehre des Grafen de Gobignon bedroht? Soll die Gräfin den Schal zurückgeben?«

»Überlegt doch einen Moment, Mutter.« Der König sprach sanft, aber bestimmt. »Es ist ein alter und schöner Brauch, daß ein Troubadour sich eine Dame erwählt und ihr sein Werk widmet. Es würde einen Skandal bedeuten, wenn man sich darüber beklagen wollte. Diese Geste finde ich absolut harmlos.«

Still, aber voller Inbrunst dankte Roland König Ludwig für sein Verständnis.

»Ihr könnt Euch nicht vorstellen, wie diese vermeintlich harmlosen Gesten alle ins Verderben stürzen können«, zischte Königin Blanche. »Als ich diesen Hof regierte, habe ich Euch von solchen verkommenen Einflüssen ferngehalten.« Sie starrte Marguerite an.

»Aber, Mutter«, widersprach Ludwig, »es liegt noch gar nicht soviele Jahre zurück, daß der Graf der Champagne, der heute hier so gut gesungen hat, Euch seine Lieder gewidmet hat. Und niemand denkt deshalb geringer von Euch.«

Ach, nein, dachte Roland amüsiert. Dann hat er nichts von den Gerüchten gehört, die ich vernommen habe.

Eine schwächere Frau hätte sich wohl beschämt zurückgezogen, doch Blanche behauptete das Feld, obwohl sie errötete. »Das war etwas ganz anderes!«

»Es tut mir leid, Mutter«, sagte der König ernst. »Schöne

Frauen inspirieren Dichter wie diesen Ritter hier. Solche Ritterlichkeit hat schon viel Gutes hervorgebracht.«

»Ludwig, Ihr seid...«, Roland fühlte, daß Blanche »ein Narr« sagen wollte. Aber selbst sie, die so viele Jahre geherrscht hatte, konnte nicht so mit dem König sprechen. Sie ballte ihre Hände, und Roland konnte sehen wie sie überlegte.

»...zu vertrauensvoll«, fuhr sie fort. »Das ist eine große Schande, mein Sohn. Ihr dürftet das nicht zulassen.« Mit schmalen Lippen drehte sich die Königin um und schritt durch die Menge. Die Höflinge wichen ängstlich aus, um ihr Platz zu machen.

Jetzt wird schon ein Bote auf dem Weg zu Gobignon sein, dachte Roland.

Als er sich Nicolette zuwandte, war sie völlig ruhig und ließ den Schal durch ihre Finger gleiten. Sollte Blanche sie aus der Fassung gebracht haben, dann hatte sie sich schnell wieder erholt. Doch er mußte versuchen, sie zu beschützen, wenn er es vermochte.

Er fiel auf die Knie und streckte in der Manier der Troubadoure seine Arme aus. »Madame, ich bin überwältigt von Eurer Großzügigkeit, mein unwürdiges Geschenk anzunehmen. Aber ich möchte nicht der Grund für einen Streit zwischen Euch und Königin Blanche sein. Zögert nicht, meine Gabe zurückzuweisen, wenn sie Euch auch nur im geringsten in Verlegenheit bringt.«

Nicolette warf ihm einen Blick zu, in dem genau das richtige Maß an Hochmut lag. »Habt Ihr nicht vernommen, daß der König und die Königin das Geschenk gebilligt haben, Herr Troubadour? Langweilt mich nicht.«

Begeistert von ihrer Verstellung verneigte sich Roland. Sie hat genügend Geist für eine Kaiserin und genügend Kühnheit für eine Armee, dachte er. Was für eine außergewöhnliche Frau!

VIII

Amalric hielt die Luft an, als er sah, wie eine Frau durch die offene Eingangstür hereinschlüpfte. Obwohl sie einen dunkelgrünen Umhang trug, erkannte er sie sofort.

Er trat aus dem Schatten der Eingangshalle des Palastes und stellte sich ihr in den Weg. Sie rang nach Atem und wurde blaß.

»Monseigneur! Ich dachte, Ihr wärt im Languedoc. Wie kommt es, daß Ihr hier seid?«

Agnes, ihre Zofe kam herein und sah ihn ängstlich an. Hinter ihr entdeckte er einen Pagen, der ein kleines Buch trug.

Er hatte Nicolette seit einem Jahr nicht mehr gesehen und war überwältigt von ihren dunklen, leuchtenden Augen und dem Weiß ihrer Zähne, das sich gegen ihre dunkle Haut abhob. Sie begrüßte ihn mit einem reservierten Lächeln. Sie war immer noch die bestaussehendste Frau im ganzen Königreich. Er wollte sie umarmen, doch als er sich daran erinnerte, weshalb er gekommen war, beherrschte er sich.

Er konnte kaum sprechen. Sein Verlangen nach ihrer Liebe kämpfte gegen den Verdacht an, der ihn in nur fünf Tagen von Béziers nach Paris getrieben hatte. Eine Reise, die drei Pferde – und auch ihn – erschöpft hatte.

»Eure Pflichten hier im Palast, scheinen Euch nicht sehr in Anspruch zu nehmen«, sagte er. »Anscheinend habt Ihr noch genügend Zeit, Euch auf den Straßen herumzutreiben.«

Schon wieder Beschuldigungen. Er machte sich Vorwürfe, obwohl sein Zorn berechtigt war.

Als sie ihn geheiratet hatte, war ihm klargewesen, daß sie nicht das geringste für ihn empfand – ihn vielleicht sogar haßte. Doch wie sehr hatte er sich gewünscht, daß sich das ändern würde! Ihm blutete das Herz, wenn seine Liebe ihrer abweisenden Kälte begegnete.

Diese Wunde hatte er sich vor dreizehn Jahren an einem Nachmittag im Juni in einem ärmlichen Dorf im Languedoc zugezogen. Er hatte auf den Stufen zur Kirche gestanden, als eine dunkel gekleidete, junge Frau auf ihn zugeritten kam.

Er hatte tief eingeatmet, als sie ihm voll ins Gesicht geblickt hatte. Bei Gott, war sie schön! Ihr ovales Gesicht wurde von einem weißen Schleier umrahmt. Sie hatte eine zierliche Nase, volle Lippen und eine dunkle Hautfarbe, die südländische Leidenschaft versprach. Jetzt erkannte er auch, daß sie noch sehr jung war – vielleicht dreizehn. Jung genug, um noch unberührt zu sein.

»Euer Name, Sire?« Die Autorität in ihrer Stimme zeugte von edler Herkunft. Aber warum ritt ein Mädchen aus guter Familie noch so spät aus?

Er eilte die Stufen hinunter und verbeugte sich. »Graf Amalric de Gobignon, zu Euren Diensten, Madame.« Er streckte die Hand aus, um ihr vom Pferd zu helfen. Er hatte sie in ihrer Muttersprache, der *Langue d'Oc*, angesprochen. Während der fünf Jahre, in denen er dieses von Ketzerei geplagte Land besetzt hielt, hatte er die Sprache einigermaßen erlernt.

Sie beachtete seinen dargebotenen Arm nicht und schwang sich mit der Gewandtheit eines Knaben vom Pferd. Amalric bemerkte ihre schlanken, doch wohlgeformten Beine. Sie trug Hosen, Stiefel und ein schwarzes Samtkleid. Warum trägt sie Schwarz, fragte er sich. Um wen trauert sie? Er bemerkte auch den kleinen, goldenen Dolch, der in einer juwelenbesetzten Scheide an ihrer schlanken Taille baumelte.

Mit zornerfülltem Blick sah sie Amalric an.

»Ihr haltet einen meiner Diener gefangen«, sagte sie. »Ich bin seinetwegen gekommen.«

Er war von der Entschiedenheit ihrer Stimme verblüfft, ja fast amüsiert.

»Einen Eurer Diener? Aber Ihr hattet noch nicht die Güte, mir Euren Namen zu nennen, Madame.« Er sprach mit ausgesuchter Höflichkeit.

»Ich bin Nicolette de Lumel«, sagte sie, »die Tochter von

Guilhelm de Lumel, dem Seigneur und Beschützer dieses Dorfes.«

»Ich verstehe«, sagte Amalric. Die Sache könnte unangenehm sein; es hing davon ab, wer dieser Guilhelm de Lumel war und welche Beziehungen er hatte. Der Name kam ihm bekannt vor. Er versuchte sich zu erinnern, wo er ihn schon gehört hatte.

Einige Ritter und Männer aus seiner Begleitung hatten sich um sie versammelt. Er wollte mit dem Mädchen allein sein.

»Möchten Madame ein paar Schritte mit mir gehen?« Er bot ihr seinen Arm an, aber sie machte keine Anstalten, darauf einzugehen.

»Haltet Ihr einen jungen Mann namens Daude Perella gefangen? Wenn ja, müßt Ihr ihn sofort freilassen.«

»Ich muß?« fragte Amalric belustigt. »Möchtet Ihr nicht mit mir spazierengehen, damit wir dieses Problem unter unseresgleichen besprechen können?« Seine Männer lachten.

Ihre Augen funkelten. »Zum Teufel mit Euch, macht Euch nicht über mich lustig!«

Als Amalric in ihr zorniges Gesicht blickte, wurde ihm bewußt, daß er normalerweise außer sich gewesen wäre, wenn man ihn vor seinen Leuten so beschimpft hätte. Hätte ein Mann »Zum Teufel mit Euch« zu ihm gesagt, wäre er jetzt schon tot. Doch statt dessen überlegte er. Beim heiligen Dominikus, wie tapfer diese kleine Frau ist! Fast noch ein Kind, ritt sie allein in eine Stadt, die von Rittern besetzt war, um irgendeinen Diener zu retten. Und sie verflucht mich, wenn ich ihren Wunsch nicht erfülle. Ich muß allein mit ihr sprechen.

»Verzeiht, Madame«, sagte er freundlich und hörte, wie einer seiner Männer einen Laut des Erstaunens von sich gab.

»Kommt mit und erzählt mir unter vier Augen, warum dieser Diener es verdient, freigelassen zu werden. Ich werde Euch aufmerksam zuhören.«

Die dunklen, leuchtenden Augen blickten ihn einen Augenblick an. Er tat sein Bestes, um freundlich und gutgelaunt zu erscheinen.

Sie nickte.

Er führte sie aus dem Dorf, dessen Häuser wie graue Steinhaufen rechts und links der gewundenen Straßen lagen. Es gab einen Weinberg in der Nähe, und sie gingen nebeneinander auf einem Pfad durch das neue Grün der Reben. Er ging absichtlich in diese Richtung, denn so kehrten sie dem steinernen Gebäude, in dem zwanzig junge Männer des Dorfes darauf warteten, bei Sonnenuntergang gehängt zu werden, den Rücken zu.

Er wollte mit ihr nicht über die Verurteilten sprechen. Er wollte sie fragen, wo sie wohnte, ob sie verheiratet sei und ob er ihr seine Aufwartung machen dürfte.

Was geschieht mit mir? fragte er sich. Ich sollte mich nicht mit Frauen aus dem Languedoc einlassen, und vor allem nicht mit solchen, die »Zum Teufel mit Euch« zu mir sagen.

»Sagt mir, Madame de Lumel, wer ist dieser Perella, und was bedeutet er Euch? Darf ich Euch Nicolette nennen?«

»Graf, vielleicht sollten wir damit beginnen, daß Ihr mir sagt, was er getan hat, daß Ihr ihn gefangenhaltet.«

Er zögerte. Sie war ein Mädchen aus dem Languedoc. Sie würde es nie verstehen. Wie sollte er es ihr erklären?

»Seht her, Nicolette.« Ich bin der Graf de Gobignon, dachte er, und werde sie beim Vornamen nennen, ob sie es mir erlaubt oder nicht.

»Seht«, fuhr er fort, »vor einer Woche wurden drei wichtige Männer in der Nähe dieses Dorfes getötet. Einer von ihnen war ein Priester, ein Dominikaner.«

»Ein Inquisitor«, fiel sie ihm ins Wort.

»Ja, ein Inquisitor, im Dienst Gottes. Die anderen waren seine Eskorte, ein Ritter und ein Sergeant. Sie wurden durch Pfeile aus dem Hinterhalt auf der Straße getötet. Eine verabscheuungswürdige, feige Tat.«

»Ja«, sagte sie ungeduldig, »ich habe davon gehört. Aber Daude war im Château Lumel, als das geschah. Er ist der Sohn unseres Stallmeisters. Seine Schwester Agnes ist meine Zofe. Ich und noch ein Dutzend andere können es bezeugen.«

»Das steht außer Frage«, antwortete Amalric. Er überlegte, daß ein Gehängter mehr oder weniger für sein Vorhaben von Bedeutung war.

Sie unterbrach seine Gedanken. »Muß Daude sterben, obwohl er unschuldig ist? Ich weiß, daß Ihr zwanzig junge Männer gefangenhaltet. Wollt Ihr sie als Vergeltung für den Tod Eurer Landsleute alle aufhängen?« Ihr Gesicht war blaß.

»Die Ermordeten waren auch Eure Landsleute, Nicolette«, wies er sie zurecht. »Euer Graf von Toulouse und der König von Frankreich haben einen Vertrag geschlossen. Der Krieg zwischen dem Norden und dem Süden ist vorbei.«

»Nicht für alle«, sagte sie bitter.

Da fiel ihm plötzlich ein, wer Guilhelm de Lumel war. Eine Gruppe von Rittern hatte in Montauban einen Aufstand angezettelt, einen wilden Aufruhr, wie sie immer wieder den unsicheren Frieden im Languedoc gefährdeten. Die Stadt war vor gerade einem Monat von einer Armee unter dem Oberbefehl des Marschalls von Frankreich zurückerobert worden. Guilhelm de Lumel – Amalric erinnerte sich nun, seinen Namen auf einer Liste gelesen zu haben – war dabei getötet worden. Also war der Beschützer und Seigneur dieses Dorfes tot, als Geächteter gestorben.

»Jetzt erinnere ich mich wieder an die Rebellion Eures Vaters.« Er sah sie erstaunt an. »Wie dreist von Euch, zu mir zu kommen und Forderungen an mich zu richten, wo doch Euer Vater erst vor einem Monat während eines Aufstandes gegen den König getötet wurde.«

Sie sank in sich zusammen.

Jetzt habe ich sie, dachte er. Sie braucht viel mehr Hilfe als nur die Errettung einer ihrer Leute vor dem Tod durch den Strick. Der Besitz ihres Vaters ist sicherlich beschlagnahmt.

Sie sah ihn an, und die Verzweiflung in ihren Augen rührte sein Herz. »Ich mußte kommen, auch wenn Guilhelm de Lumel mein Vater war. Ich konnte nicht ruhig zu Hause sitzen mit der Gewißheit, daß Daude Perella sich in Lebensgefahr befindet.«

»Gibt es sonst niemanden in Eurer Familie, der hätte hierherkommen können?« fragte er sanft.

Sie schüttelte den Kopf. »Meine Mutter ist seit dem Tode meines Vaters bettlägerig, und sonst gibt es nur noch meine jüngeren Schwestern und mich.«

Amalric sagte eilig: »Nicolette, wenn ich Euren Diener freilasse, erlaubt Ihr mir dann, um Euch zu werben?«

Mit großen braunen Augen starrte sie ihn an.

»Ihr würdet das Leben eines jungen Mannes dazu benutzen, mich Eurem Willen zu unterwerfen?«

»Unterwerfen? Nein, ich möchte Euch nicht beleidigen, Nicolette. Ich bin ein Mann von Ehre, ein Ritter, ein Graf. Vielleicht könnte ich Euch helfen. Ihr kennt die Gefahr, in der Eure Familie schwebt.«

»Ihr wollt um mich werben? Warum?«

Hilflos hob er die Hand, er wollte ihre schmalen Schultern berühren, aber er wagte es nicht. Er war einundzwanzig, es war an der Zeit, daß er heiratete. Doch dieser Tochter eines Rebellen den Hof zu machen, war sicher ein Fehler. Trotzdem konnte er sich nicht vorstellen, sie nie mehr wiederzusehen. Er suchte nach Worten.

»Ich möchte Euch näher kennenlernen, Euer Freund werden.«

Sie stand da und sah ihn an. Sie schien um eine Entscheidung zu kämpfen.

»Laßt alle frei«, sagte sie. »Laßt die jungen Männer, die Ihr hängen wollt, frei, dann könnt Ihr ins Château Lumel kommen, und ich werde Euch empfangen. Gott schütze mich.«

»Aber...« Wie sollte er das seinen Leuten erklären? Wie sollte er es seinem Befehlshaber Eudes d'Arcis, dem Marschall von Frankreich erklären? »Ihr wißt nicht, wieviel Ihr da fordert.«

»Ihr wißt nicht, wieviel *Ihr* verlangt«, antwortete sie scharf. »Eure Leute haben vor einem Monat meinen Vater getötet. Ihr seid Eindringlinge. Ich kann euch nur hassen. Einen solchen Verrat kann ich nicht nur für ein Leben begehen. Sogar Daude, den ich retten wollte, würde mich verachten. Nein, Sire, es müssen alle zwanzig sein.«

Er schüttelte den Kopf. »Doch wie können wir diese Verbrechen beenden, wenn wir keine Geiseln aufhängen?«

»Auf diese Art und Weise werdet Ihr das Töten nie beenden. Ihr werdet nur unsere Leute zu noch größerem Haß aufstacheln, und noch mehr von Euren Leuten werden sterben.«

Sie war schön und voller Feuer. Sie war aufgeweckt und mutig. Wie würde sie wohl im Bett sein? fragte er sich voller Erregung. Sie war so lebendig und leidenschaftlich, daß ihm die Frauen seines nördlichen Landes daneben blaß und langweilig erschienen.

»Ihr könnt Euch die Schwierigkeiten, die für mich daraus entstehen, überhaupt nicht vorstellen«, sagte er. »Aber ich werde es tun. Für Euch. Ihr könnt Euren Diener mit zurück in Euer Château nehmen. Ich werde auch die anderen jungen Männer nach Hause gehen lassen. Und wir werden nur die Mörder weiter verfolgen. Aber innerhalb einer Woche müßt Ihr darauf vorbereitet sein, mich in Eurem Haus zu empfangen.«

Seit ihrer Begegnung lächelte sie nun zum ersten Mal.

»Eure Gnade macht mich sehr glücklich. Ich werde Euch empfangen, Graf Amalric. Doch ich muß Euch warnen. Ich glaube nicht, daß ich so leicht aufhören kann, Euch zu hassen.«

Und ich glaube nicht, daß ich so leicht aufhören kann, Euch zu lieben, dachte er, während er davonging.

Doch jetzt, gerade wegen dieser heftigen Liebe und der Schmerzen, die er deshalb litt, fiel es ihm leichter, umherzureisen und sie manchmal monatelang nicht zu sehen,

»Ich war bei den Buchhändlern in der Nähe von Notre-Dame, um das hier für Isabelle zu kaufen«, sagte Nicolette, während ein Page, der dabeistand, ihr das Buch reichte, damit sie es Amalric zeigen konnte. Auf einen Wink von ihr entfernte sich der Page.

Amalric machte keine Anstalten, es in die Hand zu nehmen.

»Es heißt *Reinecke Fuchs*, eine sehr lustige Geschichte. Wie findet Ihr es?«

Er war beunruhigt. Sagte sie die Wahrheit, oder war der Kauf des Buches nur ein Vorwand, um sich mit dem Troubadour zu treffen?

Als er nicht antwortete, zuckte sie leicht mit den Schultern und wandte sich an Agnes. Die Zofe nahm das Buch und half Nicolette aus dem Umhang.

Ein Bursche in einem blauen Gewand mit aufgestickten goldenen Lilien trat ein und verbeugte sich. »Die Königin hat Zimmer für Euch vorbereiten lassen, in denen ihr Euch ausruhen könnt, Monseigneur. Wenn Ihr mir bitte folgen würdet.«

Amalric ging mit Nicolette die steinernen Stufen hinauf.

»Wie kommt es, daß Königin Marguerite wußte, daß Ihr kommt und ich nicht?« fragte Nicolette.

»Der Bursche sprach von Königin Blanche.«

»Oh«, sagte Nicolette, als ob das alles erklärte.

Er nahm vorsichtig ihren Arm und hielt ihn dann fester.

Sie leistete keinen Widerstand.

Sie leistet mir niemals Widerstand, dachte er ärgerlich. Aber ebensowenig gibt sie sich mir jemals wirklich hin.

»Ihr seid mit großer Eile hierhergekommen, Monseigneur«, sagte Nicolette so leise, daß der Bursche sie nicht hören konnte. Sie blickte Amalric direkt in die Augen, während sie die Treppe hinaufgingen. »Habt Ihr irgendwelche dummen Gerüchte über mich gehört? Ich fürchte, die alte Königin könnte versuchen, Euch gegen mich aufzubringen.«

Wenn er diesen unschuldigen Augen doch nur vertrauen könnte.

Der Bursche öffnete eine schwere Eichentür und geleitete sie in ein geräumiges Zimmer, das von einem riesigen Himmelbett beherrscht wurde. Drei der Wände waren mit bestickten Seidenvorhängen bedeckt. Die andere Wand hatte vier große Glasfenster, die offenstanden, um die Frühlingsluft hereinzulassen. Als Amalric durch die Fenster schaute, sah er die hellgrünen Blätter einer Platane, die unten im Garten des Palastes stand.

»Die Königin bittet Euch und die Gräfin, heute abend mit der königlichen Familie zu speisen, Monseigneur«, sagte der Bursche.

Blanche hatte irgend etwas von einem Abendessen zu Amalric gesagt, als er angekommen war. Sie hatte hinzugefügt, daß sie hoffte, er würde dem König seinen Kreuzzug in das Heilige Land ausreden können. Aber war das der wirkliche Grund, weshalb sie mich hierhaben wollte? fragte er sich.

Er hatte seine eigenen Gründe, mit König Ludwig zu sprechen. Nach der Schlacht um den Mont Ségur hatten er und Hugues viel Zeit mit Diskussionen verbracht, wie man die Macht des Hauses Gobignon weiter ausbauen könnte. Ihr nächster Schritt hing von der Gnade des Königs ab.

»Es ist uns eine Ehre, an der Tafel des Königs zu sitzen«, erwiderte Amalric, und der Bursche schloß die Tür hinter sich.

»Nun, Amalric«, sagte Nicolette und blickte ihn an, »weshalb seid Ihr hierhergekommen?«

»Wie Ihr es erraten habt, hat Königin Blanche mir geschrieben, daß ich kommen sollte, um auf meine Frau zu achten. Sie berichtet, daß Ihr einem Orlando di Perugia gestattet habt, Euch den Preis zu schenken, den er bei dem Sängerwettstreit der Königin gewonnen hat. Dadurch habt Ihr ihm erlaubt, Euch in aller Öffentlichkeit den Hof zu machen. Entspricht das der Wahrheit?«

Obwohl sie soviel kleiner als Amalric war, brachte sie es fertig, ihm einen herablassenden Blick zuzuwerfen. Es war der gleiche Blick, den sie ihm bei ihrer ersten Begegnung zugeworfen hatte.

»Monseigneur, unter zivilisierten Menschen ist es seit langem Brauch, daß eine Dame die Huldigungen eines Troubadours annimmt. Das bedeutet nicht, daß er mich lieben durfte.«

»Schweigt!« schrie Amalric. Er war ebenso schockiert wie aufgebracht, daß sie ihm unterstellte, unzivilisiert zu sein. »Es geziemt sich nicht, so zu sprechen.«

»Aber denkt Ihr das nicht? Wie anders kann ich mich verteidigen?«

Es war ihm nicht möglich, ihr das Schlimmste zuzutrauen.

Andernfalls hätte er keine Wahl, als sie zu töten. »Ich bezweifele Eure Unschuld nicht, Nicolette.«

»Warum dann diese Aufregung«, fragte sie kühl.

Er starrte auf ihre dunkelroten Lippen. Wie sehr er sich wünschte, sie zu küssen!

»Es beleidigt mich, daß Ihr diesem italienischen Hund auch nur die kleinste Gunst gewährt habt.«

»Ist er Euer Feind, Monseigneur?«

Wieder schienen ihn Nicolettes große braune Augen unschuldig anzublicken. Wie schön sie war! Er spürte ein Kribbeln im Magen und sein Herzschlag wurde schneller. Zum Teufel mit diesem Streit. Aber er mußte ihr erzählen, was auf dem Mont Ségur wirklich geschehen war.

»Dieser Mann steht viel zu weit unter mir, um mein Feind zu sein. Und doch hat er es gewagt, mich vor meinen eigenen Leuten zu beleidigen. Er hat meinen Mut in Frage gestellt. Wir haben gekämpft, und er benutzte schmutzige Tricks, um mich zu überwältigen. Er hat mich gedemütigt und mich beinahe getötet. Und das ist der Mann, dem Ihr Eure Gunst gezeigt habt.«

»Ich habe gehört, daß er mit Euch gekämpft hat«, sagte sie ernst. »Aber Ihr habt so viele Männer im Kampf besiegt. Ist deshalb jeder Euer lebenslanger Feind?«

»Viele von ihnen sind tot«, sagte er voller Genugtuung. »Doch die meisten von denen, die ich verschont habe, würden *mich* gerne tot sehen. Das ist ganz etwas anderes. Er hat unehrenhaft gekämpft. Deshalb muß er seine Schuld bezahlen, indem er durch meine Hand stirbt. Ihr werdet ihm als Zeichen Eurer Verachtung unverzüglich alle Geschenke zurückgeben.«

»Und wenn ich mich weigere?«

Das brachte ihn auf. Sie war während der Zeit ihrer Trennung aufsässig geworden.

Er hob die Hand und trat auf sie zu.

Sie blickte ihn unerschrocken an.

Da holte er aus und schlug zu.

»Ihr werdet mir gehorchen und meine Ehre wahren.«

Nicolette starrte ihn böse an. Auf ihrer zarten Wange zeichnete sich deutlich ein roter Fleck ab.

»Schlagt mich nie wieder!«

Er drängte sie in Richtung Bett. »Ich bin Euer Gemahl. Es ist mein Recht.«

Sie warf ihm einen giftigen Blick zu. »Ja, es ist Euer Recht. Aber übt es nie wieder aus.«

»Ihr droht mir?«

»Ich habe Euch nicht gedroht. Ich fordere nur, daß Ihr mich mit Respekt behandelt, das ist alles.«

»So, das ist alles?«

Wieder einmal war er von ihrem Mut überrascht, von der Kühnheit einer kleinen jungen Frau, sich dem mächtigsten Ritter von ganz Frankreich zu widersetzen. Er kannte nur eine Art, seine Gefühle für sie auszudrücken. Sanft legte er ihr die Hände auf die Schultern und drängte sie auf das Bett.

»Ich werde Euch nicht mehr schlagen. Es gibt ein anderes Recht, das ich in Anspruch nehme, Nicolette.«

»Natürlich, Monseigneur.«

Ihre Stimme drückte weder Interesse noch Liebe aus. Nur Ergebenheit. Selbst nach dieser Zeit der Trennung. Aber seine Gier auf sie ließ ihn das vergessen. Sie lag auf dem großen weichen Bett und starrte auf einen Fleck an der Decke.

Er versuchte ihre Gleichgültigkeit zu ignorieren und starrte auf ihren Busen, der sich unter dem Seidenkleid hob und senkte. Ihr Körper hätte fast der eines Knaben sein können, wenn da nicht diese prallen Brüste wären, die er so gerne liebkoste.

Er schnallte seinen Gürtel ab, ließ ihn auf den Boden fallen und legte sich zu ihr. Der dreieckige Dolch, der den Troubadour verwundet hatte, fiel scheppernd auf die Eichenbohlen. Er rückte dichter an sie heran und preßte seine Handfläche auf ihren Busen. Als er sie nach so langer Zeit dort berührte, strömte die Kraft in seine Lenden.

Hastig entblößte er sich und zog ihr das Kleid aus. Doch dann hielt er inne und streichelte ihr zart über die Wange.

Wenn sie mich doch nur anlächeln würde. Doch sie starrte immer noch in die Dunkelheit über ihnen.

Sie zu küssen war, wie in eine schöne Frucht zu beißen, die keinen Geschmack hatte. Ihre Lippen erwiderten seinen Kuß nicht.

Ihre Augen waren jetzt geschlossen, und sie atmete so tief, als würde sie schlafen. Ihre Arme und Beine waren vollkommen entspannt.

Er legte sich auf sie, und versuchte in sie einzudringen. Doch sie war nicht erregt. Schwer atmend drängte er sich Stück für Stück in sie hinein. Als er ihr schmerzverzerrtes Gesicht sah, schloß er schnell die Augen.

Doch als sein Glied ganz in ihr steckte, hatte er seinen Höhepunkt schon fast erreicht. Oh, warum konnte ihre erste Vereinigung nach so langer Zeit nicht etwas länger dauern? Sein Orgasmus war ebenso lustvoll wie schmerzhaft. Er stöhnte laut auf und entspannte sich dann.

Schwer atmend blieb er auf ihr liegen. Im Zimmer war es so dunkel, daß er nur mit Mühe ihr Gesicht erkennen konnte. Ihre Augen waren noch geschlossen, und es gab keine Anzeichen mehr dafür, daß er ihr weh getan hatte. Sie sah so vollkommen entspannt aus, als wüßte sie gar nicht, was eben geschehen war.

Er rollte sich auf die Seite, drehte ihr den Rücken zu und war traurig und ärgerlich zugleich. Warum lag sie wie ein toter Körper neben ihm? Er hatte schon Bauernmädchen und Frauen und Töchter der Adligen gehabt. Die meisten Frauen hatte er zum Höhepunkt gebracht und einige hatte er so glücklich gemacht, daß sie hinterher hemmungslos weinten. Warum also konnte er diese eine Frau, die ihm mehr bedeutete als all die anderen, nicht glücklich machen?

Er hätte gern mit ihr darüber gesprochen, aber mit welchen Worten? Die rauhe Sprache, in der er mit seinen Rittern und Dirnen sprach, würde wohl kaum dazu taugen. Die einzige Art, die er kannte, hatte er gerade probiert – die Sprache des Körpers. Aber sie hatte ihn nicht verstanden.

Wenn ich ein redegewandter Troubadour wäre und süße Lieder singen könnte, dachte er, könnte ich mich ihr verständlich machen und ihr Herz gewinnen. Gott, wie ich diese gelackten Schwätzer hasse, die für jede Gelegenheit die passenden Worte haben – gelogene Worte!

Er lag auf dem Rücken, starrte in die Dunkelheit und stellte sich den Sängerwettstreit vor – gezierte, lispelnde Troubadoure, die Damen verführten. Er ballte die Hände.

Dieser hinterlistige Orlando, versucht mir meine Ehre durch meine Frau zu nehmen.

Ich hätte ihn auf dem Mont Ségur töten oder ihn verfolgen lassen sollen, als er nach Norden ritt. Meine Leute könnten ihn auch hier in Paris umbringen.

Aber sie würde wissen, daß ich es war.

Sie soll es wissen, beim heiligen Dominikus!

Nein, sie würde mich dafür verachten. Ich muß ihn in aller Öffentlichkeit töten, vor den Augen der Königin, des Königs, Nicolettes und des gesamten Hofes. Es muß... auf einem Turnier sein.

Aber ich kann ihn nicht offen herausfordern, er steht zu weit unter mir. Ich muß ihn veranlassen, mich zu fordern. Ja, ich werde ihn provozieren. Ich werde ihn so furchtbar beleidigen, ihn so verletzen, daß er sich rächen will.

Dann werde ich ihm Genugtuung geben. Aber ich werde dafür sorgen, daß er nicht die geringste Chance hat.

Es gibt viele Arten, einen Mann auf dem Turnier zu töten, und ich kenne sie alle.

»Nicolette!«

»Ja, Monseigneur«, sagte sie leise.

»Haltet Euch von diesem Mann fern, Nicolette. Er hat mich zum letzten Mal geärgert. Noch bevor dieses Jahr vorbei ist, werde ich ihn zu seinen Ketzer-Freunden in die Hölle schicken.«

Er spürte, wie sie neben ihm zusammenzuckte. Aber sie sagte kein Wort.

Beim Abendessen mit König Ludwig und den anderen Mitgliedern der königlichen Familie, trug Amalric, der bei seinem hastigen Aufbruch keine Kleidung mitgenommen hatte, einen roten Damastmantel, den Nicolette von Graf Robert d'Artois, dem Bruder des Königs, geliehen hatte. König Ludwig hatte wie gewöhnlich sein schmuckloses Gewand mit dem Kreuz auf der Schulter an. Warum kleidete sich der König nicht seiner Stellung entsprechend?

Amalric saß zur Rechten König Ludwigs am weißgedeckten Tisch des Palastes, Marguerite zur Linken ihres Gemahls und Nicolette zur Rechten Amalrics. Außerdem waren Königin Blanche, Robert d'Artois und seine Dame mit an der Tafel.

Amalric hatte einen bequemen Stuhl mit hoher Lehne. An den meisten französischen Tischen, sogar bei hohen Adligen, nahmen die Gäste auf Bänken Platz, doch der König wollte, daß jeder Gast seinen eigenen Stuhl hatte. Jeweils zwischen zwei Gästen stand ein kostbarer silberner Weinbecher. Für die Geräuschkulisse sorgten die Gäste an den gewöhnlicheren Tischen – die übliche Mischung aus Priestern, Mönchen und ärmeren Rittern. Ludwig schien sich in Gesellschaft wohl zu fühlen. Der Geruch von Braten aus der unter dem Saal liegenden Küche ließ Amalric das Wasser im Mund zusammenlaufen. Er hatte unterwegs wenig gegessen.

Ludwig richtete seine großen Augen auf Amalric, beugte sich zu ihm hinüber und hob den Becher, aus dem er und Marguerite tranken. »Lieber Vetter, Ihr habt Euch viel zu lange von uns ferngehalten. Ihr müßt uns über Béziers und Minervois berichten, die Ihr für uns verwaltet. Doch zuvor möchte ich mich mit Euch über etwas unterhalten, das mir sehr am Herzen liegt.«

»Sire, was Euch wichtig erscheint, ist mir genauso wichtig«, erklärte Amalric wenig begeistert.

Er wandte sich ab, um sich die Hände in einer Silberschale zu waschen, die ihm ein Page reichte. Er war davon überzeugt, daß Ludwig gleich auf seinen frommen Quatsch zu sprechen käme.

»Ich meine das Unternehmen Jerusalem«, sagte Ludwig mit

leuchtenden Augen. »Ich bitte Euch, lieber Neffe, schließt Euch unserem Kreuzzug an.«

Amalric fühlte Wut in sich aufsteigen. Soll ich vielleicht alles aufgeben, wofür ich gekämpft und gelitten habe, um an Eurem wahnsinnigen Abenteuer im Orient teilzunehmen, weil Ihr lieber ein Heiliger als ein ordentlicher König sein wollt? Er nahm ein Stück des kostbaren königlichen Weißbrotes und stopfte es sich in den Mund, um über seine wahren Gefühle hinwegzutäuschen.

»Ludwig, Ludwig! Erspart uns doch dieses endlose Gerede von Jerusalem«, warf Königin Blanche ein.

Ja, das ist eine starke Frau. Wenn doch nur sie noch das Königreich regierte.

»Bitte, liebe Mutter«, entgegnete Ludwig ruhig, »Amalric hat es noch nicht gehört.«

»Ich habe große Verpflichtungen, Sire«, antwortete Amalric ruhig. »Mein Gewissen rät mir, zu Hause zu bleiben.«

»Ja, Ihr habt wirklich große Verpflichtungen«, bemerkte der König freundlich lächelnd. »Seid Ihr nicht einer unserer größten Lehnsherren, ein Pair? Ihr würdet Hunderte von Rittern und einen unermeßlichen Anteil an unserer Verpflegung mitbringen. Deshalb, teurer Neffe, wäre unsere Pilgerfahrt ohne Euch nur ein Pferd auf drei Beinen.«

Bedienstete des Königs brachten große Platten voller Hummer und in Milch gekochte junge Bohnen, und nachdem sie sie auf den Tischen abgestellt hatten, begannen sie die Hummer für die Gäste zu zerlegen. Während des Essens herrschte Stille. Isambert, der königliche Koch, galt allgemein als der beste Frankreichs.

Amalric spürte, daß Blanche, Marguerite, Nicolette und alle anderen an der königlichen Tafel darauf warteten, daß er sprach. Wie konnte er Ludwig davon überzeugen, daß der Kampf gegen die Ketzerei in Europa wichtiger war als seine sogenannte Pilgerfahrt in den Orient?

Er überdachte noch einmal den Plan, den er und Hugues ausgearbeitet hatten. Wenn er Ludwig zu einem Krieg gegen Kaiser Friedrich, den Feind des Papstes, bewegen könnte, müßten vorab, um die innere Einheit Frankreichs herzustellen, die Ketzer gnadenlos bekämpft werden. Und er, als der Sieger von Mont Ségur, konnte mit der Vollmacht versehen werden, überall im Reich die Ketzer zu verfolgen und zu vernichten. Wenn er mit der Inquisition zusammenarbeitete, könnte er der mächtigste Edelmann Frankreichs werden.

Amalric wandte sich an Ludwig. »Habe ich Eure Erlaubnis, ganz frei zu sprechen, Sire?«

»Immer«, antwortete Ludwig.

»Sire, eine andere heilige Stadt, die uns viel näher liegt, befindet sich auch in der Hand von Ungläubigen – Rom. Ist es nicht eine Schande für uns, daß Kaiser Friedrich unseren Papst aus Rom vertrieben und zum Exil in Lyon gezwungen hat?«

Ludwig nickte betrübt: »Es ist eine Schande. Aber genauso schändlich ist es, daß sich der Papst nicht damit zufriedengibt, der Heilige Vater zu sein. Er möchte auch noch König von Italien sein. Deshalb bekämpfen sich der Kaiser und er. Und ich sage, Päpste sollen Päpste und Könige sollen Könige sein.«

»Aber, Sire«, sagte Amalric, »Seine Heiligkeit hat zu einem Kreuzzug gegen Kaiser Friedrich aufgerufen. Es ist unsere Pflicht, seinem Aufruf zu folgen.«

Ein Krieg im Heiligen Land würde den Gobignons gar nichts einbringen, außer einem ungeheuren Verlust an Reichtum und vielleicht sogar den Tod. Doch sollte Ludwig gegen Friedrich in den Krieg ziehen, könnte Amalric in Deutschland genügend Land in Besitz nehmen, um beinahe ein Herrscher von eigenen Gnaden zu sein.

»Friedrich hat mich nicht angegriffen«, sagte Ludwig knapp.

»Auch die Türken haben Euch nicht angegriffen«, unterbrach Blanche.

»Mutter!« Ludwig seufzte. »Jerusalem war mehr als hundert Jahre ein christliches Königreich, seit es von den ersten Kreuzrittern erobert wurde. Seit der Zeit unseres Herrn Jesus Christus ist es unsere Heilige Stadt.« Er neigte sein Haupt in Ehrfurcht. »Als die Ägypter im letzten Jahr Jerusalem eroberten, war das ein Angriff auf die gesamte Christenheit.«

»Wenn der Kaiser den Heiligen Vater angreift, erklärt er der gesamten Christenheit den Krieg«, antwortete Amalric.

»Der Papst mag seinen Krieg gegen Friedrich einen Kreuzzug nennen, wenn er will«, entgegnete Ludwig, »aber in Wirklichkeit ist es nur ein Machtkampf zweier christlicher Monarchen.«

»Der Kaiser ist kein Christ«, sagte Blanche.

»Ganz richtig«, pflichtete Amalric dankbar seiner Tante bei. »Sire, Ihr kennt sicher die Erklärung des Papstes vom Konzil in Lyon. Darin wird der Kaiser als Antichrist bezeichnet, und ich glaube, zu Recht. Friedrich mag zwar vorgeben, Katholik zu sein, aber er umgibt sich mit Ketzern und Moslems. Er besitzt ein ganzes Sarazenenheer. Er hat sogar mit dem Sultan von Kairo einen Vertrag abgeschlossen.«

»Durch diesen Vertrag war Jerusalem sechzehn Jahre lang in christlichen Händen«, entgegnete Ludwig.

»Ja, aber dann haben es die Ägypter zurückerobert«, warf Robert, der Bruder des Königs, ein. »Das war kein guter Vertrag. Man darf den Sarazenen nicht vertrauen.« Robert war beinahe so groß wie sein Bruder, seine Brust und seine Schultern waren viel breiter. Er war ein einfältiger Mensch und liebte Kriege. Amalric mochte ihn ganz gern.

Königin Marguerite ergriff das Wort: »Ich dachte, die Türken hätten Jerusalem erobert.«

Weshalb behält sie ihre Unwissenheit nicht für sich? Amalric verachtete Marguerite beinahe so sehr wie Ludwig.

»Das sind ein und dieselben«, sagte Ludwig geduldig. »Türken sind Sarazenen, und die Türken beherrschen Ägypten seit Jahrhunderten. Wie dem auch sei, Friedrich hatte mit diesem Vertragsbruch nichts zu tun. Nein, ich halte ihn nicht für einen Feind des Glaubens. Er ist nur nicht gewillt, dem Papst in Italien die Ländereien zu überlassen, die er selbst haben will.«

Ludwigs ernste Hartnäckigkeit schürte Amalrics Zorn.

»Der Kaiser kein Feind des Glaubens?« Amalric wurde laut, und die Gäste an den gewöhnlicheren Tischen beugten sich vor, um ihn besser verstehen zu können. »Er beherbergt Ketzer und Rebellen, und die Seuche breitet sich aus. Sie schleichen sich nach Frankreich ein und stecken unsere Leute an. Friedrich hat überall in unserem Land Agenten, die Zwietracht säen.«

Er bemerkte, wie Nicolette neben ihm nervös mit ihren Händen spielte.

»In Béziers«, fuhr Amalric fort, »habe ich den Beweis für eine Ketzerorganisation gefunden, die sich über ganz Europa wie ein Spinnennetz ausdehnt.«

Blanche von Kastilien schnappte nach Luft.

Amalric hoffte, daß man ihn nicht auffordern würde, diesen Beweis zu erbringen. Er war überzeugt davon, doch Ludwig würde das in seiner gegenwärtigen Verfassung als bloße Spekulation abtun. Doch es paßte alles zusammen: die Katharer und anderen Ketzer; die Troubadoure mit ihrer höfischen Liebe, der auch Nicolette erlegen war; die gleichen Ideen, die von Friedrich verfochten wurden! Außerdem der Anschlag auf den Papst, die Studentenunruhen und die Auflehnung der Gemeinen gegen ihre Lehnsherren. Irgend etwas rüttelte an den Fundamenten der Welt. Es mußte ein Plan dahinterstecken.

Und sie haben meinen Vater ermordet, dachte er so voller Haß, wie er ihn schon lange nicht mehr verspürt hatte. Ich werde nicht eher ruhen, bis jeder Ketzer in der christlichen Welt dem Feuer geopfert ist.

»Comte Amalric«, sagte Ludwig und legte ihm die Hand auf den Arm. »Glaubt mir, man kann auch zu übereifrig sein. Wart Ihr es nicht selbst, der den letzten bewaffneten Widerstand der Ketzer auf dem Mont Ségur zerschlagen hat? Mit der Ketzerei werden sich in Zukunft die Dominikaner befassen. Gott segne Mönche wie Euren Bruder Hugues.«

Frommer Schwätzer! Ludwigs Vater war nicht von den Ketzern ermordet worden.

»Die schlimmsten Ketzer haben überlebt und halten sich versteckt. Sie sind gefährlicher denn je, Sire. Die Kirche kann sich nicht ohne die Hilfe unserer Ritter durchsetzen.«

»Und was schlagt Ihr vor, Amalric«, fragte Ludwig milde.

»Wenn Ihr wollt, daß ich mit Euch einen Kreuzzug unternehme, werde ich das mit Freuden tun. Hier in Frankreich. Ich bitte Euch, Sire, gebt mir die Gelegenheit und die Vollmacht, die Feinde der Kirche und des Königreiches zu vernichten, wo immer sie auch angetroffen werden.«

Ludwig blickte Amalric gedankenverloren an. Diener trugen Platten mit Wild und Kaninchen aus der Küche heran, zerteilten das Fleisch und verteilten die Stücke auf die Tische.

Amalric hatte keinen Hunger mehr. Er wußte, daß dies der Wendepunkt in seinem Leben sein konnte. Aber seine Kehle war trocken, und er griff nach dem goldenen Kelch, der zwischen ihm und Nicolette stand.

Schließlich sagte der König: »Ihr bittet also um die Erlaubnis, gegen unser eigenes Volk zu kämpfen?«

Er versteht es nicht, dachte Amalric. Ich kann einfach nicht mit ihm reden. Vielleicht kommt Hugues besser mit ihm zurecht.

»Nicht gegen unser Volk, Sire. Ich spreche von den Anführern der Ketzer. Viele halten sich versteckt. Wenn ihr ein Unkraut ausreißt, müßt ihr es mit allen Wurzeln ausziehen, sonst kommt es wieder. Die Wurzeln der Ketzerei, die Anführer, sind noch immer da. Sie verbinden sich mit anderen, die aufrührerische Ideen im Königreich verbreiten. Studenten, Handwerker, Troubadoure.«

Aus den Augenwinkeln sah er, daß Nicolette ihn anstarrte, doch er fuhr fort. »Und ich glaube, daß sie alle für Kaiser Friedrich arbeiten. Er ist der Teufel in Person.«

Wenn Ludwig ihm Gehör schenkte, würde es bald überall Inquisitionsgerichte geben, nicht nur im Languedoc. Wenn Hugues und er zusammenarbeiteten, würden alle Bösewichte verfolgt und das Königreich gesäubert. Niemand wäre vor ihm sicher. Und alle würden um seine Gunst betteln. Dazu noch seine riesigen Ländereien. Er könnte einen Krieg gegen Deutschland gewinnen und nichts könnte ihn dann noch aufhalten. Vielleicht würde ein Mitglied des Hauses Gobignon wieder eine Krone tragen wie einst seine Vorfahren.

»Alle, die in Frankreich leben, sind mein Volk«, sagte Ludwig. »Ich will ein Königreich schaffen, in dem jeder Franzose als guter Christ leben kann.«

»Das Königreich muß von Grund auf gereinigt werden, wenn Ihr dieses Ziel erreichen wollt«, entgegnete Amalric.

Er war verärgert. Er hatte seine Argumente vorgetragen, und doch schienen Ludwigs Gedanken in übernatürliche Sphären abzugleiten. Ja, Hugues müßte hiersein. Ein Priester kann besser mit ihm reden als ich.

»Es gibt in der Tat einiges zu verbessern«, sagte Ludwig. »Bevor ich ins Heilige Land ziehe, werde ich jede Ungerechtigkeit, die ich in diesem Lande entdecken kann, ausmerzen. Nicht nur jene, die von den vorherigen Königen verursacht wurden, sondern auch die, für die ich und meine Offiziere verantwortlich sind.«

Er ist verrückt, dachte Amalric. Das jahrelange Beten hatte seinen Geist verwirrt.

»Gerechtigkeit bedeutet auch, daß mehr dieser Ketzer verbrannt werden, Sire.«

Ein schmerzlicher Ausdruck erschien auf Ludwigs Gesicht. »Soll meine Regentschaft nur durch Greueltaten wie die auf dem Mont Ségur in Erinnerung bleiben?«

Amalric spürte, wie es in seinen Schläfen zu hämmern begann.

Ich habe ein qualvolles Jahr damit verbracht, diese Bougres gefangenzunehmen und wurde am Schluß fast noch von diesem Troubadour getötet, und er tut das alles als Greueltaten ab. Wie kann er es wagen!

»Das sind keine Greueltaten, sondern heilige Taten, mein Sohn«, sagte Blanche.

Amalrics Zorn legte sich etwas, als er das leidenschaftliche Glühen in ihren Augen sah.

Blanche fuhr fort: »Man hat mir erzählt, daß man auf dem Feld, wo die Albigenser verbrannt wurden, keine Knochen gefunden hat. Das ist ein weiterer Beweis für ihre Verbindung zum Bösen. Der Teufel hat seine Lieblinge mit Leib und Seele geholt.«

»Die gläubigen Katharer haben ihre Gebeine vermutlich als Reliquien mitgenommen«, sagte Marguerite. »Für sie sind diese Menschen Märtyrer.«

Voller Abscheu sah Amalric in Marguerites Gesicht und fühlte wieder den Haß in sich aufsteigen. Genau wie Ludwig fand sie die Massenverbrennung schrecklich.

»Möglicherweise haben die Ketzer die Knochen mitgenommen, Madame«, sagte er betont sachlich, um die junge Königin noch mehr herauszufordern. »Nachdem unser Werk vollbracht war, haben wir sofort unser Lager abgebrochen, ohne uns um die Überreste zu kümmern. Es war nachlässig von mir, keine Wachen zurückzulassen. Das hätte uns die Chance gegeben, noch weitere Ketzer – und ihre Sympathisanten – zu fangen.«

Amalric hoffte, daß die Bedeutung seiner Worte klar war. Marguerite mochte die Königin von Frankreich sein, doch wenn sie so redete wie gerade eben, konnte auch sie Mißtrauen erregen. Es war sicher nicht anzunehmen, daß sie selbst eine Ketzerin war. Aber diese Leute aus dem Languedoc zeigten alle ein gewisses Maß an Toleranz für Ketzerei.

»In gewisser Weise sympathisiere auch ich mit den Ketzern«, sagte Ludwig. »Wir müssen Mitgefühl haben und um sie beten. Ich muß Euer Begehren ablehnen, Amalric. Ich weiß, daß Euch das Wohlergehen des Königreiches am Herzen liegt. Aber ich will der Zwietracht ein Ende setzen und nicht noch mehr davon säen.«

»Wenn Ihr ins Heilige Land segelt, Sire«, sagte Amalric mit deutlichem Ärger in der Stimme, »liefert Ihr Euer Land schutzlos Euren Feinden aus. Den Feinden Frankreichs und den Feinden der Kirche.«

»Ich habe Euch gesagt, daß ich die Ketzerei nicht mehr für eine

Gefahr halte«, sagte Ludwig. »Ich werde mein eigenes Volk nicht noch mehr ins Elend stürzen. Ich gestatte, daß die Inquisition in Frankreich ihre Aufgabe erfüllt. Das ist genug.«

»Sire, die Inquisition braucht die Unterstützung der weltlichen Macht, um die Ketzer und ihre Sympathisanten aufzuspüren, zu verhaften und zu bestrafen. Ich bitte Euch, die Gründung einer solchen Organisation in Erwägung zu ziehen.«

Er hielt den Atem an. Würde sein letzter Apell an Ludwig Erfolg haben?

»Nein«, sagte Ludwig entschlossen. »Nein, Amalric. Selbst, wenn mir der Gedanke gefällt – es würde mich Männer für Jerusalem kosten. Verzeiht, wenn ich Euch enttäusche.«

Amalric spannte seine Muskeln an. Die Anstrengung, sich unter Kontrolle zu halten, glich der, ein durchgegangenes Pferd aufzuhalten. Aber es gelang ihm.

»Ich danke Euch, Sire, daß Ihr Euch meinen Vorschlag angehört habt.« Seine Stimme war nur noch ein rauhes Flüstern.

»Wir wollen beide, daß in Frankreich Gottes Wille geschieht«, sagte Ludwig. »Und wie steht es mit Jerusalem, mein lieber Amalric? Ihr habt mir die Treue geschworen, aber ich würde Euch niemals befehlen, am Kreuzzug teilzunehmen. Ihr müßt aus eigenem freien Entschluß mitkommen – für Euer Seelenheil.«

Amalric kochte vor Wut. Beim heiligen Dominikus! Zuerst macht er meine Hoffnungen zunichte, doch damit nicht genug, er will mich auch noch mit in den Osten nehmen.

»Laßt mir etwas Zeit zum Nachdenken, Sire«, erwiderte Amalric. »Meine Familie hat sich in Euren und der Kirche Diensten weit über das Land verstreut. Nicolette und ich werden uns auf dem Château Gobignon mit den Familienangehörigen treffen. Mit Eurer Erlaubnis, werde ich diese Angelegenheit dort besprechen.«

Er bemerkte, daß Nicolette den Weinkelch nahm, den sie beide sich teilten und etwas Wein auf die Tischdecke verschüttete. Sie starrte auf den roten Fleck.

»Natürlich habt Ihr meine Erlaubnis«, sagte Ludwig. »Was ist mit Eurer Aufgabe als Statthalter von Béziers?«

»Ich habe meine besten Männer dort eingesetzt, Sire.« Ich weiß wohl am besten, wie man eine Stadt, eine Provinz oder auch ein Königreich regiert.

»Ich werde die Comtesse Nicolette vermissen«, sagte Marguerite. »Ich darf nicht selbstsüchtig sein, denn Ihr habt sie lange Zeit entbehrt, Graf Amalric. Doch ich bitte Euch, sie mir noch bis zum Ende des Sommers zu lassen.«

Amalric hatte einen bitteren Geschmack im Mund. Es ärgerte ihn, daß Marguerite ihm sagte, wann er mit seiner Frau zusammen sein durfte und wann nicht.

Marguerite war sicher auch diejenige, die für diesen verdammten Sängerwettstreit verantwortlich war. Ein ordentlicher König würde seine Zeit mit männlicheren Dingen verbringen als mit einem Sängerwettstreit.

Es war nicht zu übersehen, daß Ludwig und Marguerite sich liebten. Es war eine glückliche Verbindung von Norden und Süden. Warum kann es mit Nicolette und mir nicht auch so sein?

Der Gedanke an männliche Beschäftigungen erinnerte Amalric daran, daß er bei dem Abendessen mit dem König noch ein anderes Ziel verfolgte – das Turnier.

Ludwig unterbrach seine Gedanken. »Wann werdet Ihr zurückkehren und uns Eure Entscheidung wissen lassen, teurer Neffe?«

Ein gutes Stichwort, dachte Amalric. »Sire, ich habe gehört, daß die Königin den Hof kürzlich mit einem Sängerwettstreit unterhalten hat. Sängerwettbewerbe sind gut und recht, aber Eure Vasallen sollten die Möglichkeit erhalten, sich Ihre Ehre auf eine männlichere Art zu verdienen. Vielleicht ein königliches Turnier in Paris? Ich, zum Beispiel, wäre glücklich, einen Waffengang vor Euch auszutragen.«

Ludwig runzelte die Stirn. »Es tut mir leid, Euch wieder enttäuschen zu müssen, Amalric, aber Turniere haben mir noch nie gefallen.«

Amalrics Mundwinkel begannen zu zucken. Noch nie in seinem Leben war er so außer sich gewesen und hatte so wenig Möglichkeit gehabt, es zu zeigen.

Bevor er weitersprach, trank er den Weinkelch leer und ein Diener eilte herbei, um ihn wieder zu füllen.

»Ich habe Eure Worte vernommen, doch ich kann sie nicht verstehen, Sire. Das, was ein echter Ritter vor einer Schlacht am meisten liebt, ist ein Turnier.«

Ludwig schüttelte den Kopf. »Zu viele Männer werden in Turnieren getötet und noch mehr schwer verwundet. Außerdem bin ich sicher, daß Gott den Haß, der während eines Turniers aufkommt, nicht billigt.«

Robert d'Artois knallte seinen Weinkrug auf den Tisch und ergriff das Wort. »Ich finde Amalrics Idee großartig, Bruder. Ich sehne mich nach einem Nervenkitzel, und vielen Eurer Ritter geht es genauso. Bis zum Kreuzzug dauert es noch Jahre. Der Frieden mag gut für das Königreich sein, aber nicht für die Kämpfer des Königreiches.«

In Amalric keimte neue Hoffnung auf.

Doch Ludwig schüttelte den Kopf. »Leib und Leben in einem Krieg aufs Spiel zu setzen, ist unvermeidbar. Doch nur zum Vergnügen? Ist das nicht Sünde?«

»Aber es ist nicht nur zum Vergnügen, Sire«, warf Amalric ein. »Ein Ritter muß sich ständig üben, um in Form zu bleiben. Doch wenn kein Krieg herrscht, kann er sich nicht üben. Es sei denn auf Turnieren. Ja, es werden einige Männer verwundet. Doch überlegt, wieviel mehr in einem richtigen Krieg verletzt – und getötet – würden, wenn sie nicht geübt sind. Wenn Ihr die französischen Ritter übers Meer führt, um Jerusalem zu befreien, wollt Ihr sicher, daß sie kampferprobt sind.«

»Wenn es ein einziges königliches Turnier gibt, folgen Dutzende im ganzen Königreich. Es wäre fast so gut wie ein Krieg, um die Art von Kämpfern hervorzubringen, die Ihr braucht.«

Doch Ludwig schüttelte wieder den Kopf. »Ja, ich würde ein Beispiel geben. Ein schlechtes Beispiel.«

Wieder schwanden Amalrics Hoffnungen dahin, und er konnte kaum atmen.

»Bruder«, sagte Robert d'Artois, »Ihr seht das alles viel zu streng.«

»Mein Sohn«, warf Königin Blanche ein, »ein königliches Turnier würde mehr zur Stärke des Königreiches beitragen als ein Sängerwettstreit. Ich bin sicher, jeder Geistliche würde Euch bestätigen, daß ein Erproben der Waffen nur gut für Eure Ritter wäre.«

Ludwig schwieg.

Amalric hielt gespannt den Atem an. Als er Nicolette anblickte, sah er, daß sie ihn verwundert musterte. Sie fragt sich, warum ich so viel Wert darauf lege. Bald wird sie es verstehen.

Wenn sich Ludwig nur so entscheiden würde, wie er sollte. Wie er es mußte.

»Es würden die besten Kämpfer, Ritter und Edelleute des ganzen Landes, vielleicht der ganzen Christenheit kommen, nicht wahr?« sagte Ludwig. »Und ich könnte mit ihnen über den Kreuzzug sprechen.«

»Ja richtig, Bruder«, sagte Robert halb freundlich, halb ungeduldig. »Alle werden sich in die Schlacht stürzen. Ihr könnt zu ihnen predigen, und alle werden sie dem Kreuz folgen.«

Ludwig nickte. »Ja, so könnte es sein.« Glücklich lächelte er Amalric zu. »Nun gut, dann wird es ein Turnier geben. Ich bin froh, daß ich Euren Vorschlag diesmal berücksichtigen kann, Neffe. Ich freue mich darauf, wenn Ihr uns im Herbst Eure Geschicklichkeit im Umgang mit Waffen demonstriert.«

»Die Freude ist ganz auf meiner Seite, Sire«, sagte Amalric und verneigte sich.

Eine Welle des Triumphs durchflutete ihn. Er würde seine Rache bekommen.

Um sicherzugehen, daß dieser Orlando di Perugia kommt und gegen mich kämpft, werde ich ihm eine unmißverständliche Herausforderung zukommen lassen.

Er nahm einen großen Schluck Wein – diesmal aus Zufriedenheit. Er lehnte sich in seinem Stuhl zurück und stellte sich die Szene vor: Das Schlachtroß unter ihm stampfte, der Troubadour in der dünnen Rüstung eines armen Ritters, die Lanzenspitze bohrt sich in seine schmächtige Brust, Blut sprudelt.

Oh, ich habe aus Versehen eine Lanze mit scharfer Spitze genommen. Wie konnte ich so einen schrecklichen Irrtum begehen? Möge Gott mir vergeben!

Fast hätte er laut gelacht.

Und Nicolette wüßte dann, wieviel ich für sie empfinde. Ich kann ihr zwar keine Lieder schenken, aber das Leben eines Mannes.

Viele Frauen bekamen beim Anblick des Kampfes Lust auf die Liebe.

Er stellte sich Nicolette vor, wie sie sich ihm mit lüsternem Blicke an den Hals warf.

Gebe Gott, daß alles so geschieht, dachte er. Er seufzte zufrieden und griff wieder nach dem goldenen Kelch.

IX

Im Haus war es immer noch sehr heiß, obwohl die Augustsonne schon vor Stunden untergegangen war. Roland war in den Garten hinausgegangen. Eine halbfertige Melodie ging in seinem Kopf umher, und er versuchte sie mit Hilfe seiner Laute zu vervollkommnen. Diane, die diesen Abend zu Haus geblieben war, saß neben ihm und lauschte still, als er die Saiten zupfte.

Die Hintertür des Hauses wurde aufgerissen und Lucien, der Koch, rief aufgeregt: »Maître! Perrin ist verwundet!«

Der Ausdruck in Luciens Stimme machte Roland mehr angst als seine Worte.

Roland sprang von der steinernen Gartenbank auf und rannte mit der Laute in der Hand ins Haus. Diane eilte ihm nach.

Wie schwer war Perrin verwundet? Roland legte die Laute auf einen Stuhl und folgte Lucien durch die Küche in das Vorderzimmer. Im Kerzenschein sah er Perrin unter einer Decke auf dem großen Holztisch liegen. Als Roland eintrat, gab Perrin einen röchelnden Laut von sich und drehte seinen Kopf zu ihm. Schweißperlen standen ihm auf der Stirn. Roland hatte diesen schmerzvollen, flehenden Ausdruck schon in den Augen sterbender Männer gesehen. Nein, das durfte nicht sein!

Nachdem Perrin Roland angeblickt hatte, schloß er die Augen und schien das Bewußtsein zu verlieren.

Adrienne, Luciens Frau, und Martin, ihr Sohn, standen in ihren Nachtgewändern um den Tisch. Im flackernden Kerzenlicht sah Roland das Entsetzen auf ihren Gesichtern.

Hinter Perrins Kopf stand ein großer Mann mit scharfen Gesichtszügen und einem langen schwarzen Bart. Er trug ein rosafarbenes Gewand, und es dauerte einen Augenblick, bis Roland ihn erkannte. Es war Guido Bruchesi, der Templer. Bei dem Sängerwettstreit von Königin Marguerite hatte er einen weißen Mantel mit einem roten Kreuz getragen.

Heiliger Michael! Was macht dieser Templer hier?

Bruchesi verneigte sich, und Roland erkannte Mitgefühl in seinem Blick.

»Was ist geschehen? Ist er schwer verwundet?« fragte Roland ohne Umschweife. Schweigend zog Bruchesi die Decke zurück.

»O Gott«, schrie Adrienne und schlug die Hände vors Gesicht.

Perrin war von der Taille ab nackt und sein Unterleib und die Oberschenkel waren blutverschmiert. Auch seine Schamhaare waren voller Blut. Ein Stoffstreifen war fest über die Wurzel von Perrins Glied gebunden. Dunkelrot quoll das Blut zwischen seinen Beinen hervor und tropfte auf den Tisch.

Rolands Magen verkrampfte sich. Er würde den umbringen, der das getan hatte. Er mußte ihn umbringen.

»Wir müssen die Aderpresse bald lösen«, sagte Guido. »Ich half ihm, so gut ich es vermochte.«

Roland wandte sich an den Templer. »Wer hat das getan?« stieß er hervor.

»Darüber können wir noch später sprechen, Sire«, erwiderte der Tempelritter. »Laßt mich ihn in den Pariser Tempel bringen. Wir Tempelritter verstehen uns ebensogut auf das Heilen wie auf das Schlagen von Wunden. Ich hätte ihn sofort mit mir genommen, aber er bestand darauf, zu Euch gebracht zu werden.«

Selbst unter diesen Schmerzen, versucht Perrin noch mich zu schützen, dachte Roland erschüttert. Er weiß, daß er in der Bewußtlosigkeit meine Geheimnisse verraten könnte. Gott, ich liebe diesen Mann. Und das ist ihm in meinen Diensten geschehen, meinetwegen, das weiß ich. Wie kann ich das je wiedergutmachen?

Er wurde von Schuldgefühlen geplagt.

Plötzlich sagte Diane leise, aber eindringlich: »Wir können hier selbst für ihn sorgen.«

Roland drehte sich um. In seinem Schmerz hatte er völlig vergessen, daß Diane hier war.

Und er wurde von einer neuen Angst ergriffen: Eine flüchtige Ketzerin stand einem katholischen Mönch gegenüber, dessen Orden der mächtigste der Christenheit war. Sie durfte nicht mehr bleiben. Die Gefahr war zu groß. Er versuchte, ihr zuzuzwinkern, doch sie sah ihn nicht an.

»Diane«, sagte er scharf. »Erlaube, daß ich dir Sire Guido Bruchesi vorstelle. Sire Guido ist Mitglied der Armen Ritter vom Tempel Salomo. Sire Guido, meine Schwester, Diane.«

»Madame, es ist mir eine Ehre, Euch kennenzulernen«, sagte Guido und verbeugte sich.

»Ganz meinerseits, Sire Guido«, erwiderte Diane. »Ihr werdet entschuldigen, wenn ich mich jetzt weiter um diesen armen Menschen kümmere.« Sie wandte sich an den Koch. »Macht ein Feuer, Lucien. Ich brauche heißes Wasser. Füllt einen Topf mit glühenden Kohlen und steckt ein großes Messer hinein, bis die Schneide rot glüht. Adrienne, hol saubere Lappen und laß deinen Sohn Wein bringen – drei volle Krüge.«

Sie drehte sich zu Roland um und ignorierte seinen flehenden Blick. »Seine Wunde ist sehr schlimm, aber sie muß nicht tödlich sein. Ich brauche einige Sachen aus meinem Zimmer.« Dann lief sie hinaus. Roland lief der kalte Schweiß über den Rücken. Sie verriet sich. Ihre medizinischen Kenntnisse würden sofort erkennen lassen, daß sie eine Vollkommene der Katharer war.

»Lebt der Mann Eurer Schwester auch bei Euch, Sire Orlando?« fragte Guido beiläufig.

»Leider ist er vor einigen Jahren verstorben«, entgegnete Roland. »Sie ist aus Perugia hierhergekommen, um mir im Haushalt zu helfen.«

Beim Anblick von Perrin brannten Roland Tränen in den Augen. Er wußte, daß der Templer ihn beobachtete, doch er schämte sich nicht.

Er erinnerte sich daran, wie Perrin vor zwei Jahren einmal ins Haus zurückgekehrt war. Es war früher Morgen gewesen, und Perrin hatte laut gesungen.

»Wo, zum Teufel, bist du gewesen?« hatte Roland mit gespielter Strenge gefragt.

Perrins Gesicht strahlte vor Freude. »Nicht beim Teufel, Maître. Die ganze letzte Nacht habe ich im Garten des Himmels verbracht. Ich glaube, es gibt für einen Mann kein größeres Glück, als einer jungen Frau zu zeigen, welche Freude sie an ihrem Körper – und an seinem – haben kann.«

Weil Roland damals so einsam gewesen war, hatte er ein paar bissige Bemerkungen über das Verführen einer Jungfrau gemacht, doch in seinem Inneren hatte ihn das Glück Perrins gerührt.

Ein Glück, das Perrin nie wieder erfahren würde.

O Perrin, was haben sie dir angetan? Warum waren sie so grausam zu dir?

»Eine Witwe«, sagte Guido gedankenvoll. »Aus diesem Grunde trägt sie Schwarz.«

Wieder beschlich Roland diese Furcht. Es konnte nur einen Grund geben, weshalb Guido seine Verwunderung über Dianes schwarze Kleidung ausdrückte. Die Vollkommenen trugen Schwarz.

Der Feind hier in meinem Haus. War er hierhergekommen, um zu spionieren? Waren Dianes Treffen mit den anderen Katharern der Kirche doch aufgefallen?

Sanft legte Roland seine Hand auf Perrins schweißnasse Stirn.

Es wäre gnädiger gewesen, ihn zu töten, dachte er. Wer konnte das getan haben?

Gobignon, sagte eine innere Stimme zu ihm. Es mußte Gobignon sein. Ich wußte, daß er sich früher oder später an mir rächen würde. Aber der Feigling hat sich an Perrin vergriffen, um mich zu treffen.

Diane kam mit einem kupferbeschlagenen Holzkästchen zurück. Sie öffnete es und nahm Fläschchen, Tiegel und aromatisch duftende Tücher heraus.

Er sah zu, wie sie ihre Hände in einem Kupferbassin mit heißem Wasser wusch, bis sie knallrot waren. Er konnte sie nicht aufhalten, und seine Sorge um sie vermischte sich mit der Angst um Perrin.

»Ihr scheint zu wissen, was Ihr tut, Madame«, sagte Guido voll Interesse und Bewunderung.

Plötzlich überfiel Roland ein Gedanke: Er würde den Tempelritter töten. Seine Knie zitterten, und sein Herz schlug wie wild. Der Templer trug ein Langschwert und einen Dolch an seiner Hüfte. Er selbst war unbewaffnet. Sein Schwert lag noch oben.

Aber es schien eigentlich keine Bedrohung von diesem Mann auszugehen. Der Templer machte den Eindruck, als ob er Diane mit dem wachen Interesse eines Mannes zusah, der etwas von dieser Kunst verstand. Außerdem hatte er Perrin das Leben gerettet und ihn hierhergebracht. Roland versuchte, diesem Mann dankbar zu sein, doch er wagte es nicht.

»Es gibt nichts Geheimnisvolles beim Behandeln von Wunden, wie Ihr sicher wißt, Sire Guido«, sagte Diane. »Wenn man sie versorgt und sauber hält, heilen sie mit Gottes Hilfe.«

Ihre Gelassenheit erstaunte Roland. Er wußte, daß sie sich

ebenso um Perrin sorgte wie er, doch sie tat ihre Arbeit schnell und sicher und sprach so ruhig, als hielte sie einen Vortrag über Medizin auf der Universität.

»Genauso ist es, Madame«, erwiderte der Tempelritter.

Wenigstens war sie so klug, Gott ins Gespräch zu bringen, dachte Roland etwas erleichtert.

Diane legte Perrin die Decke über und schob ihre Hand unter seinen Kopf, um ihn zu stützen, damit er aus dem Weinbecher trinken konnte, den sie an seine Lippen hielt. Als er den Becher geleert hatte, füllte sie ihn wieder auf, und gab ihm erneut zu trinken.

»Gott verdammt, diese Schmerzen«, stieß Perrin hervor. »Was haben sie getan? Mir den Bauch aufgeschlitzt?«

»Er weiß es nicht«, flüsterte Diane Roland kaum hörbar zu.

Roland spürte einen Stich im Herzen, und Tränen liefen ihm über die Wangen.

Er legte seine Hand auf Perrins Schulter und starrte in die glasigen Augen. »Wer hat das getan, Perrin?«

»Sie müssen mir von Guillaumes aus gefolgt sein. Ich habe dieses Lied über den Papst gesungen. Ich hatte ein Mädchen bei mir. Ihr Anführer war groß und vornübergebeugt. Ein widerliches Gesicht voll Blattern. Er sagte, ich hätte den Papst beleidigt. Sie haben mich niedergeschlagen. An mehr kann ich mich nicht erinnern, Maître. Wie schlimm ist es? Werde ich sterben?«

»Nein, Ihr werdet nicht sterben«, sagte Diane. »Trinkt soviel Wein wie Ihr könnt. Das wird die Schmerzen lindern.«

Guido ging mit Roland in eine Ecke des Zimmers und sagte leise: »Ich war auch im Hinterzimmer des Buchhändlers. Ich habe Euern Spielmann erkannt. Und ich habe auch den Mann erkannt, der nach ihm gegangen ist. Ein übler Bursche. Ich ging hinterher, doch als ich auf die Straße kam, schrie das Mädchen schon. Euer Mann lag auf dem Boden und die Bande rannte davon. Einige von den Chiens sind ihnen noch gefolgt, aber die Burschen hatten Pferde versteckt.«

Sein Bericht hatte die Kürze einer guten Schlachtschilderung.

Er war ein Ritter, der einem anderen Ritter Informationen übermittelte. Doch Roland fragte sich, wie er wohl zu Guillaumes gekommen war. Der Buchhändler war ein Schlupfwinkel für ein zweifelhaftes Völkchen und ein merkwürdiger Aufenthaltsort für einen Tempelritter.

»Und wer waren sie?«

»Der pockennarbige Mann wird Didier Langarm genannt. Ein Wegelagerer. Er ist im Quartier Latin gut bekannt. Er überfällt dort oft Studenten. Man munkelt, daß sein Unterschlupf in den Ruinen südlich von Saint-Germain liegt.«

Roland bemerkte eine Bewegung auf dem Tisch. Er sah, wie Perrins Hand an seinem Körper herunterglitt und die Stelle ertasten wollte, von der die Schmerzen ausgingen.

»Nicht, Perrin«, sagte Diane und wollte nach seiner Hand greifen.

Doch es war schon zu spät. Perrins Hand lag bereits zwischen seinen Beinen. Zuerst tastete er sich vorsichtig ab, dann voller Panik.

Perrin fing an zu schreien. Er schlug seinen Kopf auf den Tisch und schluchzte hemmungslos.

Diane umarmte ihn und drückte ihn fest an ihre Brust. Ihre Ruhe war jetzt dahin, und ihr Weinen mischte sich mit seinen Schreien.

Jeder Schrei von Perrin traf Roland wie ein Peitschenhieb. Er leidet meinetwegen, sagte sich der Troubadour.

Langsam verebbten Perrins Schreie und wurden zu einem Wimmern.

Nach vielem Zureden brachte Diane ihn dazu, noch mehr Wein zu trinken.

»Man kann gar nichts machen?« jammerte er. »Ich bin ... kein Mann mehr?«

»Ihr seid immer noch ein Mann, Perrin«, flüsterte sie. »Ihr werdet immer ein Mann sein. Nur Eurem Körper fehlt ein Teil.«

»Eure Leute wissen doch, wie man das Leiden eines Menschen beendet«, sagte Perrin heftig. »Ihr beendet das Leben derer, die nicht geheilt werden können. Nun, dann tut das auch für mich. Ich kann auch nicht geheilt werden.«

Beim heiligen Michael, dachte Roland starr vor Entsetzen. Das vor einem Tempelritter! Perrin hätte Diane auch gleich Katharerin nennen können.

»Der Wein ist ihm jetzt zu Kopf gestiegen«, sagte Diane. »Er weiß nicht einmal mehr, wer ich bin.« Roland fragte sich, ob der Templer ihre Erklärung wohl glauben würde.

Guido trat vor, und Roland blieb fast das Herz stehen.

»Ich bin ein Mönch, mein Sohn.«

Roland spannte jeden Muskel an. Wenn Guido die Wahrheit über Diane erfuhr, würde Roland ihn töten müssen. Und der Templer wirkte wie ein Mann, der sich nicht so einfach töten ließ.

Wie kann ich an mein Schwert kommen?

»Ihr seid schwer verwundet«, fuhr Guido fort. »Aber Ihr dürft Euch nicht nach dem Tod sehnen. Es ist eine große Sünde, die Hoffnung aufzugeben. Gott prüft Euch. Er muß Euch sehr lieben, um Euch so schwer zu prüfen.«

Roland bemerkte Dianes verächtlichen Blick für Guido. Bitte, bitte, flehte er innerlich, streite nicht mit ihm!

Perrin starrte den Tempelritter entsetzt an. Er weiß jetzt, daß er zuviel gesagt hat, dachte Roland.

Überwältigt von Angst und Schmerz schloß der junge Mann die Augen und wurde in Dianes Armen ohnmächtig.

»Lucien«, sagte Diane, »das Messer.«

Sie schien sich wieder gefaßt zu haben. Roland wußte nicht, ob er sie deshalb bewundern oder sie für unmenschlich halten sollte.

Krampfhaft dachte er darüber nach, was er tun sollte. Den Templer töten, Perrin so gut wie möglich verbinden und aus Paris fliehen? Ich weiß, daß Lucien und Adrienne uns nicht verraten würden.

Nein, ein Mord würde ihr Gewissen zu schwer belasten. Sie würden nicht schweigen können.

Vorsichtig zog Lucien das große, rotglühende Messer aus dem

Topf und reichte es Diane. Ohne einen Augenblick zu zögern, preßte sie es zwischen Perrins Beine.

Bei dem zischenden Geräusch drehte sich Roland der Magen um.

Der bewußtlose Spielmann stieß einen langen furchtbaren Schrei aus.

Roland verlangte es danach, sein Schwert zu führen. Ich muß diese Männer finden. Alles andere ist jetzt unwichtig.

»Geh und sattle Alezan«, sagte Roland zu Martin. Dem Jungen war übel geworden, und er rannte mit vorgehaltener Hand zur Tür.

»Die Wunde ist geschlossen«, sagte Diane, als sie das verbrannte Fleisch salbte und verband. Ohne aufzublicken, sagte sie: »Der Mann, der das getan hat, wird auf dich warten.«

»Ihr habt recht, Madame«, sagte Guido. »Jeder weiß, daß dieser unglückliche Spielmann zu Sire Orlando gehört. Und die Wegelagerer können sicher sein, daß man sie erkannt hat. Erlaubt Ihr, daß ich Euch begleite, Messire? Die Grundsätze meines Ordens fordern, daß wir uns einem Kampf stellen, wenn die Chancen drei zu eins oder besser stehen. Ich glaube, es sind sechs Männer – deshalb werden zwei Männer nicht zuviel sein.«

»Ich will keine Hilfe«, sagte Roland. »Dieser Streit betrifft Euch nicht.« Doch als er sprach, überkam ihn eine ohnmächtige Wut. Seine eigene Unwissenheit hatte ihm Fesseln angelegt. Er hatte schon von diesem Didier Langarm gehört, aber er wußte nicht, wo man ihn finden konnte. Obwohl er den Tempelritter noch kurz vorher umbringen wollte, brauchte er seine Hilfe.

»Seitdem wir uns auf dem Sängerwettstreit der Königin kennengelernt haben, mag und bewundere ich Euch, Sire Orlando, und schließlich sind wir Landsleute.« Es lag sowohl Wärme als auch Ironie in Guidos braunen Augen. Er schien genau das Gegenteil von dem zu meinen, was er sagte. Er hielt Roland nicht für einen Italiener, und er konnte ihn nicht leiden. »Hätte ich nachgedacht und schneller gehandelt, hätte ich diesen jungen Mann retten können. Laßt mich meinen Fehler wiedergutmachen, indem ich Euch helfe, das Schwein zu bestrafen, das ihn kastriert hat.«

Roland wollte und brauchte seine Hilfe. Aber Guido war ein Mitglied der kirchlichen Armee. Wie konnte Roland ihm trauen?

»Was wißt Ihr über diese Wegelagerer?« fragte er immer noch unschlüssig und voller Argwohn.

»Wie Ihr vielleicht hörtet, ist es unsere vorrangigste Aufgabe, die Straßen offenzuhalten«, antwortete Guido. »Wir versuchen schon seit einiger Zeit, dieses Pack auszurotten. In einigen Wochen hätten wir sie gehabt.«

Wie kann ich eine Bande von Wegelagerern finden und töten, die sich in einem Land versteckt halten, das ich nicht einmal kenne? fragte sich Roland. Sie erwarten, daß ich sie verfolge. Ich habe nicht die geringste Chance.

»Dann begleitet mich, wenn Ihr wollt«, sagte er widerwillig und blickte in Guidos Augen. »Aber Ihr geht ein Risiko ein, wenn Ihr mit einem Mann in den Kampf geht, den Ihr nicht genau kennt.«

»Könnt Ihr einen oder noch besser zwei Langbogen besorgen, Sire Orlando?« fragte Guido, als ob er die Warnung nicht gehört hätte. »Man ist der Meinung, daß der Bogen keine passende Waffe für einen Ritter ist, doch ich habe ihn bei den Türken schätzengelernt.«

»Ich lehne keine Waffe ab«, sagte Roland. Er schickte Lucien, um die Bogen, sein Langschwert und den Dolch zu holen.

»Auch einen Lederbeutel mit Öl und ein paar Lappen«, rief Guido dem Koch nach.

Als sie abmarschiert waren, blickte Roland in Dianes große grüne Augen. Jetzt konnte er offen Furcht und Kummer darin lesen. Sie sagten sich nicht Lebewohl, doch Roland überkam bei dem Gedanken, was wohl aus Diane werden würde, wenn man ihn tötete, neue Furcht. Würde sie überleben, wenn er nicht mehr da war, um sie zu beschützen?

Und was war mit Nicolette, die seit Anfang des Sommers getrennt von ihm, weit weg im Osten auf dem Château Gobignon war? Sie würde nie erfahren, was ihm zugestoßen war, wenn er von den Banditen oder dem heimtückischen Schwert Guidos getötet würde.

Es sei denn, Amalric würde dafür sorgen, daß sie es erfuhr. Um sie zu quälen.

Während Roland an Guidos Seite durch Paris ritt, hatte er viel Zeit, um über seine Ängste nachzudenken. Er ritt den Braunen Alezan, sein bestes Schlachtroß, das die Meilen mit Leichtigkeit zurücklegte. Sein Helm und die Lederflasche mit Öl, die Lucien am Sattel befestigt hatte, schlugen während des Ritts monoton aneinander. Guidos dunkelbraune Stute war nicht so groß und stark wie Alezan, doch konnte sie leicht mit ihm Schritt halten.

Sie passierten die Stadtmauer am Louvre und ritten am rechten Seineufer entlang. In den verschlungenen Gassen der Stadt trafen sie nur gelegentlich auf eine Wachpatrouille mit Hellebarden, die sie passieren ließen, als sie sich als Ritter auswiesen. Roland war voll düsterer Vorahnungen für sich, Perrin, Diane und Nicolette und achtete kaum auf die Sehenswürdigkeiten von Paris, als sie die Grand-Pont und Ile de la Cité überquerten.

Er versuchte Guido auszufragen: »Warum mischt Ihr Euch in diesen Streit ein? Warum dichtet ein Tempelritter die Verse eines Troubadours und begibt sich in der Weinschänke des Buchhändlers in gefährliche Gesellschaft?«

»Ich kann nur sagen, daß meine Befehle weiter reichen, als die meisten Leute sich vorstellen können, Sire Orlando.«

Roland versuchte sich über die Bedeutung dieser Worte klarzuwerden. Guido schien ausdrücken zu wollen, daß die Templer nicht die gleichen Ziele verfolgten wie die Inquisition. Obwohl der Orden so mächtig war, und sich seine Burgen von England und Spanien bis in den Orient erstreckten, hatten sie niemals im Languedoc gekämpft oder die Katharer verfolgt. Die mächtigen Adligen wie Amalric haßten die Templer, weil sie die Grenzen nicht achteten und keine obersten Lehnsherren anerkannten. Der Orden gab vor, dem Papst zu dienen, doch in Wirklichkeit schien er seine eigenen Ziele zu verfolgen. Das bedeutete vielleicht, daß Roland auf Guido zählen konnte. Doch er bezweifelte, daß er viel von dem höflichen, aber zurückhaltenden Mann an seiner Seite erfahren würde.

Sie ritten über den Petit-Pont, durch das Quartier Latin und aus der Stadtmauer heraus. Sie folgten der Rue Saint-Jacques, einer alten römischen Straße, die vom Süden nach Paris führte.

Sie mußten sie jetzt bald finden. Sie ritten am Kloster Saint-German vorbei, und Roland blickte über die mondhellen Weizenfelder in den dunklen Wald. Irgendwo dort drinnen lauerten sie. Vielleicht zielten gerade in diesem Augenblick Pfeile auf seine Brust.

Warum trage ich meinen Panzer nicht? Warum hat Bruchesi mich nicht daran erinnert? Er erkannte, daß auch Guido keinen Panzer trug. Ein so erfahrener Krieger konnte das kaum übersehen haben. Er muß der Meinung sein, daß wir ohne diese Belastung besser zurechtkommen, vermutete Roland. Und als er daran dachte, was für eine Last der Panzer gewesen war, als er versucht hatte, Diane zu retten, war er sicher, daß es gut war, ihn zu Hause gelassen zu haben.

Als die Straße in den Wald hineinführte, hob Guido die Hand, und Roland zügelte Alezan. Sie stiegen von ihren Pferden und banden sie an. Auf ein Zeichen von Guido holte Roland die Flasche mit dem Öl und die Lappen. Er setzte seinen Helm auf und schnallte ihn unter dem Kinn fest. Trotz der weichen Lederpolsterung drückte der Helm auf seinen Kopf.

»Sie glauben sicher, daß Ihr die Straße entlang galoppieren werdet, weil Ihr ein Ritter seid«, sagte Guido und setzte seinen Helm auf. »Ich hatte das zweifelhafte Vergnügen, schon oft gegen solche Männer zu kämpfen. Ich bin sicher, daß sie Euch weiter unten einen Hinterhalt gelegt haben. Seht Ihr den Hügel am Horizont? Dort haben Didier und seine Leute ihr ›Château‹.«

Roland fing an, Guido zu mögen – seinen Humor, seine Intelligenz, sein Können. Er hat das Kommando über unseren kleinen Ausflug übernommen, ohne daß ich etwas davon gemerkt habe, dachte Roland. Er strahlt eine gewisse Autorität aus. Ich hoffe nur, daß ich mich nicht in ihm täusche.

Vorsichtig schlichen sie unter den dickstämmigen alten Eichen durchs Unterholz. Sie hatten ihre Bogen nicht geschultert, sondern trugen sie in der Hand, damit sie sich nicht in den Ästen verfingen.

Wenn es einen Hinterhalt gab, mußte er hier sein. Roland lief eine Gänsehaut über den Rücken. Selbst zu dieser späten Nachtstunde war es windstill und noch so schwül, daß seine Kleidung naßgeschwitzt war.

Es schien Stunden zu dauern, bis sie den Hügel erreichten, den Guido ihm gezeigt hatte. Durch das Geäst der Bäume konnte er erkennen, daß nur die Kuppe des Hügels kahl war.

Aus der Ferne kam das helle Geläut der Glocken von Saint-Germain herübergeweht. Es war drei Uhr morgens. Noch bevor die Mönche aufgestanden sein würden, um ihre Lobeshymnen zu singen, könnte er tot sein.

Aber mit ein wenig Glück würde er diese Hunde erwischen.

Als sie im Schutz der Bäume den Hügel hinaufstiegen, bemerkte Roland, daß der Mond direkt über ihnen stand. In seinem blassen Licht konnte er einige zerfallene Steinsäulen ausmachen, die aus einem verwitterten Steinhaufen aufragten. Roland wußte, daß die Römer hier vor Urzeiten ihre Villen erbaut hatten. Inmitten der Marmorsäulen entdeckte er eine niedrige Holzhütte.

»Sie werden ihre Frauen in der Hütte zurückgelassen und ihre Pferde dort angebunden haben«, sagte Guido leise. »Wir werden sie anders angreifen, als sie es von einem Ritter erwarten.«

Sie kauerten sich ins Gebüsch, tränkten die Lappen mit Öl und banden sie an die Spitzen ihrer Pfeile. Guido zündete eine Kerze an und bohrte sie in den weichen Boden.

Im Lichtschein sah Roland ein Gesicht im Gras. Es war das Bruchstück einer Statue – die Nase und lächelnden Lippen eines Jungen. Er hatte plötzlich das unheimliche Gefühl, von Menschen beobachtet zu werden, die schon lange tot waren.

Beide Männer entzündeten einen Pfeil an der Kerzenflamme.

Roland rechnete damit, daß die Wegelagerer sie jeden Augenblick aus dem Gebüsch heraus überfallen würden. Er spannte den Pfeil ein und zielte mit angehaltenem Atem auf die Hütte. Dann feuerte er ab. Für den Bruchteil einer Sekunde schloß er die Augen. Als er sie wieder öffnete, beobachtete er, wie der Feuerball auf dem Dach der Hütte niederging. Er war verblüfft, wie gut er gezielt hatte. Wie lange hatte er schon keinen Bogen mehr in Händen gehalten. Eine Welle der Freude ergriff ihn.

Die Sehne von Guidos Bogen sirrte neben ihm. Roland entzündete den nächsten Pfeil. Ein brennendes Geschoß nach dem anderen erreichte die Hütte in den Ruinen. Der Sommer war trocken gewesen, und die Wegelagerer schienen ihre Behausung aus altem Holz gebaut zu haben. Fast augenblicklich hüllte ein flackernder Schein die Marmorsäulen in ein orangefarbenes Glühen. Frauen schrien und Pferde wieherten verängstigt. Sekunden später hörten Roland und Guido Männer brüllen und fluchen. Die Banditen brachen durch das Unterholz jenseits des Hügels.

»Das hat sie aufgescheucht«, meinte Gudio. Im Schutz eines Mauerrestes krochen sie dichter an das Feuer heran.

Im roten Feuerschein erkannte Roland schemenhafte Gestalten: nackte Frauen, die aus dem Schlaf geschreckt worden waren, Männer, die verängstigte Pferde beruhigen wollten.

»Seid wachsam, das hat dieser Ritter getan«, rief einer der Männer.

Da waren sie. Die Mistkerle, die Perrin zum Krüppel gemacht hatten. In dem spärlichen Licht, das der Mond und das Feuer spendeten, konnte er sie nicht genau erkennen. Dennoch loderte ein Haß in ihm auf, der ihm schier das Herz verbrannte. Er wollte sie mit seinem Schwert richten.

Als könnte er Rolands Gedanken lesen, fiel Guido ihm in den Arm, um ihn zurückzuhalten.

Die dunklen Schatten liefen vor der brennenden Hütte umher und suchten nach den Angreifern.

Roland nahm einen Pfeil aus seinem Köcher und spannte ihn ein. Er kniete hinter der verfallenen Mauer und zielte direkt auf einen Mann, der zwei Pferde hielt. Der Pfeil schwirrte durch die Luft. Mit einem lauten Schrei fiel der Mann zu Boden.

Roland verfluchte sich dafür, daß er den Mann nur in die Seite getroffen hatte. Die Pferde verschwanden im Wald. Wieder surrte die Sehne von Guidos Bogen, der verwundete Mann zuckte noch einmal und rührte sich dann nicht mehr. Die verbleibenden Wegelagerer verbargen sich schnell im nahen Gebüsch.

»Wir müssen ihnen jetzt nachsetzen«, flüsterte Guido. Roland war erleichtert: Er wollte ihnen Auge in Auge gegenübertreten.

Sie erhoben sich beide gleichzeitig. Roland zog sein Schwert aus der Scheide und hörte, daß Guido es ihm gleichtat. Es war ein gutes Gefühl, das durch eine Eisenkugel am Griff ausbalancierte Gewicht des Schwertes in seiner Hand zu spüren. Er schwang es ein paarmal durch die Luft, um seine Arme und Schultern zu lockern. »Jetzt sollst du Blut trinken«, sagte er zu seinem Schwert.

»Dort«, rief einer der Wegelagerer. »Zwei Männer!« Er deutete auf Roland und Guido, als sie hinter dem Mauerrest hervortraten. Eine Frau schrie.

»Geht mir aus dem Weg, ihr Schlampen«, grölte ein anderer Bandit. »Versteckt euch im Wald.« Die blassen nackten Gestalten verschwanden zwischen den Bäumen.

Die Wegelagerer schrien durcheinander und zeigten auf Roland und Guido.

Trotz der Kraft, die ihm sein Zorn verliehen hatte, spürte Roland ein flaues Gefühl im Magen. Fünf gegen zwei. Sie könnten uns abschlachten!

Roland und Guido standen da wie ein Mann. Guido hielt sein Schwert leicht nach rechts, Roland seines leicht nach links geneigt. Roland zog mit der Spitze seines Schwertes kleine Kreise durch die Luft, während sie sich vorbewegten.

Die fünf Wegelagerer bildeten eine Linie und zogen ihrerseits die Waffen. Zwei von ihnen trugen lange, funkelnde Dolche und kamen von den Seiten auf die Ritter zu. Wieder kam sich Roland ohne seinen Panzer nackt vor. Ein weiterer Mann schritt mit einer riesigen Keule in der Hand auf Roland und Guido zu. Das Mondlicht glänzte auf den drei zugespitzten Zinken der Heugabel eines vierten. In der Mitte postierte sich ein Bandit, der größer war als die anderen. Er schwang eine Holzfälleraxt, die es mit jeder Streitaxt, die Roland je gesehen hatte, aufnehmen konnte.

Roland und Guido hielten inne, um ihre Gegner einzuschätzen. Es waren große, starke junge Männer mit harten und entschlossenen Gesichtszügen.

»Ihr habt einen Helfer mitgebracht, Messire Lautenspieler«, rief der Mann mit der Axt. »Nun gut. Noch vor Tagesanbruch werden zwei Ritter weniger auf dieser Welt sein.«

Ihr Schweinehunde werdet noch zu Gott flehen, daß ihr nie Hand an Perrin gelegt hättet, bevor ich mit euch fertig bin, dachte Roland, erwiderte die Provokation aber nicht.

Langsam und vorsichtig gingen Roland und Guido gemeinsam weiter. Auf dem grasbedeckten Hügel lagen überall Steinbrocken verstreut, über die sie leicht hätten stolpern können.

Als Roland näherkam, sah er, daß das Gesicht des großen Mannes mit Pockennarben übersät war und stark hervortretende Wangenknochen und buschige Augenbrauen hatte. Bruchesi hatte ihn beschrieben: Didier Langarm.

Erneut flammte der Haß in Roland auf und schien sein Hirn zu verzehren.

Ruhig! sagte er zu sich selbst. Ich muß einen kühlen Kopf bewahren, bis ich sie zum Reden gebracht habe.

Zielbewußt ging Roland auf Didier zu.

»Kommt doch, Messire Lautenspieler, kommt«, höhnte Didier und schwang die Axt. »Ihr werdet noch mehr verlieren als Euer Spielmann.«

Während Rolands ganze Aufmerksamkeit auf Didier gerichtet war, stürzte sich plötzlich von links ein Mann mit einem Dolch auf ihn.

Roland sprang zur Seite und spürte, wie die Spitze des Dolches sein Gewand zerriß und seine Rippen streifte.

Er sprang zurück, schwang das Schwert mit beiden Händen und legte sein ganzes Gewicht in den Schwung der fast vierzig Pfund schweren Klinge.

Der Mann mit dem Dolch versuchte sich zu ducken, doch Roland beugte sich vor. Die Schneide seines Schwertes traf ihn am Hals und trennte ihm Kopf, Schulter und Arm ab. Sein Langschwert war so schwer und scharf, daß Roland kaum einen Widerstand spürte, als es durch das Fleisch und die Knochen drang.

Aus der Entfernung hörte er den entsetzten Schrei der Frauen, die sie vom Wald aus beobachteten.

Dann traf ihn von hinten ein Hieb an der rechten Schulter. Der Schmerz war so stark, daß er aufschrie und fast sein Schwert fallen ließ.

»Ein guter Schlag, Jean«, rief Didier. »Jetzt mach ihn fertig. Zerschmettere ihm den Schädel.«

Rolands rechter Arm wurde taub. Er hatte das Gefühl, daß seine Schulter gebrochen war. Doch der Haß in ihm war immer noch größer als seine Verzweiflung.

Er nahm sein Schwert in die linke Hand und drehte sich wankend zu seinem Angreifer um. Mühsam erhob Roland mit einer Hand das Schwert, um den zweiten Schlag mit der Keule abzuwehren. Er hörte das Kampfgetöse zwischen Guido und dem Mann, der die Heugabel hatte.

Die Keule schlug hart gegen seine Klinge. Das Klirren des Stahls war wie ein zorniger Schrei, und einen Augenblick lang dachte er, daß die Klinge gebrochen wäre. Die Spitze des Schwertes steckte zwischen dem hohen Gras im Boden. Der Schmerz durchzuckte Rolands linken Arm. Doch seine Hand hielt den Griff des Schwertes immer noch mühsam umklammert.

Der Wegelagerer sprang nach vorne und hob seine Keule mit beiden Händen. Roland war klar, daß kein Helm seinen Kopf vor diesem Schlag schützen konnte. Sein Schädel würde wie eine Eierschale zertrümmert werden.

Verzweifelt versuchte er sein Schwert zu heben, um sich vor dem Schlag zu schützen.

Doch in diesem Augenblick stieß der Bandit einen gequälten, röchelnden Laut aus und ließ die Keule fallen. Eine funkelnde Stahlspitze ragte aus seinem Bauch hervor. Der Wegelagerer stöhnte noch einmal auf und fiel vornüber auf Rolands Füße, als Guido sein Schwert aus dem Rücken des Mannes zog.

In Rolands Schläfen hämmerte das Blut.

Er konnte Guido gerade noch dankbar zulächeln, dann sah er, wie Didier ihn mit schwingender Axt angriff. Roland griff mit beiden Händen nach dem Schwert und spürte, dem heiligen Michael sei Dank, daß er noch etwas Kraft im Arm hatte. Sein Rükken schmerzte furchtbar, doch er zwang sich, das zu ignorieren. Er hob sein Schwert und zog sich langsam von Didier zurück.

Didier sprang mit einem tierischen Schrei vor und zielte mit der Axt auf Rolands Kopf.

Roland holte mit seinem Schwert weit nach hinten aus und schlug dann mit aller Kraft gegen den Stiel der Axt. Ein lautes Krachen war zu hören, und die Klinge der Axt wirbelte durch die Luft. Roland sah wie sie blitzend durchs Geäst flog und irgendwo in der Dunkelheit zu Boden fiel.

Flankiert von seinen beiden übriggebliebenen Gefolgsleuten, zog sich der entwaffnete Didier zurück. Alle drei Männer schnauften wie erschöpfte Pferde.

Roland und Guido atmeten ebenfalls schwer, doch Roland war entschlossen weiterzukämpfen.

Die Augen der Banditen waren vor Entsetzen geweitet.

»Nun wißt ihr, was es bedeutet, sich mit Rittern einzulassen«, höhnte Roland.

Didier ließ den Stiel der zerbrochenen Axt ins Gras fallen. »Ich bitte um Gnade, hochedle Herren«, sagte er niedergeschlagen.

Die beiden anderen Banditen folgten seinem Beispiel und warfen Dolch und Heugabel fort.

Roland starrte durch die Dunkelheit in den Wald am Fuße des Hügels. Es gab keinerlei Zeichen mehr von den geflüchteten Frauen.

Dann richtete er seinen Blick wieder auf die unbewaffneten Männer.

»Das ist schon besser«, sagte er und zwang sich zu einem Lächeln, obwohl der Haß gegen diese widerlichen Kreaturen immer noch in ihm wühlte. »Ich bin nicht hinter euch Kerlen her! Sagt mir nur, wer euch dafür bezahlt hat, meinen Spielmann zu kastrieren.«

»Ich habe geschworen, nichts zu verraten«, erwiderte Didier herausfordernd.

»Natürlich habt Ihr das, und Ihr steht zu Eurem Wort, nicht wahr?« sagte Roland mit freundlicher Stimme. Er näherte sich Didier, bis ihm der übelriechende Angstschweiß des Mannes in die Nase stieg.

»Ihr werdet Langarm genannt, nicht wahr? Didier Langarm. Laßt uns sehen, ob das stimmt. Streckt Euren rechten Arm aus, und laßt mich sehen, wie lang er ist.«

Als Didier zögerte, setzte ihm Roland lächelnd das Schwert auf die Brust.

Langsam hob Didier seinen Arm und sah Roland ängstlich an.

»Beim heiligen Michael«, rief Roland mit gespielter Verwunderung. »Er ist wirklich lang.«

Im Bruchteil einer Sekunde hob Roland seinen Beidhänder und ließ ihn auf Didiers Handgelenk niedersausen.

Die große Wucht des Schlages trennte die Hand ab. Didier fiel auf die Knie und schrie vor Schmerz.

Roland stand vor ihm und richtete die Spitze seines Schwertes auf seine Brust.

»Ihr werdet mir jetzt sagen, was ich wissen will, oder ich werde Euch die andere Hand abschlagen. Und danach die Füße.«

»Ich sage es Euch, Sire«, schluchzte Didier. »Es war der Verwalter von Graf Gobignons Haus in Paris. O bitte, Sire, habt Mitleid! Laßt mich nicht verbluten! Ich gebe Euch alles Silber, das er uns gezahlt hat.«

Amalric. Roland hatte das bleiche, arrogante Gesicht des Grafen vor Augen. Er war es also wirklich. Aber warum auf diese

Art? Er ist kein Feigling, der sich Raufbolde anheuern muß. Und warum hat er diese armen, dummen Rohlinge genommen? Gott weiß, daß es in Frankreich bessere Mörder gibt.

»Warum hat der Graf euch angeheuert, um meinen Spielmann zu verstümmeln?«

Doch Didier wand sich nur stöhnend auf dem Boden.

Einer der anderen Männer sagte zögernd: »Der Verwalter hat gesagt, daß wir Euch auflauern sollten. Ihr würdet uns folgen, um Euren Spielmann zu rächen. Er sagte, daß Ihr plant, den Grafen beim königlichen Turnier im nächsten Monat herauszufordern. Der Graf ist der Meinung, Ihr steht viel zu weit unter ihm, als daß er mit Euch kämpfen könnte. Deshalb wollte er Euch vorher erledigen.«

Aber ich habe mich noch nicht einmal entschlossen, am Turnier teilzunehmen, dachte Roland. Das Blut in seinen Adern begann zu kochen. Ich verstehe. Er muß geplant haben, daß ich entweder in diesem Wald verrecke oder daß ich, falls ich diese Kreaturen überwältige, nicht mehr anders kann, als ihn herauszufordern. In jedem Fall versucht er, mich hereinzulegen, und diese Männer waren nur seine Werkzeuge.

Doch diese Handlanger hatten Perrin auch für immer seiner Männlichkeit beraubt.

»Ihr werdet nicht verbluten«, sagte er zu Didier Langarm.

Ein Hoffnungsschimmer huschte über das schmerzverzerrte Gesicht von Didier, dann rammte ihm Roland sein Schwert in die Brust.

Der Mann, der Roland von Amalrics Plan erzählt hatte, schrie entsetzt auf.

»Glaubt ihr, daß ich einen von euch am Leben lasse, nach dem, was ihr Perrin angetan habt?« schrie Roland und spaltete ihm mit der Klinge den Schädel.

Der letzte der Wegelagerer rannte den Hügel hinunter, um in den Wald zu gelangen.

Roland steckte sein Schwert in die Scheide und zog seinen Dolch.

Im hellen Mondlicht war der Mann deutlich zu sehen. Roland zielte sorgfältig auf den Rücken des Fliehenden und warf den Dolch in dem Augenblick, als der Bandit die großen Bäume erreichte.

Mit einem gellenden Schrei brach der Mann zusammen. Als Roland ihn erreichte, lag er röchelnd am Boden. Roland bückte sich und zog seinen Dolch heraus. Dann drehte er den Mann mit dem Fuß auf den Rücken. Der Mond spiegelte sich in den Augen des Sterbenden, und Roland erkannte die gleiche Qual darin, die er an diesem Abend schon in Perrins Blick gesehen hatte.

»Bitte...«, würgte der Bandit hervor. Blut schoß ihm aus dem Mund.

»Bittet Gott, Euch zu vergeben, wenn Ihr vor ihm steht«, sagte Roland. »Ich kann es nicht.«

Er kniete sich hin und schnitt dem Mann mit der scharfen Klinge seines Dolches die Kehle durch. Wie sehr wünschte er sich, daß Amalric jetzt vor ihm läge!

Fünfmal bohrte er seinen Dolch in die Erde, um ihn zu säubern. Dann steckte er ihn in die Scheide zurück. Er ging schnell davon, denn er wollte den im Todeskampf verzerrten Wegelagerer nicht noch einmal sehen.

Guido erwartete ihn bei den glimmenden Überresten der Hütte. Der Geruch von schwelendem Holz lag schwer in der Luft.

»Möge Jesus Christus sie barmherzig empfangen«, sagte Guido. »Sie waren Dummköpfe, die es nicht besser wußten. Ich nehme an, daß wir es ihren Frauen überlassen können, sie zu beerdigen. Ihr seid grausamer, als ich vermutet habe, Sire Orlando.«

»Nein«, sagte Roland. Sein Magen drehte sich um, als er dachte: Ich habe gerade fünf Männer getötet und einen von ihnen zuerst gefoltert. »Wenn ich wirklich grausam wäre, hätte ich mit ihnen das gemacht, was sie meinem Perrin angetan haben.«

Er wandte sich von Guido ab, weil er ihm nicht länger in die Augen sehen konnte, und ging voraus auf dem Weg, der durch den Wald nach unten zur Straße führte.

»Glaubt Ihr wirklich, daß kastriert sein schlimmer ist als der Tod?« fragte Guido. »Ich habe um Jesu willen den Zölibat gewählt, und ich führe ein glückliches Leben. Die meiste Zeit.«

»Ihr habt den Zölibat gewählt«, erwiderte Roland ärgerlich, »aber Ihr habt Eure Männlichkeit noch. Ihr könnt Euer Gelübde brechen, wann immer es Euch beliebt. Und die meisten der Geistlichen tun das auch. Haltet mir also keine Predigten.«

Doch er begann sich für das zu hassen, was er eben getan hatte.

»Dann glaubt Ihr, daß Perrin sich zu Recht den Tod wünscht?« fragte Guido beharrlich.

Roland lief ein kalter Schauer über den Rücken. Guido prüfte ihn wieder. Er erinnerte sich an die Worte von Perrin, die Diane als Ketzerin verrieten. Gewiß, Guido hatte gerade an seiner Seite gekämpft – ihm das Leben gerettet –, aber er war immer noch ein katholischer Mönch, und Roland konnte ihm immer noch nicht vertrauen. Wäre es nicht besser diese Angelegenheit jetzt zu klären, wo sie noch bewaffnet waren und es keine Zeugen gab?

Er blieb plötzlich stehen und drehte sich mit einer Hand an seinem Schwert zu Guido um. »Seht her! Wollt Ihr etwa herausfinden, ob ich ein Ketzer bin?«

Guido blieb ebenfalls stehen und sah Roland an, doch er machte keine Handbewegung. »Ich weiß genau, was Ihr seid, Orlando«, sagte er ruhig. »Eure wahre Religion ist *l'amour courtoise*. Eigentlich seid Ihr ein Katholik, doch Ihr zweifelt mehr, als daß Ihr glaubt. Das alles ist mir ganz gleich. Für mich zählt, daß Ihr ein guter Mensch seid und zu Euren Freunden steht. Ich habe versucht, in dieser Nacht Euer Freund zu sein. Ich werde auch weiterhin Euer Freund sein, wenn Ihr mir vertraut.«

Roland nahm die Hand von seinem Schwert. Er konnte Guidos Augen im Mondlicht erkennen. Es lag etwas Unergründliches darin, aber auch Aufrichtigkeit. Eine tiefe Zuneigung zu dem Tempelritter ergriff ihn. Was sie heute nacht durchgestanden hatten, ließ sie zu Blutsbrüdern werden.

Doch es gab immer noch viele Fragen. Fragen, von denen er wußte, daß der Templer sie nicht beantworten würde.

Hilflos zuckte Roland mit den Schultern. »Ich will Euch vertrauen, Guido. Aber es ist nicht leicht.«

»Ich weiß«, sagte Guido und nickte. »Wir Tempelritter haben unsere Geheimnisse, und das macht jeden mißtrauisch. Alles, was ich sagen kann, ist: Beurteilt mich nach dem, was ich tue, nicht nach dem, was Ihr vermutet. An unseren Früchten sollt ihr uns erkennen. Und bei meinem Eid als Bruder der Armen Ritter vom Tempel Salomo schwöre ich Euch, daß ich Euch nie betrügen werde und bis zum Tode zu Euch halte.«

Er streckte die rechte Hand aus, und Roland drückte sie fest. Roland empfand eine so starke Verbundenheit mit diesem Mann, daß er sich verlegen abwandte.

»Laßt uns über Eure Zukunft sprechen«, sagte Guido während sie weiter den Hügel hinabstiegen. »Ist Euch klar, daß diese Wegelagerer nur die erste einer Reihe von tödlichen Fallen sind, die Euer Feind für Euch aufgebaut hat? Jetzt erwartet er von Euch, daß Ihr ihn herausfordert.«

»Graf Amalric hat einen Fehler begangen«, sagte Roland. »Ich habe schon einmal gegen ihn gekämpft und sein Leben geschont. Diesmal werde ich es nicht tun.«

»Er will, daß Ihr zum Turnier kommt und versucht, ihn zu töten. Er will Euch in aller Öffentlichkeit – vor den Augen der Gräfin – umbringen. Wißt Ihr das?«

»Ja, darüber bin ich mir im klaren.«

»Habt Ihr viel Erfahrung im Lanzenstechen?« fragte Guido.

»Ein wenig.«

»Also, wenig?« fragte Guido ironisch.

»Wahrscheinlich habe ich es nicht so oft gemacht wie die meisten Ritter. Um ehrlich zu sein, halte ich es für einen dummen Sport. Seit ich Kind war, habe ich immer um mein Leben gekämpft. Ich sehe keine Veranlassung, ein Spiel aus dem Kampf zu machen.«

»In einem richtigen Kampf seid Ihr gut genug«, sagte Guido. »Aber ein Turnier erfordert ganz bestimmte Fähigkeiten, und Amalric de Gobignon ist in der ganzen Christenheit als größter

Turnierkämpfer des Jahrhunderts bekannt. Auf Turnieren in ganz Europa hat er Hunderte von Rittern besiegt. Oft hat er auch Männer umgebracht. Das ist natürlich gegen die Regeln. Aber er versteht es meisterhaft, alles wie ein Unglück erscheinen zu lassen. Und Ihr wollt mit Eurer geringen Erfahrung gegen ihn antreten? Das ist genau das, was er will. Euer Haß auf ihn hat Euch blind gemacht.«

»Ja, er zwingt mich dazu, gegen ihn zu kämpfen.« Das Verlangen, Amalric zu töten, war unmäßig stark! »Ich glaube, daß ich ihn mehr hasse als er mich.«

Guido stöhnte. »Wie verbringt Ihr Eure Tage, Sire Orlando?«

»Ich schreibe Lieder. Ich singe auf den Empfängen der Barone und der reichen Leute. Mit der Unterstützung einiger Meister, die in Paris leben, studiere ich Naturphilosophie. Und selbstverständlich übe ich mich im Gebrauch der Waffen.« Die Beschreibung seiner Tätigkeiten klang plötzlich hohl in seinen Ohren. Er tat so wenig, das wichtig klang. Er war sicher, daß dieser großartige Mann ihn verachten würde.

»Wenn Ihr weiterleben wollt, Sire Orlando, solltet Ihr alles andere aufgeben und Tag und Nacht üben. Das königliche Turnier ist am 29. September, in etwas mehr als einem Monat. Wenn Ihr wollt, verbringe ich einige Zeit mit Euch und gebe Euch einige Ratschläge aus dem Übungsbuch der Tempelritter. Vielleicht könnt Ihr sogar unseren Übungsplatz benutzen.« Guidos Stimme klang fast väterlich.

Roland blickte seinen neuen Freund an, von dem er nun glaubte, daß er auch in den dunkelsten Stunden auf ihn rechnen konnte.

»Ich wäre sehr dankbar«, erwiderte Roland.

»Vergeßt den Gedanken, ihn zu töten. Betrachtet es als Sieg, wenn Ihr noch lebend davon kommt. Wirklich, Sire, was ich Euch eigentlich raten sollte, ist, überhaupt nicht am Turnier teilzunehmen.«

Roland lachte. »Solch vorsichtige Ratschläge von einem Tempelritter? Ich glaubte, die Templer weichen nie zurück.«

»Wir kämpfen für Gott, mein Freund. Habt Ihr ein ebenso großes Motiv?«

»Ja, das habe ich«, sagte Roland und sah Nicolettes Augen, wie sie in der Dunkelheit leuchteten. »Ich kämpfe für die Liebe.«

X

Roland näherte sich der Arena mit erhobener Lanze, als er auf Alezans Rücken durch die bunten Pavillons ritt, die wie Blumen am Rand des großen Feldes nordwestlich von Paris aufgeschossen waren. Perrin ging neben ihm her und führte das Schlachtroß an den Zügeln. Durch die zwei rechteckigen Sehschlitze in seinem Turnierhelm sah Roland die brusthohe Umzäunung aus rohen Holzbalken. Die Einfriedung umfaßte einen staubigen Platz von etwa 200 Meter Länge und 50 Meter Breite.

Schwerfällig folgte der große zylindrische Helm den Bewegungen seines Kopfes. Roland erblickte Tausende von Menschen auf den Hügeln rund um die Umzäunung. Selbst die Bäume waren voll mit Schaulustigen. Eine grün und rot angestrichene Holztribüne erhob sich in der Mitte des Platzes. Durch seine Sehschlitze sah er dort die feinen und reichen Edelleute in bunten, goldglitzernden Gewändern auf den Sitzreihen thronen.

Roland atmete die kalte klare Herbstluft ein, die mit dem Geruch von geöltem Stahl, Pferden und zertretenem Gras durchsetzt war. Heiliger Michael, dachte er, heute ist unser Festtag. Hilf mir, Amalric de Gobignon zu töten, und ich werde dir zu Ehren ein Lied schreiben.

Er spürte, wie die Kraft durch seine Arme und Beine strömte. Die Wunden, die ihm die Wegelagerer vor über einem Monat zugefügt hatten, waren jetzt fast verheilt.

»Gebt ihm auch einen Schlag von mir, Maître«, rief Perrin zu ihm herauf.

Er leidet immer noch, dachte Roland, und seine Wunde wird niemals heilen. Doch schon bemüht er sich, wieder der alte, gutgelaunte Perrin zu sein. Gott schütze ihn.

Heute ist unser Tag, mein armer Perrin. Ich werde Gobignon für dich töten. Doch noch während er in Gedanken dieses Versprechen gab, verspürte er Furcht. Nichts war gewiß. Nicht einmal, daß er mit dem Leben davonkommen würde.

Die Burschen öffneten das Tor auf der Westseite der Umzäunung für ihn. Alezans Hufe stampften auf die Wiese, die von den unzähligen Teilnehmern der heutigen Kämpfe schon fast zu Staub zerritten worden war. Wie es Brauch war, galoppierte Roland hundert Meter in die Mitte des Feldes, blickte zur Tribüne empor und grüßte den König.

Ludwig, der auf einem hochlehnigen Stuhl neben Königin Marguerite saß, lächelte und winkte. Die Wärme, die Roland beim Anblick von Ludwigs schmalem, blassem Gesicht verspürte, ärgerte ihn. Ein Geächteter aus dem Languedoc sollte keine Zuneigung zum französischen König hegen, dachte er. Doch er konnte Ludwigs Freundlichkeit beim Sängerwettstreit nicht vergessen.

Nicolette saß mit einer Reihe von Hofdamen in der Nähe der Königin. Bei ihrem Anblick fühlte er sich so unsicher wie ein Boot bei stürmischer See. Sie lächelte ihm strahlend zu. Was für einen Mut sie zeigt, dachte er. Sie weiß, daß sie ihn oder mich an diesem Tag verlieren wird, und doch kann sie lächeln.

Er hörte, wie die Leute über ihn sprachen. Wer war dieser Ritter im kastanienbraunen Wappenrock, und wessen Familienwappen war ein silberner Greif auf einem schwarzen Schild?

Dann hörte er erneut erstauntes Gemurmel von der Tribüne. Ah, jetzt haben sie den Schal bemerkt. Zweifellos kannten viele von ihnen die Geschichte dazu.

Sanft berührte er den Schal mit den goldenen Halbmonden, den er sich über dem Kettenhemd um seinen rechten Arm gebunden hatte. Die Kraft schien von dieser zarten Seide durch die Finger zu fließen und seinen ganzen Körper zu erfüllen.

Vor einer Woche hatte sie ihm den Schal zurückgegeben, damit er ihn tragen konnte. In der Dämmerung hatte er sie auf einem Friedhof nördlich der Stadt in den Armen gehalten. Nachdem sie den Sommer auf dem Château Gobignon verbracht hatte, war das ihre erste Begegnung gewesen. Doch die Wiedersehensfreude hatte geendet, als er ihr erzählt hatte, was mit Perrin geschehen war, und wie er und Sire Guido Rache genommen hatten.

Sie sagte kein Wort. Sie stand nur da, starrte in die Ferne, und in ihren braunen Augen loderte der Haß. Dann griff sie in ihr Kleid und holte den Schal hervor.

»Er hat mir befohlen, Euch das zurückzugeben. Nun will ich, daß Ihr den Schal auf dem Turnier tragt, damit prahlt.«

Ihre Worte entsetzten ihn. Er kämpfte ebenso für sie wie für Perrin. Doch die Gefahr für sie war zu groß.

»Ihr wißt besser als jeder andere, was Amalric für ein Mensch ist. Wenn ich ihn trage, was wird er Euch dann antun?«

»Wenn er so weit geht, mich zu bedrohen, werde ich aller Welt verkünden, daß seine Eifersucht ihn dazu getrieben hat, einen unschuldigen Mann zu verstümmeln. Dann soll er sehen, ob der König ihn noch zum Oberbefehlshaber von Frankreichs Armeen macht.«

Vor Verblüffung über ihre letzten Worte, vergaß er seine Furcht.

»Oberbefehlshaber des Heeres? Ist es das, was Amalric will?«

»Er wollte König sein, wenn er könnte«, sagte sie und schüttelte traurig den Kopf. »Oberbefehlshaber ist das höchste, was er erreichen kann. Und er ist kurz davor. Eudes d'Arcis ist schon zu alt, um Oberbefehlshaber zu bleiben. Amalric hat mir erzählt, daß sein Name an oberster Stelle auf der Liste des Königs steht.«

Roland war wie vom Blitz getroffen. Amalric – der Anführer aller Heere Frankreichs? Das durfte nicht sein!

Jetzt war er allein in der Mitte des Platzes, saß still auf seinem Pferd und hatte ein merkwürdiges Gefühl im Magen. Er wunderte sich über seine Unbesonnenheit. Hatte er heute morgen nicht an der Umzäunung gestanden und beobachtet, wie Amalric zehn Ritter nacheinander besiegte? Drei von ihnen mußten bewußtlos vom Feld getragen werden. Und später hatte er gehört, daß einer von Amalrics Opfern einen Schmied benötigt hatte, der ihn aus seinem zerbeulten Helm herausschnitt. Und gegen diesen Mann will ich nicht nur kämpfen, sondern ihn töten?

Nun gut. Zuerst muß ich mir das Recht erwerben, ihn herauszufordern.

Roland verneigte sich nochmals vor dem König, der immer noch den blauen Wappenrock und das Kettenhemd vom Vormittag trug, als er einen vorsichtigen Waffengang gegen den betagten Oberbefehlshaber Eudes d'Arcis geritten hatte.

Aus einer Gruppe von Musikanten und Bediensteten unterhalb der Tribüne trat ein Herold in einem blau-gelben Gewand hervor und fragte nach Rolands Namen.

Einen Augenblick später erklangen drei lange Fanfarenstöße, und der Herold rief: »Sire Orlando di Perugia fordert Sire Enguerrand de Coucy.«

Roland blickte zu dem Mann, den er herausgefordert hatte. Sire de Coucy, der gerade seinen letzten Gegner besiegt hatte, saß auf seinem Pferd und erwartete die Herausforderer am Ostende der Turnierbarriere, einer niedrigen Holzwand, die längs bis zur Mitte des Feldes verlief. Er war ein breiter, kräftig gebauter Mann. Sein Turnierhelm war mit einem bronzenen Elchgeweih verziert. Unruhig erwartete Roland die Antwort von Coucy auf die Herausforderung. Was wäre, wenn er es ablehnt, gegen mich zu kämpfen? Die Coucys sind schließlich eine der großen Familien des Königreiches, und ich bin nur ein Ritter ohne Land. Aber er kann nicht ablehnen. Er ist nur ein jüngerer Sohn des Hauses und hat weder Land noch Titel.

Vor Coucy waren alle Ritter, die am Turnier teilnahmen, Lehnsherren mit alten und berühmten Titeln gewesen. Die Turnierregeln würden ihnen erlauben, die Herausforderung eines Unbekannten abzulehnen. Enguerrand de Coucy war der erste geeignete Gegner für Roland.

Roland erinnerte sich an Enguerrands älteren Bruder, Raoul de Coucy, das Oberhaupt der Familie, der beim Sängerwettstreit der Königin so freundlich zu ihm gewesen war. Alles, was Roland von Enguerrand wußte war, daß er den Ruf eines wilden Kämpfers hatte und schon viele Turniersiege verzeichnen konnte. Allein heute hatte er bereits zwei Ritter besiegt.

Langsam senkte Coucy seine Lanzenspitze und deutete damit auf Roland. Er hatte die Herausforderung angenommen.

Mit einem letzten Blick zu Nicolette wandte sich Roland um und ritt zu seiner Position am anderen Ende der Turnierbahn. Alezan scharrte ungeduldig mit den Hufen und schnaubte wild.

»Ruhig, mein großer Freund«, sagte Roland leise.

Er hob den fast dreißig Pfund schweren Schild mit seinem linken Arm, bis er seinen Körper vom Kinn bis zu den Knien verdeckte. Dann schüttelte er den Kopf, um den Turnierhelm zurecht zu rücken.

Auf der Ehrentribüne war es still. Hunderte von einfachen Leuten drängten sich an der Umzäunung. Roland blickte zum anderen Ende des Platzes hinüber und sah auf vier Holzpfeilern die Plattform, auf der Ritter, die Turnierregeln mißachtet hatten, sich ohne Rüstung und mit umgedrehten Schilden dem Spott der Menge stellen mußten. Heiliger Michael, bewahre mich vor einem dummen Fehler und laß mich nicht dort oben enden, flehte er.

»Gebt die Bahn frei! Blast zum Kampf!« rief der oberste Herold aus der Mitte des Platzes. Dann drehte er sich um und nahm wieder seinen Platz vor der Tribüne ein. Sechs Bläser in blau-goldenen Livrees traten hervor und setzten die Fanfaren an ihre Lippen.

Roland senkte seine Lanze und richtete sie über die Barriere hinweg auf die etwa zweihundert Meter entfernte Gestalt seines Gegners.

Als die Fanfaren ertönten, setzte sich Roland fester in den Sattel, gab Alezan die Sporen und galoppierte die Bahn hinunter. Durch die Sehschlitze fixierte er die rotweißen Streifen, die quer über Enguerrands Schild gemalt waren.

Als Alezan lospreschte, duckte sich Roland im Sattel nach vorne. Die Mitte des Platzes schien auf ihn zuzurasen. Sein Herzschlag ging schneller als das Stampfen von Alezans Hufen. Der Wind pfiff durch die Sehschlitze in seinem Helm.

Als er Coucys rotgestreiften Schild vor sich sah, erinnerte sich Roland an Guidos Ratschläge und verkantete seinen Schild so, daß er schräg zu Coucys Lanze stand. Doch seinen Blick und die Spitze seiner Lanze hielt er genau auf die Mitte von Coucys Schild gerichtet. Er spannte die Muskeln in Brust, Schultern und Armen so stark an, daß sie ihm wie ein eiserner Schutz erschienen.

Enguerrands abgestumpfte Lanzenspitze traf Rolands Schild außerhalb der Mitte und glitt ohne Wirkung ab, aber Rolands Lanze traf genau. Die Wucht des Aufpralls hätte Roland aus dem Sattel gehoben, wenn die hohe Rückenlehne ihn nicht zurückgehalten hätte. Er warf sich mit seinem ganzen Gewicht nach vorn, um im Sattel zu bleiben. Sein Pferd wieherte aufgeregt.

Was hatte er bewirkt? fragte sich Roland krampfhaft, während er und Alezan durch den Schwung weitergetragen wurden. Der große Helm hinderte ihn daran, über die Schulter zurückzuschauen.

Hinter sich hörte Roland ein metallisches Klirren. Er brachte Alezan zum Stehen und drehte sich zur Mitte des Turnierplatzes um. Er sah Enguerrand auf dem Rücken im Staub liegen, und da sich ein Fuß im Steigbügel verfangen hatte, schleppte ihn sein graues Pferd hinter sich her.

Mein Gott, ich habe es geschafft, dachte Roland jubelnd. Er brüllte laut, seine Stimme dröhnte in seinem Helm. Ich habe ihn vom Pferd gestoßen.

Coucys Pferd brach durch die Absperrung, und die Zuschauer stoben in alle Richtungen auseinander. Ein Dutzend Burschen eilten herbei, um das kräftige Tier aufzuhalten und den Ritter zu befreien. Der Graue bäumte sich auf, zwei junge Männer wurden von seinen eisenbeschlagenen Hufen getroffen und flogen in hohem Bogen durch die Luft.

Dieser Waffengang war ganz sicher zu Ende. Die Absperrung war nicht nur berührt, sondern sogar durchbrochen worden. Erleichterung überkam Roland trotz seines schweren Turnierhelms und des engen Brustpanzers und des sechzig Pfund schweren Kettenhemdes, das ihm bis zu den Knien reichte. Er öffnete sein Visier, um frische Luft zu bekommen.

Das Pferd war schlecht trainiert, dachte er. Ein gutes Turnierpferd wäre im gleichen Moment stehengeblieben, in dem sein Reiter fiel.

»Du hättest gewußt, was du tun mußt«, sagte Roland zu Alezan.

In der Mitte der Absperrung nahm er den Beifall der Menge in Empfang.

Er sah hinauf zur Tribüne zu Nicolette, und ihre Blicke trafen sich.

Durch die Lücke in der Umzäunung sah er Coucy, der wieder auf den Beinen war. Während die Burschen sein Pferd hielten, verdrosch er es mit der flachen Klinge seines Schwertes. Er ist tierischer als das Pferd, dachte Roland angewidert.

Nach einer Weile erklärten die Herolde Roland zum Sieger, aber da der Kampf durch einen Unglücksfall beendet wurde, sollte er nicht wie üblich die Waffen und das Pferd des Verlierers erhalten.

Arm wie ich bin, wäre ich an einem anderen Tag sicher enttäuscht gewesen, dachte Roland. Aber heute will ich als einzigen Lohn Amalric. Auf den Wink des Heroldes ritt er zum Ende der Turnierbarriere. Als er dort auf Alezan sitzen blieb, kam Coucy auf ihn zu. Nachdem er seinen Helm abgenommen hatte, konnte Roland sein breites, dunkles Gesicht und sein von schwarzen Stoppeln übersätes Kinn sehen. Er hatte keine Ähnlichkeit mit seinem Bruder Raoul.

»Mit Euch bin ich noch nicht fertig, Kamerad. Italienische Ritter sind nicht einmal die Spucke eines Franzosen wert.«

»Es wird mir eine Freude sein, Euch wieder zu begegnen«, antwortete Roland. »Meiner Meinung nach schuldet Ihr mir noch ein Pferd und ein Kettenhemd.«

Jetzt war Roland an der Reihe, Herausforderern zu begegnen. Er beobachtete, wie ein Ritter mit rot-blauem Schild in die Schranken ritt, und hörte die Herolde seinen Namen verkünden. Aus Salisbury? Ein englischer Ritter? Dann sah Roland das rote Kreuz auf der Rüstung des Herausforderers. Er mußte einer der Engländer sein, die sich an Ludwigs Kreuzzug beteiligen wollten.

Roland hatte noch nie gegen einen Engländer gekämpft. Er hatte gehört, sie wären tapfere Männer und schwer zu schlagen. Die Furcht vor dem Unbekannten ließ sein Herz schneller schlagen.

Bei ihrem ersten Zusammenprall zerbrachen sie ihre Lanzen jeweils am Schild des anderen. Nachdenklich betrachtete Roland die Überreste seiner Waffe.

Als er zum Ende der Bahn zurückritt, hielt Perrin schon eine neue Lanze bereit.

»Bei Gott, Maître, Ihr seid großartig.«

»Sei still«, sagte Roland lachend und nahm die neue Lanze entgegen. »Weißt du nicht, daß es einem Turnierreiter Unglück bringt, wenn man ihm so etwas sagt?« Aber er war gar nicht so heiter, wie er klang. Er wußte, daß der kleinste Fehler ihn vernichten konnte. Heiliger Michael, betete er noch einmal, laß mich nicht im Stich.

Als Roland zum zweiten Mal gegen den Engländer antrat, zielte er absichtlich mit der Spitze seiner Lanze auf den Kopf des Mannes. Als sein Gegner die Lanze erhob, um die Bedrohung abzuwehren, gab Roland Alezan die Sporen, senkte seine Lanze und traf den rot-blauen Schild. Der englische Ritter ließ seine Lanze fallen und kippte aus dem Sattel.

Roland stieg ab und lief durch eine Öffnung in der Barriere, um seinen Gegner zu Fuß anzugreifen. Sie kämpften mit stumpfen Schwertern gegeneinander. Es krachte Schwert auf Schwert, auf Helm und Schild.

Der Engländer war ein verbissener Kämpfer. Ich werde ihn niemals besiegen, dachte Roland schon fast verzweifelt. Sein rechter Arm schmerzte von der Anstrengung. Arme und Schultern erschlafften unter den heftigen Schwerthieben des Engländers.

In einem verzweifelten letzten Versuch, den Kampf zu beenden, schleuderte Roland plötzlich seinen Schild dem Gegner vors Gesicht. Der ausländische Ritter taumelte zurück, fiel erst auf die Knie, dann scheppernd auf die Erde und blieb regungslos liegen.

Roland stand schwer atmend still, während zwei Burschen herbeieilten, um dem gestürzten Ritter aufzuhelfen.

Während er zusah, wie der Engländer auf die Burschen gestützt vom Kampfplatz humpelte, fühlte Roland plötzlich Mitleid mit ihm. Nachdem er von England nach Frankreich gekommen war, um an dem Kreuzzug teilzunehmen, konnte er es sich sicherlich nicht leisten, seine kostbare Ausrüstung zu verlieren.

Roland wandte sich zum König um, öffnete sein Visier, damit man ihn hören konnte, und sprach mit einer Stimme, die die Menge zum Schweigen brachte: »Sire, ich möchte diesem englischen Edelmann seine verlorenen Waffen und sein Pferd zurückerstatten, damit er Euch auf Eurem Kreuzzug begleiten kann.«

Das Publikum bejubelte diese Geste Rolands, und Ludwig hob beide Hände, um ihm zu danken.

Wieder hatte Roland ein seltsames Gefühl, als er sich vor dem König verbeugte. Ist es nicht verrückt, daß ich glücklich darüber bin, wenn dieser König mit mir zufrieden ist, weil ich die Kreuzritter unterstütze?

Genau in diesem Augenblick sah er, wie Amalric, gegen die Schranken gelehnt, ihn anstarrte. In seinem Blick lag kein Anzeichen von Wiedererkennen. Als wäre ich schon eine Leiche, dachte Roland.

Eine Stunde später spendete die Menge dem unbekannten italienischen Ritter tosenden Beifall. Der totalen Erschöpfung nahe, aber schwindlig vor Aufregung, konnte Roland kaum glauben, was er vollbracht hatte. Nach dem Engländer hatte er noch neun andere Ritter besiegt. Während er nun darauf wartete, daß Perrin den schweißnassen Alezan tränkte und trockenrieb, konnte er sich nicht mehr daran erinnern, wie er sie überwunden hatte. Zwei – oder waren es drei? – waren bewußtlos liegen geblieben, als er sie aus dem Sattel gehoben hatte. Einige hatte er wie wild zu Fuß angegriffen, sie gegen die Barrieren gedrängt und so geschlagen. Andere hatte er mit seinem Schwert bezwungen.

Neun Schlachtrösser, und jedes ist ein Vermögen wert, dachte er. Neun Helme, neun Schilde, neun Schwerter, neun Brustpanzer. Ich werde von jeder Sache die besten zwei behalten und den Rest verkaufen. Es sollte mir dann möglich sein, meinen Haushalt ein Jahr lang zu erhalten. Wenn ich am Leben bleibe...

Er sah Guido mit dem Doppelkreuz der Templer auf der Brust, in seinem weißen Gewand am westlichen Tor stehen. Roland winkte ihm glücklich zu. Bei Gott, ohne diesen Monat des Übens mit den Tempelrittern, hätte ich das heute nie geschafft. Ihr Orden ist sehr vermögend, aber ich sollte ihnen ein hübsches Geschenk machen.

Ich bin sogar besser als Amalric, dachte Roland. Es ist Zeit ihn herauszufordern, bevor ich vollkommen erschöpft bin. Sein Körper zitterte vor Erregung.

Er setzte sich wieder auf Alezan und beugte sich weit vor, um mit Perrin zu sprechen.

Einige Augenblicke später rief der oberste Herold: »Sire Orlando di Perugia fordert seine Gnaden, Graf Amalric de Gobignon, sich mit ihm auf diesem Feld der Ehre zu messen.«

Die Menge johlte zustimmend. Sie würden begeistert sein, einen Waffengang zwischen den beiden Rittern zu sehen, die heute am besten gekämpft hatten, dachte Roland.

Aber als Roland zu Nicolette auf der Tribüne blickte, hatte sie sich halb von ihrem Platz erhoben und war blaß vor Angst.

Habt keine Angst, mein Liebstes. In wenigen Augenblicken werde ich Euch befreien. Er berührte den blau-goldenen Schal zart mit seinem Panzerhandschuh und stellte sich vor, daß er jetzt Nicolettes Wangen streichelte.

Als er über den Platz blickte, sah er wie ein graubraunes Pferd mit einem purpurnen Überwurf zu einem gelb-violetten Zelt geführt wurde. Aus dem Zelt trat eine große Gestalt mit langen blonden Haaren.

Amalric, der sich von den Kämpfen des Vormittags erholt hatte, würde frisch sein, während jeder Muskel in Rolands Körper vor Erschöpfung schmerzte. Amalrics Brustpanzer glänzte, als wäre er an diesem Tage gar nicht zum Kampf getragen worden, und Amalric sprang so leicht auf sein Pferd, als trüge er kein schweres Kettenhemd. Jede von Amalrics Bewegungen erschien von einer furchtbaren, ruhigen Kraft erfüllt. Angsteinflößend war die Art, wie er den Turnierhelm mit dem silbernen Wolfskopf aufsetzte, wie er die Lanze von seinem Burschen nahm und sie erhob und wie er stolz auf seinem Pferd saß, als das Tor vor ihm aufschwang.

Kann ich es wirklich wagen? dachte Roland voller Zweifel, als sein Feind die Position am anderen Ende der Turnierbahn einnahm.

Als es still wurde, summten Roland die vielen Schläge in den Ohren, die er schon auf seinen Helm bekommen hatte.

Er hatte ein flaues Gefühl im Magen, als er über seinen Plan nachdachte. Wenn sie zusammenprallten, würde er seine Lanze an Amalrics Schild abbrechen. Dann würde er sofort den abgebrochenen Lanzenstiel hochreißen, und ihn mit voller Wucht in das Visier von Amalrics Helm rammen. Mehr als nur ein Ritter war auf diese Weise gestorben – mit einem zertrümmerten Gesicht.

Aber seine Hände waren kalt und feucht unter den Panzerhandschuhen. Ich kann nicht sicher sein, daß mein Plan auch funktioniert. Was geschieht, wenn meine Lanze nicht richtig abbricht? Oder wenn Amalric den Schild hochhebt, um sein Gesicht zu schützen? Er zwang sich, nicht mehr daran zu denken, was alles schiefgehen könnte.

Die Fanfaren erklangen. »Enttäusche mich nicht, Alezan«, flüsterte Roland seinem nußbraunen Schlachtroß zu und gab ihm die Sporen.

Amalrics Gestalt, die in der Entfernung so klein gewesen war, tauchte jetzt riesig groß vor ihm auf. Roland dachte an Nicolette und Perrin und vergaß alles andere. Mit Augen und Armen mußte er seinen Plan ausführen.

Als Amalrics Lanze traf, lenkte er die Spitze mit seinem Schild zur Seite ab. Seine eigene Lanze traf den purpurfarbenen Schild genau in der Mitte. Rolands Lanze bog sich und zerbrach. Meterlange Holzsplitter flogen Roland um den Kopf. Der Aufprall war so stark gewesen, daß Roland erstaunt war, Amalric noch im Sattel zu sehen – erstaunt und erleichtert, denn dort wollte er ihn haben.

Er hielt nur noch den scheinbar nutzlosen Lanzenschaft von der Länge eines Beidhänders in der Hand. Er gab Alezan die Sporen und ließ die Zügel frei. Mit dem abgebrochenen Ende seiner Lanze zielte er direkt auf Amalrics Gesicht.

Eine graubraune Wand aus Pferdefleisch erhob sich vor Roland und die abgebrochene Lanze bohrte sich hinein. Wie eine schwere Keule traf ihn ein Hufschlag am Helm. Er vernahm den entsetzlichen Schrei des Pferdes, das sich vor ihm aufgebäumt hatte.

Er stürzte aus dem Sattel, und wie es die Templer ihn gelehrt hatten, rollte er sich zu einer Kugel zusammen. Mit der Wucht des Geschosses aus einer Steinschleuder krachte er auf den Boden. Er landete auf seiner linken Seite und konnte kaum noch atmen. Sterne tanzten vor seinen Augen, und er spürte einen furchtbaren Schmerz in Brust und Armen. Furcht ergriff ihn. Von überall her konnte ihn ein Schlag treffen.

Verzweifelt bemühte er sich, auf die Füße zu kommen, und erkannte plötzlich, was geschehen war. Statt seinen Schild zu gebrauchen, hatte sich Amalric dadurch geschützt, daß er die Zügel seines Pferdes zurückgerissen hatte. Das Pferd hatte sich aufgebäumt, und Rolands abgebrochene Lanze war mit voller Wucht in den Hals eingedrungen. Einer der Hufe hatte Roland am Kopf getroffen. Amalrics Pferd war tödlich verletzt, seine Flanken zitterten, Blut floß aus seinem Maul.

Durch die Zuschauermenge ging ein mitleidsvolles Murmeln.

Ich habe versagt, dachte Roland. Ich habe ihn nicht getötet. Und jetzt wird er mich töten.

Amalric hatte sein Schwert gezückt und kam auf Roland zu. Roland zog sein Schwert ebenfalls und bückte sich, um seinen Schild aufzuheben.

Amalrics Hieb traf ihn quer über den Rücken, und ein furchtbarer Schmerz zuckte durch seinen Körper. Er hörte Protestrufe von der Tribüne. Aber er wußte, daß das keine Rolle spielte. Der Schlag mochte unfair sein, doch er war zulässig.

Mit seiner ganzen Kraft hob Roland den Schild hoch, schmetterte ihn gegen Amalrics Brust und warf ihn damit zurück.

Er spürte, wie sich das wattierte Leinenhemd unter seiner Panzerung voll Blut saugte. Dann wurde er starr vor Entsetzen. Statt des stumpfen Schwertes, das die Turnierregeln vorschrieben, benutzte Amalric eine scharfe, tödliche Klinge.

Es war ein alter, viel bekannterer Turniertrick, als der Versuch, einen Gegner mit einer abgebrochenen Lanze zu töten. Später, wenn Roland tot war, könnte Amalric immer behaupten, daß er aus Versehen ein falsches Schwert genommen hätte.

Der Schmerz breitete sich wie ein Feuer auf seinem Rücken aus. Heiliger Michael, dieses Schwert muß schwer und scharf sein, wenn es einen Kettenpanzer durchdringt.

Amalric bewegte sich immer noch zur Rechten Rolands.

Er war jetzt so nahe, daß Roland die leuchtend blauen Augen hinter den Sehschlitzen von Amalrics Helm erkennen konnte. Er ging rückwärts und parierte die Schläge von Amalrics Schwert.

Soll ich versuchen, den Kampf zu beenden, fragte er sich selbst. Die Herolde würden ihn zum Sieger erklären, wenn sie Amalrics unzulässiges Schwert sehen würden.

Sein Haß bestärkte ihn in seinem Entschluß. Nein! Ich will nicht, daß es so ausgeht.

Aber kann ich mit diesen starken Schmerzen kämpfen?

Nach und nach erkannte Roland, daß Amalrics Schläge alle nur gegen seinen rechten Arm gerichtet waren. Er versucht, den Schal herunterzuschlagen.

Die Eifersucht hat ihn verrückt gemacht, dachte Roland. Er sollte alles daran setzen, mich zu töten, und statt dessen verschwendet er seine Kraft auf ein Symbol der Liebe. Wenn er nicht bei Sinnen ist, habe ich eine Chance. Er versuchte, nicht mehr an die klopfende Wunde und das Blut, das seinen Rücken herunterlief, zu denken, doch der Schmerz breitete sich in seinem Körper aus, und er fühlte sich schwächer.

Amalric holte wieder zu einem Schlag nach Rolands Arm aus. Roland hob seinen Schild hoch, machte eine Drehung auf den Fußballen und schlug den unten zugespitzten Schild mit aller Kraft auf Amalrics Handgelenk. Der Hieb schlug Amalric das Schwert aus der Hand, und es sauste durch die Luft.

Roland drehte sich um und rannte dem Schwert nach. Als die Waffe auf den staubigen Boden fiel, ließ Roland sein eigenes Schwert fallen und griff nach dem anderen. Amalrics Gewicht traf ihn, und sein breiter Rücken tauchte vor Roland auf. Roland sprang zur Seite und warf sich zu Boden. Neue Kraft durchströmte ihn, als sich seine gepanzerte Hand um den Griff des tödlichen Schwertes schloß. So schnell, wie er konnte, erhob sich Roland und drehte sich zu Amalric um. Amalric stürzte sich auf Rolands weggeworfenes Schwert, sprang zurück und erhob das stumpfe Schwert. Roland lief auf ihn zu.

Jetzt habe ich das Schwert, das töten kann.

Mit aller Kraft schlug Roland gegen Amalrics Kopf, Rücken und Brust. Amalric wehrte sich verbissen und trieb Roland mit seinen Gegenschlägen zurück.

Das Blut hämmerte so laut in Rolands Schläfen, daß es fast das Geschrei der Menge übertönte.

Roland war klar, daß Amalric sich retten konnte, indem er den

Kampf abbrach, doch damit würde er zugeben, daß er absichtlich eine verbotene Waffe benutzt hatte. Stattdessen führte er seinen Kampf gegen Roland weiter. Ein wilder Schlag nach dem anderen traf Rolands Schild, seinen Helm, seine Schultern und Arme. Obwohl es gegen die Regeln war, stach Amalric mit der Spitze des stumpfen Schwertes nach den Sehschlitzen in Rolands Turnierhelm. Roland war gezwungen, sein Gesicht mit dem Schild zu schützen, und nahm sich damit die Sicht, um gegen Amalric zurückzuschlagen.

Roland benutzte sein Schild, um Amalric zurückzudrängen, und versuchte, etwas Kraft zu sammeln. Über den Rand seines Schildes erkannte Roland, daß rote Bäche an Amalrics gepanzerten Armen herunterflossen und sich auf den Schultern rote Streifen auf dem purpurnen Gewand abzeichneten. Ich habe ihn verletzt. Ich habe ihm mehr Wunden zugefügt als er mir.

Er zielte mit dem scharfen Schwert nach Amalrics Kopf, doch es krachte wirkungslos gegen seinen Schild.

Wenn er seine Deckung nur für einen Augenblick aufgibt, dann habe ich ihn.

Eine Reihe lauter, schriller Fanfarenstöße drang in sein Bewußtsein. Das Signal zum Beenden des Kampfes.

»Nein!« schrie Roland mit glühendem Zorn.

Er versuchte einen letzten, unerlaubten Schlag nach Amalrics Nacken. Amalrics Schwert traf seine Klinge mit einem Laut, der sich wie der Klang einer Kirchenglocke anhörte.

»Messieurs«, rief eine Stimme.

Roland und Amalric blickten zur Tribüne. König Ludwig hatte sich von seinem Thron erhoben.

»Jeder von Euch hat am heutigen Tage hohe Ehren erworben. Ich bitte Euch, trübt das Vernügen, das wir an Eurer Stärke und Geschicklichkeit haben, nicht dadurch, daß Ihr Euch gegenseitig furchtbare Wunden zufügt. Haltet ein, Messieurs, auf Befehl Eures Königs.«

Ein ärgerliches Raunen ging durch die Arena. Die Menge wollte mehr Kampf und mehr Blut sehen.

Rolands Rücken fühlte sich an, als ob er von einem Peitschenhieb zerteilt worden wäre. Ein Andenken an sein Versagen, das ihn besonders aufbrachte.

»Alle edlen Ritter mögen sich bewaffnen und in die Arena kommen«, sagte Ludwig, als wenn er die Zuschauer besänftigen wollte. »Wir rufen zum großen Wettstreit.«

Von allen Seiten des Platzes hörte man zustimmendes Geschrei.

Roland bohrte die Spitze von Amalrics scharfem Schwert in die zertrampelte Wiese. Amalric warf Rolands Schwert auf den Boden, zog sein eigenes Schwert heraus und ging davon, ohne den Helm abzunehmen, der sein Gesicht verbarg.

Roland starrte ihm nach und verspürte den Wunsch, ihm nachzueilen und ihn niederzustrecken.

Ein Ochsengespann schleifte den Kadaver von Amalrics Pferd vom Platz. Ein Dutzend, vom König ausgewählter, armer Familien würden für die kommenden Tage Fleisch auf ihren Tischen haben.

Perrin kam in die Umzäunung, hob Rolands Schwert auf und reichte es ihm. Zusammen führten sie dann Alezan vom Platz. Der Braune rollte die Augen und schnaufte. Der Tod des anderen Pferdes machte ihn unruhig.

Sie gingen hinter den Zelten der Wettkämpfer entlang, die am Ende der Umzäunung lagen. Um sie herum waren die Rufe der aufgeregten Männer und das Klirren der Waffen zu hören, als von allen Seiten die Ritter auf den Turnierplatz stürmten, um sich ins allgemeine Gedränge zu stürzen.

»Neun Pferde!« rief Perrin. »Dafür könnt Ihr ein Schloß eintauschen. Oder wo wollt Ihr neun große Rösser unterbringen, Maître?«

»Hol sie jetzt noch nicht zusammen, Perrin«, sagte Roland. »Ihre Besitzer sollen sie noch so lange füttern und für sie sorgen, bis ich über sie verfügen will.«

»Könnten wir nicht aufhören, Herr? Unsere Gewinne nehmen und gehen? Ihr habt heute genug Ehre verdient.«

Roland blieb wie angewurzelt stehen und starrte Perrin an. »Was, zum Teufel, meinst du? Hast du nicht gehört, daß der König zum allgemeinen Gerangel gerufen hat?«

»Doch, aber ich bin der Meinung, daß Ihr da nicht mehr mitmachen solltet, Sire«, sagte Perrin. »Bei Gott, der Graf de Gobignon versucht Euch zu töten! Es bringt Euch nichts ein, wenn Ihr ihm noch eine Chance gebt.«

»Es bringt mir nichts ein«, rief Roland immer noch aufgebracht. »Kann ich nicht versuchen, ihn zu töten?«

»Ihn töten? Aus welchem Grund«, fragte Perrin ärgerlich. »Er ist der Geschädigte. Ihr habt seiner Frau den Hof gemacht. So ein Duell ist albern, Maître.«

Ach Perrin, dachte Roland, du weißt es nicht, aber Amalric hast du es zu verdanken, daß du der Geschädigte bist, und vor allem, um dich zu rächen, will ich ihn töten.

Doch es war gut zu sehen, daß Perrins Augen bei den Aufregungen des Turniers strahlten und seine Wangen glühten. Wenn er wüßte, was Amalric für eine Rolle bei seiner Kastration gespielt hatte, würden ihn seine Rachegedanken auf der Stelle verzehren. Und seine Seele hätte niemals so gut heilen können. Soll er weiterhin glauben, daß die Wegelagerer das aus eigener Brutalität und Gemeinheit getan haben. Jetzt sind sie tot. Er braucht nicht mehr an Rache zu denken. Aber ich muß es.

»Ich habe gute Gründe, ihn umzubringen«, sagte Roland und drückte Perrins Arm. »Vertraue mir, und wenn ich es geschafft habe, werde ich dir auch die Gründe nennen.«

Roland langte vor seinem schwarzweiß gestreiften Zelt an. Er bat Perrin, Alezan gut abzureiben und ging hinein.

Zu seiner Überraschung blickte ihn ein dunkles Augenpaar aus dem kühlen Schatten des Zeltes an.

»Diane! Was tust du denn hier?« Jedesmal, wenn sie den Schutz seines Hauses verließ, fürchtete er um ihre Sicherheit.

»Glaubst du, ich könnte zu Hause bleiben, wenn ich weiß, daß ich dich vielleicht niemals lebend wiedersehe? Du bist verwundet, nicht wahr? Nimm deinen Panzer ab, ich werde dir helfen.«

Vorsichtig band Roland den Schal ab. Er hielt ihn zärtlich in der Hand, faltete ihn dann zusammen und legte ihn auf den Deckel seiner Waffentruhe. Diane half ihm, sein Kettenhemd hochzurollen und es über den Kopf zu ziehen. Als er die Arme hochstreckte, hatte er das Gefühl, als wäre seine Wunde wieder aufgerissen. Er saß auf dem Boden des Zeltes und zog sein wattiertes Unterhemd aus, um seinen Rücken zu entblößen.

»Es ist eine böse Schnittwunde«, sagte er, »aber sie ist nicht tief. Der Schuft hat ein scharfes Schwert benutzt.«

»Er hätte dich töten können«, sagte sie mit einem Zittern in der Stimme. »Und wenn er es geschafft hätte, was hätte Perrin dann davon? Oder die Gräfin?« Sie legte ihre kühle Handfläche auf seinen Rücken.

Er antwortete nicht, sondern genoß die Linderung der Schmerzen, als sie ihm einen festen Verband um seinen Oberkörper wickelte.

Die Zeltbahn am Eingang teilte sich und ließ das helle Sonnenlicht herein, so daß Roland einen Augenblick lang geblendet war. Mit zusammengekniffenen Augen erkannte er dann eine breitschultrige Gestalt in einem langen weißen Gewand.

»Ah, ein zärtlicher Augenblick zwischen Bruder und Schwester. Verzeiht mein Eindringen!«

Roland vernahm einen spöttischen Unterton in Guido Bruchesis Stimme, doch es war freundlicher Spott, so, als würde Guido ihr Geheimnis kennen, aber es für sich behalten. In den Wochen bis zu diesem Turnier hatte Guido alles, was er konnte, für Roland getan und hatte täglich mit ihm auf dem Übungsplatz der Templer trainiert. Jetzt konnte der Tempelritter nichts mehr für ihn tun, doch sein Anblick gab Roland Zuversicht. Sogar das Doppelkreuz auf seiner Brust erschien nicht mehr bedrohlich.

Aber Diane erschauerte leicht und senkte den Blick. Ihre Wangen röteten sich und schnell machte sie den Verband fertig.

Roland erhob sich und wandte sich von ihr ab.

»Habt Ihr noch nicht genug, Orlando?« fragte Guido. »Ich gebe zu, daß Ihr im Lanzenstechen viel besser seid, als ich erwartet habe. Aber auf dem Feld ist Euch Amalric immer noch überlegen. Ihr habt alles versucht, ihn zu töten, doch es hat nicht gereicht.«

Plötzlich wurde Roland wieder zornig, und sein zerschundener Rücken brannte.

»Nein, ich habe noch nicht alles versucht. Noch nicht!«

Guido seufzte skeptisch. »Ich habe gerade einen kleinen Spaziergang zum Zelt des Grafen gemacht. Er hat ein Dutzend Ritter um sich versammelt. Es sind alles professionelle Turnierkämpfer. Die Sorte, die von Turnier zu Turnier reist und von ihren Gewinnen lebt. Sie kennen eine ganze Reihe mehr fauler Tricks als Ihr, mein Freund. Und Amalric hat sich auch mit Enguerrand de Coucy unterhalten, der noch eine Rechnung mit Euch offen hat. Wir Tempelritter halten es für ehrenhaft, sich zurückzuziehen, wenn die Chancen schlechter als drei zu eins stehen.«

Er hat recht, dachte Roland. Doch es gab etwas, das Guido nicht kennen konnte. Er nahm den blau-goldenen Schal vom dunkelbraunen Eichendeckel der Truhe und drückte ihn an sein Herz. Ein Mann, der für sich kämpft, kann geschlagen werden. Ein Mann, der für die Liebe kämpft, ist unbesiegbar.

»Ihr seid ein Mönch«, sagte er zu Guido. »Ihr wißt nur sehr wenig von der Liebe. Ihr könnt nicht wissen, mit welcher Kraft sie mich erfüllt.«

»Ihr seid es, der weniger weiß, als er denkt«, sagte Guido. »Ich werde Euch beistehen, so gut ich kann, Orlando, aber noch bevor dieser Tag vorüber ist, werdet Ihr meine Gebete mehr brauchen als mein Schwert.«

Gleich, nachdem Guido gegangen war, trat Perrin mit einem gefalteten Papier in der Hand ein. »Eine Dame namens Agnes hat mir das für Euch gegeben, Sire.«

Der Brief trug keine Unterschrift, aber Roland erkannte Nicolettes Handschrift:

»Da Ihr mich zu Eurer Gebieterin und *mi dons* gemacht habt, befehle ich Euch, keine weiteren Angriffe auf das Leben desjenigen zu machen, der Euch verletzt hat. Wenn Ihr erfolgreich seid, verlieren meine Kinder ihren Vater, und die Rache seiner Familie wird Euch nicht lange am Leben lassen. In jedem Fall verurteilt Ihr mich zu lebenslanger Qual. Aus diesem Grund befehle ich Euch: Haltet Euch zurück. Im Namen der Liebe.«

Als Roland die Bedeutung dieser Worte erfaßte, wichen alle Kraft und Zuversicht, die er noch einen Augenblick zuvor verspürt hatte, von ihm. Er suchte nach Halt, ließ sich auf seine Waffentruhe fallen; der Brief entglitt seinen kraftlosen Fingern und fiel zu Boden.

Er hatte das Gefühl, als legten sich eiserne Fußfesseln um seine Knöchel. Noch vor einem Moment hätte er gewinnen können. Und nun?

Ich muß eingestehen, dachte er, daß ich im Namen der Liebe geschworen habe, ihr in allen Dingen zu gehorchen. Wenn ich mich jetzt ihrem Wunsch widersetze, ist mein Leben eine Lüge.

Aber sie hat mir nicht verboten, im Handgemenge zu kämpfen. Vielleicht finde ich einen Weg, ihrem Befehl zu gehorchen und doch Rache an Amalric zu nehmen.

Aber wie?

»Was ist das, Roland?« fragte Diane ängstlich.

»Nichts. Nichts.« Er hob den Brief auf und riß ihn in kleine Stückchen.

»Perrin, hilf mir, mich zu rüsten.«

Roland spürte ein seltsam leeres Gefühl im Magen. Vielleicht sollte er einfach davonreiten. Sein Leben in diesem Handgemenge aufs Spiel zu setzen war tollkühn.

Aber wenn ich gehe, werde ich wie ein Feigling erscheinen. Und es wird keine Rache für Perrin geben.

Und Amalric würde ihm weiter nachstellen.

Er streckte seinen rechten Arm aus, damit ihm Perrin den

Schal wieder umbinden konnte. Als er fertig war, hob Roland den Arm und preßte seine Lippen an den weichen Seidenstoff.

Er hatte keinen Plan mehr, und seine Hände waren ihm durch diesen Brief gebunden. Er ging zu den Rittern, die sich in der Mitte der Arena vor der Tribüne versammelten. Die Turnierbarrieren, die den Platz in zwei Hälften geteilt hatten, waren weggeräumt worden.

Der Oberste Herold verkündete, daß die Ritter zwei Gruppen bilden sollten: die glücklich Verliebten und die von der Liebe Enttäuschten. Roland lächelte bitter unter seinem Helm. Die üblichen Turnierspielchen, dachte Roland, vermutlich die Idee von Königin Marguerite. Es war ein müder Abklatsch der Regeln der *l'amour courtois*. Man wählte die Seite nach dem, der sie anführte und nicht danach, wie man zu den Damen stand.

»Ein Seigneur von höchstem Rang wird jede der Gruppen anführen«, rief der Herold, und seine kräftige Stimme schallte über den Turnierplatz. »Monseigneur Graf Robert d'Artois führt die Gruppe der glücklich Verliebten.«

Der Bruder des Königs, dachte Roland. Die andere Seite wird ihn aus Höflichkeit gewinnen lassen. Ich sollte mich ihm anschließen.

»Die von der Liebe Enttäuschten«, fuhr der Herold fort, »werden von Monseigneur Graf Amalric de Gobignon geführt.«

Welch eine Ironie des Schicksals.

»Gobignon soll von der Liebe enttäuscht sein!« lachte ein Ritter aus der Gascogne neben Roland. »Seine Gräfin ist doch wunderschön.«

»Es muß eine andere Dame sein, die ihn enttäuscht hat, nicht die Gräfin«, sagte ein anderer. »Für einen Mann ist es unmöglich, in seine eigene Frau verliebt zu sein.«

»Ich würde mich nicht nach anderen Frauen umsehen, wenn die hübsche Nicolette meine Frau wäre«, meinte der Gascogner.

Roland dachte an Nicolettes Worte und dirigierte Alezan zu einem der Hofdiener. »Ich möchte auf der Seite von Graf de Gobignon kämpfen«, sagte er.

Der Diener zog überrascht die Augenbrauen hoch und reichte Roland wortlos ein schwarzes Seidenband für seinen Turnierhelm.

Die Staubwolken glühten in der Sonne, die jetzt noch weiter nach Westen gewandert war. Der Turnierplatz war ein Gewimmel von Schlachtrossen, bewaffneten Männern, wogenden Lanzen und schwarzen und weißen Seidenbändern, die auf den Turnierhelmen flatterten.

Roland grinste, als er Alezan in die Reihen hinter Amalric führte und sah, wie der blonde Graf, der seinen Turnierhelm nach hinten geschoben hatte, ihn überrascht und ärgerlich anstarrte.

Amalric sprach mit Enguerrand de Coucy und den anderen Reitern in seiner Nähe, deutete auf Roland, und alle Köpfe drehten sich zu ihm. Roland lief ein kalter Schauer über den Rücken.

Er suchte nach Freunden, konnte aber weder in seiner Gruppe, noch in der auf der anderen Seite des Platzes welche entdecken. Robert d'Artois ritt einen nervösen, weißen Hengst und hielt einen blauen Schild mit drei goldenen Lilien. Er ließ seine Männer Aufstellung nehmen.

»Bildet zwei Reihen«, rief auch Gobignon.

Roland stellte sich in die Mitte der zweiten Reihe. Dann kehrte Ruhe über dem Turnierplatz ein.

Die Fanfaren ertönten.

Roland spürte, wie der Boden unter ihm erzitterte, als die Ritter in der Reihe vor ihm lospreschten. Von einem Augenblick zum anderen verwandelte sich die Mitte des Feldes in einen Wirbel aus aufgewühltem Staub, zersplitternden Lanzen und den stürzenden Körpern von gepanzerten Männern. Das Klirren der Waffen und das Grölen der Menge vermischte sich zu einem höllischen Getöse.

Als sich die Staubwolken etwas gelegt hatten, konnte Roland die dichtgedrängten Kämpfer beobachten. Er bewunderte die Art, wie sie ihre Pferde führten. Die riesigen Schlachtrosse bewegten sich mit der Anmut und Genauigkeit von Tänzern. Reiter und Roß glichen den Zentauren der griechischen Sage, schienen zu einem Körper verschmolzen.

Roland stürmte mit der zweiten Gruppe los.

Fast gleichzeitig richteten sich vier Lanzen aus seinen eigenen Reihen gegen ihn. Dieser plötzliche Angriff überraschte ihn. Er hatte zwar erwartet, daß sie ihn attackieren würden, doch nicht so schnell und nicht so offensichtlich.

Er riß Alezan hoch und brachte ihn mit Zügel und Sporen dazu, eine Wende zu machen, während er seine Lanze schwang und die Waffen seiner Angreifer beseite schlug und zwei von ihnen aus dem Sattel warf.

Doch Roland befand sich inmitten seiner eigenen Reiterschar; alle trugen das schwarze Seidenband an ihrem Helm. Wer, zum Teufel, sind diese Bastarde? dachte er ärgerlich, als sie sich jetzt alle gegen ihn stellten.

Einige der Männer, die ihn bedrohten, trugen schlichte Helme und Schilde. Die anderen waren gut und teuer gekleidet, zweifellos erbeutete Ausrüstungen. Am Rande der Menge sah er den silbernen Wolfskopf. Unter den Schilden vor sich erkannte er auch den rot-weiß gestreiften von Coucy.

Es gab keinen Zweifel mehr. Sie wollten ihn töten, und er konnte nur noch eines tun: soviel Angreifer wie möglich niederschlagen.

Und sollte auch Amalric ihn angreifen, so bedeutete Nicolettes Befehl sicher nicht, daß er lieber sterben, als sich verteidigen sollte.

Drei Lanzen kamen von der rechten Seite auf ihn zu. Eine verfehlte ihn, aber die beiden anderen trafen seinen Lanzenarm und nahmen ihm den Atem. Roland schaffte es, einen der Angreifer mit seiner Lanze aus dem Sattel zu stoßen, doch auch er verlor sein Gleichgewicht und stürzte vom Pferd.

Er fiel auf die Füße und zog sein stumpfes Turnierschwert. Er schlug nach den Lanzen, die von oben auf ihn einstachen und nach den Hufen der Schlachtrosse, die ihn zertrampeln wollten.

»Beauséant!« Die dunkle Stimme, die den Kampflärm über-

tönte, schrie den Schlachtruf der Tempelritter. Guido Bruchesi ritt durch Amalrics Männer und bahnte sich mit seinem Langschwert eine Gasse. Er trug das weiße Seidenband der Glücklichen. Die Turnierkämpfer, die Amalric angeheuert hatte, um ihm zu helfen, ließen von Roland ab, der dankbar aufatmete.

Dann stürzte sich Enguerrand de Coucy auf Guido. Die Schlacht tobte um Guido und Roland, und wieder einmal kämpfte er um sein Leben.

Reiter mit weißen Seidenbändern, die Gefolgsleute von Robert d'Artois, griffen Amalrics Helfer an. Zwischen den Angreifern erkannte Roland den Schild des englischen Ritters, dem Roland seine Waffen zurückgegeben hatte. Die angeheuerten Turnierkämpfer achteten überhaupt nicht auf die Ritter, die eigentlich ihre Gegner sein sollten, sondern griffen nur Roland an.

»Unfair!« ertönten Schreie aus der Zuschauermenge, als sie erkannte, daß etwas nicht stimmte.

Hinter dem Ring aus Rüstungen, der sich um Roland geschlossen hatte, konnte er sehen, wie Robert d'Artois gegen Amalric ritt. Amalric war mit einem Streitkolben bewaffnet. Er schlug damit gegen Roberts Schild, und der Bruder des Königs stürzte und verschwand aus Rolands Blickfeld.

Der Kampf hatte Roland und seine Angreifer in eine Ecke des Feldes getrieben. Roland wußte, daß er den Holzzaun berühren konnte, und damit eigentlich das Recht hatte, das Feld in Sicherheit zu verlassen. Doch er war sicher, daß Amalrics Leute ihn nicht so entkommen lassen würden. Er war den Zuschauern so nahe, daß er die aufmunternden Rufe, die ihm galten und den zornigen Protest gegen seine Feinde hören konnte.

Das Gefühl, daß die Menge für ihn war, gab ihm neue Kraft, als er wie wild auf seine Angreifer einschlug und sie Zentimeter für Zentimeter zurückdrängte.

Dann erhielt er einen schweren Schlag auf die Stelle zwischen Helm und Nacken. Ihm wurde einen Augenblick lang schwarz vor Augen, und als er wieder zu sich kam, lag er flach auf dem Rücken. Von allen Seiten hämmerten die schweren Klingen auf seinen Körper ein. Sie waren nicht scharf genug, um durch sein Kettenhemd zu kommen, aber hart genug, um ihm die Knochen zu brechen.

Obwohl die Schwertschläge gnadenlos auf ihn einprasselten, setzte er sich halbbenommen auf.

Als für einen Moment eine Lücke im Kreise seiner Feinde entstand, konnte er einen kurzen Blick zur Tribüne werfen. Er suchte Nicolette – es konnte sein letzter Blick auf sie sein –, aber er sah nur, wie der gestikulierende König Ludwig die Stufen zur Tribüne herunterkam. Dann schlossen ihn wieder der Staub und die gepanzerten Beine ein. Das Geschrei der Menge, die Rolands Angreifern zurief, den gestürzten Ritter zu verschonen, übertönte das Klirren der Waffen.

Ein Fanfarenstoß durchdrang den Tumult. Roland hörte die Herolde das Ende des Kampfes ausrufen. Bin ich gerettet?

»Kämpft weiter! Kämpft weiter! Tötet ihn«, schrie Amalric.

Als Roland versuchte aufzustehen, sah er wie Herolde zwischen Amalrics Männer ritten und sie zurückdrängen wollten. Abermals ertönten die Fanfaren, vergebens.

Zwei gepanzerte Beine tauchten vor Roland auf. Er hob den Kopf und erkannte in dem schmalen Sichtfeld, das ihm sein Turnierhelm gestattete, daß Amalric vor ihm stand und seinen Morgenstern erhob.

Der dicke Stab mit dem Eisenstern an der Spitze sauste auf Roland nieder. Verzweifelt versuchte er, seinen Kopf wegzudrehen, obwohl er wußte, daß dazu keine Zeit mehr blieb.

Von irgendwo her ergriff eine Gestalt Amalrics Beine. Roland hörte den Ruf: »Haltet ein! Er ist gestürzt!« und erkannte Perrin, der sich unbewaffnet und ohne Rüstung an Amalrics Beine klammerte.

Dann krachte der Morgenstern auf seine Schulter herunter. Der Schmerz schoß durch seinen Körper, und er spürte wie Knochen zersplitterten.

Seine Schulter war zerschmettert. Er brach zusammen. O Gott, dieser Schmerz! Er hielt sich nur mit Mühe bei Bewußtsein.

Auf dem Rücken liegend sah er, wie Enguerrand de Coucy Perrin einen Schlag mit seinem rot-weiß gestreiften Schild versetzte.

Wieder erhob Amalric den Morgenstern mit beiden Händen.

Die Fanfaren riefen zum dritten Mal zur Beendigung des Kampfes.

Ein Mann stellte sich schützend über Roland. Amalric holte aus, um dem Mann seinen Morgenstern auf das blonde, ungeschützte Haupt zu schlagen. Roland vernahm die entsetzten Schreie der Zuschauer. Erstaunlicherweise warf sich Enguerrand de Coucy zwischen die beiden Männer und riß die Arme hoch, um den Morgenstern abzuwehren.

Roland drehte den Kopf. Wie durch einen grauen Nebel erkannte er den König.

Ludwig zog sein Langschwert und setzte Amalric die Spitze auf die Brust. Dann drängte er Amalric von Roland weg.

Roland richtete sich mit Hilfe seines linken Armes auf. Den rechten konnte er nicht mehr gebrauchen. Er war von der Schulter bis zu den Fingerspitzen taub.

Er konnte über die Umrandung sehen. Auf der anderen Seite stand eine Reihe königlicher Wachen mit gespannten Bogen, die auf Amalric zielten.

»Ihr habt mich benützt, Graf, mich enttäuscht«, sagte Ludwig mit leiser Stimme, die in der plötzlichen Stille der Arena gut zu hören war.

Amalric nahm seinen Turnierhelm ab. Er stand zu Rolands Füßen, der ihm direkt ins Gesicht blicken konnte. Es war gerötet und voller Haß, als er Ludwig anstarrte.

»Vergebt mir, daß ich Euch bedroht habe, Sire«, stieß er hervor. »Ich war von meinem Zorn geblendet und habe nicht erkannt, daß Ihr es wart, der mich von meinem Feind abbringen wollte.«

»Geblendet, in der Tat«, erwiderte Ludwig. »Wenn Ihr mich erschlagen hättet, wäre das ein Unfall gewesen. Aber was Ihr mit diesem Mann gemacht habt, war kein Unfall.«

»Es ist mein Recht, meine Ehre zu verteidigen, wenn ich es für richtig halte, Sire.«

»Wie könnt Ihr es wagen, von Ehre zu sprechen? Ihr habt mich dazu überredet, dieses Turnier durchzuführen, damit Ihr damit Euren Mord vertuschen könnt. Ihr habt den König zum Narren gehalten und das Rittertum verspottet. Ihr werdet Eure Rüstung ablegen und bis zur Abendandacht auf jener Plattform stehen wie alle anderen feigen Ritter.«

»Ich bin Graf Gobignon. Ein Fürst Eures Königreichs. Ihr könnt mich nicht wie irgendeinen gewöhnlichen Ritter behandeln.«

Eine weitere Gestalt trat in Rolands Blickfeld. Durch den trüben Schleier vor seinen Augen erkannte Roland, daß es Enguerrand de Coucy war.

»Sire, wenn Ihr Gobignon das antut, beleidigt Ihr alle, die von edler Herkunft sind.« Sein Gesicht war ebenso rot wie die Streifen auf seinem Schild.

»Gottes Gerechtigkeit ist für alle gleich, ob von edler oder niedriger Geburt«, sagte Ludwig. »Für diesen Mordversuch könnte ich den Grafen noch viel strenger bestrafen, wenn ich es wollte.«

»Ich hätte ihn Euch töten lassen sollen«, murmelte Enguerrand de Coucy.

Roland hörte die Stimme von Robert d'Artois. »Schweigt, Coucy«, zischte er. »Wie könnt Ihr es wagen, so mit dem König zu sprechen?«

Mit jedem Herzschlag strömten Wellen des Schmerzes von Rolands Schulter aus durch seinen Körper. Mit jedem Schlag seines Herzens, schienen seine Sinne einen Augenblick zu schwinden und dann wiederzukehren. In einem klaren Moment dachte er: Vielleicht kann ich diesen Arm nie wieder benutzen.

»Amalric«, hörte er den König sagen, »werdet Ihr Eure Strafe wie ein ergebener Ritter auf Euch nehmen, oder muß ich Euch binden lassen?«

Das muß ich mir ansehen, dachte Roland. Mit größter Anstrengung unterdrückte er seinen Schmerz und hob den Kopf etwas höher. Er konnte erkennen, wie Ludwig und Amalric sich anstarrten. Beide Männer hatten goldblondes Haar – das des Königs war seidig und glatt, Amalrics dagegen kräftig wie die Mähne eines Löwen. Der König war schlank, Amalric breit und kräftig. Der König zitterte vor Wut und schien bereit, sich auf Amalric zu stürzen, während Amalric in unterdrücktem Zorn heftig atmete. Schließlich sagte Amalric mit kalter beherrschter Stimme: »Ich werde mich notgedrungen fügen. Ihr tut mir großes Unrecht, Sire, und nicht nur mir allein. Ihr untergrabt die Grundpfeiler dieses Königreiches. Indem Ihr mich dem öffentlichen Spott aussetzt, zeigt Ihr den Männern von Rang, daß sie Euch nicht vertrauen können. Am Ende werde nicht ich es sein, der von diesem Tag beschämt ist.« Amalric drehte sich um und verschwand aus Rolands Blickfeld.

Perrins verschmutztes Gesicht tauchte vor Roland auf; ein Rinnsal von Blut lief ihm aus der Nase. Vorsichtig hob er Rolands Kopf an, löste den Kinnriemen des Turnierhelms und nahm ihn ab. Roland rang nach Luft, als ihn eine neue Schmerzwelle durchlief. Perrin blickte ihn angstvoll an.

»Habe ich den Schal immer noch«, flüsterte Roland.

»Ja, Maître.«

Ludwig kniete sich neben Roland. »Wie geht es Euch, Orlando?«

»Ich lebe. Vielen Dank, Sire«, preßte Roland durch seine zusammengebissenen Zähne.

Ludwig lächelte und legte Roland die Hand auf die Stirn. »Möge es Gottes Wille sein, daß Ihr geheilt werdet, damit Ihr wieder so großartig kämpfen könnt, wie Ihr es heute getan habt.«

Bei Ludwigs Berührung schien der furchtbare Schmerz, der durch Rolands Körper flutete, etwas abzunehmen. Man sagt, daß die gesalbten Könige die Gabe des Heilens haben, dachte Roland ehrfürchtig.

»Kann ich Hilfe bekommen, um ihn in sein Zelt zu bringen, Euer Gnaden?« würgte Perrin mit zitternder Stimme hervor.

Es geschieht nicht jeden Tag, daß ein Spielmann mit einem König spricht, dachte Roland.

»Er soll in meiner Obhut bleiben«, sagte Ludwig. »Meine eigenen Ärzte sollen sich um ihn kümmern. Orlando di Perugia, ich brauche einen Mann wie Euch als meinen Waffengefährten.« Er erhob sich und gab den königlichen Bediensteten ein Zeichen. »Bringt ihn in den Palast.« Er wandte sich an die Gruppe von Herolden, die in der Nähe stand. »Das Turnier ist nun beendet. Laßt es verkünden.« Dann ging er davon. Roland hörte die Jubelschreie der Zuschauer für den König.

Der Schmerz in seiner Schulter wurde plötzlich von Angst und Zorn überdeckt. Der Gefährte des Königs? Was, zum Teufel...? Mein Leben gehört mir und nicht ihm!

Und doch, wenn er nicht gewesen wäre, dann wäre ich jetzt tot.

Heiliger Michael, was soll ich tun, wenn er mich auf seinen Kreuzzug mitnehmen will?

Was soll's? Wenn ich am Leben bleibe, werde ich sowieso nicht mehr kämpfen können. Im neu aufwallenden Schmerz spürte Roland kaum die Hände, die ihn hochhoben. Dann verlor er das Bewußtsein.

XI

Roland war so beeindruckt von diesem strahlenden Oktobertag, als hätte er Sonne, blauen Himmel und Bäume noch nie in seinem Leben gesehen.

Er war zum ersten Mal seit dem Turnier draußen und ging mit Perrin im Garten des königlichen Landsitzes in Vincennes spazieren. Seine Schritte auf dem staubigen Weg waren noch unsicher. Er stützte sich auf Perrins Arm und versuchte, trotz des Gewichtes des Holzgestells und der Bandagen, die Ludwigs

Ärzte um seine rechte Schulter gewickelt hatten, aufrecht zu gehen. Nachdem er wochenlang im Bett gelegen und nur ein Nachthemd getragen hatte, empfand er seine Kleidung jetzt rauh auf der Haut. Aber der Bärenfellmantel über seinem Rücken war ein willkommener Schutz gegen die herbstliche Kälte. Die Strahlen der Morgensonne erfüllten seine Glieder mit neuer Kraft.

»Guten Tag, Sire Orlando.«

Roland erkannte die Stimme und drehte sich um. Der König war hinter ihm aufgetaucht. Er wollte auf die Knie fallen, doch Ludwig hielt ihn mit einer Handbewegung davon ab. Roland suchte nach einem Zeichen der Königswürde auf Ludwigs Kleidung, doch der Herrscher trug nur einen Mantel aus schwarzer Seide, der mit Eichhörnchenfell gesäumt war, so wie ihn ein Herr vom Lande hätte tragen können.

Er weiß, was er ist. Er muß es nicht nach außen zeigen.

Heiliger Michael, ist das alles wirklich wahr? dachte Roland. Bin ich wirklich der Gast des Königs von Frankreich?

»Mein lieber Orlando, ich hörte, daß Ihr auf seid und ein wenig spazierengeht. Gott sei gedankt, daß Eure Gesundheit zurückkehrt. Kommt, geht ein Stück mit mir, und wir werden gemeinsam die bunten Farben des Waldes genießen.«

»Sire«, sagte Perrin nervös, »er ermüdet schnell.«

»Unsinn, Perrin«, erwiderte Roland ungehalten.

»Ich werde ihn stützen, wenn es nötig ist, mein Freund«, erklärte Ludwig. »Ihr habt seit Monaten Tag und Nacht bei ihm gewacht. Nehmt einmal frei und trinkt einen Becher Wein mit meinen Burschen. Laßt mich eine Weile für Euren Maître sorgen.«

Während Roland neben Ludwig herging, stellte er erstaunt fest, daß der König keine Wachen bei sich hatte. Nur zwei Wachtposten patroullierten durch den Schloßgarten. Roland blickte sich um und sah Perrin in der Einfahrt des zweistöckigen Schlosses stehen und ihnen ängstlich nachblicken. Roland hob seinen linken Arm – den er bewegen konnte – und winkte Perrin ungeduldig fort.

»Ich liebe einen Spaziergang allein oder mit nur einem Begleiter«, sagte Ludwig. »Ich habe nie genügend Einsamkeit, deshalb genieße ich Vincennes so sehr.«

Roland atmete tief ein. Die Luft war so süß wie das Wasser einer Quelle. Ludwig deutete begeistert auf einige besonders schöne, rote und goldene Tupfer im Blätterwerk um sie herum.

»Wann habt Ihr mich hierhergebracht, Sire?«

»Etwa zwei Wochen nach dem Turnier, als die Mönche sagten, daß es Euch gut genug geht, um zu reisen. Ich war der Meinung, daß Ihr Euch ohne den Schmutz und den Lärm von Paris schneller erholen würdet.« Sein Gesicht wurde traurig. »Doch dann schien es, als hätte ich einen furchtbaren Fehler gemacht. Wir legten Euch in eine Sänfte, und die Fahrt war sehr holprig. Eine Zeitlang ging es Euch viel schlechter. Die Königin war sehr böse mit mir.«

Und Nicolette? Wenn ich doch nur nach Nicolette fragen könnte, dachte Roland. Wo ist sie? Und wie geht es ihr? Wird Marguerite sie wissen lassen, daß es mir besser geht?

Sie folgten einem Weg zu einer Lichtung, auf der Ludwig ihm eine riesige, knorrige Eiche zeigte.

»Das ist mein Lieblingsbaum im ganzen Wald.« Er nahm Rolands linken Arm und half ihm, sich unter den alten Baum zu setzen.

Roland wurde vor Verlegenheit rot. Der König hilft mir, mich hinzusetzen?

Langsam lehnte er sich zurück, bis sein Rücken den Baumstamm berührte. Der Schmerz in seiner Schulter ließ ein wenig nach.

Der König setzte sich neben ihn ins Gras. »Nun, Sire Orlando«, sagte er mit einem schiefen Lächeln, »wenn ich das Thema Eures Kreuzrittertums erwähnen darf, ohne daß ich gleich mit Unflätigkeiten überschüttet werde.«

Himmel, der Kreuzzug! Roland wäre am liebsten davongelaufen.

»Ich verstehe nicht, Sire? Das mit den Beschimpfungen, meine ich.«

Ludwig lächelte, doch sein Gesicht rötete sich. »Als Ihr sehr krank wart, legte ich ein Kruzifix auf Eure Brust und erzählte Euch, daß Gott mein Leben gerettet hat, nachdem ich ihm versprach, einen Kreuzzug zu führen. Ich versuchte, Euch dazuzubringen, um Eurer Rettung willen dasselbe Versprechen zu machen. Ihr… Ihr…« Ludwig zögerte. Den Rest seiner Erzählung flüsterte er mit so leiser Stimme, daß Roland Mühe hatte, ihn zu verstehen. »Ihr habt das Kruzifix auf den Boden geworfen und erklärt, daß ich mich zum Teufel scheren soll!«

Roland erschrak und ihn fröstelte vor Scham. Und vor Furcht. Jede Vermutung, daß er nicht religiös war, konnte Nachforschungen auslösen. Und die könnten zu Diane führen.

Heiliger Michael, war ich so krank? Kein Wunder, daß Perrin mich nicht mit dem König allein lassen wollte. Guter Gott, ich hoffe, daß mir nicht irgend etwas über Nicolette herausrutscht.

»Sire, ich kann mich nicht genug bei Euch entschuldigen. Ich bitte Euch, mir zu verzeihen.«

Lächelnd schüttelte Ludwig den Kopf. »Das war nur Fiebergerede, wie meine liebe Mutter es ausgedrückt hätte. Ich habe es nur im Scherz erwähnt, aber ich hätte Euch nicht in Verlegenheit bringen dürfen. Ich bin es, der Euch um Vergebung bittet.«

Was für ein merkwürdiger Mann. Roland war immer mehr von ihm eingenommen.

»Sire, es war ungebührlich von mir, so zu reden. Ich schulde Euch mein Leben.«

»Ich sah, was bei dem Turnier geschah und tat das einzig mögliche, Sire Orlando«, sagte Ludwig. »Und, nebenbei gesagt, wollte ich einen Mann wie Euch nicht verlieren. Ich sah, wie Ihr einen Ritter nach dem anderen besiegt habt. Ich sah, wie Ihr Euch mehr als ein Dutzend geübter Turnierkämpfer vom Leibe gehalten habt. Jerusalem braucht Männer wie Euch für seine Befreiung.«

Roland war hin und her gerissen. Er sollte alles für diesen Mann tun, dem er sein Leben verdankte. Und doch war es derselbe König, dessen Armeen das Languedoc geplündert hatten.

Roland hatte das Symbol der Kreuzritter als Verkleidung getragen, um Diane zu befreien. Doch das Kreuz wahrhaftig tragen?

Er blickte in den Wald hinein und sah eine Gestalt durch die Bäume schleichen. Das Sonnenlicht glänzte auf einem Helm. An einer anderen Stelle erspähte er hinter einem rot belaubten Busch das blaue Gewand eines königlichen Wachsoldaten. Der Wald ist voll von Leuten aus der Leibgarde des Königs, dachte er, aber sie bleiben so weit entfernt, daß der König ein wenig Alleinsein genießen kann. Beim Anblick der Wachen überkam Roland ein ungutes Gefühl, und er erinnerte sich daran, daß dieser Mann neben ihm über eine enorme Macht verfügte.

Das ist der König, der die Inquisition auf mein armes Volk gehetzt hat. In seinem Namen hat Amalric Hunderte auf dem Mont Ségur verbrannt.

Wenn ich nur einfach zu ihm sagen könnte: Nein, ich werde niemals mit Euch auf den Kreuzzug gehen. Aber ich wage es nicht.

»Sire, mit diesem Arm werde ich wahrscheinlich nie wieder kämpfen können.« Er hob seinen rechten Arm etwas an, und ein Schmerz durchzuckte ihn vom Nacken bis zu den Fingerspitzen. Er fuhr zusammen und ließ den Arm wieder fallen.

Ludwigs Gesicht wurde düster. »Eure Qual ist meine Schuld. Ich habe mich von Amalric überreden lassen, Morgensterne bei dem Handgemenge zuzulassen. Ich weiß, daß ich Amalric als Christ vergeben sollte. Doch er fühlt überhaupt keine Reue. Diese wenigen Stunden der öffentlichen Schande machen sein Herz nur noch härter. Und wenn ich daran denke, daß ich ihn einmal für eines der höchsten Ämter im Königreich in Betracht gezogen hatte...«

Hatte! Rolands Herz wurde leichter. Wenigstens das habe ich geschafft. Amalric wird nicht der Oberste Heerführer Frankreichs werden! So viel habe ich für die Märtyrer des Mont Ségur erreicht.

Aber was ist mit Nicolette? Amalric muß aufgebracht sein.

Wenn er seine Wut nun an ihr ausläßt? Wenn ich nur nach ihr fragen könnte! Aber das würde sie nur noch mehr kompromittieren.

»Nun, Sire«, sagte er, »wenn das Turnier Eure Meinung über den Grafen de Gobignon geändert hat, dann hatte es doch sein Gutes, denn es hat Euch davor bewahrt, Euer volles Vertrauen in diesen Mann zu setzen.«

»Eine treffende Bemerkung«, antwortete Ludwig mit einem schwachen Lächeln. »Und doch kann ich es mir nicht leisten, Amalric zu verlieren. Er ist stark und ein guter Befehlshaber in der Schlacht. Ihr hättet sehen sollen, wie er die Engländer in Taillebourg niedermachte. Ich brauche seine Armee und die Vasallen des Hauses Gobignon. Und sein Geld.«

Roland war verwirrt, als er erkannte, in welcher Lage er sich befand. Er sprach mit dem König von Frankreich über Amalric. Er blickte durch die braunen Blätter der großen Eiche in den Himmel. Gott, es ist schön, am Leben zu sein!

»Sire«, begann er vorsichtig, »es ist keine Hilfe, einen Mann an Eurer Seite zu haben, dem Ihr nicht voll vertrauen könnt.«

»Oh, er wird sich schon beruhigen«, erwiderte Ludwig zuversichtlich. »Ich habe ihm befohlen, sechs Monate von Paris fernzubleiben, bis mein Ärger sich gelegt hat. Bis zu diesem Zeitpunkt wird sich auch seine Einstellung zu mir gebessert haben. Seine Familie dient dem Königshaus schon seit Hunderten von Jahren.«

Und vielleicht haßt sie es auch seit Hunderten von Jahren, dachte Roland.

Hatte Amalric Nicolette mitgenommen, als er Paris verließ? Ich muß ihr eine Nachricht zukommen lassen.

»Ich brauche auch Euch, Sire Orlando«, sagte der König. »Nehmen wir an, Ihr habt Glück und Gott gibt Eurem Arm wieder Kraft. Werdet Ihr dann mit auf den Kreuzzug kommen?«

Wie kann ich diesem König entkommen? Hinter seinem liebenswürdigen Verhalten steckt eine eiserne Sturheit!

Roland versuchte, sich vorzustellen, daß er seinen rechten Arm wieder gebrauchen könnte. Schon bei dem Gedanken, seine zerschmetterte Schulter zu bewegen, hatte er Schmerzen. Es wird mir nie wieder so gut gehen, daß ich auf einen Kreuzzug gehen kann. Aber ich will ihm keine Versprechungen machen, nicht einmal leere.

»Sire, ein Kreuzritter braucht viele Pferde, Waffen, Kriegsrüstungen und ein Gefolge von Soldaten. Ich habe nichts davon. Ich habe so wenig Geld, daß ich noch nicht einmal meine eigene Überfahrt bezahlen könnte, geschweige denn die eines ganzen Gefolges.«

»Ein Kreuzritter muß nur ein großer Kämpfer sein«, erwiderte Ludwig ruhig. »Ohne das, ist alles andere wertlos. Ihr könnt kämpfen. Ich habe es gesehen. Und vergeßt nicht, daß Ihr Waffen und Pferde beim Turnier gewonnen habt. Wie mir Euer Spielmann erzählte, habt Ihr auch ein kleines Haus außerhalb von Paris. Ihr müßt über ein wenig Einkommen verfügen.«

»Mein Vater schickt mir ein wenig Geld. Ich selbst habe nichts.«

Ein seltsames Gefühl im Magen sagte Roland, daß er sich am Rande eines Abgrunds bewegte. Wenn der König jetzt fragte, wer sein Vater sei, müßte er entweder lügen oder zugeben, daß seine Familie zu den Feinden Frankreichs zählte.

Aber vielleicht könnte gerade die Wahrheit ihn retten. Wenn der König erfährt, daß wir Geächtete sind, wird er mich sicher nicht mehr mitnehmen wollen.

Die Furcht in ihm wuchs, bis sie zu einem durchdringenden körperlichen Schmerz wurde. Er fragte sich, ob er dieses Risiko mit dem König eingehen konnte. Wenn ich es ihm sage, hat er mich in der Hand und kann mich der Inquisition ausliefern.

Aber nein, so ein Mensch ist er nicht.

»Sire, ich muß Euch etwas gestehen und mich Eurer Gnade unterwerfen.« Er fühlte sich wie ein Reiter, der einen gefährlichen Sprung vor sich hat und jetzt dazu ansetzte.

Ludwig starrte ihn verwundert an.

Jetzt gab es kein Zurück mehr. »Ich bin nicht der Mensch, der ich zu sein vorgebe.«

»Ihr macht mich neugierig, mein Freund. Wer seid Ihr dann?«

»Mein Name ist Roland de Vency, und ich bin ein Mann aus dem Languedoc.«

Er erzählte in knappen Worten die Geschichte seiner Familie. »Mein Vater ist jetzt am Gerichtshof des Kaisers. Wenn er nach Frankreich zurückkäme, würde er wohl hingerichtet werden.«

Als Roland geendet hatte, trat einen Moment lang Stille ein. Seine Schulter pochte. Auf einem Ast in der Nähe krächzte spöttisch eine Dohle.

Ludwig blickte Roland groß an. »Seid Ihr überhaupt Katholik, Sire? Ihr habt die letzten Sakramente empfangen, als Ihr krank wart.«

»Dann ist meine Seele jetzt reiner als seit vielen Jahren, Sire. Nein, ich bin kein Ketzer. Mein Vater kämpfte nicht gegen den Katholizismus. Er kämpfte für sein Heimatland.«

Ludwig schwieg eine ganze Zeit lang.

»Ich möchte Euch noch viele weitere Fragen stellen«, sagte er schließlich.

»Natürlich, Sire.«

Ludwig lehnte den Rücken gegen die rissige Borke der gewaltigen Eiche und schaute in den Himmel.

»Euer Vater ist also bei Kaiser Friedrich. Ihr könnt Euch nicht vorstellen, wie sehr ich mir wünsche, daß Friedrich und ich Freunde werden. Mein Frankreich und sein Deutschland sind die größten Königreiche der Christenheit. Wir sollten wie Brüder sein. Doch sein Kampf gegen den Papst – wie ich den hasse! Wenn ich sie nur versöhnen könnte. Alles und jeder ist von dem Krieg zwischen diesen beiden betroffen, und niemand denkt mehr an Jerusalem. Mit Ausnahme von mir. Doch Eure Verbindungen zum Kaiser könnten hilfreich sein, und es würde mich freuen, den Sohn eines einstigen Gegners an meinem Hofe zu behalten. Eine gute Stellung würde Euch auch das Einkommen verschaffen, das Ihr für den Kreuzzug brauchtet.«

Roland wurde das Herz schwer. Dieser wundervolle Tag schien düsterer und düsterer zu werden.

»Sire, ich bin nicht die Art Mann, die Ihr braucht. Ich halte nichts von Kreuzzügen. Ich habe nicht den Wunsch, gegen die Türken Krieg zu führen.«

»Aber seid Ihr nicht nach dem Paladin Roland benannt, der unter Karl dem Großen in einem glorreichen Kampf gegen die Sarazenen gefallen ist?«

»Sire, darf ich Euch daran erinnern, daß jener Roland allerdings gegen Araber gekämpft hat, die in Frankreich eingefallen waren. Ich verspreche Euch, wenn der Sultan von Ägypten Frankreich angreift, werde ich unter den ersten sein, die gegen ihn in den Kampf ziehen. Wenn ich jemals wieder ein Schwert halten kann.«

»Jerusalem ist doch unser Land«, sagte Ludwig. »Es gehört zum Christentum.«

»Sire, wie Ihr wißt, hat der Kaiser Moslems an seinem Hof. Sie haben mir erzählt, daß Jerusalem auch für sie eine heilige Stadt ist.«

»Ja, nun gut, das mögen sie glauben«, entgegnete Ludwig unbeirrbar, »aber sie irren sich. Der Islam ist nicht die wahre Religion.«

Rolands Augen begannen zu brennen, und seine Schläfen schmerzten. Ich bin wirklich schon zu lange auf, dachte er.

»Sire, Jerusalem ist viel zu weit weg, als daß wir es halten könnten.«

Seltsamerweise lächelte Ludwig ein wenig. »Ihr seid mit Eurer Meinung in guter Gesellschaft. Meine Mutter und meine zwei Brüder sagen dasselbe. Ich hoffe, daß ich mit Gottes Hilfe ihre Ansichten ändern werde. Ich glaube, daß wir Jerusalem befreien können, und ich denke, es ist das Opfer wert.«

Rolands Kopfschmerzen wurden stärker und ein dumpfer Ärger stieg in ihm auf. Dieser Mann ist unmöglich. Diese freundliche Entschlossenheit bringt mich aus der Fassung.

»Ein Kreuzzeug hat meine Heimat zerstört. Ich wäre ein Verräter meines Volkes, wenn ich das Kreuz trüge.«

Ludwigs große Augen blickten immer noch freundlich, und

Roland fühlte sich geschlagen. »Aber genau das ist es, seht Ihr das nicht, mein lieber Roland? Ich weiß jetzt, daß Ihr ein Sohn des Languedoc seid, und ich muß Euch unbedingt überzeugen. Der Kreuzzug gegen die Albigenser: Ich kann nicht sagen, daß er falsch war, denn der Papst hat ihn befohlen, und mein Großvater und mein Vater haben ihn unterstützt. Doch es ist an der Zeit, alldem ein Ende zu setzen. Ich will, daß sich ganz Frankreich, der Norden und der Süden, vereinigt.« Seine Augen strahlten jetzt vor Begeisterung. Er hob seine geballten Fäuste. »Denkt darüber nach: Männer aus dem Languedoc und Männer aus Frankreich kämpfen Seite an Seite, um Jerusalem für das Christentum zurückzugewinnen. Ich glaube, das ist Gottes Wille. Er will, daß Frankreich gesundet.«

Was bleibt mir noch zu sagen? Es kümmert mich keinen Deut, wer Jerusalem hat! Soll der Sultan es behalten. Das sollte ich dem König sagen, vielleicht würde mich das von der ganzen Sache befreien.

Aber ich will ihn nicht beleidigen. Ich mag ihn. Er akzeptiert mich, obwohl er weiß, daß ich ihn getäuscht habe und aus einer geächteten Familie stamme.

Ludwig unterbrach seine Gedanken. »Ich sehe, daß Ihr über das nachdenkt, was ich gesagt habe. Das ist für den Augenblick genug: Ich habe Euch mit alldem Gerede ermüdet. Verzeiht es mir! Manchmal vergesse ich mich. Ich sollte Euch keine Predigten halten, solange Ihr noch leidend seid.«

Ludwig stand abrupt auf und reichte Roland beide Hände, um ihm beim Aufstehen zu helfen. Ein furchtbarer Schmerz schoß durch Rolands rechte Seite, und er biß sich auf die Lippen, um nicht laut zu stöhnen.

Ludwig bot Roland hilfsbereit seinen Arm an. »Hier, stützt Euch auf mich. Wir können gemeinsam zum Schloß zurückgehen.«

Das massige königliche Schloß, von Ludwigs Großvater Philippe Auguste als Ort der Besinnung erbaut, tauchte schon bald vor ihnen auf. Die Schwerfälligkeit des Bauwerks wurde durch einen zierlichen Kirchturm gemildert, den Ludwig, wie er Roland erzählte, vor zwei Jahren hatte errichten lassen.

Als sie an das Tor kamen, das vom Wald in den umzäunten Garten führte, sagte Ludwig: »Wenn es Eure Schulter nicht gestattet, daß Ihr wieder das Leben eines Kriegers führt, gibt es noch genügend andere Arbeit für einen talentierten Ritter, der Lesen und Schreiben kann. Ihr werdet eine Stellung erhalten, ob Ihr nun auf den Kreuzzug geht oder nicht. Ich brauche Männer Eures Schlages in meiner Nähe, Roland de Vency.«

Es lag so eine Herzlichkeit in Ludwigs Stimme, daß Roland ganz warm ums Herz wurde.

Er war nach Frankreich gekommen, um einen Gönner zu suchen, und nun bot ihm der König von Frankreich selbst eine Stellung an und drängte ihn förmlich, sie anzutreten. Zwar nicht als Troubadour, aber war es nicht besser, einer ernsthaften Arbeit nachzugehen? Er konnte immer noch Lieder schreiben. Sogar der König schrieb Lieder.

Und Nicolette? War sie nicht die meiste Zeit bei der Königin? Eine Stellung beim König könnte mich ihr näher bringen!

Und der König war aufrichtig und großzügig, er kümmerte sich wirklich um sein Volk. Die Sache mit dem Kreuzzug klang zwar etwas seltsam, aber nachdem Roland die Erklärungen des Königs gehört hatte, verstand er seine Ansichten ein wenig.

Er ist eine Art Zauberer, dachte Roland. Ich hatte so eine feste Überzeugung, und doch hat er mich verändert.

Aber vielleicht kann auch ich ihn verändern, wenn ich seine Stellung annehme? Bloß wenn der Krieg im Languedoc weitergeht, was soll ich Diane sagen?

Ich will ein freier Mann sein. Aber niemand ist frei in dieser Welt. Und unter Ludwig hätte ich wenigstens die Möglichkeit, einige Dinge zu tun.

Aber das Kreuz auf meiner Brust tragen?

Roland hatte nur selten über seine Seele nachgedacht, doch an diesem Tag begann er zu fürchten, daß er sie verlieren könnte.

XII

Voller Unruhe stand Nicolette in der leeren Eingangshalle des Château Gobignon. Die unzähligen alten Banner, die von der Decke der Halle herabhingen, raschelten leise, und sie blickte zur Treppe hinüber, die zum Turm des Schloßherrn führte.

Oben wurde eine schwere Eichentür geschlossen. Schritte näherten sich der Treppe. Geisterhaft erschien im Licht der Fakkeln, die an den grauen Steinwänden brannten, eine weiße Gestalt oben an der Treppe. Mit seinem klappernden Rosenkranz umgehängt kam Hugues de Gobignon die Stufen herunter.

Nicolette neigte höflich den Kopf. »Guten Abend, Sire.«

Hugues blickte sie aus seinen blauen Augen feindselig an. »Madame«, sagte er knapp und ging eilig in Richtung seines eigenen Zimmers davon.

Er haßt mich, weil ich eine Frau aus dem Languedoc bin, dachte Nicolette. Er würde sich freuen, wenn Amalric mich in ein Kloster stecken würde – oder ins Verlies. Die Gobignons halten mich für Amalrics größten Fehler. Besonders, seitdem ich drei Töchter bekommen habe und keine Söhne. Aber Amalric hat es immer abgelehnt, auf sie zu hören – bis jetzt.

Sie wußte, daß Amalric jetzt oben allein in seinem Turmzimmer war. Sie holte tief Luft und begann die Stufen emporzusteigen. Ihre Knie zitterten vor Aufregung.

Sie hatte sich auf diese Unterhaltung vorbereitet und zwei Stunden vor ihrem Silberspiegel zugebracht, um ihr langes schwarzes Haar zu flechten, weil Amalric einmal gesagt hatte, daß er die Zöpfe ganz bezaubernd fand. Ihr Gesicht hatte im Spiegel ängstlich und blaß gewirkt, und deshalb hatte sie sich in die Wangen gekniffen, um ihnen etwas Farbe zu geben. Sie trug ein langes, anliegendes Kleid aus grünem Samt und einen Gürtel aus Goldketten, der ihre schmale Taille betonte. Sie wollte hübsch für Amalric aussehen, obwohl sie wußte, daß es nutzlos war, ihm so verführerisch entgegenzutreten. Nicht deshalb, weil er sie nicht begehrte, sondern weil sie wußte, daß sie ihn nicht begehrte.

In den Monaten, die wir hier sind, haben wir höchstens siebenmal miteinander geschlafen, dachte sie. Aber um so besser; dann muß ich dieses widerliche Kräutergebräu nicht so oft trinken, um sicherzugehen, daß ich nicht wieder schwanger werde. Ich bin sicher, er hat genügend Bauernmädchen und Töchter von Leibeigenen gehabt. Merkwürdig, es kümmert mich gar nicht, mit wie vielen Frauen Amalric ins Bett geht. Aber wenn es eine andere Frau in Rolands Leben gäbe, würde ich sterben.

Liebste Göttin, ich muß fort von hier. Ich bin so unglücklich an diesem Ort.

Sie streichelte das gefaltete Pergament mit dem großen roten Wachssiegel, das sie in der Hand hielt. Er muß gehorchen. Er kann eine Bitte des Königs nicht zurückweisen. Aber wenn er mich nicht gehen läßt? Dann werde ich fortlaufen. Ich werde das beste Pferd aus seinem Stall nehmen, nach Süden reiten und nicht eher haltmachen, als bis ich das Mittelmeer sehe.

Sie hatte die Stufen erklommen und die Eichentür zu seinem Schreibzimmer erreicht. Der Türklopfer hatte die Form eines grimmigen Wolfskopfes. Angewidert klopfte Nicolette mit den Knöcheln an die Tür. Als er antwortete, drehte sie den schwarzen Eisenring an der Tür und trat ein. Noch eben hatte sie gezittert, doch bei seinem Anblick verwandelte sich ihre Furcht in Belustigung. Er wirkte so fehl am Platze an diesem langen, schweren Tisch, der mit Stapeln von Papieren, halbgeöffneten Schriftrollen und auch einigen Konvoluten bedeckt war. Er las im Schein der großen Kerzen, die in den Wandhaltern des runden Zimmers brannten.

»Madame«, sagte er, ohne sich zu erheben, »womit kann ich Euch dienen?« Der bittere Hohn war deutlich in seiner Stimme zu erkennen.

Ihr sank der Mut. Er war immer noch verärgert über die Schande, die er bei dem Turnier des Königs erlitten hatte, und er machte sie dafür verantwortlich. Er haßt den König und die Königin, er haßt Paris, und er haßt Roland, dachte sie. Niemals wird er mich dorthin zurückgehen lassen.

»Das habe ich heute erhalten, Monseigneur.« Sie reichte ihm das Pergament.

»Lest es mir vor, wenn es etwas ist, das ich erfahren muß«, sagte er barsch. »Von dem vielen Lesen heute abend bin ich schon fast blind.«

Ja, dachte sie, er verabscheut diese Art von Arbeit. Er tut es nur, weil er es muß, um seinen Besitz zu verwalten. Für Menschen wie mich – und Roland – ist das Lesen eine Freude. Ich bin froh, daß ich lesen gelernt habe. So viele der Frauen hier im Norden scheinen es nicht zu können.

Der Brief war von Königin Marguerite.

> »Aufgrund Eurer Abwesenheit, liebste Freundin, war der Winter hier doppelt so lang und doppelt so kalt. Es gibt niemanden, der mit mir über dieselben Dinge lacht, niemanden, der mit mir in meiner Muttersprache tratscht. Der König ist mein bester Freund, doch er spricht nur die Sprache des Nordens, und er ist mit den Angelegenheiten von Staat und Kirche beschäftigt. Liebste Nicolette, ich brauche Euch, die Ihr mir wie eine Schwester seid, um mich froh zu machen. Bittet Euren Gemahl, daß er Euch freundlicherweise seiner Königin überläßt. Die sechs Monate sind schließlich noch nicht vorbei.«

Der letzte Satz, der Amalrics Verbannungszeit betraf, ließ sie mit unguten Gefühlen zu Amalric aufblicken.

Seit dem Tag, an dem der König das Turnier abgebrochen und Rolands Leben gerettet hatte, brachte sie Ludwig noch mehr Hochachtung und Zuneigung entgegen. Niemals würde sie vergessen, was er getan hatte.

Auch Amalric würde das niemals vergessen.

Nie würde er Ludwig die Stunden vergeben, in denen er mit

versteinertem Gesicht auf dem Podest der Schande stehen mußte, während der stolze Schild der Gobignons verkehrt herum an der Holzwand hängen mußte. Was für Rachepläne hatte er wohl geschmiedet, als er dort stand? fragte sie sich.

Während des zweiwöchigen Ritts von Paris zu den Besitzungen der Gobignons im nordöstlichen Teil Frankreichs, hatte ein Zorn in ihm getobt, der furchtbarer war als alles, was sie bis dahin gekannt hatte.

Erst als sie über die Kuppe der Hügel ritten, von denen aus man das Château Gobignon erkennen konnte – das immer noch einen Tagesritt entfernt lag –, zeigte sich ein grimmiges Lächeln auf Amalrics Gesicht. Doch ihr eigenes Herz wurde schwer, als sie die runden grauen Türme und die Befestigungsmauern auf dem felsigen Hügel in der Ferne erblickte. In den ersten Jahren ihrer Ehe hatte sie recht wenig Zeit auf dem Château Gobignon verbracht, sie war mit Marguerite am Hofe geblieben oder hatte Amalrics Besitzungen im Süden besucht. Das Château machte ihr angst und bedrückte sie, jetzt mehr als je. Es war ein Bauwerk, das der Macht der Familie Gobignon geweiht war, wie eine Kathedrale dem Gottesdienst. Aber auf Nicolette hatte es immer den Eindruck eines riesigen Gefängnisses gemacht.

Als sie am nächsten Tag dichter herangekommen waren, sah sie, daß das Château bunten Schmuck zu Ehren der Rückkehr seines Herrn trug: Dutzende von purpurnen und goldenen Bannern flatterten von den Türmen. Amalric mochte Paris in Schande verlassen haben, Nicolette wußte, daß seine Familie und seine Vasallen seine Rückkehr als Triumph betrachteten.

In Gobignon-la-Ville, einer befestigten Stadt am Fuß des Hügels unter dem Château, ritt sie an Amalrics Seite durch eine Menge jubelnder Bürger, Handwerker, Soldaten und Leibeigener. Sie sah Amalric an und erkannte, daß er fast glücklich wirkte, als er die Menge durchquerte. Sie jubelten auch Nicolette zu. Doch als sie durch die Stadt ritt und den Mauern des Châteaus immer näher kam, fühlte sie sich mit jedem Schritt einsamer.

Als sie den Wachturm passierten und in den Innenhof ritten, sah sie Amalrics gesamte Familie aufgestellt, um ihn zu begrüßen, und ihr wurde noch schwerer ums Herz. Niemand würdigte sie auch nur eines Blickes. Sie hatte schon den Sommer mit diesen Gobignons verbracht und nun graute es sie davor, auch noch den Winter mit ihnen verbringen zu müssen. Gräfin Marie, Amalrics Mutter, war die Tochter von König Philippe Auguste und eine Schwester Ludwigs des VIII., und sie sorgte ständig dafür, daß es niemand vergaß. Natürlich war auch Amalrics Bruder Hugues da und starrte sie durchdringend an. Und es gab noch eine ganze Reihe von ehrgeizigen, mächtigen Verwandten und Vasallen, die vor Amalric auf die Knie fielen.

Nach dieser Begrüßung sollte es ihm bessergehen, dachte sie. In Paris mußte er dem König gehorchen. Hier war er der König.

Amalric hob seine älteste Tochter, die zehnjährige Isabelle, in die Höhe und setzte sie vor sich aufs Pferd. Sie gab ihm ein kleines Kissen, das sie für ihn bestickt hatte, und Nicolette sah, wie bewegt er war.

Als sie beobachtete, wie die beiden jüngeren Mädchen, Alix und Blanche, Amalric begrüßten und ihr nur einen scheuen Seitenblick zuwarfen, überkam Nicolette ein Gefühl der Schuld. Ihre Kinder machten ihr keine Freude, weil sie von *ihm* waren. Sie dachte daran, wie sehr sie ihre eigene Mutter geliebt hatte. Es war schrecklich, daß so eine Wand zwischen ihr und ihren Kindern stehen mußte. Es war zu meinem Wohlergehen, daß ich ihren Vater getroffen und geheiratet habe, und sie sind nur die unschuldigen Opfer. Ich bin eine schlechte Mutter, dachte sie voller Kummer.

Wie lange werde ich es hier aushalten? fragte sie sich.

Nun gab sie Amalric den Brief von Marguerite, der der Schlüssel zu ihrer Flucht sein konnte. Ohne einen Blick darauf zu werfen, legte er ihn zu den anderen Papieren auf den Tisch.

Dann sagte er scharf: »Ein Besuch bei der Königin kommt gar nicht in Frage. Ich brauche Euch hier.«

Wut und Widerwillen schäumten in ihr auf.

»Guter Gott, wofür braucht Ihr mich?« platzte sie heraus. »Alles, was Ihr von mir wollen könnt, habt Ihr schon, nachdem Euch nun der gesamte Besitz meiner Familie gehört.«

»Ich habe Euch nicht wegen der Ländereien geheiratet, Nicolette.«

Es lag ein schmerzvoller Ausdruck in seinem Gesicht. Sie sah es, doch sie wollte es nicht zugeben.

»Der König hatte die Absicht, mich zum Oberbefehlshaber von Frankreich zu machen, etwas, das ich mir mehr als alles auf der Welt wünschte. Und ich habe diese Stellung durch Euren verfluchten Troubadour verloren. Glaubt Ihr, daß ich je so ein Opfer geleistet hätte, wenn es nicht für Euch wäre?«

Stimme ihm zu, sagte sie sich. Sag ihm, daß du es zu würdigen weißt.

Doch sie konnte nicht mehr an sich halten. »Ihr hattet nie die Absicht, irgend etwas zu opfern. Ihr habt geplant, diesen Mann auf eine Weise umzubringen, die Euch unschuldig erscheinen läßt. Aber Ihr habt den Kopf verloren, als sich herausstellte, daß er nicht so ein leichtes Opfer ist wie dieser arme Spielmann.«

»Beim heiligen Dominikus, Madame! Euer unschuldiger Troubadour hat versucht *mich* zu töten.«

»Es war Eure Eifersucht und Grausamkeit, die ihn dazu gebracht haben.«

Plötzlich wurden seine Augen schmal. »Woher wißt Ihr von dem Spielmann?«

Ihr lief es kalt den Rücken herunter.

Mein Gott, dachte sie. Ich habe mich selbst vernichtet.

Amalric erhob sich zu voller Größe, kam um den Tisch herum und packte sie an den Handgelenken.

Mit klopfendem Herzen versuchte sie verzweifelt, sich von ihm zu lösen. Als sein Gesicht ganz dicht vor ihr war, fühlte sie sich kraftlos und konnte kaum noch atmen.

»Nur er weiß etwas von dem Spielmann.«

Sie mußte einen klaren Kopf bewahren. Ihr Leben konnte davon abhängen, daß sie die richtigen Worte fand. Er konnte sie auf der Stelle erwürgen.

»Alle seine Diener wußten davon, und sie machen kein Geheimnis daraus«, sagte sie. »Der Klatsch der Bediensteten wird gern weitergetragen, und auch bei Hofe findet er Gehör.« Sie nahm all ihre Kräfte zusammen, um ganz ruhig zu wirken.

»Und wie hat er den Schal bekommen?« Amalric war ein Wolf, der seine Zähne in die Kehle einer Beute geschlagen hatte und nicht losließ, bis sein Opfer tot war.

»Ihr habt mir doch selber befohlen, ihn zurückzugeben«, erwiderte sie mit einem flauen Gefühl im Magen. »Ich habe getan, wie Ihr befohlen habt. Ich hätte nie vermutet, daß er so töricht wäre, ihn überhaupt zu tragen, geschweige denn während des Turniers. Ich habe Euch wieder und wieder gesagt, daß dieser Mann nichts weiter getan hat, als mir die harmlose Ehre eines Troubadours für die erwählte Dame zu erweisen. Ein Troubadour spricht nicht mit seiner Dame; er lobpreist sie aus der Ferne. Ich habe ihm niemals die Erlaubnis gegeben, auch nur ein Wort an mich zu richten.«

Amalric atmete heftig und hielt ihre Handgelenke immer noch umschlossen. Es lag ein seltsamer Glanz in seinen Augen, als ob ihn seine Wut blind gemacht hätte. Nach einer Weile sagte er: »Schwört Ihr, daß Ihr mit diesem Mann nicht bekannt seid, daß Ihr niemals heimlich mit ihm zusammen wart?«

»Natürlich«, erwiderte sie hastig.

»Das reicht nicht aus, Madame!« Er hielt ihre Handgelenke immer noch umklammert und zerrte sie aus dem Zimmer. Dann zog er sie die gewundenen Steinstufen des Turms hinunter.

Sie wagte es nicht, sich gegen ihn zu wehren. Ihre Hände begannen gefühllos zu werden und der Schmerz durchströmte ihren Körper. Sie konnte die steilen Stufen kaum noch bewältigen.

Sie traten in eine kleine Kapelle, in der es so dunkel war, daß man die Rundung des Deckengewölbes kaum erkennen konnte. Das einzige Licht kam von einer Kerze auf dem Altar. Er wird es nicht wagen, mich in der Gegenwart Jesu zu töten, dachte sie.

Als sich ihre Augen an das gedämpfte Licht gewöhnt hatten, erschauerte sie beim Anblick der sieben Steinsärge an den Wänden der Kapelle, die die Gebeine der früheren Gobignons enthielten. Am schrecklichsten war die in Stein gehauene Gestalt von Amalrics Vater, Graf Stephane, auf seinem schwarzen Marmorsarg. Er hatte als Zeichen, daß er ein Kreuzritter war, die Beine übereinandergeschlagen. Die steinernen Augen schienen weit offen an die Decke der Kapelle zu starren, das Raubvogelgesicht wirkte noch lebendig. Schnell wandte sie ihren Blick ab.

Liebste Göttin, Amalric will mich vor dem Altar schwören lassen, daß ich niemals mit Roland zusammen war.

Eine neue Furcht überkam sie – die Furcht vor dem allmächtigen Gott. Sie erschauerte innerlich bei dem Gedanken an Gottes Rache. Er könnte sie töten – oder Roland.

Aber wenn ich den Schwur ablehne, wird Amalric mich sicher töten.

»Schwört jetzt«, schrie Amalric sie an, und seine Stimme hallte von den kalten Steinwänden zurück. »Schwört im Angesicht Jesu, daß Ihr nicht mit diesem Mann gesprochen habt, daß Ihr Euch nie heimlich mit ihm getroffen habt, daß Ihr nie« – er würgte die Worte mühsam hervor – »mit ihm geschlafen habt, daß Ihr ihn nicht liebt.«

Er wartete, und seine blauen Augen funkelten.

Sie blickte zu der Figur des gekreuzigten Heilands über dem Altar auf. Sie spürte eine Verbundenheit zu Jesus wie noch nie zuvor in ihrem Leben. Wie er an dem Tag seines Todes allein und verloren war, so war sie es in diesem Augenblick auch.

Ich werde ihm die Wahrheit sagen, dachte sie plötzlich. Warum nicht? Ich werde Roland sowieso niemals wiedersehen. Warum soll ich den Rest meines Lebens als eine Gefangene verbringen? Wenn er mich tötet, wird alles vorbei sein.

Nein! Zorn und Widerwillen keimte in ihr auf. Ich bin die Tochter von Guilhelm de Lumel. Dieser Mann hat mein Land und mein Volk zerstört, und ich werde mich nicht preisgeben, um von seiner Hand zu sterben.

Sie stellte sich vor den Altar und faltete die Hände vor der Brust. »Ich schwöre es. Im Angesicht Jesu, ich schwöre, Monseigneur.«

Einen Augenblick lang schwieg Amalric. Dann schloß er seine Augen und seufzte tief.

»Gott sei Dank«, flüsterte er. Sie verspürte ein leichtes Schuldgefühl bei seiner großen Erleichterung.

Er streckte ihr seine Arme entgegen, und sie ließ sich von ihm umarmen. Die Stickereien auf seinem Gewand kratzten auf ihrer Wange. Sie hörte seinen schnellen, harten Herzschlag.

Er möchte mir glauben, weil er mich liebt, und ich kann nichts für ihn tun.

Nachdem er sie einen Augenblick heftig umarmt hatte, ließ er sie los und sagte sanft: »Komm mit mir, Nicolette.«

Sie warf einen letzten Blick auf Jesus und ließ Amalric dann ihre Hand nehmen und sie aus der Kapelle führen.

Ich habe mich für alle Ewigkeit zur Hölle verdammt, dachte sie. Aber sie wußte nicht, was sie mehr fürchtete – Gottes Urteil oder Amalrics Wut.

Als sie wieder in Amalrics Schreibzimmer waren, bot er ihr einen Stuhl an und setzte sich dann. Sein Zorn war vergangen, und er wirkte erschöpft. Sein Verhalten war fast reuevoll, obwohl Amalric de Gobignon sich niemals bei irgend jemandem entschuldigen würde.

»Habe ich Euch weh getan?« fragte er.

»Nicht im geringsten, Monseigneur.«

»Ich bin froh, Nicolette. Ich kann Euch vieles bieten. Und es wird in den nächsten Jahren noch mehr werden. Ich will Euch an meiner Seite haben. Laßt uns bessere Freunde werden.«

Sie wand sich innerlich. Sie liebte Roland, und das machte jede Vertrautheit mit Amalric unmöglich. Sie wollte Amalric etwas entgegenkommen, denn die Fehler lagen nicht nur auf seiner Seite, doch sie wollte auch keine weitere Lüge gebrauchen.

»Ich werde versuchen, Euch eine bessere Frau zu sein, Monseigneur.«

Er lächelte warmherzig. »Ihr werdet die Gelegenheit bekommen. Wir werden zusammen auf eine lange Reise gehen, Ihr und ich.«

Der Gedanke an eine Reise mit ihm ließ ihr das Blut gefrieren.

»Eine Reise wohin, Sire?«

»Nennt es eine Pilgerfahrt, wenn Ihr wollt. So bezeichnet es wenigstens unser psalmierender König. Eine Pilgerfahrt ins Heilige Land. Ich habe es heute abend schon Hugues erzählt, und Ihr seid die zweite Person, die davon erfährt. Ich habe beschlossen, an Ludwigs verfluchtem Kreuzzug teilzunehmen.«

»Aber weshalb?« fragte sie verwundert.

»Dieses Turnier hat alles verändert. Ich habe den ganzen Winter darüber nachgedacht. Und ich habe den Rat einiger guter Männer eingeholt – Enguerrand de Coucy, Thibaud de Champagne und einiger anderer Barone.«

Sie spürte, wie sich ihre Nackenhaare leicht sträubten. Amalric hatte den König noch nie gemocht, aber seit dem Turnier war sein Haß auf seinen Herrscher bösartig geworden. Und sie wußte, daß auch diese Barone den König haßten, weil er versuchte, ihre Macht zu beschränken und das Schicksal des einfachen Volkes zu verbessern.

»Und welcher Art war der Rat, den sie Euch gegeben haben«, fragte sie besorgt.

»Es wäre in der Tat besser, wenn Ludwig ins Morgenland zöge. Königin Blanche würde als Herrscherin regieren wie zu der Zeit, als Ludwig noch ein Kind war. Wußtet Ihr, daß Ludwig vorschreiben will, wie die Barone ihre Lehen regieren?«

Sie erinnerte sich, wie sie begeistert zugehört hatte, als der König von dem Einsatz königlicher Inspektoren gesprochen hatte – *enqueteurs* hatte er sie genannt. Sie fand diese Idee wundervoll.

»Ja, ich habe etwas von diesem Plan gehört.«

»Nun, meine königliche Tante weiß, wie gefährlich die Neuerung ist. Sie wird keinen Gebrauch davon machen, solange Ludwig fort ist. Sie ist unsere Freundin. Er ist nicht unser Freund. Jetzt verbietet er uns Baronen, gegeneinander Krieg zu führen. Er sagt, daß er all unsere Streitigkeiten selbst beilegen will. Als wenn er Manns genug wäre, mir Anweisungen zu erteilen. Alles in allem ist das Königreich in besseren Händen, wenn er nicht da ist.«

Nicolette ahnte, was er meinte. Dieselben Plünderer, die das Languedoc überfallen hatten, könnten dann überall in Frankreich ihr Unwesen treiben. Und Königin Blanche würde es zulassen. Aber was hätte Amalric für einen Vorteil dabei?

»Aber Ihr werdet auf dem Kreuzzug sein, Monseigneur.«

»Es werden vertrauenswürdige Männer hier sein, die sich um meine Interessen kümmern. Um unsere Interessen, denn Ihr werdet mich begleiten.«

Das hatte er also gemeint, als er sagte, daß sie zusammen auf eine lange Reise gehen würden.

Der Orient, das Grab für zahllose christliche Männer und Frauen! Sie erinnerte sich, wie entsetzt sie gewesen war, als König Ludwig zum ersten Mal zu dem Kreuzzug aufgerufen hatte. Doch dann hatte sie sich um andere gesorgt, um die Männer, die Opfer dieses »Wahnsinns« werden würden, wie ihr Vater es genannt hatte. Vor diesem Abend wäre sie nie auf den Gedanken gekommen, daß auch Amalric mitgehen würde. Er war so gegen diese Idee gewesen, daß er sogar versucht hatte, sie dem König auszureden. Nicht im entferntesten hatte sie daran gedacht, daß auch sie dabeisein sollte.

Es war schon schlimm genug, daß sie gezwungen gewesen war, so viele Jahre in dem kalten, unfreundlichen Norden Frankreichs zu verbringen. Mußte sie nun diesem Mann in den Krieg folgen; Hitze, Krankheiten, Hunger und Durst ertragen? Sollte das Schicksal auch noch gegen die Kreuzritter sein – wie es schon so oft der Fall gewesen war –, lief sie dann nicht Gefahr, getötet oder von den wilden Türken gefangen und versklavt zu werden?

Aber wie konnte sie sich Amalric widersetzen? Was konnte sie für einen Grund angeben, weshalb sie nicht mitkommen wollte? Fürsten und Könige nahmen in der Regel ihre Frauen lieber auf die Kreuzzüge mit, als sich für lange Zeit von ihnen zu trennen.

Und sie hatte gerade versprochen, eine bessere Ehefrau zu werden.

Noch vor wenigen Augenblicken war Amalric kurz davor gewesen, sie zu töten. Sie konnte seinen Zorn nicht noch einmal heraufbeschwören.

»Ich stehe vollkommen zu Eurer Verfügung, Monseigneur«, erklärte sie resigniert.

»Ich bin erfreut, das zu hören, Madame.« Amalric lächelte sie an.

»Ich habe gerade beschlossen, daß Ihr zu Marguerite zurückkehren könnt«, sagte er.

Vor Überraschung und Freude wurde ihr fast schwindlig. Sie wußte jetzt, wie sich ein Gefangener fühlt, der unerwartet aus dem Kerker freikommt. Die Aussicht, Paris bald wiederzusehen, war fast überwältigend. Ihr war, als ob selbst die Kerzen im Zimmer plötzlich heller brannten.

Dann werde ich Roland wiedersehen! Sie mußte sich sehr zusammennehmen, um den Schein zu wahren und mit gesenktem Blick abzuwarten, was ihr Seigneur ihr noch zu sagen hatte.

»Die Bitte der Königin zu erfüllen ist gleichzeitig auch ein Schritt zur Verbesserung des Verhältnisses zwischen Ludwig und mir. Wie Ihr hier seht, habe auch ich einen Brief aus dem Palast bekommen.« Er hielt ein Pergament mit dem großen königlichen Siegel in die Höhe. »Ludwig ist auch bereit, Zugeständnisse zu machen. Wenn er erfährt, daß ich beschlossen habe, am Kreuzzug teilzunehmen, werde ich ein Großteil des Wohlwollens zurückgewinnen, das ich verloren habe.«

»Ich werde mein Bestes tun, das gute Verhältnis zwischen Euch und dem König wiederherzustellen«, sagte sie in der Hoffnung, daß Amalric genau das hören wollte.

Doch sie wußte, daß Ludwig besser daran täte, eine Giftschlange in den Palast zu holen, als seine Freundschaft mit Amalric zu erneuern.

»Dann werden wir also zusammen nach Paris reisen?« fragte sie vorsichtig.

»Ich bin noch immer Statthalter des Königs in Béziers. Es ist an der Zeit, daß ich meine Pflichten dort wiederaufnehme. Und ich glaube nicht, daß ich den Anblick von Ludwig ertragen könnte, auch nicht nach sechsmonatiger Abwesenheit. Nur bei dem Gedanken an diesen Schwätzer und seine Predigten wünschte ich, Enguerrand hätte meinen Morgenstern nicht aufgehalten. Aber der Osten ist weit weg und gefährlich. Wer weiß, was dem König dort alles zustoßen kann?«

Blinder Zorn schwang in seinem Lachen mit.

Sie fühlte das Entsetzen einer Schlafwandlerin, die sich beim Erwachen auf einem hohen Dach wiederfindet. Jetzt wußte sie, warum Amalric am Kreuzzug teilnehmen wollte. Was würde sein Gewinn sein? Etwa der Tod des Königs?

Ihr und auch Ludwigs Leben hing jetzt davon ab, daß sie Amalric nicht merken ließ, wie gut sie ihn durchschaute.

»Wir müssen beten, daß er gesund zurückkommt«, sagte sie mit leiser und möglichst ruhiger Stimme.

Amalric schaute sie eine ganze Zeit lang eindringlich an. Das gelbliche Licht der Kerzen zeichnete tiefe Schatten auf sein Gesicht, aber ein leichtes Lächeln umspielte seinen Mund.

»Natürlich, das müssen wir«, sagte er schließlich. »Trotzdem könnten Jahre bis zu seiner Rückkehr vergehen. Das würde unseren Leuten – denen, die so denken wie wir – Zeit geben, im Königreich aufzuräumen.«

»Ich verstehe nicht ganz, was im Augenblick im Königreich nicht in Ordnung sein sollte, Monseigneur.« Sobald sie das gesagt hatte, bereute sie es auch schon.

»Nicolette, ich weiß, daß Euer Vater von unseren Leuten getötet wurde, und das hat Euch tief verletzt.« Seine Stimmung schien sich geändert zu haben. Sie vernahm einen nachdenklichen Unterton in seiner Stimme.

»Weil auch Ihr Euren Vater verloren habt, könnt Ihr vielleicht verstehen, was es für mich als Junge bedeutete, als ich hörte, daß mein Vater ermordet worden war. Es war, als ob auch mein Leben zu Ende wäre.«

Er sah sie schmerzerfüllt an, und fast konnte sie den vaterlosen Jungen, von dem er sprach, vor sich sehen.

»Als ich ein wenig älter war, erfuhr ich, daß die Ketzer meinen Vater umgebracht hatten.« Er ballte die Fäuste. »Sie überfielen ihn im Schlaf und hackten ihn in seinem Bett in Stücke. Dreckige, feige Bougres!«

Während er in einem besetzten Land in einem gestohlenen Schloß in einem fremden Bett schlief, dachte Nicolette. Doch sie biß sich auf die Zunge und sagte nichts. Sie spürte, daß Amalric diese Geschichte viel bedeutete.

Er machte eine ausholende Handbewegung. »Erst später hatte ich richtige Gründe, die Ketzer auszurotten: weil sie zwei Götter anbeten, weil sie behaupten, diese Welt und unsere Körper hätte der böse Gott erschaffen, weil Männer mit Männern und Frauen mit Frauen schlafen und all das. Ich weiß, daß der Pöbel von ihnen die Ideen von Gemeinschaft und Grundrechten hat. Sie verbreiten das versteckte Heidentum, das man Höfische Minne nennt. Sie bringen die revolutionären Ideen unter die Studenten der Universität. Die meisten Ritter, Seigneurs, Bischöfe und Priester begreifen das nur hier oben.« Er tippte mit dem Finger an die Stirn. »Doch wie schlimm die Ketzer sind, hat sich hier eingebrannt.« Er schlug mit der Faust gegen seine Brust. »Ich bin davon überzeugt, daß dieses Königreich erst dann sicher ist, wenn die Ketzerei und alles, was damit zusammenhängt, mit Stumpf und Stiel ausgerottet ist. Ich freue mich darauf, nach Béziers und ins Languedoc zurückzukehren, wo dieses Übel seine Wurzeln hat. Hugues und ich werden noch einige Feuer anzünden.«

Eiskalte Schauer liefen ihr über den Rücken. Wie falsch, wie verdreht doch seine Vorstellungen von den Katharern und der Höfischen Liebe waren – und vom Languedoc. Ich bin eine von denen, die er vernichten will.

Und wenn ich Gott durch meinen falschen Schwur in der Kapelle so gelästert habe, daß er meinen Untergang will?

»Ihr wollt also das gesamte Königreich reinigen? Um das zu vollbringen, müßtet Ihr selbst König sein, Monseigneur.«

Stolz reckte er sein markantes Kinn. »Ich bin fast ein König. Nicolette, wißt Ihr, daß einer meiner Vorfahren zu den sieben Fürsten gehörte, die Hugues Capet zur Krone verhalfen? Das macht mich zum Pair. Was glaubt Ihr, wer dem König das Recht zum Regieren gibt? Die Pairs, die Nachkommen jener sieben Fürsten, die den Vorfahren Ludwigs zum König machten. Jedesmal wenn ein neuer König gekrönt werden soll, müssen wir unsere Zustimmung geben. Wußtet Ihr das?«

»Nein, Monseigneur, das wußte ich nicht«, sagte sie zögernd.

»Es ist wahr.« Amalric nickte ernst. »Wir können Könige machen und Könige stürzen.«

Sie erschauerte. Als Amalric bei dem Gedanken, was dem König alles auf seinem Kreuzzug passieren könnte, so erfreut gewesen war, hatte sie sich wie eine Schlafwandlerin auf einem hohen Dach gefühlt. Doch nun sah sie tief unter sich nicht den Boden, sondern die Hölle selbst. Die Hölle bestand aus brennenden Städten, zerstückelten Körpern und den Schreien der unschuldig Leidenden. Die Hölle wurde von einem Mann wie Amalric erschaffen.

Wir werden noch einige Feuer anzünden, hatte er gesagt.

Ich muß versuchen, diesen Mann aufzuhalten. Ich muß einen Weg finden.

XIII

Nicolette zitterte vor Ungeduld. Sie hielt nach der Sonne Ausschau, aber die war nicht mehr zu sehen, nur das milde Licht eines Spätnachmittags drang durch den Baldachin aus Zweigen und Blättern über ihrem Kopf. Wenn er hielt, was er in seinem Brief versprochen hatte, mußte Roland jeden Augenblick erscheinen. Ihre Stute, die sie in der Nähe angebunden hatte, stampfte unruhig mit den Hufen.

Nicolette hatte es sich zwischen den verschlungenen Wurzeln einer gewaltigen Eiche bequem gemacht und lehnte sich nun zurück, um sich zu entspannen. Nach der Augusthitze und dem Staub der Straße war es auf dieser Lichtung kühl wie im Innern einer Kathedrale. Sie streckte die Beine aus und nahm die Pagenmütze ab, unter der sie ihr Haar versteckt hatte. Ein Page der Königin hatte Glück gehabt, denn Agnes hatte ihm seine Uniform für den doppelten Preis abgekauft, den er für eine neue bezahlen mußte. Sie nahm die Nadel aus ihrem Haar, schüttelte es und genoß das Gefühl der Freiheit.

Sie konnte kaum glauben, daß es schon ein Jahr her war, seit sie Roland zum letzten Mal gesehen hatte. Aber würde er wohl heute kommen, nach all dieser Zeit? Sie war sehr gespannt. Monatelang hatte sie ausgehalten, aber jetzt konnte sie es keine Minute länger mehr ertragen.

Er kam von weither zu diesem Rendezvous. Wie leicht konnte irgendein Zwischenfall ihn aufhalten – ein Sturm, eine Verletzung seines Pferdes, ein Überfall von Wegelagerern?

Was wäre, wenn sie unglücklicherweise auf der falschen Lichtung und unter der falschen Eiche wartete? Sie rekapitulierte Rolands Brief, den Agnes ihr erst gestern während eines Besuchs der Kathedrale in die Hand gedrückt hatte. Sie hatte alle seine Anweisungen genau befolgt.

Aber wann würde er kommen? Und wenn er kam, falls er überhaupt kam, wie würde er sein? Wahrscheinlich schwach und kränklich, nach so langer Genesungszeit. Und seine Bestallung als *Enqueteur,* als Beamter des Königs, hatte sicher nicht dazu beigetragen, daß er wieder zu Kräften kam.

Kaum war sie an einem sonnigen Tag im letzten Mai im königlichen Palast angekommen, hatte sie auch schon Agnes damit beauftragt, nach Roland zu suchen. Während sie auf Nachricht wartete, sann sie still vor sich hin. Früher hatte sie diese Stadt nicht gerade geliebt, aber in diesen Tagen erschien ihr Paris neu und voller Leben. Es war so schön, weit weg von dem düsteren

Château Gobignon zu sein. Sie war immer noch damit beschäftigt, ihre Kleider auszupacken, als ihre Zofe niedergeschlagen zurückkam. Nicolette packte sie an den Schultern.

»Erzähl, erzähle! Was ist ihm passiert?«

»Es geht ihm schon wieder so gut, daß er das Haus verlassen kann, Madame«, sagte Agnes mit schwachem Lächeln. »Das Schlimme daran ist nur, daß er nicht hier ist. Ich habe mit einem Bediensteten in der Kanzlei des Königs gesprochen. Ihr Troubadour steht jetzt in den Diensten des Königs. Als Königlicher Untersuchungsbeamter bereist er gerade die Gascogne. Er wird fast den ganzen Sommer über weg sein.«

»O Gott!« Voller Verzweiflung sank Nicolette auf ihr Bett und begann zu schluchzen.

»Und da ist noch etwas, das Ihr wissen solltet, Madame«, fuhr Agnes fort, während sie sich neben Nicolette auf das Bett setzte und ihre Hand hielt. »Er heißt nicht mehr Orlando de Perugia, sondern Roland de Vency.«

Dann lebte er also unter seinem richtigen Namen? Das wunderte sie, aber sie fühlte sich zu elend, um darüber nachzudenken. Sie warf sich der Länge nach aufs Bett und weinte.

Wie schon so oft seit diesem unheilvollen Tag fragte sie sich auch jetzt wieder, ob er sie wohl noch immer liebte. Wir hätten einander schon im Zimmer des Buchhändlers gehören sollen, als wir die Gelegenheit dazu hatten.

Und was ist, wenn er eine andere kennengelernt hat, die er mehr liebt als mich? Ihre Hand griff nach dem Dolch, den sie zu ihrer Verteidigung auf Reisen immer bei sich hatte. Doch als sie erkannte, was sie da tat, ließ sie den Griff los, als ob er glühte. Was ist nur mit mir los? Dieses Warten macht mich verrückt.

Sie konnte nicht mehr länger ruhig unter dem Baum sitzen bleiben, deshalb stand sie auf, um zwischen den Bäumen hindurch nach ihm Ausschau zu halten.

Sie hörte den Hufschlag eines Pferdes, und hielt den Atem an, als sie einen Mann erblickte, der sein Reittier am Zügel führte.

Es war Roland. Sie kannte nur einen so großen dunkelhaarigen Mann.

Er band sein Pferd neben ihrem an den Baum. Dann kam er auf sie zu.

Göttin der Liebe, das ist er mit seinem wunderschönen Gesicht wie ein Falke!

»O mein Liebster!« Sie streckte ihm die Arme entgegen.

»Nicolette!«

Sie warf sich ihm entgegen, preßte ihren Körper gegen seinen. Er hielt sie so eng umschlugen, daß sie kaum Luft holen konnte, aber das kümmerte sie nicht, sie wäre gern in seinen Armen gestorben.

Als er sie endlich wieder losließ, trat sie einen Schritt zurück, um ihn anzuschauen. Er war so schlank wie immer, und es schien ihm gutzugehen; nur an seiner Haltung stimmte etwas nicht. Seine rechte Schulter hing etwas nach vorn und war niedriger als die linke.

Amalric hatte ihn zum Krüppel gemacht. Sie sah wieder den Ort des Zweikampfes vor sich und wie Amalrics Waffe ihn traf. Haß auf ihren Gemahl loderte in ihr.

»Kommt, setzen wir uns«, sagte Roland. Er reichte ihr die Hand, als sie sich niederließ, dann ließ er sich neben sie fallen. An seinen Bewegungen war nichts Ungewöhnliches. Zögernd streckte sie die Hand aus, um seine Schulter zu berühren.

Roland lachte leise, aber Schmerz stand in seinen Augen. »Die Ärzte des Königs standen vor einer schwierigen Aufgabe, vergleichbar mit dem Versuch, die Teile eines zerbrochenen Gefäßes in einer Kissenhülle wieder zusammensetzen zu müssen. Ich hoffe, der Anblick… stört Euch nicht.«

Sie fühlte seine Besorgnis.

»O Roland, ich werde es mir nie verzeihen, daß ich Euch davon abhielt, gegen Amalric zu kämpfen, und daß Ihr deshalb in dem Turnier auf seiner Seite wart.«

»Er und seine Männer hätten mich auf jeden Fall angegriffen, egal, auf welcher Seite ich gestanden hätte.«

»Ja, aber Ihr hättet dann die Ritter auf der weißen Seite zu Eurer Verteidigung gehabt.«

Er streichelte ihre Wange. Ihre Haut prickelte bei der Berührung durch seine Fingerspitzen.

»Trotzdem ging für mich alles gut aus. An diesem Tag sank Amalric in der Gunst Ludwigs, und ich wurde ein Freund des Königs. Sicher, ich kann nicht mehr die Leier spielen, denn dazu braucht man einen gesunden rechten Arm. Aber es reicht für die irische Harfe und die Laute. Doch wenn ich jemals wieder in den Kampf ziehen will, muß ich erst lernen, linkshändig zu kämpfen.«

»Ach Roland!« Unter Schluchzen sagte sie seinen Namen und barg ihr Gesicht an seiner Brust.

»Bedauert mich nicht. Als Beamter des Königs brauche ich nicht die Fertigkeiten eines Soldaten. Ich kämpfe mit Tinte und Pergament. Und meine Verletzung liefert mir die Entschuldigung, mich nicht an dem Kreuzzug zu beteiligen.«

Sie hörte den verbitterten Unterton in seiner Stimme und war verzweifelt. Sie hätte ihr Leben dafür gegeben, wenn er dadurch die Kraft seines rechten Armes wiedererlangt hätte.

Das alles muß er ertragen, weil er mich liebt.

»Ich hasse Amalric für alles, was er Euch angetan hat.«

Er schüttelte den Kopf und berührte zärtlich ihre Lippen mit seinen Fingerspitzen.

Sie nahm seine Hand und drückte einen Kuß auf die Innenfläche. »Und für alles, was er Perrin angetan hat«, fuhr sie fort. »Ist Perrin bei Euch?«

»Er lagert in der Nähe der Straße. Er steht für uns Wache. Er ist weit genug entfernt, so daß er nicht hören kann, was wir sagen... oder machen.«

Sie sah zu ihm auf. Sein hageres Gesicht lag im Schatten, aber ihr war klar, was er meinte.

Der Gedanke daran erweckte in ihr ein starkes Verlangen. Ja, ich will ihn, ich will ihn schon lange! Ich kann mich ihm nicht mehr länger verweigern.

»Vergiß Amalric«, sagte Roland plötzlich. »Vergiß den Haß. Dieser Augenblick gehört uns allein, und der Rest der Welt soll ausgeschlossen sein.«

Sie wußte, daß er recht hatte. In einiger Entfernung hörte sie die Glocke einer Dorfkirche zum Angelus, zum Abendgebet, läuten. Auf der Lichtung wurde es allmählich dunkler, und der Himmel über ihnen schimmerte blaßviolett. Die Stämme der großen Eiche wurden immer undeutlicher, verschwammen in der Dunkelheit. Die Tiere der Nacht regten sich allmächlich.

Dieser Hain aus Eichen ist unsere Kathedrale der Liebe, dachte sie.

»Wann müßt Ihr zurück nach Paris?« fragte er sie.

»Morgen. Ich habe meine Satteltaschen gepackt. Die Reisegesellschaft der Königin wird die Straße von Chartres heraufkommen, wo ich sie verlassen habe, und ich werde einfach in Rambouillet wieder zu ihr stoßen. Falls mich jemand beobachtet, wird er sich sehr wundern.«

»Also gehört uns die ganze Nacht?«

»Ja«, hauchte sie glücklich, und ihr Verlangen nach ihm wurde stärker.

Roland führte ihre Hand an seine Lippen und küßte sie, wie sie zuvor seine geküßt hatte. »*Mi dons,* wartet hier einen Moment auf mich.«

Er kam mit einer Mandoline zurück, setzte sich neben Nicolette und begann zu spielen.

Sie schloß die Augen und lehnte sich an den Baumstamm.

Nach ein paar Takten begann er mit leiser Stimme:

»Bei meiner Dame lieg' ich hier.
Ich bet' sie an, die Schöne.
Voll tiefer Demut sag' ich Ihr,
Daß schmerzhaft mein Verlangen,
Sie liebend zu umfangen.
Gäb all mein Hab und Gut dafür
Und alle meine Töne.«

Sie kannte das Lied von Bernard de Ventadour, das sie schon als kleines Mädchen geliebt hatte. Mit jedem Akkord steigerte sich ihre Freude. Als er bei der letzten Zeile angekommen war, weinte sie vor Glück. Sie schaute nach oben. Durch eine kleine Öffnung in dem dunklen Laubdach funkelte ein winziger blauschimmernder Stern, wo noch vor kurzem der lichte Himmel zu sehen war.

»Das Lied ist wunderschön«, sagte sie. »Aber, Roland, warum habt Ihr kein eigenes Lied gesungen?«

»Mir fehlte in den vergangenen Monaten die Inspiration.«

»Heute nacht werdet Ihr inspiriert werden.«

Er legte die Mandoline zur Seite und wandte sich Nicolette zu. Sie preßte sich an ihn, legte die Arme um seinen Hals und drückte ihn sanft zu Boden.

Ihr Mund verschmolz mit seinem, er war warm und feucht, seine Zunge gleichzeitig samtweich und hart. Seine Arme hielten sie umschlungen, doch trotz ihrer stürmischen Leidenschaft bemerkte sie, wie kraftlos sein rechter Arm war.

Roland will mich, und ich will ihn vielleicht sogar noch heftiger. Nach dieser Erkenntnis glühte ihr Körper plötzlich so heiß, als hätte sie direkt vor einem Feuer gestanden.

Leidenschaftlich flüsterte sie ihm zu: »Heute nacht werde ich meine Ehe mit Amalric beenden und Euch lieben.«

Wie von selbst glitten ihre Hände zu dem Verschluß ihres Pagenrocks. Sie zog ihn über den Kopf. Darunter trug sie nur ein Leinenhemd.

Roland löste sich von ihr und stand auf. Er legte seinen schwarzen Umhang auf den Boden, legte Jacke und Hemd ab und entblößte seine Brust. Im Zwielicht schimmerte seine Haut wie dunkles Elfenbein.

Auch sie erhob sich, ging zu ihm hin und legte ihre Hand auf seinen Arm. Eine lange Narbe zog sich über Brust und Bauch, eine andere, in Form eines weißen Dreiecks, befand sich auf seinem linken Unterarm. Sie beugte sich über seinen Arm und küßte die Narbe.

Sie setzte sich wieder mit dem Rücken gegen den Stamm der riesigen Eiche gelehnt. Er kniete vor ihr und half ihr aus ihren Stiefeln und ihrer roten Hose. Sie erschauerte, als seine Fingerspitzen ihre nackten Beine berührten.

Sie stand wieder auf, kehrte ihm den Rücken zu und hob die Arme. Er entkleidete sie so zärtlich, daß sie es kaum wahrnahm.

Nie zuvor hatte sie sich so sicher und so frei gefühlt. Selbst eine Armee würde sie nachts in diesem großen Wald nicht finden.

Er trat zurück in den dunkleren Schatten und entledigte sich seiner restlichen Kleidung. Dann stand er nackt vor ihr. Dunkle Haut, ein kraftvoller Körper: Er war schön. Regungslos blieb er vor ihr stehen, die Hände in die Seiten gestützt, so daß sie ihn in aller Ruhe betrachten konnte. Dann kam er auf sie zu.

Plötzlich hatte sie das Bedürfnis nach einer Atempause. Es ging alles so schnell.

»Roland, ich habe Angst.«

Er blieb stehen. »Was immer hier geschieht, soll so geschehen, wie Ihr es wollt, *mi dons.* Auch wenn Ihr jetzt aufhören wollt. Schon jetzt habt Ihr mir mehr Freude bereitet, als ein Mann auf dieser Seite des Himmels erwarten kann.«

Seine Worte besiegten ihre letzten Bedenken. »Ich will, daß es schön wird. Ich möchte mit Euch das höchste Liebesglück erleben«, sagte sie nach Atem ringend.

»Wenn ich Euren Körper ansehe, *mi dons*, habe ich das Gefühl, Gott zuzuschauen.«

»Dann kommt zu mir«, sagte sie und ließ sich zu Füßen des Baumes nieder.

Sie lagen nebeneinander. Als sich ihre nackten Körper berührten, hatten sie das Gefühl, wie Wachs im Feuer zu schmelzen. Sie spürte seine starke Brust, die sich beim Atmen hob und senkte, ihre Finger krallten sich in die Muskeln seiner Oberarme. Wie eine Stute ihr neugeborenes Füllen leckt, so liebkoste sie seine verletzte Schulter.

Er stöhnte leise. Dann begannen seine Hände zart über ihren Körper zu wandern. Wellen der Erregung durchfluteten sie.

Nachdem sie einige Zeit so nebeneinander gelegen hatten, löste sie sich sanft von ihm und lehnte sich mit dem Rücken gegen den rauhen Baumstamm. Auch er setzte sich auf, überkreuzte seine langen Beine und sah sie an.

Dieser Anblick erfüllte sie mit Freude. Er kennt die geheime Stellung der Liebe, dachte sie. Dann kennt er sicher auch das ganze Ritual. Heute nacht können wir das Tor zum Paradies durchschreiten. Sie drängte sich näher an ihn, und er schob seine großen Hände unter sie. Mit ihrer Unterstützung hob er sie hoch und zog sie auf seinen Schoß. Er stöhnte, als er in sie eindrang. Schreie der Lust entfuhren ihr bei dieser süßen, endgültigen Vereinigung.

Nicolette hatte so oft von einem Augenblick wie diesem geträumt, daß sie sich jetzt immer noch wie im Traum vorkam. Aber es war Wirklichkeit.

Er ist hier, sein starker Körper ist mit mir vereint, er sieht mich, hält mich, liebt mich.

»Das ist der schönste Augenblick meines Lebens«, sagte er.

»Oh, mein Troubadour!« Sie klammerte sich an ihn, umschlang seine Hüften mit ihren Beinen und zitterte vor Lust.

»Dieses Lied möchte ich bis zum Ende singen, *mi dons.* Und doch wünsche ich mir, daß es nie aufhört.«

Sie wußte, was er meinte. Ihre Mutter hatte ihr erklärt, daß die Regeln der Höfischen Minne dem Mann geboten, den letzten endgültigen Höhepunkt aufzuhalten, wie schwer es auch fallen mochte. Die Frau konnte sich der Leidenschaft, die sie erfüllte, jedoch völlig hingeben. In manchen Augenblicken war Nicolette so hoch auf dem Gipfel der Lust, daß sie stöhnte und Roland in den Nacken biß.

Roland schien wie vom Fieber geschüttelt. Sie fühlte die feinen Schweißperlen auf seiner Haut. In der Dunkelheit sah sie undeutlich, daß sein Gesicht wie vom Schmerz verzerrt war, doch sie wußte, daß es nur die gezügelte Leidenschaft war.

Sie erreichte immer noch einen Höhepunkt, bis sie das Gefühl hatte, vor Leidenschaft sterben zu müssen. Danach war sie wie verwandelt. Es war jetzt jenseits von körperlicher Lust, und doch war es dieselbe körperliche Lust, nur viel reiner.

Sie blickte in Rolands Augen, die im Licht der Sterne funkelten. Er sah sie an, und doch sah er sie nicht. Zusammen trieben sie in einem Meer aus goldenem Licht. Es gab kein Oben, kein Unten und kein Ufer in diesem Meer. Unzählige kleine weiße Lichter, die heller strahlten als das goldene Leuchten, umgaben sie. Und auch sie selbst schienen von innen heraus zu strahlen.

Roland sagte leise: »Alles ist Licht. Wir beide sind Lichter. Wir sind Sterne.«

Während er sprach, wurde das Licht heller und veränderte seine Farbe von Gold in strahlendes Weiß.

»Ihr seid die Frau, von der ich immer geträumt habe.«

Das Licht schien jetzt heller als die Sonne.

»Ihr seid mein wahres Ich.«

Es überstrahlte jetzt tausend Sterne.

»Gott ist bei uns.«

»Wir sind Gott«, sagte sie.

Das Licht, das Nicolette war, und das Licht, das Roland war, verschmolzen miteinander und wurden eins mit dem unendlichen Meer des Lichts. Sie konnten das Licht nicht mehr sehen – nicht, weil es sie blendete, sondern weil sie selbst das Licht waren.

Dann spürte sie, wie Roland sich an sie klammerte, und sie konnte ihn wieder als Roland erkennen. Sie sah seine weißen Zähne, als ein Beben durch seinen Körper lief und er laut stöhnte. Sie drückte ihn fest an sich und streichelte sein Haar, bis das Zucken seines Körpers verebbte. Das Licht zersprang in tausend glitzernde Stücke, die sie umgaben, als sie auf den dunklen Waldboden zurücksanken.

Nicolette war glücklich, daß sie von Weinkrämpfen geschüttelt wurde.

»Verzeiht mir«, flüsterte er.

»Es gibt nichts zu verzeihen«, sagte sie und lächelte, während ihre Tränen seine Brust benetzten. »Das Glück, das ich fühle, kann man nicht beschreiben.«

»Ihr könntet schwanger werden«, sagte er.

»Nein, das werde ich nicht.« Aber natürlich wußte sie, daß es geschehen konnte. Ihre Mutter hatte ihr das Geheimrezept für ein Gebräu anvertraut, das den männlichen Samen im Körper einer Frau abtöten konnte. Kein Mann – nicht einmal ihr Geliebter – durfte je davon erfahren. Doch dieses Gebräu mußte binnen eines Tages getrunken werden, und sie würde es nicht rechtzeitig schaffen, alle Kräuter zu sammeln und aufzubrühen. Doch sie war der Meinung, daß die Chancen gut für sie standen. Von hundert abgefeuerten Pfeilen trifft nur einer ins Schwarze.

Sie war wieder in Chartres und stand vor der Statue der Jungfrau in der Krypta. Plötzlich erkannte sie, daß es gar nicht die Statue der Jungfrau Maria, sondern die der Göttin der Liebe war. Die Jungfrau – oder Göttin – lächelte mild und sagte: *»Amour vincit omnia.«*

Rolands Stimme weckte sie. »Haben wir es geschafft, Eure Ehe zu lösen, *mi dons*?«

Sie öffnete die Augen. Der Göttin sei Dank, es war noch nicht Morgen. Sie mußten sich noch nicht trennen. Die Freude, neben ihm zu erwachen, war mit Trauer vermischt. Wenn sie doch nur jeden Morgen ihres Lebens neben ihm aufwachen könnte.

»Diesmal ja, aber nicht für immer«, sagte sie. Sie wurde traurig, als sie daran dachte, daß sie Roland verlassen und in ihr Hofleben zurückkehren mußte. Vielleicht konnte sie ihn monatelang nicht mehr sehen.

»Wenn ich ihn bei dem Wettkampf im letzten Jahr doch nur getötet hätte. Eure Gefangenschaft hätte für immer ein Ende gehabt.« Seine Stimme war so voller Schmerz, daß sie ihm erstaunt ins Gesicht blickte.

»Was habt Ihr, Roland?«

»Er zwingt Euch, mit ihm zu schlafen, nicht wahr?«

»Seit dem letzten Frühjahr bin ich nicht mehr mit ihm zusammengewesen. Ich war die ganze Zeit mit dem königlichen Hofstaat unterwegs. Und er ist nach Béziers zurückgegangen, um noch mehr Leid über unsere unglücklichen Landsleute im Languedoc zu bringen. Und selbst als ich bei ihm war, hatte ich keine Lust. Er hat andere Frauen. Sprechen wir nicht mehr davon. Ich habe kein Wahl.«

Sie spürte den Zorn in ihm.

»Er schändet Euch. Genau wie sein Vater meine Mutter geschändet hat.«

Sie versuchte sein Gesicht in der Finsternis zu erkennen.

»Wer ist Eure Mutter, Roland?«

»Meine Mutter ist Adalys de Vency – jetzt. Vor Jahren war sie einmal ein ängstliches, hilfloses Mädchen in der Gewalt von ...«

Er verstummte. Sie hörte seinen schweren Atem, der fast so laut und schnell ging, als hätten sie sich gerade geliebt. Sie spürte das Hämmern seines Herzens.

»Von wem, Roland?«

»Von dem, der mein Vater ist!« Er spie die Worte aus. »Er hat durch die Hand von Arnaud de Vency den Tod bekommen, den er verdiente.«

»Aber ist Arnaud de Vency denn nicht Euer Vater?«

Er schwieg, und sie spürte, wie er nach Worten suchte. Den Kopf voller Fragen und Vermutungen über das, was er sagte, wartete sie voller Ungeduld.

»Amalrics Vater, Graf Stephane de Gobignon, war der Anführer der ersten Kreuzritter, die dem Ruf des Papstes folgend, in das Languedoc eingefallen sind. Nach einigen Jahren des Krieges nahm er eine Burg in Besitz und zwang die junge Frau, der diese Burg gehörte, nachdem ihre Eltern in dem Krieg umgekommen waren, in sein Bett. Als eine Gruppe von Patrioten, geführt von Arnaud de Vency, dem das Mädchen versprochen war, die Burg zurückeroberte und ihn tötete, ging Adalys, meine Mutter, schwanger mit mir.«

Plötzlich begriff sie den schrecklichen Zusammenhang.

»Ihr habt gesagt, daß Arnaud de Vency Euren Vater getötet hat. Das heißt –«

»...daß der Vater von Amalric auch mein Vater war.«

»Mein Gott!« Sie hatte das Gefühl, als würde sich der Boden unter ihr auftun.

Wie Stahlklammern schlossen sich seine Hände um ihre Oberarme. »Ich bin ein Bastard, von Graf Stephane de Gobignon gezeugt, in Schande geboren. Was bedeutet das für Euch? Sagt es mir. Ich muß es wissen. Haßt Ihr mich dafür, daß ich es Euch nicht vorher erzählt habe?«

Sie erinnerte sich daran, daß Amalric von Ketzern erzählt hatte, die seinen Vater getötet hatten. Er hat keine Ahnung, wer seinen Vater wirklich umgebracht hat oder wer Roland ist, dachte sie.

Guter Gott, dachte sie. Es ist Amalrics Halbbruder, den ich liebe. Ihr Herz begann wild zu rasen. Vor Angst konnte sie kaum sprechen.

»Ich liebe Euch, Roland«, sagte sie.

Sie spürte, wie sich sein Griff etwas lockerte.

Auch er mußte Angst davor haben, was diese Wahrheit für sie bedeuten könnte.

Aber konnte das wahr sein? Derselbe Vater? Ja, die blauen Augen, die hochgewachsene Gestalt.

»Ja«, sagte sie und tat, als würde es ihr nichts ausmachen. »Man kann das Blut der Gobignons in Euch erkennen, wenn man genug weiß, um danach zu suchen.«

»Wenn Ihr meine Schwester Fiorela in Neapel sehen würdet, wäre Euch klar, daß wir nicht denselben Vater gehabt haben können. Sie hat Eure Größe und dunkelbraune Augen. Die Leute in Neapel schauen mich manchmal verwundert an, aber man stellt keine merkwürdigen Fragen über Arnaud de Vency.«

Ich muß ihn davon überzeugen, dachte Nicolette, daß es mir nichts ausmacht.

»Arnaud de Vency«, sagte sie, »muß ein guter Mensch gewesen sein. Denn Ihr seid mit der wahren Liebe eines Vaters aufgezogen worden. Der Vater eines Mannes ist derjenige, der ihn formt und erzieht, der seiner Seele Gestalt gibt; nicht der, der seinen Körper gezeugt hat.«

»Trotzdem, ich muß es wissen!« Rolands Stimme klang immer noch gequält. »Seid Ihr wirklich nicht entsetzt? Graust es Euch nicht vor mir, wenn Ihr wißt, daß ich Amalrics Halbbruder bin?«

Sie dachte nach, wußte aber, daß sie schnell antworten mußte, wenn sie ihre Liebe nicht gefährden wollte.

Sie schmiegte sich an ihn.

»Schweig, das alles kann mir den Mann nicht verderben, den ich die ganze Nacht in meinen Armen hielt. Was haben Väter mit der Liebe zu tun? Welche Macht der Erde kann der Liebe befehlen? Selbst wenn ich erfahren hätte, daß Ihr mein Bruder seid, würde ich nicht aufhören, Euch zu lieben. Die Liebe hat gesprochen.«

Es wurde langsam heller. Sie konnte jetzt sein Gesicht sehen, als er sie anlächelte. Es mußte kurz vor Tagesanbruch sein. Sie schaute nach oben. Der Himmel war purpurrot. Genau wie alle Liebenden in all den Tageliedern, die sie kannte, litt sie unter dem Schmerz des bevorstehenden Abschieds.

»Ihr klingt wie der König, wenn er von Gott spricht«, sagte Roland. »Ihr seid euch beide so sicher.«

Der König! Sie wollte ihm nichts davon erzählen, aber sie mußte es tun.

Sie schloß ihn enger in ihre Arme. »Roland, Geliebter, wir müssen uns bald voneinander verabschieden. Doch bevor wir uns trennen, muß ich es Euch sagen: Die Zeit wird kommen, in der wir eine sehr viel längere Trennung ertragen müssen.«

Der gequälte, fragende Ausdruck seines Gesichtes brach ihr schier das Herz. Sie redete schnell weiter: »Amalric hat beschlossen, am Kreuzzug teilzunehmen. Er wird mich mitnehmen.«

»Nein!« Roland ballte die Hand zur Faust. »Warum? Ich kann nicht glauben, daß er verrückt genug ist, sein Leben im Orient zu riskieren. Und selbst wenn, warum muß er dann Euch in dieses Risiko miteinbeziehen, verflucht?«

»Der König und alle Adeligen nehmen ihre Frauen mit.«

»Diese Narren. Glauben sie vielleicht, das wäre eine Art Turnier? Noch jede Armee, die in den letzten hundert Jahren gegen die Sarazenen gezogen ist, wurde niedergemacht.« Er packte sie an den Schultern. »Nicolette, ich lasse Euch nicht gehen.«

In ihrem Unglück gefiel ihr seine Wut. Sie streichelte seine Hand, um ihn zu beruhigen.

»Der König plant, im Frühjahr 1248 aufzubrechen. Wir haben noch fast zwei Jahre vor uns. Solange wird Amalric in Béziers bleiben, aber ich werde in Paris sein.«

Immer noch bebend vor Zorn, sah er in die Ferne. »Ich werde mit Euch fortgehen.«

Für einen Augenblick sah sie einen Hoffnungsschimmer, der aber sofort von all den Gründen überschattet wurde, aus denen sie nicht mit ihm davonlaufen konnte. »Er könnte sich an meinen Schwestern rächen. Ich kann auch meine Kinder nicht im Stich lassen. Und außerdem würde er uns finden. Ihm untersteht eine ganze Armee. Und wie würden wir leben? Was würden wir tun?«

Und es gab noch Amalrics Verschwörung gegen den König, von der nur sie etwas wußte. Sie mußte in Ludwigs und Marguerites Nähe bleiben und versuchen, die beiden zu beschützen.

Er blickte sie ernst an. »Wollt Ihr wirklich in der Wüste sterben? Viele Frauen sind mit ihren Kreuzrittern dorthin gegangen und mit ihnen gestorben. Und noch mehr sind auf den türkischen Sklavenmärkten gelandet.«

»Ich werde überhaupt nicht in der Nähe der Kämpfe sein.«

»Wie könnt Ihr dessen so sicher sein? Vielleicht werden die Kämpfe zu Euch kommen.«

Sie wurde zornig. »Hört auf, mich zu ängstigen. Ich möchte nicht mehr über den Kreuzzug sprechen. Ich möchte Euch in die Arme nehmen und küssen. Und über die Liebe reden.«

In der Ferne läuteten die Glocken zur Frühmesse.

»Amalric weiß, wie gefährlich es ist«, sagte Roland. »Was immer er auch sein mag, ein Narr ist er nicht. Warum geht er dann?«

Es gab nichts, was Roland gegen Amalric hätte unternehmen können, aber sie mußte ihm von der Gefahr erzählen.

»Roland, ich glaube, Amalric plant etwas gegen den König.«

Roland runzelte die Stirn und schüttelte den Kopf. »Niemand kann Amalric mehr hassen als ich. Doch ich bezweifle, daß er einen solchen Verrat begehen würde. Und außerdem würden ihn Ludwigs Mutter und seine Brüder in Stücke reißen, wenn er dem König etwas antäte.«

Sie wandte sich von ihm ab. »Vielleicht ist genau das der Grund, weshalb Amalric mitgeht. Wahrscheinlich hofft er, daß im Getümmel eines Krieges im fernen Osten seine Untaten unentdeckt bleiben würden. Und er empfindet das nicht als Verrat. Aus irgendeinem Grund ist er der Meinung, daß er das Recht hat, König zu werden.«

Roland seufzte und schwieg. Er ließ den Kopf sinken, und ein schmerzlicher Ausdruck lag auf seinem Gesicht. Sie wußte, daß er innerlich mit sich kämpfte, doch es war ihr nicht klar, weshalb.

Plötzlich schämte sie sich ihrer Nacktheit. Sie stand auf und begann, ihre Kleider aufzusammeln.

Als sie sich fertig angekleidet hatte, wandte sich Roland plötzlich ihr zu; er wirkte entschlossen.

»Ich werde gehen. Ich werde unter dem Zeichen des Kreuzes kämpfen.«

Seine Worte waren ein schwerer Schlag für sie: »Das könnt Ihr nicht tun!«

»Doch, das kann ich! Ich werde mit all den anderen Narren gehen. Ich werde das Kreuz auf mein Gewand nähen, selbst wenn es die Haut darunter verbrennen sollte.«

»Nein, nicht Ihr, Roland. Ihr haßt das Zeichen der Kreuzritter genauso sehr wie ich. Ihr habt gesagt, dieser ganze Kreuzzug sei ein verrücktes Hirngespinst. Wie könnt Ihr dann dran teilnehmen wollen?«

Er lächelte verbittert. »Amalric hat seine Meinung geändert. Das kann ich auch.«

»Aber warum denn?«

Sein zorniges Gesicht bekam wieder einen liebevollen Ausdruck. »Wenn Ihr nicht mit mir fliehen könnt, muß ich dahin gehen, wo Ihr hingeht. Glaubt Ihr vielleicht, ich ließe es zu, daß er Euch bis ans andere Ende der Welt entführt, während ich hier zurückbleibe?«

»O Roland!« Eine Welle der Zuneigung durchflutete sie. Sie kniete sich neben ihn und legte ihren Kopf an seine nackte Brust.

»Schon einmal habe ich versucht, Amalric zu töten, und habe versagt«, redete er zornig weiter. »Statt dessen hat er mich zum Krüppel gemacht. Er schuldet mir immer noch ein Leben. Wenn er an einem Kreuzzug teilnimmt, weil er glaubt, den König in Outremer ermorden zu können, dann werde ich mich dem Kreuzzug anschließen, in der Hoffnung ihn töten zu können.« Er ballte seine rechte Hand zur Faust. »Wenn ich mir das Zeichen der Kreuzritter anhefte, verrate ich mich selbst, aber ich werde es tun – aus Rache.«

Sie hob den Kopf und sah ihn an: »Roland, Ihr wart so schwer verletzt. Wenn Ihr jetzt glaubt, daß der König und seine Armee zum Untergang verurteilt sind, welche Chancen habt dann Ihr, wenn Ihr...«

Er seufzte. »Ihr meint, ich bin ein Krüppel und kann mich kaum selbst verteidigen, geschweige denn, Euch beschützen, nicht wahr?«

Seine Worte trafen sie tief, aber sie mußte jetzt ihm gegenüber ehrlich sein.

»Ihr könnt kein Schwert mehr führen.«

Sein Mund wurde schmal. »Das ist noch nicht sicher. Wie Ihr gesagt habt, es sind noch zwei Jahre bis zum Beginn des Kreuzzugs. Mit der Zeit werde ich meinen Arm immer besser bewegen können. Guido, der Templer, hat mir geholfen, mich auf das Turnier vorzubereiten.« Er lächelte schüchtern. »Vielleicht macht er aus mir auch einen linkshändig kämpfenden Kreuzritter.«

Traurig schüttelte sie den Kopf: »Das ist genauso ein Traum wie die Idee des Königs von der Wiedereroberung Jerusalems.«

Er zuckte die Schulter. »Jeder Mann braucht einen Traum. Es ist mir gleich, wie gut oder schlecht ich kämpfen kann, ich würde eher sterben, als Euch allein übers Meer ziehen zu lassen.«

Wenn es meinetwegen ist, darf er in seinem Zustand nicht in einen Krieg ziehen, den er verachtet, dachte sie.

Sie wiederholte, was er vorher zu ihr gesagt hatte: »Ich lasse Euch nicht gehen.«

Finster blickte er sie an. »Ist das ein Befehl, *mi dons*?«

»Ein Befehl?« fragte sie und erinnerte sich an ihre unheilvolle Anweisung, in dem Turnier nicht gegen Amalric zu kämpfen. »Nein, ich werde Euch nie wieder etwas befehlen.«

»Dann ist es abgemacht.«

»O Roland!« Sie hatte Angst um ihn, sie ärgerte sich über ihn, aber sie liebte ihn.

»Laßt uns jetzt nicht weiter darüber sprechen«, sagte er. »Was auch immer geschieht, bevor der Kreuzzug beginnt, werden wir uns noch oft sehen, und wir werden soviel Freude aneinander haben wie heute nacht.«

Er stand auf und begann sich anzuziehen, während sie unter dem Baum saß und ihn beobachtete.

Obwohl sie noch immer Angst um ihn hatte, gestand sie sich jetzt ein, daß sie sich sehnlichst gewünscht hatte, er werde sie auf dem Kreuzzug begleiten. Sie konnte es nicht mehr ertragen, noch einmal so lange von ihm getrennt zu sein.

Ein schrecklicher Verdacht stieg auf einmal in ihr auf.

Er hatte gesagt, er würde teilnehmen, um sich an Amalric zu rächen.

Warum hatte sich Roland unter allen Frauen der Welt ausgerechnet in sie verliebt? Den Haß auf die Familie Gobignon hatte er schon mit der Muttermilch eingeflößt bekommen. Welch vollkommene Rache: Seine Mutter wurde von Amalrics Vater vergewaltigt, also verführte er Amalrics Frau.

Nein, schrie es in ihr, das kann ich nicht glauben! Ich darf es noch nicht einmal denken, sonst ist mein ganzes Leben verloren. Wir haben in der vergangenen Nacht zusammen das Licht geschaut. Diesen Höhepunkt muß er genauso erlebt haben wie ich.

Ich will ihm vertrauen.

XIV

Diane saß mit verschränkten Beinen auf ihrem Lager aus Stroh in dem kleinen Zimmer des Wachturms und litt innere Qualen. Ich weiß, diese Welt ist ein Ort der Schmerzen, aber ich habe noch nie soviel gelitten, wie in den letzten beiden Jahren mit Roland.

Sicher gab es Tage oder sogar Wochen, in denen sie ihr Leiden fast vergessen konnte. Während des ganzen letzten Sommers war ihr Leben sehr viel leichter gewesen, weil Roland im Dienste des Königs im ganzen Land umherreiste. Aber an diesem Septembernachmittag war ihr Verlangen nach Roland beinahe übermächtig geworden, nachdem er ein paar Stunden zuvor das Haus plötzlich verlassen hatte.

Mittags war ein Bote für Roland gekommen. Da die Dienerschaft wegen eines schon lange geplanten Verwandtenbesuches in Le Marais nicht da war, hatte Perrin ihn eingelassen.

Als der Bote fort war, hörte Diane Roland fluchen. Sie ging nach unten, um nachzusehen, worüber er sich so aufregte.

»Joinville, der neue Verwalter der Champagne, braucht mich in Troyes. Es gibt Unregelmäßigkeiten bei der Abrechnung, und Perrin und ich müssen sofort aufbrechen.« Er hatte die Fäuste geballt und blickte finster drein.

Sie wußte nicht, warum er sich darüber so aufregte. »Das ist doch nicht weit weg, und Troyes ist eine schöne Stadt«, sagte sie.

»Ich weiß«, sagte er ungeduldig, »aber für morgen hatte ich mich mit Nicolette verabredet, und nun habe ich keine Möglichkeit mehr, sie zu benachrichtigen.«

Diane zuckte zusammen. Seine tiefe Enttäuschung stand ihm im Gesicht. Aber sie wußte, daß sie ihre Eifersucht beherrschen mußte.

»Könnte nicht Martin eine Nachricht in den Palast bringen, wenn er heute abend nach Hause kommt?« fragte sie.

Er schüttelte den Kopf: »Ich habe immer Perrin als Boten geschickt. Je weniger Leute von einem Geheimnis wissen, desto sicherer ist es. Aber Perrin muß mit mir gehen.«

»Martin ist sehr verläßlich«, sagte sie. Sie wußte, Roland würde sehr überrascht sein, wie verschwiegen Martin sein konnte. Martin und sein Vater Lucien waren schon seit einem Jahr Katharer, ohne daß Roland etwas davon ahnte.

Roland zuckte mit den Schultern. »Also gut. Ich werde Nicolette einen Brief schreiben und dir erklären, wie Martin ihn ihrer Zofe übergeben kann.«

Und nun bin ich in seine Liebesaffäre verwickelt, dachte sie verbittert, als sie hinausging.

Um drei Uhr nachmittags hatten Roland und Perrin ihre Sachen gepackt und waren startbereit. Roland hatte ihr den versiegelten Brief gegeben. Und nachdem er die Tür hinter sich geschlossen hatte, hatte sie das gefaltete Pergament an ihre Brust gepreßt.

Lieber Gott, ich wünschte, er wäre für mich.

Jetzt war es schon beinahe Abend, und der Schmerz wühlte in ihr. Am ganzen Körper brach ihr der Schweiß aus. Sie warf das dicke Buch mit den Lehren der Katharer, in dem sie gelesen hatte, zu Boden.

Gott, vergib mir, ich muß mich besser beherrschen.

Sie versuchte sich über ihre Gefühle klarzuwerden. Ich liebe die Kraft seines Geistes, die ihn verstehen und schöpferisch tätig sein läßt, und seinen Mut, sich eigene Gedanken zu machen, wenn alle um ihn herum nur das denken, was erlaubt ist. Ich möchte eins sein mit Rolands wundervollem Geist, so wie ich eins sein will mit Gott, aber mein Körper überlistet mich und verwandelt dieses edle Verlangen in Begierde nach seinem Körper. Mein Fleisch brennt wie eine Seele in der Hölle. Ja, wenn ich mich in den Händen der Folterknechte der Inquisition befände, wäre meine Seele sicherer als hier, wo ich von der Liebe gequält werde. Gott, gib mir die Kraft, mich in seiner Gegenwart zu beherrschen.

Nachdem sie das Stroh von ihrem langen blauen Gewand geschüttelt hatte, hob sie das große, in Leder gebundene Buch wieder auf und legte es auf den Schoß. Dieses Buch, das sie in einem Versteck hinter der Wandvertäfelung ihres Zimmers aufbewahrte, war das einzige, was ihr von den heiligen Gegenständen, die Roland und sie vom Mont Ségur gerettet hatten, geblieben war. Alles andere – auch die Beschreibung des Verstecks des Schatzes der Katharer-Kirche – hatte sie an ihren Superior übergeben. Nun versuchte sie sich auf die Predigt vorzubereiten, die sie in dieser Nacht einer kleinen Gruppe von Gläubigen halten wollte.

Aber sie konnte sich nicht konzentrieren, sie fühlte sich unwürdig, andere zu unterrichten.

Wenn mein Glaube schwächer wird, bin ich nichts mehr. Ich kann diesen Qualen nur entkommen, wenn ich ihn verlasse. O Gott, warum hörst du meine Gebete nicht?

Ich möchte zurück in meine Heimat, ins Languedoc. Aber dort gibt es wohl kaum noch Vollkommene. Trauer überwältigte sie. Sie weinte über ihre eigene Leiden. Sie weinte um ihre sterbende Kirche und um die verlorenen Seelen, die nie die Wahrheit kennenlernen würden, weil nur noch wenige da waren, die sie lehren konnten.

Sie haben den Buchhändler Guillaume eingesperrt, erinnerte sie sich voller Schrecken. Bald haben sie auch die letzten von uns. Ein Zittern durchlief sie. Sie hörte nicht einmal das Klopfen drei Stockwerke tiefer an der vorderen Eingangstür des Hauses.

Als es lauter klopfte, setzte ihr Herzschlag aus. Wer mochte das sein? Die Inquisition? Wenn sie mich finden müssen, dann bitte nicht hier! Wenn ich in diesem Haus gefangengenommen werde, bedeutet es das Ende für alle: für Roland, für Perrin, für Lucien, Adrienne und Martin.

Doch wenn es die Inquisition sein sollte, dann war es bessser, sie kamen, wenn sonst keiner im Haus war. Dann konnten die anderen vielleicht gewarnt werden und sich in Sicherheit bringen.

Es klopfte wieder. Diane legte das Buch zurück in ihr Versteck und verschloß es mit dem dafür vorgesehenen Brett. Dann ordnete sie ihr Kleid und eilte die Treppe hinunter.

Sie öffnete die Tür, und vor ihr in der herbstlichen Abenddämmerung stand eine Frau in einem langen Umhang und einem dunklen Schleier vor dem Gesicht. Diane atmete erleichtert auf und öffnete die Tür etwas weiter. Draußen am Tor war ein Esel angebunden.

Die Frau schien genauso verblüfft wie Diane. Sie rang nach Luft und starrte Diane aus weit aufgerissenen Augen an. Sie schüttelte den Kopf, als ob sie nicht glauben konnte, was sie da sah. Während dieser Minuten des Schweigens erkannte Diane den braunen Umhang der Frau, der mit einer weißen Kordel in der Taille zusammengeschnürt war, und den schwarzen Schleier über einer weißen Haube.

Panik überkam sie. Diese Frau trug die Tracht der Klarissen, dieses von Klara von Assisi, einer Jüngerin des Heiligen Franziskus, gegründeten Frauenordens.

Diane stammelte einen Willkommensgruß.

Ohne zu antworten, taumelte die Frau vorwärts und griff nach der Türklinke, um sich darauf zu stützen. Danach ging sie ein paar Schritte in die Eingangshalle. Ob sie wohl krank ist? fragte sich Diane.

»Wer seid Ihr?« Die Stimme der Frau klang hohl. Seltsamerweise redete sie die *Langue d'Oc.*

Automatisch antwortete Diane in derselben Sprache und murmelte die Lüge, die sie in den vergangenen zwei Jahren schon so oft wiederholt hatte: »Ich bin Rolands Schwester Diane, Madame. Womit kann ich Ihnen dienen?«

Sie war ärgerlich mit sich, weil sie so ängstlich war. Warum sollte ich vor einer einzelnen Nonne zittern? Sie ist wahrscheinlich nur zum Betteln hergekommen. Während sie sich so beruhigte, musterte sie die Nonne genauer. Sie sah kaum wie eine Bettlerin aus. Sie war jung und ausgesprochen hübsch mit ihren großen braunen Augen, die nun auf Diane gerichtet waren.

»Das ist eine Lüge«, sagte sie. »Roland hat eine Schwester, die Fiorela heißt und zur Zeit in Neapel lebt. Und sie hat dunkles Haar und braune Augen.«

Vor Überraschung brachte Diane kein Wort heraus. Ihr Herz begann schneller zu schlagen.

»Wo ist Roland?« fuhr die junge Frau sie plötzlich mit herrischer Stimme an. »Und wo ist Perrin?«

Schlagartig wurde Diane klar, wer die Frau war. Nicolette! An dem Tag, an dem dieses schreckliche Turnier stattgefunden hatte, hatte sie sie von weitem auf der für den Adel reservierten Tribüne sitzen sehen. Heute war sie sicher in dem Gedanken gekommen, Roland zu überraschen. Statt seiner findet sie mich.

»Ihr sprecht die Sprache des *Langue d'Oc*, aber ich weiß, daß Ihr nicht seine Schwester seid«, sprach Nicolette weiter. »Warum behauptet Ihr es dann? Ich verlange, daß Ihr mir sofort erklärt, wer Ihr seid.«

Diane versuchte krampfhaft, sich zu beherrschen. Sie zitterte, ihr Herz flatterte. Sie fühlte sich in einer Falle, die das Leben von Roland, Nicolette und auch ihr eigenes zerstören konnte.

Sie starrte Nicolette an. Sie war schön, mit ihren großen strahlenden Augen und ihrer makellosen dunklen Haut.

»Ich weiß, Ihr seid die Comtesse de Gobignon, Madame«, begann sie zögernd. »Roland hat mir viel von Ihnen erzählt.«

Entsprechend Nicolettes Rang machte sie einen Knicks.

»Tatsächlich«, antwortete Nicolette kühl. »Aber er hat mir kein Wort über Euch erzählt. Warum sollte er aus Eurer Anwesenheit hier ein Geheimnis machen? Ich glaubte, ihm eine Freude zu machen, wenn ich ihn in Verkleidung und unerwartet besuche. Ich hätte nie gedacht, daß er etwas vor mir versteckt.«

»Madame, wenn Roland hier wäre, könnte er erklären...«

»Ich bin sicher, daß er das könnte.« Nicolettes Wangen waren vor Zorn gerötet. »Er ist ein Meister der Sprache, nicht wahr, wenn es um Erklärungen, Liebesbeteuerungen und solche Dinge geht. Ich bin davon überzeugt, Ihr wißt das. Doch auch wenn er hier wäre, würde ich ihm keine Zeit zu Erklärungen lassen.«

Diane zwang sich, weiterzusprechen.

»Madame, Ihr dürft nicht schlecht über Roland denken. Er war Ihnen immer treu. Ich werde Euch sagen, wer ich bin. Wenn ich das tue, gebe ich mich ganz in Eure Hand. Ihr könnt mich dann töten lassen, wenn Ihr wollt.«

»Auf das Zusammenleben mit einem Troubadour steht nicht die Todesstrafe«, antwortete Nicolette schneidend.

»Hört mich bitte an, Madame! Ich bin hier, weil Roland mich vor der Inquisition versteckt. Ich habe das große Sakrament meiner Kirche empfangen, das Consolamentum. Ich bin eine Vollkommene. Wir vermeiden jede Berührung mit Männern. Ich bin mit Roland befreundet seit unserer Kindheit. Er hat Euch nicht erzählt, daß er mich hier versteckt, weil er Euch damit zu einer Mitschuldigen an seinem Vergehen gemacht hätte. Ihr seht also, jetzt ist auch sein Leben in Eurer Hand.«

Ängstlich abwartend hielt Diane inne.

Nicolette trat einen Schritt zurück und schaute Diane von oben bis unten an.

»Eine Katharerin. Ja, Ihr seht so aus – blaß und hager und fromm. Aber noch kann ich sehen, was auch Roland in Euch sehen könnte. Mit Eurer weißen Haut und Eurem rotgoldenen Haar seid Ihr eine schöne Frau. Wo ist Euer schwarzes Gewand? Ich dachte, die Vollkommenen dürfen nur Schwarz tragen.«

Trotz ihrer Angst mußte Diane über diese banale Frage lachen. »O nein, Madame. Um unser Leben zu schützen, wurden wir von dieser Regel befreit.«

»Das sehe ich«, antwortete Nicolette kühl. »Und was für ein Glück für Euch, da Euch Blau so gut steht. Und von welchen Regeln könnt Ihr Euch noch befreien lassen, um Euer Leben zu retten, meine verehrte Vollkommene? Dürft Ihr auch mit einem Mann schlafen, wenn er Euch vor der Inquisition versteckt?«

Diane wollte gerade widersprechen, als Nicolette fauchte: »Wie lange lebt Ihr schon hier mit ihm zusammen?«

Obwohl fast krank vor Angst, zwar weniger um sich selbst als vor allem um Roland, war sich Diane darüber im klaren, daß sie weiterreden mußte. Nichts, was sie jetzt noch sagte, konnte das Ganze verschlimmern.

»Ich kam im April des Jahres 1244 in dieses Haus, also vor mehr als zwei Jahren, Madame«, fing sie an zu erzählen.

Nicolette stand mit geballten Fäusten da und hörte zu, als ihr Diane nun berichtete, auf welche Weise Roland in die Festung der Katharer gelangt war und wie er sie in Sicherheit gebracht hatte. Während Dianes Erzählungen liefen Tränen über Nicolettes Gesicht.

Diese Reaktion hatte Diane nicht erwartet.

»Nun verstehe ich endlich, was ich immer wissen, er mir aber nie erzählen wollte.« Nicolettes Worte wurden von Schluchzen unterbrochen. »Jetzt weiß ich, warum er ins Languedoc ging, warum er sich dem Heer der Kreuzritter anschloß, das von meinem Mann befehligt wurde.« Bei diesen Worten sah sie Diane bedeutungsvoll an. Immer noch weinend redete sie weiter: »Schon vorher hatte er mir seine Liebe erklärt, versteht Ihr? Ich wartete sehnsüchtig auf ein Treffen mit ihm. Aber dann war er verschwunden.«

Stöhnend schug Nicolette die Hände vors Gesicht und sank in sich zusammen. Dann richtete sie sich unvermittelt auf. »Er liebt Euch, nicht wahr?«

Diane war bestürzt.

»Ich habe Euch schon gesagt, daß eine Vollkommene nichts mit Männern zu tun haben darf. Ich schwöre Euch, Madame, daß ich mein Sakrament in Ehren gehalten habe. Ich habe ihm verboten, zu mir von Liebe zu sprechen.«

Doch innerlich sagte sie sich: Ich weiche ihrer Frage aus, und das ist so schlecht wie lügen.

»Wenn Ihr ihm verbieten mußtet, von Liebe zu sprechen, dann liebt er Euch.«

Nicolette zog einen Dolch unter ihrer Kutte hervor. Mit zitternder Hand zielte sie mit der Spitze auf ihre Brust.

Diane schrie auf und griff nach der Waffe.

»Kommt nicht näher, oder ich ersteche mich«, flüsterte Nicolette, die den Dolch jetzt mit beiden Händen umklammert hielt. »Wahrscheinlich würde es Euch gefallen, wenn ich mich umbrächte. Ihr habt schon soviel dafür getan, mein Leben zu zerstören.«

Diane rang hilflos die Hände. »Er liebt Euch, Madame. Ich weiß es.«

»Ihr erwartet doch nicht von mir, daß ich glaube, er liebe mich wirklich, wenn er seit zwei Jahren mit Euch zusammenlebt«, sagte Nicolette.

Sie warf den Dolch zu Boden. Er landete mit der Spitze voraus und blieb federnd in den Eichendielen stecken.

»Hört mir zu«, bat Diane. »Vor langer Zeit liebte er mich einmal, wir waren damals fast noch Kinder. Um dieser Liebe willen kam er zum Mont Ségur. Dort habe ich ihm gesagt, daß nichts mehr zwischen uns sein kann. Ich wollte nicht einmal gerettet werden, Madame. Könnt Ihr das verstehen? Ich wollte dort auf dem Berg mit meinen Brüdern und Schwestern im Glauben sterben. Für Roland und mich kann es keine Verbindung mehr geben, gar keine mehr!«

Und wie viele Nächte habe ich Qualen wie die Verdammten durchlitten, nur weil zwischen uns nichts mehr sein kann?

»Warum seid Ihr dann zwei Jahre lang im Haus dieses Troubadours, dieses Verfassers unanständiger Lieder, dieses Ehebrechers geblieben?« verlangte Nicolette zu wissen. »Ihr, die Ihr so rein, so vollkommen seid!«

»Sein Haus ist nur ein Versteck für mich, Madame. Nur das.«

Noch nie in ihrem Leben hatte sie es so nötig, daß man ihr glaubte, und noch niemals hatten ihre Worte so hohl geklungen.

Nicolette schaute sie an. »Ihr erwartet tatsächlich von mir«, fragte sie erstaunt, »daß ich Euch glaube, Ihr hättet mit einem Mann wie Roland zwei Jahre unter einem Dach verbracht, ohne jemals etwas miteinander gehabt zu haben?«

Die Erinnerung an die beiden quälenden Jahre schwang in Dianes Stimme mit, als sie sagte: »Das ist die Wahrheit, Madame.«

Nicolette sah ihr tief in die Augen, ohne ein Wort zu sagen.

Dann erwiderte sie: »Alle Katharer, die ich kennengelernt habe, waren von Grund auf ehrlich. Und Ihr hättet sicher nicht zugegeben, Katharerin zu sein, wenn Ihr mich über das Verhältnis zwischen Euch und Roland hättet belügen wollen.«

Sie ließ ihre Schultern sinken, und ihre Stimme klang weniger aufgebracht.

»Wenn das wahr ist, was Ihr sagt, macht es das nur noch schlimmer, denn es zeigt doch nur, wie tief seine Gefühle für Euch sind.« Sie hob den Kopf und ihr schmerzvoller Blick haftete auf Diane. »Er verließ Paris, ohne mich zu benachrichtigen und eilte zum Mont Ségur, um Euch zu retten. Er erfuhr, daß Ihr eine Vollkommene seid und er Euch nicht mehr haben kann. Trotzdem brachte er Euch mit hierher und versteckte Euch in seinem Haus, was ja sehr gefährlich war, und wegen Eures Gelübdes hat er Euch nie berührt. Deshalb machte er mir wieder den Hof, sozusagen als zweite Wahl, nur weil er Euch nicht haben konnte. So muß es gewesen sein. Ich bin nicht die erste in seinem Herzen. Ihr seid es. Ihr seid diejenige, die er wirklich liebt.«

Diane fühlte sich furchtbar hilflos. Eine Katastrophe brach über sie alle herein, und sie konnte sie nicht aufhalten.

»Wie eine Schwester, Nicolette. Er liebt mich nur wie eine Schwester.«

»Ihr habt kein Recht, mich mit meinem Vornamen anzureden«, sagte Nicolette ärgerlich, doch Diane hörte auch Verzweiflung heraus.

»Madame, nicht unsere Liebe als Mann und Frau füreinander ist wichtig, sondern unsere Liebe zu Gott und füreinander als Seelen. Das ist es, was wir sind: Seelen. Diese männlichen und weiblichen Körper sind nur Gefängnisse. Den Körper eines Menschen zu lieben, heißt einen Kerker zu lieben.«

»Hört auf, mir zu predigen!« fauchte Nicolette.

»Aber das ist die Wahrheit«, rief Diane. »Ich muß sie aussprechen.«

»Das ist eine furchtbare Lüge!« In Nicolettes Augen loderte der Haß. »Wer solche Dinge sagt, verdient es, dafür verbrannt zu werden.«

Sie baute sich vor Diane auf. »Sagt Roland, falls er jemals wieder in meine Nähe kommen sollte, werde ich ihn meinem Gemahl und seinen Rittern ausliefern. Ich werde den Ehebruch eingestehen und meinen Gemahl mit Roland und mir tun lassen, was er will. Jetzt weiß ich, was es war«, begann sie wieder zu schluchzen, »gemeiner, niederträchtiger Ehebruch, nicht Liebe, keine Spur von Liebe.«

Nicolette wankte auf die immer noch geöffnete Tür zu. Wieder streckte Diane die Hand aus, um ihr zu helfen, aber Nicolette schlug sie aus. Sie stolperte durch die Tür in den dunklen Garten hinaus.

Diane blieb wie angewurzelt stehen. Sie hörte das Geräusch sich entfernender Schritte, dann das langsame Trip-Trap von Eselshufen und schloß leise die Tür. Sie drehte sich um und erblickte den Dolch, der noch immer senkrecht im Fußboden steckte.

XV

Der Regen war nicht heftig genug, um Nicolette von ihrem täglichen Ausritt abzuhalten, aber langsam drang er durch ihren dikken braunen Umhang, und der Geruch von nasser Wolle stieg in ihre Nase. Obwohl sie einen breitkrempigen Lederhut über ihrer Haube trug, war ihr Gesicht naß.

Ihrem Pferd schien dieses Regenwetter nichts auszumachen. Zufrieden erklomm die bejahrte Stute den steinigen Bergpfad, ab und zu blieb sie stehen, um sich ein Büschel von dem braunen Gras, das hier am Hang wuchs, auszurupfen.

Es war Mittag, und doch wirkte es wie Abenddämmerung. Es ist nicht besser als in Paris, dachte sie, im November ist es im Languedoc nicht gerade am schönsten.

Das Licht dieses Tages paßte zu Nicolettes Stimmung. Seit dem furchtbaren Augenblick, in dem sie die Wahrheit über Roland erfahren hatte, war die ganze Welt für sie nur noch grau, als wäre sie plötzlich farbenblind geworden.

Ich muß verrückt sein, an einem solchen Tag auszureiten. Ich könnte mir eine Erkältung holen, und das wäre gerade jetzt doppelt gefährlich. Obwohl sie sich selbst wie tot fühlte, wuchs in ihr ein neues Leben heran. Sie wußte es nun schon ungefähr zwei Monate, daß sie schwanger war. Doch die Trauer lastete auf ihr, schwer wie die dicken niedrigen Wolken über ihrem Kopf. Sie konnte nur noch denken: Mir ist es egal, ob ich die Geburt überlebe oder nicht.

Falls ich sterbe, werde ich sicher noch Zeit haben, einem Priester zu beichten, was ich getan habe. Zumindest werde ich nicht in die Hölle kommen.

Ich glaube sowieso nicht an eine Hölle. Oder an irgend etwas anderes. Auch nicht an die Liebe; an die erst recht nicht.

Die sechs berittenen Wachen, die sie auf Amalrics Befehl überall hin zu begleiten hatten, verfluchten sie wahrscheinlich dafür, daß sie bei diesem Wetter draußen sein mußten. Sicher würden sie lieber Wein trinken und sich die Füße am Feuer wärmen. Doch sie befanden sich in einem besetzten Land. Die Patrioten des Languedoc verübten immer wieder Anschläge auf ihre Unterdrücker. Also wäre es töricht, als Frau eines königlichen Statthalters allein in den Bergen von Béziers umherzureiten, und deshalb mußten die Wachen mit ihren schweren Helmen und Rüstungen und ihren umgeschnallten Schwertern sie auf ihrem Ritt begleiten.

Sie schaute zurück nach Béziers, das auf einem Berg oberhalb des Flusses Orb lag. Aus dem Tal war Nebel aufgestiegen, der fast die ganze Stadt verhüllte. Nur die rotgedeckten Spitztürme der Stadtmauer und die Kirchtürme waren zu sehen. Auch die obere Hälfte der aus gelben Steinen erbauten Zitadelle, in der sie mit Amalric wohnte, war zu erkennen. Dort saß er jetzt und war damit beschäftigt, Befehle für die Requirierung von Vorräten für Ludwigs Kreuzzug zu unterzeichnen.

Die Väter und Großväter ihres Begleitschutzes hätten an dem Massaker von Béziers vor vierzig Jahren beteiligt gewesen sein können. Ihre Eskorte bestand nur aus gutaussehenden blonden Franken mit gerader Nase und eckigem Kinn. Amalric schien solche Männer zu bevorzugen.

Sire Guy d'Etampes, ein junger Ritter und Amalrics Adjutant, versuchte, die Unterhaltung aufrechtzuerhalten. Er betrachtete es offensichtlich als seine Pflicht, sie zu unterhalten. Doch sein einziges Thema war der geplante Kreuzzug. Sie erinnerte sich daran, wie sie mit Roland über ihre Teilnahme am Kreuzzug gesprochen hatte, und ihr Schmerz wurde noch größer.

»Das sind gute Jahre für die Bauern«, sagte d'Etampes. »Die Beauftragten des Königs kaufen überall die gesamte Ernte auf. Noch zwei Sommer werden vergehen, bevor wir aufbrechen, aber in Aigues-Mortes werden schon Weizen und Heu eingelagert.« Er wandte sich zu ihr um und grinste. »Wenn die Zeit kommt, in See zu stechen, haben wir zumindest keine lange Reise vor uns. Aigues-Mortes liegt nur fünfundzwanzig Meilen weiter oberhalb an der Küste.«

»Ich weiß, wo Aigues-Mortes liegt, Sire«, unterbrach Nicolette ihn bissig. »Schließlich bin ich hier geboren.«

»Verzeiht, Madame, das hatte ich vergessen.« Er wandte sich ab und wischte sich mit einem Zipfel seines blauen Umhangs die Regentropfen aus dem Gesicht, die von seinem Spitzhelm herunterrannen. Er zog seine Kapuze über den Kopf, um sein Gesicht vor dem Sprühregen zu schützen.

Der junge Mann war verlegen, bemerkte Nicolette. Er wollte

sich bei ihr beliebt machen. Sie wußte, daß er ein Auge auf Isabelle geworfen hatte, die für einen Ritter mittleren Standes wie ihn eine außerordentlich gute Partie wäre. Dieser anmaßende Ritter merkt gar nicht, daß ich auf Amalric überhaupt keinen Einfluß habe. Isabelle wird den heiraten, den ihr Vater für sie auswählt.

Und sich selber sagte sie, daß für Amalric, solange er keinen eigenen Sohn hatte, kein Mann für Isabelle in Frage kam, der nicht mindestens ein Graf war. Denn wer Isabelle heiratet, wird eines Tages die Gobignonschen Ländereien erben.

Aber wenn mein Kind ein Junge wird? Bei diesem Gedanken durchzuckte sie der Schmerz wie ein Messerstich.

Rolands Kind. Es gab Zeiten, in denen sie darum betete, das Kind zu verlieren. Aber es gab auch Zeiten, in denen sie es unter allen Umständen bekommen wollte, denn es war das einzige, was ihr von Roland geblieben war. Und heute spürte sie ein Bedürfnis, es zu lieben und zu beschützen. Diesmal wollte sie eine bessere Mutter sein.

Sie bemerkte eine schmale Felsspalte weiter oben im Berg. Zwischen den kahlen braunen Felsen stand eine halbzerfallene Kapelle. In diesem Land hatte sie so heruntergekommene Kirchen schon zu Dutzenden gesehen. Durch Amalric ist der Katholizismus im Languedoc nicht gerade beliebt geworden, dachte sie.

Als sie sich mit ihren Begleitern der Kirche näherte, bemerkte sie zwei Männer in braunen Gewändern, die im Eingang saßen. Bei ihrer Ankunft erhoben sie sich. Es waren Franziskanermönche. Das erinnerte Nicolette daran, daß sie die Ordenstracht der Franziskaner erst vor zwei Monaten selbst getragen hatte.

O Roland, nun haben wir uns für immer verloren.

Die beiden Brüder eilten herbei, um die Reiter aufzuhalten. Ihre Kutten flatterten ob der unziemlichen Hast. Vollkommene würden sich beim Betteln nie so benehmen, dachte Nicolette.

»Dreckige Herumtreiber«, sagte Guy d'Etampes. »Sollen wir sie aus dem Weg peitschen, Madame?«

Nicolette war überrascht. D'Etampes war immerhin ein Katholik, und das waren Mönche. Da fiel ihr ein, daß die Franziskaner zur Armut verpflichtet waren, und der Adel verabscheute die Armut.

»Diese Männer haben ein Gelübde abgelegt, in Demut nur von der Mildtätigkeit anderer zu leben«, sagte Nicolette. »Wärt Ihr stark genug, so zu leben, was glaubt Ihr?«

Der junge Ritter wurde rot vor Ärger.

Die Mönche waren jetzt näher gekommen, und Nicolette bemerkte, daß sie tatsächlich abgerissen aussahen. Ihr Haar war wild zerzaust. Sie hatten kurze, ungepflegte Bärte. Ihre bloßen Füße uund Beine waren voller Schorf und Schmutz. Nicolette schüttelt sich bei dem Gedanken an das Ungeziefer, das in diesen verdreckten Kutten herumkrabbeln mußte. Aber man brauchte Charakter, um so leben zu können, dachte sie, und in ihre Abneigung mischte sich Bewunderung.

Der größere der beiden sagte: »Unser Herr Jesus segnet die freundlichen Spender, Madame.«

Als sie die Stimme hörte, setzte ihr Herzschlag aus.

Roland.

Mit beiden Händen umklammerte sie den Sattelknauf, um nicht vom Pferd zu fallen. Ganz benommen blickte sie über die Berge in Richtung Béziers, wo Amalric war.

Wenn Amalric wüßte, daß er hier ist...

Sie sah wieder den Mönch an. Vielleicht hatte sie sich in ihrem Kummer getäuscht?

Nein, er war es. Unter all dem Schmutz, dem ungepflegten Haar und Bart waren dieselben scharfen Gesichtszüge zu sehen, die sie so gut kannte. Vor drei Monaten, in dem Wald zwischen Chartres und Paris, hatte sie dieses Gesicht mit ihren Fingern berührt.

Die verletzte rechte Schulter war unter dem schäbigen Gewand zu erkennen. Ein Blick aus blitzenden blauen Augen in einem dunklen Gesicht traf sie.

Er hatte sich die Tracht der Franziskaner sicher ausgesucht, um sie an die Verkleidung zu erinnern, die sie bei ihrem Besuch benutzt hatte. Wollte er sie provozieren? Hatte er den langen Weg zurückgelegt, um seinen Tod zu suchen?

Sie öffnete den Mund. Sie brauchte nur d'Etampes zu sagen, daß dies Orlando di Perugia sei. Amalric hatte d'Etampes sicher vor dem Troubadour gewarnt, wahrscheinlich sogar den Befehl gegeben, ihn sofort zu töten.

Nein. Sie haßte Roland zwar wegen seiner Treulosigkeit, aber sie würde es nicht ertragen können, schuld an seinem Tod zu sein. Sie blickte an Roland vorbei und erkannte in dem anderen Mönch Perrin, der ein wenig lächelte und sie fragend ansah. Welches Risiko Perrin doch eingeht, dachte sie. Einen so treuen Begleiter verdient Roland überhaupt nicht. Es war abscheulich, Roland, ihn mitzunehmen. Selbst wenn ich dich verraten wollte, Perrin könnte ich niemals etwas antun. Sie war verwirrt. Ihr Körper fühlte sich an, als wäre er vollkommen erstarrt gewesen und käme im Moment durch aufgeregtes Prickeln wieder zu sich. Ich werde wieder lebendig, sagte sie sich erstaunt.

Sie mußte mit Roland sprechen, und sei es nur, um ihm zu sagen, wie sehr er sie verletzt hatte, wie sehr sie ihn haßte. Und sie wollte hören, was er zu sagen hatte. Nachdem sie seine Treulosigkeit entdeckt hatte und mit gebrochenem Herzen von Paris nach Béziers geflohen war, hatte sie es bereut, nicht abgewartet zu haben, bis er zurückkam, und ihn zur Rede gestellt zu haben.

Plötzlich bemerkte sie, daß alle – Roland und Perrin, Guy d'Etampes und seine Soldaten – sie anstarrten.

Sie erinnerte sich, daß d'Etampes ihre Geldtasche bei sich trug. »Sire Guy«, forderte sie ihn auf, »gebt jedem dieser guten Brüder eine Silbermünze.«

»Madame, Ihr werdet hundertfach belohnt werden für die Güte, die Ihr den geringen Brüdern des heiligen Franziskus erweist«, sagte Roland und griff nach den Münzen, die ihm Sire Guy verächtlich hinstreckte. Roland steckte sie in einen Lederbeutel, der an einer Schnur um seine Taille hing.

»Und jetzt macht, daß Ihr fortkommt«, sagte d'Etampes schroff.

»Vielen Dank, Sire«, sagte Roland und verbeugte sich. »Aber vielleicht kann ich Eure Freundlichkeit mit meinem geistlichen Beistand vergelten. Gern höre ich die Beichte eines jeden, der seinen Frieden mit unserem himmlischen Vater machen möchte.«

»Vergebung, ehrwürdiger Bruder«, sagte d'Etampes mit beißendem Sarkasmus, »aber ich bezweifle, daß irgendeiner von uns Euch nahe genug kommen möchte, um die Beichte abzulegen. Trotzdem vielen Dank und guten Tag.« Die Männer lachten.

»Vielleicht brauchen diese Kreuzritter Euren Beistand nicht, guter Bruder«, sagte Nicolette schnell, »aber ich glaube, daß Gott manchmal so zufällige Begegnungen zu unserem Besten herbeiführt.«

D'Etampes schaute sie erstaunt an.

»Und meine besondere Bewunderung gilt dem Franziskanerorden«, fuhr sie fort. »Würdet Ihr geruhen, meine Beichte zu hören?« fragte sie den zerlumpten Mönch, der in Wirklichkeit Roland war.

D'Etampes war verärgert und besorgt um sie. »Madame, Ihr wißt doch überhaupt nicht, wer dieser Kerl ist. Er muß noch nicht einmal ein echter Mönch sein.«

D'Etampes' Besorgnis war doppelt begründet. Es war bekannt, daß sich die Widerstandskämpfer im Languedoc manchmal als katholische Geistliche verkleideten.

»Ich bin sicher, diese Brüder haben nichts dagegen einzuwenden, wenn Ihr sie durchsucht, und Ihr könnt in der Nähe bleiben, um mich zu beschützen, solange Ihr außer Hörweite seid.«

»Sie durchsuchen?« fragte d'Etampes und starrte voller Ekel auf das schmutzige Paar in seinen zerlumpten Gewändern.

Er hat Angst vor Ungeziefer, dachte sie. »Tut, was Ihr wollt«, sagte sie. »Ich werde in der Kapelle warten.«

Der größte Teil der Kapelle war ohne Dach. Arme Bauern hatten das Holz geholt, nur der Altar war noch von einem Steingewölbe überdacht.

Angst vor dem bevorstehenden Gespräch überfiel sie, vor den Worten, die sie ihm sagen würde, aber auch vor dem, was sie von ihm zu hören bekommen würde.

Soll ich ihm sagen, daß ich schwanger bin? Ihr war kalt vor Aufregung. Was würde er unternehmen, damit sein Kind nicht in Amalrics Hände käme?

Der Rhythmus des Regens hörte sich an wie das Echo einer Unzahl kleiner Hämmerchen. Sie sah, wie ein Soldat auf Befehl von Guy d'Etampes hastig Rolands schäbige Kutte abtastete. Eine wertlose Suche, wenn Roland wirklich ein Widerstandskämpfer des Languedoc mit Mordplänen wäre.

Dann kam Roland mit gefalteten Händen auf sie zu. Sie sah, daß der junge Ritter im Eingang der Kapelle stehenblieb und Roland beobachtete.

Roland unterdrückte ein Zittern, als er sich der Gestalt am Altar näherte. Am liebsten wäre er zu ihr gerannt, hätte sich vor ihr auf die Knie geworfen und sie um Verzeihung gebeten. Aber er durfte seine Maske nicht fallenlassen.

Konnte er ihr irgend etwas sagen, um sie wieder für sich einzunehmen? Sie hatte ihn bisher nicht verraten. Das könnte ein gutes Zeichen sein.

Sie nahm ihren Lederhut ab, blickte ihm ins Gesicht, und er sah den Haß in ihren Augen. Seine Angst wuchs. Doch was für eine Freude, trotz dieses Schmerzes, wieder in ihr Gesicht zu sehen!

Er versuchte ein Lächeln. »Es wäre besser, Ihr würdet knien, wenn dies wie eine richtige Beichte aussehen soll«, sagte er leise.

Sie sah ihn nur an und kniete langsam nieder.

»Ihr müßtet eigentlich vor mir knien«, flüsterte sie aufgebracht. »Wenn ich Euch in Paris getroffen hätte, wärt Ihr schon seit zwei Monaten tot. Ich könnte es auch jetzt noch tun. Ich habe meinen Dolch dabei.«

Er war versucht, sie auf die Probe zu stellen, seine Mönchskutte aufzureißen und seine Brust zu entblößen. Ich würde lieber hier sterben, wo ich sie anschauen kann, als irgendwo sonst, dachte er, und es fiel ihm auch das Messer ein, das er an der Innenseite seines Schenkels befestigt hatte, an einer Stelle, die kein ehrenwerter Ritter berührte.

»Auch ich habe eine Waffe. Die Leute Eures Gatten sind nicht besonders gut geschult.«

Er sah, daß sich ihre Lippen zu einem Lächeln verzogen. Hoffnung keimte in ihm auf.

Er setzte sich auf die Altarstufen, zwar in gebührendem Abstand, aber immer noch nahe genug, daß sie sich leise unterhalten konnten. Der Geruch seines Körpers nach Schmutz und Schweiß stieg ihm in die Nase, und er war froh über diesen Abstand zwischen ihnen.

Wie sollte er überhaupt anfangen? Während er mit Perrin in den Süden gezogen war, hatte er mehr als hundert Versionen seiner Ansprache entworfen. Nachts, während sie auf der kalten Erde lagen, hatte er in den unbarmherzigen Novemberhimmel hinaufgestarrt und sich gefragt, was er wohl sagen könnte, um sie zu rühren. Jetzt war der Moment gekommen, in dem er sprechen sollte, aber er fühlte sich vollkommen leer. Mit zugeschnürter Kehle fing er dennoch an.

»Ihr seid immer noch meine Gebieterin, *mi dons*«, sagte er. »Mein Leben liegt in Eurer Hand. Ich bin gekommen, und Ihr könnt mit mir tun, was Ihr wollt. In meinem Herzen knie ich tatsächlich vor Euch und bete Euch an, flehe Euch an.«

Er sah selbst in dem trüben Licht, das durch das schadhafte Dach in die Kirche fiel, den Zorn in ihrem Gesicht.

»Wie könnt Ihr es wagen, so zu reden?« flüsterte sie. »Ihr habt alles verraten, was wir uns gegenseitig versprochen haben.« Tränen glitzerten in ihren Augen. »Ihr liebt eine andere Frau.«

Er schüttelte den Kopf. »Ich liebte einst eine andere Frau. Als ich erfuhr, daß Diane eine Vollkommene geworden war, hatte ich das Gefühl, sie wäre gestorben. Ich leugne nicht, daß sie einen besonderen Platz in meinem Herzen einnimmt, aber das ist eine Nische für Heiligenstatuen. Ihr seid meine einzige Liebe.«

Doch noch während er sprach, forschte er in seinem Herzen,

wie er es schon so oft getan hatte. Hatte er wirklich das Gefühl, als wäre Diane tot, obwohl er so genau wußte, daß sie lebte, und zwar in seinem Haus? Zum Teil litt er jetzt auch deshalb, weil er wußte, daß alles nur sein Fehler war. Er hätte Diane wegschicken können. Sie hatte ihn oft darum gebeten. Aber er hatte sie nicht gehen lassen. Er hatte an ihr gehangen, und dies war nun das Ergebnis.

»Meine Gefühle Euch gegenüber gleichen denen, die Ihr, wie Ihr sagt, für Diane empfindet«, sagte Nicolette mit erstickter Stimme. »Ihr seid für mich gestorben.«

Es ist hoffnungslos, dachte er. Sie wird mich nie verstehen. Sie wird mir nie verzeihen.

Aber trotzdem konnte er nicht aufgeben.

»Ihr müßt mir glauben, daß ich Diane nie berührt habe. Seit dem Tag, an dem wir uns heimlich in Guillaumes Zimmer getroffen haben, habe ich keine andere Frau angerührt, und auch schon lange davor nicht.«

Er blickte zur Seite. Ein Beichtvater darf sein Beichtkind nicht ansehen.

Sie fragte: »Was ist mit Guillaume passiert?«

Ihr plötzlicher Themenwechsel überraschte ihn.

»Er hat Glück gehabt. Sie konnten ihm keine Ketzerei nachweisen. Selbstverständlich kann die Inquisition für alles Beweise erzwingen, aber der König selbst hat um ein gerechtes Verfahren gebeten. Es ist mir gelungen, ein gutes Wort für ihn einzulegen. Die Inquisition beschlagnahmte nur sein Haus und seine Bücher – ein Teil wurde verbrannt – und verbannte ihn aus Paris. Er will nach England gehen. Dort gibt es keine Inquisition.«

»Was wurde aus... unserem Zimmer?« Trauer klang in ihrer Stimme mit.

Er lachte verbittert. »Ich könnte mir vorstellen, daß es jetzt etwas anders aussieht. Die Dominikaner haben dort ihre Novizen untergebracht.«

»Dann gibt es also selbst den Ort, an dem wir uns unsere Liebe eingestanden haben, gar nicht mehr.« Er spürte, daß sie mit den

Tränen kämpfte. »Das ist auch gleichgültig. Ich glaubte Eurer Dame, als sie mir sagte, daß ihr nie miteinander geschlafen habt, und ich glaube Euch auch jetzt. Aber wenn Ihr Euch wirklich an die Gesetze der Liebe gehalten hättet, wärt Ihr ihr treu geblieben, auch wenn Ihr sie niemals hättet haben können. Dafür hattet Ihr nicht die Kraft, also habt Ihr Euch mit mir zufriedengegeben. Zufriedengegeben! Ihr habt mir vorgegaukelt, ich wäre die erste in Eurem Herzen.«

Roland streckte die Hand nach ihr aus, zog sie aber gleich wieder zurück. Er hörte das Klappern von Metall und drehte sich zum Eingang der Kapelle um. Der Anführer der Eskorte war einen Schritt näher gekommen und hatte die Hand an seinem Schwertgriff. Sie schickte ihn zurück.

Er soll nur kommen, dachte Roland. Mit Freuden würd' ich im Kampf sterben.

Doch jetzt kämpfte er um Nicolettes Liebe.

»Ich habe diesen weiten Weg zurückgelegt«, sagte er, »nur um Euch das zu sagen: Ja, Diane war vor Euch in meinem Herzen. Ich kannte und liebte sie, seit ich ein Junge war. Doch heute ist dort nur Platz für Euch. Glaubt mir!«

Er hielt ihrem Blick stand, bis seine Augen zu schmerzen begannen. Würde sie ihm glauben?

Auch sie schaute ihn an, und glühende Liebe lag in ihrem Blick. Doch dann flimmerten ihre Augen, und er konnte ihre Zweifel sehen. Sein Herz wurde schwer wie ein Stein.

»Selbst, wenn das alles wahr wäre, was Ihr sagt«, entgegnete sie leise, »müßte doch alles, was zwischen uns war, für immer vorbei sein.«

Er bemerkte, daß da noch etwas war, was sie ihm nicht erzählt hatte. Was lag noch zwischen ihnen?

»Was meint Ihr? Warum?«

»Weil ich ein Kind erwarte.«

Ihm kam es vor, als hätte sie eine fremde Sprache gesprochen, er verstand sie nicht. Dann wankte er und fiel fast von dem Stein, auf dem er saß. Ihm wurde schwarz vor Augen.

Amalric? Wut stieg in ihm auf.

Nein. Diese Nacht im Wald im vergangenen August.

Angst um sie erfüllte ihn. Was würde geschehen, wenn Amalric es herausfände? Dann durchzuckte ihn Freude. Ich werde Vater. Nicolette erwartet ein Kind von mir.

Er bemerkte, daß er lange geschwiegen hatte.

»Es ist natürlich mein Kind«, sagte er.

Ihre Augen funkelten, und sie wurde bleich. Bestürzt wurde ihm klar, was er da gesagt hatte. Ihr bitteres Lachen tat ihm in der Seele weh.

»Es ist natürlich mein Kind. Ich muß es austragen.«

»Weiß es Euer Gatte?«

Sie lachte trocken.

»Mein Gemahl ist hocherfreut und sieht keinen Grund zu bezweifeln, daß er der Vater des Kindes ist. In meinem Kummer nach dem Besuch in Eurem Haus bat ich die Königin, mich zu entlassen, und ich kam sofort hierher. Wohin hätte ich sonst gehen können? Schließlich ist dies meine Heimat, und er ist mein Mann.«

Ihre Stimme brach und mit ihr sein Herz.

Sie erwartet ein Kind von mir und denkt, ich betrüge sie. Mein Gott, wie muß sie gelitten haben. Wenn ich sie nur in die Arme nehmen könnte.

Sie fuhr fort: »Amalric hatte seine ehelichen Rechte wieder wahrgenommen. Ich habe auch versucht, ein gutes Verhältnis herzustellen. Das war nicht schwierig. Er liebt mich wirklich, wenn auch auf seine rauhe Art. Kurz vor meiner Niederkunft werde ich mich zu meinen Schwestern ins Château Lumel begeben. Falls es notwendig sein sollte, werden sie den Termin der Geburt ein bis zwei Wochen geheimhalten können.« Sie hielt inne und unterdrückte ein Schluchzen. »Habe ich zum Wohl meines Kindes nicht gut vorgesorgt?« fügte sie verbittert hinzu.

Das kann sie nicht tun!

Es ist mein Kind, dachte er, nicht das von Amalric. Mein Blut fließt in seinen Adern. Und das meiner Mutter.

Und das meines Vaters. Doch diesen unerträglichen Gedanken verbannte er aus seinem Gedächtnis.

Roland de Vencys Kind in Amalric de Gobignons Haus? Wut packte ihn. Nicht *mein* Kind! Niemals!

»Und was geschieht, wenn das Kind geboren ist?« fragte Roland mit erstickter Stimme.

»Warum? Es wird als viertes Kind des Grafen und der Gräfin Gobignon aufwachsen. Im übernächsten Sommer beginnt der Kreuzzug, und ich werde Monseigneur begleiten. Das Kind wird dann alt genug sein, um bei meiner oder Amalrics Familie bleiben zu können.«

Die Erde unter ihm schien in ihren Grundfesten erschüttert.

»Ihr könnt unser Kind nicht Amalric überlassen«, flüsterte er. »Mein Gott, seht Ihr nicht, was Ihr damit anrichten würdet? Wenn ich der Vater bin, und ich muß es sein, dann ist dieses Kind ein Enkel meiner Mutter. Und dieses Kind käme auf verräterische Weise in die Hand unseres schlimmsten Feindes!«

»Was Ihr sagt, ergibt keinen Sinn«, antwortete sie. »Das Schicksal eines Menschen wird nicht von seinem Blut bestimmt. Gehört Ihr vielleicht zur Familie Gobignon, nur weil ein Teil Blut der Gobignons in Euren Adern fließt?«

Nein, dachte er. Aber ich wurde auch vor der Familie Gobignon bewahrt. Er schloß die Augen. Er hatte nicht nur Nicolette verloren, sondern auch das Kind, das in jener wundervollen Sommernacht entstanden war.

Jetzt weiß ich, wie die Hölle aussieht.

»Ich weiß, daß ich Euch dazu getrieben habe«, sagte er. »Deshalb habe ich meine Verpflichtungen aufgegeben, bin zu Fuß von Paris hierhergekommen und habe mein Leben riskiert, um unter den Augen Eurer Wachen mit Euch zu sprechen.«

»Ihr gebt zu, daß Ihr mich getäuscht habt?«

»Ich gebe zu, daß ich Euch von Anfang an die Wahrheit hätte sagen sollen. Aber ich glaubte, Euch dadurch zu schützen. Ihr wärt sonst mitschuldig geworden an dem Vergehen, eine Ketzerin zu verbergen.«

Doch das klang noch nicht einmal für ihn überzeugend. Selbst wenn keine Gefahr bestanden hätte, wäre er nicht in der Lage gewesen, ihr von Diane zu erzählen. Doch wenn es keine Gefahr gegeben hätte, wäre Diane nicht gezwungen gewesen, sich bei ihm zu verstecken. Angst, die Angst vor der Inquisition hatte dies alles verursacht.

Angst – oder Liebe?

»Nein«, sagte sie. »Ihr hattet Angst, ich würde Eure Liebe zurückweisen, wenn ich von Diane erführe.«

»Vielleicht habt Ihr recht«, sagte er und senkte ergeben den Kopf. »Ich habe Euch getäuscht und nehme das Leid über Euren Verlust als gerechte Strafe an. Aber wo bleibt die Gerechtigkeit für mein... für das Kind? Das Kind kann hier nicht mitreden. Ihr entscheidet über sein Schicksal.«

»Das kann man von verschiedenen Seiten sehen«, sagte sie. »Amalrics Vater hat Eurer Mutter einen Bastard angehängt. Nun hat dieser Bastard mit Amalrics Frau auch wieder einen Bastard gezeugt. Die Vencys haben sich an den Gobignons gerächt, wenn nicht auf dem Schlachtfeld, so doch zumindest im Bett.«

Er schloß seine Augen; der Schmerz über ihre groben Worte wurde unerträglich.

»Das ist das Grausamste, was ich je gehört habe.«

»Roland, es fällt nicht schwer, grausam zu sein, wenn man so verletzt wurde wie ich. Als sich die Tür Eures Hauses öffnete, ich diese Frau sah und im gleichen Augenblick wußte, daß alles, was ich mir auf dieser und in der anderen Welt wünschte, verloren war, das war auch grausam.«

Rasend vor Schmerz schlug er zurück. »Ihr verratet die Liebe, nicht ich. Ihr liefert Euch und das Kind, das aus unserer Liebe entstanden ist, dem Feind unserer Liebe aus.«

»Lieber Gott, was erwartet Ihr von mir?« fragte sie. »Soll ich mit Euch weglaufen? Sollen wir als zwei Almosenempfänger – später als drei – auf den Straßen betteln und darauf warten, von Amalrics Männern getötet zu werden? Das Kind braucht Geborgenheit, ein Heim, eine Familie.«

In Gedanken sah er Amalric und Hugues de Gobignon vor sich; diese Vorstellung erfüllte ihn mit Abscheu.

»Eine schöne Familie! Lieber würde ich mein Kind tot, denn als einen Gobignon heranwachsen sehen. Ihr würdet Eure Seele und die des Kindes für das Gold der Gobignons verkaufen! Bedeutet Euch die Liebe gar nichts mehr?«

»Ihr wagt es, mich über die Liebe zu belehren?« fauchte sie. »Aus Eurem Mund klingt dieses Wort entehrt.«

Zorn stieg wieder in ihm auf.

»Ihr macht mich dafür verantwortlich, daß Ihr zu Amalric zurückgekehrt seid. Ihr sagt, es sei meine Schuld, daß Ihr beschlossen habt, das Kind als Amalrics Kind aufwachsen zu lassen. Und dies alles, nur weil ich Diane vor Euch verborgen hielt. Doch Madame, angenommen, Diane gäbe es gar nicht, wärt Ihr dann nicht trotzdem schwanger? Und wärt Ihr nicht auch zu Amalric zurückgekehrt?«

Sie wurde weiß im Gesicht, ihr Zorn schien verebbt. Sie kniete noch immer und starrte zu Boden.

Nach einiger Zeit sagte sie: »Ich weiß es nicht. Vielleicht wäre ich mit Euch geflohen. Aber was macht das jetzt für einen Unterschied? Ich weiß nur, daß ich das Glück hatte, rechtzeitig von dieser Frau zu erfahren. Um wieviel schlimmer wäre es gewesen, wenn ich es erst erfahren hätte, wenn mein Kind und ich hilflos und von Euch abhängig gewesen wären.«

»Aber Ihr und Euer Kind werdet auf Amalric angewiesen sein. Glaubt Ihr wirklich, daß das besser ist?« unterbrach sie Roland. »Ich kann es nicht ertragen, wenn ich nur daran denke, daß er Euch umarmt!«

Ihr Gesicht bekam einen härteren Ausdruck. Selbstschutz, dachte er, sie schützt sich und das Kind.

»Das macht mir nichts aus«, sagte sie. »Einer ist wie der andere.«

Obwohl er auf den Schlag gefaßt war, den sie ihm austeilen würde, hatte er das Gefühl, als hätte sie ihn mit einem Dolch durchbohrt.

»Ihr seid unvorsichtig, Nicolette. Es gibt einen Weg, um sicherzustellen, daß weder Ihr noch mein Kind künftig Amalric gehören werden. Ich sagte Euch schon, daß mich Eure Wachen nicht sehr sorgfältig durchsucht haben.«

»Roland, ich habe keine Angst vor Euch.«

Ihr Blick wurde wild, und ihr Körper richtete sich auf. Er spürte, daß sie bereit war, um ihr Leben und das ihres Kindes zu kämpfen.

»Und ich hoffte, daß Ihr mit mir zusammen nie Angst zu haben brauchtet. Aber ich stehe am Rand des Wahnsinns. Stürzt mich nicht hinein. Sagt kein Wort mehr.«

Alles ist verloren, dachte er. Er war völlig hilflos. Es blieb ihm nichts anderes übrig, als nach Paris zurückzugehen. Ihre Liebe war gestorben. Das Kind würde Amalric gehören.

Langsam und beinahe ehrfurchtsvoll machte er mit seiner rechten Hand das Kreuzzeichen. »Ich segne Euch mit dem Zeichen des Leidens. Bereut Eure Sünde und geht in Frieden.« Bei diesen letzten Worten brach seine Stimme, und Tränen traten ihm in die Augen.

Sie blieb noch knien. »Was werdet Ihr tun, Roland?«

Trotz seiner Tränen versuchte er sie ein letztes Mal anzuschauen. Zu gerne hätte er ihre dunklen Wangen gestreichelt. Was werde ich tun? dachte er. Gott allein weiß es. Ich werde versuchen, eine Möglichkeit zu finden zu sterben.

»Vergeßt mich«, sagte er, »wenn Ihr könnt.«

Mit zitternder Hand bekreuzigte auch sie sich, um bei den Wachen den Eindruck einer Beichte aufrechtzuerhalten und stand auf. Roland wandte sich ab und blickte in das Dunkel der Kapelle.

Als sie durch den unbedachten Teil der Kapelle hinaustaumelte, vermischte sich der Regen in ihrem Gesicht mit ihren Tränen.

Sie weinte auch noch unaufhörlich, als sie schon mit ihren Pferden bergabwärts auf dem Weg zurück nach Béziers waren. Guy d'Etampes schaute sie wiederholt von der Seite an, sagte aber nichts. Er fragt sich sicher, was ich wohl zu beichten hatte, daß ich jetzt so weinen muß, dachte sie in ihrem Schmerz.

Als sie die Hälfte ihres Weges zur Stadt zurückgelegt hatten, sagte er: »Madame, ich kenne die Welt. Wenn Ihr wirklich eine schlimme Sünderin wärt, würdet Ihr nach der Beichte nicht so viel weinen.«

Ihre Tränen versiegten auf einmal. Er ist freundlich, dachte sie, aber er hat kein Verständnis für andere Menschen. Er kann sie nicht durchschauen, sonst würde er nicht Amalric dienen. Düstere Verzweiflung umfing sie.

»Schweigt, Sire. Ihr versteht überhaupt nichts!«

Das letzte Stück ihres Weges zurück zur Burg – ihrem Gefängnis – legten sie ohne ein weiteres Wort zurück.

XVI

Diane wurde starr vor Angst, als sie Rolands Schritte auf der Treppe hörte. Den ganzen Winter über, seitdem er nach der Begegnung mit Nicolette von Béziers zurückgekommen war, war er nicht mehr er selbst gewesen. Alles, was er sagte, klang beunruhigend bitter. Er trank und brütete vor sich hin. Manchmal starrte er Diane stundenlang an, ohne etwas zu sagen.

Ich bin der Grund für sein Leiden, beschuldigte sie sich. Ich hätte doch fortgehen sollen. Ich war schwach, weil ich in Sicherheit und in Rolands Nähe sein wollte. Und jetzt habe ich sein Leben ruiniert.

Die Symbole dieses Ruins lagen auf dem Tisch in der Eingangshalle: ein derber, mannshoher Wanderstab, eine schlichte Ledertasche und ein Kreuz aus roter Seide. Diese Dinge bedeuteten, daß Roland nun allem, wofür er bisher gelebt hatte, den Rücken kehren wollte. Und dieses Mal diente das Kreuz nicht als Tarnung wie damals auf dem Mont Ségur. Ihr war übel, als würden die Dinge, die auf dem Tisch lagen, einen üblen Geruch verbreiten, und deshalb öffnete sie die Eingangstür, um die frische Frühlingsluft hereinzulassen.

Doch gab es etwas Harmloseres als den Stab eines Pilgers und seinen Lederbeutel, in dem er ein paar Münzen und ein Stückchen Brot mit sich führte? Wer ist friedlicher als ein Pilger? Und gab es ein schöneres Symbol für die Liebe als das durch Jesus Christus geheiligte Kreuz? Wie können diese unschuldigen Zeichen die Ritter dazu bringen, fremde Völker mit Plünderung und Mord heimzusuchen?

Sie wußte, daß Roland am Tag zuvor in der großen feierlichen Einschwörung in der Kathedrale von Notre-Dame den Kreuzritter-Eid geleistet hatte. Aber er hatte die Erkennungszeichen der Kreuzritter nicht mit nach Hause gebracht. Erst am Morgen hatte ein Bote sie gebracht und gesagt, Roland habe sie irgendwo vergessen. Nun beobachtete sie, wie Roland schwerfällig die steile Treppe herunterkam. Unten blieb er stehen und blinzelte in das Sonnenlicht, das durch die offene Tür hereinfiel.

»Die Sonne ist schon auf dieser Seite des Hauses?« sagte er. »Ist es schon Nachmittag?«

»Es ist ein wunderschöner Tag«, antwortete Diane.

Er lächelte mürrisch und zog den linken Mundwinkel hoch. »Schöne Tage sind das Werk des bösen Gottes, sagt ihr Katharer doch, nicht wahr? Ich für meinen Teil möchte bei Sonnenschein und blauem Himmel am liebsten gleich wieder zurück ins Bett.«

Nach der durchzechten Nacht war sein Gesicht blaß und faltig. Seine Verbitterung schien heute schlimmer denn je. Sie hätte um ihn weinen mögen.

»Der König hat gestern abend für alle neuen Kreuzritter einen Empfang gegeben«, sagte er mit einem Lächeln, das eher spöttisch wirkte. »Zwölf Gänge. Schweinskopf und Bärenschinken. Und die Königin hatte angenehme Neuigkeiten für mich.«

Was immer das für Neuigkeiten waren, sie waren wahrscheinlich der Grund, weshalb er in der vergangenen Nacht soviel getrunken hatte. Sie wartete darauf, daß er sie ihr erzählte.

»Nicolette hat einen Sohn geboren«, sagte er unvermittelt. »Meinen Sohn. Mein Sohn wird eines Tages ein Graf Gobignon sein. Stell dir das vor!«

Sie fühlte Mitleid mit ihm. Tränen brannten in ihren Augen. Der arme Mann. Das einzige Kind, das er gezeugt hatte, war in der Hand seines schlimmsten Feindes. Sie hätte so gerne sein Gesicht gestreichelt, um ihn zu trösten.

Aber alles, was sie herausbrachte, war: »O nein!«

Ich wünschte, ich hätte das Kind bekommen. Was denke ich da? Gott, vergib mir!

»Ich bin schrecklich durstig«, sagte Roland. »Und nach allem, was ich letzte Nacht getrunken habe, müßte ich mich schon beim Anblick von Wein übergeben. Ihr Vollkommenen seid weise, niemals Wein zu trinken.« Er seufzte. »Aber wie spült Ihr dann eure Sorgen weg?«

Das tun wir nie, dachte Diane, wir leben ständig mit ihnen.

»Kann ich etwas von dem Quellwasser haben, das du immer trinkst?«

Diane ging in die Küche, um ihren Wasserkrug zu holen. Durch die offene Küchentür erspähte sie Perrin, der auf dem Feld hinter dem Garten einen Beidhänder über seinem Kopf schwang. Der knielange Waffenrock, den er bei seiner Übung trug, glänzte in der Sonne. Er geht also auch. Er wird das Kreuz tragen und Menschen töten, weil ihm seine Treue zu Roland wichtiger als alles andere ist. Obwohl er jetzt einer von uns ist.

Sie ging zurück und goß Wasser in Rolands Zinnbecher. Er trank ihn in einem Zug aus und verlangte nach mehr.

»Wo sind die anderen?« Er starrte sie so seltsam an, daß sie nervös ihr blaues Kleid glattstrich.

»Perrin ist auf der Wiese und übt mit seinem Schwert. Adrienne und Lucien sind zum Markt gegangen, und der Junge versorgt deine Pferde.« Sie deutete auf die Insignien eines Pilgers und Kreuzritters. »Die da hat der Hof geschickt.«

»O ja, ich seh's«, sagte er nur und verfiel in Nachdenken.

Diane sah auf Rolands verkrüppelte Schulter und verspürte einen Stich in ihrem Herzen. Dieser Mann war innerlich und äußerlich verletzt. Er würde nie wieder einen Beidhänder benutzen können, wie sie es gerade bei Perrin gesehen hatte.

»Roland, denkst du wirklich daran, in diesem Kreuzzug mitzukämpfen?«

Sein Lachen war kurz und rauh. »Weshalb beteiligt man sich wohl an einem Kreuzzug, wenn nicht zum Kämpfen? Was für eine seltsame Frage!«

»Aber du kannst doch deinen rechten Arm nicht über Schulterhöhe anheben. Wie willst du da kämpfen?«

»Ich habe noch einen gesunden Arm, und es gibt viele Waffen außer dem Beidhänder.«

»O Roland, du wirfst dein Leben weg, wenn du in den Kampf ziehst.«

Er lachte wieder. »Ich kann anderes tun. Der König hat erfahren, daß ich in Sizilien Arabisch gelernt habe, und er glaubt, das könnte ihm nützen. Er hat mir schon befohlen, den Bediensteten des Palastes die arabischen Zahlen beizubringen. Ich bezweifle zwar, daß wir viel Gelegenheit haben werden, mit den Sarazenen zu sprechen, aber wenn, dann kann ich behilflich sein.«

»Aber wenn es zum Kampf kommt, ist jeder Sarazene, auf den du triffst, dein Feind.«

»Ich werde besser vorbereitet sein, als du vielleicht annimmst. Erinnerst du dich an Sire Guido, den Tempelritter, der in jener Nacht Perrin hierherbrachte? Er hat mir angeboten, mit mir in ihrem Hauptquartier im Marais zu trainieren. Und die Armee des Königs bricht nicht in diesem Sommer auf, sondern im nächsten Jahr. Bis dahin kann ich viel üben. Die Templer verstehen mehr von der Kunst der Kriegführung als sonst irgend jemand. Viele sind in den Türkenkriegen schwer verwundet worden und können trotzdem noch immer im Kampf ihren Mann stehen.«

Sie erinnerte sich an Guido Bruchesi. Er hatte ihr Angst eingeflößt, weil er ihre Behauptung, Rolands Schwester zu sein, so einfach zu durchschauen schien.

»Ich werde nie die Nacht vergessen, in der Guido den armen

Perrin hierherbrachte«, sagte er. »Du warst großartig, Diane.« Plötzlich sah er sie fragend an. »Wie kannst du eine so gute Ärztin sein, wenn du glaubst, der Körper sei etwas Schlechtes?«

»Wir glauben nicht, daß der Körper schlecht ist, sondern nur, daß er in gewisser Weise eine Sinnestäuschung ist. Schmerz an sich ist wirklich. Wir meinen, es sei unsere Pflicht, die Leiden unserer Brüder und Schwestern zu lindern, ganz gleich, welche Ursachen sie haben.«

Aber das klang auch für sie nicht überzeugend. Ich bin auch versucht, an die Schönheit des Körpers zu glauben. Und ich fühle in mir die Macht der Liebe, die er anbetet.

Da war es wieder, Rolands schiefes Lächeln, das ebensoviel Mißmut wie Vergnügen ausdrückte.

»Wenn du das Fleisch nicht haßt, wenn du dich verpflichtet fühlst, Leiden zu lindern«, er kam näher, und sie sah ihn erschreckt an, »warum willst du dann nicht mir gehören?«

Angst durchzuckte sie. »Roland, du hast versprochen, nie mit mir darüber zu sprechen.« Sie ging auf die andere Seite, damit der Tisch zwischen ihnen stand. »Du bist jetzt nur verstört wegen Nicolette. Ich kann ihren Platz nicht einnehmen.«

»Nein, und sie konnte deinen Platz nicht einnehmen. Eine Zeitlang sah es so aus. Aber sie erkannte als erste die Wahrheit, daß ich nie wirklich aufgehört habe, dich zu lieben. Ich gestand es mir nie ein. Dich hat die Liebe für mich auserkoren. Dich habe ich geliebt – zuerst, zuletzt und immer. Vor langer Zeit habe ich geschrieben: ›Was Mann und Frau in Liebe eint, ist zu des Höchsten Lob gemeint!‹ Diese Verse habe ich für dich geschrieben.«

Ihr Verlangen, das sie so quälte, stieg plötzlich in ihr auf. Es war wie ein Durst, den sie aber nicht nur in ihrer Kehle spürte, sondern auch in ihren Armen und Beinen, in Brust und Bauch und bis in die Fingerspitzen. Und dieser Durst würde nur durch eine Umarmung gelöscht werden. Es war nicht die Angst vor Roland, sondern die vor ihrem eigenen Körper, die sie zurückschrecken ließ.

»Diane, dein Glaube verlangt zuviel von den Menschen. Auf

dem Mont Ségur habe ich junge Männer und Frauen in den Flammentod gehen sehen. Auch du opferst dich Tag für Tag, indem du die Liebe leugnest.«

Mein Körper brennt schon jetzt, dachte sie.

Sie versuchte, an ihren Glauben zu denken, an das, was Bischof Bertrand ihr sagen würde, wenn er mit seinem Rat zur Stelle wäre.

»Roland, die Liebe, von der du sprichst, ist nur ein Augenblick fleischlicher Lust. Soll ich mich dafür selbst zerstören?«

Doch wie hohl klangen diese Worte im Vergleich zu ihrer Sehnsucht nach ihm.

Er kam um den Tisch. Sie wich in die entgegengesetzte Richtung aus.

»Diane, du zerstörst dich selbst. Du vernichtest uns beide.«

»Es gibt ein Leben nach dem Tod, Roland. Ich weiß es.«

»Es könnte für uns ein andres Leben jetzt und hier auf der Erde geben.« Zornig deutete er auf den Stab, den Lederbeutel und das Kreuz. »Ist das meine Zukunft? Der Scheiterhaufen und die Flammen, ist das deine Zukunft? Es gibt Orte, wo wir in Sicherheit zusammenleben können. In den Alpendörfern. In England. Geh mit mir fort, auf der Stelle.«

In Gedanken sah Diane zwei Wege vor sich. Der eine führte in ein langes, gemeinsames Leben für sie und ihn – sie würden miteinander reden, lachen, singen, einander lieben und Kinder haben, all die normalen menschlichen Freuden. Und wenn sie diesen Weg gehen würde?

So schön er ihr auch erschien, sie würde sich an das Böse binden. Und nach ihrem Tod käme ihre Seele für alle Ewigkeit unter die Gewalt des Bösen, des Widersachers. Finsternis und Feuer, entsetzliche Gerüche und der Spott von Dämonen und anderen verdammten Seelen würden sie quälen. Die Verdammnis hätte kein Ende. Es gäbe keine Hoffnung –, nicht einen Funken Hoffnung.

Und sie würde nie Gott sehen.

Auf dem anderen Weg, wenn sie sich von Roland abwandte,

lag ein Leben in ständiger Angst vor ihr, und sicher in nicht allzu weiter Ferne der Tod, der die Opfer der Inquisition erwartete.

Eines Tages hatte sie, nur um eine Ahnung davon zu bekommen, was sie einmal erwartete, einen Finger in die Flamme einer Kerze gehalten. Die Haut hatte gezischt, und der Schmerz war ihr durch den ganzen Arm gegangen. Obwohl sie darauf vorbereitet gewesen war, hatte sie geschrien und den Arm zurückgezogen. Sie hatte eine Brandblase bekommen, die noch tagelang danach weh tat. Sie versuchte, sich vorzustellen, diesen Schmerz am ganzen Körper zu spüren, aber das ging über ihre Vorstellungskraft.

Würde ich vom Scheiterhaufen herab darum bitten, meinem Glauben abschwören zu dürfen? Sie hatte einige Frauen und Männer mit gräßlich entstellten Gesichtern und verrenkten Gliedern gesehen, die in den Flammen ihren Widerruf herausgeschrien hatten und im allerletzten Moment befreit worden waren. Damals hatte sie sie wegen ihrer Schwäche bedauert, aber nach ihrem Versuch mit der Kerze konnte sie sie besser verstehen.

Doch nach dem Feuer der Inquisition würde sie ewige Seligkeit in der Vereinigung mit dem wahren Gott erleben. Starb sie als guter Mensch, würde sie die ewige Güte und immerwährendes Glück erfahren. Ein Glück, demgegenüber Rolands Umarmung nur wie ein Wassertropfen im Vergleich zum Meer wäre.

»Roland«, bat sie, »du weißt, daß das nicht richtig ist. Frage dein Herz.«

»Mein Herz soll ich fragen?« sagte er grimmig und schlich wie eine Katze um den Tisch herum auf sie zu. »Mein Herz sagt mir, daß ich dich liebe, seit ich ein Junge war. Ich liebte dich auch in den vergangenen drei Jahren, in denen ich versucht habe, meine Liebe zu verleugnen, weil du es verlangtest. Ja, du hast mir befohlen, nicht von Liebe zu reden, und ich habe dir gehorcht. Aber ich liebe dich noch immer, ich kann nichts dagegen tun. Ich meine nicht die geistige Liebe zu allen Frauen und Männern. Ich meine eine Leidenschaft von Körper und Seele. Ja, ich sehne mich danach, dich nackt in meinen Armen zu halten. Ja, ich sehne mich danach, in deinen Körper einzudringen, eins mit dir zu sein. Mit jeder Faser meines Daseins glaube ich, daß mein Verlangen nach dir gut ist. Dafür sind die Menschen geschaffen. Ich frage mein Herz, und es sagt mir, daß auch du mich lieben mußt. Ich weiß es.«

Während er sprach, kam er immer näher auf sie zu.

Sie wich aus und lehnte mit dem Rücken an der Wand. Ich hätte durch die Tür nach draußen flüchten können. Warum habe ich mich in eine Falle locken lassen? Ich wollte es so.

Seine Hände griffen nach ihr.

»Nein!« schrie sie auf. Sie streckte ihre Arme aus, um ihn von sich abzuhalten. »Ich liebe dich, Roland«, sagte sie und rang nach Atem. »Ja, ich liebe dich.«

Sein Gesicht schien zu glühen. Die plötzliche Schönheit seines Ausdrucks überwältigte sie.

Mit leuchtenden Augen kam er näher; sie stemmte ihre Hände gegen seine Brust, um ihn abzuwehren. Diese Berührung verursachte ein Zittern in ihren Fingern und Armen.

»Du darfst mir das nicht antun, Roland«, redete sie schnell weiter. »Du wirst meine Seele für immer und ewig vernichten. Auch wenn ich lebe, mit dir zusammenlebe, werde ich ein Nichts sein. Zerstört. Gebrochene Gelübde können nicht erneuert werden. Für mich gibt es keine Vergebung mehr.«

Der glückliche Ausdruck verschwand aus seinem Gesicht. Betrübt sah sie, wie elend er sich fühlte.

»In deinen Augen ist soviel Angst, Diane. Ich kann es nicht ertragen. Weißt du nicht, daß ich dir niemals weh tun würde, daß ich dich niemals gegen deinen Willen berühren würde?«

Er trat von ihr zurück.

Aber nun war es zu spät. Sie konnte sich nicht länger zurückhalten.

Noch zitterte sie von der Berührung ihrer Hände an seiner starken Brust. Sie mußte ihn wieder berühren. Sie konnte ihrem Verlangen nach ihm nicht länger widerstehen.

Sie ging auf ihn zu.

Während sie sich bewegte, schloß sie die Augen und streckte ihre Hände aus.

Sie hörte polternde Schritte, und jemand stand zwischen ihnen. Vor Schreck schrie sie auf.

Sie sah Perrin vor sich stehen, der, den gepanzerten Rücken ihr zugewandt, Roland ins Gesicht starrte. Sein Langschwert hielt er quer über seiner Brust. Über Perrins Lockenkopf hinweg konnte sie den Schmerz und die Wut in Rolands Gesicht sehen.

»Du würdest dein Schwert gegen mich erheben, Perrin?« fragte er leise.

»Vergebt mir, Maître«, bat Perrin voller Trauer. »Ihr habt mich einst beauftragt, diese Dame mit meinem Leben zu beschützen.«

»Glaubst du wirklich, ich würde ihr etwas tun? Kennst du mich so wenig?«

Diane war entsetzt, daß Perrin ihretwegen sein Schwert gegen Roland erheben wollte.

»Ich versuche nur das zu tun, was mein Gewissen mir befiehlt«, rechtfertigte sich Perrin mit brüchiger Stimme.

»Du kannst dein Schwert wegstecken«, sagte Roland schroff und kehrte Perrin und Diane den Rücken zu. »Ich hatte nicht die Absicht, Madame Diane Gewalt anzutun. Ich dachte, daß sie... Es ist egal, was ich dachte.«

»Ich habe nicht vergessen, was Liebe bedeutet, Sire«, bemerkte Perrin leise und steckte sein Schwert in die Scheide.

»Diane«, sagte Roland, »ich habe eben die Angst in deinen Augen gesehen. Du hast erklärt, daß es deinen Untergang bedeutet, wenn du mich liebst. Ich sehe jetzt, daß dein Glaube stärker ist als meine dürftigen Worte. Verzeih mir, daß ich so vermessen war, dich darauf anzusprechen. Ich werde dich nie wieder belästigen.«

Er weiß nicht, daß er gewonnen hatte, dachte Diane, hin und her gerissen zwischen Ärger und Erleichterung. Aber nun bin ich gerettet. Mein Gelübde ist unverletzt.

Sie nahm sich zusammen. Ich darf diesen Augenblick der Gnade nicht wegwerfen. Doch sie wußte, daß sie, sobald sie allein war, über den gerade erlittenen Verlust weinen würde.

»Auch du mußt mir verzeihen, Perrin«, bat Roland heiser. »Du hast es verdient, Spielmann eines viel besseren Troubadours zu sein.«

Aufrecht, aber mit schiefen Schultern ging Roland in den Garten hinaus.

»Ich möchte keinem anderen Maître als Euch dienen!« rief ihm Perrin hinterher.

»Mein Gott, Perrin«, stöhnte Diane, »was habe ich ihm angetan? Ich habe Nicolette vertrieben. Jetzt stehe ich auch noch zwischen Euch und ihm.«

»Es ist nicht Eure Schuld, Madame«, versuchte Perrin sie zu beruhigen. »Macht Euch keine Vorwürfe. Schuld hat die Gräfin, die sich von ihm getrennt hat und ein Kind von ihm bekam. Das hat ihn fast verrückt gemacht.« Er lächelte freundlich. »Glaubt auch nicht, daß Ihr nun zwischen uns steht. Ich kenne meinen Meister. In kurzer Zeit werden wir zusammen auf das linke Seine-Ufer gehen, und er wird sich wieder betrinken wie in der letzten Nacht. Im Moment ist das für ihn die einzige Medizin.«

Sie hörte Perrin nur undeutlich. Ihr Herz klopfte, und ihre Hände waren kalt wie Eis. Reue quälte sie. Wenn ich sterbe, werde ich dann wünschen, ich hätte mich Roland hingegeben?

»Ich glaube, es ist das beste, wenn Ihr dieses Haus verlaßt«, erklärte Perrin ernst. »Ich sage es ungern. Vielleicht kann unsere Kirche einen anderen Zufluchtsort für Euch in Paris finden. Geht, wenn Ihr könnt, während er und ich heute nacht weg sind. Wie ich schon erwähnt habe, er ist ein bißchen verrückt, seit er in Béziers mit der Gräfin gesprochen hat.«

»Da ist noch mehr, Perrin«, sagte sie und versuchte mit ihrem langen blauen Ärmel die Tränen wegzuwischen. »Er hat erfahren, daß sie einen Sohn geboren hat. Sein Sohn, der zukünftige Graf Gobignon!«

»Lieber Gott! Das genügt, um ihn endgültig verzweifeln zu

lassen. Ihr wißt, daß sein Vater…« Perrin hielt inne und sah sie fragend an. »Wißt Ihr?«

Seine seltsame Frage lenkte sie für einen Augenblick von seinem Kummer ab.

»Was soll ich wissen, Perrin?«

»Ah, Ihr wißt es nicht«, seufzte er. »Und vielleicht sollte ich es Euch ohne seine Erlaubnis nicht erzählen, aber ich habe schon angefangen, und Ihr könnt ihn dann besser verstehen. Also, sein richtiger Vater war der ehemalige Graf Gobignon, Amalrics Vater.«

Einen Augenblick lang konnte Diane keinen klaren Gedanken fassen. Es ergab alles keinen Sinn.

»Aber ich kenne Rolands gesamte Familie. Ich kenne seinen Vater, Arnaud de Vency und seine Mutter, Madame Adalys.«

»Nein«, Perrin schüttelte den Kopf, »seiner Mutter wurde als junges Mädchen von Graf Stephane de Gobignon Gewalt angetan. Arnaud de Vency rächte das Verbrechen, der Graf bekam, was er verdiente. Arnaud befreite Madame Adalys und heiratete sie, obwohl sie schwanger war. Also sind Amalric de Gobignon und Roland de Vency Halbbrüder.«

Diane war total verwirrt. Der Schlächter vom Mont Ségur war Rolands Halbbruder? Dann war Nicolettes Sohn wahrlich ein echter Gobignon.

»Jetzt könnt Ihr sicher verstehen, wie sehr er die Familie Gobignon hassen muß«, fuhr Perrin fort. »Und nun wird sein eigener Sohn als einer der ihren aufwachsen. Da ist ein Mann wie ich, der keine Kinder haben kann, beinahe besser dran! Ja, deshalb hat er Euch nachgestellt, Madame. Ein Wahnsinn!«

Nein, dachte sie. Selbst wenn ihn das aufgeregt hat, der wahre Grund ist, daß er nie aufgehört hat, mich zu lieben. Aber Perrin hat recht. Ich muß aus seinem Leben verschwinden. Ich werde es meinem Superior sagen. Entweder er hilft mir, von hier wegzukommen, oder ich höre nicht auf ihn und gehe einfach. Ich werde wohl kaum meine Seele verlieren, nur weil ich ihm nicht gehorche, aber wenn ich bleibe, verliere ich sie ganz sicher.

»Du hast recht, Perrin«, sagte sie, »ich muß weggehen.«

Doch ich werde keinen anderen Zufluchtsort in Paris finden. Ich werde ins Languedoc zurückkehren, wo ich gebraucht werde. Ich habe gehört, daß in ganz Toulouse und Aquitanien nicht einmal zehn von unseren Predigern übriggeblieben sind. Es kann gut sein, daß mich die Inquisition schnell aufspürt. Das Leben besteht aus zuviel Leid, dachte sie. Ich möchte sterben, und meine Seele soll wie ein Funken zu Gott aufsteigen.

XVII

Während sie mitten unter den Dorfbewohnern stand und mit ihnen den Aufruf hörte, fröstelte Diane plötzlich. Die südliche Sonne des Languedoc, die auf den Marktplatz schien, hatte für sie alle Kraft verloren.

»Bruder Hugues vom Orden der Prediger, Großinquisitor der Grafschaft Toulouse, wird am kommenden Sonntag eine Predigt halten«, erklärte der Ausrufer, ein Mann in einem schwarzen Gewand mit einem roten Kreuz auf der Brust. »Jeder Bewohner von Azille muß ihn anhören.«

Die Menge zerstreute sich schweigend, die Menschen sprachen weder miteinander, noch sahen sie sich an. Diane wußte, sie hatten alle Angst davor, daß jede Bemerkung der Inquisition überbracht werden könnte.

Während sie mit ihrer Markttasche, die mit Eiern, einem Bündel Schalotten und drei kleinen frischgebackenen Broten gefüllt war, die Straße hinunterging, beobachtete Diane eine Gruppe von Männern am Rande der Ortschaft. Jeder trug einen glänzenden Helm und eine Armbrust. Sie hatten gerade ein Zelt aufgestellt. Soldaten aus dem Norden Frankreichs, die Soldaten der Inquisition. Wahrscheinlich stehen Wachen an allen Ausfallstraßen, dachte Diane beklommen. Für eine Flucht war es zu spät.

Sie hätte sich nicht so lange in Azille aufhalten sollen, aber Aleth brauchte sie. Aleth, die Witwe des Webers, hatte starke Schmerzen in der Brust und konnte jederzeit sterben. Wenn Diane sie verließ, ohne ihr das Consolamentum zu erteilen, könnte Aleth sterben und wiedergeboren werden in ein neues Leben voller Leiden. Doch wenn Diane ihr das Consolamentum erteilte, müßte Aleth von da an ein vollkommenes Leben führen oder sie würde in die Hölle verdammt. Und Aleth war eine lebenslustige Frau, die sehr wahrscheinlich von den Regeln abweichen würde, selbst wenn es ihr nur kurze Zeit besser ging. Obwohl sie schon älter war, hatte sie zugegeben, seit dem Tod ihres Mannes vier Liebhaber gehabt zu haben. Wegen dieser verzwickten Situation war Diane während der vergangenen Wochen bei Aleth geblieben. Sie mochte Aleth und wünschte ihr ein gutes Ende. Doch jetzt merkte sie, daß es ein Fehler gewesen war, bei Aleth zu verweilen, daß die Inquisitoren auf ihrer regelmäßigen Runde durch die Dörfer auch hier Station machen würden. Ihr Superior in Paris hatte sie davor gewarnt, den Tod zu suchen.

Aber ich bin nun seit einem Jahr im Languedoc und bin dreimal knapp entkommen. Wenn ich den Tod suchte, hätte ich sicher nicht so lange gebraucht.

Es war ein gutes Jahr gewesen, und seit ihrer überstürzten Flucht aus Rolands Haus und aus Paris hatte sie viel erreicht. Unauffällig war sie in Aquitanien und Toulouse von Stadt zu Stadt gewandert, hatte viele zur Wahrheit bekehrt, Gläubige in ihrem Glauben bestärkt und Sterbenden das Sakrament erteilt, das sie direkt zu Gott gelangen ließ. Ihre Belohnung waren Liebe und Dankbarkeit, die ihr bei den heimlichen Versammlungen aus den Gesichtern entgegenstrahlten. Nachts, wenn sie allein war, weinte sie manchmal in Erinnerung an Roland. Aber oft sank sie erschöpft in einen gnädig traumlosen Schlaf. Unmerklich war die Zeit vergangen.

Als der Mai des Jahres 1248 kam, stellte sie überrascht fest, daß ein Jahr vergangen war und daß sie schon recht lange im Languedoc lebte – und immer noch am Leben war.

Diane hatte Hugues de Gobignon noch nie gesehen, aber sie hatte von seiner Predigt zu den Märtyrern vom Mont Ségur gehört, und aus einem geheimnisvollen Grund, den sie nicht näher benennen konnte, freute sie sich darauf, ihn zu sehen und zu hören. Als sie in Aleths kleine Hütte zurückkam, berichtete sie der Witwe über die Inquisitoren. Aleth bat Diane zu fliehen.

»Was passiert, wenn in der Kirche jemand aufsteht und mit dem Finger auf Euch deutet, Madame? Ihr solltet sofort die Stadt verlassen.«

»Dafür ist es zu spät«, antwortete Diane. »Die Soldaten der Mönche könnten mich sehen und daraus schließen, daß ich nur deshalb fliehe, weil ich Katharerin bin.«

Am Sonntag beobachtete Diane, wie die Leute zur Kirche eilten, um noch einen Platz zu ergattern. Sie unterhielten sich in leisem, aufgeregten Flüsterton. Obwohl sie die Inquisition fürchteten, wären die meisten wohl auch gekommen, wenn man sie nicht dazu gezwungen hätte. Für sie ist es ein großes Erlebnis, einen berühmten Prediger zu hören, dachte sie. Ob da ein Katholik oder ein Katharer sprach, bedeutete für sie keinen großen Unterschied, egal welcher Religion sie nahestanden.

Sie unterdrückte ein Schaudern, als sie sich von der Menge durch die Tür der kleinen Dorfkirche drängen ließ. Sie war schon in vielen katholischen Kirchen gewesen, aber noch immer fühlte sie sich von ihrem überladenen Schmuck, ihrer Atmosphäre von seltsamen Riten und Götzenverehrung abgestoßen. Die Kirche war überfüllt, es gab nicht genug Platz zum Knien. Die Luft war erdrückend, der Geruch von Schweiß unerträglich. Die fränkischen Armbrustschützen, die bis dahin die Straßen überwacht hatten, standen nun mit den Waffen in den Händen und in voller Rüstung entlang der Wände.

Ein Bruder, der sich Gérard nannte, hielt eine kurze Eröffnungsansprache und erinnerte das Volk daran, daß in der folgenden Woche jeder zur Beichte erwartet wurde.

Dann bestieg Bruder Hugues die kleine Kanzel.

Das Volk war schon ruhig gewesen, aber nun herrschte totenähnliche Stille.

Hugues begann leise und in freundlichem Ton. Er sagte, daß er schon viele Male in dieser Stadt gewesen sei. Er begrüßte den Priester dieser Kirche, den Seigneur des Ortes, einen schnurrbärtigen Ritter aus dem Norden, der auf der rechten Seite des Altars Platz genommen hatte, dann einige Mitglieder der Kirchengemeinde wie alte Freunde.

»Ihr müßt alle wissen«, sagte er, »daß der König das heilige Kriegsbanner Frankreichs, *Oriflamme*, erhoben hat und von Paris aus nach Süden zum Meer marschiert. Ihm folgt das gesegnete Heer der Kreuzritter. Und viele hohe Adelige mit ihrem Gefolge werden sich ihm auf dem Weg zum Meer anschließen.«

Diane fragte sich, ob wohl auch Roland mit dem König marschierte. Ihr Herz schmerzte vor Verlangen nach ihm.

»Auch ich bin berufen, die Kreuzritter zu begleiten, genauso wie mein lieber Bruder, Graf Amalric, unter dessen Obhut sich alle Menschen dieser Region befinden«, fuhr Hugues fort. »Meine Kinder, wer wird euch vor der Plage der Ketzerei beschützen, während der Abwesenheit so vieler Priester und Ritter? Deshalb müssen wir das Land jetzt sorgfältig säubern, damit es sicher bleibt, solange die Kreuzritter fort sind.«

Er wiederholte die vielen Verbrechen, die man den Ketzern vorwarf: Mord an Priestern und Nonnen, Sterbehilfe für Alte und Kranke, Ermutigung zum Selbstmord, Anstiftung zum Aufruhr gegen gerechte Landesherren, Sodomie, Abtreibung, Empfängnisverhütung, Mißachtung des Ehegelübdes. Die Aufzählung ging weiter und weiter. Vor Zorn bebend, wünschte sich Diane, sie könnte aufstehen und diese Lügen entlarven. Sie starrte Hugues an. Sein Anblick jagte ihr Angst ein. Wenn jemals ein Mensch das Werk des Widersachers war, dann war es dieser Mann. Er hatte das Gesicht eines Engels, schmal, schön und rein. Der große, wohlgeformte Kopf mit dem zur Tonsur geschnittenen Haar war ein deutliches äußeres Zeichen für die Kraft seines Verstandes. Seine kräftige Stimme zog die Menschen in ihren Bann.

Er sprach lange und kam schließlich zum Ende seiner Predigt: »Ist jemand unter euch, der ketzerische Gedanken hegt, so stehe er auf und trete hervor. Bekennt eure Sünden, und ihr werdet Gottes Vergebung erhalten. Wer seinen Irrtum zugibt und bereut, wird nur eine geringe Strafe erhalten. Denn unsere Heilige Mutter Kirche ist barmherzig.«

Er wartete. Sein fanatischer Blick wanderte über die Menge, ruhte auf Diane, wanderte weiter und kam wieder zurück zu ihr. Das Herz hämmerte in ihrer Brust. Ich war verrückt, die Stadt nicht zu verlassen, als ich noch die Möglichkeit dazu hatte. Sein Blick wanderte weiter. Seltsam, diese Ähnlichkeit mit Rolands Augen. Wie furchtbar für Roland, der Halbbruder eines solchen Teufels zu sein.

Hugues begann wieder: »Ist irgend jemand unter euch, der von einem weiß, der sich zu den Lehren der Ketzer bekennt, so begeht er sowohl eine Todsünde als auch ein schweres Verbrechen, wenn er ihn uns nicht nennt. Wer jetzt nicht sprechen möchte, kann jederzeit zu uns ins Pfarrhaus kommen, bei Tag und Nacht. Ihr müßt eure Beschuldigungen nicht öffentlich vorbringen. Wenn ihr bei irgend jemandem auch nur den geringsten Verdacht hegt, dann kommt zu uns. Wenn ihr euch irrt und die Person, die ihr uns nennt, unschuldig ist, dann werden wir das mit Gottes Hilfe herausfinden. Es ist besser, daß viele Unschuldige überprüft werden – wenn sie nichts zu verbergen haben, so haben sie auch nichts zu befürchten –, als daß ein schuldiger Ketzer entkommt und weiterhin Seelen vergiften kann.«

Als Diane aus der Kirche trat, atmete sie schwer. Sie hatte versucht, sich im Lauf der Jahre an die Gefahr zu gewöhnen, aber jetzt überkam sie eine furchtbare Angst. Trotzdem durfte sie sich nichts anmerken lassen. Die Leute schauten sie an. Auf dem Platz vor der Kirche starrten Frauen und Männer sie an, als ob ihnen zum ersten Mal bewußt würde, daß sie eine Fremde in ihrer Stadt war. Einer von ihnen wird mich sicher verraten. Vielleicht sogar einer von denen, vor denen ich gepredigt habe; nur um sich selbst zu retten. Aber wußte ich das nicht schon lange?

So schnell sie konnte, eilte sie zu Aleths Haus. Sie fühlte sich wie ein gejagtes Tier, das sich in sein Versteck flüchtet. Doch ihr war klar, daß sie im Haus auch nicht sicherer war als draußen, wo alle sie sehen konnten.

Am nächsten Morgen, am Montag, hörte Diane ein heftiges Pochen an Aleths Tür. Sie sprach ein kurzes Gebet und stand auf, um zu öffnen. Draußen standen drei Soldaten des Inquisitors. Nach einer alptraumhaften schlaflosen Nacht, die sie auf ihrem Strohlager neben Aleths Bett verbracht und in der sie sich immer wieder gefragt hatte, wann sie wohl kämen, um sie abzuholen, war sie beinahe erleichtert, daß sie jetzt da waren. Die Unsicherheit ist schlimmer als der sichere Untergang, dachte sie. Sie forschte in ihren Gesichtern. Sie wirkten weder freundlich noch grausam. Sie fragten sie, ob sie die Frau wäre, die die Witwe Aleth versorge, und sagten ihr, sie müßte mitkommen. Es schien sie gar nicht zu interessieren, wer sie wirklich war. Sie waren einfach Männer, deren Arbeit darin bestand, bestimmte Leute den Mönchen vorzuführen.

Sie willigte ein mitzukommen, aber sie wehrte sich, als sie hörte, daß auch Aleth mit sollte.

»Sie ist schwer krank.«

»Sie kam gestern nicht zur Predigt«, sagte der Hauptmann. »Jeder mußte kommen. Es gibt keine Entschuldigungen.«

»Aber es könnte ihren Tod bedeuten, wenn sie das Bett verläßt«, sagte Diane und betete, daß sie die arme alte Frau doch in Ruhe ließen.

»Wir haben Befehl, euch beide vorzuführen, und beide werden mitkommen«, sagte der Hauptmann und machte kehrt.

Also folgten sie ihnen langsam zurück in die Stadtmitte, Diane mußte Aleth fast tragen. Die Straßen waren nahezu leer. Diane dachte daran, daß zu dieser Tageszeit die meisten Menschen auf den umliegenden Feldern waren, um sich um ihre Tiere und die Felder zu kümmern, und dies ganz sicher unter den Augen der Soldaten des Inquisitors. Die wenigen Leute, denen Diane begegnete, taten, als würden sie sie nicht sehen. Diane sah hinauf zu der gelben südlichen Sonne und dem blauen Himmel, dessen Farbe, davon war sie überzeugt, nirgendwo leuchtender sein konnte, und dachte: Heute sehe ich die Sonne zum letzten Mal als eine freie Frau. Eine Welle von Traurigkeit schlug über ihr zusammen. Es gibt eine bessere Welt als diese, ich weiß es. Trotzdem wird es schwerfallen, diese Welt zu verlassen.

Sie kamen zu dem kleinen Pfarrhaus. Im Innern begegneten sie dem Pfarrer, einem kräftigen Mann mit den roten Bäckchen eines trinkfreudigen Weinliebhabers.

»Bringt diese Frau nach oben«, sagte er und musterte Diane kalt. »Die Mönche wollen sie sofort verhören.«

»Aleth, ich habe dich seit langem nicht mehr in der Kirche gesehen, es ist wohl schon Jahre her. Wir haben viel zu bereden.« Er sprach mit Aleth wie mit einem Kind, aber seine Stimme hatte einen bedrohlichen Unterton. Er nahm die alte Dame beim Arm und führte sie durch eine Tür in den hinteren Teil des Hauses.

Diane hatte mehr Angst um Aleth als um sich. Ich hätte ihr doch das Consolamentum erteilen sollen. Ob dieser Priester sie wohl dazu bringen wird, ihren Glauben aufzugeben?

Die Wachen führten Diane eine Treppe höher. Es war ein langer, kahler Raum mit weißgekalkten Wänden. Zwei Dominikaner saßen an einem Tisch, hinter ihnen hing ein schwarzes Kruzifix mit einer Christusfigur aus Elfenbein. Fünf junge Gehilfen mit Tonsuren saßen auf beiden Seiten der Inquisitoren. Alle an dem Tisch trugen weiße Gewänder. Sechs Armbrustschützen in schwarzen Jacken mit roten Kreuzen standen entlang der Wand.

Diese Mönche wissen, wie sehr sie von den Menschen aus dem Languedoc gehaßt werden, und sie haben Angst, dachte Diane.

Hugues starrte sie an, ohne ein Wort zu sagen. Sie blickte in seine stechenden blauen Augen und versuchte herauszufinden, was er gleich sagen würde. Schließlich lächelte er freundlich, schob die Ärmel seines fleckenlos reinen Gewandes zurück und nahm eine Pergamentrolle in die Hand.

»Ich habe hier eine Liste der in der Grafschaft Toulouse verbliebenen Ketzerprediger, von denen wir wissen, daß sie auf freiem Fuß sind«, sagte er in munterem, freundlichem Ton. »Wir wollen keine Zeit damit verschwenden, daß Ihr mir Lügen erzählt und ich versuche, dahinterzukommen. Ich werde die alte Dame nach Hause gehen lassen, wenn Ihr mir sofort sagt, wer Ihr seid.«

»Ihr werdet sie nicht weiter belästigen?«

Hugues grinste. »Wir sind nicht hinter Leuten wie ihr her. Wir suchen ganz bestimmte Leute. Diejenigen, deren Namen auf der Liste stehen. Ich habe Euch gestern in der Kirche gesehen, Madame. Ihr habt eine ganz gewisse Ausstrahlung. Ihr könntet eine von denen sein, die predigen und Sakramente spenden, die es wagen, sich vollkommen zu nennen. Ich bitte Euch, Madame, seid Ihr eine von denen?«

»Ich bin eine von denen, die Ihr sucht«, antwortete Diane ruhig.

Sie hörte die Gehilfen wie wild mit ihren Federn kratzen. Sobald sie zu sprechen begonnen hatte, fühlte sie sich erleichtert. Dieses Gefühl erstaunte sie. Daß sie sich ihnen selbst auslieferte, daß sie höchstwahrscheinlich ihr eigenes Todesurteil sprach, hätte sie doch erschrecken müssen. Im Gegenteil, sie war erleichtert, fröhlich. Sie fühlte sich nicht wie verurteilt, sondern eher wie jemand, der in Ketten gelegen hatte und jetzt freigelassen worden war.

Nach einer Weile verstand sie es. Der Kampf, das Wegrennen und Verstecken, die ewige Wachsamkeit und Vorsicht, die andauernde aufreibende Angst: das war jetzt aus und vorbei. Bischof Bertrand und die anderen mußten nach der Übergabe des Mont Ségur genauso gefühlt haben. Nun mußte sie sich nur noch auf ihren Tod vorbereiten.

»Warum seid Ihr hiergeblieben?« fragte Mönch Gérard. »Ihr hättet doch wissen müssen, daß in dieser Stadt als unbekannte Person Verdacht auf Euch fallen mußte.«

»Ich bin geblieben, um dieser kranken Frau zu helfen, so gut ich konnte. Werdet Ihr sie nun gehen lassen?«

»Warum habt Ihr ihr nicht einfach das Sakrament gegeben, sie mit einem Kissen erstickt und die Stadt verlassen?« fragte Hugues heiter, als fände er einen vorsätzlichen Mord so lustig.

Sie war genauso angewidert wie von seinen Anschuldigungen in der Kirche.

»Auch wenn Ihr es behauptet, wir leisten keine Sterbehilfe. Ihr tötet uns schnell genug.«

»Immer noch zu langsam«, sagte der Mönch Gérard.

Die Gehässigkeit in seiner Bemerkung erschreckte sie. Sie konnte einen solchen Haß nicht verstehen.

Sie fragte sich, wie lange sie wohl hier noch stehen müßte. Was wollten sie jetzt noch von ihr? Vielleicht wollten sie sie dazu bringen, all die Greueltaten zuzugeben, die man den Katharern vorwarf. Vielleicht hofften sie auch, etwas von ihr zu erfahren, das sie auf die Spur anderer Katharer, vor allem anderer Prediger, führen würde. Sie wußte, daß die Mönche jedesmal, wenn sie einen Katharer erwischten, ihr Möglichstes versuchten, um von seinen Verbindungen zu anderen zu erfahren.

Ich weiß wenig, versuchte sich Diane zu beruhigen, und werde nichts verraten. Aber ich kann für die Wahrheit Zeugnis ablegen, beschloß sie. Ich werde ihre falschen Behauptungen über meine Kirche Lügen strafen. Wer weiß, vielleicht ist der Verstand eines dieser Männer hier im Raum offen genug, mir zuzuhören.

Der Haß, den ihre Religion hervorrief, war ihr ein Rätsel. Sie hatte schon immer fragen wollen, warum diese Männer soviel Leid über sie und ihr Volk gebracht hatten. Vielleicht konnte sie nun von ihren Anklägern des Rätsels Lösung erfahren.

»Warum haßt Ihr uns so?« fragte sie. »Wir haben Euch nie etwas getan. Ihr wißt auch, daß wir niemandem Leid zufügen.«

Die beiden Mönche lachten, als hätte sie einen guten Witz erzählt.

»O ja«, sagte Hugues. »Wir wissen alle, welch gute Männer und Frauen ihr seid. Ehrlich, hart arbeitend, ernst, ein Vorbild für eure katholischen Nachbarn, nicht wahr? Euer Herr, der Teufel, macht euch dazu.«

Diane war verwirrt. Das glaubte er doch nicht wirklich?

»Ihr tut niemandem etwas an?« fragte der Mönch Gérard. »Ihr habt doch vor dem Albigenser-Kreuzzug fast den ganzen Süden Frankreichs der Kirche entfremdet. Unzählige Seelen brennen euretwegen in der Hölle.«

Hugues sagte: »Haltet Ihr es nicht für schlimm, die Leute zu lehren, sie brauchten keine Bischöfe und Priester? Daß sie die religiösen Lehren so auslegen, wie es ihnen gefällt?«

Ihre unerbittliche Feindschaft war wie die Hitze eines großen Feuers. Sie wollen mich bei lebendigem Leib verbrennen, dachte sie mit zunehmender Panik, und haben das Gefühl, das Rechte zu tun.

»Wir haben also die Schäfchen, die Ihr hütet, zum Weglaufen ermuntert, ist das Euer Kummer?« fragte sie mit beißender Ironie.

»Entlaufene Schafe werden meist von den Wölfen gefressen«, antwortete Hugues prompt.

Er ist schlagfertig, dachte sie widerwillig. Ich muß versuchen, ihn zu begreifen, oder ich werde sterben, ohne zu erfahren, weshalb ich sterben mußte.

»Menschen sind keine Schafe«, sagte sie. »Sie können selbständig denken. Warum habt Ihr davor so viel Angst?«

Hugues kniff die Augen zu. »Verirrte Seelen holt der Teufel. Sobald die Menschen selbständig denken wollen, nimmt der Teufel Einfluß auf ihr Denken. Und jene, die Ihr vom rechten Weg abgebracht habt, hören auf ihn, statt auf ihre richtigen Hirten. Ihr bringt Kinder gegen ihre Eltern auf, Ehefrauen gegen ihre Männer, Bauern gegen ihre Lehnsherren und Stadtleute gegen ihre Seigneurs. Seit hundert Jahren hat sich euer Einfluß über das ganze Königreich ausgebreitet, sogar unter denen, die Katholiken geblieben sind. Zweifel an der Regierung, Beschäftigung mit heidnischer Philosophie, das Nachdenken über die Natur, die aufrührerischen Lieder der Troubadoure, sogar das Königshaus ist verdorben: Ihr steckt hinter all dem.«

»Ihr glaubt doch selbst nicht, daß wir soviel Einfluß haben?«

»Versucht nicht, mir die Unschuldige vorzuspielen, Madame. Ich weiß, daß sich euer Gespinst über das ganze Land erstreckt. In den vergangenen Jahren habe ich viel Zeit in Paris verbracht und versucht, eine Verschwörung aufzudecken, die sogar bis in den königlichen Palast reichen könnte. Stück für Stück habe ich mein Netz aus Informationen gewoben. Wir wissen von Studenten, Buchhändlern, Vagabunden, Troubadouren und kleinen geheimen Gruppen der Katharer, die dort, im Herzen des Königreiches, zusammenarbeiten.«

Paris! Dieser Mann konnte auch dort schon auf ihrer Spur gewesen sein. Vielleicht war es gut für Roland und alle anderen, die sie kannten, daß sie damals geflohen war.

Ich muß sehr vorsichtig sein.

Sie betrachtete die Gehilfen, die eifrig über ihr Pergament gebeugt schrieben und schrieben. Jedes Wort, das sie sagte, wurde festgehalten, damit es später darauf untersucht werden konnte, welche Schlüsse es zuließ.

Ich muß seine Gedanken von Paris ablenken.

»Es interessiert Euch nicht, was wir lehren«, sagte sie. »Eure Sorge ist es nur, daß wir die Menschen beeinflussen, wie Ihr sagt, und dadurch die Macht und den Reichtum der katholischen Kirche schmälern.«

»Wir wissen, daß es falsch ist, was ihr lehrt«, entgegnete Hugues mit einem Achselzucken. »Das reicht. Wenn wir eines Tages das letzte eurer Bücher und den letzten eurer Prediger verbrannt haben, wird keiner mehr wissen, woran ihr geglaubt habt. Eure Religion wird vom Erdboden verschwunden sein.«

Seine Worte erschreckten sie. Sollte er recht haben? Wenn die wenigen Übriggebliebenen so wie ich auf dem Scheiterhaufen gelandet sind, was wird von uns bleiben?

Ihre Füße, die in derben Ledersandalen steckten, begannen zu schmerzen. Sie wollte um einen Stuhl bitten, doch sie wußte, daß sie ihre Bitte ablehnen und sich über diese Anzeichen von Schwäche freuen würden.

Ich muß stark bleiben, befahl sie sich, und Zeugnis ablegen.

»Da seid Ihr sehr im Irrtum, Bruder Hugues«, sagte sie heiser. »Unser Glaube stammt nicht aus Büchern oder von Predigern. Das eine Licht ist in jedem menschlichen Herzen gegenwärtig. Sogar in Eurem, aber Ihr weigert Euch, es zu sehen. Die Menschen werden immer in ihr Inneres sehen können und die Wahrheiten wiederentdecken, die wir gelehrt haben. Tötet alle von uns, aber unter Euren eigenen Leuten wird es wieder welche geben, die bezweifeln, was Ihr ihnen sagt, und die Kirche verlassen. Was Ihr Ketzerei nennt, wird es immer und immer wieder geben, bis es sich endlich von Euch befreien wird. Ihr könnt niemals Frauen und Männer davon abhalten, das Wissen um Gott in ihrem Inneren zu finden.«

Diane bemerkte, daß sie zitterte. Der Geist hat durch mich gesprochen, dachte sie und war verschüchtert durch dieses Anzeichen göttlicher Gnade. Einen Teil von dem, was ich wollte, habe ich getan. Ich habe Zeugnis abgelegt. Aber ich werde diese Männer nie richtig verstehen. Die beiden Mönche sahen sie an und schienen für einen Augenblick verwirrt zu sein.

Schließlich sagte Hugues: »Ihr seid begabt. Ihr seid keine gewöhnliche Katharerin, nicht wahr? Nennt mir Euren Namen, Madame.«

Sie verspürte einen Anflug von Freude, ja sogar Heiterkeit. Ihr Name war vielleicht das letzte Pfand mit dem sie handeln konnte. So vieles ist jetzt für mich das letzte, dachte sie.

»Ihr habt noch immer nicht die Witwe freigelassen, wie Ihr es versprochen habt.«

»Selbstverständlich«, Hugues deutete auf einen Wächter. »Schickt die Frau nach Hause.«

»Und nun: Euer Name!« sagte Hugues und streckte ihr einladend seine blasse Hand entgegen.

»Mein Name ist Diane de Combret, falls Euch das etwas sagt.«

»Diane de Combret!« Hugues' Augen weiteten sich. Beim Lächeln entblößte er eine Reihe strahlend weißer Zähne. »Ich ahnte, daß Ihr es seid.« Sein Zeigefinger deutete auf einen Namen auf der Liste.

»Oh, Euer Name sagt mir sehr viel, Madame«, fuhr er mit leuchtenden Augen fort. »Ich hatte gehofft, Euch vor einem Jahr in Paris zu finden. Es freut mich, Euch schließlich doch noch zu begegnen.«

Plötzlich stand Hugues auf. »Unser Verhör hier in Azille ist vorerst beendet. Wir werden diese Frau sofort nach Béziers bringen. Wenn wir uns beeilen, sind wir in zwei Tagen dort.«

Bruder Gérard und die Gehilfen waren erstaunt. Er beachtete sie überhaupt nicht, sondern starrte Diane weiter triumphierend an.

Bedeutet es so viel für ihn, daß er mich gefangen hat, fragte sich Diane, daß er seine Arbeit hier gar nicht zu Ende führen will?

Als ob er ihre Frage erraten hätte sagte Hugues: »Ich möchte Euch hinter den Mauern von Béziers in Sicherheit wissen, bewacht von der Armee meines Bruders. Sollten Eure fehlgeleiteten Brüder Euch dort zu retten versuchen, werden sie scheitern.«

Das grelle Licht schmerzte Diane in den Augen. Sie hatte so lange in ihrem Verließ in Béziers in vollkommener Dunkelheit gelegen, daß ihre Augen das Licht nicht mehr ertragen konnten. Das Stroh, auf dem sie lag, roch nach Schweiß und Urin. Sie war beinahe ohnmächtig vor Hunger, denn sie hatte seit dem Morgen, an dem sie verhaftet worden war, nichts mehr gegessen.

Bruder Hugues stand in der Tür und hielt eine Kerze in der Hand. Sie bekam Angst. Sollte sie jetzt gefoltert werden? Sie setzte sich mit dem Rücken gegen die Wand. Er stellte den Kerzenleuchter vor ihr ab und blieb mit gefalteten Händen vor ihr stehen. Ihre Augen waren so empfindlich, daß sie kaum seine weiße Kutte ansehen konnte.

»Wie seid Ihr vom Mont Ségur entkommen?« fragte er unvermittelt.

Sie rang nach Luft, und ihre Angst verwandelte sich in Panik. Woher konnte er das wissen? Ihr war inzwischen bewußt geworden, daß ihre Leiden noch nicht beendet waren. Das Schlimmste lag noch vor ihr. Lieber Gott, laß mich stark sein! Sie antwortete nicht.

Nach einer kurzen Pause fragte er: »Was geschah mit dem Schatz und den heiligen Gegenständen der Katharer, die sich auf dem Mont Ségur befanden?«

Wieder erwiderte sie kein Wort.

»Wo ist der Schatz der Katharer versteckt? Wo befindet sich das heilige Gefäß, von dem einige behaupten, es sei der heilige Gral, der von ketzerischen Gnostikern in der Frühzeit des Christentums gestohlen wurde?«

Sie schwieg hartnäckig.

Hugues drohte: »Madame, in den unteren Gemächern dieses Turmes befinden sich furchtbare Werkzeuge. Vielleicht konntet Ihr einen Blick darauf werfen, als man Euch in diesen Raum brachte. Sie machen Euch zum Krüppel, aber Ihr bleibt am Leben – verrückt vor Schmerzen. Sie werden Euch die Knochen brechen. Sie werden Eure Gelenke dehnen. Sie werden Euer Fleisch durchbohren. Sie werden Eure weiße Haut in Fetzen reißen.«

Sie zwang sich, ihm nicht zuzuhören. Doch schon die Vorstellung der Folterinstrumente jagte Wellen des Schmerzes durch ihren Körper.

Sie zitterte am ganzen Körper und schlang die Arme um ihre Knie, damit er das Zittern nicht bemerken konnte.

Leise fuhr er fort: »Nicht gerade den kleinsten Teil Eures Schmerzes werden die Qualen der Seele und der Scham ausmachen, die Ihr verspüren werdet, wenn Euer schöner Körper, den Ihr in Reinheit und Keuschheit bewahrt habt, zum Spielzeug der Rohlinge wird, die ich eigens zu diesem Zweck beschäftige.« Er fuhr sich mit der Zunge über die Lippen. »Es ist wirklich schade um Euch, denn Ihr seid ganz reizend.«

Ihr Magen verkrampfte sich schmerzhaft, und sie fürchtete, sich übergeben zu müssen. Sie unterdrückte ein Wimmern in ihrer Kehle.

»Wenn Ihr auf den Scheiterhaufen kommt, Madame Diane«,

fuhr Hugues fort, »was ganz sicher der Fall sein wird, so ist es uns möglich, Euch einen barmherzigen, schnellen Tod zu verschaffen. Ihr könnt aber auch einen ganz langsamen Tod sterben, der Euch solche Qualen bereitet, daß Ihr die verfluchen werdet, die Euch diesen Glauben gelehrt haben.«

Er kam auf sie zu, und sie schreckte zurück.

»Ich würde Euch gerne dieses Leid ersparen, Diane.« Zum ersten Mal hatte er sie so vertraut angesprochen. Etwas Heimtückisches lag in seiner Stimme.

»Ich werde Euch nichts sagen«, antwortete sie mit brechender Stimme.

»Nachdem Ihr vom Mont Ségur entkommen wart, wie habt Ihr dann mit Eurem Superior in Paris Verbindung aufgenommen?«

Wieder war sie verblüfft. Woher konnte er das wissen? Lieber Gott, haben sie ihn vielleicht auch gefangengenommen?

Aber woher wußte Hugues so viel? Die meisten, mit denen sie in Paris in Berührung kam, wußten nicht einmal ihren Namen. Aber ihr Aussehen konnte sie schlechter geheimhalten. Wenn also die Listen der Mönche auswiesen, daß sie nicht auf dem Mont Ségur verbrannt wurde, und wenn sie auch wußten, wie sie aussah, dann konnte man sie anhand einer Beschreibung erkennen, die ein Spitzel aus Paris geliefert hatte.

»Wie habt Ihr Euren Superior getroffen?« fragte Hugues noch einmal.

»Ich habe nichts zu sagen.«

»Wie lange wart Ihr in Paris? Warum habt Ihr es verlassen?«

»Ich werde es Euch nicht verraten.«

Wieder kam er näher. »Wo habt Ihr in Paris gewohnt?«

Sie gab keine Antwort. Ihr Herz klopfte so stark, daß sie dachte – hoffte – es könnte zerspringen. Das wäre die größte Gnade, die ihr zuteil werden könnte.

Hugues erklärte: »Ich werde Euch einige Namen nennen. Ihr werdet mir sagen, ob Ihr diese Personen kennt oder nicht. Der erste heißt Guillaume, der Buchhändler.«

Sie hatte das Gefühl, in einen tiefen Abgrund zu stürzen. O Gott, nein! Keine Namen. Was wäre, wenn sie einen der Namen kannte? Wie könnte sie sich davor bewahren, ihn zu verraten? Sie grub ihre Nägel in die Handflächen und betete, daß sie niemanden verraten würde.

Er ging eine lange Liste durch. Die meisten waren Menschen, von denen sie noch nie etwas gehört hatte. Einige waren zu ihrem Entsetzen Mitglieder der kleinen geheimen Gemeinden, die über ganz Paris verstreut waren. Woher wußte er von ihnen? Durch sein Netz von Spitzeln? Ja, denn er hatte gesagt, daß er auch sie beinahe aufgespürt hätte.

Aber warum Paris? War nicht Toulouse sein Gebiet?

Jeden Namen beantwortete sie mit »nein«. Er hielt die Kerze dicht an ihr Gesicht, um ihre Reaktion besser sehen zu können. Ich bin eine Närrin, wenn ich glaube, daß ich ihn täuschen kann. Er ist ein Meister seines Fachs. Sie spürte, wie die Verzweiflung sie schwächer werden ließ und ihr die letzten Kräfte raubte.

Dann sagte er. »Roland de Vency, der Troubadour.«

Unwillkürlich hob sie den Kopf, und ihre Augen starrten ihn an. Hastig senkte sie ihren Blick und zwang ihr Gesicht zur Ruhe. Doch er hatte es bemerkt, und als sie ihn wieder ansah, grinste er triumphierend.

Dann verschwand sein Grinsen wieder, und er bekam einen anderen, fast leidenden Gesichtsausdruck. Sie hatte diesen Ausdruck schon früher auf dem Gesicht eines Mannes beobachtet. Mehr als einmal hatte Roland sie so angesehen.

»Ihr seid eine schöne, kluge und willenstarke Frau, Diane«, sagte Hugues. »Ihr seid ein Geschöpf Gottes, auch wenn der Teufel Euch für seine Zwecke benutzt. Ich kann nicht anders, als Euch zu bewundern.« Er kam ganz dicht heran und setzte sich neben sie.

»Diane, ein Priester ist immer noch ein Mann. Und eine Vollkommene ist immer noch eine Frau, nicht wahr?« Er versuchte zu lachen, doch er brachte nur ein rauhes Grunzen zustande. Sie sah die Schweißperlen auf seiner Stirn im Kerzenlicht glitzern. Er war dabei, seine Fassung zu verlieren.

»Ich weiß, Ihr seid rein, Diane. Aber habt Ihr nie einen Mann geliebt? Ihn begehrt? Euch gefragt, wie das ist? Ganz sicher habt Ihr das. Ich begehre Euch, weil Ihr so rein seid – so unberührt. Werdet Ihr mir zu Willen sein? Ich kann Euch helfen. Denkt daran, welche Macht ich habe. Ich brauche nur ein Wort zu sagen, und Ihr müßt überhaupt nicht leiden. Und wenn Ihr sehr gut zu mir seid, kann ich sogar Euer Leben retten.«

Seine Stimme klang sanft und schleimig. Sie fühlte sich angeekelt, als hätte sie plötzlich eine Schlange neben sich im Stroh entdeckt. Warum hatte sich seine Stimmung plötzlich so geändert? Hatte diese Begierde schon die ganze Zeit, unter dem strengen Gehabe des Inquisitors verborgen, geschlummert? Oder glaubte er, mehr von ihr erfahren zu können, wenn er ihre Keuschheit bedrohte? Hoffte er vielleicht, daß er sie überreden könnte, ihr Gelübde zu brechen, und daß sie dann schwach genug wäre, auch ihren Glauben und ihre Freunde zu verraten?

»Kommt, Diane«, sagte er einschmeichelnd. »Ihr habt Euch das ganze Leben lang aus falschen Gründen von den Männern ferngehalten. Für jemanden wie Euch wäre es nur eine kleine Sünde, die Freuden des Körpers zu entdecken. Es könnte Euch vielleicht sogar Gott näherbringen.«

Seine falschen Schlußfolgerungen machten sie zornig.

»Nicht Gott hat die Freuden des Fleisches geschaffen«, sagte sie zornbebend.

Er stand auf. »Ihr Katharer versündigt Euch an Gott, wenn ihr behauptet, der Körper sei schlecht. Deshalb wird Gott mir das vergeben, was ich jetzt mit Euch tue.«

Er löschte die Kerze.

Gott hilf mir. Habe ich noch Kraft genug, mich zu wehren, wenn dieser Priester mich vergewaltigen will?

»Selbst wenn Ihr glaubt, ich befände mich im Irrtum«, bat sie, »wißt Ihr doch, was ein Keuschheitsgelübde bedeutet. Könnt Ihr mein Gelübde nicht achten?«

»Das Gelübde einer Ketzerin achten?« höhnte er verächtlich in der Dunkelheit. »Ihr habt Euer Gelübde vor einem falschen Gott abgelegt. Mit einem Ketzer kann ich machen, was ich will, Gott wird es gefallen.«

Sie hörte das Klappern des Rosenkranzes, der um seine Taille geschlungen war, als er sich auf sie zubewegte.

»Sicher gefällt Eurem Gott auch eine Vergewaltigung«, sagte sie, ohne noch länger Rücksicht darauf zu nehmen, wie sehr sie ihn gegen sich aufbringen konnte.

Als er sich auf sie warf und sie niederdrückte, erkannte sie, daß sie ihm im Dunkel hätte ausweichen können, wenn sie sich ruhig verhalten hätte. Sein Geruch nach Schweiß, Braten und Wein war unerträglich. Er preßte sein feuchtes Gesicht an sie, und die Stoppeln seines Bartes zerkratzten ihre Wangen. Er zwang sie auf den Rücken und warf sich auf sie. Sein steifes Glied drängte sich wie ein Knüppel zwischen ihre Oberschenkel.

»Ihr ekelt mich an!« Sie spuckte ihm ins Gesicht. »Schmutz! Dreck!« Vor Zorn und Schmerz drehte sich ihr der leere Magen um, aber sie erbrach nur ein wenig brennenden Saft auf das Stroh unter ihrem Kopf. Der Mönch zerrte an ihrem Kleid, riß es hoch und drängte seine Knie zwischen ihre Beine. Unter Husten und Würgen begann sie um Kraft zu beten.

»Vater unser, der du bist im Himmel...«

»Schweig, Gotteslästerin!« Seine Finger waren zwischen ihren Schenkeln.

»Geheiligt werde Dein Name. Dein Reich komme. Dein Wille geschehe, wie im Himmel so auch auf Erden...«

Er versuchte ihr seine Hand auf den Mund zu legen. Sie drehte den Kopf zur Seite.

»Unser täglich Brot gib uns heute...«

»Halt dein verdammtes Bougre-Maul!«

»Und vergib uns unsere Schuld, wie auch wir vergeben unseren Schuldigern. Führe uns nicht in Versuchung, sondern...«

Seine Hände ließen von ihren Schenkeln ab und legten sich um ihre Kehle. Er würgte sie, um sie am Beten zu hindern.

Sie griff nach seinen Handgelenken und mit allerletzter Kraft löste sie seinen Griff, von ihrem Hals.

Dann schrie sie es heraus: »...erlöse uns von dem Bösen!«

Beinahe wie eine Antwort auf ihr Gebet ließ er von ihr ab.

Plötzlich war sie frei. Sie rang nach Luft. Erleichterung und Dankbarkeit für Gott durchflutete sie.

»Was habt Ihr mir angetan?« Angst und Schrecken lag in seiner Stimme.

»Was ich Euch angetan habe?« Verblüfft wiederholte sie stammelnd seine Frage. Ihre Arme und Beine zitterten. Immer noch war ihr zum Erbrechen übel. Sie erwartete, daß er jeden Augenblick wieder über sie herfallen würde.

»Ich habe Euch nichts getan«, erklärte sie nach einer Weile.

»Ihr habt mir meine Männlichkeit genommen«, sagte er ängstlich. »Ihr habt mich schrumpfen lassen. Ihr habt mich behext. Ihr seid schlimmer als eine verdammte Ketzerpredigerin, Ihr seid eine Hexe!«

»Vielleicht«, entgegnete sie schluchzend, »vielleicht habt Ihr Euch mehr geschämt, als Euch bewußt war.«

»Ungeheuer! Hexe! Ihr werdet Euch noch wünschen, Ihr hättet mich gewähren lassen. Ihr werdet viel, viel mehr zu leiden haben, als wenn Ihr einen Mann zwischen Eure Beine gelassen hättet.«

Sie vernahm, wie er sich aus dem Stroh erhob und den Weg zur Tür ertastete. Die schwere Holztür wurde geöffnet und dann wieder zugeschlagen. Dann erhob er seine laute Predigerstimme und rief nach den Folterknechten.

Sie zitterte vor Angst wie Espenlaub und rollte sich zu einer Kugel zusammen, um die Furcht zu unterdrücken.

Sie werden nicht mehr aufhören, mir weh zu tun. O Gott, bitte laß mich sterben, bevor ich verrate, was sie wissen wollen. Bitte laß nicht zu, daß ich meine Freunde verrate. Bitte laß mich vorher sterben!

Der kleine Simon hielt die Hand seiner Mutter mit festem Griff. Nicolette war stolz darauf, daß er schon mit seinen kräftigen Beinchen durch die Räume der Burg laufen konnte. Er war ein hübscher Junge mit seinem rabenschwarzen Haarschopf und den strahlend blauen Augen. Während Nicolette auf ihn hinunterschaute, dachte sie: Er hat die Augen der Gobignons.

Amalric hatte sich über dieses Kind sehr gefreut. Er hatte es Simon genannt, nach Simon de Montfort, dem ersten Anführer des Kreuzzuges gegen die Albigenser. Es wurde Zeit für Simon, daß er ins Bett kam, und wie es nun Brauch in der Familie war, brachte sie ihn in Amalrics Schreibzimmer, damit er gute Nacht sagte. Als sie sich der Eichentür näherte, hörte sie die Stimmen von Amalric und von Hugues. Sie wollten sicherlich nicht gestört werden. Sie machte kehrt, um nach oben zu gehen.

Dann hörte sie, daß Hugues sagte: »Sobald sie zugegeben hatte, daß sie Diane de Combret ist, habe ich sie hierher nach Béziers gebracht, wo sie besser bewacht werden kann. Sie ist wahrscheinlich die einzige Vollkommene der Katharer, die Mont Ségur überlebt hat. Seit damals habe ich ihr nachgespürt.«

Nicolette erstarrte vor Entsetzen. Die Frau in Rolands Haus. Hugues hatte sie also gefangengenommen? War auch Roland in Gefahr?

»Uns kam das Gerücht zu Ohren, daß Diane de Combret nach dem Mont Ségur bei den Katharern in Paris war«, fuhr Hugues fort. »Und tatsächlich. Wir hatten ihr in Paris auch schon eine Falle gestellt, als sie aus irgendeinem Grund plötzlich verschwand. Wir hatten eine Zeitlang ihre Spur verloren, bis wir dann erfuhren, daß eine Predigerin, auf die ihre Beschreibung paßte, im vergangenen Jahr hier in der Grafschaft Toulouse tätig war. Und am interessantesten ist, daß sie wahrscheinlich mit deinem Todfeind, Roland de Vency, in Verbindung steht, der sich Orlando di Perugia genannt hat. Als ich seinen Namen erwähnte, reagierte sie wie ein waidwundes Reh.«

Nicolettes Herz schlug heftiger. Sie hielt Simons Hand fester und schlich sich näher heran.

»Dieser Mann!« Amalrics Stimme drang durch die schwere Tür. »Er hätte auf dem Mont Ségur sein können, um ihr zur Flucht zu verhelfen. Das Böse scheint überall um ihn herum zu sein.«

»Und die Combret ist eine Hexe«, sagte Hugues so leise, daß Nicolette angestrengt lauschen mußte. »Das weiß ich sicher.«

»Eine Hexe?« fragte Amalric. »Was meinst du damit?«

Simon begann zu kichern. Er fand es lustig, Papas Stimme durch eine Tür zu hören.

Nicolette zog ihn weg und eilte nach oben in den Schlafraum. Sie ließ Simon in der Obhut seiner Schwestern und ging zurück nach unten.

Sogar aus der Entfernung hörte sie eine zornige Stimme.

»Bist du dir eigentlich darüber klar, daß sie dich öffentlich beschuldigen könnte?« schrie Amalric.

»Wer würde ihr schon glauben?« antwortete Hugues. »Einer verurteilten Ketzerin!«

Worüber sie sich wohl streiten, dachte Nicolette. Ob Roland schon Bescheid weiß?

»Alle würden ihr glauben!« brüllte Amalric.

Das Donnern seiner Stimme ließ sie nervös werden. Sein Geschrei konnte die Dienerschaft anlocken, und man würde sie hier an der Tür lauschend vorfinden.

Amalric fuhr fort: »Jeder weiß, daß die Priester gerne ihre Röcke hochheben. Deshalb haben diese verdammten Ketzer ja so viele Anhänger. Ich hatte erwartet, daß zumindest du darüber erhaben bist. Wie kannst du deine Zukunft aufs Spiel setzen, indem du dein Gelübde brichst?«

»Warum sollte das meine Zukunft beeinflussen?« fragte Hugues. »Bischöfe, Kardinäle und sogar einige Päpste haben ihren Spaß mit Frauen. Ich hatte Dutzende, seit ich Priester bin, und bin doch immer noch der Großinquisitor von Toulouse.«

Hugues konnte nicht mit Diane de Combret geschlafen haben! Wenn sie nicht einmal mit Roland schlief, dann würde sie sich sicherlich von Hugues nicht berühren lassen.

Roland. Ich liebe ihn immer noch, dachte Nicolette. Wie sollte ich auch nicht, wo ich jedesmal sein Gesicht sehe, wenn ich Simon anschaue. Wie kann ich ihn verurteilen, nach allem, was ich ihm angetan habe: Ich habe ihm seinen Sohn genommen und ihn als Amalrics Kind ausgegeben.

Doch was geschieht jetzt, wenn Hugues herausfindet, daß Roland Diane vom Mont Ségur gerettet hat?

»Du wirst nicht mehr lange der Großinquisitor von Toulouse bleiben, wenn deine Oberen bei den Dominikanern erfahren haben, daß du versucht hast, eine Gefangene zu vergewaltigen«, drohte Amalric.

Nicolette spürte glühenden Zorn in sich aufsteigen und mußte einen Laut des Ekels in ihrer Kehle unterdrücken.

Aber Amalric hatte ›versucht‹ gesagt. Dann hatte Hugues es also nicht tatsächlich getan.

»Ich brauche mir von dir keine Moralpredigten halten zu lassen«, erwiderte Hugues.

»Du mußt dir meine Kritik gefallen lassen. Ich bin das Familienoberhaupt, vergiß das nicht.«

»Oh, das werde ich nie vergessen, Monseigneur«, entgegnete Hugues sarkastisch. »Durch das Vorrecht der Geburt erhieltest du den Titel und alles Land, und ich mußte Priester werden. Von mir wird erwartet, daß ich die Bedürfnisse meines Körpers verleugne, während du eine wunderschöne Frau hast, mit der du ins Bett kannst, wann immer du willst.«

Nicolette spürte ein Kribbeln auf der Haut, als sie Hugues so über sie reden hörte.

Sie trat schnell zurück, als sie von drinnen einen kurzen heftigen Knall hörte.

»Du wagst es, einen Priester zu schlagen?« heulte Hugues auf.

»Ich wage es, weil ich für den Priesterstand mehr Achtung habe als du«, erwiderte Amalric. »Sprich nie mehr von meiner Frau und deiner Begierde in einem Atemzug!«

»Ich bedrohe deine Ehe nicht«, sagte Hugues. »Aber ich habe vielleicht einen Weg gefunden, den Mann zu vernichten, der eine

Bedrohung darstellt. Dann wirst du bereuen, wie du mich behandelt hast.«

»Wenn sie stark genug war, sich gegen dich zu wehren«, erwiderte Amalric, »dann ist sie höchstwahrscheinlich auch stark genug, unter der Folter zu schweigen.«

»Das wird sie nicht. Sie hat mich verhext, um mich aufzuhalten. Aber es gibt kein menschliches Wesen, das all das aushalten kann, was meine geübten Folterknechte sich ausdenken. Sie haben schon begonnen. In wenigen Stunden werde ich wieder hingehen und alles erfahren.«

»Aber wenn sie nicht sagt, was sie sagen soll?« fragte Amalric.

»Das wird ihr nicht gelingen. Wir haben fast einen Monat Zeit, sie zu bearbeiten.«

Nicolette wurde übel. Amalric machte Hugues zwar Vorwürfe, daß er versucht hatte, Diane zu vergewaltigen, aber er war voll und ganz damit einverstanden, daß sie gefoltert wurde.

»Wann willst du die *Sermo generalis* halten?« fragte Amalric.

»Gewöhnlich geben wir den Ketzern ein Jahr Zeit zu widerrufen«, erklärte Hugues. »Da wir aber bald zu einem Abenteuer mit unserem verrückten König aufbrechen müssen, will ich vorher mit dem Haufen, den wir bis jetzt zusammen haben, Schluß gemacht haben. Ich habe mich für den 22. Juli entschieden. Ein passendes Datum, findest du nicht?«

»Ja, bald danach müßten wir in See stechen«, antwortete Amalric. »Aber was ist an diesem Tag so besonderes?«

»An diesem Tag im Jahre unseres Herrn 1209 gab Gott die Stadt Béziers in die Hand unserer Kreuzritter«, antwortete Hugues fröhlich. »Unser Vater war unter den Siegern.«

Als in einer Nacht zwanzigtausend Männer, Frauen und Kinder umgebracht wurden, dachte Nicolette.

»Mitte Juli werden der König und seine Armee Aigues-Mortes erreicht haben«, Amalric wurde plötzlich eifrig. »Wir könnten ihn zur letzten großen Ketzerverbrennung vor dem Kreuzzug einladen. Wie wird sein empfindlicher Magen wohl auf den Anblick ganzer Reihen brutzelnder Ketzer reagieren?«

Und Hugues fügte hinzu: »Denk daran, wie überrascht er wohl wäre, wenn Diane de Combret auf dem Scheiterhaufen Roland de Vency, einen königlichen *Enqueteur*, als ihren Beschützer verraten würde!«

Wenn ich doch nur ein Mann wäre, dachte Nicolette. Ich würde ihnen beiden die Köpfe abschlagen.

»Denk daran«, erinnerte ihn Amalric, »ein Kreuzritter erhält Straffreiheit für alle begangenen Taten, wenn er das Kreuz nimmt. Ich weiß, daß Vency schon vor über einem Jahr in Paris das Kreuz genommen hat.«

Gott sei Dank, dachte Nicolette.

»Das ist richtig«, entgegnete Hugues, »aber die Aufdeckung dieses Verbrechens würde ihn die Gunst des Königs kosten.«

»Wie mich das ärgert«, hörte sie Amalric gerade ausrufen, als sie Schritte vernahm, die vom Erdgeschoß der Burg herauf kamen. Hastig verließ sie ihren Horchposten und eilte die Treppe zum Schlafgemach hinauf. Auf halber Höhe der Wendeltreppe hielt sie an, um wieder zu lauschen.

Es klopfte, Guy d'Etampes nannte seinen Namen.

Nicolette blieb auf ihrem Platz, um zu hören, was er zu sagen hatte.

»Der König und seine Armee belagern die Burg von La Roche-Glun«, berichtete d'Etampes. »Der König beschuldigt Sire Othon de la Roche, Pilger und Kaufleute zu berauben.«

»Sogar in seiner eigenen Burg ist ein Edelmann nicht davor sicher, daß sich der König einmischt«, murrte Amalric, der nun in der Tür zu seinem Zimmer stand.

Nicolette zog sich in ihr Schlafgemach zurück. Auf der einen Seite des Raumes schliefen die Mädchen in ihrem Bett und Simon in seiner Wiege. Nicolette entkleidete sich und kletterte in das große Bett, das sie mit Amalric teilte. Die geschlossenen Vorhänge vermittelten das Gefühl eines eigenen Zimmers.

Göttin, wie kann ich wohl einschlafen, bevor er ins Bett kommt? Ich werde den Schlaf vortäuschen.

Arme Diane! Ein Gefühl der Schuld drang wie ein glühendes

Eisen in Nicolettes Herz. Sie warf sich von einer Seite auf die andere und versuchte Ruhe zu finden.

Ich liege hier weich gebettet, und sie wird von den Folterknechten geschunden. Könnte ich schuld daran sein? Vielleicht hat sie Paris deshalb verlassen, weil ich sie in Rolands Haus antraf?

Unter ihren Decken ballte sie die Fäuste. Angst überfiel sie, und ihr brach der kalte Schweiß aus.

Roland ist in schrecklicher Gefahr. Bis sie auf den Scheiterhaufen kommt, wird sie den Verstand verloren haben. Sie wird alles sagen, was sie von ihr hören wollen. Ich muß ihn warnen. Aber wie? Wo sind sie? In La Roche-Glun, nördlich von Valence? Bald werden sie in die Nähe unserer Ländereien in Lumel kommen. Könnte ich nicht Amalric sagen, daß ich mit den Kindern meine Schwestern besuchen möchte, bevor wir in den Osten gehen? Simon könnte ich dort lassen und die Mädchen nach Schloß Gobignon weiterschicken. Gott weiß, was uns die Türken in Outremer antun werden. Was ist mit mir? Wie kann ich jetzt nur an mich denken, während diese arme Frau...

Über das Entsetzliche, das sie sich vorstellte, hätte sie weinen mögen.

Ich kann nur eines tun: Roland warnen. Ich muß ihn warnen.

XVIII

»Ritter, ihr ziehet für Gott in den Krieg,
Und wenn ihr das Heilige Land befreit
Von Türken, Arabern, Unglauben und Leid,
Dann erringt ihr für Christus den schönsten Sieg.«

Singend stand Roland vor seinem schwarz-weißen Zelt. Sein langer schwarzer Umhang, den er vor knapp drei Jahren auch bei dem von Königin Marguerite veranstalteten Sängerwettstreit getragen hatte, war über die Schulter zurückgeworfen. Perrin und die neun Männer, die ihm in den Kreuzzug folgten, hatten einen Kreis um ihn gebildet.

Beim Klang der Musik erhoben sich auch andere Männer und kamen aus allen Richtungen herbeigeströmt; ihre Schwerter und Sporen klirrten leise beim Gehen. Die einstmals leuchtenden Farben ihrer Gewänder hatten Sonne und Staub des wochenlangen Marsches ausgeblichen.

Als Perrin die Schalmei blies, röteten und blähten sich seine Wangen, bis sie beinahe zu platzen schienen. Martin, der Sohn von Lucien und Adrienne, schlug wie wild die Trommel zu diesem kriegerischen Lied. Die Zuhörer klatschten im Takt in die Hände.

Roland schaute über sein Publikum hinweg auf die Zelte. Sie standen so dicht beieinander, daß kein Gras oder Gebüsch mehr zu sehen war.

Meilenweit war nichts anderes zu sehen, als die Spitzen der Zelte – weiße, rote, purpurne, orangerote –, die in der späten Nachmittagssonne leuchteten. Hunderte von weißen Fahnen mit roten Kreuzen flatterten vor dem Hintergrund eines tiefblauen Himmels. Sechstausend Ritter und zehntausend Soldaten lagerten hier: ein gewaltiges Heer, das Ludwig zur Befreiung Jerusalems aufgestellt hatte.

Sie hatten für drei Tage am Stadtrand von Viviers an der Rhone ihr Lager aufgeschlagen. Einen Monat hatte es gedauert, um von Paris dorthin zu kommen. Im Süden hatte die sommerliche Trockenheit begonnen, und Roland sah Staubwolken in der Luft, die im Licht der langsam untergehenden Sonne golden glänzten.

Was bin ich doch für ein Heuchler, dachte er. Ich singe hier Kreuzzugslieder, um die Männer zu unterhalten, und glaube doch immer noch, daß das Ganze ein Irrsinn ist.

Nachdem Diane und Nicolette für mich verloren sind, habe ich nichts mehr, wofür es sich zu leben lohnt, außer, daß ich Ludwig versprochen habe, an seinem Kreuzzug teilzunehmen.

Ein Versprechen, das man diesem Mann gegeben hat, kann man nicht brechen.

»Ritter, ihr zieht mit des Königs Heer,
Bringt die Seele heim zur Unsterblichkeit.
Fürchtet nicht Hölle und Teufel mehr,
Denn ihr geht ein in des Herren Barmherzigkeit.
(Denn ihr habt euch dem Allerhöchsten geweiht.)«

Er war mit seinem Lied zu Ende und verneigte sich. Einige baten ihn weiterzusingen, aber er schüttelte den Kopf.

»Ich bin heute abend müde.«

Nein, nicht müde, ich bin traurig, dachte er dann.

Die Männer entfernten sich langsam wieder. Eine Gestalt mit schwarzem Umhang und Kapuze trat aus dem Schatten.

»Roland.«

Er konnte es kaum glauben: Das war *ihre* Stimme! Dann erkannte er das wunderschöne Gesicht unter der Kapuze, das er einmal so geliebt hatte.

Ganz in seiner Nähe hörte er Perrin flüstern: »Du lieber Gott!«

Er schaute sich um. Die anderen Männer waren zu ihren Zelten zurückgegangen. Niemand sonst konnte Nicolette sehen.

Er hatte sich so oft gesagt, daß er sie wegen des Kindes hassen müßte. Doch nun empfand er keinen Haß.

»Nicolette, warum seid Ihr hier?«

»Ich bringe schreckliche Nachrichten. Es geht um Euer Leben. Wollt Ihr mit mir reden?«

Ob sie befürchtet hatte, daß er sich weigern würde, sie anzuhören?

»Guter Gott, ja, ich werde mit Euch reden.«

Woher war sie gekommen, um ihn hier zu treffen?

Er führte sie weg von den Zelten zu einem großen knorrigen Olivenbaum am Rande eines Obstgartens. Niemand war in der Nähe.

Unter dem Baum drehte er sich um und sah sie müde an. War sie nur gekommen, um ihm eine neue Wunde zuzufügen?

»Geht es Euch gut?« fragte er.

Sie nickte flüchtig. »Es geht nicht um mich, Roland, sondern um Diane de Combret. Sie haben sie gefangen.«

Er schwankte wie vom Schlag getroffen. »Lieber Gott, nein!« Aber er hatte es erwartet.

Als ich sie vom Mont Ségur rettete, war das nur eine Gnadenfrist.

»Muß sie... sterben?« fragte er. Es schmerzte ihn schon, nur danach zu fragen.

»Es ist noch viel schlimmer, Roland. Sie wird gefoltert. Sie wird schon seit Wochen gequält, und sie werden sie bis zu dem Tag foltern, an dem sie verbrannt wird.«

Ein Schwindelgefühl überkam ihn. Er griff nach dem Stamm des Olivenbaumes, um Halt zu suchen.

»Warum?«

Nicolette schüttelte den Kopf. »Ich weiß, was Ihr jetzt durchmachen müßt, Roland. Ich würde alles dafür geben, nicht diejenige sein zu müssen, die Euch diese Nachricht bringt. Hugues und Amalric wollen sie dazu bringen, ihnen zu verraten, wer ihr geholfen und mit wem sie zusammengearbeitet hat. Und ganz besonders sind sie hinter Euch her. Sie haben den Verdacht, daß Ihr zu ihr gehört. Amalric will Euch immer noch vernichten. Sie werden sie foltern, bis sie Euren Namen preisgibt.«

Sein Schmerz wurde unerträglich. Er schlug mit den Fäusten gegen seine Brust. Sie leidet nur wegen mir. Ich habe sie vor dem Tod bewahrt, nur um sie einen noch schlimmeren Tod sterben zu lassen.

»Hugues hat sogar versucht, sie zu vergewaltigen«, sagte Nicolette.

Er stöhnte.

»Roland, Ihr wißt, was sie ihr antun. Es wird damit enden, daß sie Euch beschuldigt. Ihr müßt fliehen, jetzt. Von Béziers bis hierher braucht ein Reiter nur eine Woche.«

Roland stand da wie erstarrt, die Kehle wie zugeschnürt. Nur mühsam konnte er fragen: »Warum erzählt Ihr mir das?«

Nicolette schien über diese Frage erstaunt. »Seltsam, ich habe nie darüber nachgedacht, warum ich es tue. Ich fand einfach, daß ich zu Euch kommen und es Euch erzählen mußte. Ich weiß, daß Ihr sie liebt. Ich wollte euch beiden helfen.«

Der Schmerz machte ihn so benommen, daß er sich kaum mehr auf den Beinen halten konnte. Bilder von dem, was jetzt alles mit Diane geschah, wirbelten in seinem Kopf durcheinander.

Er starrte auf die Zelte der Kreuzritter, die sich weit über die Felder und Obstgärten erstreckten. Uns helfen, dachte er. Ihr könnt nicht helfen, Nicolette; keiner von uns kann etwas tun.

Er sah Nicolette an und erinnerte sich, wie sehr er sie dadurch verletzt hatte, daß er Diane vor ihr verheimlicht hatte. Wie er sich von ihr in Béziers voller Haß getrennt hatte. Doch trotz seines Kummers und des Schmerzes freute er sich, sie wiederzusehen. Ich liebe sie noch immer, dachte er. Und sie verdient einen viel besseren Mann als mich.

»Nicolette, es ist gut, daß Ihr den weiten Weg gemacht habt, um mir das zu erzählen«, brachte er schließlich hervor. »Alles ist meine Schuld. Nachdem wir uns in Béziers getrennt hatten, und ich unsere Liebe für tot hielt, versuchte ich, Dianes Liebe zu erringen, und damit habe ich sie vertrieben. Sie verließ mich, um ins Languedoc zurückzukehren – und unter der Folter zu sterben.«

»Macht Euch keine Vorwürfe«, sagte Nicolette. Sie streckte die Hand aus, und ihre Berührung war sanft wie der Flügel eines Schmetterlings. Schnell zog sie ihre Hand wieder zurück.

Sie fuhr fort: »Sie hätten sie auch aufgespürt, wenn sie in Paris geblieben wäre. Hugues sagte, daß die Inquisition auch dort über sie Bescheid wußte. Und wenn sie in Paris verhaftet worden wäre, hätte das in Eurem Haus geschehen können.«

Er ballte die Fäuste. »Ich wünschte, es wäre so gewesen. Dann hätte ich mit ihr leiden können. Dann wären sie und ich jetzt schon tot.«

»Ich bin hierhergekommen, um Euch zu retten, Roland, nicht um Euch vom Sterben reden zu hören.«

Er schaute in ihre dunklen Augen. Sie funkelten wild. Wie leidenschaftlich sie doch ist.

»Nicolette, vergebt mir, was ich Euch angetan habe, bitte. Ich weiß, daß Ihr mich wegen... Diane verachtet, aber ich kann nichts dafür.«

»Ich verachte Euch nicht«, sagte Nicolette traurig. »Wie könnte ich, nach allem, was ich getan habe? Was ich Euch, unserem Sohn und sogar Amalric zugefügt habe. Ihr habt getan, was Ihr mußtet. Ich habe getan, was ich mußte. Wäre ich von Béziers bis hierher geritten, wenn mein Herz Euch nicht verziehen hätte? Die Liebe ist unsere Gebieterin. Wir müssen ihr gehorchen.«

Er war sehr bewegt, und trotz all seiner Qual war er ihr dankbar. Daß sie sich noch immer liebten, war ein kleines, aber kostbares Geschenk angesichts des Furchtbaren, was Diane jetzt widerfahren würde.

Er stellte sich vor, wie grausame Hände Diane packten, wie die Flammen sie ergriffen...

»Sie werden sie nicht verbrennen!« sagte er und ballte die Fäuste.

Nicolette preßte die Hand vor den Mund und starrte ihn an. »Roland, Ihr denkt doch nicht etwa daran, sie zu befreien. Das ist unmöglich. Amalric hat eine ganze Armee in Béziers.«

»Er hatte auch eine ganze Armee auf dem Mont Ségur.«

»Ich habe Euch nicht aufgesucht, um Euch in den Tod zu schicken, Roland. Geht fort von hier. Geht noch vor dem König ins Morgenland. Dort kann Euch die Inquisition nichts anhaben.«

»Nicolette, sie foltern Diane. Dieser Hugues hat sogar versucht, sie zu vergewaltigen.« Das laut auszusprechen, machte es nur noch schlimmer. Eine Zeitlang konnte er nicht mehr weiterreden. Er wurde von einem lautlosen Schluchzen geschüttelt.

Dann sagte er: »Glaubt Ihr, ich könnte mich einfach umdrehen und davonsegeln?«

»Aber was könnt Ihr sonst tun? Ihr könnt ihr nicht helfen. Keiner kann das.«

Krampfhaft dachte er über einen Plan zu ihrer Rettung nach, aber sein Kopf war leer. »Ich habe sie einmal gerettet, ich kann es wieder tun. Es muß einen Weg geben.«

»Vielleicht warten Amalric und Hugues nur darauf, daß Ihr es versucht, damit sie auch Euch verhaften können.«

Er stemmte beide Hände gegen den Baum und ließ den Kopf hängen.

»Versteht Ihr nicht?« Er stieß die Worte einzeln hervor. »Ich würde lieber sterben, als diese Qual zu fühlen.«

»Liebt Ihr sie so sehr?« Ihre Stimme drang wie aus weiter Entfernung zu ihm.

Er wirbelte herum und packte sie an den Schultern.

»Nein, ich liebe Euch, Nicolette. Daß Ihr hierhergekommen seid..., Euch wieder zu berühren..., ist ein Teil meiner Qual. Zu wissen, daß unsere Liebe noch besteht. Zu wissen, daß ich mit Euch nach Outremer segeln könnte, wenn ich am Leben bliebe.«

»Wenn Ihr am Leben bleibt?« Ihre Augen funkelten ihn an. »Ihr müßt am Leben bleiben!«

Sie packte ihn so fest an den Armen, daß es ihm weh tat.

»Ich kann sie nicht im Stich lassen, Nicolette.« Er seufzte tief. »Ich könnte nicht weiterleben, wenn ich das täte.«

»Ihr könntet Euch genausogut gleich umbringen«, sagte sie und warf sich in seine Arme.

Er stöhnte. Das erregende Gefühl, Nicolette so nah bei sich zu haben, verschlimmerte nur die Qual seines Herzens.

Er nahm ihr die Kapuze ab und preßte seine Lippen auf ihr Haar.

»Ich muß versuchen, ihr zu helfen. Ich kann nicht anders.«

Sie ließ die Schultern sinken und gab ihre Überredungsversuche auf. »Roland, wenn sie Diane auf den Platz hinausbringen, auf dem sie verbrannt werden soll, werde ich da sein. Ich werde dort sein, um Euch beide zu betrauern, wenn es denn so kommen muß.«

Sie entzog sich ihm, blieb stehen und sah ihn nur an, blaß und voller Kummer.

»Habt Ihr mit Königin Marguerite gesprochen?« fragte er. »Geht der König nach Béziers, um bei der Verbrennung dabeizusein?«

»Er möchte nicht«, antwortete Nicolette. »Marguerite sagt, er hat kein Verlangen danach, hilflose Menschen bei lebendigem Leibe verbrennen zu sehen. Er wird sich damit entschuldigen, daß er nicht soviel Zeit hat.«

»Das wird ihm niemand glauben«, meinte Roland. Seine Zuneigung für Ludwig brachte ihn trotz seines Kummers zum Lächeln. »Er hat die Zeit gefunden, auf unserm Marsch hierher mehr als ein dutzendmal anzuhalten. Gerade jetzt hat er drei Tage mit dem Versuch verbracht, den Bischof von Viviers zu überreden, daß er keine eigenen Münzen mehr prägt.«

»Zumindest wird er nicht dort sein, um Euch sterben zu sehen«, sagte sie vorwurfsvoll.

Er spürte das Verlangen, sie wieder in die Arme zu nehmen, doch er beherrschte sich.

»Versprecht mir eins, Nicolette«, bat er grimmig.

»Alles.«

»Nehmt den Jungen nicht zur Verbrennung mit.« Er brachte es nicht fertig, den Namen Simon auszusprechen.

Roland ging mit Guido Bruchesi im Küchengarten der Armen Ritter vom Tempel Salomons außerhalb von Viviers spazieren. Eine Mauer aus rohbehauenen grauen Granitsteinen umgab sie, die doppelt mannshoch war. Vor ihnen lag die Befehlsstelle der Tempelritter, ein steinernes Gebäude mit spitzem Dach und wehrhaften runden Türmen an jeder Ecke.

In seinem weißen Leinengewand mit dem roten Kreuz auf der Schulter sah Guido an diesem Abend eher wie ein Mönch und nicht wie ein Krieger aus. Er hielt Rolands Arm, während sie um den Fischteich herumgingen, der die Templer zum Großteil mit Nahrung versorgte, da sie kaum Fleisch aßen.

»Ihre Schwester soll als Ketzerin verbrannt werden?« Guidos bärtiges Gesicht war voll Sorge und Mitleid.

»Ihr wißt, daß sie nicht meine Schwester ist.« Da er wußte, wie hoffnungslos jeder Versuch war, Diane zu retten, hatte Roland in seiner Verzweiflung beschlossen, daß er nichts mehr zu verlieren hatte, wenn er Bruchesi alles anvertraute.

»Und Ihr wißt, Roland«, erwiderte Guido, »daß wir Templer dem Papst dienen. Demselben Papst, der allein die Befehlsgewalt über die Gerichte besitzt, die Menschen zum Tod auf dem Scheiterhaufen verurteilen. Also, warum kommt Ihr zu mir?«

»Weil Ihr mein Freund seid. Ein Mann, der nur dem Papst treu ergeben ist, hätte nicht soviel für mich getan wie Ihr. Und, ich weiß nicht warum, ihr Tempelritter habt die Katherer auch nie verfolgt.«

Guido nahm ihn fester beim Arm und drehte Roland zu sich. Sie standen vor der Befehlszentrale mit ihren vier Türmen. Eines der geheimnisvollen Symbole der Templer, ein Auge in einem gleichschenkligen Dreieck, war über dem Eingang eingemeißelt.

»Was soll ich Eurer Meinung nach tun, Roland?«

Roland fühlte sich wie ein Tier in der Falle, das vergeblich gegen die Wände anrennt.

»Ich bin nicht sicher«, sagte er und schüttelte den Kopf. »Ich dachte, daß Ihr mir vielleicht raten könntet, was ich tun soll. Ich will versuchen, Diane zu retten. Ich bitte nicht um Eure Hilfe. Das würde ich nie erwarten. Es ist nur ... ich muß es versuchen.« Während er sprach, suchte er in Guidos treuen braunen Augen nach Unterstützung.

Seit der Nacht, in der sie zusammen die Wegelagerer ausgelöscht hatten, vertraute Roland diesem Mann und liebte er ihn. Guido, der wenig sprach, schien viel zu verstehen. Obwohl er wie alle Templer ein Mönch war und durch sein Gelübde gebunden, schien er einen einzigartigen, brillanten Geist zu besitzen. Neben Perrin war Guido in ganz Frankreich Rolands bester Freund und der einzige, an den er sich jetzt wenden konnte.

Guido legte seine Hand auf Rolands Schulter und lächelte

traurig. »Ich bin Euch dankbar, daß Ihr mich nicht gebeten habt mitzukommen. Es hätte mir weh getan, das ablehnen zu müssen. Doch mein Herz ist bei Euch. Bitte denkt daran.«

Roland seufzte. Er hatte tatsächlich die Hoffnung gehegt, daß Guido ihm anbieten würde mitzugehen. Er hatte sogar daran gedacht, daß er mit der Hilfe des Templers Diane wirklich hätte retten können.

»Ich werde wohl eine ganze Menge Silber brauchen«, sagte Roland.

»Ihr habt das Geld aus dem Verkauf Eures Hauses doch bei den Templern in Paris hinterlegt, wie ich es Euch geraten habe, nicht wahr?« fragte Guido.

Roland nickte.

»Gut«, sagte Guido. »Nun werdet Ihr sehen, wie verläßlich unsere Templer-Bank ist. Ihr habt eine Quittung für Eure Münzen erhalten?«

»Ja«, antwortete Roland.

»Wenn Ihr sie dabeihabt, braucht Ihr sie nur hier vorzuweisen. Ich werde dafür sorgen, daß die Auszahlung an Euch schnell geht. Aber Ihr werdet mehr als Silber brauchen, um zum Ziel zu gelangen. Was ist mit Eurem Arm? Könnt Ihr ein Schwert führen?«

»Ich habe die Übungen, die Ihr mir gezeigt habt, mit dem Säbel ausgeführt. Mit der linken Hand bin ich schon ganz geschickt. Mit der rechten Hand allein bin ich ungefähr so gut wie ein zehnjähriges Kind.«

Seine Arme und Beine schienen immer schwerer zu werden, als er fühlte, wie nutzlos sie waren. Er konnte genauso wenig für Diane tun, wie er hier mit seiner bloßen Faust durch die Steinmauer schlagen konnte.

Er hatte das Gefühl, von der Verzweiflung übermannt zu werden.

»Hättet Ihr vielleicht eine Idee, wie ich sie retten könnte?«

»Mein lieber Freund, es gibt keinen Weg. Seht das doch ein. Täuscht Euch nicht selbst. Und wenn Ihr in den Tod gehen wollt, dann tut das mit offenen Augen. Doch wenn man einmal zugegeben hat, daß es keine Hoffnung gibt, dann sollte man sich fragen, warum man so sinnlos sterben will.«

»Ich kann einfach nicht anders. Sie ist dort, und ich bin schuld daran. Ich muß gehen.«

»Ich habe Euch oft erzählt, daß wir Templer uns zurückziehen, wenn die Chancen für uns schlechter als drei zu eins stehen. In Béziers werdet Ihr einer gegen tausend sein. Es wäre keine Schande für Euch, wenn Ihr nicht dorthinginget. Und da Ihr mich um Rat gefragt habt, ist das der beste Rat, den ich Euch geben kann. Wenn Ihr geht, werft Ihr Euer Leben einfach weg.«

Roland schüttelte seinen Kopf. Es wäre keine Schande, wenn er nicht ginge? Aber dies hatte gar nichts mit Schande oder Ehre zu tun.

Er sah Diane in der Folterkammer vor sich. Ihre schönen grünen Augen blickten ihn an. Über die meilenweite Entfernung, die Nicolette gerade zurückgelegt hatte, rief sie ihn zu sich. Sie im Stich lassen? Es wäre leichter, zu sterben als das zu tun.

»Ich habe keine Wahl. Ihr versteht das doch, nicht wahr?«

Guido nahm Rolands Hand und drückte sie kräftig. Tiefes Mitgefühl lag in seinen Augen. Wortlos erwiderte Roland seinen Händedruck. Heiliger Michael, es ist schön, einen solchen Freund zu haben.

»Ich verstehe Euch vollkommen, Roland«, sagte Guido. »Ich kann Euch nur sagen: Geht mit Gott!«

Als Roland ins Lager zurückkehrte, hatte Perrin sein Zelt schon abgebaut und auf ein Packpferd geladen. Er sattelte Regibert, einen dunkelbraunen Hengst, der schneller und ausdauernder als Alezan war.

Perrin stand vorn neben Regiberts Kopf. Bei ihm waren noch drei von Rolands Männern. Zwei davon waren Mitglieder der »Verrückten Hunde«, die einst im Hinterzimmer des Buchhändlers verkehrt hatten. Der dritte war der junge Martin.

»Unsere eigenen und fünf Ersatzpferde sind bereit, Maître«, sagte Perrin. »Der Rest von unseren Männern kann unsere Ausrüstung nach Aigues-Mortes bringen. Was uns betrifft, so müssen wir uns jetzt beeilen. Wir haben für den Ritt nach Béziers nur sechs Tage.«

Roland brachte kein Wort über die Lippen. Er hatte Perrin nie mehr geliebt als in diesem Augenblick.

Aber, mein Gott, dachte er, ich kann doch diese Männer nicht mit mir in den Tod reißen. Er sah Martin an, der so schmächtig war, daß sein Schwert fast auf dem Boden schleifte. Seine Eltern mußten vor Kummer umkommen. Das darf ich ihnen nicht antun!

»Wohin wollt ihr gehen?« fragte er sie.

»Mit Euch, Sire«, sagte Perrin mit fester Stimme.

»Woher wißt ihr von Béziers?« Er versuchte seine Stimme ruhig zu halten.

»Die Frau Gräfin hat mir alles erzählt, als Ihr im Hauptquartier der Templer wart.« Perrins Stimme war ruhig und sein Blick entschlossen. »Bevor sie ging, bat sich mich, auf Euch zu achten.«

»Man hat mir gerade erklärt, daß es mein sicherer Tod ist, wenn ich nach Béziers gehe.«

»Keiner kann die Zukunft vorhersagen. Und egal, was alle behaupten, Ihr geht ja doch, Maître, nicht wahr?«

»Ja.«

»Dann gehen wir auch.«

Roland fühlte eine tiefe Zuneigung zu Perrin, als er in seine Augen blickte. Aber er durfte es nicht zulassen. Ich habe Diane dazu getrieben, ihren Tod im Languedoc zu suchen, und nun will ich dafür sterben. Aber müssen diese Männer um meinetwillen einen sinnlosen Tod sterben?

»Ich befehle euch, hierzubleiben und auf meine Rückkehr zu warten.«

»Es hat keinen Sinn, Sire«, Perrin schüttelte den Kopf. »Wir haben Euch Treue geschworen. Wir sind Eure Männer, und daran kann nichts etwas ändern. Nicht einmal ein Befehl von Euch.«

In seiner Verzweiflung, in der Sorge um Diane und in seinem Kummer um Nicolette, die er gefunden und wieder verloren hatte, fühlte sich Roland endgültig ohnmächtig. Er konnte nicht auch noch gegen Perrin antreten.

Ich werde sie mitnehmen, dachte er. Aber ich werde einen Weg finden, sie fernzuhalten, wenn das Ende kommt.

Er wandte sein Gesicht ab, um die Tränen zu verbergen. Gott sei gepriesen für solche Männer!

XIX

Roland setzte sich auf, nachdem er stundenlang auf seinem Lager gelegen hatte, ohne zu schlafen. Der Lärm draußen auf dem Platz von Béziers dröhnte wie ein Donnern in seinen Ohren. Durch ein Fenster erspähte er den strahlend blauen Himmel. Seine vier Männer standen am Fenster und starrten hinaus.

Heute sollte Diane sterben. Er hatte das Gefühl, als läge auch sein Körper in eisernen Ketten.

Irgendwie gelang es ihm aufzustehen, und er begann sich zu waschen und anzukleiden.

Mit Hilfe von Gautier und Horace, den ehemaligen »Verrückten Hunden«, legte er seinen Harnisch an, der speziell für seine verkrüppelte Schulter angefertigt war. Darüber zog er den schwarzen Umhang mit dem silbernen Greif. Martin reichte ihm das bronzene Medaillon mit dem Bildnis des Apoll, das er vor Jahren von Kaiser Friedrich erhalten hatte. Roland hängte sich die silberne Kette um den Hals. Zum letzten Mal habe ich sie beim Sängerwettstreit der Königin Marguerite getragen, dachte er.

»Bringt mir mein Schwert.«

Schweigend packte Perrin Rolands Gürtel und die schlichte schwarze Scheide mit dem Säbel aus. Kniend reichte er sie seinem Meister.

Roland fühlte sich schwerfällig vor Verzweiflung.

Diane könnte schon tot sein, dachte er. Dann wäre seine Attacke auf dem Marktplatz völlig vergeblich – sie wüßte noch nicht einmal, daß er es versucht hatte.

Die vier Männer in dem Zimmer, das er für einhundert Silbermünzen gemietet hatte, sagten kein Wort. Keiner von ihnen versuchte mehr, ihn von dem Weg abzubringen, für den er sich entschieden hatte: Wenn alle gebannt dem Schauspiel zusehen würden, wollte er vollbewaffnet auf den Platz reiten. Er würde sich einen Weg durch die Menge und die Wachsoldaten bahnen, Diane packen und mit ihr davonreiten, noch ehe irgend jemand überhaupt begriffen hätte, was geschah. Er hatte Perrin und seine Männer angewiesen, sich aus der Stadt zu schleichen und ein Boot für ihre Flucht zu organisieren. Wenn sie meiner Anweisung folgen, dachte er, haben wir eine Chance zu entkommen.

Genau wie sie wußte er, daß ihn Amalrics Bogenschützen niederschießen konnten, bevor er den Platz auch nur bis zur Hälfte überquert hatte. Sie alle taten so, als wäre es ein gewagter, aber wohldurchdachter Plan. Er war ihnen dankbar. Dies würde wohl der letzte Dienst sein, den sie ihm erwiesen.

Horace gab ihm den Helm, und Roland zog sich die Lederriemen über den Kopf. Der Helm erschien ihm außergewöhnlich schwer. Ich setze ihn zum letzten Mal auf, dachte er. Alles geschieht heute zum letzten Mal.

Ich wünschte, ich hätte ein Gedicht geschrieben, das ich hinterlassen könnte. Wunderschöne Verse, die irgend jemand nach meinem Tod singen würde. Etwas, das Nicolette lesen und eines Tages unserem Sohn zeigen könnte, wenn er größer wäre. Dann könnte sie sagen: *So ein Mann war dein Vater.*

Der Ritt auf den Marktplatz wird mein Gedicht sein. Vielleicht wird ein anderer Troubadour ein Lied darüber schreiben. Ein anderes *Rolandslied.*

Ich frage mich, wie weit ich wohl kommen werde. Heiliger Michael, Frauen und Kinder werden unter den Zuschauern sein. Sie will ich nicht niederreiten.

Vielleicht erwische ich einige von Gobignons Wachen und töte die Schweine mit meinem Schwert – sogar mit der linken Hand. Ich muß achtgeben, daß Regibert nicht verletzt wird. Vielleicht komme ich sogar bis zum Scheiterhaufen, bevor sie meine Absicht erkennen und ihre Pfeile auf mich abschießen.

Nicolette wird mich sterben sehen. Warum muß auch sie durch diese Hölle gehen? Lieber Gott, bitte laß sie nicht kommen.

Heiliger Michael, nun fange ich an zu heulen! Vor meinen Männern, wo ich doch versuchen will, wie ein tapferer Ritter in den Tod zu gehen? Das wäre ein Armutszeugnis für mich. Man soll sich später erzählen, daß ich wie ein edler Ritter gestorben bin. Wenigstens so viel Ehre soll mir bleiben.

Er lauschte den Geräuschen, die vom Platz draußen hereindrangen – dem Gelächter der Männer, dem Geplapper der Frauen und dem Schreien aufgeregter Kinder. Dort draußen mußten Hunderte von Menschen sein.

Dann bliesen Trompeten eine feierliche Weise, und die Trommeln schlugen langsam im Takt dazu. Auf dieses Signal hin sollte Perrin in den Hof hinuntergehen und das Pferd bereithalten. Rolands Herz begann schneller zu schlagen. Doch er verspürte keine Furcht. Einerseits war er sehr traurig, doch auf der anderen Seite auch sehr erleichtert, daß er jetzt endlich handeln konnte.

»Perrin, hol jetzt Regibert.«

Perrin ging nach unten, und Roland und seine Männer traten auf den Balkon mit Aussicht über den ganzen Platz, weshalb das Zimmer auch so teuer gewesen war. Sie wurden durch das grelle Sonnenlicht geblendet, das von den weißen Wänden der umliegenden Gebäude zurückgeworfen wurde. Bald werden sie beginnen, dachte Roland.

In der Mitte des Platzes war ein Holzstapel aufgeschichtet, mannshoch und etwa fünfzehn Meter im Quadrat. Er war mit schwarzem Pech bestrichen und wurde von einer hölzernen Umzäunung zusammengehalten. Es ist genau wie auf dem Mont Ségur, dachte Roland und wollte seinen Augen nicht trauen. Aus diesem Holzhaufen ragte eine ganze Reihe Pfähle heraus. Hinter dem Scheiterhaufen, auf der gegenüberliegenden Seite des Platzes, stieg eine kleine schwarze Rauchsäule empor. Das mußte das Feuer sein, an dem die Henkersknechte ihre Fackeln entzündeten. Voller Abscheu verzog Roland den Mund.

Auf drei Seiten des Platzes standen die Leute dichtgedrängt, und das Gewirr ihrer Stimmen klang für Roland wie das Rauschen eines Wasserfalls. Wer sieht sich so etwas an? fragte er sich. Wahrscheinlich kam die Mehrzahl dieser Leute gar nicht aus dem Languedoc. Der Wirt, der aus der Grafschaft Gobignon stammte, hatte ihn erst am vergangenen Abend daran erinnert, daß Tausende von einfachen Leuten aus dem Norden ihren Seigneurs in den Süden gefolgt waren. Dies traf in ganz besonderer Weise auf Béziers zu, wo die gesamte frühere Bevölkerung der Stadt von den Kreuzrittern abgeschlachtet worden war.

In der Menschenmenge standen Väter, die ihre kleinen Kinder auf die Schultern genommen hatten, damit sie besser sehen konnten. Die meisten trugen braune oder graue Kleidung, die Farben der ärmeren Leute. Hier und dort in der Menge konnte man aber auch in strahlendes Rot oder Blau gekleidete wohlhabendere Damen und Herren sehen.

Die Läden rund um den Platz hatten alle geöffnet und schienen gute Geschäfte zu machen. Künstler traten für Geld auf: Gaukler, Akrobaten, Sänger, Feuerschlucker. In einer Ecke des Platzes lief ein Mann auf einem zwischen den rotgedeckten Häusern gespannten Seil. Fröhliche grüne und goldene Fähnchen flatterten von den Dächern und Fenstern. Sogar ein Tanzbär war da.

Ich werde ihnen eine Unterhaltung bieten, die sie nicht erwarten, dachte Roland grimmig, und seine Hand umschloß den Griff seines Säbels. Er hatte sich Sorgen gemacht, daß er unschuldige Menschen aus der Menge verletzen könnte. Doch als er jetzt ihre Freude an der Verbrennung sah, war es ihm egal. Sollten sie doch unter Regiberts Hufe kommen!

Glänzendes Metall zog seinen Blick an. Er betrachtete die doppelten Reihen von Männern in blanken Helmen und purpurgoldenen Gewändern. Sie waren mit Piken bewaffnet und hatten den großen Holzstapel in der Mitte des Platzes umstellt. Roland wußte, daß diese Piken seinem Pferd gefährlich werden konnten, wenn er überhaupt so weit kam.

Nun blickte er zur Magdalenen-Kirche direkt auf der anderen Seite hinüber. Es war ein dunkles Gebäude mit rundbogenförmigen Portalen und einer von einer Brustwehr umgebenen Galerie. Sie stand nahe an der Stadtmauer. Zwei der blaßgelben Wachtürme waren dahinter zu sehen. In einem dieser Türme könnte Diane sein, dachte Roland, als er die schmalen Fensterschlitze betrachtete.

Hatte sie unter der Folter gestanden, daß er sie gerettet und beschützt hatte? Er wünschte es sich sehnlichst. Er hoffte, daß sie ihnen alles erzählt hatte, denn dann hatten sie vielleicht damit aufgehört, sie zu quälen. Und ihn kümmerte es nicht mehr, was sie über ihn wußten. Er würde nicht mehr lange genug leben, um verhaftet werden zu können.

Vor den Kirchenstufen stand eine Reihe Bogenschützen mit gespannten Armbrüsten. Sie sind zum Schutz der Adeligen da, die der Verbrennung zuschauen wollen, dachte er. Denn es bestand immer die Möglichkeit, daß irgendein Patriot aus dem Languedoc einen wilden Racheakt verüben wollte.

Er beobachtete die Würdenträger, die an Tischen vor den geöffneten Kirchentüren saßen. Er sah drei Bischöfe. Goldene Kreuze funkelten auf ihrer Brust. Sie trugen juwelenbesetzte Bischofsmützen, und in ihren beringten Händen hielten sie goldene Bischofsstäbe als Symbol ihres Amtes. Wenn Reichtum ein Zeichen der Gnade Gottes ist, dann haben sie den richtigen Glauben, dachte Roland verbittert. Neben den Bischöfen standen die Dominikanermönche in ihren weißen Kutten und schwarzen Umhängen.

Einen Mann mit schmalem, hübschen Gesicht und blondem Haarkranz erkannte Roland sofort. Es war Hugues. Folterer! Vergewaltiger! Ich wünschte nur, ich könnte mein Schwert auf seinen geschorenen Schädel niedersausen lassen. Welche Freude wäre es, die Ursache seines Todes zu sein!

Voll Überraschung sah er eine kleine Gruppe von Tempelrittern in weißen Umhängen die Stufen zur Kirche hinaufsteigen und unter den ranghöchsten Zuschauern Platz nehmen. Zwei von ihnen trugen lange schwarze Bärte. Nachdem sie vor dem Bischof gekniet und seine Ringe geküßt hatten, stellten sie sich auf einer Seite der Treppe auf.

Die Templer also auch, dachte Roland und fühlte sich verraten. Alle sind angesteckt. Wenigstens ist Ludwig nicht hier. Gott sei Dank gibt es noch Ludwig!

Das Geschehen auf dem Platz erfüllte Roland mit Bitterkeit. Soviel Vorbereitung und Feierlichkeit für einen Massenmord. Die Vorfreude der Zuschauer war offensichtlich.

Ich werde die Schweine dort unten niederreiten, dann sollen sie mich töten. Zum Teufel mit diesem Leben. Es ist hoffnungslos, vollkommen hoffnungslos.

»Vielleicht haben die Katharer recht«, sagte er zu den drei Männern neben sich. »Vielleicht ist der Gott, der diese Welt erschaffen hat, ein böser Gott.«

Der kleine Martin nickte. »Sie haben recht«, sagte er.

Roland drehte sich um und sah Martin an. Seltsam, was er da gesagt hatte. War Dianes Einfluß auf ihn so stark gewesen?

Rolands Aufmerksamkeit wurde auf funkelnde silberne Adelskronen und leuchtendrote Purpurmäntel gelenkt. Amalric de Gobignon und Nicolette stiegen die Stufen zur Kirche hinauf und nahmen neben den Bischöfen Platz. Beim Anblick von Nicolette schmolz Roland innerlich dahin. Wird sie dem Jungen eines Tages von mir erzählen?

Doch Amalric wird sich über meinen Tod freuen.

Das wird Diane nicht retten. Es wird Nicolette quälen und Amalric und Hugues erfreuen. Was habe ich da vor?

Einen Augenblick lang schwieg die Musik. Dann erklang das Trommeln wieder – ernst, monoton, düster. Von seinem Balkon aus konnte Roland die Straße, die von der Kirche zu einem der Wachttürme führte, übersehen. Er erkannte, wie sich am Fuß des Turms ein Tor öffnete. Eine Reihe von Menschen kam heraus, alle mit dem hohen spitzen Papierhut auf dem Kopf, mit dem die Inquisitoren die zum Tod verurteilten Ketzer zu verspotten pflegten. Rolands Herz hämmerte vor Schmerz, und er wußte, daß noch Schlimmeres folgen würde. Er versuchte sich zusammenzunehmen.

Von singenden Menschen angeführt, die ein großes goldenes Kreuz vor sich her trugen, kam der Zug der Ketzer – jeweils zwei nebeneinander – die Straße herunter. Die Todgeweihten wurden von Bogenschützen und Speerträgern eskortiert, die alle die Gobignonschen Farben trugen: Purpur und Gold. Jeder Verurteilte hielt eine brennende Kerze in der Hand. Sie trugen nur dünne weiße Gewänder und ihre Papierhüte. Die Köpfe hatte man ihnen kahlgeschoren. Roland konnte Männer und Frauen nicht unterscheiden. Angestrengt hielt er nach Diane Ausschau. Verzweifelt hoffte er, sie zu sehen, und fürchtete sich doch gleichzeitig davor. Der erste verschwand hinter dem Scheiterhaufen. Dann kletterte einer nach dem anderen, von den Wächtern gestoßen, über Leitern auf den Holzstapel hinauf. Drei Henker in roten Kitteln und Kapuzen begannen, sie an die Pfähle zu binden.

Jetzt sah er Diane.

Das Blut gefror in seinen Adern.

Ihr rotes Haar war abrasiert, doch ihre schlanke Gestalt und ihre edlen Züge waren unverwechselbar. Zwei Wachen hoben sie auf den Scheiterhaufen. Sie schien unfähig, sich zu bewegen. Ihre Füße schleiften über das Holz, als sie zu ihrem Pfahl geschleppt wurde.

Gütiger Gott, man hat ihr die Beine gebrochen. Sie kann ihre Beine überhaupt nicht mehr bewegen.

Obwohl er die Lippen zusammengepreßt hatte, konnte Roland ein leises Schluchzen nicht unterdrücken. Ihm wurde schwarz vor Augen. Er taumelte und griff haltsuchend nach dem eisernen Balkongeländer.

Mit dem Gesicht in Richtung Kirche, mit dem Rücken zu Roland wurde sie an einen Pfahl gebunden und mit Stricken umwickelt, damit sie aufrecht stand. Wie bewußtlos hing sie da. Auf dem Rücken war ihr Gewand von Blut durchtränkt.

Roland wollte seinen Schmerz laut herausschreien. Verbrannt zu werden, konnte nicht schlimmer sein als den Anblick dieser blutenden, aber noch lebenden Überreste einer geliebten Frau ertragen zu müssen.

»O Gott«, flüsterte er und Tränen liefen ihm über die Wangen. »Gott, Gott, Gott!« Oh, meine arme, süße, liebe Diane. Wie konnte man dir das antun!

Er schlug die Hände vors Gesicht und weinte. Hätte ich sie auf dem Mont Ségur sterben lassen, hätte sie dies alles nicht erdulden müssen.

Habe ich einen Fehler begangen, als ich sie gerettet habe?

Wenn ja, dann hoffe ich, ihn durch meinen heutigen Tod zu sühnen.

Es war beschlossen. Nachdem er das gesehen hatte, bedeutete ihm sein Leben überhaupt nichts mehr. Es gab nur noch einen Weg: wenn möglich im Kampf zu sterben, zumindest mit dem Schwert in der Hand.

Er wandte sich an seine Männer. »Es ist Zeit für mich zu gehen.«

»Ja, Sire.«

Er wollte diesen jungen Männern noch etwas zum Abschied sagen.

»Ihr seid noch jung«, sagte er mit gebrochener Stimme.

»Ja, Sire.« Alle drei weinten.

»Ihr dürft diese Welt nicht hassen. Es war nicht richtig von mir, als ich vorhin sagte, daß die Katharer recht hätten. Trotz allem, was ihr heute seht, ist diese Welt schön, und ich glaube, daß sie ein Gott der Liebe erschaffen hat.«

Sie schwiegen.

Perrin war ins Zimmer gekommen, auch sein Gesicht war von Tränen überströmt. Er hielt ein Seil in der Hand.

»Steht mein Pferd bereit?«

»Vergebt mir, Maître.« Starke Hände ergriffen Roland, und Perrin schlang ihm das Seil um die Schultern. Martin nahm Roland den Helm ab und legte ihn vorsichtig auf das Bett.

In der ersten Sekunde war Roland zu überrascht, um sich überhaupt rühren zu können. Als er anfing, sich zu wehren, war er auch schon an Händen und Füßen gefesselt.

»Perrin, mein Gott! Doch nicht du!«

Perrin trat zurück. Gautier und Horace hielten ihn fest, aber gefesselt war er hilflos.

»Dies ist kein Verrat, Herr«, sagte Perrin immer noch weinend. »Ich erfülle nur Madame Dianes Wunsch.«

»Du kannst nicht mit ihr gesprochen haben.«

»An dem Tag, als sie Euer Haus in Paris verließ, habe ich zuletzt mit ihr gesprochen. Sie wußte schon damals, daß es nach ihrer Rückkehr ins Languedoc nur noch eine Frage der Zeit sein würde, bis die Inquisition sie verhaftete. Sie wußte auch, daß sie früher oder später den Märtyrertod erleiden würde, obwohl Ihr sie schon einmal gerettet habt und es wohl auch wieder versuchen würdet. Und Eure Anstrengungen, dies zu verhindern, wären vergeblich. Versucht zu verstehen, Meister. Sie will nicht gerettet werden. Und noch weniger will sie, daß Ihr Euer Leben opfert. Wir sind Euch immer noch treu ergeben, Herr, und wenn heute die geringste Aussicht auf Erfolg bestanden hätte, wären wir mit Euch hinausgegangen. Und wenn es nötig gewesen wäre, auch mit Euch gestorben. Aber als ich sah, wie hoffnungslos alles war, da wußte ich, daß Madames Wunsch befolgt werden mußte.«

Roland hörte Perrins Worte, aber sie ergaben keinen Sinn für ihn. Sein Kummer von zuvor hatte sich nun in Wut verwandelt, die so stark war, daß er das Gefühl hatte, seine Fesseln sprengen zu können. Er zerrte wie wild daran. Er war besessen von dem

Wunsch, Diane zu retten. Warum hielten diese Narren ihn davon ab?

»Perrin, möge Gott dich verdammen! Laß mich los. Wie kannst du mich so verraten?«

»Ich verstehe Eure Wut, Maître, und werde sie ertragen. Auch ich liebe Madame Diane, und dank ihrer Unterweisung glaube ich, sie besser verstehen zu können als Ihr. Sie will sterben. Leben bedeutet für sie, wie jetzt auch für mich, nur Leiden. Sie sagte mir, ihre Zeit nach Mont Ségur sei geborgte Zeit, die sie wahrscheinlich zurückzahlen müßte. Sie hat jetzt mit Zins und Zinseszins dafür bezahlt. Und was Euch angeht, Meister, glaubt sie, daß Ihr noch einen weiten Weg vor Euch und eine wichtige Aufgabe zu erfüllen habt, bevor Ihr schließlich Frieden findet und Eure Zeit zum Sterben gekommen ist. Sie will, daß Ihr dem König zur Seite steht und Euch wieder mit Madame Nicolette versöhnt. Dies ist ihre letzte Botschaft an Euch, die ich Euch überbringen sollte, wenn dieser schreckliche Tag einmal käme. Was Madame Diane betrifft: Sie hat gesiegt. Sie ist standhaft geblieben. Sie konnten sie nicht einschüchtern. Heute ist ihr Siegestag.«

Roland konnte unter den Fesseln kaum atmen.

»Perrin, das werde ich dir nie verzeihen«, keuchte er. »Ab heute gehörst du nicht mehr zu mir.«

»Das habe ich erwartet, Maître«, flüsterte Perrin und wischte sich die Tränen aus den Augen. »Aber hätte ich heute anders gehandelt, hätte ich mir das niemals verzeihen können.«

Perrin blickte zur Tür, die auf den Balkon hinausführte. »Es wird bald vorbei sein, Herr. Wir können nichts mehr tun. Wozu soll es gut sein, den Todesqualen Dianes zuzusehen. Sie können sowieso nur ihren Körper zerstören. Ihre Seele lebt und wird immer bei Euch sein. Wir sollten ganz leise von hier weggehen und uns nicht umschauen.«

»Nein«, sagte Roland. »Wenn ich nicht für sie kämpfend sterben kann, laß mich wenigstens mit ihr leiden. Es soll einen in dieser Menge geben, der sie liebt. Auch wenn sie nicht weiß, daß ich hier bin – bin ich es ihr schuldig. Bitte bringt mich hinaus.«

Sein Herz war zerrissen. Er war überzeugt, daß er den Verstand verlieren würde. Doch wenn er nicht sterben konnte, mußte er bleiben und Zeuge sein. Das hatte er auch auf dem Mont Ségur getan. Doch es war nichts im Vergleich zu seiner heutigen Qual. Er fühlte Mitleid mit den Hunderten, die an jenem Tag starben, aber diese Frau liebte er.

Perrin sagte: »Ich werde Euch die Fesseln abnehmen, wenn Ihr uns versprecht, hierzubleiben.«

»Ich werde dir nichts versprechen. Ich werde nie wieder etwas versprechen.«

Perrin seufzte. »Wie Ihr wollt.«

Sie brachten Roland auf den Balkon hinaus, von dem aus er Diane während der langwierigen Prozedur der *Sermo generalis* sehen konnte.

Diane erlangte ihr Bewußtsein wieder, hörte das Geschrei von Hunderten von Menschen und wurde von dem strahlend hellen Licht geblendet. Irgend etwas hielt sie aufrecht, denn sie stand nicht aus eigener Kraft. Stricke. Sie war mit Stricken festgebunden. Sie schnitten tief in ihr geschundenes Fleisch, schmerzten an Armen, Schenkeln und Taille.

Aber diese Stricke verhinderten gleichzeitig noch größere Schmerzen, weil sie damit an den Pfahl gebunden war, und ihr Gewicht dadurch nicht auf ihren zerschmetterten Beinen lastete.

Sie sah alles nur verschwommen. Irgend etwas hatten sie mit ihrem rechten Auge gemacht, sie wußte nicht mehr was, doch sie konnte nicht mehr damit sehen. Sie hatte so lange in völliger Dunkelheit verbracht, daß auch ihr linkes Auge schmerzte und nur undeutliche Schemen wahrnahm.

Jetzt erinnere ich mich, wie ich hierhergekommen bin. Sie haben mich vom Turm bis zum Scheiterhaufen getragen. Irgend jemand hob mich hoch, und ich hatte schreckliche Schmerzen. Das war alles. Ich muß wieder ohnmächtig geworden sein. Ich war sowieso schon seit langem nicht mehr bei Bewußtsein. Ich glaube schon seit Wochen.

Sie konnte jetzt ein wenig klarer sehen. Ihr gegenüber saßen Leute auf Stühlen vor den Kirchenportalen. Das Glitzern ihrer Juwelen und ihres Goldes, die leuchtenden Farben ihrer Kleidung taten ihrem Auge weh. Über der Kirche war ein roter Fleck: das spitze Dach eines Wachturms. Es kostete sie unbeschreibliche Anstrengungen, den Kopf oben zu halten. Wie lange war es her, seit sie zum letzten Mal etwas gegessen hatte?

Dann erinnerte sie sich an die Folter, an ihr Erstaunen, daß Schmerzen so furchtbar sein konnten und daß doch immer noch mehr Schmerz möglich war. Auch jetzt tat ihr alles weh. Doch nein, Teile ihres Körpers spürte sie gar nicht.

Gott sei Dank werde ich bald tot sein. Auch wenn sie mir nichts mehr antun, werde ich bald sterben. Mein Körper ist so zerstört, daß keine Genesung mehr möglich ist.

Noch ein Tag mit solchen Schmerzen, und ich würde den Verstand verlieren.

Herr, laß mich schnell sterben, laß meinen Körper in das eine Licht aufgehen wie ein Regentropfen im Meer. Bitte nimm mich an! Ich weiß, daß ich nicht immer gut war. Nie hätte ich den Wunsch hegen dürfen, mich Roland hinzugeben, wie an jenem Tag in Paris. Doch bitte, verstoße mich deswegen nicht.

Was ist das für eine Musik? Machen sie wirklich Musik?

Lieber Gott, vergib mir meine Liebe zu Roland. Und laß ihn bitte weit weg sein, damit er nicht erfährt, was hier geschieht.

Welch ein Wunder, daß ich es fertiggebracht habe, seinen Namen zu verschweigen. Daß ich wußte, ich habe die Kraft, noch ein wenig mehr zu ertragen und noch wieder ein wenig mehr. Wann habe ich zum ersten Mal festgestellt, daß es nicht darauf ankam, was sie mir antaten, welchen Teil meines Körpers sie verletzten oder zerbrachen? Mein Körper bin nicht ich, und was ich bin, können weder Folterknechte noch Flammen zerstören. Mein heutiger Tod ist ihre Niederlage. Dieses Feuer wird alles

Wertlose meines Seins verbrennen, so daß von mir nur noch das Licht bleibt.

Sie hörte Gesang. Es war ein altes Lied der Katharer, dessen Text ihr sehr vertraut war.

»Ich kam von Gott, kam aus dem Licht,
Steh in der Finsternis der Welt,
Doch Gott, mein Herr, verstößt mich nicht,
Erlöst mich bald vom Schmerz zum Licht.

Ich kam von Gott, kam aus dem Licht,
Leb' nun in Finsternis und Schmerz,
Doch Gott, mein Herr, verstößt mich nicht,
Erlöst mich bald, befreit mein Herz!«

Wer singt da? Es klingt schön.

Einen Augenblick später bemerkte sie, daß sie selbst gesungen hatte. Ob sie aber laut gesungen hatte oder nur in Gedanken, wußte sie nicht.

Plötzlich fühlte sie sich in einer Zeit und an einem Ort, an dem die Schmerzen verschwunden waren und sie mit beiden Augen sehen konnte. Sie lebte in der Erinnerung. Sie befand sich in einem von Kerzen erleuchteten Raum mit weißgetünchten Wänden. An einem Tisch vor ihr saß Hugues de Gobignon. Wie immer hatte er Bücher und Pergamentrollen vor sich liegen. An der Wand hing ein schwarzes Kreuz mit einer weißen Christusfigur. Hugues entließ die Wachen, die sie hergebracht hatten.

»Ihr habt eine Woche lang gelitten«, sagte er.

»Mir ist nicht bewußt, wie lange es dauerte.«

»Ich kann so lange damit weitermachen, wie es mir gefällt.«

Erschöpft und in gewisser Weise dankbar für diesen Augenblick der Ruhe, sagte sie: »Ich bin Eure Gefangene, und Ihr könnt mit mir tun, was Euch beliebt.«

Er erhob einen Finger. »Das ist nicht wahr. Ihr habt mich in Eurer Gewalt. Ihr könnt die Folter beenden. Ihr wißt wie.«

»Nein, daß weiß ich nicht.«

»Nehmt den Fluch von mir.« Er wandte sein Gesicht ab. »Gebt mir meine Männlichkeit zurück!«

Glaubte er wirklich daran, daß sie ihn verhext hatte, als er sie vergewaltigen wollte?

»Es gibt keinen Fluch. Wenn Ihr den Zustand der...«, sie zögerte, »...Männlichkeit nicht mehr erreichen könnt, dann nur deshalb, weil Ihr es glaubt. Ich habe nichts getan. Diese Idee habt Ihr Euch selbst in den Kopf gesetzt.«

Mit schmerzerfülltem Gesicht sah er sie an. »Ich habe versucht, mich selbst zu heilen. Wenn meine Brüder von all den Alchemisten und heidnischen Ärzten wüßten, die ich aufgesucht habe, würde ich wegen Ketzerei angeklagt. Ich war mit fünf verschiedenen Frauen zusammen. Frauen, mit denen ich schon viele Male vorher meinen Spaß hatte. Der Zauber ist ungebrochen.«

»Ich kann Euch nicht helfen.«

»Ihr seid eine Hexe. Ihr besitzt die Merkmale: die grünen Augen und die roten Haare. Ihr habt mir das angetan. Nur Ihr könnt es zurücknehmen. Ich werde die Folter beenden. Ich werde Euch sogar vor dem Feuertod bewahren. Nur... helft mir, bitte.«

»Ihr habt es Euch selbst angetan. Nur Ihr könnt Euch helfen.«

Er schlug mit der Faust auf den Tisch. »Hexe! Dafür werdet Ihr leiden und leiden. Wenn es sein muß, werde ich Euch ewig foltern. Ich werde Euch nicht töten, bevor ich geheilt bin.« Er stand auf und rief nach den Wachen.

Sie würden sie weiter quälen. Sie wußte nicht, ob sie es aushalten würde. Sie schrie vor Entsetzen.

»O nein, bitte nicht.«

Aber man hatte sie weggebracht.

Ihr Schrei brachte sie in die Gegenwart zurück. Sie stand mitten auf dem Scheiterhaufen.

Weshalb erinnere ich mich nicht an Roland, statt an diesen widerlichen Mönch?

Eine schemenhafte Gestalt in Schwarzweiß trat in die Mitte der Treppe und begann zu predigen.

Der Anblick einer Mönchstracht erfüllte Diane mit Grauen. Ich kann es nicht mehr ertragen. Ich habe solche Angst davor, daß sie mich dazu bringen, ihnen alles zu sagen, was sie hören wollen.

Ob Roland ein Ketzer ist? Ja, ja, ja! Er ist ein Ketzer, und er weiß, wo sich der Heilige Kelch befindet, wenn ihr nur aufhört mich zu quälen.

Aber dieser Mönch ist gar nicht in meiner Nähe. Er steht drüben auf den Kirchenstufen und predigt.

Dann wollen sie mich nur töten.

Als die Predigt vorbei war – Bruder Gérard, der mit Hugues in Azille war, hatte sie gehalten –, verlas der Mönch laut die Namen und die Urteile.

Warum tat Hugues das nicht selber? fragte sich Diane. Von Gérards Predigt hatte sie kein Wort verstanden, doch nun war sie imstande zuzuhören. Gérard nannte zuerst diejenigen, die abgeschworen hatten.

Es war eine große Gruppe, vielleicht zweihundert, die unten neben den Stufen zur Kirche standen. Neben ihnen stand ein riesiges Becken mit glühenden Kohlen, um sie daran zu erinnern, wovon sie verschont geblieben waren. Der Mönch befahl einigen, eine Pilgerfahrt zu unternehmen, anderen, sich der Armee des Königs in Aigues-Mortes anzuschließen und am Kreuzzug teilzunehmen. Einige verloren ihren gesamten Besitz, andere sollten lange Zeit, manche sogar lebenslänglich im Gefängnis bleiben.

»Brüder und Schwestern! Laßt nicht zu, daß sie mit eurem Körper auch eure Seele unterjochen. Kommt herauf zu uns und befreit euch von ihnen auf ewig.«

Diane kannte die Stimme. Sie gehörte einem jungen Vollkommenen namens Georges, dessen Verhaftung in Montpellier vor sechs Monaten ihrer Kirche großen Kummer bereitet hatte.

»Ruhe, oder ich werde dich zum Schweigen bringen«, knurrte

ein Henker mit roter Kapuze und rotem Kittel, der oben mit ihnen auf dem Scheiterhaufen stand.

»Gott segne Euch, Bruder Georges.« Mit ihren aufgeplatztzten und geschwollenen Lippen konnte Diane kaum sprechen. »Ihr habt mir meine Kraft zurückgegeben.«

»Halt den Mund!« fauchte der Henker.

Zum Schluß wandte sich der Mönch an diejenigen, die sterben sollten. Während er sie ermahnte zu widerrufen, schweiften Dianes Gedanken ab. Er hielt ein Kruzifix in der Hand, und sie dachte: Ich bin Jesus am Kreuz näher als dieser Mann.

»Ihr solltet eure Irrtümer einsehen«, rief der junge Katharerprediger aus. »Ihr seid kurz davor, ein unverzeihliches Verbrechen zu begehen.«

Die Faust des Henkers krachte auf Georges Unterkiefer, und der geschwächte Mann fiel in die Stricke, mit denen er an den Pfahl gebunden war.

Nun erhob sich eine glitzernde und funkelnde Gestalt mit einem goldenen Stab in der Hand und trat vor. Wohl irgendein Bischof, dachte Diane.

»Da ihr treulos seid, muß ich euch voll Trauer den weltlichen Mächten übergeben, damit sie euch bestrafen, wie sie es für richtig halten. Ich empfehle ihnen, gnädig zu sein und die Strafe so zu wählen, daß sie weder eine Verstümmelung der Glieder noch das Vergießen von Blut vorsieht.«

Ein großer Mann in einem Umhang aus Purpur und Gold, der eine kleine silberne Krone trug, stand auf.

Das Diane verbliebene Auge hatte sich endlich an die Helligkeit gewöhnt. Das mußte Hugues schrecklicher Bruder, Amalric de Gobignon sein. Und dort, zu seiner Rechten, saß seine Gräfin; Nicolette, die Frau, die Roland so liebte. Nicolette war zu weit entfernt, als daß Diane den Ausdruck ihres Gesichtes hätte erkennen können.

Herr, ich hoffe, sie ist heute nur aus Mitleid gekommen. Meine liebe Nicolette, von diesem Tage an gehört Euch Roland ganz.

Amalric sprach nur kurz. Seine Stimme klang kalt und rauh.

»Durch die Macht, die mir Ludwig, der König der Franken, als seinem Statthalter von Béziers verliehen hat, verurteile ich euch hiermit an diesem 22. Juli im Jahre unseres Herrn 1248 zum Tode. In Achtung der Bitte Seiner Hochwürden, des Bischofs von Béziers, werdet ihr durch das Feuer sterben.« Er nahm wieder Platz.

Sie sah eine Bewegung am Fuß des Scheiterhaufens. Ein Mönch in flatterndem weißen Gewand nahm einem Henker die Fackel ab, entzündete sie an der Feuerschale und begann eine der Leitern hochzuklettern.

Sie erkannte Hugues, und zu ihrem Entsetzen kam er näher und näher.

Ein überraschtes Murmeln ging durch die Zuschauermenge. Graf Amalric erhob sich halb von seinem Stuhl.

Obwohl Hugues blasses Gesicht in dem gleißenden Licht verschwamm, kam es unaufhörlich auf Diane zu. Sie konnte das Prasseln seiner Fackel hören. Er schwankte auf dem wackligen Untergrund aus zusammengebundenen Ästen und Zweigen. Seine Lippen zitterten, und seine Augen starrten sie aus tiefen Höhlen an.

»Zum letzten Mal. Wollt Ihr Euch nicht vor einem so schrecklichen Tod bewahren? Sagt, daß Roland de Vency Euch geholfen hat, und Ihr werdet am Leben bleiben.«

»Glaubt Ihr, daß ich mit solchen Schmerzen noch weiterleben will?« flüsterte Diane heiser.

Er kam noch näher und flüsterte ihr zu: »Wenn Ihr so sehr an das glaubt, wofür Ihr in den Tod geht, dann habt im Namen Jesu Christi, den wir beide verehren, Mitleid mit mir. Nehmt Euren Fluch zurück!«

Was würde geschehen, wenn sie jetzt ganz einfach zu ihm sagte: »Der Zauber ist aufgehoben. Eure Männlichkeit ist wieder hergestellt.« Würde er daran glauben und wieder geheilt sein? Sie war versucht, diese Worte zu sagen. Doch ihre letzte Tat auf Erden durfte keine Lüge sein.

»Wenn ich Euch den Gefallen tun könnte, in der Hoffnung,

Eure Seele damit zu rühren, dann würde ich es tun. Aber ich kann Euch nicht helfen. Das steht nicht in meiner Macht. Ich sage Euch noch einmal, daß Ihr Euch das selbst angetan habt. Es gibt keinen Fluch. Ihr seid körperlich vollkommen gesund. Glaubt das, und Ihr werdet geheilt sein.«

»Ihr lügt!« knurrte er.

Sein verstörtes Gesicht war nur noch eine Handbreit von ihr entfernt. Die Fackel aus pechgetränktem Werg zischte und prasselte.

»Ich kann Euer Leiden auch jetzt noch verkürzen. Ich könnte Euch erdrosseln lassen, bevor wir den Scheiterhaufen entzünden. Ich kann es mit meinen eigenen Händen tun.«

»Könnt Ihr mich nicht einfach in Frieden sterben lassen?«

Er hielt die Fackel dichter an ihr Gesicht. »Diane, fühlt diese Hitze. Auch wenn Ihr alles andere ertragen habt, den Tod in den Flammen werdet Ihr nicht aushalten. Wenn ich es befehle, werden die Henker die Reisigbündel unter Euren Füßen entfernen. Dann werdet Ihr nicht im Feuer stehen, sondern nur darüber baumeln. Es wird Stunden dauern, bis Euer Körper verbrennt. Und noch lange bevor Ihr tot seid, werdet Ihr Euren Glauben verleugnen und darum betteln, daß Ihr mir helfen dürft. Das verspreche ich Euch!«

»Mönch, geht in Euch! Wenn der Gott gütig wäre, den Ihr verehrt, würde er dann zulassen, daß Ihr einer hilflosen Frau dies alles antut? Wenn ich dahingegangen bin, Mönch, sucht in Eurem Herzen nach dem wahren Gott, und Ihr werdet ihn finden.«

»Hugues!«

Hugues drehte sich um, und Diane sah zum Fuß des Scheiterhaufens hinunter. Dort stand Graf Amalric.

»Hugues, in Gottes Namen, was tust du dort oben?« Seine Stimme war drängend und leise, gerade laut genug, daß sein Bruder ihn verstehen konnte. »Von dieser Frau wirst du nichts erfahren. Komm da runter und laß uns weitermachen.«

Diane schloß ihre Augen. Sie hatte das Gefühl, ihr Körper würde schon brennen.

Ja, o ja, laßt mich gehen, laßt mich sterben!

Wie eine Antwort auf ihr Flehen, tauchte Roland in Gedanken vor ihr auf.

Gott, ich danke dir, daß du mir diesen Trost geschickt hast. Mein Herz fließt über vor Liebe. Zu Roland. Zu deinem Geist, Gott. Jetzt weiß ich, warum Roland über die Liebe sprach, als wäre sie ein Gott. Rolands Gott ist auch mein Gott. *Alles ist Licht. Und das Licht leuchtet in jedem Mann und in jeder Frau.*

Ein Schrei erklang dicht neben ihr.

Unwillkürlich sah Diane zur Seite. Hugues Gesicht war vor Entsetzen verzerrt. Sein Mund stand offen und seine Augen starrten ihr glasig entgegen. In seiner Brust steckte ein Pfeil.

Die Fackel entglitt seinen Fingern, als er zusammenbrach.

Aus weiter Entfernung hörte Diane Rufen und Schreien. »Hugues!« der schmerzliche Aufschrei kam von Graf Amalric.

Sie sah einen Henker vom Scheiterhaufen hinunter auf die Pflastersteine springen.

Sie hörte Georges das Vaterunser beten.

Flammen züngelten um ihre Beine. Die Hitze war so furchtbar, daß sie spürte, wie ihr Fleisch langsam verzehrt wurde.

Sie hörte sich schreien. O Gott, bitte hilf mir! Laß mich an Roland denken, an Bischof Bertrand und meine Freunde auf dem Mont Ségur.

Ich komme, meine Freunde! Ich bin gleich bei euch.

Sie spürte einen Schlag, als hätte ein Hieb ihre Brust getroffen. Sie blickte an sich hinunter. Auch mitten in ihrer Brust, steckte ein Pfeil.

Dann blieb ihr nur noch Zeit zu denken: Ich bin frei, für immer frei.

Zweiter Teil

Jenseits des Meeres

1249–1250

XX

Während seines Ritts warf Roland ab und zu einen flüchtigen Blick auf den Januar-Vollmond, der schon die ganze Nacht seinen Weg entlang der Küste beleuchtet hatte. Er brauchte sein Pferd kaum zu lenken. Das geduldige Reittier, das er sich von den Templern in Kolossi ausgeliehen hatte, trabte beharrlich über den festen Sandstrand, während Roland sich die vergangenen Monate ins Gedächtnis zurückzurufen versuchte.

Er konnte sich nicht mehr daran erinnern, wie Diane gestorben war. Sein Gedächtnis weigerte sich, diese furchtbare Erinnerung auftauchen zu lassen. Er erinnerte sich nur noch, wie sie durch die weitgeöffneten Stadttore von Béziers hinausgeritten waren und der Lärm der Menschen auf dem Platz allmählich abnahm. Um sie herum waren noch mehr Leute, zu Fuß und zu Pferd, die sich genauso beeilten, als liefen sie um ihr Leben. Wovor rannten sie davon?

Später hatte Perrin ihm erzählt, daß die Leute so durcheinanderschrien, weil Hugues und Diane von Pfeilen getötet worden waren. Doch sie fürchteten sich nicht vor den Pfeilen, sondern vor Amalrics Zorn.

Perrin hatte auf dem Weg nach Aigues-Mortes die Führung übernommen. Roland war so tief in Verzweiflung versunken, daß er weder reden noch seine kleine Truppe befehligen konnte.

»Du bist ein Narr«, waren seine ersten Worte an Perrin, an die er sich erinnern konnte. Zusammen mit anderen Rittern und Soldaten standen sie an Deck einer genuesischen Galeere und warteten auf das Auslaufen nach Zypern, von wo aus König Ludwig seinen Angriff starten wollte.

Jetzt waren in Rolands Augen alle, die einer Religion angehörten, Narren. Der Katholizismus war abscheulich, weil er Menschen tötete, der Katharismus war verabscheuungswürdig, weil er Menschen in den Tod trieb.

Als Antwort hatte Perrin nur gesagt: »Es gibt nur einen Körper und nur einen Geist... einen Herrn, einen Glauben, eine Religion und einen Gott und Vater von allen, der über allem ist und durch alles und in allem.«

»Was bedeutet das?«

»Es bedeutet, daß wir alle Gott sind«, hatte Perrin erwidert. »Ihr, ich, Madame Diane und sogar Bruder Hugues. Was Ihr in Béziers erlebt habt, war die Rückkehr Gottes zu Gott.«

»Also trauerst du nicht um Diane? Das also hat dir der Katharismus gebracht?«

Perrin schüttelte traurig den Kopf, und Roland bemerkte seine roten, geschwollenen Augen. Der Spielmann hatte wirklich um sie getrauert.

»Ich leide, Maître. Aber mein Glaube tröstet mich ein wenig. Und ich glaube, er würde auch Euch trösten.«

»Ich glaube nicht, daß irgend etwas mich trösten kann«, hatte Roland geantwortet. »Aber ich weiß, daß du als mein Freund in Béziers dein Möglichstes versucht hast. Die schrecklichen Dinge, die ich dir an diesem Tag an den Kopf warf – ich entschuldige mich dafür. Ich war vor Kummer außer mir. Vielleicht bin ich es noch, aber ich möchte, daß du mir verzeihst.«

Als Antwort war Perrin auf Roland zugegangen und hatte ihn herzlich umarmt.

Wie die Flut ein Stück Treibholz hatte ihn der Kreuzzug bis nach Zypern mitgerissen. Nach der dreiwöchigen, eintönigen Überfahrt, hatte Perrin Roland in Guidos Obhut gegeben, dem er teilnahmslos zur Festung der Templer in Kolossi folgte. Dort hatte er entdeckt, daß er nicht nur vor Kummer wie betäubt war. Wie viele andere hatte auch er sich auf der Überfahrt ein Leiden zugezogen, das Knochen und Muskeln in Wasser verwandelte.

Der Orden der Tempelritter sorgte während seiner Krankheit für ihn, und sobald er wieder stehen konnte, begann Guido mit der Heilung seines Geistes.

Arbeit war die beste Medizin. Morgens, mittags und abends gab es ein hartes Training mit Schwert, Bogen und Lanze, zu Fuß und zu Pferd.

Alles tat ihm weh. Guido bestand darauf, daß er seinen Schild mit dem rechten Arm hielt, und viele Nächte lang war das Pochen in seiner Schulter so stark, daß er nicht einschlafen konnte. Sein linker Arm schmerzte vom Üben mit den schweren Schwertern, aber alle paar Tage fand Guido ein noch etwas schwereres Schwert für seine Übungen. Während Rolands Körper litt, blieb sein Geist davon unberührt.

Es kümmerte ihn immer noch nicht, ob er lebte oder starb – zumindest jedoch würde er als guter Kämpfer sterben. Sein linker Arm war bald so geübt wie zuvor sein rechter. Seine bevorzugte Waffe war nun der Säbel, den er mit einer Hand schwingen konnte. Er konnte damit weder einen Helm noch ein Kettenhemd durchdringen, aber in der Zeit, die man für einen Schlag mit dem Beidhänder benötigte, konnte er ein Dutzend Schläge austeilen und an den verwundbaren Stellen zustoßen.

Die Augenblicke zwischen seinen Waffenübungen und dem Schlafen waren von unsäglicher Trauer um Diane erfüllt. Die Frau, die er seit seiner Kindheit geliebt hatte, gab es nicht mehr; sie hatte ein schwarzes Loch zurückgelassen, als ob der Mond verschwunden wäre.

Er schrieb Verse über die Sinnlosigkeit des Lebens, die Allmacht der Umstände und die Gleichgültigkeit Gottes. Er trug Guido seine Lieder vor und erwartete ein Streitgespräch, doch der Templer zuckte nur traurig mit den Schultern.

Allmählich überwand Roland diese Stufe und begann sich zu fragen, wie Diane getötet worden war. Hatte der Mann, der die Pfeile abgeschossen hatte, ihr den qualvollen Tod durch das Feuer ersparen oder nur Hugues töten wollen? Und vor allem, wer hatte es getan?

Nach einigen Wochen Aufenthalt auf Zypern begann er auch an Nicolette zu denken. Zuerst glaubte er, solche Gedanken wären ein Verrat an Diane. Doch schon bald wurde ihm klar, daß Diane es nicht so gesehen hätte. Es war ihr Wunsch gewesen, daß er mit Nicolette glücklich wurde.

Und so richteten sich seine Gedanken nach und nach auf Nicolette, wie sich eine Blume der Sonne zuwendet.

War seine Entscheidung falsch gewesen? Wie konnte er die Entscheidung einer schwangeren Frau beurteilen, wenn er nicht ihr tiefes Bedürfnis nach Schutz für sich und das Kind nachfühlen konnte? Nicolette ist keine Frau wie Diane, die dem Tod nachläuft, sagte er sich. Nicolette ist lebenshungrig.

Während sein Körper stärker und kräftiger wurde, merkte er, daß er nicht mehr so häufig ans Sterben dachte. Seine Gedanken beschäftigten sich vielmehr immer häufiger mit der Liebe. Nicolette ist die einzige Frau, die mich glücklich machen kann, und ich bin wahrscheinlich der einzige Mann, der sie glücklich machen kann. Und doch haben wir uns in eifersüchtigem Zorn voneinander getrennt. Jeden Augenblick kann einer von uns sterben. Seit wir auf Zypern gelandet sind, wurden schon mehr als tausend Kreuzritter von Krankheiten dahingerafft. Warum die kurze Zeit vergeuden, die uns noch bleibt? Ich muß sie sehen, und zwar, bevor die Armee nach Ägypten aufbricht.

Im Dezember war Perrin zu ihm gekommen und hatte ihm gesagt, daß er eine Nachricht von Nicolette erhalten hätte.

Die Freude, die Roland in seinem Herzen verspürt hatte, war wie eine plötzlich aus dem Felsen hervorsprudelnde Quelle. Er war selbst überrascht von der Stärke dieses Gefühls.

Nicolette war nicht das Risiko eingegangen, ihm eine schriftliche Botschaft zu senden. Sie hatte Agnes geschickt, die Perrin berichtete, daß die Königin und ihre Damen in Kürze eine Rundreise über die Insel machen würden, bei der sie Klöster und andere heilige Stätten besuchen wollten. Schon in wenigen Wochen würden sie in Paphos sein, um sich die Säule anzusehen, an der man den Heiligen Paulus gegeißelt hatte.

Das Treffen sollte im Morgengrauen des 25. Januar stattfinden, dem Tag der wundersamen Bekehrung des heiligen Paulus am Felsen von Romios, dem Ort, wo auch Venus – oder Aphrodite, wie die Zyprioten sie nannten – dem Meer entstiegen sein sollte.

Während er so dahinritt, verursachte ihm der Gedanke an ein Wiedersehen mit Nicolette ein seltsam flaues Gefühl in der Magengegend und brachte sein Blut in Wallung. Er war freudig erregt und unruhig zugleich, weil er befürchtete, daß sie vielleicht statt eines glücklichen Wiedersehens eine ähnliche Auseinandersetzung haben könnten wie damals, als er in der Verkleidung eines Mönchs nach Béziers gekommen war.

Ein großer schwarzer Felsen, der einem gestrandeten Schiff ähnlich sah, ragte direkt vor ihm aus der Dunkelheit. Prüfend beobachtete er den Stein und den Strand in seiner Umgebung, aber er konnte niemanden entdecken.

Im Zedernwald hinter dem Strand band er sein Pferd an einen tief herunterhängenden knorrigen Ast. Er blieb stehen, um den Duft der Zedern einzuatmen, der über der ganzen Insel zu liegen schien. Guido Bruchesi hatte ihm erzählt, daß es auf Zypern mehr Zedern gäbe als im Libanon. Dann ging er zum Strand zurück. In der Nähe des gewaltigen Felsens setzte er sich direkt an der Wasserlinie auf seinen auf dem Sand ausgebreiteten schwarzen Umhang und starrte aufs Meer hinaus.

Als er nach einiger Zeit in Richtung Westen blickte, war der Mond schon untergegangen. Im Osten begann sich der Himmel rosig zu verfärben. Eine leichte Brise strich über sein Gesicht. Im Süden, draußen auf dem Wasser, konnte er eine Reihe tanzender gelber Lichter sehen: wahrscheinlich Fischerboote, die langsam hinter einem zweiten großen Felsen hervorkamen, der weiter in das Meer hinausragte.

Werden wir uns heute richtig lieben oder werden wir noch mehr Zeit unseres Lebens mit Streiten vergeuden? Er bekam Herzklopfen, denn was war, wenn sie überhaupt nicht kam?

Draußen auf dem Wasser in der Nähe des zweiten Felsens bewegte sich etwas, und er hielt den Atem an. War das etwa ein Kopf? Neugierig stand er auf, um einen besseren Überblick zu haben. Arme tauchten aus den Wellen auf. Seine Spannung stieg. Es war jetzt schon heller geworden, aber immer noch nicht hell genug, um einen so weit entfernten Schwimmer erkennen zu können. Doch es mußte Nicolette sein. Hastig zog er Stiefel und Hose aus und warf sich in die Fluten. Die Schwimmerin kam nun in flacheres Wasser. Schlanke Arme, langes Haar – sie war es.

Jetzt stand sie auf. Die Flut umspülte ihre Knie. Mit hängenden Armen blieb sie stehen. Sie schwankte leicht im Rhythmus der Wellen. Am östlichen Horizont ging glutrot die Sonne auf. Das Licht brach sich in den Wassertropfen auf ihrer Haut und verwandelte sie in funkelnde Edelsteine. Sie stand wenige Meter von ihm entfernt und schaute ihn an. Er war verblüfft und gebannt. Ähnlich mußte es früheren Anbetern der Göttin der Liebe ergangen sein, als sie dem Meer entstieg. Die Erscheinung vor ihm konnte Venus selbst jedoch an Schönheit kaum übertroffen haben. Er starrte auf ihre vollen Brüste, deren Spitzen die Farbe dunkler Kirschen hatten, auf ihren milchweißen Bauch mit der leichten Vertiefung rund um den Nabel, auf das Dreieck naßglänzender Haare zwischen ihren Schenkeln. Geschwächt von Verlangen sank er in den schäumenden Wellen auf die Knie.

Sie kam auf ihn zu und blieb vor ihm stehen; ihr Körper glich einer griechischen Statue. Sie nahm seinen Kopf zwischen ihre Hände und zog ihn an sich. Einen Augenblick lang berührte seine Wange die sanfte Rundung ihres Leibes, dann drehte er den Kopf und bedeckte ihre Haut mit Küssen.

»*Mi dons*«, flüsterte er gegen ihren Körper gepreßt, »ich bete Euch an.«

»Auch ich möchte Euch anbeten«, antwortete sie.

Er legte seine Hände auf ihren Rücken und spürte, daß sie zitterte.

Dann stand er auf, nahm sie bei der Hand und führte sie zum Felsen, wo sein Umhang ausgebreitet im Sand lag. Sitzend umarmte er sie auf die uralte Weise. Als die Sonne höherstieg, spürte er die Wärme auf seinem regungslosen nackten Körper, und er spürte auch, wie die Hitze in ihr aufwallte und die Kälte der See vertrieb.

Ihn durchlief ein Feuer, das alles verzehrte, bis er nur noch der reine Geist, das reine Licht war. Mehr mit dem Geist als mit seinen verwirrten Sinnen spürte er Nicolettes Ekstase.

Für sich selbst suchte er an diesem Tage keine Erfüllung. Die Vereinigung mit ihr war Befriedigung genug. Als er spürte, daß sie die höchsten Gipfel der Wonne erreicht hatte, ließ er seine Erregung langsam verebben. Das Leid, die Krankheit und die harte Disziplin hatten ihm die Kraft verliehen, sich zurückzuhalten.

Sie lösten sich voneinander und lagen Seite an Seite erschöpft auf seinem Umhang. Ihr leises Atmen neben ihm erfüllte ihn mit Freude.

In der Ferne läutete eine Kirchenglocke zum Morgengebet. »Die Dorfbewohner müssen bereits auf den Beinen sein«, sagte Nicolette. Sie setzte sich lächelnd auf. »Wenn sie uns hier nackt liegen sehen, werden sie uns vielleicht für Venus und Mars halten, die auf die Erde zurückgekehrt sind. Oder sie halten uns für zwei schamlose, unzüchtige Menschen und schleppen uns vor ihre Priester. Vielleicht wäre es an der Zeit, uns anzukleiden.«

Ihr Lächeln verschwand, und plötzlich lag sie schluchzend in seinen Armen. »Oh, mein Liebster, ich hatte geglaubt, daß wir nie wieder so zusammensein würden.« Er hielt sie fest umschlungen, bis sie sich beruhigt hatte. Sie hob ihren Kopf, und er streichelte mit den Fingerspitzen liebevoll über ihre tränennassen Wangen.

Sie stand auf und ging zu einer Felsspalte, in der einige Kleidungsstücke lagen, die er vorher nicht bemerkt hatte. Die Schönheit ihres Körpers, der in den Strahlen der Morgensonne wie Elfenbein schimmerte, nahm ihm fast den Atem. Sie zog das Gewand eines zypriotischen Knappen an – ein knöchellanges Hemd aus dünner blauer Seide – und versteckte ihr langes seidiges Haar unter einem gelben Turban. Weiter oben auf dem Felsen erspähte Roland einen verwelkten Strauß aus Wildblumen. Er sah aus, als ob man ihn dort schon vor einigen Tagen als Opfergabe niedergelegt hätte. Sie haben auf dieser Insel noch nicht aufgehört, ihre alten Götter und Göttinnen zu verehren, dachte Roland.

Nur widerwillig zog er sich an. Die Luft duftete nach Zedern und war so wohlig warm, daß er am liebsten den ganzen Tag lang nackt geblieben wäre.

»Wie seid Ihr hierhergekommen?« fragte er Nicolette, als sie wieder beisammensaßen. »Kamt Ihr allein? Oder seid Ihr gar vom Himmel gefallen?«

»Natürlich bin ich allein gekommen«, sagte sie leise. »Oder hättet Ihr Euch Zuschauer für das gewünscht, was wir gerade getan haben? Ich habe mein Pferd im Wald versteckt und bin zum Schwimmen gegangen. Ich wollte Euch glauben machen, ich sei ein Wesen aus Schaum und Wellen geboren.«

»Das ist Euch gelungen«, sagte er. »Wie töricht wir doch waren, daß wir nicht jeden Augenblick, der uns gegeben war, so genossen haben!«

»Wie recht Ihr habt!«

Er sah eine Mischung aus Freude und Reue auf ihrem Gesicht. »Wißt Ihr nun, wie ich zu Diane stand?« fragte er sie.

Sie schlang die Arme um seinen Hals. »Ja, natürlich. Und versteht Ihr auch meine Entscheidung bezüglich Simon?«

Er wurde ärgerlich. Wie er diesen Namen haßte!

Doch als er dann in ihre ängstlichen Augen blickte, verflog sein Ärger und wurde von Mitgefühl und Traurigkeit überschattet.

»Ich habe viel über Euch ... und den Jungen nachgedacht. Ich glaube, daß ich nun verstehe. Wo ist er?«

»Bei meinen Schwestern im Château Lumel, wo er nur die *Langue d'Oc* hören wird, solange wir in der Fremde sind. Amalric wollte, daß er mit den Mädchen bei den Gobignons bleibt, aber ich habe mich durchgesetzt. Simon soll als ein wahrer Sohn des Languedoc aufwachsen.«

Die Worte ließen ihn erschauern. Er sah wieder den Platz in Béziers vor sich, die weißgewandeten Gestalten an den Stangen. Und dann Bruder Hugues, der Diane mit der Fackel bedrohte. Hugues' Körper zuckte plötzlich zusammen, die Fackel fiel herunter, und Flammen schossen empor, die ihm die Sicht auf Diane nahmen.

Er schlug die Hände vor sein Gesicht und begann zu schluchzen.

Nicolette hielt seinen zuckenden Körper in den Armen, und seine Seufzer hallten von dem schwarzen Felsen neben ihnen wider.

»Roland, was ist mit Euch?«

»Ich habe mich erinnert. Gerade eben. Zum ersten Mal. Ich konnte sehen, wie Diane gestorben ist.«

Sie seufzte. »O Gott, ja, es war schrecklich. Ich hatte nie zuvor eine Verbrennung gesehen.«

»Was glaubt Ihr, wer die Pfeile abgefeuert hat? Wollte er Diane töten?«

»Da bin ich ganz sicher. Ich war ganz in der Nähe. Ich habe gesehen, wie der Pfeil sie direkt ins Herz traf.« Sie berührte das rote Seidenkreuz auf Rolands schwarzem Wams. »Er war sicher gezielt. Sie muß sofort tot gewesen sein. Wer auch immer das getan hat, liebte sie. Ich hätte mir das gleiche gewünscht, wenn ich auf dem Scheiterhaufen gewesen wäre.«

»Wer könnte es getan haben?« fragte er wieder.

»Zuerst nahm ich an, daß Ihr es wart. Dann sah ich Euch mit Perrin, weit weg auf der anderen Seite des Platzes. Es muß einer ihrer Katharer-Brüder gewesen sein. Wir werden es nie erfahren.«

»Ein stärkerer Mann als ich«, sagte Roland, der sich immer noch Vorwürfe machte.

»Und was Amalric anschließend getan hat, war entsetzlich. Schrecklicher als alles, was ich ihm zugetraut hätte.«

Roland spürte blanken Haß, als er sich daran erinnerte, was er gehört hatte. Das Aufknüpfen von Geiseln und Niederbrennen ganzer Dörfer – die Greueltaten waren so lange fortgesetzt worden, bis der König ihnen persönlich ein Ende setzte.

»Amalric hat Euch nicht gesehen, aber er wußte, daß Ihr in Béziers wart, als Hugues getötet wurde«, sagte Nicolette. »Der Wirt hat Euch beschrieben. Armer Narr. Er hätte es nicht tun sollen, aber er hatte eine Belohnung erwartet. Amalric hat ihn gefoltert in der Hoffnung, noch mehr von ihm zu erfahren. Er ist gestorben.«

Roland stand auf, verschränkte die Hände hinter dem Rücken und starrte auf das dunkelblaue Meer hinaus.

»Glaubt Amalric, daß ich Hugues und Diane getötet habe?«

Sie stellte sich neben ihn und legte ihre Hand auf seinen Arm. Ihr blaues Gewand flatterte im Seewind.

»Nein, er fand heraus, daß die Pfeile von einem der Stadttürme und nicht von Eurem Gasthaus kamen. Aber er glaubt, daß Ihr es arrangiert habt.«

»Trotz all seiner Folterungen hat er den Mörder nicht herausgefunden?« fragte er.

Ihr Gesicht wurde vom Kummer überschattet. »Ich glaube nicht, daß er erwartet hat, den Mörder wirklich zu finden. Er wollte die Menschen nur quälen und sie für den Tod von Hugues bezahlen lassen. Ich habe Gott gedankt, als König Ludwig ihm Einhalt gebot. Doch nun hat Amalric nur noch einen weiteren Grund, um den König zu hassen. Roland, ich habe immer noch Angst, daß er versuchen könnte, den König zu ermorden. Ich habe Euch gesagt, daß Amalric nach dem Thron giert.«

Eine Welle überschwemmte den Strand und umspülte Rolands nackte Füße. Sie riß den Sand unter seinen Füßen mit, und er taumelte, bevor er sein Gleichgewicht wiederfand.

»Ihr glaubt, daß er sich selbst zum König machen will? Das wäre doch wahnsinnig.«

Sie schüttelte den Kopf. »Das habe ich auch zuerst geglaubt. Doch dann versuchte ich so zu denken wie er. Der König und seine drei Brüder werden den Angriff anführen. Jetzt nehmt einmal an, daß sie eine große Niederlage in Ägypten einstecken müssen und daß die königlichen Brüder und die meisten Adligen umkommen werden. Das könnte passieren. Wer sollte dann regieren? Königin Blanche und der neunjährige Sohn des Königs. Nehmt an, daß Amalric eine solche Katastrophe voraussieht – oder sie sogar unterstützt – und nach Frankreich zurückkehrt. Wäre es so ungewöhnlich, wenn er die Macht übernimmt? Wäre es so verwunderlich, wenn man das Kind beiseiteschiebt, damit ein starker Mann regiert – ein Pair des Reiches, den die Fürsten mögen und dem die Geistlichkeit und der Papst den Rücken dekken? Fließt nicht auch in seinen Adern königliches Blut, da seine Mutter ja die Tochter von Philippe Auguste ist?«

Rolands Gedanken wirbelten durcheinander. Er hatte den Eindruck, die ganze Erde sei so unsicher wie der rutschende Sand unter seinen Füßen.

Das war undenkbar. Es gab vier starke Brüder – Ludwig, Robert, Charles und Alphonse. Und Königin Blanche regierte in Paris. Aber wenn sie wirklich alle umkämen? Wer würde die Lücke schließen?

Amalric?

Er spürte, wie sein Gesicht bei diesem Gedanken vor Zorn glühte und ihm ein kalter Schauer über den Rücken lief.

Nicolette hielt seinen Arm noch fester. »Wißt Ihr, wofür die drei Kronen auf dem Waffenrock der Gobignons stehen? Die Familiengeschichte besagt, daß zwei ihren königlichen Vorfahren Clovis und Karl dem Großen gelten. Und die dritte«, flüsterte sie mit zitternder Stimme, *»steht für die Krone, die noch kommen wird.«*

»Das wird es nicht geben«, sagte er und ballte seine zitternden Fäuste.

»Amalric hat schon mit dem Papst Kontakt aufgenommen«, fuhr Nicolette fort. »Innozenz ist ärgerlich auf Ludwig, weil er den Kreuzzug macht, statt gegen Friedrich Krieg zu führen. Wenn irgend etwas passiert, hat Amalric die Unterstützung des Papstes. Von allen Fürsten ist er derjenige, der den Papst am meisten unterstützt.«

Roland biß die Zähne zusammen. Das Languedoc war durch Edelleute wie Amalric und die Inquisition, die sie mitgebracht hatten, verwüstet und unterjocht worden. Was würde geschehen, wenn solche Männer in Frankreich tun und lassen könnten, was sie wollten? Nur Ludwig war in der Lage, dem Einhalt zu gebieten. Nur ihm hatte es Frankreich zu verdanken, daß es das stärkste, stolzeste und wohlhabendste Königreich des Christentums war. Sollte das alles jetzt verloren sein?

»Vielleicht«, sagte er wütend, »kann man es einrichten, daß Amalric in Ägypten in Schwierigkeiten gerät.«

Sie sah ihn mit kalten Augen an. »Macht mit ihm, was Ihr für richtig haltet. Ich habe Euch einmal den Befehl gegeben, ihn nicht zu töten. Hunderte von Menschen wären noch am Leben, wenn er an diesem Tag gestorben wäre. Ich werde den gleichen Fehler nicht noch einmal begehen.«

Er nahm ihre Hände.

»Ich muß den König sofort in Nikosia aufsuchen«, sagte er.

»Geht es Euch schon wieder gut genug?«

»Ich glaube, meine Krankheit war nur eine Art der Trauer. Es ist nun an der Zeit für mich, meinen Kummer zu vergessen.«

»Wir werden Diane niemals vergessen«, antwortete Nicolette.

Bei ihren Worten wurde ihm warm ums Herz. Seine Liebe zu Diane stand nicht mehr länger zwischen ihnen.

»Ich muß versuchen, ständig an der Seite des Königs zu bleiben. Das heißt, ich werde, wie Ihr, mit dem königlichen Hof reisen müssen.«

»Und wir werden beide in Amalrics Nähe sein. Euer Leben wird dauernd in Gefahr sein.«

»Ich werde auch eine Gefahr für ihn sein.«

Er blickte sie sorgenvoll an und fügte hinzu: »Wir dürfen nicht mehr nur für unser Glück leben, *mi dons,* obgleich Gott weiß, daß wir in den letzten Jahren nur sehr wenig davon hatten. Wir dürfen Eurem Gemahl nicht die Möglichkeit geben, uns daran zu hindern, dem König nützlich zu sein. Versteht Ihr, was ich meine?«

Ihr Blick wurde stumpf. »Ja, Roland, ich verstehe. Und wir werden unser Vergnügen hintanstellen im Namen des Königs und unserer ewigen Liebe.«

Er berührte ihre Wange leicht mit der Hand und wischte ihre Tränen fort. »Wir werden uns wiedersehen, wenn dieser Kreuzzug vorbei ist, falls...«

Sie drückte seine Hand. »Sagt nichts! Wie auch immer die Dinge sich entscheiden, wir werden uns irgendwo wiedersehen.« Nicolette preßte sich fest an ihn.

Roland tat einen langen, tiefen Atemzug. Immer wenn er in Zukunft den Geruch von Zedern wahrnahm, würde er sich daran erinnern, wie sie sich an diesem Morgen am Geburtsort der Venus geliebt hatten. Er hielt sie fest in seinen Armen.

Vor nicht langer Zeit war es sein einziger Wunsch gewesen, einen schnellen und achtbaren Tod im Kampf zu sterben. Nun hatte sie ihm wieder Grund zum Leben gegeben. Und doch mußte er sich von ihr trennen.

Er zog Nicolette noch fester an sich und preßte seine Lippen auf ihren Mund, bis sie schmerzten. Er wußte, es könnte ihr letzter Kuß sein.

XXI

Roland stemmte sich mit Armen und Beinen gegen den bevorstehenden Aufprall ab. Trotzdem verlor er fast das Gleichgewicht und wurde nach vorne geschleudert, als sich der Kiel des Bootes in den Sand grub. Das war also die Landung in Ägypten.

»Für Gott und das Heilige Grab!« rief ein Ritter, und Roland hörte, wie die Männer hinter ihm über den Bootsrand kletterten. Auch er verließ das Boot und ließ sich in die Wellen hinab, die ihn bis zu den Hüften umspülten. Er biß die Zähne zusammen, als das kalte Wasser unter sein Kettenhemd drang.

Er versuchte, den Feind zu erspähen und hielt Lanze und Schild in einer Hand. Zusammen mit den anderen Männern watete er ans Ufer. Werde ich meinen rechten Arm heute gebrauchen können oder wird er mich im Stich lassen? fragte er sich.

Weiter unten am Strand sah er eine Gruppe von Rittern, zwischen ihnen flatterte ein goldenes Banner: *Oriflamme* – die goldene Flamme –, das heilige Kriegsbanner von Frankreich. In der Mitte war ein rotes Kreuz, und der untere Rand war geschwungen und mit roten Fransen versehen.

Es blitzte golden unter dem Banner auf, und Roland erkannte König Ludwigs Helm mit der Krone. Der König ist tatsächlich unter den ersten, die an Land gegangen sind, dachte Roland, und die Angst um Ludwig ließ ihn noch schneller laufen, um die Gruppe zu erreichen.

Er bahnte sich einen Weg durch die Ritterschar. Die Ritter um ihn herum unterhielten sich über die lange, unruhige Fahrt auf den Beibooten, die sie von den genuesischen Schiffen zur Küste gebracht hatten.

Wie lange würde es noch dauern, bis die Ägypter sie angriffen?

Wieder spürte er diese Angst und nahm seine Lanze fester in die Hand. Er hatte sich gut mit den Sarazenen verstanden, die am Königshof in Sizilien gedient hatten. Sogar ihre Sprache hatte er erlernt. Doch das würde nichts helfen, wenn sie gegen die Ägypter in die Schlacht zogen.

Er blickte den Strand entlang. Noch gab es keine Anzeichen des Feindes. Der rötliche Sand erstreckte sich von Ost nach West und wurde von einem Wall grüner Pflanzen begrenzt, die doppelte Mannshöhe hatten. Aus dem Grün erhoben sich die hohen, schlangenartigen Stämme der Palmen. Dahinter sah man nichts als den Himmel. Dieses Land schien vollkommen flach zu sein – kein Berg, kein Hügel, ja nicht einmal eine Sanddüne.

Im Westen konnte er die grauen Türme und Mauern einer Stadt ausmachen. Es war Damietta, ihr Ziel. Sein Mut sank. Sie schien noch meilenweit entfernt, und sie mußten den Nil überqueren, um sie zu erreichen.

Aber er verstand Ludwigs Plan: Der König hoffte, daß er durch die Landung auf der Damietta gegenüberliegenden Nilseite, wo es keine ägyptischen Verteidigungsstellungen gab, den Großteil seiner Armee an Land bekommen würde, bevor die Sarazenen angriffen.

Dann sauste irgend etwas an seinem Kopf vorbei. Er duckte sich, blickte sich um und sah einen Pfeil im Sand stecken. Noch einmal surrte etwas durch die Luft. Ein Mann fiel schreiend zu Boden, hielt seine Hand gegen den Kopf gepreßt und zuckte vor Schmerzen mit den Beinen. Ein Bursche lief zu ihm, um ihm zu helfen. Noch mehr Pfeile. Rolands Nerven waren zum Zerreißen gespannt. Der Angriff hatte begonnen.

Ludwigs Stimme übertönte die Rufe der Kreuzritter und das Surren der Pfeile. »Befehlt eure Seelen unserm Herrn Jesus, Messieurs!«

Eine breite Linie ägyptischer Reiter mit roten Seidenumhängen brach mit lauten Schlachtrufen aus dem etwa hundert Meter entfernten Unterholz hervor. Schwarze und grüne Fahnen mit eingestickten Versen des Korans flatterten in der Staubwolke, die durch die Pferde aufgewühlt wurde. Roland las die arabischen Schriftzeichen: »Es gibt keinen Gott außer Allah.«

Die Helme ihrer Feinde waren von gelben Turbanen bedeckt und ihre Gesichter hinter bestickten Tüchern verborgen. Sie trugen langärmlige Mäntel und Umhänge, die sie gut vor Hitze und Staub schützten.

Die Krummsäbel blitzten in der Sonne und blendeten ihn. Die Pferde der Sarazenen waren zierlich und klein, doch auf ihre Art waren es großartige Tiere, mit stolz erhobenen Köpfen und schlanken Beinen, die Schnelligkeit und Beweglichkeit ahnen ließen. Und ihre Reiter wirkten stark und unbesiegbar. Die Pferde der Kreuzritter waren noch nicht an Land gekommen. Sie werden uns alle töten, dachte Roland.

Er blickte gespannt auf die herandonnernden ägyptischen Heerscharen.

Ein Riese mit einem Turban und strahlend weißen Zähnen in

seinem braunen Gesicht, das eine rote Narbe über Nase und Mund zeigte, ritt direkt auf Roland zu. Der Sarazene beugte sich mit zum Schlag erhobenem Krummsäbel vom Sattel.

Roland stieß ihm wie zwangsläufig seine Lanzenspitze mit solcher Wucht in die Brust, daß sie das Kettenhemd unter dem grünen Gewand durchbohrte. Der Reiter flog wie eine Puppe aus dem Sattel.

Roland war verblüfft. Es geht zu wie auf einem Turnier, dachte er. Er duckte sich hinter seinen Schild, um sich gegen die Hufschläge des reiterlosen Pferdes zu schützen und hob seine Lanze wieder auf.

Staub verklebte seine Nasenlöcher. Er wünschte, er hätte ein Tuch wie die Ägypter, um es über Mund und Nase zu binden. Überall um ihn herum ertönten Schreie und Schlachtrufe. Der Boden unter ihm erzitterte unter dem Stakkato der Pferdehufe.

Drei Sarazenen kamen mit Kriegsgeschrei auf ihn zu. Einer von ihnen warf einen Speer. Roland duckte sich und erhob seine Lanze. Die Spitze bohrte sich in den Bauch des Pferdes, das mit lautem Wiehern stürzte, seinen Reiter herunterschleuderte und noch das nachfolgende Pferd zu Fall brachte. Der dritte Ägypter setzte mit seinem Pferd über Rolands Schild hinweg.

Jetzt war der Feind kein eingebildeter Schrecken mehr, sondern Wirklichkeit. In der Hitze des Gefechts hatte Roland gar keine Angst verspürt. Ich muß meinen König schützen, war sein einziger Gedanke.

Mit der linken Hand zog er seinen Säbel. Er konnte dem König jedoch nicht zu Hilfe eilen, weil die beiden Ägypter, die gerade ihre Pferde verloren hatten, ihn nun zu Fuß angriffen.

Roland legte sein ganzes Gewicht in seinen Schild und warf sich auf einen der beiden Männer. Im Fallen bohrte er dem stürzenden Mann die Spitze seines Säbels in die Kehle, sprang wieder auf die Füße, trotz des Schmerzes in seiner rechten Schulter und erhob seinen Schild.

Gerade noch rechtzeitig, denn er starrte in wilde schwarze Augen, und ein Krummsäbel sauste an seinem Körper vorbei. Er sprang zurück, machte wieder einen Ausfall nach vorne und schlug seinen Säbel gegen die Brust des Gegners. Die Klinge prallte am Kettenhemd ab, der Sarazene fiel unverletzt hintenüber, kam dann aber mit vorsichtigen Schritten wieder auf Roland zu, hielt ihn fest im Blick und hob seinen großen gebogenen Krummsäbel. Wer von ihnen würde in ein paar Augenblicken noch am Leben sein?

Der Krummsäbel sauste nieder, um Rolands Schlag abzuwehren, doch Roland traf den Ägypter direkt ins Gesicht. Der Ägypter war augenscheinlich weder an linkshändige Gegner gewöhnt noch an den Säbel, den die Christen benutzten. Wo eben noch leuchtende Augen in einem braunen Gesicht gewesen waren, gab es jetzt nur noch eine blutige Maske. Mit einem Aufschrei brach der Ägypter zusammen.

Hinter sich hörte Roland den Ruf »Saint Denis!« und ein lautes Klirren. Als er sich umdrehte, sah er den König, der seinen blutigen Zweihänder triumphierend über dem aufgeschlitzten Körper des Moslems hielt, der eben noch über Rolands Schild gesprungen war.

»Er war kurz davor, sich auf Euch zu stürzen«, keuchte Ludwig. »Ihr vernachlässigt Eure Rückendeckung, Sire.« Er drehte sich um und lief zu dem Kreis von Rittern, in den eine Horde berittener Ägypter einbrechen wollte.

Und ich wollte *ihn* beschützen, dachte Roland mit einem traurigen Lächeln, als er in den schützenden Ring der Ritter zurückrannte. Er hat mein Leben zum zweiten Mal gerettet.

Er blickte sich um. Überall gab es Zweikämpfe zwischen Kreuzrittern und Sarazenen. Der Wall aus Schilden war gewachsen, weil immer mehr Kreuzritter in den Beibooten anlandeten und jetzt einen größeren Teil des Strandes besetzt hielten. In der Mitte des Kreises lagen etwa zwei Dutzend getötete oder verwundete Kreuzritter. Priester in grauen Roben kümmerten sich um sie und gaben ihnen die letzte Ölung.

Roland hatte einen Vorgeschmack des Kampfes bekommen. Die Kameraden hielten die Stellung. Wenn sie erst unsere Pferde an Land gebracht haben, dachte Roland, dann werden wir richtig kämpfen.

Er blickte übers Meer zum Hafen, in dem sie erst vor kurzer Zeit angelangt waren. Eine Reihe von Schiffen mit weißen Segeln und roten Kreuzen waren am Horizont zu sehen. Nicolette ist dort und beobachtet uns, dachte er. Sie war sicher auf der *Montjoie,* dem Flaggschiff der Flotte.

Die vom roten Nilwasser verfärbte See war jetzt mit Booten übersät, von denen jedes sechs oder mehr Schlachtrosse an Bord hatte. Die Barken ankerten dicht vor der Küste, damit die Pferde ans Land waten konnten. Die genuesischen Schiffe ließen Rampen ins Wasser hinab, und Knappen führten die Pferde an die Küste, wo die Ritter zusammenliefen, um sie in Empfang zu nehmen.

»Macht den Weg frei!« Roland wurde zur Seite gedrängt und versuchte einem Pferd mit einem rot-silbernen Überwurf auszuweichen. Das Pferd schritt so dicht an ihm vorbei, das ihm die Flanken so groß wie die Bordwände eines Schiffes vorkamen. Der Federbusch auf dem Helm des Reiters schien fast den Himmel zu berühren. Es folgten weitere Pferde und Reiter. Die Knappen hatten zusammen mit den Pferden Lanzen mitgebracht, an den dreieckige Wimpel flatterten.

Als Roland sich umdrehte, sah er, daß die Feinde anfingen, sich zurückzuziehen. Mit wehenden Fahnen und lautem Geschrei formierten die Kreuzritter eine Linie, die ihnen den Weg vom Strand zu den Mauern von Damietta versperrte. Das Sonnenlicht blitzte auf ihren Krummsäbeln.

Die Hitze war fast unerträglich. Es war Mittag, und die hochstehende Sonne verwandelte Rolands Helm in einen Ofen, in dem sein Kopf zu kochen begann. Und jetzt ist es erst Juni, dachte er mißmutig. Selbst wenn es uns gelingt, die Ägypter zu schlagen, wird uns die Hitze hier besiegen.

Hinter sich hörte er laute Rufe. Eine kleine Gruppe wild gestikulierender Männer – die meisten von ihnen trugen die verzierten Helme des höheren Adels – hatte sich um Oriflamme versammelt. In der Mitte war Ludwigs gekrönter Helm zu sehen, und daneben ein Helm mit einem silbernen Wolfskopf.

Der Schreck fuhr Roland beim Anblick des Wolfskopfes durch die Glieder. Amalric. Ein kleines Mißgeschick und der König konnte tot sein.

Das Gesicht des Königs war rot vor Erregung. »Bringt mir endlich mein Pferd! Bringt mir Veilantif!« befahl er. »Ich werde selbst gegen die Ungläubigen reiten. Sie sollen sehen, aus welchem Stoff ein französischer Ritter gemacht ist.«

Roland hörte Protestrufe.

Ludwig hatte sich beim ersten Anblick des Feindes zum Kampf hinreißen lassen. Jetzt sollte er besser Schlachtpläne schmieden und Befehle erteilen, statt seiner Armee vorauszupreschen. Er wird heute sterben, wenn wir ihn nicht aufhalten. Und er könnte uns alle in den Tod mitreißen.

Roland fuhr zusammen, als er Amalrics Stimme hörte: »Knappe! Ihr habt den König gehört. Bringt ihm sofort sein Pferd!« .

Amalric stand mit seinem funkelnden Helm und seinem purpur-goldenem Umhang direkt an Ludwigs Seite. Er hatte sein Langschwert gezückt, obwohl kein Ägypter in der Nähe war. Vielleicht, um jeden von uns niederzumachen, der ihm widerspricht.

Er wußte, daß es für ihn unstatthaft war, den König unaufgefordert anzusprechen. Doch er mußte einschreiten.

»Bitte opfert nicht Euer Leben, Sire!« rief er.

»Mein heldenhaftes Vorbild wird unsere Männer aufstacheln und den Ungläubigen beweisen, daß unser Gott der wahre Gott ist«, erwiderte Ludwig. Sein Gesicht glühte im – wie Roland es nannte – Jerusalem-Fieber.

Roland war verzweifelt, als er einem Knappen Platz machte, der ein riesiges weißes Pferd in den Kreis der Ritter führte. Ludwig griff nach dem Sattelknauf und setzte einen Fuß in die Steigbügel. Ohne nachzudenken oder zu zögern, ergriff Roland Ludwigs Arm. Das Pferd wieherte laut.

»Bitte, Sire! Denkt doch daran, wie entmutigt unsere Männer wären, wenn... Ihr verletzt werdet.«

»Nehmt Eure Hand vom König!« schrie Amalric und hob sein Schwert.

Zu Rolands Erleichterung kam ihm Joinville zu Hilfe. »Sire, dieser gute Mann will Euch nur das Leben retten. Laßt uns alle gemeinsam gegen die Ägypter reiten.«

»Auch wenn ich allein gegen sie reite, wird Gott mich beschützen!« rief Ludwig.

Eine Gestalt trat in den Kreis der Ritter. Der weiße Umhang und das rote Kreuz der Tempelritter über dem Kettenhemd: Das konnte nur Guido Bruchesi sein! Der Ritter ging direkt auf den König zu.

Seine Stimme war ruhig, aber bestimmt: »Sire, was Ihr gerade gesagt habt, ist eine Anmaßung.«

»Ich wüßte nicht, warum, Bruder Templer.« Doch Roland sah mit wachsender Hoffnung, daß Ludwig seinen Fuß aus dem Steigbügel nahm. Man kann Ludwigs Aufmerksamkeit immer mit einer religiösen Anspielung wecken, sogar auf dem Schlachtfeld, dachte Roland.

»Sire«, sagte Guido, »der Satan führte unseren Herrn Jesus in Versuchung, indem er ihm sagte, daß ihn Engel auffingen, wenn er sich von einem Berggipfel stürzen würde.« Guido warf Amalric einen langen Seitenblick zu. »Ihr, Sire, seid versucht, gegen die ganze ägyptische Armee zu reiten, weil Ihr Gottes Hilfe erwartet. Ihr verlangt ein Wunder. Verzeiht, aber das ist eine Anmaßung.«

Ludwig schwieg einen Augenblick. »Vielleicht habt Ihr recht.«

Roland atmete auf.

Der König blickte sich nun mit einem Lächeln zu seinen Leuten um. »Nun dann, Messieurs, reiten wir gemeinsam gegen die Sarazenen!«

Roland war erleichtert. Doch er hätte sich noch wohler gefühlt, wenn Ludwig auf einem der Schiffe geblieben wäre. Aber schließlich nahm er nun kein größeres Wagnis auf sich als alle anderen.

Rolands gepanzerte Füße sanken im nassen Sand ein, als er ans Wasser lief, um nach Perrin und Alezan Ausschau zu halten.

Amalric blickte nach Osten und beobachtete kritisch den Strand. Langsam ließ er seinen Blick über den Küstenstreifen zu seiner linken bis zu den Büschen und Palmen zu seiner rechten wandern. Er war niedergeschlagen und enttäuscht. Der Feind war plötzlich verschwunden. Es gab niemanden, gegen den er kämpfen konnte.

Die Abendsonne warf lange Schatten auf den rostroten Sand. Er hatte schon so viele Stunden gekämpft, daß seine Arme und Beine schmerzten.

Gedankenverloren saß er im Sattel und dachte über die Schlacht nach. Es waren viele Kämpfe Mann gegen Mann gewesen. Drei erfolgreiche Angriffe von unserer Seite und zwei Gegenschläge von den Sarazenen. Ihre Pferde sind schnell, doch unsere sind kräftiger. Sie können ausgezeichnet mit ihren verfluchten Bogen umgehen, aber wir sind im Zweikampf besser. Wohin sind sie verschwunden, zum Teufel?

Vor wenigen Augenblicken war ein geisterhaftes Hornsignal ertönt, auf das hin sich die Sarazenen zurückgezogen hatten. Jetzt waren da nur noch die Toten, die über den Strand verstreut lagen. Die Sarazenen waren in ihren leuchtend roten, grünen und gelben Gewändern gut zu unterscheiden. Die Sonne glänzte matt auf den Panzern und Helmen der erschlagenen Christen. Die Mönche kümmerten sich bereits um sie.

Die Sarazenen waren nicht nach Damietta geritten, sondern nach Süden und blieben auf dieser Seite des Flusses. Er hielt nach Brücken Ausschau, die das Westufer mit dem Ostufer, auf dem Damietta lag, verbinden mußten, konnte jedoch keine entdekken.

Das Glitzern auf dem Nildelta schmerzte in den Augen. Jenseits des Flusses ragten die düsteren Mauern von Damietta trutzig empor. Er studierte die Verteidigungsanlagen und stellte fest, daß sie aus einem dreifachen Mauerring bestanden, der von einem Wassergraben umgeben war. Die innere Mauer mußte eine Höhe von mindestens zwölf Metern haben. Entlang der Mauern zählte er siebzehn viereckige Türme. Die letzten Kreuzritter hatten ein Jahr gebraucht, um in die Stadt einzudringen.

Doch im Augenblick war niemand auf den Türmen oder Mauern zu sehen. Merkwürdig. Er öffnete den Eisenbügel unter seinem Kinn und nahm den Helm ab. Der Schweiß hatte ihm den ledernen Helmeinsatz an die Stirn geklebt. Das Metall des Helmes war in der Sonne so heiß geworden, daß er sich fast die Finger daran verbrannte. Jetzt konnte er verstehen, warum die Sarazenen Turbane über ihren Helmen trugen.

Obwohl er müde, zerschunden und zerrissen war, fühlte er sich zufrieden. Als er während der Kämpfe einen Ägypter nach dem anderen niederschlug, hatte ihn ein großes Glücksgefühl erfüllt. Für ihn gab es nichts Schöneres auf der Welt als die Schlacht. Nicht einmal die höchsten Wonnen mit einer Frau.

Es erfreut mein Herz, wenn ich diese Heiden niedermetzele. Ich könnte der Held dieses Kreuzzugs werden, wenn es mir gefiele. Zu schade, daß ich einen anderen Krieg gewinnen muß!

Er hörte Hufschläge auf dem Sand und drehte sich um. An der blau-goldenen Tracht des Reiters erkannte er den königlichen Herold. Ludwig schickte wohl nach ihm. Widerwille stieg in ihm hoch. Der Herold stieg vom Pferd und verbeugte sich.

»Der König sendet Euch seine Grüße und bittet Euch, ihn aufzusuchen, Monseigneur.«

Als Amalric langsam zum Ufer des Nils ritt, spürte er einen bitteren Geschmack im Mund. Wenn dieser Vency und der verfluchte Templer nicht eingegriffen hätten, könnte Ludwig jetzt schon unter seinen Heiligen weilen!

Er lastete es Ludwig an – seiner Nachsicht mit den Ketzern und seiner Milde gegen das Languedoc –, daß Hugues jetzt tot war.

Ludwig ritt mit grimmigem Gesicht und zerrissenem Umhang

auf seinem weißen Pferd inmitten einer Gruppe von Rittern. Der König schien aufgeregt.

»Amalric«, sagte er, »unsere Kundschafter berichten, daß die Tore von Damietta offenstehen und keine Soldaten zu sehen sind. Ihr seid der tapferste meiner Ritter, und ich habe beschlossen, Euch die Ehre zu überlassen, als erster in die Stadt zu reiten. Wollt Ihr den Fluß überqueren und die Stadt in Besitz nehmen?«

Verflucht! Wenn es dort einen Hinterhalt gibt, bin ich ein toter Mann. Amalrics Hände verkrampften sich um die Zügel und sein Gesicht wurde knallrot bei dem Versuch, seinen Zorn zu unterdrücken.

Sein Blick fiel auf den Troubadour, der auf seinem Braunen neben dem König ritt. Immer wenn er Vency ansah, spürte er das Verlangen, ihm sein Schwert an die Kehle zu setzen, damit er erzählte, wer Hugues getötet hatte. Vencys braunes Gesicht war völlig ausdruckslos unter dem schwarzen Helm; doch Amalric glaubte, einen Schimmer von Belustigung in diesen merkwürdigen blauen Augen zu entdecken. Er freut sich darüber, daß man mich der Gefahr aussetzt!

Nun, soll er doch! Ich werde aus Ägypten zurückkehren, und seine Gebeine werden hier in der Sonne bleichen. Seine und Ludwigs. Ludwig, ich würde Euch gönnen, daß die Ägypter Euch Eure Glieder einzeln abhacken, Euch aufschlitzen und Euer Herz fressen!

»Wie Ihr wünscht, Sire.« Amalric salutierte vor dem König und ritt zu seinen eigenen Leuten zurück.

Er befahl Guy d'Etampes, Boote zu besorgen, und wählte ein Dutzend berittener Soldaten und fünfzig Männer zu Fuß aus. Wenn die Ägypter versuchten, die Kreuzritter in die Stadt zu locken, würden sie sich nicht dadurch verraten, daß sie eine so kleine Gruppe angriffen.

Der hinter ihm reitende Knappe trug das purpurgoldene Banner des Hauses Gobignon. Amalric wußte, daß er für die Kreuzritter ein Held wäre, wenn er sich mit so wenigen Soldaten nach Damietta hineinwagte. Doch er spürte auch, daß ihm die Angst im Nacken saß. Die Schlacht zu lieben war eine Sache, doch sich selbst zum Ziel für lauernde Ägypter zu machen war ganz etwas anderes.

Er und seine Männer setzten in Beibooten und Barken zum Ostufer unterhalb der Mauern von Damietta über. Der Fluß war hier seicht, und um die Stadt herum gab es nur hellbraunen Schlamm, in den die Pferde fesseltief einsanken. Weiter den Fluß aufwärts standen eine Reihe von unförmigen Ziegelbauten zwischen den Wassergräben und dem Flußufer. Es gab dort kleine hölzerne Anlegestellen für Boote, doch kein einziges Boot war zu sehen. Es gab auch keine Menschen. Die Stille machte Amalric ein ungutes Gefühl.

Die Zugbrücke über dem Wassergraben war heruntergelassen und das Haupttor zur Stadt stand offen, als wäre ein ganz normaler Markttag. Aber er roch Rauch und sah eine dunkle Wolke über den Stadtmauern. Vielleicht hatten sie die Stadt wirklich aufgegeben. Aber aus welchem Grund?

Er hob seine Hand und winkte die Männer zu sich. Sein Pferd stapfte als erstes über die Zugbrücke. Fest umklammerte er den Sattelknauf, weil er merkte, daß seine Hände plötzlich zitterten. Vielen Dank für diese große Ehre, Ludwig! Ich hoffe, ich kann sie Euch einmal zurückzahlen.

Innerhalb der dreifachen Mauern standen Massen von erdfarbenen Gebäuden mit kuppelförmigen Dächern. Die Straßen vor ihm waren schmal, gewunden und ungepflastert. Die meisten Häuser hatten Balkone, die so weit hervorragten, daß sie die Straßen fast in Tunnel verwandelten. Welchen Weg sollten sie einschlagen?

Dort, wo das Stadtzentrum zu sein schien, ragten eine Reihe hellroter Türme in den Himmel. Amalric bekreuzigte sich, wählte die breiteste Straße zu diesen Türmen hin und ließ seine Männer folgen. Er versuchte, nicht an die Töpfe mit siedendem Öl, die Pfeile, Felsbrocken und Dolche zu denken, die ihn in diesen verwinkelten Gassen erwarten könnten. Auf Zypern hatte er gehört, daß die Sarazenen über eine Waffe verfügten, die sie

»Griechisches Feuer« nannten. Es war eine Substanz, die zu brennen begann, wenn sie auf ihr Ziel traf. Die Flammen klebten an den Opfern fest und waren nicht zu löschen.

Er sagte sich, daß eine Stadt wie diese der ideale Ort wäre, um eine ganze Armee zu fangen und zu vernichten. Aber Damietta schien, mit Ausnahme einiger streunender Hunde, ohne jedes Leben zu sein.

Sie ritten immer weiter, und er schwitzte unter seinem Panzer, sein Arm schmerzte, weil er das gezückte Schwert bereithielt, und alle Sinne waren angespannt. Dann bog er um eine Ecke und blickte auf einen Platz, hinter dem ein moslemischer Tempel lag. Die Türme, die er als Orientierungshilfe benutzt hatte, erhoben sich über der königsblauen Kuppel einer Moschee. Die Pracht dieses Bauwerks erweckte in Amalric nur den sehnlichen Wunsch, es niederzubrennen. Aber unsere guten Priester werden es natürlich zu einer Kirche machen wollen. Ach, Hugues, wenn du nur hier sein könntest, um die erste Messe in dem eroberten Tempel zu lesen!

In der Mitte des Platzes versammelten sich einige Männer, Frauen und Kinder – die ersten Menschen, die er in Damietta sah. Er nahm sein Schwert fester in die Hand.

Beim Anblick von Amalric und seinen Männern fielen die Menschen auf die Knie. Nur ein Mann mit grauem Bart in einer schwarzen Robe, der einen langen Stab mit einem Kreuz an der Spitze in der Hand hatte, blieb stehen. Amalric spürte einen Anflug von Enttäuschung. Sollten sie Christen sein? Hinter den Leuten hörte Amalric einen Brunnen plätschern, der ihn daran erinnerte, wie durstig ihn das Kämpfen und die Hitze gemacht hatten.

Ein Mann trennte sich von der Gruppe auf dem Platz, rannte auf Amalric zu und warf sich vor seinem Pferd in den Staub.

»Gepriesen seid Ihr, der im Namen unseres Herrn kommt!« rief er.

»Wer bist du?« fragte Amalric und richtete seine Schwertspitze auf den Rücken des Mannes, der vor ihm auf dem Boden lag. Es könnte sich herausstellen, daß er ein Mörder in der Maske eines Bittstellers war. Aber würde ein Sarazene Französisch sprechen?

Der Mann hob den Kopf. Sein Gesicht war von vielen kleinen Falten überzogen und so braun wie das eines Ägypters, doch seine Augen waren hellblau. Als er den Mund zum Sprechen öffnete, sah Amalric, daß er keine Schneidezähne mehr hatte.

»Ich heiße Maurice, Monseigneur. Ich komme aus der Stadt Vailly. Ich war Soldat in der Armee von John de Brienne, der vor etlichen Jahren hierhergekommen ist. Als wir den Krieg in Masura verloren hatten, machten mich diese verdammten Mamelucken zu ihrem Sklaven.«

»Wer sind die anderen?« wollte Amalric wissen.

»Es sind Kopten – ägyptische Christen –, die Euch willkommen heißen und um Euren Schutz bitten, Monseigneur.«

Enttäuscht, weil sich seine Befürchtung als richtig erwiesen hatte, verneigte sich Amalric vor dem graubärtigen Priester in der schwarzen Robe, der seine Hand segnend erhob.

»Wo ist die ägyptische Armee?« fragte Amalric.

»Fort, Monseigneur. Vor ein paar Stunden haben sie sich nilaufwärts zurückgezogen. Die Obersten der Stadt – mein Herr war auch einer von ihnen – bekamen es plötzlich mit der Angst. Sie dachten, die Armee hätte sie im Stich gelassen. So setzten sie das Arsenal, die Getreidekammern und die Märkte in Brand und ritten davon – so schnell, daß ich mich verstecken und hierbleiben konnte. Außer diesen Christen sind alle geflohen, weil sie Angst um ihr Leben hatten.«

Da haben sie auch allen Grund dazu gehabt, dachte Amalric.

Dann überkam ihn große Erleichterung. Langsam steckte er sein Schwert in die Scheide zurück und bewegte seinen Arm, der endlich von der schweren Last befreit war. Kein Hinterhalt. Kein Kampf. Die Stadt gehört uns. Mir. Dem heiligen Dominikus sei Dank!

»Damietta ist Euer, Monseigneur«, sagte der alte Maurice im gleichen Augenblick und warf die Arme in die Luft. Er lachte und weinte zugleich. Tränen liefen über sein faltiges Gesicht. »Vergebt mir, Monseigneur! Ihr seid der erste Franzose, mit dem ich spreche, seitdem ich vor so vielen Jahren gefangengenommen wurde.«

Es schien Amalric vorteilhaft, einen Mann in seinen Diensten zu haben, der so viele Jahre unter den Ägyptern gelebt hatte. Ludwig hatte den Templer und Vency, um sich verständlich zu machen. Man konnte nie wissen, ob eine vertrauliche Unterhaltung mit dem Feind nötig sein würde.

Er stieg von seinem Pferd und gab d'Etampes ein Zeichen.

»Besetzt diese Moschee! Und schickt eine Gruppe los, die mein Banner auf dem höchsten Turm der Stadt aufzieht, damit der König und unser Herr es sehen können.«

Einen Augenblick später war Amalric allein mit Maurice.

»Ihr dürft Euch erheben, Maurice. Sprecht Ihr die Sprache der Sarazenen?«

»Ja, Monseigneur«, sagte Maurice, als er sich langsam und zitternd erhob. »Mein Herr hat mich zum Aufseher seiner Haussklaven gemacht, weil ich Soldat gewesen bin. Um meine Arbeit zu tun, mußte ich mit ihnen reden können. Sagt mir, Monseigneur, seid Ihr mit einer Armee gekommen, die groß genug ist, ganz Ägypten zu erobern?«

»Das ist unser Ziel und Gottes Wille«, erwiderte Amalric gottesfürchtig.

»Und wie viel Männer seid ihr, Monseigneur?«

Amalric zuckte mit den Achseln. »Das kann man nicht genau sagen. Jeden Tag verlieren wir Männer und gewinnen neue hinzu. Aber ich würde schätzen, daß wir etwa viertausend Ritter und sechzehntausend Fußsoldaten sind.«

Maurice klatschte in die Hände und lachte. »Eine riesige Armee! Gott sei gelobt! Kein Wunder, daß die Türken geflohen sind. Seid Ihr der Anführer dieses gewaltigen Kreuzzuges, Monseigneur?«

»Ich bin Amalric, Graf de Gobignon. Unser Anführer ist der König von Frankreich.«

»Ich nehme an, daß der große Philippe Auguste, der König war, als ich Frankreich verließ, nicht mehr am Leben ist?«

»Leider nein«, sagte Amalric und versuchte, traurig auszusehen. »Unser jetziger König ist sein Enkel. Übrigens bin ich seitens meiner Mutter auch ein Enkel von Philippe Auguste.« Maurice blickte ehrfurchtsvoll zu ihm auf, und Amalric freute sich.

»Dieser König ist ein ganz anderer Mensch als Philippe Auguste«, fuhr Amalric fort. »Ich fürchte, es wird Euch nicht gefallen, mehr von ihm zu hören. Er ist ein Freund der Ketzer.«

Maurice sah überrascht aus. »Der Ketzer? Ein König auf dem Kreuzzug? Wie ist das möglich?«

D'Etampes kehrte aus der Moschee zurück.

»Ich kann Euch hier und jetzt nicht mehr sagen, aber ich werde Euch mehr über diesen König erzählen, wenn wir allein sind«, sagte Amalric und wandte sich dann an D'Etampes. »Sorgt dafür, daß dieser gute alte Kreuzritter mit höchstem Respekt behandelt wird, Sire Guy. Ich wünsche, daß Ihr ihn persönlich in unser Lager begleitet. Und dann könnt Ihr dem König meine Grüße überbringen. Sagt ihm, daß man die Stadt betreten kann.«

Maurice aus Vailly ging zu der kleinen Gruppe der Christen zurück, um ihnen und dem Priester von seiner Unterhaltung mit Amalric zu berichten. Amalric rief d'Etampes wieder zu sich.

»Behaltet diesen Mann immer im Auge, Sire Guy. Sorgt dafür, daß er mit niemandem in unserem Lager spricht, mit Ausnahme von mir und Euch.«

D'Etampes salutierte und ritt davon, um ein Pferd für den alten Mann zu holen.

Nun werde ich mir das größte Gebäude in dieser Stadt aussuchen, bevor der Rest eintrifft, dachte Amalric. Das ist schließlich das mindeste, was ich für dieses Risiko verdient habe.

XXII

Roland stand mit dem König und einer Gruppe von Rittern und Baronen auf den Stufen des Gebäudes, das vor einer Woche noch der Palast des Statthalters von Damietta gewesen war. Es war ein verwinkeltes, dreistöckiges Haus mit weißen Wänden und leuchtend blauen und gelben Kacheln um die Torbögen und die Fenster. Es war von einer hohen Mauer umgeben, die einen Garten mit vielen Springbrunnen einschloß. Von den Stufen zum Haupteingang des Palastes blickte Roland über den Platz hinweg zu der unbeschreiblichen Schönheit der Moschee mit der blauen Kuppel.

Ludwigs Vorposten nilaufwärts hatten das Erscheinen von zwei Gesandten des Sultans angekündigt. Rolands Aufmerksamkeit wurde von der Moschee abgelenkt, als die beiden Gesandten jetzt auf dem Platz erschienen. Soweit er sehen konnte, waren sie unbewaffnet. Sie trugen gelbe Turbane, lange grüne Gewänder, rote Pumphosen und Lederschuhe mit hochgebogenen Spitzen. Ein dritter Mann in einer schlichten dunklen Robe – möglicherweise ein Diener – ritt hinter ihnen her. Roland fiel auf, daß die beiden Botschafter große, hellhäutige Männer waren, deren Gesichtszüge eher europäisch als türkisch wirkten.

»Es könnten Mamelucken sein«, sagte er.

Raoul de Coucy, der neben ihm stand, fragte: »Ich habe dieses Wort schon einmal gehört, weiß aber nicht, was es bedeutet.«

»Es bedeutet soviel wie ›weiße Sklaven‹. Die Türken kaufen sich Jungen aus Rußland und dem Osten und machen sie zu Kriegern. Sie sind die persönlichen Sklaven des Sultans und das Rückgrat seiner Armee.«

»Und was ist mit dem da?« sagte Coucy und nickte mit dem Kopf in Richtung des dritten. »Er ist nicht weiß.«

In der Tat sah der dritte Mann ganz anders aus. Er war groß wie die beiden Mamelucken, doch seine Haut war dunkelbraun.

Seine Wangenknochen traten stark hervor und die inneren Augenwinkel zeigten abwärts in Richtung der etwas platten Nase. Anders als die meisten Menschen aus dem Osten, die schwarze Haare und braune Augen hatten, war sein Schnurrbart rot und eines seiner Augen war blau. Das andere war milchig weiß, vermutlich von einem Schwerthieb verletzt.

»Vielleicht ist er ein Tatar«, sagte Roland zu Coucy. »Man hat mir gesagt, daß sie auch Tataren zu Mamelucken machen.« Dann wandte er seine Aufmerksamkeit den Botschaftern zu, die sich feierlich vor dem König verbeugten. Einer der beiden schien eine übertrieben freundliche Begrüßung an den König zu richten.

Der Abgesandte zog eine Rolle aus einem bestickten Tuch, das er als Gürtel um seine Taille gebunden hatte, und hielt sie Ludwig hin. Der König bedeutete ihm, näherzutreten, und Roland sah gespannt zu. Er ist viel zu vertrauensvoll. Was wäre, wenn er einen Dolch in der Rolle verborgen hielte?

Ludwig nahm die Rolle und brach das Siegel, während sich der Mameluck mit wiederholten Verbeugungen zurückzog. Der König blickte auf die Nachricht und gab Roland ein Zeichen.

»Könnt Ihr das lesen?«

Roland prüfte das Pergament. Es enthielt das Siegel des Sultans As-Salih Ayub von Kairo und trug am Ende auch dessen Unterschrift. Die arabischen Schriftzeichen waren nicht schwer zu entziffern, und Roland begann von rechts nach links zu lesen. Eine Welle der Erregung ergriff ihn.

Er wandte sich an Ludwig. »Wir haben gewonnen, Sire. Das ist ein Friedensangebot.«

Ludwig wirkte überrascht und beunruhigt. »Lest es laut vor.«

Satz für Satz übersetzte Roland die blumenreichen Ausdrücke. Nachdem der Sultan sich ausführlich über den Überfall der Franzosen auf Ägypten beschwert hatte, gab er seine eigene Schilderung der Ereignisse, die vor vier Jahren zur Besetzung Jerusalems durch den General Baibars, den Panther, geführt hatten. Dann kam Roland zum Kern der Nachricht:

»Zerstört unser Damietta nicht, sondern verlaßt es in Frieden! Oh, König von Frankreich, wenn Ihr baldigst unserem Nil den Rücken kehrt, werdet Ihr alles erhalten, wonach Euer Sinn steht. Wir werden Euch Jerusalem zurückgeben, ebenso Bethlehem, Nazareth und Galilea. Wir werden dies tun, weil Allah den Frieden über alles liebt.«

Roland wurde von so einem starken Glücksgefühl erfüllt, daß seine Hände zitterten, als er zu lesen aufhörte. Der Sultan bot ihnen wirklich alles an, wofür sie hierhergekommen waren – all die heiligen Städte in Palästina. Es war kein Kampf mehr nötig.

Ludwig konnte nach Frankreich zurückkehren. Er würde in Sicherheit sein. Und das Königreich auch.

Auch ich werde am Leben bleiben, dachte Roland. Nicolette und ich können zusammensein. Wir werden einen Weg finden, um mit Amalric fertig zu werden.

Ludwig nahm Roland die Rolle aus der Hand und brachte ihn damit wieder in die Gegenwart zurück. Die Menschenmenge war angewachsen, seit Roland mit dem Lesen begonnen hatte. Die Ritter drängten sich auf dem Marktplatz. Roland konnte auch einige der ägyptischen Einwohner von Damietta entdekken, die durch das Tor hereinstarrten. Sie waren in der Woche nach der Besetzung der Stadt in ihre Häuser zurückgekehrt, wohl weil sie zu der Auffassung gekommen waren, daß die Kreuzritter sie nicht abschlachten würden. Der mameluckische Diener ging auf dem Platz umher und schaute mit seinem gesunden Auge interessiert die Ritter, ihre Waffen und den König an!

Nach kurzem Zögern sagte Ludwig: »Sire Roland, sagt den Abgesandten, daß ich das zuerst mit meinen Beratern besprechen muß. Sie sollen unsere Gäste sein.« Er drehte sich um und ging, gefolgt von seinen Brüdern Charles und Robert sowie den anderen Baronen wieder in den Palast zurück.

Raoul de Coucy ergriff Rolands Arm. »In einem Monat kann ich schon wieder bei meiner Frau zu Hause sein«, sagte er grinsend. Dann eilte auch er zur Versammlung mit dem König.

Rolands Freude war schon wieder gedämpft. Er hatte nicht erkennen können, was Ludwig vorhatte. Natürlich mußte das Angebot des Sultans besprochen werden. Sie mußten sichergehen, daß es kein Trick war. Und man mußte Vereinbarungen treffen und Garantien verlangen.

Aber Ludwig hätte etwas mehr Freude zeigen sollen.

Wollte er den Kampf fortsetzen?

Roland entschloß sich, dem König zu folgen und für den Frieden zu sprechen, falls der Friede einen Fürsprecher brauchte.

Er überbrachte den Mamelucken die Antwort des Königs. Sie verneigten sich und setzten sich mit überkreuzten Beinen auf die Fliesen. Höflich, aber bestimmt lehnten sie sein Angebot ab, etwas zu essen oder zu trinken. Roland konnte das verstehen. Sie konnten von ihren Feinden keine Gastfreundschaft annehmen. Sie schienen so freundlich, daß es schwerfiel, sie für Feinde zu halten. Doch es lag etwas Unheimliches in ihrer Ruhe, und Roland hatte ein ungutes Gefühl, als er ihnen den Rücken zudrehte.

Die Empfangshalle war ein großer runder Raum, dessen gewölbte Decken von Steinsäulen gestützt wurden. Weil der Islam die Darstellung natürlicher Dinge verbot, waren die Wände mit so feinen Mosaikmustern bedeckt, daß es Roland in den Augen weh tat, sie anzuschauen. Das Tageslicht fiel durch Oberlichter herein, und wo man noch zusätzliche Beleuchtung benötigte, hingen Öllampen aus ziseliertem Messing.

Als Ludwig den Palast bezogen hatte, waren als erstes ein großer Tisch und viele Stühle in die Halle gebracht worden. Nun saß er in dem Stuhl mit der höchsten Rückenlehne, und die Barone saßen im Kreis um den Tisch. Vor ihnen lag eine Landkarte von Ägypten, die auf ein riesiges Pergamentpapier gezeichnet war.

»Es sind nur etwa 250 Kilometer bis nach Kairo«, sagte Robert d'Artois, Ludwigs ältester Bruder, als Roland in die Halle trat. »Gott hat uns Ägypten in die Hand gegeben.«

Roland erkannte schnell, daß die Hälfte der Barone nach Kairo marschieren wollte. Für sie war die Bereitschaft des Sultans zu Verhandlungen das beste Anzeichen für seine Schwäche, und vermutlich hatte er überhaupt nicht die Absicht, seine Versprechungen zu erfüllen.

Obwohl es der eigentliche Zweck des Kreuzzuges war, die heiligen Städte in die Hand zu bekommen, wurde Roland klar, daß diese Männer mehr wollten. Sie wollten sich das ganze Land aneignen und die Moslems vernichten.

Amalric drückte den Standpunkt dieser Barone mit den Worten aus: »Heiden müssen bekämpft werden, Sire. Man verhandelt nicht mit ihnen.«

Als einer nach dem anderen sprach, wurden Rolands Bedenken immer größer. Er nahm sich zusammen, denn er durfte nicht sprechen, ehe er dazu aufgefordert wurde.

Einer derjenigen, die verlangten, das Angebot des Sultans anzunehmen, war William de Sennac, der Großmeister der Tempelritter. »Auf den 250 Kilometern von hier bis nach Kairo lauern so viele Gefahren von Mensch und Natur, wie es in der Hölle Teufel gibt«, sagte der graubärtige Templer warnend. »Der Nil kann jederzeit über die Ufer treten. Wenn wir weiter vorrücken, können wir fast sicher sein, daß wir im Schlamm versinken und vernichtet werden. Wenn wir hier in der Stadt eingepfercht bleiben, werden uns Hitze und Krankheiten viele Männer kosten. Es ist nur dann sinnvoll, nach Kairo zu marschieren, wenn wir sicher sein können, daß wir stärker als die Ägypter sind.«

Die Ansicht des Großmeisters wurde auch von dem vorsichtigeren, jüngeren Bruder des Königs, Charles d'Anjou, und von Raoul de Coucy geteilt.

Die Beratung dauerte den ganzen Vormittag, bis die Glocke, die von den Mönchen im Minarett der Moschee von Damietta aufgehängt worden war, Mittag schlug.

Da ergriff der König das Wort. »Viele Menschenleben hängen von meiner Entscheidung ab. Es ist meine Pflicht, so viele Meinungen wie möglich zu hören. Sire Roland, Ihr wißt viel über die Sarazenen. Was haltet Ihr von diesem Angebot?«

Rolands Herz machte einen Sprung. Heiliger Michael, wenn

ich je Redegewandtheit gebraucht habe, dann in diesem Augenblick.

Er trat an den Tisch und blickte in die Gesichter. Amalric starrte ihn an. William de Sennac wirkte erwartungsvoll. Das Gesicht des Königs war unergründlich. O Gott, wie kann ich ihn überzeugen?

»Ich glaube, daß die Ritter des Islam stolze, ehrbare Männer sind«, begann Roland, »die zum großen Teil lieber sterben würden, als ihr Wort zu brechen.«

»Das haben wir auch so empfunden«, stimmte der Großmeister der Templer ihm zu.

Amalric schnaubte verächtlich. »Sie sind Schwindler und Diebe.«

Roland spürte, wie sein Gesicht zu glühen begann, doch er hielt seinen Zorn unter Kontrolle.

»Sire«, sagte er, »ich habe mit Menschen gesprochen, die hier in Damietta leben – sowohl mit Christen als auch mit Moslems. Sie alle wissen, daß unser Sieg hier ein reiner Zufall war. Damietta hätte unserer Belagerung ein Jahr oder länger standgehalten, wenn die Oberen der Stadt nicht in Panik geraten wären, als sich die Armee des Sultans zurückgezogen hat. Wie ich gehört habe, hat der Sultan dreißig der ehemaligen Oberen von Damietta hängen lassen. Deshalb sollten wir nicht denken, daß er Angst vor uns hat oder zu schwach ist, um gegen uns zu kämpfen.«

»Müssen wir uns Gerüchte anhören, die von Leuten erzählt werden, die mit den Heiden unter einer Decke stecken?« spottete Amalric.

»Ich sehe das nicht so wie Ihr, Graf«, sagte Ludwig verständnisvoll. »Wenn einer unserer Ritter mehr von den Menschen, die in diesem Land leben, erfahren hat, dann sollten wir ihm zuhören.«

Doch dann wandte sich Ludwig von Roland ab, und Roland hatte das elende Gefühl, lange noch nicht genug gesagt zu haben.

Ludwig fragte noch andere in der Halle nach ihrer Meinung.

Roland hörte erleichtert, daß noch andere der Meinung waren, die nächste Schlacht mit den Ägyptern würde nicht mehr so leicht sein.

Als er allen zugehört hatte – und manchen mehrmals –, ergriff der König wieder das Wort: »Ich habe nachgedacht und gebetet. Es ist wahr, daß es uns schwächen wird, wenn wir während des Hochwassers in Damietta bleiben. Es sind nicht nur die Körper unserer Männer in Gefahr, sondern auch ihre Seelen. Wir sind erst eine Woche hier, doch wenn ich jetzt einen Stein in irgendeine Richtung werfe, würde ich immer einen Glaubensbruder treffen.«

Roland fiel in das allgemeine Gelächter ein.

Ludwig blickte finster um sich und brachte sie zum schweigen. Er hatte das nicht als Scherz gemeint.

Es folgte ein betretenes Schweigen und Ludwig sagte: »Es ist auch richtig, daß wir nicht noch einen so leichten Sieg erwarten können, wenn wir das nächste Mal auf die Ägypter treffen. Ich würde lieber die Eroberung von Damietta als ein Wunder statt als einen Zufall bezeichnen und Gott danken, daß wir so wenig Männer verloren haben.«

Ludwig wischte sich den Schweiß mit dem Ärmel seines Mantels von der Stirn. »Doch wir werden viel stärker sein, wenn die Flut wieder zurückgeht. Mein Bruder Alphonse kommt mit Verstärkung. Wir werden auf ihn warten, in Damietta bleiben und Boote und Steinschleudern bauen, bis wir losmarschieren können.« Er blickte sich ernst um.

Roland war verzweifelt. Der Krieg würde weitergehen.

Ludwig fuhr fort: »Ich sage das nicht leichten Herzens, denn ich weiß, daß dabei viele gute Männer sterben müssen. Doch sie sterben für den Glauben und unser Herr wird sie in sein Himmelreich aufnehmen. Wir *wollen* keinen leichten Frieden. Graf Amalric, Ihr habt gerade gesagt, man müsse die Heiden bekämpfen, nicht mit ihnen verhandeln. Ich dagegen würde sagen, daß man sie zuerst bekämpfen und danach mit ihnen verhandeln sollte. Wir müssen so gewaltig zuschlagen, daß sie es nie wieder wagen werden, Jerusalem zu bedrohen. Sonst wird kein Vertrag mit ihnen sicher sein.«

Ludwig erhob sich und wandte sich zu Roland. Der König hatte sein Haupt hoch erhoben und seine Wangen glühten. Das Jerusalem-Fieber, dachte Roland. Gott stehe uns bei.

»Sagt den Gesandten, daß wir eine Stadt gegen Jerusalem eintauschen werden, aber nicht Damietta«, sagte Ludwig. »Sagt ihnen, daß wir Kairo gegen Jerusalem eintauschen werden.«

Roland schloß die Augen. Das Gefühl, damit zum Tode verurteilt zu werden, überwältigte ihn.

Doch die Barone stimmten ihm lauthals zu. Alle Männer in der Halle waren jetzt auf den Beinen; außer dem Großmeister der Templer jubelten auch die, die am Anfang den Vorschlag unterstützt hatten, das Angebot des Sultans anzunehmen. Sie glauben an ihn, dachte Roland.

Ich liebe ihn. Ich würde für ihn sterben. Aber ich bin sicher, daß er im Unrecht ist, und der Preis dafür wird furchtbar sein.

Amalric schlug mit der Faust krachend auf die Landkarte von Ägypten und rief: »Auf nach Kairo!«

»Auf nach Kairo!« wiederholte Robert d'Artois.

Die Barone riefen es im Chor, stampften mit ihren Füßen und schüttelten die erhobenen Fäuste, während Ludwig mit gefalteten Händen und gesenktem Kopf in ihrer Mitte stand und betete.

Als Roland zu den Mamelucken in den Hof zurückkehrte, hatten sie sich mit düsteren Gesichtern erhoben. Sie mochten kein Französisch verstehen, doch es gab keinen Zweifel an der Bedeutung der Rufe, die aus dem Innern des Palastes drangen. Ihr Diener hielt die Zügel ihrer Pferde, und sein blaues Auge strahlte vor Vergnügen. Vergnügen? fragte sich Roland. Warum freut es diesen Mann, daß seine Botschafter keinen Erfolg hatten?

Roland hätte gern die Antwort des Königs in mildere Worte gefaßt, aber das zu tun, hieße, sie zu verfälschen. »Mein Herr der König sagt, daß er eine Stadt für Jerusalem einzutauschen bereit ist. Diese Stadt wird jedoch nicht Damietta, sondern Kairo sein.«

Der große Einäugige lachte laut auf. Er ließ die Zügel der beiden anderen Pferde los und schwang sich selbst auf seinen Araberhengst. Die beiden Mamelucken stiegen langsam auf ihre Hengste und blickten erwartungsvoll auf ihn.

»In dem Brief unseres Sultans steht, daß Allah den Frieden über alles liebt«, sagte der einäugige Tatar mit tiefer Stimme in einem seltsamen Arabisch. »Das ist nicht wahr. Der Islam ist ein Glauben von Kriegern.«

Er blickte über Roland hinweg und hob die Hand, um irgend jemanden dort zu grüßen. Als Roland sich umdrehte, erkannte er den König auf den Stufen des Palastes. Hier, Sire, hier ist Euer Feind. Schlau, stark und furchtlos.

»Sagt dem König von Frankreich, daß ich ihn auf dem Siegesfeld wiedersehen werde«, sagte der Tatar. Dann preschte er auf seinem Pferd davon und lenkte es nur mit dem Druck seiner Schenkel.

Roland war beeindruckt. Er war sich jetzt sicherer als je zuvor, daß dieser Krieg eine Katastrophe werden würde. Wer dieser Tatar auch sein mochte, Roland hatte noch nie einen so furchteinflößenden Mann getroffen.

Die drei Botschafter verschwanden durch das Eingangstor des Palastes. Roland folgte ihnen zu Fuß. Sie ritten über den Platz vor der blauen Moschee, die nun der heiligen Jungfrau geweiht war. Der Tatar stieß einen Schlachtruf aus, der Roland erschauern ließ – einen hohen, unheimlichen Schrei, wie der eines Raubvogels. Noch lange nachdem die Hufschläge der Mamelucken verklungen waren, schien dieser Schrei in der Luft zu hängen.

Roland starrte in die Staubwolke, die von den drei Reitern aufgewirbelt worden war. Er flüsterte das arabische Wort für den Sieg.

Es hieß: *Mansura.*

XXIII

Hitze und Erschöpfung machten Roland schwer zu schaffen, während er durch das Lager der Kreuzritter zum Zelt des Königs ging. Die Zelte der Kreuzritter erstreckten sich entlang des Flußufers in Richtung Norden. Die einst so strahlenden Farben waren nach dem monatelangen Lagern zu einem dreckigen Graubraun verblichen. Das Lager wirkte wie ein Feld erdfarbener Pilze, die aus dem Sumpf des Nildeltas aufgeschossen waren. Weiter flußaufwärts lagen die kümmerlichen Überreste einer Brücke aus Booten, die die Kreuzritter unbedingt hatten errichten wollen. Nun gab es dort nichts mehr als ein paar schwarzverfärbte Bootsrippen, die traurig aus dem Wasser hervorragten.

Er betrachtete die braunen Fluten des Nils, der hier über dreihundert Meter breit war. Jenseits des Flusses waren die gelben Steinmauern von Mansura hinter dem Uferstreifen zu erkennen. In diesem vollkommen ebenen Land wirkten sie so gewaltig wie hohe Berge. In Abständen ragten massive viereckige Türme über die Mauern. Nördlich und östlich der Stadt erstreckten sich volle grüne Felder, auf denen die ägyptischen Bauern – die Fellachen – ihrer gewohnten Arbeit nachgingen, ohne sich um die Kreuzritter zu kümmern.

War jetzt wirklich Januar? Wie erstaunlich, daß das Getreide hier immer wuchs. Die Sonne brannte so heiß wie im August im Languedoc.

Er schlug nach den Fliegen auf seinem Gesicht, die durch den Schweiß angelockt wurden.

Es sind nur 250 Kilometer nach Kairo, konnte er Robert d'Artois noch sagen hören, nachdem sie im Juni 1249 Damietta genommen hatten. Das war vor sechs Monaten gewesen. Diese Zeit hatten sie gebraucht, um gerade die Hälfte der Strecke zurückzulegen. Und nun waren sie vor Mansura angekommen. Schon einen Monat lang hatten sie nur diesen Anblick vor Augen: Mansura – der Sieg. Gut, daß ich niemandem gesagt habe, was dieser Name bedeutet.

Er kam an das Zelt des Königs, und die zwei Wachen salutierten vor ihm. Dankbar für den kühlen Schatten trat er ein und verbeugte sich vor dem König. Ludwig bot ihm ein Sitzkissen an.

Der König lag erschöpft und krank auf einem türkischen Divan. Der Schweiß hatte ihm seine blonden Haare an die Stirn geklebt. Die Augen waren rot, die Lider geschwollen – Anzeichen einer Krankheit, die durch das ganze Kreuzritterlager ging. Roland wußte, daß schon einige Männer erblindet waren. Ein kleiner ägyptischer Junge fächelte dem König Luft zu.

»Ich habe schon gehört, daß die Sarazenen Hexerei betreiben. Aber ich wollte es nicht glauben, bis ich heute gesehen habe, wie sie unsere Brücke mit ihrer Feuerwaffe zerstörten.« Die Stimme des Königs war schwach, fast unhörbar.

»Das ist keine Hexerei, Sire«, sagte Roland. »Das ist ein Werk der Alchimie.«

»Alchimie?« fragte Ludwig. »Was wißt Ihr darüber, Sire Roland?«

»Es ist eine Waffe, die von den Griechen in Konstantinopel erfunden wurde. Eine Mixtur aus Öl und anderen Substanzen. Das genaue Rezept ist ein Geheimnis. Es brennt heißer als ein gewöhnliches Feuer, klebt an dem, was es berührt und läßt sich nicht auslöschen. Ich habe einmal eine Vorführung am Hofe des Kaisers gesehen.«

Ludwig blickte ihn erstaunt an. »Ihr meint, daß Friedrich so etwas benutzt? Ich habe nie davon gehört.«

Roland schüttelte den Kopf, als er sich daran erinnerte, wie sehr das Griechische Feuer selbst den deutschen Herrscher des Heiligen Römischen Reiches schockiert hatte, der sonst weder Angst noch Skrupel kannte.

»Er wird es nie benutzen, Sire. Es ist zu zerstörerisch, sagt er.«

»Wie wahr«, erwiderte Ludwig und ballte die Fäuste. »Aber, wenn dieses Griechische Feuer schon kein Werk der Hexenkunst ist, dann hat sicher der Teufel seine Hand dabei im Spiel.

Wenn ich an unsere armen Männer denke, die heute morgen auf der Brücke verbrannt sind, kommen mir die Tränen. Habt Ihr es gesehen? Sogar das Wasser schien zu brennen.« Er hielt inne und wischte sich die Tränen aus seinen geröteten Augen. »Könnte ich bloß an diese heidnischen Wilden herankommen! Könnten wir nur diesen Fluß überqueren und ihnen Mann gegen Mann gegenübertreten! Den Mann, der mir einen Weg zeigt, wie dieser Fluß zu bezwingen ist, würde ich zum Obersten Heerführer von Frankreich machen. Ich muß diesen Krieg beenden.«

Roland spürte den Groll in sich. Bittere Worte lagen ihm auf der Zunge: Ihr hättet diesen Krieg schon vor einem Jahr beenden können! Aber dafür war es nun zu spät.

Ihm war klar, daß sie die entscheidende Phase erreicht hatten. Die Ägypter hatten ihre ganze Stärke aufgeboten, um Mansura zu halten. Wenn Ludwig die Sarazenen hier schlagen würde, konnte er auch nach Kairo marschieren und siegen. Aber mit jedem Tag, der verstrich, wurden die Ägypter stärker und die Kreuzritter schwächer. Wenn der Feind sie lange genug hier aufhalten konnte, waren sie geschlagen.

»Wir alle wünschen uns, daß der Krieg beendet wird, Sire«, bemerkte er leise.

»Wenn ich an meine arme Marguerite denke, die in Damietta nur eine Handvoll Ritter zu ihrer Bewachung behalten hat, mein Gott...«, sagte Ludwig und wechselte deutlich das Thema. »Noch dazu, wo sie ein Kind bekommt.« Er lächelte sanft. »Selbst mitten im Krieg geht das Leben weiter.«

Und wenn Ihr das Leben mehr lieben würdet als Euren verdammten Heiligen Krieg, dann würdet Ihr uns noch heute von hier wegführen!

Bei dem Gedanken, wie stark seine eigene Liebe zum Leben war, fiel Roland seine letzte Nacht mit Nicolette ein. Es war am Tag, bevor das Heer der Kreuzritter flußaufwärts abmarschieren sollte. Amalric war bereits mit der Vorhut fortgeritten, und Nicolette und Roland hatten ihre Übereinkunft gebrochen und sich doch noch einmal getroffen. Es konnten die letzten gemeinsamen Stunden sein.

Eine ägyptische Dienerin, die Nicolette in ihre Dienste genommen hatte, erzählte ihr von einem versteckten Platz auf einer Insel des Nildeltas. Sie erzählte, daß dort die Ruinen eines Tempels standen, der einst einer großen Gottheit geweiht war. Als guter Moslem machte sie ein abwehrendes Zeichen mit Daumen und kleinem Finger. Doch trotz dieser Geste gestand sie Nicolette, daß die Frauen von Damietta manchmal zu dieser Insel fuhren und um Hilfe in Liebesdingen beteten.

»Die Ruinen liegen etwas erhöht«, sagte sie. »Man kann von dort aus die Stadt sehen, und es ist leicht zu erkennen, ob jemand kommt. Doch das Gras um den Tempel ist so hoch, daß man von außen von niemandem gesehen werden kann.«

Roland und Nicolette nahmen sich ein kleines Boot, das Roland durch die schilfbewachsenen Kanäle des Nildeltas steuerte. Die Sichel des Mondes tauchte im Osten auf, als sie das freie Wasser erreichten. Doch bis sie die Insel gefunden hatten, hatte der Mond schon ein Viertel seiner Bahn auf dem nächtlichen Himmel hinter sich gelassen.

Sie liebten sich zu Füßen einer weißen Säule unter den strahlenden Sternen des Orients. Später ertastete sie mit ihren Fingerspitzen Reliefs im Marmor und fragte sich, welcher Göttin dieses Heiligtum wohl einst geweiht war.

»Wenn ihr fort seid, werde ich von Zeit zu Zeit an diesen Ort kommen und an Euch denken«, sagte Nicolette. Sie nahm seine Hände und drückte sie so fest, daß es schmerzte.

»Ich werde an Euch denken, wo immer ich auch bin«, erwiderte er.

»Ich habe solche Angst«, flüsterte Nicolette.

»Wir werden Euch hier vor den Türken abschirmen«, versprach Roland und versuchte, ihr eine Zuversicht zu geben, die er selbst nicht hatte.

»Ich habe Angst um Euch. Wenn Euch irgend etwas zustößt, kümmert es mich nicht, ob die Türken mich töten.«

Er hielt ihre Hand jetzt fester. »Hört mir zu.« Er spürte einen plötzlichen Zorn über diese Todessehnsucht um ihn herum. »Ich will von Euch nicht hören, daß es Euch nicht kümmert. Diese Bereitschaft zu sterben ist eine Plage. Ludwig und seine ganze Armee sind bereit zum Sterben. Schluß damit! Ich will leben, und ich will, daß Ihr lebt. Ich werde am Leben bleiben und zu Euch zurückkehren. Und Ihr werdet am Leben bleiben und auf mich warten. Das schwöre ich Euch, und ich verlange, daß Ihr es mir auch schwört.«

Sie machte ihre Hände frei und schlang die Arme wieder um ihn. »Ja, mein Liebster, ja. An diesem Ort, der einer Göttin geweiht ist, laßt uns unsere gegenseitige Liebe schwören.«

»Ich habe meine Berater nach ihrer Meinung gefragt«, sagte Ludwig und schreckte Roland aus seinen Träumen. »Mein Vetter, Graf Amalric, schlug vor, daß wir eine neue Brücke aus Steinen statt aus Holz bauen.«

»Es gibt kaum Steine in diesem Marschland, Sire. Und selbst, wenn wir genügend finden sollten, werden die Sarazenen unsere Arbeiter mit dem Griechischen Feuer angreifen. Wir würden ein Dutzend Männer für jeden Zentimeter der Brücke verlieren.«

»Graf de Gobignon sagte, daß wir die Fellachen zwingen sollten, die Brücke zu bauen. Und ich bin der Meinung, daß das eines christlichen Ritters unwürdig wäre.« Ludwig erhob sich. Er führte Roland aus dem Zelt, und die Hitze der Nachmittagssonne traf Roland wie eine Explosion. Sie standen auf einer Landzunge zwischen dem Nil und einem breiten Seitenarm, der bei Mansura einmündete. In der Nähe des Wassers wucherte üppiges Grün, doch nur wenige Kilometer nach Osten und Westen gab es nichts weiter als Wüste.

Hinter den Zelten sah Roland eine Reihe riesiger hölzerner Geräte, die wie jene langhalsigen afrikanischen Tiere wirkten. Große Ochsengespanne zogen sie am Ufer entlang.

Die Steinschleudern. Ludwig hatte vor einem Monat nach ihnen geschickt, nachdem die Kreuzritter vor Mansura angekommen waren. Seine Baumeister in Damietta hatten sie gebaut und eiligst hergeschafft.

Sie waren so groß und gewaltig, daß Roland bei ihrem Anblick neue Hoffnung schöpfte. Diese riesigen Geräte könnten die Belagerung von Mansura – und damit auch den Kreuzzug – zu ihren Gunsten wenden.

»Das ist die einzige Waffe, mit der wir diese Teufel im Augenblick schlagen können«, sagte Ludwig. »Nein, keine Brücke aus Steinen. Wir werden diese Steine auf sie schleudern. Unsere Schleudern sind größer und stärker als jede andere. Wir werden sie mit einem solch gewaltigen Steinhagel niederhalten, daß unsere Männer in Booten über den Fluß setzen können.«

»Unsere Schleudern haben leider einen großen Nachteil, Sire«, wandte Roland ein. »Sie sind aus Holz.«

Und wo in diesem Marschland werden wir genug Munition finden? fragte er sich.

»Das ist wahr, und es wird spät werden, bis alle sechs in Position stehen«, entgegnete Ludwig. »Heute nacht wären sie sehr verwundbar für einen Angriff. Aber mein Vetter Amalric hat auch dazu einen Vorschlag gemacht. Ihr seid der einzige meiner Ritter, der viel über die Sarazenen weiß. Aus diesem Grund habe ich nach Euch geschickt. Amalric meint, daß Ihr die Wache anführen solltet, um unsere Schleudern vor einem Angriff des Feindes zu schützen.«

Roland spürte ein flaues Gefühl in der Magengrube. Amalric hatte ihn zu einem fast sicheren Tod verurteilt. Die Sarazenen würden sicher angreifen.

»Ich werde mein Bestes tun, Sire, aber es gibt keinen Schutz gegen das Griechische Feuer.«

Ludwig lächelte gleichmütig: »Wenn es Gottes Wille ist, werden wir die Feuerwerfer unserer Feinde heute nachmittag zerstören. Wenn nicht, werde ich die Steinschleudern mit dem Wasser aus der heiligen Quelle von Sankt Denis besprenkeln lassen. Wenn irgend etwas Teuflisches an diesem Griechischen Feuer ist, dann wird nur das helfen, es abzuwehren.«

Roland merkte, daß seine Wangen vor Zorn glühten. »Das wird nicht besser sein als das Wasser aus diesem Fluß hier.«

Im selben Moment schon verfluchte Roland seine vorlaute Zunge.

Ludwig schaute erst überrascht, dann amüsiert. Er lachte.

»Ihr Männer aus dem Languedoc seid viel zu skeptisch gegenüber eurem Gott. Wieviel glücklicher sind wir, die wir an Wunder glauben.«

»Ich möchte Euch nicht enttäuschen, Sire«, versprach Roland, »doch die Ägypter sind überall um uns herum. Der Angriff kann aus jeder Richtung kommen.«

Ludwigs Lächeln verschwand. »Ihr seid überängstlich, mein Freund. Wenn die Sarazenen es gewollt hätten, hätten sie unsere Schleudern auf dem Weg von Damietta hierher angegriffen. Sie werden sie nicht jetzt angreifen wollen, wo sie in der Sicherheit unseres Lagers sind.«

»Dann möchte ich Euch bitten, das ganze Lager in Alarmbereitschaft zu versetzen«, beharrte Roland. Er fühlte sich getroffen, daß man seinen Mut in Frage gestellt hatte.

»Ich plane morgen einen Großangriff«, entgegnete Ludwig gereizt. »Ich will, daß meine Männer ausgeruht sind.« Er blickte Roland ernst an. »Sire Roland, ich weiß, daß Graf Amalric Euch mit böser Absicht vorgeschlagen hat. Ich habe jedoch beschlossen, seinem Vorschlag zu folgen, weil Ihr unser bester Mann für diese Aufgabe seid. Ich glaube nicht, daß Ihr getötet werdet, doch es ist meine traurige Pflicht, daß ich Männer der Gefahr des Todes aussetzen muß. Meine eigenen Leute werden über Euch wachen. Wenn es hier irgendeinen Verrat gibt, wird Amalric dafür bezahlen.«

»Ich verstehe, Sire.« Er wollte nicht den Eindruck erwecken, sich vor der Verantwortung zu drücken. Doch er konnte sich schon vorstellen, wie die Geschosse der Feuerwerfer zischend über den Fluß geflogen kommen würden, wie die unheimliche Waffe die großen Holzmaschinen in Brand setzen würde. Ihm brach der kalte Schweiß aus.

Roland starrte in die Flamme. Der schwarze Ring um die Kerze, der die Stunden anzeigte, wurde zu grauem Wachs und lief als kleines Bächlein an der Kerze herunter.

Es ist Zeit, meine Wachtposten wieder zu kontrollieren.

Er stand auf. Die Feuchtigkeit des Nils ließ seine Schulter wieder schmerzen. Er trat aus dem kleinen Zelt auf der Anhöhe, von der aus man die Steinschleudern übersehen konnte. Die Sterne über ihm waren wie Schneeflocken aus weißem Feuer.

Er war irgendwie erleichtert, daß die Holzpalisaden und die Zelte zwischen den Schleudern und dem Nil lagen. Glücklicherweise hatte er Ludwig überreden können, die Kriegsmaschinen auf die andere Seite des Lagers bringen zu lassen. Ludwig hatte befohlen, die Geräte für die Nacht außerhalb der Reichweite der Feuerschleudern aufzustellen. Eine Gruppe aus dem Hauptlager hatte unter Rolands Führung ein kleineres Lager um die Steinschleudern errichtet, um sie zu schützen.

Es war eine aufreibende Arbeit gewesen, und Roland hätte lieber die ganze Nacht die Mauern von Mansura bombardiert, doch ihnen waren die Steine ausgegangen.

Immerhin war es ein gutes Gefühl, daß sie eine der Feuerschleudern voll getroffen hatten.

Er lächelte und rief sich die Szene noch einmal in Erinnerung: Der dumpfe Aufschlag des Gegengewichtes auf den weichen Boden. Das Geschoß, so groß wie ein Weinfaß, saust durch die Luft. Es schien ganz langsam zu fliegen, und er hatte den Atem angehalten.

Dann endlich, gegen Ende des Fluges, schien es schneller zu werden.

Die Sarazenen rührten sich nicht – vielleicht vor lauter Schreck.

Dann krachte das Geschoß herunter. Bruchstücke der Feuerschleuder flogen in alle Richtungen.

Roland hatte zufrieden geseufzt und das ganze Kreuzritterlager hatte gejubelt.

Die Gefäße mit dem Griechischen Feuer, die neben dem zerstörten Geschütz gestanden hatten, verspritzten ihren schrecklichen Inhalt. Eine Gruppe von Sarazenen wurde in lebende Fackeln verwandelt.

Dieser Anblick hatte ihn an Diane erinnert und an Mont Ségur, und in ihm wollte keine rechte Freude über den Erfolg aufkommen.

»Wer da?« fragte der Wachtposten ihn.

»Ich bin's, Vency.«

Der Sergeant salutierte. Er war einer der Baumeister dieser Steinschleudern und bediente sie nun. »Seid Ihr immer noch auf, Sire Roland? Ihr könnt Euch jetzt beruhigt hinlegen. In einigen Stunden wird es Tag werden, und kein Ungläubiger hat es gewagt, sich unseren Mädchen zu nähern.« Er blickte zärtlich zu einer der großen Schleudern hinüber. Sie hatten alle einen Namen bekommen: Alix, Beatrice und Jolanthe gab es darunter.

»Jetzt ist es am dunkelsten«, sagte Roland. »Überall um uns herum ist Feindesland. Haltet scharf Ausschau.« Er blickte auf die Reihe von Fackeln, die an hohe Stangen gebunden und um die Geschütze aufgestellt waren. »Achtet darauf, daß die Fackeln brennen und ersetzt jede, die ausgeht. So kann niemand an die Schleudern herankommen, ohne daß Ihr ihn seht. Doch denkt daran, daß die Fackeln auch unseren Blick in die Dunkelheit erschweren.«

Der Sergeant machte seinen Männern, die mit Armbrüsten um den erleuchteten Platz standen, ein Zeichen. Auch die sieben Überlebenden der zehn Männer, die Roland mit auf den Kreuzzug genommen hatte, waren darunter.

»Jeder Sarazene, der versucht, sich anzuschleichen, wird in ein Nadelkissen verwandelt, Sire. Wir werden mit allem fertig, nur nicht mit ihrer Feuerwaffe. Der heiligen Geneviève sei Dank, haben wir ein Geschütz vernichtet. Und wir sind außerhalb der Reichweite der anderen, bis sie sie wieder in Position bringen. Auf jeden Fall habe ich ein Faß mit Flußwasser an jeder Schleuder aufgestellt.«

»Wasser schürt das Griechische Feuer nur noch.«

»Das stimmt, aber es verdünnt auch die brennende Substanz und macht es leichter, sie auszulöschen.«

Ein kluger Kopf, dachte Roland.

Plötzlich trat ein weißhaariger Mann aus der Dunkelheit. Er gab sich einem Wachtposten zu erkennen und kam auf Roland zu. Es war Maurice, der alte Kreuzritter, den Amalric in Damietta getroffen hatte. Er trug ein purpurnes Gewand, wie die meisten von Amalrics Leuten. Sein Gürtel war mit Silber verziert, und die Scheide seines Dolches war mit farbigen Steinen besetzt. Amalric behandelt ihn gut, dachte Roland.

»Ich bin nur gekommen, um mir Eure gewaltigen Steinschleudern anzusehen, Monseigneur«, sagte Maurice mit einem Lächeln, das seine Zahnreste entblößte. »Sie sind viel größer als die, mit denen wir zu meiner Zeit die Stadt belagert haben. Ich wette, daß wir Mansura morgen in Schutt und Asche legen.«

»Ihr solltet nicht in der Dunkelheit umherwandern, alter Mann«, sagte Roland scharf. »Wir verlieren jede Nacht ein paar Männer an die Beduinen.«

Traurig dachte Roland an einen seiner eigenen Männer. Man hatte ihn ohne Kopf außerhalb von Damietta wiedergefunden.

»Ja, ja. Der Sultan hat ihnen zehn Goldstücke für den Kopf jedes Christen versprochen«, sagte Maurice. »Das ist ein Vermögen. Aber der Beduine, der sich an mich heranschleicht, muß erst noch geboren werden, Monseigneur. Ich wäre in diesem Land nicht dreißig Jahre am Leben geblieben, wenn ich nicht gelernt hätte, meinen Rücken zu schützen.«

Roland sah den alten Mann ablehnend an. Er wollte, daß er verschwand. Er war Amalrics Mann, und das war Grund genug, ihm zu mißtrauen.

Und so anbiedernd. Er weiß, daß ich kein Baron bin. Warum sagt er dauernd: »Monseigneur«?

Aber vielleicht tue ich ihm auch Unrecht. Schließlich ist es nicht sein Fehler, daß Amalric ihn gefunden hat. Und ein Mensch kann nicht so lange Sklave sein, ohne daß er sich wie ein Hund benimmt.

Aber trotzdem herrschte er ihn an. »Wir können Euch hier nicht gebrauchen. Geht in Euer Quartier zurück, denn wenn die Beduinen Euch nicht den Kopf abschneiden, dann könnte einer unserer Wachsoldaten Euch aus Versehen erschießen.«

»Ja, Monseigneur«, sagte Maurice und seine blauen Augen verloren ihren Glanz. »Vielen Dank und eine gute Nacht für Euch, Monseigneur.« Er verneigte sich und entfernte sich aus dem Kreis der Fackeln.

Roland blieb noch etwas mit dem Sergeant dort stehen. Alles schien ruhig zu sein, und er beschloß, in sein Zelt zurückzugehen.

»Sarazenen!«

Der schrille Schrei kam aus der Nähe der Steinschleuder am Ende der Reihe.

Dann hörte Roland den markerschütternden Schrei des Feindes. Schon die ganze Nacht hatte er damit gerechnet, daß sie bis jetzt, kurz vor dem Morgengrauen, warten würden.

Er zog seinen Säbel und stürmte auf den bedrohten Platz. Der Sergeant zog seinen Zweihänder und folgte ihm.

Die Wachsoldaten hatten einen Wall aus Schilden gebildet und feuerten ihre Armbrüste in die Dunkelheit ab. Zwei Posten lagen bereits von Pfeilen durchbohrt neben dem mannshohen Holzrad der Steinschleuder.

»Schießt nicht, bevor ihr nicht seht, worauf ihr schießt!« schrie der Sergeant wütend. »Bleibt hinter euren Schilden in Deckung!«

Roland starrte in die Dunkelheit hinter den Fackeln. Die Schützenlinie der Sarazenen war nur noch ein paar Meter entfernt, als er sie endlich erkennen konnte. Sie trugen die dunklen, wallenden Gewänder der Beduinen, des wilden Wüstenvolkes, und kamen zu Fuß. Er fühlte eine ohnmächtige Wut. Es konnten Hunderte dort draußen in der Nacht lauern, viel mehr als nötig waren, um seine kleine Truppe zu überwältigen.

Er wandte sich an den Sergeant. »Holt Hilfe!«

Doch es war keine Zeit mehr. Die Beduinen stürzten sich auf

die Kreuzritter und schrien die Kampfrufe ihres Stammes. Die Armbrustschützen zogen sich zum Nachladen zurück, während Roland, der Sergeant und ein paar andere Wachen das Feld mit ihren Schwertern verteidigten.

Roland kämpfte gegen einen kleinen fuchsgesichtigen Mann. Er war schnell und gewandt und trieb Roland mit den Hieben seines Krummsäbels zurück. Irgend jemand hinter Roland warf eine Lanze nach seinem Gegner, der zurücksprang und in der Dunkelheit verschwand.

Als er sich auf den nächsten Gegner stürzen wollte, fragte sich Roland plötzlich, was diese Araber, nur mit Krummsäbeln und Bogen bewaffnet, hier eigentlich ausrichten wollten. Er konnte hören, wie die Männer aus dem Hauptlager sich bereit machten, die Geschütze zu verteidigen.

»Um Gottes willen!« schrie er. »Das ist ein Ablenkungsmanöver!«

Gerade, als er das erkannt hatte, krachte das erste Geschoß der Feuerwerfer auf die Winde der Schleuder am Ende der Reihe.

Plötzlich rannten Scharen von Ägyptern in das beleuchtete Feld um die Geschütze. Sie warfen faustgroße Tonkugeln gegen die Steinschleudern. Die Kugeln zerbrachen und setzten alles in Brand. Fast alle Posten hatten sich auf Rolands Seite zurückgezogen, und die Sarazenen hatten die wenigen anderen, die ihnen Widerstand leisten wollten, überwältigt.

Im zusätzlichen Schein des Feuers konnte man nun besser sehen.

»Holt Hilfe!« schrie Roland noch einmal.

Ein Pfeil zischte aus der Dunkelheit und traf den Sergeant in die Brust. Er fiel vornüber auf sein Gesicht. Sein Leben war ausgelöscht, während das Feuer weiterloderte.

Um sich herum hörte Roland laute Schreie – sein Hilferuf war im Lager angekommen. Doch es war schon alles zu spät. Alle sechs Steinschleudern brannten lichterloh.

Niemand hatte die Wasserfässer auch nur angerührt. Und es würde auch keiner mehr tun. Es war vorbei.

Aber er konnte nicht nur dastehen und zusehen. Selbst wenn er nichts mehr ausrichten konnte, mußte er weiterkämpfen.

Er rannte auf einen dürren Ägypter in einem weißen Gewand zu, der Allah anrief, während er sich zum Angriff bereitmachte. Der Mann hatte nur eine Tonkugel in der Hand und trug keinen Säbel. Er war ein Derwisch – einer der fanatischen Moslems. Roland bohrte ihm seinen Säbel ins Herz.

Noch im Sterben grinste der Türke Roland ins Gesicht und zerschmetterte die Tonkugel auf seinem Brustpanzer.

Roland schrie vor Schmerz und Entsetzen, als das Feuer sofort auf seine Kleidung übergriff. Die Hand des anderen brannte, und er sackte mit einem seligen Lächeln zusammen.

Ich werde sterben, dachte Roland. Bei lebendigem Leibe verbrennen.

Er ließ seinen Säbel fallen und zerrte wie wild an seinem Gewand, doch die brennende Kleidung, die seine Brust versengte, löste sich nicht.

Er warf sich auf den Sand und schrie laut auf, als sich das glühendheiße Kettenhemd in sein Fleisch drückte. Er sprang auf und das Feuer flackerte erneut auf. Er legte sich wieder auf den Boden, zwang sich, trotz der Schmerzen dort liegen zu bleiben, und schlug die Flammen an den Seiten mit der bloßen Hand aus.

Nach einer Weile ließ seine Qual etwas nach. Das Feuer war gelöscht.

Doch als er sich erhob, durchfuhr ihn der Schmerz seiner Verbrennungen mit voller Wucht.

Er taumelte ein paar Schritte vorwärts und blickte dann zu den Steinschleudern hinüber.

Die Geschütze sackten in sich zusammen.

Schluchzend fiel auch er auf die Knie. Er hatte vor dem König und vor seinen Kameraden versagt.

Wer hätte damit gerechnet, daß die Türken die Gefäße für das Griechische Feuer so klein machen konnten, daß ein Mann sie in die Hand nehmen und wie einen Stein werfen konnte? Selbst Kaiser Friedrich hatte das nicht gewußt.

Die rötlichen Flammen schossen immer noch wie riesige Kirchtürme in den Himmel auf.

Hatte Diane ihm nicht gesagt, daß der Tod nur eine Erlösung von den Leiden des Lebens wäre? In diesem Augenblick hätte er sich am liebsten in das nächste Feuer gestürzt, um mit den Steinschleudern, die er nicht hatte retten können, zu verbrennen.

Nein, ich werde versuchen, weiterzukämpfen. Vielleicht tötet mich dann der nächste Moslem.

Er hatte seinen Säbel fallenlassen, als er sich auf den Boden geworfen hatte. Mit zusammengebissenen Zähnen hob er ihn auf und blickte sich suchend nach diesen Teufeln in den langen Gewändern um. Aber es waren keine Sarazenen mehr zu sehen – nur die, die erstochen oder von Pfeilen durchbohrt neben den getöteten Christen lagen. Die Ägypter hatten ganze Arbeit geleistet und waren dann in der Nacht verschwunden. Aus der Ferne hörte Roland Freudenschreie. Tausende von Stimmen jubelten jenseits des Flusses in Mansura.

Eine Hand legte sich auf seinen Arm. »Mein Gott, Eure Brust ist ganz verbrannt. Wie schlimm ist es?« Guido schaute ihn besorgt an.

»Der Schmerz in meinem Inneren ist schlimmer«, sagte Roland. »Es ist meine Schuld, daß wir diese Schlacht verloren haben. Und vielleicht den ganzen Krieg.«

»Nun, Sire«, unterbrach ihn eine höhnische Stimme, »Ihr scheint Eure Aufgabe, unsere Schleudern zu beschützen, glänzend gemeistert zu haben.« Amalric de Gobignon trat aus der Dunkelheit und blickte Roland mit einem spöttischen Lächeln an. »Hättet Ihr es nicht einrichten können, daß Ihr auch getötet werdet?«

Guido drehte sich zu Amalric um und funkelte ihn an. »Graf, dieser Mann ist schwer verwundet. Wenn Ihr einen Kampf provozieren wollt, stehe ich zu Eurer Verfügung.«

»Ihr, Sire, habt genau wie dieser Troubadour, eine Art, immer dort aufzutauchen, wo es ein Unglück gibt. Ich frage mich, ob Ihr Euren Teil dazu beitragt.«

»Was meint Ihr damit, Monseigneur?«

»Ich habe Euch in Béziers gesehen.«

»Ihr habt nicht gesehen, daß ich dort etwas Unrechtes tat, sonst hättet Ihr das früher zur Sprache gebracht«, sagte Guido kurz und wandte sich ab.

Guido war in Béziers gewesen? Ich kann es nicht glauben, es ergibt keinen Sinn, dachte Roland.

Amalric hatte gehofft, daß ich getötet werde. Und ich – ich habe Nicolette geschworen, daß ich am Leben bleibe und zu ihr zurückkehre. Doch noch vor einem Moment wollte ich mich von den Sarazenen umbringen lassen. Diese Sehnsucht nach dem Tod ist wirklich eine Krankheit, und sie kann mich ebenso befallen wie die anderen.

Roland sackten langsam die Knie weg, und Guido nahm helfend seinen Arm.

Er ist immer da, wenn ich ihn brauche. Aber das Feuer brennt noch, und ich muß Diane retten.

Wie aus großer Entfernung hörte er Guido sagen: »Nehmt ihm den Panzer ab, Perrin. Wir müssen seine Verbrennungen verbinden.«

In eurem Andenken schwöre ich, daß ich alles in meinen Kräften stehende tun werde, um solchem Unheil ein Ende zu setzen...

Wer hatte das gesagt?

Perrin ist verwundet. Guido hat ihn hergebracht. Wir müssen ihm helfen. Er hat Verbrennungen.

»Wo ist Diane?« fragte Roland. »Sie weiß, wie man Brandwunden behandelt.«

»Ruhig, Maître«, sagte Perrin.

Rolands Blick wurde wieder klarer, und er sah, wie Amalric voller Wut auf ihn herabsah. Oder war es Erstaunen? Roland konnte es nicht unterscheiden.

Ich phantasiere, dachte er. Ich habe in Gegenwart von Amalric über Diane gesprochen. Jetzt wird er sicher sein, daß ich Hugues getötet habe.

Perrin hatte seinen Dolch gezückt und schnitt Rolands verbrannte Kleidung und die Riemen seines Panzers auf. Eine weitere Gestalt tauchte verschwommen in Rolands Gesichtsfeld auf. Es war der König.

Roland wollte sich erheben.

»Bleibt um Gottes willen liegen, Sire Roland«, sagte der König. Seine Stimme zitterte vor Kummer. »Warum habe ich nicht auf Euch gehört? Ihr habt mich gewarnt, daß genau dies passieren würde.«

Roland weinte. »Sire, ich weiß, daß Ihr mir niemals verzeihen könnt, aber –«

»Schweigt, Sire Roland«, unterbrach ihn der König. »Euch trifft keine Schuld daran. Ich bin es, der sorglos war. Ich habe Euch mit einer unlösbaren Aufgabe betraut.«

»Sire«, sagte Amalric, »selbst ein Idiot hätte merken müssen, daß der erste Beduinen-Angriff nur ein Trick war, um die Wachen wegzulocken. Dieser Bursche hat seinen ganzen Trupp in die falsche Richtung geschickt. Und dabei sollte er doch so viel über die Sarazenen wissen. Ich sage, man soll ihn anklagen und bestrafen.«

Ludwig drehte sich zu Amalric um. »Woher wißt Ihr denn das alles, Graf? Über den ersten und den zweiten Angriff? Wart Ihr hier? Und wenn ja, warum habt Ihr dann nicht gekämpft?«

»Mein Mann Maurice, der Kreuzritter, den wir in Damietta befreit haben, hat alles gesehen, Sire.«

Maurice also, dachte Roland. Er hat den Angriff der Ägypter gesehen und ist fröhlich losgelaufen, um es seinem Herrn zu erzählen. Zahnloser alter Köter.

»Zuerst sollte der König bestraft werden«, sagte Ludwig mit matter Stimme, »weil er nicht mehr Männer zur Bewachung der Geschütze eingesetzt hat.« Sein Tonfall wurde lebendiger. »Aber wißt Ihr, was das bedeutet, Amalric? Die Ägypter haben uns von hinten angegriffen. Es muß hier in der Nähe eine Stelle geben, an der man den Fluß durchwaten kann. Ich sage es noch einmal: Wenn ein Mann mir einen Weg zeigt, diesen Fluß zu überqueren und Mansura anzugreifen, mache ich ihn zum Oberbefehlshaber von Frankreich.«

Perrin hatte jetzt alle Schnallen von Rolands Harnisch aufgeschnitten und war dabei, ihm den Panzer von der verbrannten, blasigen Haut zu nehmen.

»Mach es schnell, Perrin«, sagte Roland und biß die Zähne zusammen.

Perrin zog. Mit einem Schlag wurde der Schmerz so stark, daß Roland ihn nicht mehr ertragen konnte. Dann sah er Diane und Nicolette beieinanderstehen und ihm zulächeln.

XXIV

Der silberne Wolfskopf glänzte und die Lanzenspitze schimmerte blutrot im Schein des Feuers. Der Hufschlag des schwarzen Schlachtrosses ließ den Boden erzittern. Amalric ritt direkt auf Nicolette zu. Sie war nackt an einen Pfahl gebunden, und ein flammender Feuerring umgab sie. Er selbst kletterte einen endlosen Hügel hinauf und versuchte verzweifelt, sie zu erreichen. Amalric war fast bei ihr und zielte mit der Spitze seiner Lanze direkt auf ihr Herz. Roland langte nach seinem Schwert, doch seine Scheide war leer. Nur mit seinem Körper konnte er Amalric noch aufhalten. Er warf sich vor das schwarze Pferd. Die Lanze richtete sich nun auf ihn. Er wurde getroffen und von ihr durchbohrt.

»Maître!«

Perrin rüttelte an seiner rechten Schulter. Sie schmerzte fürchterlich. Normalerweise achtete Perrin darauf, sie nicht zu berühren. Es mußte ihn etwas aufgeregt haben.

»Ein Angriff?« Rolands Herz klopfte wie wild, noch immer von seiner Furcht um Nicolette gefangen. Er spürte den Schmerz der Traum-Lanze in seiner Brust.

»Nein, Herr. Der König hat nach Euch geschickt.«

»Wie spät ist es?«

»Kurz nach Mitternacht.«

Keinen Frieden im Schlaf, keinen Frieden im Wachen, dachte er. Seit der Nacht, in der die Steinschleudern verbrannt waren, lastete eine schwermütige Stimmung auf ihm. Sie war jetzt so stark, daß er sich zu seinen Bewegungen zwingen mußte.

Die Haut auf seiner Brust tat immer noch weh, wenn er sie berührte, obwohl sie zwei Monate Zeit zur Heilung gehabt hatte. Er fragte sich, ob Nicolette in Damietta von seinem Versagen gehört hatte. Und wenn, wie mochte sie dann jetzt von ihrem Troubadour denken?

Wenn er die Wachen nur hätte ausschwärmen lassen. Wenn er doch schneller Hilfe geholt hätte. Wenn er sich stärker bemüht hätte, den König zu bewegen, mehr Männer auf Posten zu schikken!

Er verfluchte sich. Wegen mir werden wir alle hier in diesem verfluchten ägyptischen Sumpf sterben.

Auf seinem Weg zum Zelt des Königs fühlte er sich wie erschlagen. Er hatte nur ein paar Stunden geschlafen. Die Nachtluft war kalt, wie immer hier, doch er trug nur Hemd, Hose und Schuhe. Zu Hause würden die Berge um diese Jahreszeit mit Schnee bedeckt sein.

Vor dem Zelt des Königs standen fast zwei Dutzend Gestalten im rötlichen Schein eines riesigen Lagerfeuers. In der Nähe des Feuers hing Oriflamme und schimmerte golden wie die Haut eines Drachen. Aus allen Richtungen kamen die Leute zum Zelt des Königs.

Ludwig stand ohne Kopfbedeckung am Eingang. Er trug ein langes weißes Leinengewand mit einem aufgenähten roten Kreuz auf der Brust. Roland fand, er sah aus wie ein Mönchskrieger. Nach den Monaten in Ägypten war Ludwig noch dünner als gewöhnlich und seine Haut war sonnenverbrannt und fleckig. Er schien so groß und zerbrechlich wie die Statue eines biblischen Königs.

Einer der Mönche, die mit dem König reisten, hakte Rolands Namen auf einer Liste ab, als er in den Halbkreis der Ritter trat.

Kurz nach Rolands Ankunft verkündete der Mönch, daß jetzt alle herbeigerufenen Männer anwesend wären. Als Roland sich umblickte, erkannte er die Männer im Schein des Lagerfeuers. Es waren die großen Barone und Ritter, die dem König nahestanden: Robert d'Artois; William Longsword, der englische Graf; William de Sennac, der Großmeister der Tempelritter, und Raoul de Coucy.

Guido Bruchesi stand in der Nähe seines Großmeisters. Er winkte Roland zu, und der erwiderte erfreut seinen Gruß.

Ludwig gab irgend jemandem hinter sich ein Zeichen. Zu Rolands Überraschung trat Amalric de Gobignon aus dem königlichen Zelt und stellte sich neben den König. Auch er hatte in Ägypten abgenommen, doch er wirkte immer noch dreimal schwerer als Ludwig. Sein Gesicht war so braun wie Eichenholz und ließ sein sonnengebleichtes Haar fast weiß erscheinen.

»Viele von euch haben mich sagen hören, daß ich den Mann, der mir einen Weg über den Nil zeigt, zum Oberbefehlshaber von Frankreich mache«, begann Ludwig. »Begrüßt ihn nun, den neuen Obersten Heerführer Frankreichs.«

Roland schloß die Augen und zwang sich, nicht laut aufzuschreien. Es war fast so, als ob Amalric es geschafft hätte, sich zum König zu machen. Nun unterstanden ihm sämtliche Armeen. Sein Wort galt und seine Pläne mußten befolgt werden. Niemand konnte sich ihm widersetzen.

Ludwig, Ludwig, wie könnt Ihr ein so vertrauensvolles Lamm sein? Amalric haßt nicht nur mich. Eine Welle der Hoffnungslosigkeit durchflutete Roland.

Der König lobte Amalric sehr und bat ihn dann zu erklären, wie er einen Weg über den Nil gefunden hätte.

Amalric trat mit einem überheblichen Lächeln vor. »Ihr habt sicher gehört, daß der Sultan viele Offiziere der ägyptischen Garnison in Damietta aufgehängt hat, weil sie die Stadt im Stich gelassen hatten. Es traf sich, daß einer der Hingerichteten der frühere Herr von meinem Diener Maurice war. Ein Verwandter des toten Herrn von Maurice hat eine hohe Stellung in Mansura. Maurice hat eine Nachricht für ihn durch die Linien der Sarazenen geschmuggelt. Die Sarazenen-Schweine gleichen uns in einer Hinsicht: Die Familien halten zusammen. Wie wir gehofft hatten, will sich dieser Ägypter, an den Maurice geschrieben hat, am Sultan rächen. Heute, vor Tagesanbruch, will er uns an die Stelle führen, wo der Fluß so flach ist, daß die Reiter ihn überqueren können. Sie liegt etwa fünfzehn Kilometer südlich von hier. Alle, die hier versammelt sind, wurden ausgewählt, mit dem ersten Trupp den Fluß zu überqueren.« Amalric verneigte sich gnädig vor dem König.

Ausgewählt? Wer hat mich ausgewählt, fragte sich Roland. War es Amalric, der mich ausgesucht hat, so, wie er mich zur Bewachung der Schleudern vorgesehen hatte? Roland erinnerte sich an Amalrics Gesichtsausdruck, als er aus dem Delirium erwacht war.

Wird uns denn das Überqueren dieses Flusses den erhofften Sieg bringen?

Nein, sagte sich Roland voll düsterer Vorahnungen. Nicht, wenn Amalric das Unternehmen hier geplant hat. Er blickte Gobignon an, der mit verschränkten Armen stolz neben dem König stand. Noch mehr als meinen Tod wünscht sich Amalric, den König zu vernichten. Und Maurice, dieser Vorbote des Unheils, der kurz vor dem Angriff auf die Steinschleudern aufgetaucht ist. Wenn er seine Finger hier im Spiel hat, ist sicher etwas faul daran.

Aber vielleicht hat mich auch Ludwig ausgewählt.

Trotz seiner Zweifel wurde Roland von einer gewissen Ungeduld ergriffen. Das könnte meine letzte Gelegenheit sein, meinen Fehler wiedergutzumachen. Wenn ich bei der Vorhut wäre, wenn ich gut kämpfe, wenn wir Mansura erobern, dann könnte die Schande der verbrannten Geschütze getilgt werden.

Er wollte mitgehen. Er wollte glauben, daß die Durchquerung des Nils zum Sieg führen könnte.

Dann erinnerte er sich: der Sieg – *Mansura*.

Wessen Sieg? Unserer oder ihrer?

»Gibt es noch Unklarheiten?« fragte Ludwig.

Die Männer um den König traten von einem Fuß auf den anderen und blickten sich gegenseitig an. Ihre Gesichter glühten rot im Feuerschein. Niemand sagte etwas. Sie sind bereit zu gehen, dachte Roland. Nach dreimonatigem Lagern im Sumpf, sind sie ganz wild auf eine Schlacht.

Aber ich kann meinen Verdacht nicht einfach fallenlassen, dachte Roland. Ich bin es Ludwig schuldig, daß ich meine Zweifel anmelde.

Doch er wußte, daß sie ihn auslachen würden. Sie wollten kämpfen. Sie wollten keine Zweifel hören.

Er konnte sich nicht überwinden, etwas zu sagen. Die Stille dauerte an. Er lauschte dem Gurgeln des Nils hinter dem Lager, roch den modrigen Geruch und hörte den entfernten Schrei eines Wachtposten der Sarazenen.

Bist du eigentlich ein Feigling oder ein Narr? fragte er sich. Hast du etwa Angst, in Anwesenheit der hohen Seigneurs zu sprechen? Das Leben vieler weiterer Männer könnte verloren sein, wenn du schweigst. Ein kühler Windstoß brachte den Palmwedel über ihm zum Rascheln.

Er holte tief Luft. Dies war schwerer als einfach loszureiten, um den Sarazenenkriegern zu begegnen. Er trat aus dem Kreis heraus und stellte sich näher ans Feuer.

»Sire«, sagte er mit trockener Kehle, »welche Beweise habt Ihr, daß dies nicht nur ein Hinterhalt ist?«

Er hörte, wie ein irritiertes Raunen unter den Rittern und Baronen anhob.

Amalric starrte Roland über das Feuer hinweg an. »Glaubt Ihr, Euer König hätte das nicht bedacht? Wenn Ihr Angst habt, mit uns zu kommen, dann bleibt um Himmels willen hier, Vency. Sagt, habt Ihr eigentlich schon ein Lied über Eure heldenhafte Verteidigung der Schleudern geschrieben?« Die Barone und Ritter brachen in Gelächter aus, und Roland spürte, wie seine Wangen glühten.

Ludwig trat zwischen Amalric und Roland. »Graf, es mißfällt mir, wie Ihr diesen treu ergebenen Ritter verunglimpft. Ihr seid heute nacht in meiner Gunst. Besser, Ihr tut nichts, was meine Gefühle beeinträchtigen könnte. Bedenkt, daß Eure Ernennung erst dann gilt, wenn unsere Armee den Fluß erfolgreich überquert hat!«

Roland öffnete seine geballten Fäuste und wünschte, der König hätte nicht eingegriffen. Wenn ich Amalric nur zum Kampf fordern könnte. Wenn ich ihn töten könnte, würde das Ludwig von einer tödlichen Gefahr befreien und den Haß von mir nehmen, der so schwer auf meinem Herzen lastet.

Er blickte am König vorbei zu Amalric. Der zuckte verächtlich mit den Schultern, wobei der pelzbesetzte Umhang herunterfiel, so daß sein Schwert aufblitzte.

Den Blick fest auf Amalric gerichtet, sagte Roland: »Mit Eurer Erlaubnis, Sire, wiederhole ich meine Frage. Wie könnt Ihr wissen, daß es keine Falle ist?«

Amalric antwortete und wandte sich dabei nicht an Roland, sondern an die versammelten Barone und Ritter. »Ich habe erfahren, daß der Großteil des Sarazenen-Heeres in den südlichen Teilen von Mansura untergebracht ist. Wir werden sie sehen können, wenn wir den Fluß überqueren. Wenn es Anzeichen dafür gibt, daß sie uns auflauern, werden wir es bemerken.«

»Ich beabsichtige nicht, meine gesamte Armee über den Fluß zu schicken, ehe ich nicht genau weiß, daß wir sicher sind«, sagte Ludwig. »Ihr, Amalric und mein lieber Robert«, – er streckte seine Hand aus und lächelte seinem jungen Bruder Robert d'Artois zu –, »werdet den Fluß so schnell wie möglich überqueren. Tausend Ritter werden euch auf Pferden folgen. Nach Sonnenaufgang, wenn ihr euch auf dem anderen Ufer versammelt und das Land zwischen der Furt und Mansura erkundet habt, bildet ihr eine Verteidigungslinie an der Furt, um diese Seite des Übergangs zu halten. Danach werde ich mit dem Rest der Armee nachkommen.«

Der König erhob mahnend die Hand. »Unter keinen Umständen dürft ihr mit dem Feind kämpfen, bis nicht unser gesamtes Heer auf der anderen Seite ist. Dann werden wir Mansura stürmen. Wir können nur hoffen, die Stadt einzunehmen, wenn wir sie plötzlich mit unserer ganzen Stärke angreifen.« Er lächelte. »Morgen ist Faschingsdienstag. Mit Gottes Hilfe werden wir noch Karneval in Mansura feiern.«

»Und dann, auf nach Kairo!« rief Amalric.

»Auf nach Kairo«, wiederholten die versammelten Ritter.

Ein neues Gefühl der Hoffnung überkam Roland. Mit einem Überraschungsangriff könnten sie es schaffen. Der Hauptteil der Armee des Sultans stand ihnen hier gegenüber. Wenn sie diese Ägypter schlugen, könnten sie auch Kairo erobern.

Er klammerte sich verzweifelt an die Vorstellung, daß ihnen die Überquerung des Flusses den Sieg bringen könnte und daß er daran teilhaben würde.

Ein starker Überlebenswille keimte in ihm auf, und er sah Nicolette vor sich. Sie werden mich nicht töten. Nicht Amalric und nicht das ganze Heer der Sarazenen. Ich werde zu Euch zurückkehren, Nicolette. Und wenn ich mir meinen Weg durch ganz Ägypten bahnen muß, um zu Euch zu gelangen.

Als Roland mit seinen Männern wieder auf den Hauptteil der Kreuzritterarmee stieß, spürte er, wie sich der pflaumengroße Smaragd, den er in einem Beutel unter seiner Kleidung verborgen hatte, in seine Leisten bohrte. Er hatte den Smaragd vom Turban eines Mamelucken abgetrennt, den er in einem kurzen, heftigen Schwertkampf außerhalb von Mansura getötet hatte. Diese Mamelucken trugen ihr Vermögen in der Schlacht bei sich. Er beraubte ungern einen Toten, aber dieser Stein war genug wert, um sich ein Schloß dafür zu kaufen. Er konnte ihn nicht zurücklassen.

Die Kreuzritter – immer noch ein Heer von einigen tausend Mann – hatten sich auf dem Marktplatz vor dem Haupttor von Mansura aufgestellt. Vor ihnen ragten die gelben Stadtmauern auf, die aus kopfgroßen Steinen bestanden. Am Fuß dieser Mauern lagen einige der grauen Flachdachhäuser der Ägypter. Zweifellos waren die Leute, die darin gewohnt hatten, ins Innere der Stadt geflohen. Wie es auch die ägyptische Armee getan hatte.

»Bei Gott!« rief Perrin neben ihm. »Sie haben die Stadttore offengelassen. Wir können einfach hineinreiten.«

Roland starrte auf die doppelflügeligen Holztore mit den eisernen Verstärkungen, die etwa dreieinhalb Meter hoch und recht schwer und dick waren, konnten sie auch geschlossen keinen Schutz bieten. Jetzt waren sie weit geöffnet und zwischen ihnen führte der ausgefahrene Weg einladend in die Stadt hinein.

Das ist unmöglich, dachte Roland. Die Sarazenen können doch nicht alle ihren Verstand verloren haben. Alles ist genauso wie in Damietta – der leichte Sieg, die geöffneten Tore. Doch dieses Tor steht nicht zufällig offen.

Ich bin sicher, daß es diesmal eine Falle ist.

Roland wunderte sich nicht nur über Amalric, sondern auch über all die Männer, die ihm blindlings folgten. Das ist Dummheit, dachte Roland, tödliche Dummheit! Der Plan des Königs war zunichte gemacht worden, die Vorhut ritt wild vorweg, um alles zu zerstören.

Sobald sie die Furt überquert hatten, war Ludwigs Befehl vergessen. Amalric und Robert d'Artois hatten, ohne die anderen Barone zu fragen, einen Angriff gegen das Sarazenenlager geführt. In einem wilden Kampf hatten sie Hunderte von Ägyptern abgeschlachtet und den Rest in die relative Sicherheit der Stadt getrieben.

Jetzt sah Roland die Anführer seines Trupps. Sie kamen herbeigeritten und versammelten sich vor dem offenen Tor. Der silberne Wolfskopf auf Amalrics Helm überragte alle, die goldene Grafenkrone auf dem Helm des Grafen d'Artois blitzte auf, und da war auch der blaue Schild mit den sechs goldenen Löwen von William Longsword.

»Warte hier«, sagte Roland zu Perrin. »Ich will hören, was sie sagen.« Er gab Alezan einen Stoß mit den Knien und trabte zu den Anführern hinüber.

Amalric sprach mit Robert d'Artois. Als Roland auf sie zugeritten kam, nahm Robert seinen Helm ab, und seine Haare – hellblond, wie die seines königlichen Bruders – fielen ihm über die Schultern.

»Meine Herren«, sagte Amalric, »es erwartet uns ein größerer Sieg als der in Damietta. Die Sarazenen sind in die Flucht geschlagen und sind in so wilder Panik in die Stadt geflohen, daß sie nicht einmal die Tore geschlossen haben. Wir können die Ägypter aus Mansura vertreiben und die Stadt besetzen, wenn wir nicht lange zögern.«

Amalric schnaufte wie ein Schlachtroß nach einem langen Galopp. Sein sonnengebräuntes Gesicht glühte vor Erregung. Sein Mantel und die Decke seines Pferdes waren mit Blut besudelt. Blut tropfte auch von der zweischneidigen Axt, die er in seiner Rechten hielt. Er ist glücklich, dachte Roland. Er liebt das Töten ebensosehr, wie ich es verabscheue.

»Ihr wollt einfach in die Stadt einreiten, Graf Amalric?« fragte William de Sennac. »Das ist der reine Wahnsinn. Habt Ihr für heute nicht schon genug Befehle des Königs mißachtet?« Der weiße Bart des Großmeisters der Tempelritter reichte fast bis auf das rote Kreuz auf seiner Brust. Seine große gebogene Nase verlieh ihm das Aussehen eines Adlers. Er starrte Amalric zornig an.

»Der König ist nicht da, um die Situation einzuschätzen«, sagte Amalric scharf. »Aber der Bruder des Königs ist da, und er sieht, daß die Befehle geändert werden müssen.«

»Ich bin Euch bis hierher gefolgt, Graf«, sagte William Longsword, »aber einen Feind zu überraschen und in einem übersichtlichen Gelände anzugreifen, ist eine Sache. Etwas anderes ist es, in eine unbekannte Stadt zu reiten, wo der Feind uns erwartet. Ich garantiere Euch, daß wir nicht mehr herauskommen, wenn wir dort hineingehen.«

Roland war sicher, daß der englische Graf recht hatte. Er erinnerte sich an die Straßenschlachten in Florenz, als er noch in Kaiser Friedrichs Diensten gestanden hatte – an die Überfälle, Hinterhalte und Anschläge; die besondere Wachsamkeit und die

Angst, mit der man ständig lebte. Die meisten dieser Ritter hatten überhaupt keine Ahnung davon, wie eine Schlacht in den Straßen einer Stadt aussah.

»Und *ich* garantiere, daß die Sarazenen die Stadt nicht verteidigen werden«, erwiderte Amalric. »Sie werden davonlaufen, wie sie es in Damietta getan haben.«

Robert d'Artois erhob das Wort. »Wofür ihr euch auch immer entscheidet, ich werde dem Feind nicht aus dem Weg gehen, sondern ihn den ganzen Weg bis nach Kairo jagen.«

»Wir sind viel zu schwach«, gab Sennac zu bedenken.

»Einen Teufel sind wir!« zischte Amalric. »Der König und der Rest unseres Heeres überquert gerade den Nil.« Er deutete nach Süden in Richtung Ufer.

Roland sah zum Fluß hinüber. Von hier aus waren es ungefähr zehn Kilometer bis zur Furt. Doch die Sicht wurde durch den Rauch der brennenden Zelte und Häuser getrübt, die von der Vorhut der Kreuzritter vernichtet worden waren. Wenn die Armee den Nil überquerte, konnte es niemand von ihnen erkennen.

»Dann laßt uns auf den König warten«, sagte William Longsword.

»Das ist nicht nötig«, herrschte ihn Amalric an. »Jetzt, wo wir die Ägypter in die Flucht geschlagen haben, müssen wir die Stadt im Sturm erobern. Wenn wir zögern, geben wir ihnen die Möglichkeit, sich neu zu formieren. Und sie könnten versuchen, den Zugang zu versperren.«

Roland sah zum Eingangstor hinüber. Sie werden es nicht versperren, dachte er. Sie wollen, daß wir hereinkommen. Dort drinnen lauern sie auf uns. Er fröstelte.

»Vorwärts jetzt!« drängte Amalric.

Muß ich auch gehen? fragte sich Roland. Muß ich Perrin und meine Männer in den sicheren Tod führen?

»Der Befehl des Königs lautet, daß wir warten sollen«, wandte Roland mit lauter Stimme ein. Die Heerführer drehten sich um und starrten ihn an. Während ihrer hitzigen Debatte hatten sie überhaupt noch nicht bemerkt, daß er da war.

Amalric sah Roland mit funkelnden Augen an und sagte: »Jeder Mann, der es ablehnt, mir zu folgen, ist nichts weiter als ein schlappschwänziger Feigling.«

»Da habt Ihr recht!« warf Robert d'Artois wütend ein. Sein Gesicht zeigte die gleiche Verachtung für Roland wie das von Amalric.

»Ich habe Euch davor gewarnt, Graf!« William Longsword ergriff das Wort. »Aber ich will nicht, daß irgend jemand von mir oder meinen englischen Rittern behauptet, daß wir uns davor fürchten, Euch zu folgen.«

Er würde lieber sterben und all seine Männer mit in den Tod nehmen, als sich von Amalric einen Feigling nennen zu lassen, dachte Roland. Der Krieg macht die Menschen irrsinnig.

Der Großmeister der Tempelritter schüttelte seinen silbernen Bart. »Ihr laßt mir keine Wahl, Monseigneur. Wenn der Bruder des Königs ins Verderben reitet, müssen die Templer mit ihm reiten. Doch ich bezweifle wirklich, daß er oder wir zurückkehren werden.«

»Dann folgt uns«, rief Amalric mit triumphierendem Lächeln.

»Vorwärts!« schrie Robert d'Artois mit glühenden Wangen und setzte sich seinen vergoldeten Helm auf. »Für Gott und das heilige Grab!«

Roland ritt ohne ein weiteres Wort zu seinem Trupp zurück. Sein Herz war von tiefem Kummer ergriffen. Er konnte fast sehen, wie die engen Straßen von Mansura mit den Körpern der Soldaten verstopft waren.

Das ist selbstmörderisch und dumm. Amalric weiß es. Und auch Sennac und Longsword wissen es. O Gott, wenn doch nur Ludwig herbeigeritten käme und sie aufhalten würde!

Und was ist mit mir? Mit Perrin, Martin und den anderen? Müssen wir in diese Todesfalle gehen? Haben wir keine andere Wahl?

Wenn ich es ablehne zu gehen, wird Amalric mich und meine Leute sicher wegen Feigheit vor dem Feind anklagen. Wegen Desertion. Wenn er am Leben bleibt – und auch ich.

Aber sind es nicht sie, die dem König gegenüber den Befehl verweigern? Wieso sollte ich *ihnen* gehorchen?

Zum Teufel damit! Das ist *mein* Leben! Und das von Perrin und den anderen. Ich habe Nicolette versprochen, daß ich mein Leben schützen werde.

Roland blickte sich um und sah die kleine Gruppe der Anführer mit erhobenen Schwertern auf das Tor zureiten. Graf Robert d'Artois ritt voraus und neben ihm erkannte Roland das weiße Gewand des Großmeisters.

Er schüttelte den Kopf. Ich muß ihnen folgen, und Perrin, Gautier, Horace, Martin und den Rest meiner Leute mit mir nehmen. Er sah noch einmal auf die geöffneten Tore in der gelben Mauer.

Wir sind wie eine Herde wilder Pferde, dachte er. Wenn der Anführer geht, müssen alle anderen folgen – selbst wenn er in einen Abgrund springt.

Amalric! dachte er mit plötzlich aufschäumender Wut. Schon wieder Amalric! Sein blinder Haß nahm ihm die Sicht auf das Tor von Mansura und die Kreuzritter, die folgsam und töricht hindurchritten. Immer wieder versucht Amalric die zu töten, die ich liebe.

Wenn ich hier lebend herauskomme, werde ich ihn töten. Er wird nicht nach Frankreich zurückkehren. Das schwöre ich.

XXV

Einmal blickte Roland nach oben und sah, daß die Sonne direkt über ihm stand. Es ist Mittag, dachte er. Seit dem frühen Morgen kämpfen und sterben unsere Leute nun schon in dieser verwinkelten Stadt.

Er lenkte den zitternden Alezan um eine Häuserecke. Vor ihm versperrte eine weiße Wand den Weg. Eine Sackgasse!

Irgend etwas traf seinen gepanzerten Nacken und fiel auf den Boden. Er sah einen Dolch unter Alezans Hufen glitzern. Alezan riß den Kopf herum und blickte Roland mit furchtsamen Augen durch die Sehschlitze seines Kopfschutzes an. Dann prasselten Steine auf sie herunter.

Als Roland wieder nach oben schaute, sah er auf den umliegenden Dächern die Ägypter stehen. Männer mit haßverzerrten Gesichtern, Frauen in langen Gewändern, Kinder mit Steinschleudern. Sie schrien Verwünschungen. Es waren keine Krieger, sondern die Bewohner der Stadt. Sie standen dort oben und bewarfen sie einfach mit Steinen, denn sie wußten, daß ihre Schwerter sie nicht erreichen würden.

Warum, zum Teufel, konnten wir nicht warten, bis die Bogenschützen mit uns in die Stadt einziehen würden? Warum war Amalric so versessen darauf, die Stadt mit einer so kleinen und schlecht ausgerüsteten Truppe anzugreifen? Nur tausend Mann auf Pferden und keine Bogenschützen. »Verjagt die Ägypter aus Mansura und nehmt die Stadt ein«, hatte er gesagt. Wie sollte man die Ägypter verjagen, wenn aus jedem Mann, jeder Frau und jedem Kind ein Krieger geworden war? Wie sollen wir die Stadt einnehmen, wenn wir in jeder Straße angegriffen werden? Welch eine Dummheit.

Oder war es ein Plan?

Roland erhob seinen Schild, und die Steine prallten davon ab. Er versuchte, mit Alezan aus der Straße herauszureiten. Perrin war direkt hinter ihm. In dem stundenlangen Umherirren, Kämpfen, Angreifen und Zurückziehen in dem Irrgarten von Mansura waren schon drei seiner Männer getötet worden.

»Zurück!« rief Perrin. »Das ist eine Sackgasse.« Aber es waren zu viele Ritter hinter ihnen hergekommen. Roland konnte weder vor noch zurück. Er schaffte es kaum, Alezan zwischen den engen Häuserwänden zum Wenden zu bringen.

»Schmort in der Hölle, ihr Christenhunde!« schrie eine Frauenstimme.

Roland sah über sich eine Frau in einem schwarzen Gewand,

die einen rauchenden Steintopf über ihren Kopf hielt. Siedendes Öl. Er gab Alezan die Sporen, kurz bevor sie den Topf entleerte.

Das kochende Öl platschte nach unten. Es verfehlte Roland, traf jedoch Alezan an der Flanke.

Alezan gab ein schrilles Wiehern von sich, bäumte sich wild auf und galoppierte in die Straße hinein. Sein gewaltiges Gewicht war so in Fahrt, daß er die Männer und Pferde, die den Weg versperrten, zur Seite drängte.

»Mein armer Alezan«, sagte Roland, als er ihn in einer ruhigen Seitenstraße zum Stehen gebracht hatte. Er stieg ab und riß sich einen Fetzen aus seinem Umhang, mit dem er das verbrannte Fell abwischte.

Perrin kam aus der Straße geritten. Seine Wange blutete von einem Hieb.

»Ich war direkt hinter Euch, Maître, aber Alezan ist wie aus einer Steinschleuder losgeschossen.«

Er beobachtete die Dächer, während Roland sich um sein Pferd kümmerte.

Roland klopfte Alezan auf den Hals und sagte: »Wenn diese Schlacht vorbei ist, werde ich dich nicht mehr in den Kampf führen. Ich werde dich nach Hause bringen, damit du deine verdiente Ruhe bekommst.« Er lehnte sich gegen die bebende Flanke des Pferdes. »Ich schwöre es, Alezan.« Wir ziehen schließlich aus freiem Willen und wissentlich in den Krieg, doch was haben wir für ein Recht, diese armen, leidenden Tiere mit hineinzuziehen? dachte er.

Roland stieg wieder auf und tätschelte dem Pferd den Rücken. Alezan war in dieser Art Kampf eher hinderlich als nützlich. Ein Mann könnte zu Fuß viel schneller durch die engen, gewundenen Straßen laufen und in Hauseingängen Deckung vor den Angreifern von oben finden.

Roland zog fest an den Zügeln und lenkte Alezan von der Stadtmitte weg, zurück in Richtung Stadttor. Wenn man das als Rückzug oder Desertion bezeichnet, ist es mir egal. Er winkte Perrin, ihm zu folgen.

»Hab keine Angst«, sagte er, als er Perrins furchtsamen Blick erkannte. »Ich laufe nicht davon. Ich will nur Alezan loswerden. Dann gehen wir zu Fuß wieder los.«

Perrin runzelte die Stirn, als ob er es nicht verstanden hätte, doch er zuckte mit den Achseln und folgte seinem Herrn.

Roland hörte jetzt langsam näherkommendes Hufgetrappel. Nach einer Stunde des Rückzuges waren Perrin und er jetzt wieder in der Nähe des Stadttores. Roland sah ein paar Baumspitzen über die glatten rotbraunen Mauern ragen, die die Straße säumten. Es muß in diesem Viertel große Häuser mit Gärten geben, dachte er. Als er die Straße hinunter zur Stadtmitte blickte, sah er einen großen Trupp von Rittern.

Amalric de Gobignon ritt an der Spitze.

Roland wäre am liebsten auf Amalric zugeritten und hätte ihn auf der Stelle mit seinem Säbel durchbohrt. Den ganzen Morgen lang hatte er zusehen müssen, wie Dutzende von Rittern starben – durchbohrt von Pfeilen, erstochen von Dolchen, von Speeren aufgespießt, von großen Holzbalken erschlagen und bei lebendigem Leib von kochendem Öl verbrannt. Fast ein dutzendmal war er dem Tod nur knapp entronnen. Die Vorhut war in kleine Trupps zersplittert worden und weit davon entfernt, die Stadt im Sturm zu erobern. All das war Amalrics Werk.

Für jede Stunde des Leidens in dieser Stadt, für jeden Mann, den er sterben sah, haßte er Amalric mehr. Er haßte ihn mehr als die Sarazenen, die ihn mit Pfeilen beschossen und kochendes Öl auf ihn gegossen hatten.

Viele von Amalrics Männern waren verwundet und manche schwankten in ihren Sätteln. Andere hatten ihre Pferde verloren und schleppten sich mühsam zu Fuß voran. Auch Amalric strahlte nicht mehr die Erregung und Siegesgewißheit aus, wie noch am Morgen, als sie das Lager der Ägypter vernichtet hatten. Der silberne Wolfskopf auf seinem Helm war noch in Ordnung, aber der Nasenschutz war abgerissen, und angetrocknetes Blut klebte an seiner Oberlippe.

Doch seine Worte waren brutal und gemein wie immer. »Versucht Ihr etwa, wegzulaufen, Troubadour? Wie Ihr vielleicht wißt, könnt Ihr Euch auch nicht mehr außerhalb der Stadt in Sicherheit bringen. Wir sind abgeschnitten.«

Rolands Kehle war vor Haß wie zugeschnürt. Der Mann, der sie in diese Todesfalle geführt hatte, wagte es, ihn zu verspotten? Er schloß die Hand so fest um den Griff seines Säbels, daß sie sich verkrampfte.

»Was sagt Ihr?« knurrte er Amalric an.

Amalric heftete seinen Blick auf ihn. »Ich habe Nachricht von den Wachen, die ich außerhalb der Stadt postiert habe. Die gesamte Mameluckenarmee ist aus Kairo gekommen.«

Die Mamelucken – die Stadt ist vom Heer der Mamelucken umzingelt!

Er erinnerte sich an die ruhigen, selbstsicheren Sarazenen, die den Brief des Sultans zu König Ludwig nach Damietta gebracht hatten – und ihren merkwürdigen einäugigen Diener. Schon lange hatte er mit einem Angriff der Mamelucken gerechnet, wie ein Verurteilter auf das Schwert seines Henkers wartet. Und nun war die beste Armee des Sultans – sein persönliches Kriegerheer – in den Kampf eingetreten.

»Und was schlägt der große Oberbefehlshaber von Frankreich jetzt vor?« fragte er scharf.

Amalric hob seine Hand. »Wir können unseren Streit später fortführen. Die Mamelucken haben unsere Armee auf dieser Seite des Flusses in zwei Teile gespalten, als sie sich zwischen uns und die Männer an der Furt drängten. Wir können das Südtor gegen sie verteidigen, aber die Stadt selbst ist für uns zu einem Schlachthof geworden.«

Also gibt er es zu, dachte Roland. Wenn wir hier lebend herauskommen sollten, wird er dafür vom König verurteilt werden. Oder von meinem Schwert!

»Warum reitet Ihr zum Tor, wenn die Mamelucken davorstehen?«

»Es ist das einzige, was wir tun können. Wenn wir in der Stadt bleiben, werden sie uns vernichten. Ich will versuchen, durch das Tor auszubrechen. Die Mamelucken werden gegen die Armee des Königs kämpfen und uns ihren Rücken zuwenden. Unsere Männer können die Reihen der Mamelucken durchbrechen, ehe sie es bemerken.« Er blickte Roland feindselig an. »Ihr könnt mit uns reiten, wenn Ihr wollt«, sagte er widerwillig.

»Ihr seid zu gütig«, erwiderte Roland sarkastisch.

»Folgt uns«, sagte Amalric, schwang seine blutige Streitaxt und gab seinem schwarzen Hengst die Sporen. Roland reihte sich hinter Amalrics Stellvertreter d'Etampes ein. Perrin ritt direkt hinter ihnen.

Die Straße, die sie entlangritten, war breiter und gerader als die meisten in Mansura. Die Balkone ragten wie in Frankreich auf die Straße hinaus, doch hier waren die Dächer flach oder kuppelförmig und die Wände aus Steinen statt aus Holz.

Amalrics Truppe mußte sich den Weg über tote Pferde und erschlagene Männer bahnen.

Wo sind unsere anderen Anführer? fragte sich Roland, während er schweigend dahinritt. Er wollte Amalric gerade fragen, wie es Robert d'Artois, William Longsword und dem Großmeister der Tempelritter ergangen war, als der Graf den Arm hob.

»Seht Ihr, d'Etampes? Eine Bewegung auf einem der Dächer dort. Sie lauern dort vorne auf uns.«

Roland hatte nichts gesehen, doch d'Etampes sagte: »Es wird uns den Rest des Tages kosten, um einen anderen Weg zum Stadttor zu finden.«

»Alle Straßen sind gleich gefährlich«, entgegnete Amalric. »Vielleicht können wir uns hier hindurchkämpfen.« Er deutete auf ein schmiedeeisernes Tor. Es stand offen, und dahinter lag ein großer Innenhof, gepflastert mit roten und weißen Steinen. In der Mitte sprudelte ein Brunnen.

»Vency, nehmt ein paar Leute und klettert auf das Dach dieses Hauses«, befahl Amalric. »Wir müssen wissen, wie viele Leute vor uns lauern und wo sie liegen. Vielleicht können wir über die Dächer hinweg angreifen. D'Etampes, Ihr bleibt hier. Ihr dort geht mit dem Troubadour.« Seine Geste schloß Perrin und drei weitere Ritter auf Pferden ein.

Roland lief ein kalter Schauer über den Rücken, als er mit gezücktem Säbel in den Innenhof ritt. Er hatte heute schon viele Männer sterben sehen, die man völlig unerwartet angegriffen hatte, und die roten Muster dieser Pflastersteine erinnerten ihn an vergossenes Blut. Das Plätschern des Brunnens konnte die Geräusche von auf der Lauer liegenden Ägyptern übertönen. Er sah sich vorsichtig um. Dies war das Haus eines wohlhabenden Ägypters. Überall wuchsen grüne Sträucher und zwei große Palmen überragten das flache Dach.

Urplötzlich krachte etwas seitlich gegen seinen Kopf. Helle Lichtpunkte tanzten vor seinen Augen. Alezan preschte unter ihm los. Er klammerte sich verzweifelt am Sattel fest. Ein Stein. Sie mußten von oben einen Stein geworfen haben. Aber er sah niemanden.

Dann traf ihn von hinten ein Gewicht, und der knochige Unterarm eines Mannes zerschlug ihm fast das Nasenbein. Wut und Verzweiflung gaben ihm neue Kraft, und er versuchte, den Mann abzuschütteln. Viele Hände griffen nach ihm. Einer hielt seinen Arm mit dem Säbel fest und drehte ihn um. Der Schmerz raste durch seine rechte Schulter, als ihm der Schild vom Arm gerissen wurde. Er spürte einen harten Schlag im Rücken, dann hörte er ein metallisches Krachen. Ein Messer war an seinem Kettenhemd zerbrochen.

Auf diesem Dach hatte Amalric vorher den Hinterhalt der Ägypter entdeckt, dämmerte es Roland. Er hat sie hier auf der Lauer liegen sehen und hat uns direkt in ihre Arme laufen lassen.

Sein Zorn gab ihm wieder soviel Kraft, daß er links und rechts nach den Angreifern schlug.

Einer der Ritter, die mit Roland hereingekommen waren, preschte mit seinem Pferd aus dem Innenhof heraus. Die beiden anderen Männer lagen mit ihren Pferden neben dem Brunnen und ihr Blut floß in dunklen Bächen über die rot-weißen Steine.

Er hat das Leben der anderen aufs Spiel gesetzt, nur um mich zu töten.

Außer sich vor Wut schlug Roland mit den Fäusten um sich und gab Alezan die Sporen. Er wollte Amalric um jeden Preis stellen. Der Kampf mit den Ägyptern kümmerte ihn kaum noch.

Perrin saß immer noch auf seinem Pferd und ritt auf den Eingang zu. »Hierher, Maître! Hierher!« rief er und winkte.

»Mach, daß du hier rauskommst, Perrin!« brüllte Roland.

Die Ägypter stürzten sich von allen Seiten auf ihn. Sie klammerten sich an Alezan. Mit ihren Messern stachen sie blindlings darauf los. Mein armes Pferd, dachte Roland, mein armes Pferd.

»Helft mir!« schrie er.

Perrin ritt auf Roland zu und schwang sein Schwert mit beiden Händen. Er schlug nach dem Mann in Rolands Rücken. Roland spürte wie sein Angreifer vom Pferd rutschte.

Ein riesiger Steintopf wurde vom Dach geworfen und krachte auf Perrins Kopf. Dem Spielmann fiel das Schwert aus der Hand, und er glitt aus dem Sattel. Obwohl Roland um sein eigenes Leben kämpfte, blickte er in wilder Panik zu den schreienden Ägyptern hinüber, die Perrin und sein Pferd einkreisten. Dann blitzte ein Messer auf, und Blut spritzte durch die Luft. Er hörte einen grauenhaften, unmenschlichen Schrei.

Alezan bäumte sich auf und schlug mit seinen Vorderhufen nach den Sarazenen. Einer von ihnen flog in eine Ecke des Innenhofes und blieb mit verrenkten Gliedern liegen. Roland klammerte sich mit der rechten Hand an die Zügel und wurde fast aus dem Sattel gestoßen, als ein anderer Ägypter auf seinen Rücken sprang.

Vom Dach prasselten die Steine auf Roland herunter und trieben ihn von einer Seite auf die andere.

Ich werde hier nicht ohne Perrin fortgehen. Lieber will ich sterben.

Irgend etwas zerplatzte an seinem Hinterkopf, er stürzte in einen tiefen schwarzen Strudel. Er spürte noch, wie sein Gesicht auf die Pflastersteine schlug. Dann fühlte er nichts mehr.

Das nächste, was er sah, war der blaue Himmel, und das erstaunte ihn sehr. Er war noch am Leben. Flach auf dem Rücken liegend, versuchte er, den Kopf zu heben, um sich umzusehen, und merkte, daß er keinen Helm mehr trug.

Ein nackter, brauner Fuß trat ihm ins Gesicht, und sein Kopf schlug wieder auf die Pflastersteine. Er tastete nach seiner Nase und stellte fest, daß sie gebrochen war. Als eine Schwertspitze an seine Kehle gesetzt wurde, ließ er seine Hand wieder sinken.

Ich muß mich auf den Tod vorbereiten, dachte er. Im nächsten Augenblick werden sie mir die Kehle durchschneiden.

Bei dem Gedanken, daß er Nicolette niemals wiedersehen würde, krampfte sich sein Herz vor Trauer zusammen.

Diane, gibt es ein Leben nach dem Tod, komme ich zu dir!

Um sich herum hörte er aufgeregte Stimmen, die arabisch sprachen. »Ich sage, der Rote ist für meinen Herrn. Das ist sein Haus.«

»Dein Herr ist ein dreckfressender Feigling, der davongelaufen ist und uns den Kampf mit den Franken überläßt.«

»Es ist dumm, sich darüber zu streiten. Wenn dein Meister zurückkommt, wird das Pferd schon lange verwest sein.«

Roland zitterte am ganzen Körper, als er den Kopf noch einmal hob. Er rechnete jeden Augenblick damit, daß sich die Schwertspitze in seine Kehle bohrte.

»Alezan!« schrie er.

Er erkannte nun, daß vier Pferde im Innenhof lagen. Das größte von ihnen, das ihm am nächsten war, hatte das vertraute nußbraune Fell. Das Blut sickerte aus zahllosen Stichwunden. Der lange, breite Rücken schien reglos. Er konnte nicht sehen, ob die Flanken sich hoben und senkten. Beklommen hob er seinen Kopf noch etwas höher.

Aus einer klaffenden Wunde in Alezans Hals floß das Blut in Strömen über die schmutzigen Steine.

Alezan, mein Freund. Ich habe dich geliebt. Und du mich. Du hast mein Leben mehr als ein dutzendmal gerettet. Und ich habe dich hierhergebracht, damit du qualvoll stirbst.

»Trauert er um sein Pferd?« fragte einer der Ägypter neugierig. »Oder um seine Freunde?«

Roland durchfuhr ein neuer Schreck. Nein, nicht Perrin, nicht auch er! Oh, gütiger Himmel, wenn es so ist, dann gib mir die Kraft, mich in das Schwert dieses Mannes zu stürzen.

»Perrin!« Seine Stimme war schrill vor Angst.

»Ich lebe, Herr.« Die schmerzverzerrte Stimme kam aus dem anderen Teil des Innenhofes. Roland stöhnte vor Erleichterung.

»Warum haben wir die beiden fränkischen Hunde verschont?« fragte ein Ägypter. »Wir hätten sie töten sollen und ihre Pferde am Leben lassen. Die Mamelucken bezahlen gut für die großen fränkischen Pferde.«

Eine Stimme direkt über Roland sagte: »Das rotbraune Pferd, auf dem der da geritten ist, hat meinen Vetter Jamal getötet. Sein Fleisch wird wenigstens Jamals Kinder ernähren.«

Roland hob den Kopf, um den Ägypter anzusehen, der über ihm stand und ihm seinen Säbel an die Kehle hielt. Der Mann hatte ein dunkelbraunes Gesicht, und seine Ohren standen weit von seinem kahlen Kopf ab. Er war so schmal und dünn, daß der Säbel fast so groß und schwer wie er selber wirkte. Doch er hielt ihn in der Hand, ohne zu zittern. Er blickte Roland an.

Langsam und deutlich sagte Roland auf Arabisch: »Du, der du mein Pferd getötet hast, mögen dein Vater, deine Mutter, deine Großeltern, dein Weib und deine Kinder krank werden und sterben, und möge deine Familie und der Name deiner Familie von der Erde verschwinden. Erhöre mich, Allah!«

Der dürre Ägypter schaute ihn mit versteinerter Miene an und sagte: »Allah erhört die Gebete von Christen nicht.«

Ein anderer Ägypter meinte: »Die Mamelucken wollen, daß wir jeden Franken, den wir fangen, am Leben lassen, damit sie Lösegeld fordern können.«

»Was soll uns das kümmern«, meinte ein anderer. »Wir werden nichts von dem Geld sehen. Was kümmert es uns, ob ein paar Mamelucken noch reicher werden? Bringt die Hunde jetzt um. Bringt seine teuflische Zunge zum Schweigen.«

»Ja, tötet mich«, sagte Roland. Ein Lachen entrang sich seiner Brust, das nicht heiter, sondern voller Bitterkeit war. »Damit ich euch in alle Ewigkeit verfolge.«

Ein Ägypter deutete mit zwei Fingern der rechten Hand auf ihn – ein magisches Schutzzeichen.

»Ihr habt es also geschafft, einige Franken zu töten und ein paar von ihnen zu fangen«, sagte eine tiefe Stimme in befehlsgewohntem Ton. »Gut für euch, meine kleinen, tapferen Männer.«

Obwohl der Säbel noch immer auf ihn gerichtet war, setzte sich Roland auf, um zu sehen, wer da gesprochen hatte. Es war ein Offizier. Sein spitzer Helm war von einem juwelenbesetzten Turban umhüllt. Er sprach mit einem seltsamen Akzent. Wie viele andere Mamelucken hatte auch er eine helle Haut.

In Roland keimte wieder leichte Hoffnung auf. Die Mamelukken könnten ihn vielleicht am Leben lassen.

Doch dann verließ ihn der Mut wieder. Wenn sie herausfinden, daß ich kein Geld habe, um Perrin und mich freizukaufen, werden sie uns die Kehle durchschneiden.

Der Smaragd! Der Schmuck am Turban des Mamelucken hatte ihn daran erinnert. Ich habe etwas als Lösegeld anzubieten, wenn dieses Volk mich nicht schon bestohlen hat.

Die Männer im Innenhof verneigten sich vor dem Mamelukken. Er kam zu Roland herüber. Seine roten Schnabelschuhe waren auf dem Pflaster kaum zu hören.

»Ich habe gerade gehört, daß Ihr unsere Sprache sprecht.«

»Ja, *Effendi*, ich spreche arabisch«, erwiderte Roland höflich.

»Laßt ihn aufstehen«, sagte der Mameluck. »Bringt ihn und den anderen zum Eunuchen Sahil in das Haus von Lokman. Ihr werdet eine Belohnung für sie erhalten. Aber bringt ihn besser zu mehreren fort. Er ist riesig – selbst für einen Franken. Und zieht ihnen zuerst die Kettenhemden aus und gebt sie mir. Meine eigene Belohnung.«

Er lächelte Roland an. »Beschämt es Euch nicht, daß Ihr von einem Haufen Dienstboten überwältigt worden seid? Die reichen Leute aus diesem Viertel sind mit ihren Familien geflohen.

Die Diener, die sie zurückließen, haben die Stadt besser verteidigt, als sie es vermocht hätten.«

Die zerlumpten Ägypter standen mit stolzgeschwellter Brust im Innenhof.

»Es beschämt mich nicht, daß mich Dienstboten gefangen haben«, sagte Roland traurig. »Das sind ehrbare Männer, die ihre Pflicht getan haben. Im Gegensatz zu ihrem großen Edelmann, der mich betrogen hat.«

Sein Blick fiel auf sein Pferd, und er wandte sich voller Kummer ab. Immerhin wird mein armer Alezan jetzt ein paar arme Kinder ernähren. Adieu, Alezan.

Er hob seine Arme hoch, damit sie ihm das Kettenhemd ausziehen konnten.

Es war später Nachmittag. Nach einem langen und mühsamen Weg durch die verschlungenen, dreckigen Straßen stand Roland vor einem riesigen Haus, das von hohen weißen Mauern umgeben war. Davor hatte sich eine Menschenmenge versammelt.

»Deine Mutter treibt es mit Schweinen!«

»Wir werden deine Haut als Fahne zum Fenster heraushängen!«

Ein kleiner Stein traf Roland am Hinterkopf. Er drehte sich um und wollte sehen, wer ihn geworfen hatte. Etwas Weiches, Übelriechendes traf ihn an der Wange. Er hatte das Gefühl, sich übergeben zu müssen. Mit dem Ärmel seines Mantels wischte er sich den Kot so gut es ging aus dem Gesicht. Die Diener, die ihn gefangen hatten, führten ihn schnell durch die schreiende Menge.

Nachdem die Menschen alle wieder auf der Straße sind, dachte Roland, müssen wohl sämtliche Franken, die in Mansura waren, tot oder gefangen sein.

Rolands Bewacher passierten zwei unbewegliche sarazenische Wachsoldaten mit grünen Turbanen und gingen durch ein schwarzes, schmiedeeisernes Tor. Stolz, daß es ihnen gelungen war, einen fränkischen Ritter und seinen Burschen zu fangen, marschierte der dünne Ägypter mit Roland und Perrin in die riesige Eingangshalle, deren Wände mit einem schwarz-weißen Mosaikmuster geschmückt waren und deren schwarzer Marmorfußboden so spiegelte, daß sich Roland darin sehen konnte, wenn er nach unten blickte.

Seitlich standen Reihen von Säulen aus poliertem grünen Stein, über denen sich Spitzbögen erhoben. Die Decke war mit goldenen arabischen Schriftzeichen bemalt. Unter den Bögen standen Gruppen von Ägyptern, die sich aufgeregt unterhielten. Das sind sicher die führenden Persönlichkeiten von Mansura, dachte Roland. Sie wurden still, als Roland und Perrin hereinkamen und sahen triumphierend zu, wie die beiden Gefangenen durch den Raum geführt wurden. In ihrem Schweigen lag ebensoviel Haß wie in den Schreien des Pöbels draußen.

Am Ende der Halle lag ein blasser, dünner Mann in einer weißen Robe und einem dunkelgrünen Umhang auf einem Diwan mit kleinen, vergoldeten Füßen. Vor ihm waren Pergamentrollen auf einem niedrigen Tisch aus dunklem Holz ausgebreitet. Die schwere Goldkette um seinen Hals glitzerte, als er dampfenden schwarzen *kahveh* – das Lieblingsgetränk der Sarazenen – aus einer kleinen Tasse trank.

Das muß der Eunuch Sahil sein, dachte Roland.

Sahil warf den Männern, die sie hierhergebracht hatten, einen kleinen Lederbeutel zu und winkte sie dann fort. Die Diener entfernten sich mit lauten Lobpreisungen auf ihn.

Die mit Bögen, Krummsäbeln und Speeren bewaffneten Wachen des Eunuchen ergriffen Roland und Perrin und zwangen sie, niederzuknien. Dann wurden ihnen kurze Ketten um die Fußgelenke gelegt.

Sahil wollte ihren Namen und ihren Rang wissen und schrieb die Antworten auf eine Pergamentrolle. Seine dünnen Augenbrauen zuckten, als Roland ihm in der Landessprache antwortete. Dann deutete er mit seiner Schreibfeder in zwei unterschiedliche Richtungen, in die Roland und Perrin geführt werden sollten.

Roland und Perrin warfen sich einen kurzen Blick zu. Roland sah die Verzweiflung in Perrins Augen. Sie werden ihn töten, dachte Roland. Er zitterte und suchte verzweifelt nach einer Möglichkeit, seinen Freund zu retten.

»Wäre es eine große Vermessenheit, *Effendi*«, sagte Roland, »wenn ich Euch bitte, daß wir zusammenbleiben dürfen?«

»Das wäre es.« Sahil lächelte etwas. »Wir lassen gemeine Männer nicht am Leben. Sie können kein Lösegeld bezahlen.«

Roland sah in die kalten schwarzen Augen. Er spürte den harten Edelstein immer noch an seinem Körper und schickte Dankgebete zum Himmel.

»Dieser Mann steht mir sehr nahe«, sagte er zu dem Eunuchen. »Ich bitte Euch, sein Leben erkaufen zu dürfen.«

Der Eunuch blickte ihn amüsiert an. »Was besitzt Ihr schon, das ich Euch nicht einfach wegnehmen könnte, ohne Euch etwas dafür zurückgeben zu müssen?«

Mit klopfendem Herzen beschloß Roland, alles auf eine Karte zu setzen und an den Stolz des Mannes zu appellieren.

»Es ist wahr, ich bin Eurer Gnade ausgeliefert, *Effendi*, aber Ihr scheint ein ehrbarer und vielleicht auch ein großzügiger Mann zu sein.«

»Versuch nicht, mir zu schmeicheln, Christ«, erwiderte Sahil. Doch er sah zufrieden aus. »Zeigt mir, was Ihr für das Leben Eures Dieners zu bieten habt.«

Roland hob sein Hemd hoch und griff mit seiner Hand in die Hose. Die Wachen des Eunuchen umringten ihn für den Fall, daß er eine Waffe herausziehen wollte. Er löste den Beutel, nahm den Smaragd heraus und hielt ihn Sahil hin.

Sahil schnappte nach Luft, und seine Wachen beugten sich mit großen Augen vor und tuschelten. Der Eunuch winkte sie mit einer herrischen Geste zurück.

Gespannt wartete Roland darauf, was Sahil jetzt tun würde.

»Ich kenne diesen Stein«, sagte er. »Es gibt nur einen einzigen wie diesen in der ganzen Welt. Es ist der Stein vom Turban des Emirs Fakr ad-Din, möge er in Allahs Schoß ruhen. Er hat die

Armee zur Verteidigung Mansuras angeführt.« Seine Stimme wurde schrill. »Hast du seine Leiche bestohlen, fränkischer Hund?«

Roland erinnerte sich an den in wallende Seide gehüllten türkischen Emir mit den roten Haaren, dem er am Stadtrand begegnet war. Sie hatten ihn überrascht, als er aus einem Badehaus kam, doch er hatte wild gekämpft. Das war er also gewesen!

Roland nahm sich zusammen. »Ich habe gegen ihn gekämpft und ihn getötet. Das ist eine rechtmäßig erworbene Kriegsbeute.«

»Hast du schon mal daran gedacht, elender Franke, daß es uns vielleicht gefallen könnte, den Mann, der Fakr ad-Din getötet hat, in Öl zu kochen?«

Roland versuchte, sich nichts von seiner Furcht anmerken zu lassen.

»Ja«, sagte er, »aber ich versuche auch, ein Mann von Ehre zu sein. Deshalb habe ich Euch die Wahrheit darüber gesagt,wie ich zu diesem Smaragd kam, selbst wenn das meinen Tod bedeuten sollte.«

Sahil schien eine Ewigkeit tief in Rolands Augen zu blicken.

Gespannt hielt Roland den Atem an.

Schließlich verschwand der Smaragd in Sahils weißer Robe.

»Ich nehme ihn als Lösegeld für Euren Diener an. Er darf nun bei Euch bleiben.« Er machte ein Zeichen, daß man sie wegführen sollte.

Roland spürte, wie die Spannung aus seinem Körper wich.

Sahils Wachen schubsten die beiden gefesselten Gefangenen mit den Enden ihrer Speere und führten sie durch viele große Räume mit runden Torbögen, Mosaikmustern und arabischen Buchstaben an den Wänden. Die Stiefel der Wachen hallten auf den Fluren aus schwarzem, grünem und weißem Marmor. Lokman, wer auch immer das sein mochte, besaß ein riesiges Haus, doch in allen Zimmern, die sie gesehen hatten, waren die Möbel entfernt worden. Vielleicht war er einer dieser reichen Leute, von denen der Mameluck gesagt hatte, daß sie mit ihrem ganzen

Hab und Gut aus der Stadt geflohen waren. Und jetzt hatten die Verteidiger seinen Palast übernommen und benutzten ihn als Gefängnis.

Sie kamen an einen Raum, dessen Eingang durch ein Eisentor versperrt war. Die Wachen öffneten es und stießen Roland und Perrin so heftig hinein, daß sie über ihre Fußfesseln fielen.

Die Wachtposten lachten und schlossen das Tor hinter ihnen ab. Ein Gefühl endgültiger Hilflosigkeit ergriff Roland. Er fand kaum die Kraft, sich von dem kalten Steinboden zu erheben.

Der Raum war groß und dunkel. Das einzige Licht kam von einem schmalen vergitterten Fenster am anderen Ende. Aus allen Ecken hörte er Stöhnen und Murmeln, und als sich seine Augen an die Dunkelheit gewöhnt hatten, erkannte Roland, daß der Raum mit gefangenen Kreuzrittern überfüllt war. Die meisten von ihnen lagen auf dem Boden. Nur einige versuchten, sich trotz der hemmenden Fußfesseln aufzurichten.

»Nennt Euren Namen, Sire«, rief eine Stimme. »Und sagt uns, was Ihr wißt. Wie ist dieses Massaker ausgegangen?«

Als Roland seinen Namen sagte, kam eine erleichterte Stimme von der anderen Seite des Raumes. »Beim heiligen Bernard, Orlando! Ich hätte nicht geglaubt, daß ich Euch noch einmal auf Gottes Erdboden sehe. Kommt herüber zu mir.«

Zum ersten Mal an diesem Tag fühlte Roland eine Art Freude. Es war Guido.

Neue Kraft schien durch seinen Körper zu strömen. Mit Guido an seiner Seite konnte er wieder Hoffnung schöpfen.

Roland und Perrin stolperten über den überfüllten Gang zu Guido hinüber, der gerade einem Mann die Hand verband. Sie war von einem Speer durchbohrt worden. Guidos weißer Mantel mit dem Doppelkreuz auf der Schulter war zerrissen und blutig.

Auf sein Drängen erzählte Roland, was er von der Schlacht und ihrer Niederlage wußte. Einige benachbarte Männer setzten sich dazu, lauschten und erzählten dann ihre eigenen Geschichten. Die Berichte glichen sich alle: Ausweglos in den Straßen und Gassen gefangen, waren die kleinen Trupps aufgerieben worden.

Roland bezichtigte Amalric des Verrats am König und gab ihm die Schuld an allem. Aber einer der Zuhörer meinte, daß sich Roland bezüglich des Grafen de Gobignon irren müßte. »Nach dem König«, beharrte er, »ist der Graf der größte Heerführer. Warum sollte ihn der König sonst zum Oberbefehlshaber von Frankreich gemacht haben?«

»Denkt jetzt nicht mehr an Amalric, Roland«, sagte Guido mit sanfter, freundlicher Stimme. »Sagt, wie ist Perrin mit Euch hier hereingekommen? Hat er sich als Ritter ausgegeben?«

»Nach diesem Tag kann ich mich nicht einmal als mich selbst ausgeben«, meinte Perrin. »Mein Herr hat mich freigekauft.«

Roland erzählte Guido von dem Smaragd und fügte hinzu: »Obwohl der Eunuch den Smaragd von Fakr ad-Din erkannte, hat er ihn genommen und erlaubt, daß Perrin bei mir bleiben darf.«

»Das war ein Eunuch?« fragte Perrin. »Beim Himmel, wenn ein Eunuch hier so reich und mächtig werden kann, dann ist dies ein Land für mich.«

»Gut, daß Ihr Eure Scherze darüber machen könnt«, sagte Guido lächelnd und klopfte Perrin auf die Schulter.

Immer noch lächelnd wandte er sich zu Roland. »Unter den ägyptischen Führern gibt es viel Zwistigkeiten. Dieser Fakr ad-Din war ein Liebling des Sultans und wurde beneidet. Vielleicht habt Ihr Sahil einen Gefallen damit getan, als Ihr ihn umbrachtet. Habt Ihr schon gehört, daß der Sultan in Kairo an Schwindsucht gestorben sein soll? Bruder William de Sennac hatte davon gehört, als wir uns aus der Stadt herauszukämpfen versuchten.«

»Kann das bedeuten, daß es Frieden gibt?« fragte Roland.

Guido schüttelte den Kopf. »Es geht das Gerücht, daß er schon vor drei Monaten, im November gestorben ist. Sie haben alles darangesetzt, seinen Tod geheimzuhalten und den Krieg weiterzuführen. Solange unsere Armee in Ägypten ist, wird es keinen Frieden geben. Und das wird nicht mehr lange sein, wenn die Kämpfe am Aschermittwoch so schlecht enden wie die am gestrigen Tag. Viele gute Männer, die heute morgen mit uns geritten, sind heute abend schon im Paradies. William Longsword, Raoul de Coucy, auch Graf Robert d'Artois...«, fuhr Guido fort. Die Worte trafen Roland wie Keulenschläge.

»Der Bruder des Königs!« murmelte Perrin und sah Roland an.

»Er kämpfte sich durch bis mitten in die Stadt, wurde von den Sarazenen umzingelt und starb vor der Moschee«, berichtete Guido. »Weil er eine Krone auf seinem Helm trug, dachten sie eine Zeitlang, sie hätten den König getötet. Sie waren ganz außer sich vor Freude.«

Roland erschrak. Jetzt gab es nur noch die beiden jüngeren Brüder des Königs. Ein Anwärter auf den Thron war schon aus dem Weg. Amalric war einen Schritt vorwärtsgekommen.

»Die Nachricht von Roberts Tod wird dem König das Herz schwermachen«, sagte Roland. »Habt Ihr irgendwelche Berichte, wie es ihm selbst in den heutigen Kämpfen ergangen ist?«

»Der König und seine Armee haben die Furt durchquert, um uns zu Hilfe zu eilen«, erwiderte Guido. »Tausende von berittenen Mamelucken aus Kairo stellten sich ihnen unter der Führung von Emir Baibars al-Bundukdari in den Weg.«

Roland war verblüfft. »Baibars? Derselbe, der Jerusalem für den Sultan erobert hat?«

Guido nickte. »Man sagt von ihm, daß er der beste Kriegführer der Mamelucken ist. Die Ägypter haben ihm den Beinamen: der Panther gegeben. Er soll von den russischen Tataren abstammen. Bei einem Zweikampf hat er vor Jahren ein Auge verloren, aber das hat ihn nicht davon abgehalten, in die höchsten Ämter aufzusteigen. Nachdem er Jerusalem genommen hatte, führte er die gefangenen Kreuzritter durch Kairo und zwang sie, die Köpfe ihrer toten Kameraden um den Hals zu tragen.«

Roland erschauerte und schüttelte den Kopf, um dieses Bild aus der Vorstellung zu verdrängen. Der einäugige Tatar, dachte er, jener Mann in Damietta...

»Was ist mit König Ludwig?« fragte er.

»Soweit ich weiß, ist der König unverletzt geblieben. Doch

Hunderte von Rittern sind hier in der Stadt und draußen am Nilufer umgekommen. Dreißig meiner Templer sind im Kampf gestorben. Unser Großmeister wurde verwundet, aber ich glaube, er hat es geschafft, zu entkommen. Ich hätte glücklich mit den anderen sterben können, aber ein Nubier traf mich mit seinem Morgenstern und: Hier bin ich.«

Roland hörte angsterfüllte Stimmen durch das Fenster, dann Schreie, Weinen und Schluchzen. Roland und Perrin stolperten zu dem schmalen Spalt in der Wand und blickten durch das Eisengitter. Guido seufzte nur und blieb an seinem Platz.

Die anderen Männer versammelten sich schnell hinter Roland und Perrin. Roland spürte ihren Atem in seinem Nacken und roch ihren Angstschweiß.

Durch das Fenster sah er in einen Innenhof mit gepflasterten Wegen und mosaikgeschmückten Wänden.

»Jesus«, flüsterte er und sein Magen verkrampfte sich bei dem, was er dort sah. Eine Reihe von zerlumpten Männern stand, von den Soldaten des Eunuchen bewacht, vor einem Mann mit schwarzem Bart und nacktem Oberkörper, der einen riesigen Krummsäbel schwang. Roland mußte zusehen, wie er die blitzende Klinge auf den Nacken eines zitternden Mannes, der vor ihm kniete, niedersausen ließ. Zwei andere Gefangene mit angstverzerrten Gesichtern warfen den abgeschlagenen Kopf in einen blutigen Korb, der fast so groß wie der Mann war. Den blutenden Körper zogen sie zu einem Karren an der Seite und warfen den Leichnam auf die anderen.

Die Wachen schleppten noch einen schluchzenden Mann vor den Henker und drängten die anderen Gefangenen mit den Speeren weiter nach vorne.

Voller Entsetzen wandte sich Roland vom Fenster ab. Schon den ganzen Tag lang hatte er Menschen sterben sehen, aber dies war noch entsetzlicher: Der Henker tat sein Werk mit der Gelassenheit eines Holzfällers.

Welch ein Glück, daß ich Perrin davor bewahren konnte.

Er humpelte zurück zu Guidos Lager.

»Alle Gemeinen ereilt dieses Schicksal«, sagte Guido. »Sie werden gefragt, ob sie zum Islam übertreten wollen. Wenn sie einwilligen, werden sie als Sklaven verkauft. Aber die meisten weigern sich, weil sie die Hölle mehr fürchten als das Schwert. Und dann bringen die Sarazenen sie um.«

Perrin, der immer noch am Fenster stand, schrie plötzlich: »Martin! Martin! Gott ist bei dir, Martin!«

Nein, nicht auch noch Martin! Mühsam erhob sich Roland und kämpfte sich durch die Männer hindurch zum Fenster. Martin war doch noch so jung! Die Eltern hatten ihn angefleht, nicht mit auf den Kreuzzug zu gehen, denn schließlich war Martin nicht einmal Katholik. Diane hatte ihn für den Katharismus gewonnen. Aber er verehrte Roland und wollte mit ihm Abenteuer erleben. Und das war nun das Ende der Abenteuer.

»Du gehst in Gott ein, Martin«, rief Perrin. »Wir werden alle wieder zusammensein, wenn –« Plötzlich schwieg er, und Roland hörte, wie der Krummsäbel des Scharfrichters zuschlug.

Als Perrin sich schluchzend vom Fenster abwandte, nahm Roland ihn in die Arme und führte ihn zu Guido zurück. Das Gefühl der Schuld brach ihm fast das Herz. Ich hätte Martin sagen können, daß ich ihn nicht haben will. Wie kann ich Lucien und Adrienne jemals wieder in die Augen sehen? Er seufzte. Wenn ich mir schon solche Vorwürfe mache, wie muß sich dann der König fühlen, wenn er weiß, daß er Tausende in den Tod geführt hat?

»Auch wir können uns voneinander verabschieden, Maître«, sagte Perrin. »Früher oder später werde ich auch dort draußen sein. Und Ihr habt keine großen Smaragde mehr, um mein Leben noch einmal freizukaufen.«

»Rede nicht so daher, Perrin«, erwiderte Roland und klopfte seinem Spielmann auf die Schulter. »Du hast gehört, was Sire Guido gesagt hat. In diesem Raum sind wir sicher.»

Guido hob mahnend die Hand. »Nicht ganz. Die Sarazenen haben jetzt beschlossen, die armen Männer dort draußen zu töten. Über den Rest von uns haben sie sich nur noch keine Gedanken gemacht.«

Verzweifelt setzte sich Roland in eine Ecke. Von den Männern, die er mit auf den Kreuzzug genommen hatte, war wohl nur noch Perrin übrig.

Und Nicolette! Guter Gott, was soll aus ihr werden? Wer wird sie vor Amalric schützen, wenn ich hier umkomme?

Wenn ich ihr nur noch ein Gedicht schreiben könnte, damit sie weiß, daß ich noch in der Stunde meines Todes an sie denke. Aber ich habe nichts, worauf ich schreiben könnte und keine Möglichkeit, es ihr zu schicken.

Er saß vornübergebeugt und ließ die Arme hängen. Ihm wurde plötzlich bewußt, daß er den ganzen Tag weder gegessen noch getrunken hatte, doch es kümmerte ihn nicht.

Das Licht, das durch das vergitterte Fenster hereinfiel, wurde langsam schwächer, und die Hinrichtungen hörten auf. Sie haben alle Gefangenen getötet, dachte Roland.

Von weit her drang der hohe, klagende Ruf eines *Muezzin* an sein Ohr, der die Menschen zum Gebet in die Moschee von Mansura rief: »Kommt zum Gebet. Kommt in die Sicherheit. Allah ist groß.«

Ein wenig später hörte er fröhliche Rufe, Musik und Lachen von fröhlichen Menschen. Die Menschen von Mansura haben Grund, sich zu freuen. Die Stadt hat ihrem Namen alle Ehre gemacht.

»Roland, es gibt etwas, das ich Euch sagen muß«, sagte Guido in der Dunkelheit. »Vielleicht habe ich nie wieder Gelegenheit dazu. Kommt mit mir in eine Ecke, in der wir uns ungestört unterhalten können, ohne daß man uns belauscht.«

Sie hatten sich gerade mühsam aufgerichtet, als das Türschloß klackte und die Eisentür geöffnet wurde. Das flackernde Licht blendete Roland und ließ ihn zurücktaumeln. Der Eunuch trat ein und sein weißes Seidengewand raschelte. Er war in Begleitung von zwei Fackelträgern und einer Gruppe von Wachen mit spitzen Speeren.

Roland hielt den Atem an, als Sahil durch den Raum ging und die Gesichter der Männer betrachtete.

Dann kam er zu Roland.

»Ah, den da will ich. Den Ritter mit dem Smaragd.« Er deutete mit seinem dünnen Finger auf Roland.

Roland brach der kalte Schweiß aus. Er war erstaunt über sich selbst. Kann ich nach allem, was ich heute durchgemacht habe, wirklich noch Furcht empfinden? Es ist der Körper, dachte er, der immer noch leben will, obwohl die erschöpfte Seele schon aufgeben wollte.

Die Wachen ergriffen ihn und schleppten ihn zur Tür.

»Gott ist mit Euch, Maître!« rief Perrin hinter ihm her.

»Geht mit Gott, mein Freund«, sagte Guido leise.

XXVI

Nachdem die Wächter des Eunuchen Roland durch eine ganze Reihe von Fluren und Zimmern geführt hatten, fand sich Roland in einem großen, hellen Raum wieder, dessen Wände mit Teppichen behängt waren und der durch kunstvoll geschnitzte Holzgitter unterteilt wurde.

Auf einem Diwan unter einem Baldachin aus purpurner Seide saß ein Mamelucken-Offizier. Auf seinem Kopf trug er einen gelben Turban, der von einer mit schwarzen Perlen besetzten Nadel zusammengehalten wurde. Über seinem reich verzierten roten Gewand trug er einen mit Gold eingelegten Brustpanzer, und Edelsteine glitzerten auf seinen roten Schnabelschuhen.

Ein Dutzend Krieger in rot-grünen Gewändern mit Krummsäbeln in den Händen lehnten an der Wand. Sklaven in kurzen Jacken und langen Hosen kauerten auf dem dicken Perserteppich und warteten auf Befehle. Roland war beklommen zumute. Warum war er hier? Sollte eine Art Gerichtsverhandlung stattfinden? Mußte er sich vor einer Art mohammedanischer Inquisition rechtfertigen, bevor er gefoltert und getötet wurde?

Doch dieser freundliche Raum erinnerte nicht im geringsten an einen Gefängnis- oder Hinrichtungsplatz. Von nebenan hörte man Musik und das Singen und Lachen von Männern und Frauen. Plötzlich erkannte er den Mann auf dem Diwan. Es war der Mameluck mit der Narbe und dem einen blinden Auge. Ja, und das andere war leuchtend blau und blitzte jetzt im Schein der Öllampen, die neben dem Diwan standen. Seine Haut war tief braun und der dichte rote Schnurrbart war auch noch vorhanden. Roland erinnerte sich, daß der Einäugige sehr groß gewesen war.

Dann wurde ihm klar, wer dieser Mann sein mußte. Sein Herz schlug noch schneller. Baibars der Panther hatte nur ein Auge, hatte Guido ihm doch erzählt.

Sogar in seiner Rolle als einfacher Diener hatte dieser Mann furchteinflößend gewirkt, obwohl er damals unbewaffnet und von der Armee der Kreuzritter umgeben war. Nun aber war Roland ein hilfloser Gefangener und schuld am Tod eines ägyptischen Emirs. Das ließ den einäugigen Mamelucken noch schrecklicher erscheinen.

»Als ich Euch das letzte Mal sah, habt Ihr die Pferde der Gesandten des Sultans gehalten.«

Der Mameluck lächelte. »Jetzt befehligt der Pferdeknecht Armeen, und der Dolmetscher des Königs ist sein Gefangener.«

Er erinnert sich an mich. Roland schöpfte neue Hoffnung. Vielleicht will er mich verschonen, weil ich seine Sprache spreche. Mit meiner Hilfe könnte er sich mit dem König verständigen.

»Ihr seid also der Emir Baibars al-Bundukdari«, sagte Roland.

Statt einer Antwort nahm der Mameluck eine Dattel aus der goldenen Schale, die vor ihm auf einem niedrigen Tisch stand, kaute sie genüßlich und spuckte den Kern auf den Teppich.

Ein Sklave sprang herbei und hob den Kern auf. Roland schluckte trocken.

»Habt Ihr Hunger? Durst? Sicher.« Baibars klatschte in die Hände. Er aß weiter seine Datteln und betrachtete Roland schweigend.

Er will, daß ich mich frage, was er wohl mit mir verhaben mag, dachte Roland. Dieser Mann weiß, wie man Menschen beherrscht. Dazu braucht er keine Armeen. Guido erzählte mir, einige seien froh, daß ich Fakr ad-Din getötet habe. Vielleicht ist Baibars einer von ihnen. Aber ich muß auf der Hut sein.

Ein hübscher blonder Junge brachte ein Tablett und stellte es vor Roland auf den Boden. Darauf standen ein Porzellankrug und ein Becher, eine Schale mit Obst und kleine flache Brote.

Verwundert betrachtete Roland den jungen Sklaven. Trüge er Wams und Hosen eines Pagen, würde man ihn für einen Franzosen halten können.

Baibars lächelte dem Jungen zu und winkte ihn hinaus. Dann bedeutete er Roland, sich zu setzen.

Roland konnte sich wegen seiner Beinfesseln nur mühsam auf dem Boden niederlassen. Schnell goß er Wasser aus dem Krug in den Becher und trank ihn hastig leer. Danach brach er das Brot in zwei Teile und begann mit gierigen Bissen davon zu essen. Nachdem er ein Brot aufgegessen hatte, machte er sich etwas langsamer über die Trauben, Datteln und Melonenscheiben her. Als er seinen größten Hunger gestillt hatte, richtete er sich auf und bedankte sich.

»Ich bin erstaunt über einen fränkischen Ritter, der unsere Sprache erlernt hat, weil ich dachte, daß sich kein Christ diese Mühe machen würde«, sagte Baibars in seinem seltsam klingenden Arabisch. »Ich wundere mich über einen Ritter, der einen Emir im Zweikampf besiegt und tötet und ein Juwel von unschätzbarem Wert gewinnt, das er dann wiederum als Lösegeld für einen Diener verwendet. Ich wünsche zu erfahren: Wer ist dieser Sire de Vency?«

Roland vernahm seinen Namen aus dem Mund des Mamelukken voller Schrecken. War es nicht seltsam, daß dieser Angehörige eines unzivilisierten Volkes ihn herausgefunden hatte?

Ich muß sehr vorsichtig mit diesem Mann umgehen. Wenn ich ihn enttäusche, wird er mich umbringen. Aber wenn ich ihm zu viel erzähle, könnte ich damit Ludwig schaden.

»Über mich gibt es wenig zu berichten, Fürst Baibars. Ich bin ein Troubadour, ein Liedermacher, ein armer Ritter und ein Untertan des Königs der Franken.«

»Und als Untertan des Königs der Franken wart Ihr verpflichtet, in mein Land einzufallen?«

Roland spürte die Spannung. Die Stimmung im Raum glich der kurz vor dem Ausbruch eines Wirbelsturms. Er warf einen kurzen Blick durch den Raum, um festzustellen, ob er es nur mit Baibars zu tun hatte oder ob noch andere hochgestellte Ägypter anwesend waren. Doch er sah nur Krieger und Diener.

Es wird das beste sein, wenn ich ehrlich bin, dachte er.

»Wir sind hier, Fürst, weil Ihr Jerusalem erobert habt.«

»Jerusalem!« rief Baibars. »Es zieht euch Franken an wie eine Fata Morgana die Reisenden in der Wüste. Trotzdem bin ich froh darüber, daß ihr uns den Krieg erklärt habt.« Er lächelte ohne Heiterkeit und entblößte kräftige Zähne unter dem roten Schnurrbart. »Wie Ihr sehen konntet, war ich erfreut, als Euer König die Verhandlungen mit unserem früheren Sultan ablehnte.«

Dann ist es also wahr, dachte Roland. Der Sultan ist tot.

Eine Welle der Erregung lief durch seinen geschwächten Körper. Ich habe ihm noch nichts Wichtiges erzählt, aber er hat mir gerade etwas sehr Wichtiges verraten. Vielleicht kann ich noch mehr erfahren.

»Warum wollt Ihr lieber Krieg gegen uns führen als Frieden mit uns schließen, Fürst?« fragte Roland kühn.

Der Blick aus diesem einen Auge traf ihn wie die Spitze eines Dolches. »Ich habe unsere Armee in Gaza befehligt. Dort haben wir die Franken und ihre Verbündeten aus Damaskus und Jordanien vernichtend geschlagen. Danach habe ich Jerusalem eingenommen. Ich, Baibars al-Bundukdari, habe euch Ungläubigen Jerusalem abgenommen. Ich habe es nicht gerne gesehen, daß mein Herr, der Sultan, euch das Angebot machte, die Stadt zurückzugeben. Aber ich will mehr als nur Jerusalem. Ich möchte euren König in einer Schlacht besiegen. Ich werde gegen euch

Christen Krieg führen, bis ich alle eure Städte in Palästina und Syrien erobert, eure Festungen aufgerieben, eure Kirchen zerstört und euren Priestern die Kehlen durchgeschnitten habe.«

»Die Christen werden nie aufhören, um Jerusalem zu kämpfen, Fürst«, entgegnete Roland. »Es bedeutet für uns genausoviel wie Mekka für Euch.«

Auf der Straße erscholl Musik von Hörnern, Trommeln und Zimbeln, und Jubelrufe wurden laut. Die Mamelucken, die heute zur Befreiung der bedrohten Stadt eingetroffen waren, sonnten sich im Beifall der Bevölkerung.

Baibars hob mahnend den Finger: »Ich seid im Irrtum. Die meisten von euch Christen haben Jerusalem bereits aufgegeben. Als euer König von diesem Kreuzzug zu reden begann, hat da der Papst zugestimmt? Oder Kaiser Friedrich? Und seine engsten Vertrauten wie die Mutter des Königs und der hohe fränkische Adel wie die Fürsten Coucy, Gobignon, Champagne und Toulouse, haben sie den Aufruf eures Königs zum Heiligen Krieg vielleicht freudig begrüßt?«

Roland war überrascht, wie gut Baibars über die christliche Welt im Bilde war. Er hatte sich sehr bemüht, alles über seine Feinde zu erfahren.

Rolands Magen krampfte sich zusammen. Soll ich mithelfen, sein Wissen zu erweitern und ihn dadurch noch gefährlicher werden lassen?

»Ich denke, Ihr kennt die Antwort auf Eure Fragen, Fürst.«

»Ja«, antwortete Baibars mit zufriedenem Lächeln. »Niemand außer Eurem König wollte diesen Krieg. Vor langer Zeit kamen die ersten von euch Kreuzrittern und nahmen Jerusalem ein. Ihr habt es über hundert Jahre lang gehalten. Dann habt ihr es an den großen Saladin – möge er in Frieden ruhen – verloren. Kaiser Friedrich hat es durch einen Vertrag wiedergewonnen. Und dann habt ihr es wieder an mich verloren. Inzwischen bedeutet Jerusalem nur noch wenigen Christen so viel, daß sie dafür zu kämpfen bereit sind. König Ludwig ist vielleicht der letzte. Sagt mir, was ist er für ein Mann?«

Roland wollte keinen Fehler begehen, deshalb überlegte er lange und sorgfältig. Er durfte nichts sagen, was Baibars einen Vorteil gegenüber dem König verschaffen könnte.

»Ich glaube«, begann er zögernd, »auch wenn er ein einfacher Mann wäre und kein König, wäre er dennoch derselbe. Er ist von der Wahrheit seines Glaubens fester überzeugt als alle anderen Christen, die ich kenne.«

Ein plötzlicher Luftzug blies durch die Wandbehängung, ließ die Perlenvorhänge rasseln und die Lampen flackern. Die Nacht würde kalt werden, ganz besonders für die Gefangenen.

»Als Christ ist ein solcher Mann nutzlos«, sagte Baibars, »aber erzählt weiter!«

»Der König ist aber nicht irgendein frommer Narr, dessen Augen nur auf die nächste Welt gerichtet sind«, fuhr Roland fort, »sondern er nimmt seine Aufgaben als König ebenso ernst wie ein Baumeister von Schlössern und Kathedralen. Diesen Krieg hat er Schritt für Schritt sorgfältig geplant, und seine Vorbereitungen waren so umfassend wie möglich. Er will kein unnötiges Blutvergießen. Er haßt den Islam nicht, er will nur Jerusalem, weil es für uns die Heilige Stadt des Christentums ist. Wenn Ihr mit ihm handelseinig werden könntet, würde er, darauf könnt Ihr Euch verlassen, sein Versprechen niemals brechen.«

Baibars lehnte sich zurück und begann lauthals zu lachen. »Ein Handel? Ihm Jerusalem abtreten? Jeder Zentimeter islamischer Erde ist uns heilig, und Jerusalem ist auch für uns eine heilige Stadt. Wißt Ihr nicht, daß von dort der Prophet in den Himmel aufstieg? Wir werden nicht eher ruhen, als bis auch der letzte Christ unser Land verlassen hat.«

Roland schüttelte traurig den Kopf. »Bedenkt, wie viele Leben es sowohl auf Eurer als auch auf unserer Seite kosten würde.«

Wieder lachte Baibars. »Was gibt es Sinnvolleres, als sein Leben im Krieg einzusetzen. Wie ich Euch schon in Damietta sagte, liebt Allah den Krieg.«

Resigniert sagte Roland: »Was geschehen soll, wird geschehen.«

»Es wird geschehen«, entgegnete Baibars, »wie Allah es bestimmt, Roland de Vency. Allah wird seinem Volk den Sieg schenken und dadurch zeigen, daß er der wahre Gott ist. Ihr habt unsere Sprache gelernt, warum unterrichtet Ihr Euch nun nicht über unseren Glauben? Ihr seid ein Mann mit Verstand, Wissen und edlem Charakter. Solche Männer brauche ich.«

Roland lauschte dieser Ansprache mit gemischten Gefühlen. Er schlägt mir vor, zum Islam überzutreten und mein Volk zu verraten. Wenn ich ablehne, wird er mich dann töten lassen wie unsere armen Soldaten?

Trotz der Kühle der Nacht traten ihm Schweißperlen auf die Stirn.

Ich könnte nie den islamischen Glauben annehmen. Diese sich bekämpfenden Religionen erscheinen mir alle gleich wahr oder gleich falsch. Aber ich würde eher sterben als Ludwig verraten.

Lauernd wie eine Katze saß Baibars in dem flackernden Licht. Der Nachtwind blähte die Wandbehänge auf, und die schweigenden Wachen und Sklaven scharrten mit den Füßen. Der ganze Raum schien zu warten.

Roland konzentrierte sich und lächelte Baibars zu, um ihm zu zeigen, daß er keine Angst hatte. »Werdet Ihr mich töten, wenn ich nicht zum Islam übertrete, oder macht Ihr mich zum Sklaven, wenn ich es tue?«

Mit einer ausladenden Handbewegung wischte Baibars diese Unterstellungen hinweg. Mit Perlen und Diamanten besetzte Ringe blitzten dabei an seinen Fingern. »Ich verachte diejenigen, die Allah nur aus Angst um ihr Leben annehmen. Und was heißt schon Sklave – wie alle Mamelucken bin auch ich ein Sklave. Aber ich bin auch der Befehlshaber über die Armee des Sultans. Der alleinige Befehlshaber, seitdem Fakr ad-Din tot ist.«

Guido hatte also recht, dachte Roland. Baibars ist froh, daß ich Fakr ad-Din getötet habe.

»Ich bin ebensowenig als Mohammedaner geboren wie Ihr«, fuhr Baibars fort. »Ich war klug und stark, als die Türken mich kauften.« Er hob die geballte Faust, und unter seiner Stimme schienen die Wände zu erzittern. »Aber der Islam hat meine Fähigkeiten hundertfach erhöht. Allah segnet alle, die ihm treu ergeben sind.«

Er versucht tatsächlich, mich zu überzeugen, dachte Roland. Er fühlte sich schon ein wenig sicherer und schüttelte den Kopf. »Fürst, in meiner augenblicklichen Verfassung könnte mich keine Religion richtig überzeugen.«

Baibars Gesicht verfinsterte sich. »Ihr seid also ein Zweifler? Zweifler machen sich selbst schwach, und sie schwächen auch die Armee. Vielleicht wird der glänzende Sieg, den Allah uns morgen bescheren wird, Eure Zweifel ausräumen.«

Roland atmete erleichtert auf und spürte, wie sich sein ganzer Körper entspannte. Wenn ich den morgigen Sieg noch sehen soll, dann kann ich sicher sein, daß er mich wenigstens so lange am Leben läßt.

»Ich schicke Euch zurück zu Euren christlichen Kameraden«, sagte Baibars. »Versucht Euch am Leben zu erhalten – es könnte sein, daß ich in Zukunft Verwendung für Euch habe.«

Er winkte den Wachen, die hinter Roland standen, und sie führten ihn ab.

Drei Mädchen in langen, bestickten Gewändern, deren Gesichter hinter durchsichtigen Schleiern verborgen waren, lächelten Roland aus ihren schwarzen Augen an, als er von den Wächtern aus dem Raum gebracht wurde. Während er hinausstolperte, hörte er hinter sich den Klang von Trommeln, Rohrpfeifen und Saiteninstrumenten. Baibars feiert, dachte er, und das läßt mir meine Gefangenschaft um so härter erscheinen. Von überall her hörte er nun das fröhliche Lärmen der siegreichen Einwohner von Mansura. Sie tanzten in den Palästen und sangen auf den Straßen.

Als er mir sagte, daß Allah ihn morgen wieder gewinnen lassen würde, hat er so voller Überzeugung gesprochen, daß ich gar nicht auf den Gedanken kam, es zu bezweifeln, stellte Roland plötzlich fest. Was wird aus dem König und all den anderen werden?

Er fühlte sich wie jemand, der seit Stunden am Rande eines Abgrundes entlanggegangen war. Wiederholt hatte er dem Tod ins Auge geblickt, und sein Geist, Herz und Körper hatten das Äußerste an Wut, Schrecken und Kummer erlebt. Er hatte keine Kraft mehr. Er hatte Baibars dem Panther gegenübergestanden und lebte noch. Doch er empfand keine Freude, sondern nur dumpfes Mitleid mit denen, die an diesem schrecklichen Tag hatten sterben müssen. Und Mitgefühl für all die anderen, die – wie er selber – weiterleben und leiden mußten.

Ketten rasselten, und Roland stolperte in die Gefängniszelle zurück, in der es nun vollkommen finster war. Um ihn herum war nur noch Schnarchen, Murmeln und das Stöhnen der Kranken und Verwundeten. Und dann ein Schrei. Einer der Männer träumte wohl davon, was er an diesem Tag durchgemacht hatte. Er war überzeugt, daß er Guido und Perrin in dieser Finsternis nie finden würde, und so ließ er sich an der erstbesten freien Stelle auf den Boden fallen. Die Männer neben ihm rückten näher heran, um sich gegenseitig zu wärmen. Der Gestank menschlicher Exkremente stach ihm in die Nase, doch er war viel zu müde, als daß es ihm noch etwas ausgemacht hätte. An Leib und Seele erschöpft sank er wie ein Fiebernder in einen unruhigen Schlaf.

Irgend jemand zog ihn am Arm und schüttelte ihn. »Roland, Roland!« Es war Guidos Stimme. Roland öffnete langsam die Augen. Ihm war, als hätte er sie eben erst in der Dunkelheit zugemacht, doch nun drang bereits ein schwaches graues Licht durch das vergitterte Fenster, von dem aus sie gestern die Hinrichtungen im Innenhof beobachtet hatten.

»Wir müssen uns unterhalten«, sagte Guido. »Wir werden nicht mehr viel Zeit dazu haben. Ich dachte schon, ich würde Euch nie wiedersehen, als sie Euch abholten.«

»Baibars selbst hat mich holen lassen.« Roland beschrieb sein Zusammentreffen mit dem Mamelucken. »Nach meiner Beurteilung ist er jedem unserer Befehlshaber mehr als ebenbürtig.«

»Die Tataren sind Kämpfer ohnegleichen«, sagte Guido nachdenklich. »Sie haben die halbe Welt erobert.«

»Baibars hat von dem früheren Sultan gesprochen.«

»Dann stimmt es also, daß Ayub tot ist. Sein ältester Sohn, Turan Shah, wird den Thron für sich beanspruchen.«

Sie redeten leise. Die Männer ringsum schliefen noch, außer einem, der aufstand und in eine Ecke des Raumes stolperte, wo er gegen die Wand urinierte.

»Ich kann verstehen, daß der arme Robert d'Artois Mansura im Sturmangriff erobern wollte«, sagte Roland. »Er war ein Hitzkopf. Aber weshalb ließen sich so erfahrene Männer wie Longsword und Sennac von Amalric in so eine Katastrophe hineinziehen? Es war eine vollkommene Verrücktheit.«

Guido sagte: »Eben dieses Außerordentliche erhebt den Ritter über den Rest der Menschheit. Die Bereitschaft, dem Tod direkt in die Arme zu reiten, unterscheidet uns von den gewöhnlichen Menschen. Auch Ihr habt mehr als nur eine Spur dieser Verrücktheit. Ihr seid mit uns nach Mansura hineingeritten.«

Roland dachte an Diane. »Diane war immer auf den Tod vorbereitet. Manchmal wünschte sie ihn sogar herbei. Aber sie wollte niemals Macht über andere, wie die Ritter sie anstreben.«

»Viele von uns sind Diane ähnlich«, erwiderte Guido.

Seine Worte klangen für Roland merkwürdig. »Viele von uns? Wie kann ein katholischer Ritter vom Tempel Salomo einem Katharer-Prediger ähnlich sein?« Roland erinnerte sich daran, wieviel Angst er einst gehabt hatte, Guido könnte herausfinden, daß Diane zu den Katharern gehörte. Es schien schon eine Ewigkeit her zu sein.

»Der Tempel Salomo beherbergt mehr Geheimnisse, als Ihr vielleicht denkt«, erklärte Guido. Seine Stimme war jetzt so leise, daß Roland sich anstrengen mußte, ihn überhaupt zu verstehen. »Ich habe die Erlaubnis, Euch in einen Teil der Geheimnisse einzuweihen. Roland, nicht alle Tempelritter sind nur das, was sie nach außen vorgeben. Innerhalb unseres Ordens existiert noch ein anderer, ein geheimer Orden.«

Es wurde langsam heller, und auf den Minaretten der Moscheen von Mansura erklangen die schrillen Rufe der Muezzin zum Gebet. Sie erinnerten Roland daran, daß er der Gefangene eines Volkes war, das Menschen wie ihn aus gutem Grund haßte, und daß er jeden Augenblick umgebracht werden konnte.

Guidos Worte erweckten in Roland den Wunsch, sich von ihm abzuwenden. Er wollte nicht noch mehr davon hören. Denn er vermutete, daß er etwas erfahren könnte, was er besser nicht wissen sollte.

»Guido, wollt Ihr mir etwa sagen, daß Ihr ein Ketzer seid?«

»Ich bin kein Ketzer«, entgegnete Guido. »Ein Ketzer hat in der einen oder anderen Glaubensfrage eine von der Kirche abweichende Auffassung. Ich habe die Kirche weit hinter mir gelassen. Als ich in den Tempelorden eintrat, habe ich alles aufgegeben: Hab und Gut, die Liebe der Frauen. Ich gelobte, den Befehlen meines Ordensvorstehers zu gehorchen. Um Euch die Wahrheit zu sagen, ich vermisse mein früheres Leben überhaupt nicht. Durch die Erkenntnisse meines geheimen Ordens habe ich zusammen mit meinen Brüdern soviel Glück erfahren wie wohl kaum ein anderer Christ auf dieser Erde – mit Ausnahme einiger Heiliger, vermutlich.« Er ergriff Rolands Arm und sah ihn eindringlich an. »Roland, sogar jetzt während ich mit Euch rede, befinde ich mich in diesem Zustand.«

Roland betrachtete seinen Freund genauer und konnte diese Freude in ihm erkennen.

»Ihr seid auch ein Troubadour, Guido«, meinte Roland. »Ihr wißt sicher, daß derjenige, der nach den Regeln der höfischen Liebe lebt, das von Euch erwähnte Glücksgefühl erfährt. Aber wir finden es in der Liebe zwischen Mann und Frau, und nicht im Verzicht auf diese Liebe.«

»Natürlich. Doch es ist auch möglich, diese Höhen durch das Unterdrücken des Verlangens nach körperlicher Liebe zu erreichen. Es existiert ein Licht, aber wir brauchen ein Fenster, um es sehen zu können. Und dieses Fenster ist in viele verschiedenfarbige Felder unterteilt. Troubadoure, Templer, Katharer, die

Zunft der Steinmetze und viele andere sind in unserem Orden vertreten. Wir halten sogar heimlich Verbindung zu Christen in anderen Ländern, von denen die meisten Menschen noch nie etwas gehört haben.«

Roland war überrascht. Eine geheime Organisation, der die verschiedenartigsten Menschen angehörten, war über die ganze Welt verbreitet, und alle verband das heimliche Wissen um das innere Licht, das er als Troubadour entdeckt hatte – dieser Gedanke verwirrte ihn völlig.

»Nicolette hat mir einmal erzählt«, sagte er, »daß Gobignon glaubt, es gäbe eine Vereinigung ketzerischer Verschwörer, die alle christlichen Könige und den Papst mitsamt seinen Bischöfen stürzen will.«

Er hielt inne. Vor Aufregung hatte er zuviel erzählt. Bis jetzt hatte er Guido nämlich noch nie gesagt, daß er Nicolette allein gesprochen hatte. Aber was machte das nun noch aus? Nachdem er Guido schon das Geheimnis um Diane anvertraut hatte, konnte er dieses auch noch erfahren.

»Ich dachte, Amalric hätte diese Geschichte erfunden, um seinen Ehrgeiz zu rechtfertigen«, fuhr er fort. »Wollt Ihr mir nun erzählen, daß eine solche Vereinigung tatsächlich existiert?«

Roland hörte Stimmen und Schritte in dem schrecklichen Garten vor dem vergitterten Fenster. Sollten die Hinrichtungen noch fortgesetzt werden?

Guido blickte zum Fenster und seufzte, als ob er dasselbe dachte. Dann beugte er sich vor und flüsterte noch leiser: »Teilweise hat Gobignon recht, aber die Wahrheit ist so verschieden von seinen Vorstellungen, daß er andererseits vollkommen falsche Konsequenzen daraus ziehen könnte. Es gibt eine Vereinigung, und sie ist geheim. Und sie muß geheimgehalten werden, denn sobald irgendein König oder Kirchenfürst herausfände, was sich wirklich hinter dem Orden der Armen Ritter vom Tempel Salomo verbirgt, wäre uns allen der Tod auf dem Scheiterhaufen sicher. Doch unser Ziel ist es nicht, die Mächtigen zu stürzen, wie der Graf glaubt. Wir suchen nach Erkenntnissen, wir schützen sie und geben sie an unsere Freunde weiter. Anstelle eines Netzes von Verschwörern, könnte man uns eher als eine Art geheime Universität bezeichnen.«

Rolands Gedanken wirbelten wild durcheinander. Direkt vor seinen Augen hatte sich Guido in einen Riesen oder Zauberer verwandelt. Ich hatte geglaubt, diesen Mann, diese Welt zu kennen. Und nun muß ich erfahren, daß beide so vollkommen anders sind, daß ich es kaum fassen kann.

»Um uns und unsere Freunde zu verteidigen, müssen wir manchmal auch gegen mächtige Feinde vorgehen«, sagte Guido. »Da hat Amalric zum Teil wieder recht. Unser Orden hat über Euch gewacht, seit Ihr am Hof Kaiser Friedrichs wart, der auch in unsere Geheimnisse eingeweiht ist. Deshalb war ich in der Nacht, als Perrin überfallen wurde, zur Stelle und habe Euch von da an geholfen.«

»Friedrich?« fragte Roland verblüfft. »Aber er hat überhaupt keine Ähnlichkeit mit Euch. Er ist so... skrupellos.«

»Viele Felder... viele Farben, wie ich Euch schon sagte. Allen gemeinsam ist der Glaube an mehr Menschlichkeit und der Hunger nach mehr Wissen über diese Welt.«

»Ich habe mich schon oft gefragt, warum Ihr mein Freund geworden seid und warum Ihr Euch an einem so unmönchischen Abenteuer wie der Bestrafung der Wegelagerer beteiligt habt.«

»Wir hatten schon lange vor, Euch zur Mitgliedschaft in unserer Vereinigung zu bewegen, Roland. Natürlich nicht im Templerorden mit dem Armuts- und Keuschheitsgelübde«, fügte er lächelnd hinzu, »sondern in einer Vereinigung, die mehr Euren Veranlagungen entspricht. Wegen Eurer Freundschaft zu König Ludwig mußten wir sehr vorsichtig sein. Wir mußten erst hundertprozentig von Euch überzeugt sein. Doch da die Zeit so knapp ist, werde ich offen mit Euch reden.«

Durch die zunehmende Helligkeit und den Lärm von draußen wurden einige Männer im Raum wach. Roland und Guido unterhielten sich nur flüsternd und gingen in eine Ecke, in der sie mehr Platz hatten.

»Mein Freund, eines müßt Ihr wissen und außer mir kann Euch das niemand sagen.«

Er schwieg und sah Roland tief in die Augen, während er seine Hand drückte.

»Ich habe Diane getötet.«

Roland wurde schwarz vor Augen, und er schwankte.

Guido ergriff seinen Arm, um ihn zu stützen.

»Ihr? Wie denn?« stammelte Roland.

Guido half ihm beim Hinsetzen.

»Für mich war es das Schwerste, was ich je in meinem ganzen Leben getan habe, obwohl ich es aus Liebe tat. Ihr könnt das verstehen, nicht wahr, Roland? Ich habe sie getötet, weil es keinen anderen Weg mehr gab, ihr zu helfen.«

Tränen brannten in Rolands Augen und liefen über seine Wangen.

Er murmelte: »Ja, ... ja, auch ich wollte es tun. Aber ich hatte nicht die Kraft dazu. Ich liebte sie zu sehr – oder nicht genug.«

»Ihr habt ihren Körper geliebt, und deshalb konntet Ihr sie nicht verletzen. Sie und ich wußten, daß sie mehr als nur ein Körper war. Wie, glaubt Ihr, hätte sie sonst die wochenlange Folter überstanden. Wie sehr habe ich mir gewünscht, sie befreien zu können, aber es war unmöglich. Ich konnte sie nur vor der letzten Qual, vor dem Verbrennen, bewahren und das nur durch einen Pfeil. Und als ich sie tötete, durfte ich noch nicht einmal um sie weinen – aus Angst, daß meine Tränen mein Vorhaben zunichte machen könnten.«

»Wie habt Ihr das zuwege gebracht, Guido? Wie seid Ihr entkommen?«

»Ich war mit einer Abordnung der Templer in Béziers. Unser Orden ist schon oft wegen seines mangelnden Eifers bei der Verfolgung von Ketzern gerügt worden. Deshalb gingen meine Mitbrüder und ich nach Béziers, um für alle offensichtlich unsere Anteilnahme an dem heiligen Werk des Bruders Hugues zu zeigen. Ihr hättet mich dort sehen können, aber glücklicherweise ist das nicht geschehen. Ihr hättet mich damals dafür gehaßt, und ich hätte Euch nicht den wahren Grund für mein Kommen erzählen können. Graf Amalric hatte alle seine Männer auf dem Platz postiert – deshalb waren viele Wachtürme auf der Stadtmauer unbesetzt. Ich stieg auf einen der Türme, von dem aus man den Platz überblicken konnte. Anschließend brauchte ich nur noch so zu tun, als ob ich der erste Verfolger gewesen wäre, der das Versteck des Bogenschützen, den Bogen und die Pfeile entdeckt hatte. Ich kehrte zu meinen Templer-Brüdern zurück, und die meisten Leute, die mich auf dem Turm bemerkt hatten, vergaßen das in ihrer Aufregung gleich wieder. Denn mit unseren Umhängen und Bärten sehen wir Tempelritter uns alle zum Verwechseln ähnlich. Und auf die Idee, daß ein Angehöriger der Kirche die Tat vollbracht haben könnte, kam kein Mensch. Nur Hugues in seiner Verschlagenheit hätte vielleicht auf einen solchen Gedanken kommen können, aber der arme Kerl war auch hinüber.«

Roland fiel von einer Verwirrung in die nächste und konnte nur noch den Kopf schütteln. Er hatte sich Sorgen gemacht, daß Guido Dianes wahre Identität entdecken könnte, und die ganze Zeit über hatte es eine heimliche Verbindung zwischen ihnen gegeben.

»Es tut Euch doch sicher nicht leid, daß Ihr Hugues umgebracht habt, oder vielleicht doch?«

Im Hof brüllten sich die Ägypter gegenseitig Befehle zu, und auf den Fluren im Haus hörte Roland das Klirren von Rüstungen und Waffen. Die Sonne stand inzwischen hoch am Himmel, und Baibars Kavallerie ritt wahrscheinlich schon einen Angriff gegen die Überreste der Kreuzritter-Armee. Ob er wohl den erwarteten Sieg erringen würde?

»Ich bereue, daß ich ihn getötet habe«, sagte Guido. »Ich habe es in einem Anfall von Wut getan. Ich konnte mich nicht mehr zurückhalten, als ich sah, wie er ihr die Fackel ins Gesicht hielt. Meine Tat hatte schlimme Folgen. Amalrics Vergeltung hat Hunderte das Leben gekostet und Tausende wurden verletzt. Ich konnte mich Amalric nicht ausliefern, weil dadurch der Orden bloßgestellt worden und noch Schlimmeres geschehen wäre.«

Er schwieg, und Roland sah Tränen in seinen Augen. Seine Schultern schienen wie von einer unsichtbaren Last gebeugt.

»Ich habe eine große Schuld zu bezahlen, weil durch mich so viele Unschuldige leiden mußten.«

Roland wußte, daß ihre Unterhaltung jeden Augenblick unterbrochen werden konnte. Deshalb stellte er die Frage, die ihn am meisten beschäftigte.

»Warum bedeutete Euch Diane so viel? Etwa weil die Katharer ein Teil dieser geheimen Vereinigung sind, von der Ihr mir erzählt habt?«

»Nur wenige Katharer gehören ihr an. Die meisten wissen gar nichts davon, auch die Mehrheit der Templer nicht. Diane hat davon erfahren, nachdem sie das Massaker auf dem Mont Ségur überlebt hatte. Ohne es zu beabsichtigen, war sie zu einem Verbindungsglied zwischen Katharern und Templern geworden. In dieser Kette bin ich zu ihrem Superior geworden. Wir haben uns heimlich getroffen.«

»Als Ihr in jener Nacht den verletzten Perrin in unser Haus brachtet, wußte sie da, wer Ihr wart?«

»Sie hat nie gewußt, daß ihr Superior und Guido Bruchesi ein und dieselbe Person sind. Ich habe mich mit ihr immer nur nachts getroffen und mein Gesicht verdeckt. Trotzdem habe ich sie kennen- und liebengelernt.«

»Ihr habt sie geliebt?« Roland starrte in die dunklen Augen.

»Ja, Roland, ich habe sie geliebt.« Guido drückte sanft Rolands Arm. »Da ich zur Keuschheit verpflichtet bin, war meine Liebe zu ihr eine geistige. Mein Gott, sie war ein wunderbarer Mensch. Wie konnte irgend jemand, der Herz und Seele hat, sie nicht lieben?«

»Ja... ich weiß...«, stammelte Roland.

Guido fuhr fort: »Auch wenn es vielleicht unklug war, habe ich darauf bestanden, daß sie in Eurem Haus in Paris blieb, als sie mich bat, sie gehen zu lassen.«

Die Erinnerung an die Tage in Paris erfüllte Roland mit Wehmut.

»Sie liebte Euch von ganzem Herzen«, sagte Guido. »Sie war kurz davor, ihr Gelübde zu brechen und sich Euch hinzugeben, nachdem Nicolette sie in Eurem Haus entdeckt hatte.«

»Aber warum hat sie dann meine Liebe zurückgewiesen?« fragte er.

»Es muß wohl die schwerste Entscheidung ihres ganzen Lebens gewesen sein. Seit eurer gemeinsamen Jugendzeit hat sie nie aufgehört, Euch zu lieben.«

Roland spürte eine große Freude und innere Ruhe. Dann war es also kein Unrecht von mir, sie zu lieben. Sie hat meine Liebe erwidert.

»Aber warum blieb sie nicht bei mir, wenn sie mich so sehr liebte? Warum mußte sie mich verlassen?«

Guido schüttelte den Kopf. »Wenn sie Euch zu ihrem Liebhaber gemacht hätte, wäre sie dadurch zerstört worden. Ich glaube nicht an die Lehre der Katharer, daß es Sünden gibt, für die man keine Vergebung mehr erlangen kann. Das gilt auch für die sogenannten Vollkommenen. Aber ich konnte sie nicht von meiner Ansicht überzeugen. Hätte sie mit Euch ihr Keuschheitsgelübde gebrochen, wäre der Rest ihres Lebens zu einer Hölle auf Erden für sie geworden. Sie wußte, daß Ihr sie liebtet, und sie liebte Euch, doch trotzdem ist sie ihrem Glauben bis zum Ende treu geblieben. Auf gewisse Weise waren ihr Leben und ihr Tod wirklich vollkommen.«

Guidos Worte waren Balsam für die alten Wunden, die nie verheilt waren. Obwohl gefangen und in Ketten gelegt, empfand Roland eine ganz neue Ausgeglichenheit und Ruhe. Guido hatte ihm ein großes Geschenk gemacht. Er drückte ihm die Hand.

Die eiserne Tür ihres Gefängnisses flog auf, und Sahil der Eunuch kam herein, gefolgt von einem Trupp Wächter. In seiner Hand hielt er eine Pergamentrolle. Sein Blick wanderte durch den Raum, bis er auf Guido haften blieb.

»Der da, mit dem weißen Umhang. Ergreift ihn.«

»Nein!« entsetzt sprang Roland auf.

Guido erhob sich ebenfalls und klopfte ihm auf die Schulter. »Bleibt ruhig, Roland. Ihr könnt nichts dagegen tun. Ich habe Euch gesagt, daß ich eine Schuld zu bezahlen habe.«

Perrin kam zu ihnen herüber, stellte sich an Rolands Seite und hielt ihn am Arm. »Möget Ihr auf der Stelle ins Licht eingehen, Maître Guido«, sagte er leise.

»Oh, das werde ich«, sagte Guido mit dem Anflug eines Lächelns.

Verzweifelt blickte Roland im Raum umher.

»Hier sind nur sechs Wachen. Aber wir sind Hunderte. Wir können sie aufhalten«, rief er den gefangenen Rittern zu. Aber er sah nur müde und traurige Gesichter. Keiner rührte sich.

Sofort sagte Sahil zu den Wachen: »Ergreift auch diesen Mann. Wenn er noch einmal redet, schlagt ihn nieder.« Zwei schwarze Krieger, in deren Gürtel Dolche steckten, packten Roland. Verzweifelt versuchte er sich ihrem Griff zu entwinden.

»Herr, mit zusammengeketteten Füßen können wir wenig ausrichten«, sagte Perrin besänftigend. »Selbst wenn wir diese Wachen überwältigen, käme der Rest der ägyptischen Armee und würde uns abschlachten.«

Sahil starrte Roland an. »Wenn nicht Emir Baibars Interesse an Euch gezeigt hätte, würde ich Euch zum Henker schicken. Und falls Ihr noch einmal versucht, Eure Kameraden aufzuwiegeln, werde ich es auch tun.«

Roland kam es so vor, als würde sich der Raum verdunkeln. Guido, dieser wundervolle Mann, sein Freund, würde getötet werden, und er konnte nichts tun. Unter dem Griff der Wachen sank er in sich zusammen.

»Warum ihn? Warum?« schluchzte er. »Er ist genauso ein Ritter wie alle anderen hier im Raum.«

»Roland«, sagte Guido, »sie haben alle Gefangenen getötet, die kein Lösegeld bezahlen können. Nach den Regeln der Tempelritter darf für keinen von uns ein Lösegeld entrichtet werden. Sie haben mich nur am Leben gelassen, damit ich in der vergangenen Nacht die Wunden der Ritter verbinden konnte, die vielleicht für ihre Freilassung bezahlen können.«

»Er muß sterben, weil die Tempelritter ihr Leben dem Krieg gegen uns geweiht haben«, sagte Sahil. Seine Stimme war auf eine seltsame Art und Weise ehrfurchtgebietend. »Und sie sind bessere Kämpfer als der Rest von euch Christenhunden. Für einen Mann wie ihn ist es eine Anerkennung, daß uns an seinem Tod gelegen ist.«

Unfähig, etwas zu sagen, stand Roland da und blickte Guido an. Was für ein Wahnsinn! Warum töten und töten die Menschen ohne jeglichen Grund?

Guido wandte sich an Sahil. »Darf ich meinen Freunden hier eine Erinnerung an mich hinterlassen?« Der Eunuch nickte.

Guido zog ein aufgerolltes Stück Pergament unter seinem zerschlissenen Mantel hervor. »Roland, in der vergangenen Nacht habe ich mich noch einmal als Troubadour versucht. Behaltet dies, wenn Ihr könnt, und wenn es Euch gefällt, schreibt eines Tages eine Melodie dazu.«

»Das werde ich tun«, sagte Roland mit zitternder Stimme und nahm das Blatt an sich.

»Bewahrt in Eurem Herzen, was ich Euch gesagt habe«, mahnte Guido, während er den schmutzigen weißen Umhang fester um sich zog. »Wenn Ihr nach Frankreich zurückkehrt, wird Euch ein Ruf erreichen. Trauert nicht um mich. Leiht Euer kämpferisches Herz und Euren schöpferischen Verstand dem großen Werk, für das Diane und ich gelebt haben. Dann werden wir in Euch weiterleben.«

Er streckte Sahils Wachen seine Arme entgegen und ließ sich abführen.

Die Ägypter, die Roland festgehalten hatten, ließen ihn los, und er warf sich schluchzend zu Boden. Perrin setzte sich neben ihn und legte seine Hand auf Rolands Schulter. Die Tür des Gefängnisses wurde zugeschlagen.

Als er Guido so gefaßt in den Tod gehen sah, erinnerte sich Roland an die Märtyrer auf dem Mont Ségur und an sein Gelöbnis, alles zu tun, um diesem ewigen Morden ein Ende zu setzen. Bis jetzt hatte er wenig erreicht. Doch wenn er hier lebend herauskam, würde er sich Guidos Orden anschließen und so vielleicht mehr erreichen können.

Doch das brachte Guido auch nicht zurück. Roland vergrub das Gesicht in seinen Armen und gab sich der Trauer hin. In seiner Hand hielt er immer noch Guidos Gedicht.

XXVII

Der Kreuzzug ist vorbei, dachte Amalric, ob Ludwig das nun einsieht oder nicht. Von seinem Schlachtroß aus beobachtete er am Flußufer direkt gegenüber von Mansura, wie die letzten Überreste des Kreuzritterheeres sich eilends zurückzogen.

Es waren ihm nur etwa zweihundert Ritter und achthundert Soldaten übriggeblieben, ungefähr halb soviel, wie er von den Gobignonschen Ländereien mitgebracht hatte. Doch die Verluste hatten einem guten Zweck gedient.

Er erinnerte sich, wie Ludwig geweint hatte, als er einsah, daß er den Boden aufgeben mußte, für den sein Bruder und so viele andere gestorben waren.

Hier soll alles enden, und zwar bald. Ludwig und seine beiden anderen Brüder sollen tot im Schlamm liegen. So tot wie Robert und dieser Bastard Vency.

Heiliger Dominikus, ich wünschte, ich hätte Vencys Leiche sehen können. Ich frage mich, ob sie ihn verbrannt oder einfach in den Nil geworfen haben.

Wenn doch Ludwig nur beschlossen hätte, bis zum Ende zu kämpfen. Sicher hätte sich eine günstige Gelegenheit ergeben, und Ludwig und seine Brüder wären endlich tot. Das befestigte Lager, das Ludwig auf der gegenüberliegenden Seite errichtet hatte, wäre sicher überrannt worden.

Waren wirklich erst sieben Wochen seit der Schlacht am Vortag des Aschermittwoch vergangen? Amalric kam es eher wie ein ganzes Leben vor. Gut, er hatte gekämpft, abgewartet und war am Leben geblieben. Und es hatte sogar freudige Augenblicke für ihn gegeben, wenn er Männer sterben sah, die ihm ein Hindernis hätten sein können. Raoul de Coucy hatte sein Leben gelassen, und wenn er daran dachte, wurde ihm warm ums Herz. Enguerrand, der klugerweise daheimgeblieben war, würde nun der Seigneur von Coucy sein. Und Enguerrand haßte den König fast genauso sehr wie er.

Und William de Sennac war nur ein paar Tage, nachdem er die Kämpfe in den Straßen von Mansura überlebt hatte, getötet worden und mit ihm fast alle seine Templer.

Die Männer, die den Fluß auf einer eiligst errichteten Schiffsbrücke überquerten, hatten nicht mehr viel Ähnlichkeit mit den kräftigen und tapferen Rittern, die im letzten Herbst von Damietta aus nach Süden marschiert waren. Wochen waren vergangen, seit die Schiffe zum letzten Mal frische Vorräte aus Damietta gebracht hatten.

Amalric reckte die Brust. Sein Körper war gesund und kräftig. Er wußte, wie man für sich zu sorgen hatte. Einige närrische Adlige hatten ihre Vorräte aufgeteilt und waren nun genauso hungrig und krank wie ihre ärmsten Soldaten. Amalric hatte Nahrung und Geld nur mit den Männern geteilt, die er besonders schätzte, wie zum Beispiel d'Etampes und Maurice. Dem heiligen Dominikus sei Dank für Maurice, dem es hin und wieder gelang, sich aus dem Lager zu schleichen und mit frischen Früchten und Fleisch zurückzukehren.

Die Männer schlurften und stolperten über die Schiffsbrücke. Viele von ihnen waren zu schwach, um ein Schwert zu führen. Amalric wußte, daß sie von Fieber, Skorbut und Ruhr zermürbt waren. Diese Krankheiten hatten mehr von Ludwigs Männern dahingerafft, als die Mamelucken getötet hatten.

Doch was war mit den Mamelucken? Er blickte auf die immer noch unversehrten Mauern von Mansura. Durch Maurices Kontakte zu den Ägyptern wußte er, daß sich hinter diesen Mauern eine immer größer werdende Zahl Sarazenen versammelte, die aus den entferntesten Teilen des Reiches kamen, das der Sultan von Kairo regierte.

Eine Bewegung unterhalb der Mauern Mansuras zog Amalrics Blick auf sich. Er sah wehende Fahnen und hörte die Trommeln und das Kriegsgeschrei der Sarazenen, die sich versammelt hatten. An diese markerschütternden Schreie hatte er sich nun schon genauso gewöhnt wie an den Anblick des Todes.

Unsere verdammt leichtsinnigen Strategen sollten wenigstens die Taue kappen, die die Schiffe zusammenhalten, dachte Amalric. Die Brücke mußte geradezu wie eine Einladung für die ägyptische Armee wirken.

»Allahu akbar!« Ein lauter Schrei drang vom anderen Ufer des Flusses zu Amalric herüber.

Und dann ein furchtbares Getöse: Tausende von Sarazenen brüllten, und Hunderte von Pfeifern, Trommlern und Trompetern unterstützten sie noch dabei, während sie Richtung Fluß zogen.

Die ersten, die die Brücke betraten, waren seltsam aussehende tanzende und singende Männer mit langen Bärten und weißen Gewändern. Einige von ihnen blieben alle paar Schritte stehen und drehten sich auf Zehenspitzen so schnell im Kreis, daß sich ihre Gewänder aufblähten und wie große weiße Blüten aussahen.

Diese verdammten Derwische hatten schon öfter einen größeren Angriff der Sarazenen eingeleitet. Amalric lief es kalt über den Rücken. Zauberer!

Jetzt marschierte das ägyptische Fußvolk mit langen Speeren in der Hand über die Brücke. Dahinter kamen die berittenen Mamelucken. Gelbe und grüne Fahnen flatterten über ihren stachelbewehrten Helmen.

Plötzlich waren die ersten Reihen der Ägypter und die letzten der Franzosen nicht mehr zu unterscheiden. Leiber fielen in den Fluß. Das Wasser färbte sich rot. Ein Regen sarazenischer Pfeile prasselte auf die Kreuzritter nieder.

Guy d'Etampes kam auf Amalric zugeritten. »Hat der König seine Befehle geändert, Monseigneur?«

»Nein«, sagte Amalric, »und wir können es uns auch nicht leisten, auf seine Befehle zu warten. Gebt Befehl, am alten Lager vorbeizureiten und erst wieder anzuhalten, wenn wir die Straße nach Damietta erreicht haben.«

Ohne eine Antwort abzuwarten, riß Amalric sein Pferd herum und sprengte in Richtung Norden davon.

Die meisten seiner Leute hatten keine Pferde mehr, denn in den vergangenen Wochen hatte man die Tiere eher als Schlachtvieh denn als Reittiere angesehen.

Der Platz, an dem die Kreuzritter ihr erstes Lager vor Mansura aufgeschlagen hatten, glich jetzt einem aufgestörten Ameisenhaufen.

»Wartet auf uns, Sire!« schrien einige aus dem Haufen.

Amalric beachtete sie nicht.

Neidisch blickte er beim Vorbeireiten auf die am Ufer festgemachten Galeeren. Er könnte in weniger als zwei Tagen in Damietta sein, wenn er eins davon unter Befehl bringen könnte. Aber dieser verdammte Ludwig hatte darauf bestanden, daß sie für die Kranken und Verwundeten bereitgestellt wurden. Sie konnten jetzt von Glück sagen, wenn sie noch wegkamen, bevor die Ägypter über sie herfielen.

Er ritt weiter. Er hatte das Lager schon ein Stück hinter sich gelassen, als d'Etampes, der die Nachhut bildete, ihn einholte.

»Monseigneur, es sieht so aus, als ob sich unsere Armee doch zum Kampf stellen will.«

Amalric kochte innerlich vor Wut. Er hatte keine Zeit für d'Etampes und seine dummen Berichte. Er wollte sich so schnell wie möglich nach Damietta in Sicherheit bringen. Das allein zählte. Aber jetzt mußte er zumindest so tun, als ginge es ihn etwas an.

Er blickte über die Schulter und sah, daß einige Ritter und Bogenschützen eine Verteidigungslinie um die Schiffe gebildet hatten. Narren, dachte er. Die Sarazenen werden sie aufreiben.

»Der König hat den Rückzug befohlen«, sagte er schroff, »und wir werden uns zurückziehen, solange es keinen anderen Befehl gibt.«

Und auch dann noch, dachte er bei sich. Sollte Ludwig diesen Tag überleben – und ich bete, daß dies nicht der Fall sein wird – und mich zur Rechenschaft ziehen, werde ich einfach sagen, ich hätte keine Nachricht von ihm erhalten.

Schweigend ritten sie weiter, d'Etampes auf einem der wenigen Schlachtrösser, die noch nicht aufgegessen worden waren, und Maurice auf einem grauen Reittier, das der alte Mann irgendwo aufgetrieben hatte. Vor ihnen ritt ein Knappe mit dem purpurnen und goldenen Banner der Gobignons. Die Gobignonsche Abteilung zieht sich recht wohlgeordnet zurück, wenn man bedenkt, was wir alles durchgestanden haben, stellte Amalric voller Befriedigung fest.

Beim heiligen Dominikus, ich werde Nicolette wiedersehen. Der Gedanke an sie verursachte ihm Schmerzen in der Leistengegend. Seit Monaten hatte er schon keine Frau mehr gehabt. Die schmutzigen braunen Ägypterinnen ekelten ihn an.

Nicolette – und kein Troubadour steht mehr zwischen uns, dachte er. Das ist nun endgültig vorbei.

Der Schlachtlärm klang wie ein Vorwurf in Amalrics Ohren. Es war kein gutes Gefühl, so einfach vor dem Kampf davonzureiten. Aber ritterliches Verhalten hin oder her, welchen Zweck hatte es zu bleiben? Ludwigs Armee war in der Minderheit, und seine Männer waren zu schwach zum Kämpfen.

Seine Truppen waren nicht die einzigen, die vor solch ungünstigen Umständen ausrissen. Als er sich umschaute, konnte er sehen, wie sich kleine Gruppen aus dem Kampfgeschehen lösten und ebenfalls flohen.

Er knirschte mit den Zähnen, als Schiffe nacheinander langsam mit der braunen Flut flußabwärts an ihm vorbeisegelten. Mit nur Kampfuntauglichen an Bord segelten sie jetzt nach Damietta, während er und seine Männer sich über Land mühsam durchschlagen mußten.

Schweigend ritt er mit seinem Gefolge weiter.

Ein wenig später sagte Guy d'Etampes auf einmal: »Die Oriflamme.«

Amalric drehte sich um und sah das Lilienbanner etwa zwei Meilen hinter sich.

»Ich sagte Euch doch, daß der König nicht vorhatte, sich zum Kampf zu stellen«, sagte Amalric.

»Er konnte nur entkommen, weil andere für ihn kämpfen«, warf d'Etampes ein.

Etwas Anklagendes lag in seinem Ton, und das ärgerte Amalric. Er scheint zu vergessen, daß er ohne mich ein Nichts wäre.

»Ich glaube nicht, daß Euch dieser Ritter treu ergeben ist, Monseigneur«, flüsterte Maurice ihm zu. »Ich würde ihn im Auge behalten.«

Am frühen Abend traf ein Bote des Königs bei Amalric ein. Er meldete, daß der König mit seinen Begleittruppen in einem etwa drei Meilen zurückliegenden Dorf haltgemacht hatte und Amalric zu einer Beratung erwartete.

Das Dorf bestand aus einer Anzahl von Lehmhütten mit Strohdächern, deren Bewohner, die Fellachen, sich wahrscheinlich hinter die Linien der Sarazenen in Sicherheit gebracht hatten. Die Oriflamme wehte über einem stumpfbraunen Haus, das wie eine aus Lehm geformte kleine Schachtel aussah. Es gab noch nicht einmal eine Tür, sondern nur einen braunen Vorhang vor dem Eingang. Amalric schob ihn zur Seite.

Ludwigs Anblick erfüllte Amalric mit heimlicher Freude. Der König saß tief gebeugt auf einem Stapel Decken, fiebrige Schweißperlen glänzten auf seinem hageren Gesicht. Sein Leibkoch Isambert, ein stämmiger Mann, stand mit verschränkten Armen neben ihm. Eine kleine Gruppe von Adligen, die alle sehr erschöpft wirkten, war in dem dunklen Raum versammelt.

Graf Charles von Anjou saß neben dem König auf dem schmutzigen Boden. Amalric war auf der Hut vor Ludwigs jüngerem Bruder. Charles war viel praktischer veranlagt als Ludwig und viel klüger als der verstorbene Robert.

»Gott hat es gefallen, mich an der Ruhr erkranken zu lassen«, sagte Ludwig mit schwacher Stimme. »Aber es freut mich zu sehen, daß Ihr wohlauf seid, Amalric.«

Er meint es ernst, der Narr, dachte Amalric.

»Graf Amalric«, sagte Charles zu ihm, »der König darf nicht weiterreiten, nicht wahr? Ein Schiff ist noch hier. Sagt ihm, er soll per Schiff nach Damietta reisen.«

Amalric befürchtete, der Rat Charles' könnte den König aus der Gefahrenzone bringen.

»Solange mein Heer marschiert, werde auch ich marschieren«, sagte Ludwig in seiner gewohnten Hartnäckigkeit.

»Tapfer gesprochen, Sire«, sagte Amalric herzlich.

Charles verdrehte voller Verzweiflung die Augen.

Alphonse, der jüngste der königlichen Brüder, saß da und starrte auf den Boden, als versuche er, sich aus dem Gespräch herauszuhalten.

»Das ist nicht die Situation, um Höflichkeiten zu tauschen, lieber Amalric«, sagte Ludwig. »Ich habe beschlossen, die Sarazenen um einen Waffenstillstand zu ersuchen. Ich werde sie bitten, ihre Angriffe auf uns einzustellen und uns in Frieden nach Damietta abziehen zu lassen.«

Weshalb, in Gottes Namen, sollten sie das tun? dachte Amalric. Glaubt er vielleicht, das hier ist ein Turnier? Jetzt haben sie uns. Sie können uns auslöschen und Damietta ohne Hast wieder einnehmen.

»Was werden wir ihnen dafür anbieten, Sire?« fragte er.

»Wenn sie uns hier vernichten wollen, werden sie Tausende ihrer eigenen Männer dabei verlieren«, sagte Ludwig. »Wir sind geschwächt, aber wir kämpfen mit dem Mut der Verzweiflung. Wir haben immer noch etwa zehntausend Männer hier, und jeder wird viele Sarazenen töten, bevor er fällt. Statt dessen will ich ihnen vorschlagen, Vereinbarungen zur Beendigung dieses Krieges zu treffen, wenn sie uns nach Damietta zurückkehren lassen.« Ludwig seufzte traurig. Dann wurde sein Gesicht weiß, und er preßte seine Hand auf den Magen.

»Jesus, diese Schmerzen!« Er reichte Isambert seine zitternde Hand. Dieser half ihm auf die Füße und trug ihn halb aus der Hütte.

Er kann nicht einmal laufen, dachte Amalric. Er muß dem Tode sehr nahe sein. Vor Erregung begann er schneller zu atmen. Ich bin bereits der Oberbefehlshaber von Frankreich. Schon so dicht am Ziel – nur noch die Brüder!

Charles von Anjou machte ein angewidertes Gesicht, als stoße ihn die Krankheit des Königs ab. »Was haltet Ihr von der Idee meines Bruders, um einen Waffenstillstand zu bitten, Graf? Es scheint mir, wir haben keine andere Wahl, als es zu versuchen.«

Was sollte er antworten? In Gedanken stellte sich Amalric den Königspalast in Paris vor. Er sah sich selbst als Führer einer Gruppe, die das Land nach diesem katastrophalen Kreuzzug regieren würde. In ihm brannte das Verlangen, seine Vorstellung wahr werden zu lassen.

Ludwig mochte bald sterben, aber Charles und Alphonse sahen beide noch gesund aus. Er mußte sie sich vom Hals schaffen.

Zuerst einmal, durfte es keine Verhandlungen mit den Sarazenen geben. Wenn sie einwilligten, waren seine ganzen Pläne zum Teufel.

»Wie ich schon gesagt habe«, erklärte er, »werden die Sarazenen uns für noch schwächer halten, wenn wir um einen Waffenstillstand bitten. Es wird ihnen klarmachen, daß dies ihre große Chance ist, uns zu vernichten, und sie werden sich mit aller Kraft auf uns stürzen. Wenn wir ihnen hingegen wirklich widerstehen, werden sie zu der Überzeugung kommen, daß sie zu viel dabei verlieren, wenn sie uns schlagen wollen. Sie werden sich zurückziehen, und wir können in Frieden gehen.«

Charles öffnete gerade den Mund, um zu antworten.

»Wenn ich nur an mich denken müßte«, sagte Ludwig mit kaum hörbarer Stimme vom Eingang der Hütte her, »würde ich mich hier gern mit einigen treuen Gefährten wie Euch, Amalric, ein letztes Mal stellen.«

An diesen Gedanken muß ich anknüpfen, dachte Amalric. Ich muß Ludwig zum Kampf aufstacheln, aber er darf mich nicht mit hineinziehen.

Ludwig stützte sich schwer auf Isambert und wankte auf seinen Platz zurück. »Der Rest der Armee könnte entkommen, während wir die Sarazenen aufhalten. Wir könnten wie Roland und seine Männer sterben. Vielleicht wird ein Lied an unsere Tat erinnern.«

Amalric war erst verdutzt, doch dann erkannte er, daß Ludwig nur von dem Sagenhelden Roland faselte. An Roland de Vency, diesen Hund von einem Troubadour, würde niemandes Lied erinnern.

»Aber meine Ritter und Gefolgsleute sind mit mir hierher gekommen, um Jerusalem zu befreien«, fuhr Ludwig fort, »nicht, um in einer aussichtslosen Schlacht zu sterben. Ich habe es immer als meine Pflicht angesehen, mit meinen Männern den Tod zu riskieren, wenn es nötig war. Aber ich habe nicht das Recht, Leben zu verschwenden, wenn ich es bewahren kann.«

»Richtig, Bruder«, meinte Charles.

Alphonse blickte nicht einmal auf, sondern starrte weiter auf den dreckigen Boden.

Er ist nur ein Junge, und er hat Angst, dachte Amalric. Das ist sein erster Krieg.

»Und außerdem«, gab Ludwig zu bedenken, »gibt es keinen mehr, der Damietta beschützen kann, wenn wir hier fallen. Nur die kampfunfähigen Männer sind mit den Schiffen nach Damietta ausgelaufen. Unsere Frauen sind dort. Was ist, wenn diese hilflosen Seelen in die Hände der Mamelucken fallen?«

Die Augen der beiden Brüder weiteten sich vor Entsetzen. Beide hatten – genau wie Ludwig – ihre Frauen in Damietta.

Wie das hier auch enden mag, dachte Amalric, stolz auf seine Stärke, ich werde in Damietta sein und meine Frau beschützen.

»Sire«, sagte er aufgebracht, »alles, wofür wir gekämpft haben, all die Leben, die schon verloren sind, alles war vergeblich, wenn wir nun aufgeben.«

Tränen liefen über Ludwigs Wangen. »Ich weiß, Amalric, ich weiß. Ich leide Höllenqualen, weil ich derjenige bin, der das alles verursacht hat. All diese Männer, die umsonst gefallen sind! Es wäre für mich eine Erlösung, wenn ich jetzt in der Schlacht sterben könnte. Aber ich kann nicht allein über mein Leben verfügen. Nein, ich muß das tun, was für meine Männer das beste ist, und einen Waffenstillstand herbeiführen. Philip de Montfort, der erst kürzlich aus Tyrus zu uns gekommen ist, wird in meinem Namen mit den Ägyptern verhandeln.«

Montfort war ein älterer Ritter, der im Orient geboren und aufgewachsen war. Er trat vor und verneigte sich vor dem König. Sein weißer Schnurrbart stand in Kontrast zu seiner dunkelbraunen Haut.

»Geht, guter Philip«, sagte Ludwig, »möge Jesus Christus Euch die nötige Beredsamkeit schenken.«

Montfort verbeugte sich wieder und eilte hinaus.

»Auch ich muß Euch verlassen, Sire, und nach meinen Leuten sehen«, erklärte Amalric mit verhaltener Enttäuschung.

Ludwig winkte ihm matt zu.

Während Amalric sein Pferd bestieg, das vor der verfallenen Hütte wartete, versuchte er, die Positionen der beiden Armeen abzuschätzen. Vom Pferd aus konnte man in diesem flachen Land kilometerweit sehen. Die Sonne würde in etwa zwei Stunden untergehen. Die Kreuzritter waren schon ein gutes Stück nach Norden marschiert, und Amalric konnte die gelblichen Mauern von Mansura jetzt nur noch am Horizont sehen. Reiter und Bogenschützen bildeten südlich des Dorfes, in dem Ludwig Unterschlupf gefunden hatte, eine Verteidigungslinie. Hinter dieser Linie lag das gesamte ägyptische Heer, geführt von den Mamelucken: Tausende von Reitern und Zehntausende von Fußsoldaten, deren erhobene Speere wie ein Pinienwald aussahen. Wenn sie eine letzte Attacke gegen uns reiten und uns einkreisen, dachte Amalric, dann ist es mit uns vorbei.

Während er zu dem Ort ritt, an dem er seine Leute zurückgelassen hatte, überlegte Amalric fieberhaft. Ich muß einen Weg finden, unbeschadet von hier fortzukommen und dabei sicherzugehen, daß der König und seine Brüder getötet werden.

Er hatte diesen Gedanken schon oft gehabt, aber irgendwie wurde ihm diesmal die volle Bedeutung klar.

Ludwig stirbt zurecht, sagte Amalric sich in Gedanken, als ob er sich vor Gott verteidigen mußte. Sein Tod ist notwendig. Das Königreich muß aus dem Chaos gerettet werden. Das Christentum muß vor der Ketzerei geschützt werden.

Die Gobignonschen Truppen hatten am Straßenrand ihre Zelte aufgeschlagen. Die Männer saßen erschöpft auf dem Boden; einige reinigten ihre Waffen, einige unterhielten sich, und andere starrten nur so vor sich hin. D'Etampes lief zwischen ihnen umher und redete mit diesem und jenem. Er blickte Amalric fragend an, als er vom Pferd stieg, doch Amalric wandte sich von ihm ab. Er wird mir keine Hilfe sein, dachte er.

Der alte Maurice wartete in Amalrics Zelt. Erst vor kurzem hatte Amalric festgestellt, daß er sich mehr und mehr auf die Ratschläge dieses Veteranen verließ. Er erzählte Maurice von dem angestrebten Waffenstillstand.

»Wäre es nicht das beste, wenn der König gar nicht nach Frankreich zurückkehrte?« fragte Maurice mit einem Seitenblick auf Amalric.

Der alte Mann schien seine Gedanken zu kennen, ohne daß er sie jemals ausgesprochen hatte. Auch schien er sie nicht schokkierend zu finden. Aber seine kriecherische Art war ermüdend. Warum kann er mir nicht in die Augen sehen, fragte sich Amalric. Verdammt noch mal, war er von seinen sarazenischen Herren so mißhandelt worden, daß er immer wie ein geprügelter Hund zittern mußte? Er blickte Maurice fest in die Augen.

»Ihr wißt doch so viel über die Türken«, sagte Amalric. »Werden sie es dem König erlauben, sich unangetastet nach Damietta zurückzuziehen?«

Maurice zuckte mit den Schultern. »Das hängt davon ab, wer ihr Befehlshaber ist. Baibars würde es zweifellos vorziehen, die Armee hier und jetzt und für alle Zeiten zu vernichten. Turan

Shah, der neue Sultan, verhandelt lieber wie sein Vater. Er wird versuchen, mit dem geringsten Einsatz ein Optimum zu erreichen. Aber auf jeden Fall wird es einen Aufschub geben, so lange sich Philip de Montfort mit den Sarazenen-Führern unterhält.«

»Was wäre, wenn ein Trupp von Kreuzrittern die Mameluken angriffen, während sie über den Waffenstillstand beraten?«

Maurice überlegte kurz und schüttelte dann den Kopf. »Es könnte die Sarazenen zu einem Gegenschlag herausfordern, aber...« er lächelte Amalric an... »wen könnte man finden, der bereit wäre, sein Leben bei einem Angriff auf die Mamelucken zu opfern?«

»Mich nicht«, stimmte Amalric zu. »Wenn ich nicht lebend von hier wegkomme, habe ich nichts erreicht.«

»Wenn die Kreuzritter aufgeben würden, statt über einen Waffenstillstand zu verhandeln«, bemerkte Maurice, »würden der König und seine Brüder alle mit einem Schlag in die Hände der Mamelucken fallen.«

»Und was dann?« fragte Amalric. Sein Herz schlug vor Erregung schneller.

»Während die Sarazenen ihre Gefangenen einsammeln, könnten vielleicht einige von uns entkommen.«

Amalric stellte sich vor, wie fast das ganze Heer der Kreuzritter in Gefangenschaft geriete. Darf ich so eine Katastrophe auslösen?

Was habe ich für eine Wahl?

»Wenn all diese Männer ihre Gefangenen sind, was werden sie dann mit ihnen machen?«

Maurice zuckte mit den Achseln. »Höchst wahrscheinlich werden sie alle umbringen, Monseigneur. Es wäre die beste Garantie dafür, daß die Kreuzritter Ägypten nie mehr belästigten.«

Ich kann das nicht tun, dachte Amalric. Tausende von Rittern ermorden lassen und behaupten, daß ich es tue, um das Königreich zu retten? Und überhaupt, wie soll ich es tun? Ich kann sie nicht zum Aufgeben zwingen. Oder doch? fragte er sich und sann nach einer Möglichkeit.

»So viele Männer in den Tod schicken«, sagte Amalric und versuchte, diese Vorstellung zu verdrängen, »wie entsetzlich!« Und viele von ihnen sind gute Männer. Männer, die so wie ich über die Dinge denken.

»Sie werden sowieso alle sterben, Monseigneur«, erwiderte Maurice leise. »Auf die eine oder andere Weise. Wenn nicht jetzt, dann später.«

Das ist noch nicht sicher, dachte Amalric. Wenn es irgendeinen Weg gibt, unsere Männer nach Frankreich zurückzubringen, wird Ludwig ihn finden.

Aber wenn Ludwig seinen Waffenstillstand bekommt, werde ich nie Rache für Hugues und meinen Vater nehmen können. Ich werde zusehen, wie das Königreich von den Ketzern übernommen wird. Und ich werde meine Tage als Ludwigs Sklave beschließen.

Er schlug mit der Faust in die flache Hand, und die Panzerhandschuhe, die an den Ärmeln seines Kettenhemdes baumelten, klapperten. Ich bin schon so weit gekommen, ich kann jetzt nicht alles aufgeben. Es wird nicht meine Schuld sein, wenn die Mamelucken sie umbringen.

»Was den Männern nach ihrer Gefangennahme auch zustoßen mag, es ist nicht Euer Werk«, sagte Maurice. Wieder schien er Amalrics geheime Gedanken zu kennen.

»Ich tue, was ich tun muß«, rief Amalric plötzlich, »für Gott und Frankreich.«

»Ja, Monseigneur«, erwiderte Maurice, der immer noch zur Seite blickte.

»Nun gut«, fuhr Amalric fort. »Maurice, reite durch das Lager und verkünde, daß unsere Männer die Waffen niederlegen sollen. Sag ihnen, daß der König es befohlen hat. Erzähl ihnen, daß die Kapitulation der einzige Weg ist, um das Leben des Königs zu retten.«

»Warum sollten sie das tun, wenn *ich* es ihnen sage, Monseigneur?«

»Sie werden es tun, egal wer es ihnen sagt«, antwortete Amalric. »Sie wissen, daß der König Sire de Montfort geschickt hat, um mit den Mamelucken zu verhandeln. Verwirrte, ängstliche Menschen hören auf jede Stimme, die überzeugend spricht. Und Ihr wißt, wie man überzeugend spricht.« Und außerdem, dachte er, soll es nicht so aussehen, als ob der Befehl zur Aufgabe von mir kommt, falls der Plan mißlingt. Ich kann immer sagen, daß ich keine Ahnung von dem hatte, was Maurice tat.

»Ich werde sofort gehen, Monseigneur.« Maurice drehte sich um und wollte gehen.

Plötzlich war Guy d'Etampes im Zelt. Er starrte Amalric mit den Augen eines Wahnsinnigen an.

Maurice wich ihm aus.

»Verräter!« schrie d'Etampes.

Amalrics Herz begann wie wild zu klopfen. D'Etampes mußte alles gehört haben. Beim heiligen Dominikus, ich bin verloren. Ludwig wird mich hängen lassen.

»Geh, Maurice«, sagte Amalric leise, aber eindringlich.

D'Etampes zog sein Schwert. Er hielt es mit beiden Händen waagerecht in der Luft und deutete mit der Spitze auf Maurice.

»Bleibt wo Ihr seid!«

Mein Vasall. Wie kann er es wagen! Er erhebt sein Schwert gegen mich.

Amalric sprang auf und hatte seinen dreieckigen Dolch in der Hand, bevor sich d'Etampes umwenden konnte. Er warf sich auf den jungen Mann und griff mit der freien Hand nach seinem Nacken. D'Etampes Rüstung war gut gearbeitet. Er mußte eine ungeschützte Stelle finden.

D'Etampes wehrte sich verzweifelt, sein Gesicht drückte fassungsloses Staunen aus, als Amalric ihm den Dolch wie einen Spieß ins Auge stach.

D'Etampes schrie vor Schmerz und Entsetzen.

Amalric drückte den Kopf des jungen Mannes zu Boden und rammte ihm den Dolch bis ins Gehirn.

D'Etampes Schrei erstarb sofort, und seine Glieder wurden kraftlos.

Amalric zog seinen Dolch mit einem Ruck wieder heraus.

»Er hat es gewagt, mich einen Verräter zu nennen, mich, seinen eigenen Seigneur!« Schwer atmend wischte Amalric die Klinge seines Dolches an seinem Hemd ab, bevor er ihn wegsteckte.

Maurice nagte auf der Unterlippe und blickte auf den toten Ritter.

»He, Mann, habt Ihr noch nie gesehen, wie jemand getötet wird? Kommt, wacht auf!« Kann ich Maurice wirklich vertrauen? fragte sich Amalric. Was ist, wenn er jetzt nach draußen geht und mich verrät? »Auch Ihr habt Euer Leben schon verwirkt«, erinnerte er Maurice, »als Ihr die Araber geholt habt, um die Steinschleudern zu zerstören.«

»Natürlich, Monseigneur«, antwortete Maurice mit leiser Stimme. Er löste seinen Blick von dem toten d'Etampes und sah zum Zelteingang hinüber. Er seufzte und sagte dann etwas lauter: »Ich habe nur etwas nachgedacht. Soll ich den Leichnam für Euch fortschaffen, Monseigneur?«

»Nein, geh hinaus und verbreite den Aufruf zur Kapitulation.« Wenn das Heer die Waffen niederlegte, würde sich niemand mehr darum kümmern, wer d'Etampes ermordet hatte.

»Ich werde nach Norden reiten«, sagte er zu Maurice, »und in sicherer Entfernung auf Euch warten. Ich wünschte, wir hätten eines dieser Schiffe bekommen.«

»Wir sind sicherer, wenn wir an Land bleiben, Monseigneur«, erwiderte Maurice mit einer Gewißheit, die Amalric verwirrte. Der alte Kreuzritter verneigte sich und ging davon.

Einen Augenblick später hörte Amalric Hufschläge, und Maurices Stimme schallte durch das Lager. »Legt die Waffen nieder! Ergebt Euch! Der König hat es befohlen!«

Amalric deckte d'Etampes Leiche mit Decken und abgelegten Kleidungsstücken zu. Dann schnallte er seinen Harnisch und die eisernen Armschienen über sein Kettenhemd und tauschte den Helm, den er trug, gegen einen leichteren aus, der zum Schutz gegen die Sonne mit weißem Leinen bezogen war.

Er öffnete eine kleine Schatulle und nahm einen Beutel heraus, der seine übriggebliebenen Gold- und Silbermünzen enthielt. Dann schnallte er sich sein Langschwert um und band den Beutel an seinem Gürtel fest.

Er rief niemanden zu Hilfe, denn er konnte es nicht wagen, mit einem seiner Leute zu sprechen.

Er versuchte zu verdrängen, was er da gerade tat, aber sein Herz brannte vor Scham. Er desertierte und ließ sie zurück, damit sie in die Hand des Feindes fielen. War das nicht das Verabscheuungswürdigste, was ein Seigneur tun konnte? Das Schuldgefühl lastete wie ein schweres Gewicht auf ihm.

Er nahm seinen Schild, hängte sich die Streitaxt über die Schulter und ging hinaus. Jetzt würde er dem Burschen sagen müssen, daß er das einzige frische Pferd satteln sollte.

»Was ist geschehen, Monseigneur? Geben wir wirklich auf?«

»Mach das verdammte Pferd fertig.«

»Werdet Ihr uns in die Schlacht führen, Monseigneur?«

»Seid still!« schrie Amalric und schwang sich in den Sattel. Er gab dem großen schwarzen Pferd die Sporen und trabte dann auf die Uferstraße zu.

Flußaufwärts, dort wo sich der Großteil der verwirrten Armee versammelt hatte, ertönten die Rufe: »Nieder mit den Waffen! Gebt auf!« Amalric hielt auf einer kleinen Anhöhe, um alles zu beobachten. Er konnte Maurice nicht erkennen, aber er konnte ahnen, wo er war, wenn er sah, wie Männer ihre Lanzen und Schwerter ablegten und plötzlich weiße Fahnen aus zerrissenen Kleidungsstücken erhoben wurden. Die untergehende Sonne goß roten Glanz über das geschlagene Heer.

Amalric hörte den Siegesschrei der Mamelucken, die herangekommen waren, um die Kreuzritter zu umzingeln. Er sah, wie die gelben Banner vorrückten und die Krummsäbel blitzten.

Plötzlich wurde ihm die Gefährlichkeit seines Beobachtungsplatzes klar. Ich darf nicht länger hierbleiben.

Doch es gab noch einen Anblick, auf den er warten mußte. Amalric hielt sein schwarzes Schlachtroß ruhig und blickte zu den Flachdachhütten hinüber, in denen Ludwig und seine Brüder Zuflucht gesucht hatten. Die Oriflamme flatterte in der Mitte des Dorfes und leuchtete im Schein der untergehenden Sonne.

Jetzt bewegte sich die Fahne. Ein Kreuzritter hatte sie an sich genommen und ritt mit ihr davon. Er versuchte, sie vor der Schande zu bewahren, von den Sarazenen erobert zu werden. Amalric hörte den Schrei des Reiters: »Sankt Denis!«

Eine Vorhut der Mamelucken ritt ungehindert durch die Kreuzritterarmee und hatte das Dorf schon fast erreicht. Sie schossen Pfeile hinter dem fliehenden Ritter mit der Oriflamme her. Das Pferd kam zum Stehen, und der Reiter fiel rückwärts aus dem Sattel. Wie ein gefällter Baum kippte das Kriegsbanner von Frankreich in den Schlamm seitlich des Nils. Ein trauriges Raunen ging durch die Franzosen, die die Oriflamme fallen sahen.

Amalric wandte sich ab, gab seinem Pferd die Sporen und ritt ein Stück die Straße hinauf, doch dann überkam ihn das Verlangen, sich noch einmal umzusehen.

Ein Mameluck schwang sich gerade aus dem Sattel, ergriff den Fahnenstiel und zerrte das Lilienbanner aus dem Dreck. Mit einem triumphierenden Schrei galoppierte er auf die Reihen der Ägypter zu.

Nicht ein Mann unter den Franzosen rührte sich. Das zeigt, wie groß ihre Niederlage ist, dachte Amalric.

Er sah, wie die Mamelucken in das Dorf ritten, in dem Ludwig sich aufhielt. Er spürte Freude und Entsetzen zugleich. Vielleicht werde ich sehen, wie man seinen Kopf triumphierend auf einer Speerspitze davonträgt – wie die Oriflamme. Plötzlich war er von dem Gedanken erfüllt, daß er wieder zu den Kreuzrittern zurückkehren, und sie zum Sieg führen könnte, wenn Ludwig erst ermordet war.

Was für ein verrückter Gedanke!

Dann sah er Ludwig. Das blonde Haar des Königs schimmerte zwischen den gelben Turbanen der Sarazenen, die ihn umringt hatten. Viele Hände griffen nach ihm. Sie hoben ihn in die Luft.

Sie setzten ihn auf ein Schlachtroß, wo er steif wie ein Gefesselter sitzen blieb. Wahrscheinlich hatten sie ihn in Ketten gelegt. Langsam schritt sein Pferd durch die Menge der Sarazenen in Richtung Mansura. Charles und Alphonse ritten hinter ihm her. Mamelucken-Reiter in grünen Umhängen begleiteten die königlichen Brüder.

Es war vorbei.

Amalric war wie gelähmt. In den wenigen Minuten, die er gebraucht hatte, um von seinem Zelt auf diese Anhöhe zu kommen, war die ganze französische Armee überwältigt worden. Ludwig hatte lange Jahre gebraucht, um sie zusammenzustellen und noch ein weiteres Jahr, um sie von Frankreich nach Ägypten zu bringen. Auch die nachfolgenden blutigen Schlachten hatten fast noch ein Jahr gedauert. Und von einem Augenblick auf den anderen war jetzt alles vorbei.

Das war sein Werk; die Armee war rettungslos verloren. Ein eiskalter Schauer des Entsetzens überlief ihn.

Es gab keine Schreie der Entrüstung von den Franzosen, als sie ihren König in Ketten erblickten, doch Amalric sah, wie sich ein Mann in den Schlamm kniete. Dann knieten noch mehr nieder. Und kurz darauf lag die ganze Armee auf den Knien und beobachtete schweigend, wie ihr König abgeführt wurde.

Amalric rieb sich die Augen.

»Guter Gott!« flüsterte er. Aber ich selbst habe es so gewollt und alles dafür getan. Ludwig bekommt das, was er verdient hat. Er atmete tief ein, krampfte seine Hände um die Zügel und wandte sich von dem entmutigenden Anblick all dieser armen Burschen ab, die nun in die Gefangenschaft gebracht wurden.

Er riß seinen Hengst herum und ritt in Richtung Damietta davon.

Das vor ihm liegende Ufer war fast menschenleer. Ab und zu ritt er an Gruppen von Frauen und Dienstboten vorbei, die zum Kreuzritterlager gehört hatten und jetzt nach Norden zu fliehen versuchten. Die Beduinen werden sie erwischen, wenn sie die Mamelucken nicht kriegen, dachte Amalric.

Ich bin ganz allein.

Ein seltsames Gefühl. Sein ganzes Leben lang war er niemals ohne ein Gefolge gewesen. Seit dem fünften Lebensjahr war er der Graf de Gobignon. Und nun reiste er allein, ritt in Feindesland um sein Leben. Er war zwar in voller Rüstung, doch er fühlte sich trotzdem nackt und hilflos.

Weil ich meine Männer verraten habe.

Er dachte an die über zweihundert Gobignonschen Männer, die er ihrem Schicksal überlassen hatte.

Doch hätte er sie nicht auch in die Schlacht führen können, und sie wären alle im Kampf gefallen? Ein Feldherr darf sich keine Gedanken über Verluste machen.

Kurz nach Sonnenuntergang erreichte er einen Wall aus Geröll und Holzbalken, mit dem die Kreuzritter einen Bewässerungskanal abgesperrt hatten, um die Überquerung zu erleichtern. Hinter diesem künstlichen Hügel machte er halt und wartete. Es war kaum anzunehmen, daß die Mamelucken ihre Verfolgung so weit nach Norden fortsetzen würden.

Zumindest ein Mann würde versuchen, sich aus dieser Katastrophe zu retten, Maurice. Trotz seines Alters war er kühn, und er kannte die Gegend. Hier wollte Amalric auf ihn warten.

Die Zeit verstrich nur langsam, während er neben seinem Pferd in der Dämmerung auf dem Boden saß. Warum, zum Teufel, habe ich nicht daran gedacht, mir etwas zu essen oder zu trinken mitzubringen?

Eine Gruppe von gemeinem Volk, an der er schon vorher vorbeigeritten war, tauchte langsam aus der Dunkelheit auf und gesellte sich zu ihm. Zweifellos fühlen sie sich in der Gegenwart eines bewaffneten Ritters sicherer, dachte er. Keiner hatte etwas zu essen bei sich. Als sie das Lager verlassen hatten, gab es dort nichts mehr. Einer von ihnen reichte einen Weinschlauch herum, und Amalric nahm einen tiefen Zug von dem sauren Wein. Dann scheuchte er sie fort.

»Ihr vergeudet eure Zeit. Es ist eure einzige Chance, so weit wie möglich von den Türken fortzukommen. Wenn ich losreite, werde ich nicht auf euch warten, und ihr werdet mit mir nicht Schritt halten können.«

Er sah Angst und Auflehnung in den Gesichtern der Leute, aber keiner von ihnen wagte es, etwas zu sagen. Langsam machten sie sich einer nach dem anderen am Ufer entlang auf den Weg.

Was ist wohl in Mansura los? fragte er sich. Wenn Maurice mich nicht erreicht, bevor der Mond aufgeht, muß ich ohne ihn weiterreiten.

Er hörte die schnellen Hufschläge eines hart gerittenen Pferdes. Eine dunkle Gestalt durchquerte das steinige Bett des ausgetrockneten Flußarms und tauchte vor Amalric auf. Amalric starrte in die Dunkelheit und erkannte, daß es Maurice war.

»Ihr braucht keine Verfolger zu fürchten, Monseigneur. Sie werden noch für Stunden mit dem Abschlachten des Fußvolkes beschäftigt sein.«

»Heiliger Dominikus!« Gewissensbisse quälten ihn.

»Das war zu erwarten, Monseigneur. Sie haben für so viele Männer keine Verpflegung. Sie haben noch nicht damit begonnen, die Ritter und Barone zu töten. Vielleicht geben sie ihnen die Möglichkeit, an ihre Angehörigen zu schreiben und um Lösegeld zu bitten. Die gemeinen Soldaten sterben glücklich, denn sie glauben, daß sie durch ihr Opfer das Leben ihres Königs retten.«

Maurices Worte erschütterten Amalric. Lösegeld? Wenn das geschieht, war alles umsonst. Ich werde mein Ziel nicht erreichen.

»Was ist mit dem König?«

»Soweit ich weiß, ist er noch am Leben, Monseigneur.«

»Werden sie erlauben, daß er sich freikauft?« Der Gedanke machte ihn rasend. Nein, das darf nicht geschehen!

»Ihnen ist klar, daß er der eigentliche Urheber dieses Kreuzzugs ist, der ihr Land verwüstet hat«, sagte Maurice. »Wahrscheinlich werden sie ihn köpfen oder ihn sein Leben lang gefangenhalten.«

Amalric atmete erleichtert aus und ritt mit Maurice davon.

Nach einigen Stunden döste Amalric im Sattel ein, und Bilder von unbewaffneten Männern, die unter den Schwertern der Moslems starben, überfielen ihn. Es war Ludwigs Schuld. Habe ich ihm nicht geraten, weiterzukämpfen, anstatt zu den Türken zu laufen und sie um einen Waffenstillstand zu bitten? Diese Männer wären dann wenigstens mit ihrem Schwert in der Hand gestorben. Und wer hatte sie überhaupt nach Mansura geführt?

»Schnell von der Straße, Monseigneur«, Maurice rüttelte ihn am Arm.

Sofort war er hellwach. Im Mondschein erkannte er die schwarz-weiß gestreiften Segel der Ägypter vor sich auf dem Fluß. Sie brachten die Pferde in einem Gebüsch in Deckung und beobachteten, wie ein Dutzend langer schmaler Boote über das glitzernde Wasser auf sie zukam.

Wie sind sie bloß auf die Nordseite von Mansura gekommen, wo unsere Schiffe doch den Fluß kontrollieren sollten? Entsetzt malte sich Amalric die Möglichkeit aus, zwischen Damietta und Mansura in die Falle gegangen zu sein. Obwohl die Wüstennacht eiskalt war, lief der Schweiß an seinem Körper herunter.

Von Rudern und Segeln angetrieben, glitten die sarazenischen Boote an ihnen vorüber. Die Krieger an Bord standen offen an Deck, sangen und lachten fröhlich.

Sie wissen, daß sie nichts zu befürchten haben, dachte Amalric.

Die Stimmen der Sarazenen waren nur noch ein entferntes Murmeln flußaufwärts, als Amalric und Maurice sich wieder auf die Pferde schwangen. Ohne Zwischenfälle ritten sie bis zum frühen Morgen weiter.

Die Sonne stand schon über den braunen Hügeln im Osten, da wurde ihnen der Weg von zwei Rittern mit gezückten Schwertern verstellt. Weiße Umhänge – es waren Templer!

»Der Oberbefehlshaber von Frankreich!« rief einer der Tempelritter, als Amalric sich zu erkennen gab. »Ihr seid uns höchst willkommen, Monseigneur. Wir begleiten den Patriarchen von Jerusalem nach Damietta zurück, und Gott weiß, welcher Feind noch vor uns auf der Lauer liegt. Habt Ihr die Schiffe der Sarazenen gesehen? Woher sind sie gekommen?«

Sie brachten Amalric zum Patriarchen, der sich im Schatten eines Olivenbaums ausruhte, und Amalric kniete nieder, um den Segen des alten Mannes zu empfangen. Die Gruppe um den Patriarchen hatte die Kreuzritter schon lange vor der Kapitulation verlassen, und sie wußten überhaupt von nichts. Als Amalric dem alten Mann die Neuigkeiten erzählte, liefen Tränen über sein faltiges Gesicht.

»Sicher hat Gott Euch gesandt, um uns beizustehen. Aber wie seid Ihr entkommen, mein Sohn, wenn alle anderen die Waffen niedergelegt haben?«

»Der König bat mich, so schnell wie möglich nach Damietta zu reiten, Eure Exzellenz«, log Amalric, »damit ich das Kommando über die Verteidigung übernehme.«

»Dann müssen wir uns beeilen«, sagte der Patriarch. »Wir haben nicht nur die Beduinen vor uns, sondern auch noch die Mamelucken hinter uns.«

Die Templer teilten ihre Verpflegung mit Amalric: Brot und Trockenfleisch, so hart wie die ägyptischen Ziegel, und essigsauren Wein.

Die Gruppe brach gleich danach wieder auf. Amalric betete, daß ihnen keine Feinde begegnen würden. Er hatte nun schon einen Tag und eine Nacht ohne Schlaf verbracht und fühlte sich zu schwach zum Kämpfen. Seine Lider brannten, und seine Arme waren schwer wie Blei. Er war kaum in der Lage, sich im Sattel zu halten. Mit müden Augen blickte er in den Himmel. Er war wolkenlos, wie meistens in Ägypten. Es war April. Das Osterfest hatten sie erst einige Tage vor dem Rückzug gefeiert. Er verabscheute das Reiten in der Tageshitze.

Seine Begleiter schienen noch frischer zu sein. Der Patriarch und die Templer hatten in der Nacht ein wenig geruht, sie hatten Essen dabei und waren durch ihr Leben im Orient an dieses Klima gewöhnt.

Später am Morgen war vor ihnen ein merkwürdig summendes

Geräusch zu hören, und unzählige gänsegroße schwarze Vögel schwebten in der Luft. Einer der Templer ritt voraus, während die anderen schweigend warteten.

Als er zurückkehrte, waren seine Augen schreckgeweitet, und sein Gesicht wirkte trotz der tiefen Bräune fahl. »Das Feld vor uns ist übersät mit Toten. Sie haben allen die Köpfe abgeschnitten.«

»Wer sind sie?« fragte der Patriarch.

»Christen. Man hat sie ausgezogen, ihre Haut ist weiß. Wir müssen durch sie hindurchreiten, Euer Exzellenz. Es gibt keinen Weg, sie zu umgehen.«

Alle zogen sich ihre Umhänge über Mund und Nase, als sie über das Leichenfeld ritten. Die Körper lagen schon seit Stunden in der Sonne. Das Summen, das Amalric gehört hatte, war jetzt fast ohrenbetäubend – Millionen von fetten schwarzen Fliegen teilten sich das Festmahl mit den Geiern.

Amalric starrte die Leichen an und wandte sein Gesicht dann dem Fluß zu. Wenn er nach Mansura zurückkehren müßte, würde er den gleichen Anblick vorfinden, und das Blut der Toten dort klebte noch an seinen Händen.

Er erschauerte bei diesem Gedanken, obwohl er seinen Blick jetzt von den Toten abgewandt hatte.

Eine plötzliche Einsicht überfiel ihn: Maurice mußte sterben. Er wußte zuviel.

Aber nicht jetzt, wo er mir noch so nützlich ist.

Hinter einer Flußbiegung überraschte ihn ein neuer Anblick, der ihm den Atem nahm. Das Ufer und die Sandbänke waren mit Wrackteilen von Schiffen übersät – die Segel waren nur noch schwarze Fetzen, und einige der Galeeren waren vollkommen ausgebrannt.

»Unsere Kranken und Verwundeten«, sagte Amalric. »Man hat sie von den Schiffen gezerrt und sie dort vorne abgeschlachtet.«

»Erinnert Ihr Euch, was ich gesagt habe? An Land sind wir sicherer, Monseigneur«, sagte Maurice. »Ich habe so etwas erwartet, als uns seit Wochen keine Lebensmittel mehr aus Damietta erreichten.«

»Die Ägypter auf den Schiffen, die letzte Nacht an uns vorbeigefahren sind«, sagte einer der Tempelritter, »sie müssen es getan haben. Aber wie sind sie nur hierhergekommen?«

»Baibars muß die Schiffe einen Seitenarm des Flusses heruntergeschickt und sie dann über Land in diesen Flußlauf gebracht haben«, erklärte Maurice. »Ein schwieriges Unterfangen, aber die Ägypter haben so leichte Schiffe, daß man sie zerlegt auf Kamelen transportieren kann.«

»Möge Gott all unseren armen verlorenen Männern gnädig sein«, sagte der Patriarch von Jerusalem. »Sie sind jetzt sicher im Schoß unseres Herrn Jesus. Wir sollten ihnen ein christliches Begräbnis zuteil werden lassen.«

»Unsere wenigen Leute könnten die vielen Leichen nicht innerhalb eines Monats begraben«, erwiderte einer der Tempelritter traurig. »Und wir sind hier nicht sicher, Eure Exzellenz. Unser Leben ist in Gefahr, bis wir Damietta erreicht haben.«

»Seht, dort«, rief Maurice. Er deutete auf ein Boot, das halb versteckt hinter Papyrusgräsern im schmutziggrünen Wasser schwamm. »Das Boot scheint noch so gut in Ordnung zu sein, daß es uns flußabwärts bringen kann. Wir können ein paar Ruder von den anderen Galeeren holen, und die Strömung wird uns tragen. Wir können noch in dieser Nacht in Damietta sein.«

Ja, dachte Amalric. Und dann wird mich niemand mehr davon abhalten, mir die Macht zu nehmen.

Auf nach Damietta. Nehmen wir dieses Boot. Das bedeutet zwar, daß ich mein gutes Pferd zurücklassen muß, aber ich bin sowieso zu müde, um noch weiterzureiten.

»Es könnten noch mehr Sarazenen auf dem Fluß sein«, gab ein Templer zu bedenken.

»Mit großer Sicherheit sind alle Sarazenenschiffe flußaufwärts nach Mansura gefahren«, entgegnete Maurice.

Langsam ritten sie auf das Boot zu. »Nun ist wohl der Kreuzzug endgültig verloren, Graf«, sagte der Patriarch. »Wir haben ihn mit so großen Hoffnungen und Tausenden von mutigen Männern begonnen. War das jetzt alles vergebens?«

»Ja, Eure Exzellenz, so ist es«, erwiderte Amalric und gab seiner Stimme dabei einen traurigen Ton. Doch trotz seiner Müdigkeit fühlte er in seinem Innern grimmige Freude. »Alles ist verloren.«

Seine Brust schwoll, und seine Glieder wurden wieder leichter. Die Erschöpfung und der Triumph machten ihn schwindlig.

Voller Befriedigung blickte er in die wäßrigen Augen des Patriarchen. Ihr habt sicher gedacht, daß Ihr Euren Bischofsthron in Jerusalem zurückbekommt, nicht wahr, alter Narr? Für Euch ist alles verloren, aber nicht für mich. Meine größten Siege liegen noch vor mir. Und heute nacht in Damietta werde ich wieder mit Nicolette vereint sein.

XXVIII

Die Stille hier in Marguerites Zimmer und die Ruhe draußen halfen Nicolette, ruhig zu bleiben. Der Sonntagnachmittag ist friedlich, dachte sie, sogar in einer moslemischen Stadt. Seit einigen Minuten saßen Marguerite und sie nun schon schweigend beisammen und machten Handarbeiten.

Während sie mit flinken Händen nähte, ließ die Spannung in Nicolette etwas nach, doch die Furcht um Roland und den König lauerte noch tief in ihrem Herzen. Schon seit Wochen waren keine Nachrichten mehr gekommen.

Sie war dabei, ein grünes Tanzkleid aus Seide für sich zu ändern, das sie auf dem Bazar in Damietta gekauft hatte. Sie mochte die Mode der Sarazenen. Marguerites Handarbeit war mehr religiöser Art. Nicolette blickte auf die schwere Bischofsrobe aus Satin, die auf dem Bett lag und die Marguerite mit Goldfäden bestickte. Sie hatte den Stickrahmen auf ihrem gerundeten Bauch liegen. Wenn diese Arbeit fertig ist, dachte Nicolette, ist sie ein Vermögen wert. Und weil sie von der Königin von Frankreich bestickt wurde, ist sie unbezahlbar.

Ich frage mich, ob sie damit fertig wird, bevor das Baby geboren wird.

Der plötzliche Wechsel in der Geräuschkulisse draußen störte sie. Warum höre ich jetzt lautes Rufen in den Straßen?

Auch Marguerite hatte es gehört. Sie legte ihren Stickrahmen zur Seite, griff nach Nicolettes Hand und drückte sie so fest, daß es schmerzte.

»Nicolette, es ist etwas Furchtbares geschehen. Ich spüre es.«

Sie warteten ängstlich flüsternd, und die Rufe kamen näher. Es ist ein Bote, dachte Nicolette. Er erzählt allen Leuten, die er trifft, seine Neuigkeiten – und es sind schlechte Nachrichten.

Die Unruhe war bis in den Palast vorgedrungen. Nicolettes Herz krampfte sich zusammen.

Die Tür zu Marguerites Schlafgemach wurde von Sire Geoffrey de Burgh geöffnet, einem achtzigjährigen Ritter, den Ludwig damit beauftragt hatte, auf Marguerite zu achten. Es stand noch ein Mann hinter ihm.

Einen Moment lang hielt Nicolette den Atem an. Sie sah einen großen Ritter, dessen sonnengebräuntes Gesicht von einem blonden Bart bedeckt war. Sie kannte dieses Gesicht gut, und doch war es so geisterhaft, daß es ihr angst machte. Amalric.

Er ging mit schweren Schritten, die den Boden erzittern ließen und kniete vor der Königin nieder. Ein weiterer Mann schlüpfte in das Zimmer und stellte sich an die Wand. Es war Maurice, der alte Kreuzritter, den Amalric gefunden hatte, als er die Stadt erobert hatte. Wie kommt es, daß dieser merkwürdige grauhaarige Mann jetzt bei Amalric ist? fragte sie sich.

»Graf Amalric«, sagte Marguerite mit leiser, zitternder Stimme, »seid willkommen. Was bringt Ihr uns für Nachrichten?«

Es ist ein Wunder, daß sie ihn noch erkennt, dachte Nicolette. Er hatte sehr abgenommen. Sein Gesicht wirkte knochig. Das blonde Haar hing ihm in dünnen schmierigen Strähnen auf die Schultern und war zweifellos voller Läuse. Er war in voller Rüstung. Das Metall seiner quadratischen Schulterstücke war verbeult, und sein rotgoldener Umhang war zerrissen. Obwohl er auf der anderen Seite des Bettes war, konnte sie den üblen Geruch seines ungewaschenen Körpers wahrnehmen.

Als sein Blick sie durchbohrte, lief ihr ein eiskalter Schauer über den Rücken.

»Nicolette!«

Seine Augen waren blutunterlaufen und blickten sie aus tiefen Höhlen an. Sie waren glanzlos vor Müdigkeit, doch hinter dieser Erschöpfung lag ein seltsames Glühen, das sie erschreckte.

Was für schreckliche Dinge hatte er gesehen und getan?

Er wandte seinen Blick zur Königin. »Madame, meine Nachricht ist kurz, aber traurig. Der König, Euer Mann, hat mich beauftragt, sie Euch zu überbringen. Ich bat ihn, daß er mich bis zum Ende bei sich behalten möge, doch er befahl mir zu gehen.«

»Bis zum Ende?« Marguerites Stimme war schrill vor Entsetzen. »O mein Gott, ist Ludwig gefallen?«

Nicolette unterdrückte einen Schrei.

Unerbittlich fuhr Amalric fort: »Ich sah, wie der König von den Mamelucken gefangen und in Ketten davongeschleppt wurde, Madame. Er und seine zwei Brüder. Ob er jetzt noch am Leben ist, kann ich Euch nicht sagen.«

Nicolette sah Marguerite an. In diesem Augenblick galt ihre Angst nicht den Männern, die irgendwo in diesem furchtbaren Land verloren waren, sondern der Frau neben ihr. Dieser Schock könnte für Marguerite und das ungeborene Kind schlimme Folgen haben.

Nicolette sprang auf und fing die Königin gerade in dem Augenblick auf, in dem sie ohnmächtig wurde. Vorsichtig legte sie ihre Freundin mit dem Rücken an ein spitzenbesetztes Kissen.

Dann drehte sie sich um und starrte Amalric an. Wie gefühllos er war. Warum hatte er Marguerite das so brutal erzählt?

Doch sie zügelte ihren Zorn und zwang sich, höflich zu ihm zu sein. »Ich bitte Euch, Monseigneur, wenn Ihr noch mehr zu erzählen habt, dann sagt es freundlicher. Die Königin steht kurz vor der Geburt.«

»Ich komme von einem Ort, wo man keine Freundlichkeit kennt«, erwiderte Amalric kalt.

Seine Augen hatten immer noch dieses triumphierende Leuchten. Aber warum, wenn er gerade aus der Hölle kam?

Als sie begriff, krampfte sich ihr Magen vor Entsetzen zusammen. Er hatte bekommen, was er wollte. Der König war verloren.

Und wo ist Roland? Wie werde ich es je erfahren?

Während sie Amalric anstarrte und von Furcht und Angst gequält wurde, massierte sie die eiskalten Hände der Königin.

»Es ist gefährlich, sie in diesem Zustand aufzuregen«, sagte sie. »Bitte!«

»Sie ist in weitaus größerer Gefahr, als Ihr es Euch vorstellen könnt«, entgegnete Amalric kühl. »Die Türken sind im Anmarsch. Je eher sie das begreift, um so schneller können wir von hier weg.«

Von hier fortgehen?

Nicolette unterdrückte ihre Panik. Aber die Männer – wir wissen doch nicht einmal, was mit ihnen geschehen ist. Wir können nicht weggehen. Was redet er da?

Ein weißbärtiger Mann mit einem schwarzen Hut und einer schwarzen Robe kam in das Schlafgemach. Ein großes silbernes Doppelkreuz hing um seinen Hals. Nicolette hatte ihn in Damietta gesehen, bevor die Armee losmarschiert war. Es war der Patriarch von Jerusalem. Er wird sicher nicht von hier fliehen wollen, dachte sie und schöpfte wieder ein wenig Hoffnung.

»Kann die Königin reisen?« fragte der Patriarch, nachdem sie seinen Rubinring geküßt hatte.

»Reisen? Wohin, Euer Exzellenz?«

Es ist also wahr, dachte sie, die Tränen traten ihr in die Augen. Sie wollen Damietta aufgeben.

»Es gibt keine christliche Armee mehr, die diese Stadt vor den

Sarazenen beschützen kann«, sagte Amalric. »Alle Kreuzritter sind gefangen oder getötet. Alle.«

Von der Tür kam ein Schrei und dann lautes hysterisches Schluchzen. Nicolette drehte sich um und sah eine Gruppe von Frauen dort stehen.

»Schließt die Tür!« befahl Amalric barsch.

Maurice ging zu der Tür aus Zedernholz und schloß sie.

Doch das Unglück ist dadurch nicht aufzuhalten, dachte Nicolette. Die ganze Stadt wird es jetzt erfahren.

Ich wünschte, Roland wäre hier. Ich will ihn hier haben!

Dann wurde ihr schwindlig, und sie mußte sich am Bett der Königin abstützen. Oh, laß ihn noch am Leben sein! Bitte, laß ihn am Leben sein!

Marguerite kam wieder zu Bewußtsein. Sie sah Nicolette an, und in ihren braunen Augen standen Tränen. Sie setzte sich mühsam auf, und Nicolette half ihr und beruhigte sie.

»Die Moslems haben den christlichen Rittern und Adligen immer gestattet, sich freizukaufen«, sagte Marguerite mit schwacher Stimme. »Wir müssen ihnen sofort anbieten, daß wir für den König und seine Männer bezahlen.«

»Wenn sie überhaupt noch am Leben sind, Madame«, erklärte Amalric.

Ich könnte ihn umbringen! dachte Nicolette. Er will ihr absichtlich weh tun.

Aber Marguerite schien ihre innere Stärke wiedergefunden zu haben. Sie setzte sich im Bett auf und sah Amalric unerschüttert an.

»Wir müssen den Glauben haben, Graf. Mein Gemahl ist ein zu guter Mensch. Gott würde es nicht zulassen, daß er getötet wird.«

Amalric zögerte.

»Ihr mögt recht haben, Madame«, sagte er nach einer Weile. »Wir sollten ein Lösegeld für ihn und seine Männer anbieten. Wenn wir wieder in Frankreich sind, werde ich das Geld selbst zusammenbringen. Beim heiligen Dominikus, ich werde mein eigenes Vermögen geben, um König Ludwig zurückzukaufen.« Er schlug mit der Faust in die flache Hand.

Als sie den Namen ihres Mannes hörte, begann Marguerite leise zu weinen.

»Doch um ehrlich zu sein, Madame«, fuhr Amalric fort. »Ich kann Euch nicht viel Hoffnung machen. Niemand ist raffgieriger als die Sarazenen. Sie könnten das Lösegeld nehmen und ihre Gefangenen dennoch behalten. Sie haben nicht mehr Mitleid als wilde Bestien. Auf dem Weg hierher fanden wir die Leichen von mehr als tausend geköpften Kranken und Verwundeten.«

»Oh, heilige Maria, Mutter Gottes!« Marguerites Schluchzen wurde heftiger.

Nicolette sprang auf und starrte über das Bett zu Amalric. »Hört jetzt auf!«

Amalric sah sie mit funkelnden Augen an. »Schweigt«, preßte er durch die Zähne.

»Nicolette versucht nur, mich zu beschützen, Graf«, sagte Marguerite und blickte Nicolette schmerzerfüllt an. »Aber es ist so in Ordnung, Nicolette. Ich muß alles erfahren, damit ich jetzt meine Entscheidungen treffen kann.«

Wie stolz ich auf Euch bin, Marguerite, dachte Nicolette.

»Wie konnte das geschehen?« fragte Marguerite und blickte Amalric flehend an. »Unser Heer war so stark. Der König hat alles dafür getan.«

Amalric schüttelte den Kopf. »Ach, Madame, ich fürchte, er wurde in die Irre geführt und verraten. Er und all die tapferen Ritter, die ihm hierhergefolgt sind. Wir haben den Krieg nicht hier auf dem Schlachtfeld verloren, sondern zu Hause in Frankreich. Die Verschwörer und Ketzer in unserem eigenen Land haben gesiegt.« Wieder schlug er mit der Faust in die Hand. »Wenn ich nach Frankreich zurückgekehrt bin, werde ich es mir zur Lebensaufgabe machen, die königliche Familie und die armen Männer, die hier in Ägypten gefallen sind, zu rächen.«

Nicolette blickte ihn an, und das Feuer in diesen blauen Augen erinnerte sie stark an Hugues. Es war furchteinflößend.

Marguerite sah verwirrt aus.

»Ich weiß nicht, was Ihr meint, Graf Amalric.« Sie hob ihre bleichen Hände vom Schoß und ließ sie hilflos wieder fallen.

»Ihr müßt Euch auch nicht damit beschäftigen, Madame«, entgegnete Amalric mit einem schwachen Lächeln. »Das Wichtigste ist, Ihr erkennt, daß Euch niemand hier in Damietta verteidigen kann. Es gibt nur eine Handvoll Ritter, die meisten davon sind schon alt, und ein paar unzuverlässige genuesische Seeleute. Wir müssen sofort ein Schiff nach Zypern ausrüsten.«

»Wollt Ihr, daß sie ihr Kind auf See bekommt?« rief Nicolette aus. »Das könnte sie umbringen.«

»Wollt Ihr, daß die Königin ihr Kind in einem sarazenischen Gefängnis bekommt?« erwiderte Amalric scharf. »Oder in einem Harem?« fügte er mit einem entsetzten Tonfall hinzu, der nicht ehrlich klang. Er wandte sich an Marguerite. »Gebt den Befehl, Madame, und wir werden sofort an Bord der Schiffe gehen.«

Immer noch weinend schüttelte Marguerite den Kopf. »Ich kann nicht davonsegeln und meinen Gemahl hier zurücklassen. Ich muß darüber nachdenken, wie ich ihm helfen kann. Ich brauche Zeit.«

»Jede Verzögerung bringt Euch nur noch in größere Gefahr«, sagte Amalric.

»Das weiß ich«, entgegnete Marguerite, »aber ich werde Ludwig nicht im Stich lassen.«

Marguerite sank in ihre Seidenkissen zurück.

»Ich möchte jetzt allein sein«, flüsterte sie, »um nachzudenken und zu beten. Und um auszuruhen. Nicolette, Euer Gemahl braucht Pflege. Ich lasse Euch gehen, damit Ihr Euch um ihn kümmern könnt.« Und mit verzweifelter Stimme fügte sie hinzu: »Ihr könnt Gott danken, daß Ihr noch einen Mann habt, um den Ihr Euch kümmern könnt.«

Nicolette stellte fest, daß die Ägypter, die sonst immer ihre Sänfte trugen, davongelaufen waren. Amalric schickte nach einem Pferd aus den Stallungen der Königin. Als der Page es brachte, stieg Nicolette hinter ihm auf, und sie ritten die kurze Strecke zu dem Sarazenen-Palast, den er sich bei der Eroberung von Damietta für sich ausgesucht hatte. Maurice wollte ihnen zu Fuß folgen.

Die Einheimischen, die Nicolette den Haushalt geführt hatten, waren ebenfalls nicht mehr da. Ihre französischen Diener zitterten vor Angst. Und Agnes, die sich in einen Mann verliebt hatte, der mit der Armee fortgegangen war, hatte rote Augen und brachte keinen Ton heraus.

Ruhig und bestimmt befahl Nicolette den Dienern, Wein zu bringen und den Waschzuber in Amalrics Schlafzimmer zu füllen.

Sie half Amalric beim Ausziehen und zwang sich, alles zu tun, was eine gehorsame Ehefrau für ihren Mann tun sollte, wenn er nach langer Abwesenheit aus einem schrecklichen Krieg zurückkommt. Sie wusch seinen Körper mit parfümierter spanischer Seife. Sie wusch und schnitt seine Haare und kämmte die Läuse heraus.

Er sagte kein Wort, sondern schien mit seinen eigenen Gedanken beschäftigt zu sein.

Roland muß noch am Leben sein, dachte Nicolette immerzu. Wenn er tot wäre, würde ich es wissen. Ich würde es fühlen. Ich hätte es im Traum erfahren, wenn er...

Amalric hatte schon eine Flasche Wein ausgetrunken und fiel nach dem Bad nackt auf das Bett, das aus Frankreich hierher gebracht worden war. Sein Körper war nie in der Sonne gewesen und blaß wie immer, nur die Insektenstiche zeichneten sich rot auf der weißen Haut ab. Seine Muskeln waren stark und fest wie gespannte Taue und die Knochen traten unter der Haut hervor. Er blickte sie an, und einen qualvollen Moment lang dachte sie, daß er mit ihr schlafen wollte. Doch dann schlossen sich seine Augen, und das Kinn sank ihm auf die Brust. Er atmete tief und lag regungslos auf dem Rücken. Nicolette legte ihm eine Decke über.

Jetzt war sie allein mit ihren Gedanken.

Wie kann ich erfahren, ob Roland noch am Leben ist?

Wie konnte es zu so einer Niederlage kommen? Und warum ist Amalric allem entronnen?

Ihre Schläfen pochten, und sie preßte sie Hände gegen den schmerzenden Kopf.

Es wurde Nacht, und immer noch lief sie auf den gekachelten Fluren des weitläufigen Hauses umher, das einmal einem Emir gehört hatte. Als sie in den Garten hinausging, flatterte ihr weißes Leinenkleid in der lauen Brise, die vom Meer herüberkam.

Sie mußte etwas tun. Vor allem muß ich Marguerite unterstützen. Sie ist die einzige, die den König retten kann. Und was dem König hilft, wird auch Roland helfen, wenn er noch am Leben ist.

Nein, wir dürfen Damietta nicht aufgeben. Ich muß Amalric davon abhalten, daß er sie dazu überredet.

Aber wie?

Schon bei dem Gedanken an Amalrics Macht fühlte sie sich schwach. Oberbefehlshaber von Frankreich. Was hatte Marguerite für eine Wahl, als auf ihn zu hören?

Diese Erkenntnis ließ sie erschauern. Es gab einen Weg, Marguerite gegen Amalric aufzubringen. Sie mußte ihr alles erzählen. Von Amalrics Plänen; vom Haß auf die Ketzer, der ihn beherrschte; daß er der Meinung war, Ludwig würde Frankreich zugrunde richten; von seinem Wunsch, daß der König umkommen möge.

Sie wird mir nie glauben. Was geschieht, wenn sie sich gegen mich und nicht gegen Amalric wendet? Sie wird mich verraten, und er wird mich töten.

Oh, gute Göttin, liebster Jesus, was soll ich tun?

Verzweifelt vergrub sie ihr Gesicht in den Händen.

Plötzlich sah sie Rolands Gesicht vor sich und hörte die Worte, die er vor langer Zeit zu ihr gesagt hatte, als er sie gebeten hatte, mit ihm in das Geheimzimmer des Buchhändlers zu gehen. *Wer wagt, gewinnt.*

Sie richtete sich auf. Nun gut, ich werde es ihr sagen.

Nach diesem Entschluß ging sie nach oben ins Schlafzimmer und legte sich ins Bett.

Den Rest der Nacht verbrachte sie mehr wachend als schlafend.

Als die Vögel in Damietta zu zwitschern begannen, wußte sie, daß es Morgen war. Sie stand wieder auf und zog sich ein dunkelbraunes Kleid und einen grauen Umhang an. Nichts Buntes oder Grelles paßte mehr in diese trauernde Stadt.

Sie beruhigte und tröstete die Dienstboten. Agnes hielt ihre Hand, und gegenseitig wischten sie sich die Tränen von den Wangen. Bevor sie ging, sah sie noch einmal nach Amalric. Er sah aus, als ob er den ganzen Tag durchschlafen würde. Während der Nacht hatte er sich kaum bewegt.

An der Tür des Hauses zögerte sie. Bis jetzt hatte sie nie Bedenken gehabt, durch die Straßen von Damietta zu gehen, selbst um nur den Bazar zu besuchen. Manchmal hatten sie Marguerite und die anderen Frauen für ihren Leichtsinn getadelt. Vielleicht, weil sie so lange eine Fremde in Nordfrankreich gewesen war, hatte es Nicolette nie gelernt, fremde Orte zu fürchten. Und deshalb hatte sie die Warnungen in den Wind geschlagen. Doch da hatte Damietta noch im Rücken der Armee gelegen. Jetzt lagen die Dinge vollkommen anders. Sie hörte den Ruf des Muezzins vom Minarett der einzigen Moschee, die von den Kreuzrittern erlaubt worden war. Er rief zum Morgengebet. Hörte sie da einen neuen Unterton des Triumphes in seiner Stimme?

Ich werde gehen, sagte sie sich. Ich habe meinen Dolch, und es ist nicht weit zu laufen. Ich werde mich nicht von meiner Furcht gefangennehmen lassen.

Sie spürte die Schweißtropfen auf ihrer Stirn und wischte sie mit dem Handrücken fort. Diese furchtbare Hitze war schon jetzt da. Wenn ich noch einen Sommer hier bin, werde ich sowieso sterben, ob die Sarazenen kommen oder nicht.

Sie wollte nicht im Palast ankommen, bevor Marguerite ausgeschlafen hatte. Düstere genuesische Seeleute standen vor dem Tor und starrten sie an. Sie hielt ihren Blick schamhaft gesenkt und tat so, als hätte sie sie nicht gesehen. Doch sie verspürte ein seltsames Gefühl in der Magengegend. Die Schiffe, die draußen vor Anker lagen und sie hierhergebracht hatten, waren in Genua angeheuert worden und hatten genuesische Mannschaften an Bord. Sie scherten sich nicht um Frankreich oder den Kreuzzug. Alles, was sie interessierte, war Geld. Was wäre, wenn sie nach dieser Niederlage die Flucht ergreifen würden.

Als Nicolette das Schlafgemach betrat, weinte Marguerite. Sire Geoffrey de Burgh, der auf einer Matte am Fußende des königlichen Bettes schlief, begrüßte Nicolette und ließ sie mit der Königin allein.

»O Nicolette, ich weiß nicht, was ich tun soll«, schluchzte Marguerite. »Ludwig hat nie mit mir über seine Kriegspläne gesprochen. Wenn ich jetzt nicht das Richtige tue, werden er und all seine Männer vielleicht sterben.«

»Haben die Sarazenen schon irgendeine Nachricht geschickt?« Nicolette setzte sich auf die Bettkante und nahm Marguerites Hand.

»Nein.« Marguerite schüttelte traurig den Kopf. »Das erste, was wir von ihnen zu sehen bekommen, wird wohl ihr Heer sein, das die Stadt umzingelt.«

»Marguerite, zu Zeiten von Saladin hat Isabella von Toron mit nur achtzehn Rittern eine Burg gegen die ganze Sarazenenarmee verteidigt. Ihr habt immerhin fünfzig Ritter hier.«

Marguerite trocknete sich die Tränen mit einem Taschentuch. »Ich weiß, daß ich nicht die erste Frau sein würde, die eine belagerte Stadt kommandiert. Eleanor von Aquitanien hat das auch getan. Aber ich bin nicht Eleanor. Sagt, wie lange hat diese Isabella mit ihren Rittern ausgehalten?«

»Fünf Tage.«

Wie Nicolette gehofft hatte, fing Marguerite zu lachen an.

»Nicolette, ich werde Ägypten nicht ohne Ludwig verlassen.

Ich will diese Stadt halten, bis ich ihn befreien kann. Aber ich weiß so wenig von der Kriegführung. Der Graf – der Oberbefehlshaber –, Euer Mann scheint sicher zu sein, daß wir Damietta aufgeben müssen. Und auf die Genuesen können wir uns nicht verlassen. Admiral Lercari hat mich schon wiederholt gebeten, die Schiffe zu entlassen.«

Nicolettes Herz begann schneller zu schlagen. Das war der richtige Augenblick.

Sie nahm Marguerites Hände und hielt sie fest.

»Marguerite, ich muß Euch etwas Furchtbares über Amalric sagen. Ihr werdet es sicher kaum glauben, aber Amalric liegt Euer Wohl und das Wohl des Königs nicht gerade am Herzen.«

Sie sah Marguerite fest in die Augen und erkannte Furcht, Verwirrung und Argwohn in ihrem Blick. Wenn ich nur ihre Gedanken lesen könnte. Und wenn sie meine lesen könnte, um zu wissen, daß ich ihr die Wahrheit sage.

Nach einer Weile sagte Marguerite: »In Gottes Namen, was sagt Ihr da?«

»Mein Gemahl ist sehr ehrgeizig. Und Ihr wißt, wie sehr er die Ketzer haßt.«

»Nicolette, Ihr redet Unsinn. Ludwig hat Euren Gemahl für seinen Ehrgeiz belohnt. Er hat ihn zum Oberbefehlshaber gemacht. Er hört auf seinen Rat. Und was haben die Ketzer damit zu tun? Auch Amalric hat gestern von den Ketzern gesprochen. Wir kämpfen doch gegen die Moslems und nicht gegen die Ketzer.«

Gute Göttin, es geht alles schief, dachte Nicolette. Sie wünschte, daß sie ihre Worte wieder zurücknehmen könnte.

Was soll ich jetzt sagen? O Göttin, gib mir Überzeugungskraft.

»Amalric hält Ludwig für schuldig. Ihr erinnert Euch, daß der Papst den Kaiser zum Ketzer erklärt hat. Und doch wollte Ludwig nicht gegen den Kaiser kämpfen. Nun, Amalric hat sich gegen den König gestellt. Das hat er mir erzählt.«

»Aber diese Unstimmigkeiten liegen lange zurück.«

»Nicht für Amalric. Er wird nie vergessen, daß Ketzer – wie er glaubt – seinen Vater und seinen Bruder umgebracht haben. Er wollte nie auf diesen Kreuzzug gehen. Jetzt will er nur noch nach Frankreich zurück. Um alles zu zerstören, wofür Euer Gemahl gearbeitet hat: das Wohlergehen des gemeinen Volkes, Gerechtigkeit für alle, den allgemeinen Frieden.«

Marguerite sah verwirrt und betroffen aus. »Aber warum? Jeder kann sehen, was Ludwig Gutes getan hat.«

»Für Amalric zählen nur der Adel und die Kirche. Er will, daß Frankreich ausschließlich zu deren Vorteil regiert wird. Und vor allem zu seinem eigenen.«

Marguerite schüttelte den Kopf, wie um ihn freizumachen. Sie zog ihre Hände weg und wischte sich den Schweiß von der Stirn. Nicolette machte ein Leinentuch naß und betupfte damit Stirn und Handgelenke der Königin.

»Aber wir sind nicht in Frankreich, und es ist jetzt nicht von Bedeutung, wie das Land regiert werden sollte«, sagte Marguerite. »Ludwig ist in tödlicher Gefahr, und wir müssen ihn retten. Warum quält Ihr mich mit diesen alten Streitfragen?«

Ich habe es ihr nur noch schwerer gemacht, dachte Nicolette. Verzweifelt beschloß sie, gleich zum Kern der Sache zu kommen.

Sie legte das feuchte Tuch zur Seite und beugte sich über das Bett dicht zu Marguerite.

»Meine Königin, bitte hört mir zu: Amalric tut alles, damit Ludwig umkommt!«

Marguerite zuckte zurück. Ihr Mund öffnete sich, ihre braunen Augen wurden weit, und ihre Hände legten sich schützend über den runden Bauch.

»Nein!«

Nicolette war bestürzt von der Tragweite der Worte, die sie gerade gesagt hatte. Mühsam fügte sie hinzu: »Ich schwöre, daß es die Wahrheit ist. Schon seit vielen Jahren denkt er so.«

»Seit vielen Jahren? Warum habt Ihr dann noch niemals etwas gesagt?«

Nicolette sah einen Anflug von Zorn in Marguerites Augen blitzen.

»Hättet Ihr mir geglaubt? Hättet Ihr einer Frau vertraut, die ihren eigenen Mann des Hochverrats beschuldigt? Einer Frau, die, wie Ihr sehr wohl wißt, den Feind ihres Mannes liebt?«

»Aber Ihr habt es einfach zugelassen? Ihr habt zugelassen, daß sich mein Gemahl mit einem Mann anfreundet, der seinen Tod plant?« Zorn und Entsetzen waren jetzt deutlich in Marguerites Gesicht zu sehen.

Mein Gott, dachte Nicolette, ich rege sie mehr auf, als Amalric es gestern getan hat?

»Ich habe nicht gesagt, daß er den Tod des Königs plant«, erwiderte sie und zwang sich, ruhig zu sprechen. »Ich habe keinen Beweis dafür. Ich weiß, daß er den Tod des Königs wünscht. Auf lange Sicht hofft er, entweder selbst König zu werden oder denjenigen zu kontrollieren, der die Krone trägt.«

»Wenn das wahr ist, muß er verrückt sein. Und wenn es nicht stimmt, seid Ihr verrückt. Werdet Ihr Eurem Mann diese Beschuldigungen ins Gesicht sagen?«

Nicolette war, als würde ihr plötzlich der Boden unter den Füßen weggezogen. Sie sah sich mit Amalric vor der Königin stehen, vielleicht vor einem Gericht aus Rittern und Geistlichen. Ihr Wort, das Wort einer Frau, gegen den größten Fürsten des Königreiches.

Sie stand auf und ging zum Fenster. Durch das eiserne Gitterwerk sah sie in den Palasthof hinunter. Die gleiche Gruppe von Seeleuten hockte immer noch auf den Pflastersteinen. Wie Amalric wollen sie, daß wir von hier verschwinden, dachte sie.

Sie drehte sich zu Marguerite um. Nachdem sie draußen in den hellen Sonnenschein geblickt hatte, schien das Schlafgemach dunkel, und sie konnte die Königin kaum noch erkennen.

»Ja«, antwortete sie, weil sie nichts anderes sagen konnte. »Ja, ich werde es ihm ins Gesicht sagen, wenn Ihr das wollt.«

Marguerite schüttelte den Kopf. »Ich weiß nicht, was ich will. Ich brauche dringender Hilfe als je zuvor in meinem Leben, und

Ihr sagt mir, daß der einzige starke Mann in meiner Umgebung ein Verräter ist.«

Nicolette trat näher an das Bett heran und erkannte, daß Marguerite völlig verzweifelt war.

Ich habe alles nur noch schlimmer für sie gemacht, dachte Nicolette elend. Ich habe sie nicht überzeugen können und unsere Freundschaft zerstört. Jetzt wird Amalric sein Ziel erreichen.

Als Marguerite wieder etwas sagte, klang ihre Stimme fremd. »Glaubt Ihr, daß ich diese Stadt regieren, gegen die Sarazenen verteidigen und gleichzeitig versuchen kann, meinen Gemahl freizukaufen, während ich die ganze Zeit den Verdacht habe, daß Amalric de Gobignon ein Verräter ist?«

Die Königin richtete sich mühsam auf. Nicolette wollte ihr behilflich sein, doch Marguerite winkte ab.

»Warum, warum nur habt Ihr mir das so lange verheimlicht?« fuhr sie fort, »ich habe geglaubt, wir wären Freundinnen. Ich habe geglaubt, ich wüßte alles von Euch.«

»Ich habe es Euch nie erzählt, weil ich wußte, daß es Euch unmöglich sein würde, mir zu glauben. Ihr habt keinen Beweis, nur mein Wort gegen den Mann, der des Königs eigener Vetter ist. Hätte der König es geglaubt, wenn dieses Gerücht an sein Ohr gedrungen wäre? Marguerite, liebste Freundin, ich habe nur einen Grund, weshalb ich es Euch heute erzähle. Das Leben des Königs ist in solcher Gefahr, daß ich nicht länger schweigen kann. Selbst wenn Ihr mir nicht glauben könnt, selbst wenn Ihr mich Amalric gegenüberstellen solltet, selbst wenn Ihr mich ins Gefängnis werft oder er mich tötet: Ich habe es wenigstens ausgesprochen! Und jetzt müßt Ihr entscheiden.«

Marguerite blickte Nicolette an.

Es schien eine Ewigkeit zu vergehen. Nicolette hatte ihre Hände im Schoß gefaltet. Von draußen hörte sie die rauhen Stimmen der Seeleute, die sich auf italienisch unterhielten.

Dann sagte Marguerite: »Nicolette, Ihr seid in diesem ganzen fremden, furchtbaren Land die einzige, auf deren Rat ich vertraue. Sagt mir, was ich tun soll.«

Nicolette atmete erleichtert auf. Sie nahm Marguerite in die Arme und spürte das tränennasse Gesicht der Königin an ihrer Wange. Wir lieben uns sehr, dachte sie. Das könnte uns jetzt retten. Sie hielten sich umschlungen und weinten noch einige Zeit, bis ihre Tränen schließlich verebbten. Nicolette setzte sich auf und versuchte ihre Gedanken zu ordnen.

Sie hatte noch nicht weitergedacht, als nur von Amalrics Vorhaben zu erzählen. Doch irgendwie würde Marguerite das Richtige tun, wenn sie überzeugt war, Amalric nicht zu trauen.

Aber was war das Richtige? Marguerite wußte es nicht, und sie noch viel weniger. Mit Entsetzen stellte sie fest, daß auch noch die Bürde der Befreiung ihrer Liebsten, sowohl auf Nicolette als auch auf der Königin lastete.

»Ich kann Euch nur einen einzigen Rat geben: Solange Ihr Damietta haltet, habt Ihr noch etwas, das Ihr für das Leben des Königs eintauschen könnt. Ihr dürft die Stadt nicht aufgeben. Und ihr *könnt* Damietta halten. Wir haben etwa fünfzig Ritter. Sie mögen alt sein, aber sie müssen auch etwas von ihrem Handwerk verstehen, sonst wären sie gar nicht so alt geworden. Wir haben noch Diener, Pagen und andere Leute, die wir bewaffnen können. Vielleicht können wir die Genuesen überreden, uns ein paar Bogenschützen an Land zu schicken. So können wir die Stadt wenigstens eine Weile halten. Und Ihr könntet Nachrichten nach Zypern und in die Christenfestungen in Syrien und Palästina schicken. Es werden noch mehr Ritter kommen. Die Templer und die Hospitaliter werden Ritter schicken. Welcher ritterliche Mann würde nicht kommen, wenn die Königin von Frankreich in solcher Gefahr ist?«

Marguerite nahm Nicolettes Hände.

»Ja«, sagte sie, »solange wir die Schiffe noch haben, sind wir nicht verloren.«

»Schickt Königin Blanche eine Botschaft und teilt ihr mit, was geschehen ist. Bittet sie um Lösegeld. Die Templer hüten den Schatz von Frankreich, und sie haben auch Banken hier im Orient. Sie können das Geld für Euch bereitstellen.«

»Natürlich!« rief Marguerite.

»Ihr müßt dem Sultan eine Nachricht zukommen lassen. Erklärt ihm, daß Ihr verhandeln wollt«, überlegte Nicolette. »Vielleicht kann der Patriarch von Jerusalem unter der weißen Flagge zu ihm gehen.«

»Ja.« Die Farbe kehrte in Marguerites Wangen zurück. Doch dann wurde sie wieder bleich. »Was soll ich mit Eurem Gemahl machen? Ihn zur Rede stellen? Ihn anklagen? Ihn ins Gefängnis werfen lassen?«

»Ich glaube, im Augenblick noch nicht«, erwiderte Nicolette. »Ihr habt keinen Beweis für seine Arglist. Nur mein Wort, und das ist nicht genug, um andere zu überzeugen. Ihr würdet unsere Kräfte zersplittern, wenn Ihr jetzt etwas gegen ihn unternehmt. Wir haben sowieso schon zu wenig Männer. Aber Ihr dürft Amalric nicht das Kommando über die Stadt geben. Ihr selber müßt im Namen des Königs handeln und keinen Zweifel daran lassen, daß jedermann hier unter Eurem Befehl steht. Ihr könnt Amalric das Kommando zur Verteidigung der Stadt geben, aber deutlich machen, daß er seine Autorität von Euch erhalten hat. Er wird die Verteidigung dieser Stadt als eine Sache seiner Ehre ansehen. Das könnte ihn davon abhalten, irgend etwas zu tun, das unseren Widerstand gegen die Sarazenen untergraben könnte und uns zum Abreisen zwingen würde. Und wenn er es doch tut, dann habt Ihr den Beweis, den Ihr braucht, um gegen ihn vorzugehen.«

»Es wird schwer sein, ihm gegenüberzutreten und ihn nicht merken zu lassen, daß ich ihn für einen Feind halte.«

»Ihr könnt es«, erwiderte Nicolette, und fügte bitter hinzu: »Ich tue es schon seit Jahren.«

»Ich werde die wichtigsten Männer der Stadt heute zusammenrufen, Nicolette«, sagte Marguerite mit plötzlicher Entschlossenheit. »Ich werde ihnen sagen, daß wir Damietta halten, solange der König, seine Brüder und die anderen Kreuzritter in der Hand der Sarazenen sind.«

Doch dann wirkte die Königin wieder unsicher. »Glaubt Ihr

wirklich, daß wir es schaffen können, Nicolette? Mit ein paar alten Rittern, einer Meute von genuesischen Piraten und gegen einen Baron, der den Thron an sich reißen will?«

»Wir sind auch noch da, Marguerite«, sagte Nicolette. »Sind wir nicht echte Frauen aus dem Languedoc?«

»Ja!« Über Marguerites Gesicht huschte ein Lächeln, bei dessen Anblick Nicolette die Tränen in die Augen traten. »Nicolette, ich werde allen zeigen – den Sarazenen, den Genuesen, unseren Männern und auch Ludwig –, was eine Königin, eine Frau aus dem Languedoc, vermag.«

XXIX

»Himmel, ich muß etwas zu essen haben«, stöhnte Amalric, als er mit Nicolette den großen Saal ihres ägyptischen Hauses betrat. »Seit Monaten habe ich nichts Ordentliches mehr bekommen. Und dann hat mich die Aufforderung dieser törichten Frau geweckt, und ich hatte keine Zeit mehr dazu. Bringt mir sofort Brot, Käse und Früchte, und die Diener sollen einen Ochsen braten. Und Wein dazu, ein Krug von dem guten Wein aus Zypern.«

In aller Ruhe erteilte Nicolette der Dienerschaft ihre Befehle, und Amalric ließ sich erschöpft auf einen Diwan fallen.

Die Diener stellten einen Tisch vor Amalric auf, und Nicolette setzte sich ihm gegenüber auf einen vergoldeten Schemel. Sie kam sich vor, als wäre sie zusammen mit einem hungrigen Wolf in einen Käfig gesperrt. Er fiel über alles her, was ihm gebracht wurde, und zwischendurch schüttete er den Wein in sich hinein.

Nicolette nahm nur etwas Obst. Sie hatte keinen Appetit.

Alles war gelaufen, wie sie es sich erhofft hatte. Marguerite hatte Amalric und andere führende Männer der Stadt zu sich gerufen und mit aller Entschiedenheit erklärt, daß sie auf keinen Fall die Absicht habe, Damietta aufzugeben.

Amalric hatte getobt, genau wie Nicolette es von ihm erwartet hatte, aber zu ihrer Freude hatte sich Marguerite behauptet. Admiral Lercari hatte eine schriftliche Erklärung verlangt, in der festgehalten werden sollte, daß er für seine Schiffe und Männer mehr Geld erhalten würde. Marguerite hatte sich Pergament und eine Feder bringen lassen, hatte eine kurze Notiz niedergeschrieben und sie dem Genuesen hingeworfen, als wenn er ein Bettler wäre. Bei dem Gedanken daran mußte Nicolette beinahe lächeln, doch in Amalrics Gegenwart wagte sie das nicht.

Nachdem er den größten Teil des Bratens hinuntergeschlungen hatte, machte er eine Pause und sah Nicolette an.

»Nicolette, Ihr habt irgend etwas mit dieser Geschichte zu tun, oder?«

Sie erschrak. Sie hatte befürchtet, daß er sie verdächtigen könnte.

»Beim heiligen Dominikus, spielt mir nicht die Unwissende vor. Als ich heute morgen geweckt wurde, wart Ihr schon im Palast. Und garantiert habt Ihr Marguerite Eure guten Ratschläge zuteil werden lassen.«

»Es ist meine Pflicht, der Königin zu dienen, und im Moment braucht sie mich mehr als je zuvor.«

»Als ich gestern abend zu Bett ging, war ich mir sicher, daß ich sie heute – mit Eurer Hilfe – davon überzeugen könnte, sofort nach Zypern abzusegeln. Und als ich heute morgen aufwachte, ist sie dabei, sich auf eine Belagerung vorzubereiten. Wer hat sie dazu bewogen, ihre Meinung zu ändern, Nicolette?«

Sie konnte ihren Blick nicht von seinen großen Händen abwenden, in denen er noch immer den riesigen Ochsenknochen hielt, von dem der Saft heruntertropfte. Sie konnte sich vorstellen, wie sich diese Hände um ihren Hals legen und zudrücken würden.

»Die Königin fällt ihre eigenen Entscheidungen, Monseigneur. Aber sie hat mich um meinen Rat gebeten.«

»Und wozu habt Ihr ihr geraten?« fragte Amalric mit bedrohlicher Sanftmut und legte den Knochen beiseite.

Nicolette nahm sich zusammen. Ich darf keine Furcht zeigen. Ich muß so tun, als wäre dies eine ganz normale Unterhaltung.

»Ich sagte ihr, sie solle lieber mit den Sarazenen einen Handel abschließen, als Damietta einfach aufzugeben. Wir könnten die Kapitulation von Damietta als Gegenleistung für die Freilassung des Königs anbieten.«

Amalrics Hand schnellte über den Tisch und legte sich um ihr Handgelenk. Die Berührung seiner fettigen Finger jagte ihr kalte Schauer über die Haut.

»Ihr wart es also doch. Ihr habt alles zunichte gemacht. Ab heute werdet Ihr als meine Frau, die mir Gehorsam schuldet, der Königin nur noch raten, was ich Euch befehle.«

O Gott, wie sehr sie ihn haßte.

Sie drehte ihren Arm und befreite ihr Handgelenk.

»Monseigneur, Ihr könnt doch einer Frau, selbst wenn sie Königin ist, keinen Vorwurf daraus machen, daß sie ihren Mann nicht im Stich lassen will.«

Er sah sie an.

Er fragt sich, wieviel ich wohl weiß, dachte sie.

»In Damietta zu bleiben bedeutet eine sinnlose Verschwendung von Leben und Geld«, sagte er. »Die Armee ist verloren.«

Der Gedanke, daß Roland, der König und so viele andere brave Männer litten und starben, während Amalric sich hier ruhig mit Braten vollstopfte, machte sie rasend. »Ist es noch nicht genug, daß die gesamte Armee in Gefangenschaft geraten ist? Daß Ihr all Eure Männer dort zurückgelassen habt? Sogar Euren treuen Vasallen d'Etampes. Alle außer Eurem Speichellecker Maurice. Wollt Ihr all Eure Kameraden vernichten?«

Trotz seiner tiefen Sonnenbräune wurde Amalric aschfahl im Gesicht und starrte sie mit halb geöffnetem Mund an. »Nennt Ihr mich etwa einen Feigling?«

»Nein..., nein...« Ihre Stimme begann zu zittern, als sie zu Tode erschrocken feststellte, wie weit sie in ihrem Zorn gegangen war.

Mit fettigen Fingern deutete er auf sie: »Es ist dieser Troubadour. Ihr denkt an diesen Troubadour, wenn Ihr von meinen Kameraden sprecht. Ihr habt ihn nie wirklich vergessen, nicht wahr? Ihr habt Angst um ihn.« Seine Stimme klang spöttisch.

»Mir tun alle Männer leid, die Getöteten und die Gefangenen, alle, egal, ob ich sie kenne oder nicht.«

Breit lächelnd beugte sich Amalric zu ihr hinüber.

»Es ist mir ein Vergnügen, Euch von Eurer Angst erlösen zu können, Madame. Euer ehemaliger Liebhaber, der Troubadour, ist tot.«

Nur einen Augenblick lang war ihr schwarz vor Augen. Dann ballte sie unter dem Tisch die Fäuste, bis sich ihre Nägel in die Handflächen gruben. Ich werde mir nichts anmerken lassen. Ich werde ihm nicht zeigen, daß er mich verletzt hat.

»Ich wiederhole, ich trauere um alle Toten in Mansura.« Mühsam unterdrückte sie ein Zittern ihrer Lippen.

»Es geschah, als wir uns gerade aus Mansura zurückziehen wollten«, fuhr er fort, als hätte sie gar nichts gesagt. »Vency und sein Bursche drangen in einen Innenhof ein, vermutlich auf der Suche nach Beute. Eine Horde von Ägyptern, die sich auf dem Dach auf die Lauer gelegt hatte, fiel über sie her. Ich habe gesehen, wie sie von Dutzenden blitzender Dolche niedergemacht wurden. Dann erschienen die Mamelucken auf dem Plan. Ich selbst bin nur knapp entkommen.«

In ihrem Kopf wirbelte alles durcheinander. Ich glaube es einfach nicht. Er hat diese Geschichte erfunden. Er weiß nichts.

Wenn Roland tot wäre, wüßte ich es.

Doch Amalrics Geschichte war voller Einzelheiten. Sie klang wahr.

Sie kaute auf ihrer Unterlippe. »Ihr habt offensichtlich eine große Begabung, Euch rechtzeitig von gefährlichen Orten zu entfernen, Monseigneur.«

Zornbebend sprang er vom Diwan auf und blieb gebückt vor ihr stehen. Eine Hand ruhte auf dem Griff seines Dolches.

Mit wild klopfendem Herzen wartete sie darauf, daß er auf sie losging.

Doch er beruhigte sich langsam wieder. »Ihr wollt mich reizen, um dadurch Eure wahren Gefühle für Roland verbergen zu können. Ich freue mich, daß sein Tod Euch schmerzt. Denn nun könnt Ihr ihn vergessen.«

Sein Gesichtsausdruck veränderte sich. Sein Blick zeigte Schmerz, aber auch Verlangen.

»Nicolette, wenn Ihr mich nur so lieben könntet, wie ich Euch liebe. Ihr könnt Euch nicht vorstellen, wie ich mich da draußen nach Euch gesehnt habe. Sogar mitten in diesem Alptraum, mit all den Toten und Sterbenden um mich herum, habe ich immer daran gedacht, daß ich zu Euch zurückkehre.«

»Ich fühle mich geehrt, Monseigneur«, sagte sie leise.

»Geehrt?« Er lachte bitter. »Zum Teufel mit der Ehre. Ich brauche Euch, Nicolette.« Er streckte ihr die Hand, die zuvor den Dolch gehalten hatte, entgegen. »Bitte. Es ist schon so lange her.«

O nein, dachte sie. Nein, nein, nein! Wie könnte ich es ertragen, nachdem er mir gerade erzählt hat, daß Roland tot ist? Nur mit Mühe konnte sie ihr Gesicht und ihren Körper unter Kontrolle halten.

»Nicolette, ich muß Euch haben. Jetzt.«

Sie würde schreien, wenn er sie berührte. Lieber wollte sie lebendig verbrannt werden.

»Nein, ich will nicht, Monseigneur.»

Er kam um den Tisch herum und ergriff ihren Arm. Sie spürte die ungeheure Kraft, die er hatte. Er roch nach Braten und Wein.

»Bitte, Nicolette, seid lieb zu mir. Ich bin schon einen Tag und eine Nacht wieder hier und sehne mich nach Eurer Umarmung. Mein Gott, monatelang habe ich in diesem verfluchten Land gelitten und geblutet. Ich habe mich bis zu Euch zurück durchgekämpft, während alle anderen fränkischen Ritter in Gefangenschaft gerieten. Ich hatte gehofft, Ihr würdet Euch über meine Rückkehr freuen. Es war auch für Euch eine lange Zeit, nicht wahr? Habt Ihr mich nicht vermißt? Hattet Ihr keine Sehnsucht nach mir?«

Es kostete sie unendliche Anstrengungen, sich in ihr Schicksal zu ergeben. Sie mußte ihm seinen Willen lassen, damit er vielleicht den Fehler beging, ihr weiterhin zu vertrauen.

»Ja«, sagte sie leise, »aber wascht Euch zuerst die Hände.«

»Alles, was Madame wünscht«, sagte er mit schiefem Lächeln. Er ließ sie los, um etwas Wasser in ein Becken zu gießen und seine Hände darin zu waschen. Er trocknete sie an seinem Hemd ab. Dann nahm er sie an die Hand und führte sie schweigend nach oben.

Das Zimmer hatte vorher wohl zum Harem des Emirs gehört. Eine ganze Zimmerflucht im zweiten Stock war durch eine schwere eiserne Tür abgetrennt. Im größten dieser Räume hatte Amalric ihr Bett aufstellen lassen. Nun führte er sie zu dem Bett, und sie legte sich nieder. Ich werde zu einem Eisblock erstarren und versuchen, dieser Qual zu entfliehen, dachte sie.

Doch als er in sie eindrang, hatte sie wie immer große Schmerzen, denn sie wollte ihn nicht. Ihr wurde klar, daß sie nicht aus Eis, sondern aus Fleisch bestand. Sie wartete darauf, daß es endlich vorbei wäre, dachte daran, wie er sich über Rolands Tod gefreut hatte, und haßte ihn dafür. Als er aufstöhnte und sich entspannte, konnte sie seine Nähe nicht mehr länger ertragen. Schnell entzog sie sich ihm, drehte sich auf ihre Seite herum und biß sich in die Faust. Sie sah Rolands dunkles lächelndes Gesicht vor sich und wurde starr vor Kummer.

»Er ist wirklich tot, Ihr wißt es«, sagte Amalric. Es erschreckte sie, daß er sie durchschaut hatte. »Ich sah, wie er starb.« Er stand auf und brachte seine Kleidung in Ordnung. »Ich werde Euch jetzt verlassen, damit Ihr Euch Eurer tiefen Trauer ganz hingeben könnt. Ich habe noch viel zu tun.« Seine Stimme bekam einen ironischen Unterton. »Schließlich befehlige ich die Verteidigungstruppen hier.«

Nachdem er das Zimmer verlassen hatte, begrub sie das Gesicht in den weichen Kissen, um ihr Schluchzen zu unterdrükken. Lange lag sie so da und hätte am liebsten laut aufschreien mögen.

Ich muß hier raus, sagte sie sich schließlich. Sie raffte sich auf, und wie hypnotisiert nahm sie einen dunklen seidenen Umhang mit Kapuze aus ihrer Kleidertruhe und warf ihn sich um.

Mit ausdruckslosem Gesicht und ohne Tränen in den Augen trat sie aus dem Torbogen des Hauses. Sie spürte den salzigen Wind aus dem Norden, und einen Moment lang wünschte sie sich, auf dem Meer zu sein und dieses furchtbare Land hinter sich zu lassen.

Auf dem Weg über den Innenhof zum äußeren Tor hörte sie eilige Schritte hinter sich und dann die Stimme von Agnes. Nicolette hielt an und drehte sich um.

»Madame, es ist viel zu gefährlich auszugehen.«

Nicolette sah Agnes an. Ihre Augen waren rot, die Wangen eingefallen. Meine arme Freundin, in was habe ich dich da mit hineingezogen?

»Mir wird nichts passieren«, sagte Nicolette leise und voller Ungeduld, endlich hinauszukommen.

Agnes holte tief Luft. »Ich werde Euch begleiten, Madame«, sagte sie und schluckte heftig, »wenn Ihr es wünscht.«

Dieser Satz mußte sie sehr viel Mut gekostet haben, dachte Nicolette, und eine Welle tiefer Zuneigung zu Agnes überkam sie. Das arme Ding ist total verschreckt. Doch an meiner Seite würde sie gegen die gesamte ägyptische Armee antreten, wenn ich sie darum bäte.

»Ich gehe nicht weit«, log Nicolette. »Geh wieder hinein, Agnes. Mir wird nichts geschehen.«

Als sie aus dem Tor trat, verdeckte sie ihr Gesicht mit einem Schleier wie die ägyptischen Frauen und zog die Kapuze über den Kopf. Sie schaute nach dem Stand der sengenden afrikanischen Sonne. Es war mitten am Nachmittag. Vor Anbruch der Dunkelheit mußte sie zurück sein.

Erleichtert stellte sie fest, daß der Durchgang durch die dreifachen Mauern von Damietta noch frei war. Daraus konnte man schließen, daß das Heer der Sarazenen noch nicht im Anmarsch war. In barschem Ton warnte sie der diensthabende Wachsoldat, daß das Tor bei Sonnenuntergang geschlossen würde. Er hielt sie offensichtlich für eine Frau niederen Standes oder sogar für eine Mohammedanerin.

In ihrem Kopf gab es nur noch einen einzigen Gedanken – die Trauer um Roland. Doch weder Amalric noch irgendeiner, der Amalric kannte, durfte ihren Kummer bemerken. Damietta zu verlassen, während die Beduinen draußen herumstreiften, war sicher noch gefährlicher als durch die Straßen zu gehen, aber sie mußte mit ihrem Schmerz allein sein.

Sie ging hinunter zum Fluß. Sie sprach kein Wort Arabisch, aber der ägyptische Bootsmann verstand ihre Zeichensprache, und die angebotene zyprische Silberdrachme tat ein Übriges. Sie erklärte ihm, daß sie allein hinausrudern wollte, und der Ägypter schüttelte den Kopf und zuckte mit den Schultern. Wahrscheinlich hält er mich für verrückt, dachte sie, aber die Silbermünze ist mehr wert als sein Kahn. Warum sollte er sich also Gedanken machen, was mit mir geschieht?

Sie begann flußaufwärts zu rudern. Im Licht der Nachmittagssonne hatte das schmutzige Wasser die Farbe von Messing. Seit jener Nacht mit Roland im letzten Herbst war sie nicht mehr auf der Insel gewesen, aber sie glaubte, die Stelle wiederfinden zu können.

Der Fluß war ruhig. Sie ruderte gegen die Strömung, aber die war im April auf dem Nil noch nicht sehr stark. Sie ließ die Mauern von Damietta hinter sich und glitt vorbei an kleinen ägyptischen Dörfern, in denen die Wasserräder von Büffeln angetrieben wurden und sich auf dem Dach jeder grauen Lehmhütte ein Taubenschlag befand. Kanäle zweigten vom Fluß ab, und als sie einen davon wiedererkannte, ruderte sie dort hinein. Sie mußte an vielen Inseln vorbei, die durch die kreuz und quer verlaufenden Kanäle entstanden waren. Die Insel, die sie ansteuerte, war höher als alle anderen, und an ihrer höchsten Stelle standen die Ruinen des Tempels.

Dort. Sie konnte die schlanken weißen Säulen erkennen, die zwar zerstört waren, aber immer noch das Schilf überragten. Sie verankerte das Boot und kletterte hinaus. Von der kleinen Anhöhe in der Mitte der Insel hatte sie eine gute Sicht über die flache Marschlandschaft hinüber zu den Mauern und Türmen von Damietta.

Sie trat in den Kreis der Säulen und kniete sich auf dem Marmorboden nieder. Wieder erblickte sie das Relief, das sie zusammen mit Roland in jener Nacht betastet hatte. Es war aus dem Tempeldach herausgebrochen und zeigte einen nackten jungen Mann, der drei nackten Frauen gegenüberstand und einer von ihnen einen Apfel hinhielt. Roland hatte gesagt, daß die Frau, die den Apfel bekam, die Göttin der Liebe sei. Sie berührte die glatten Schultern des jungen Mannes mit den Fingerspitzen.

»Roland«, schluchzte sie. »Verlaß mich nicht!«

Sie lag auf dem Marmorboden und weinte, bis ihr Hals weh tat und sie keinen Ton mehr herausbrachte. Sie lag noch immer dort, als die Sonne schon langsam unterging und die Schatten der Säulen länger wurden.

O Roland, ich kann es nicht ertragen. Ich will nicht glauben, daß es Euch nicht mehr gibt. Unsere Seelen waren in der Liebe vereinigt. Sie müssen immer noch miteinander verbunden sein. Würde ich es nicht spüren, wenn sie Euch getötet hätten?

Einen Augenblick lang wollte sie hoffen.

Doch dann überfiel die Verzweiflung sie wieder. Er mußte tot sein. Wenn so viele Tausende gestorben waren, wie konnte er da noch am Leben sein?

Dann hörte sie plötzlich Schritte und Stimmen.

Ihr blieb fast das Herz stehen. Ihr Körper wurde starr vor Angst. Die Stimmen sprachen Arabisch. Lieber Jesus, das waren Beduinen!

Sie verkroch sich im Schatten der umgestürzten Tempelmauer. Auf dieser kleinen Insel gab es keinen Ort, an dem man sich verstecken konnte. Und wahrscheinlich hatten sie auch schon ihr Boot entdeckt. Sie hörte, wie die Männer näherkamen. Das Unterholz knackte unter ihren Fußtritten, und ihre Stimmen wurden lauter.

Ein großer Mann in Beduinentracht trat aus dem hohen Riedgras.

Er war wie ein Araber gekleidet, aber er hatte einen roten Schnurrbart und ein blaues Auge – das andere war weiß wie eine Eierschale, und eine Narbe verlief von der Stirn bis zur Wange.

Das Gras wurde noch einmal auseinandergebogen und ein zweiter Mann erschien.

»Beim heiligen Christophorus! Die Comtesse!«

In ihrem Leid hatte sie nicht bemerkt, daß die Kapuze und der Schleier heruntergerutscht waren. Maurice hatte deshalb keine Mühe, sie augenblicklich zu erkennen.

Auch sie erkannte sofort, wer er war. Warum war er hier? Und wer ist dieser Araber, oder was er auch sonst immer sein mochte?

Sie richtete sich auf und blickte die beiden Männer an. Moslems verachten Frauen, die ihr Gesicht zeigen, dachte sie. Dieser Beduine würde mich vermutlich für eine Hure halten.

Der einäugige Mann kam ein paar Schritte auf sie zu und sagte etwas in seiner Landessprache zu ihr. Seine Stimme war leise, aber gebieterisch; sein Mund war nur ein schmaler Strich unter dem roten Schnurrbart, und sein Grinsen war furchterregend.

»Maurice, Ihr seid der Vasall meines Gemahls. Beschützt mich!« Sie hoffte, daß ihre zitternden Knie unter ihrem langen Kleid nicht zu sehen waren.

»Vorsicht Madame! Dieser Mann ist der Anführer eines mächtigen Stammes. Behandelt ihn höflich und erzürnt ihn nicht, dann wird er Euch nichts tun.«

Der Beduine fragte Maurice etwas, und dessen Antwort erschien Nicolette so flüssig, als wäre er in Ägypten geboren. Er sprach leise und mit einem Respekt, der schon fast an Angst grenzte, als würde er mit einem großen Seigneur sprechen. Zwischen den langen arabischen Sätzen hörte Nicolette heraus, daß er ihren Namen nannte.

Der Einäugige sah überrascht aus, lächelte dann kurz und zuckte mit den Achseln.

Er streckte die rechte Hand aus und näherte sich ihrem Gesicht. Seine Hand war riesig, seine Handfläche und seine Finger waren rauh.

Sie wollte zurückzucken, doch der Blick dieses einen blauen Auges lähmte sie. Seine Finger glitten mit überraschender Zartheit über ihre Wangen. Dann lächelte er sie an und drehte sich um.

Sie hörte, daß Maurice erleichtert aufatmete.

Er sagte etwas zu Maurice, und der wandte sich an Nicolette. »Ich habe noch einige Geschäfte mit ihm zu erledigen, Madame. Wartet hier, und ich werde Euch sicher nach Damietta zurückgeleiten, wenn wir fertig sind.«

Er ging zusammen mit dem Beduinen auf die Seite der Insel, die Damietta gegenüberlag. Sie blickten zur Stadt hinüber und unterhielten sich leise.

Dieser einäugige Mann ist ein Kundschafter der Sarazenenarmee, dachte Nicolette, und Maurice, dieser Verräter, erzählt ihm von unseren Verteidigungsstellungen. Sie wurde zornig. Vielleicht hatte er auch dabei geholfen, die Armee in Mansura zu vernichten. Und Roland zu töten! Sie zitterte vor Wut.

Die Sonne hing schon tief über dem flachen Marschland. Nicolette überlegte, ob sie versuchen sollte, ihr Boot zu erreichen, doch sie wußte, daß man sie fangen würde.

Als die Unterhaltung beendet war, sah sie, wie Maurice sich vor dem Araber verneigte und mit seiner rechten Hand Stirn, Lippen und Brust berührte. Fast wie das Zeichen des Kreuzes, dachte Nicolette. Der Beduine verbeugte sich mit einer ausholenden Handbewegung vor Maurice, drehte sich um und verschwand wieder im Riedgras. Einen Augenblick später hörte Nicolette Hufschläge auf der kleinen Brücke, die die Insel mit der nächsten verband.

Maurice kam zu ihr zurück. Sie richtete sich auf und machte sich bereit, zu kämpfen oder wegzulaufen, falls er sie angreifen sollte. Sie beobachtete seine Hände genau und achtete auf jede Handbewegung, die in ihre Richtung oder zu seinem Dolch in der juwelenbesetzten Scheide gehen könnte. Er ist schon alt, dachte sie. Er kann nicht stärker als ich sein. Aber er sieht stark aus.

»Gut, daß Ihr mit dem Boot gekommen seid, Madame«, sagte er. »Ich bin zu Fuß hierhergekommen, und es würde Stunden dauern, wenn wir zurücklaufen müßten. Die Stadttore würden dann sicherlich schon geschlossen sein. Darf ich Euch zurückrudern, Madame?«

Während sie zum Boot gingen, überlegte sie, was sie zu ihm sagen könnte. Wenn ich ihn frage, könnte er mich umbringen. Aber er muß doch erwarten, daß ich eine Erklärung von ihm verlange. Wenn ich gar nichts sage, wird er überzeugt sein, daß ich ihn verrate, wenn wir zurückgekehrt sind. Und dann wird er mich bestimmt umbringen.

»Dieser Mann ist der Anführer eines Stammes«, sagte Maurice, »der viele Schafe besitzt. Ich habe gerade eine Vereinbarung mit ihm getroffen, die uns das Fleisch sichert, wenn es zu einer Belagerung kommt. Ist das nicht großartig?« Er blickte sie fragend an.

Wenn ich ihn einen Lügner nenne, wird er mich auch töten, dachte sie.

»Dann nehme ich an, daß mein Mann von dieser Vereinbarung weiß?«

»Ich habe in der Vergangenheit schon viele solcher Sachen für ihn erledigt, Madame. Alte Soldaten wissen, wie man Vorräte besorgt. Aber von diesem Treffen heute weiß er nichts, und ich glaube, daß es im Augenblick auch das beste ist. Es wäre etwas eigenartig, wenn der Befehlshaber von Damietta seine Nahrungsmittel von den Beduinen bekommt. Wenn ich dabei gefaßt werden sollte, kann er bei allen Heiligen schwören, daß er nichts davon gewußt hat. Findet Ihr nicht auch, das wäre das beste?«

Er drückte das Schilfgras beiseite, und da lag ihr kleiner Kahn vor ihnen. In der Ferne glitzerte das Wasser des Kanals in der untergehenden Sonne wie pures Gold. Maurice hielt das Boot fest, als sie hineinkletterte und sich nach hinten setzte. Ohne zu zögern trat Maurice in das knietiefe schlammige Wasser und stieß ihren Kahn ab. Dann schwang er sich schnell hinein und setzte sich in die Mitte an die Ruder.

»Mein Leben ist in Eurer Hand, Madame«, sagte Maurice ernst, als sie auf dem Kanal in Richtung Nil glitten. »Die Christen in Damietta sind verrückt vor Angst. Wenn Ihr sagt, daß ich spioniert habe, werden sie mich aufhängen, ohne mich auch nur anzuhören.«

Und genau das werde ich tun, wenn er dumm genug ist, mich am Leben zu lassen.

Maurice ruderte schweigend und mit gesenktem Kopf. Als er wieder aufblickte und sie ansah, lag Verschlagenheit und leichte Verachtung in seinem Blick.

»Vielleicht muß Madame auch ihre eigenen Geheimnisse hüten. Diese Insel ist ein wunderschöner Platz für zwei Liebende, nicht wahr? Ihr solltet es mir sagen, wenn Ihr nicht wünscht, daß der Graf etwas von Eurem Ausflug erfährt.«

Sie schlug die Augen nieder, um seinem fragenden Blick nicht zu begegnen.

»Wir verstehen uns, Maurice. Wir beide haben Geheimnisse, die der Graf lieber nicht erfahren sollte. Vielleicht könnt Ihr mir auch einen Gefallen tun. Könnt Ihr außer dem Fleisch auch noch Informationen von den Beduinen bekommen?«

»Alle, die Ihr wünscht, Madame.«

Ihr Magen verkrampfte sich. Ich riskiere viel, wenn ich ihn frage. Er könnte es gegen mich verwenden.

»Könntet Ihr für mich herausfinden, welche der gefangenen Ritter in Mansura noch am Leben sind?«

»Möchte Madame etwas über einen bestimmten Ritter erfahren?«

»Wenn Ihr die Nachrichten über die Gefangenen habt, sagt sie mir, und ich werde entscheiden, welche weiteren Fragen ich Euch stelle.«

Sie ruderten nun auf dem Hauptarm, und die braunen Mauern von Damietta erhoben sich am Ufer. Sie sprachen nicht mehr miteinander. Jeder hing seinen eigenen Gedanken nach.

Wenn Maurice den Sarazenen wirklich hilft, wird Damietta fallen, wenn ich ihn nicht verrate. Ich würde uns alle umbringen.

O Gott, nun muß ich nicht nur Amalric, sondern auch noch Maurice im Auge behalten!

XXX

Roland hatte jegliches Zeitgefühl verloren, doch er war der Meinung, daß er schon zwei Monate Gefangener der Mamelucken gewesen war, als man ihn aus Lokmans Haus in das befestigte Lager außerhalb von Mansura gebracht hatte.

Er stolperte durch das Tor in der Mauer. Er erkannte einige braune Hütten, die wie all die anderen aussahen, die er entlang des Nils gesehen hatte. Doch es gab keine ägyptischen Landarbeiter mehr. Hier waren nur Franzosen – Hunderte, vielleicht Tausende. Ihm wurde das Herz schwer. Zwei Monate hatten Baibars und seine Mamelucken also gebraucht, um den Rest von Ludwigs Armee auf diese wenigen Männer zu reduzieren.

»O Jesus«, flüsterte Perrin.

Die Männer waren zerlumpt, abgemagert und dreckig. Einige liefen umher, andere standen nur da und starrten in die Luft. Sie trugen die Lumpen, die ihnen noch geblieben waren, nachdem die Ägypter ihnen die Rüstungen abgenommen hatten. Das Schlimmste war, dachte Roland, daß ihnen alles gleichgültig zu sein schien. Nur ein paar von ihnen blickten mühsam auf, als Rolands Gruppe ins Lager gebracht wurde.

Roland erinnerte sich an den glorreichen Junitag vor zwei Jahren in Paris: Tausende von Rittern auf ihren Schlachtrössern, das Gold der Oriflamme leuchtete gegen den blauen Himmel, die Jubelrufe der Menschen, der König in seiner glitzernden Rüstung! Dann blickte er wieder auf diese geschlagenen, verzweifelten Männer und wäre am liebsten in Tränen ausgebrochen.

»Im Namen der Stimme kommt die Erleuchtung«, sagte Perrin plötzlich mitten in der Nacht.

»Beim heiligen Michael, sei still!« zischte Roland, als er den Spruch der Katharer erkannte.

»Der Herr dieser Welt hat mich fest in seiner Gewalt«, flüsterte der Spielmann undeutlich.

Roland blickte in der dunklen engen Hütte umher, um festzustellen, ob einer der Mitgefangenen etwas gehört hatte. Es rührte sich nichts.

Perrin mußte im Schlaf gesprochen haben, dachte Roland. Er streckte die Hand aus und rüttelte Perrin. »Rede nur so weiter, dann werden sie uns umbringen«, flüsterte er.

Dann überkam ihn ein furchtbarer Verdacht. Er legte seine Hand auf Perrins Stirn. Sie war so heiß, daß Roland sie erschreckt zurückzog.

Seit er in Ägypten war, hatte er das schon oft erlebt. Ein Mann, dem es im Moment gutging, wurde schon eine Stunde später vom Fieber geschüttelt, und ein paar Tage darauf war er tot.

Er drückte Perrins heiße Hand mit ganzer Kraft.

»Kämpfe dagegen an, Perrin«, flüsterte er eindringlich.

So heiß Perrin sich anfühlte, so kalt wurde Roland vor Schreck. Er konnte ihm nicht helfen.

Es gab kein Essen, keine Medizin, keinen, der sich mit Krankheiten auskannte.

Er strich Perrin über die Stirn, rieb seine heißen Hände. Seine Hilflosigkeit quälte ihn. Ist das alles, was ich tun kann: hier neben ihm sitzen und zusehen, wie er stirbt?

Er sah sich nach den anderen Rittern um. Könnte vielleicht einer von ihnen helfen? Doch alle saßen nur schweigend da.

Am darauffolgenden Tag verfärbte sich das Weiß in Perrins Augen, auf seinen Lippen bildete sich eine gelbliche Kruste, und sein abgemagerter Körper wurde durch das viele Schwitzen noch mehr ausgezehrt.

Benommen vor Furcht saß Roland an seiner Seite. Er versuchte ihm etwas von dem wäßrigen Brei einzuflößen, den die

Ägypter zweimal am Tag in Kübeln brachten, doch Perrin konnte nicht schlucken.

Obwohl Roland für sich selbst nie viel Vertrauen in Gott gehabt hatte, betete er jetzt inbrünstig für Perrins Leben.

Eine Woche nach ihrer Ankunft im Lager trat Roland ungefähr zur Mittagszeit vor seine Hütte, um Luft zu schöpfen.

Er bemerkte eine kleine Gruppe, die sich an der Mauer versammelt hatte. Neugierig ging Roland zu ihnen. Ein junger Ritter stand auf den Schultern zweier Männer und beobachtete irgend etwas. Er kletterte gerade herunter, als Roland sich zu der Gruppe gesellte. Das Gesicht des jungen Mannes war weiß vor Schreck.

»Sie töten die Unterführer und die einfachen Soldaten«, berichtete er. »Man kann Schreie aus ihrem Lager hören, und gerade eben kam ein Karren dort herausgefahren, auf dem viele Körper lagen – Körper ohne Köpfe.«

Genau wie in Lokmans Haus, dachte Roland.

Ein Mann mit einem schmutzigen, blutgetränkten Verband um den Kopf sagte: »Und das Allerschlimmste ist, daß kein Priester bei unseren Männern ist, der ihnen die Absolution erteilen könnte, bevor sie sterben. Diese Hunde von Sarazenen haben noch am selben Tag, an dem sie uns gefangennahmen, allen Priestern die Kehle durchgeschnitten.«

»Wir werden die nächsten sein«, sagte der Mann, der über die Mauer geschaut hatte.

»O nein«, erwiderte ein Ritter mit dunklem Bart, der etwas besser gekleidet war als die übrigen. »So wird nur mit den einfachen Männern verfahren. Sicherlich verfügen sogar die Sarazenen über genügend Ehrgefühl, daß sie Ritter nicht wie gewöhnliche Bauern abschlachten.«

Roland wurde zornig. Mit geballten Fäusten bahnte er sich einen Weg, bis er dem bärtigen Ritter gegenüberstand.

»Sire, ich wäre Euch sehr dankbar, wenn Ihr nicht abschätzig über die Männer sprechen würdet, die sterben müssen, weil sie uns treu gedient haben«, sagte er und versuchte seine Stimme ruhig zu halten.

»Ich kenne Euch nicht«, sagte der gutgekleidete Ritter leichthin, doch Rolands Blick flößte ihm Furcht ein.

»Ich kenne ihn«, sagte der Mann mit dem Verband. »Und er versteht mehr von ritterlicher Ehre, als Euch je möglich sein wird, Monseigneur. Dort drüben werden gute Christen ermordet, und wenn Ihr glaubt, Ihr wärt zu vornehm, um Trauer darüber zu zeigen, dann könnt Ihr doch wenigstens ein wenig Respekt beweisen.«

»Doch es stimmt, daß wir unsere Freiheit werden erkaufen müssen«, sagte der junge Mann, der in das andere Lager geschaut hatte. »Mein Herr, Graf Pierre de Bretagne, hat den Sarazenen schon ein Angebot für sich und seine Vasallen unterbreitet.«

»Mein Herr war William Longsword«, sagte der verwundete Ritter seufzend. »Von dem Ort, an den er gegangen ist, gibt es kein Freikaufen mehr.« Er reichte Roland die Hand. »Walter von Salisbury. Ihr habt mir beim Turnier des Königs mein Pferd und meine Waffen zurückgegeben, erinnert Ihr Euch noch?«

»Ach ja«, antwortete Roland. Mein Gott, dachte er, das war in einem anderen Jahrhundert und in einer anderen Welt. Manchmal war es kaum zu glauben, daß es Frankreich wirklich gab.

Jean de Joinville ergriff Rolands Arm. Wie alle anderen in dem Gefangenenlager war auch er nur noch Haut und Knochen. Wir sehen aus wie die tanzenden Skelette auf religiösen Darstellungen, dachte Roland, nur daß wir nicht tanzen.

»Der König befahl mir, Euch zu holen, Sire«, sagte de Joinville. Er führte Roland zu einer Lehmhütte, die auch nicht besser war als die der übrigen Ritter.

»Welch ein Palast«, meinte Joinville mit einem traurigen Lächeln. »Zwei Zimmer. Doch er muß sie nur mit seinen Brüdern und deren Männern teilen.«

Gerüchteweise hatte Roland davon gehört, daß die Sarazenen dem König und seinen Brüdern ein Haus in der Stadt als Unterkunft während der Gefangenschaft angeboten hätten. Doch

Ludwig hatte darauf bestanden, bei seinen Rittern zu bleiben. Zweifellos hat das Charles und Alphonse überhaupt nicht gefallen, dachte Roland, aber sie mußten mit dem König gehen.

Kaum waren sie eingetreten, da fragte Ludwig mit schwacher Stimme aus der Dunkelheit: »Habt Ihr es gehört, Roland? Sie töten unser Fußvolk.«

Nachdem sich Rolands Augen an das schwache Licht gewöhnt hatten, sah er, daß der König auf einer über einen Haufen Stroh gebreiteten Decke saß. Der getreue Isambert, nicht nur der Leibkoch des Königs, sondern auch sein Freund, stand wie eine Säule neben ihm. Wenn schon die Fürsten und Ritter wie lebende Skelette aussahen, glich der König wahrhaft dem Tod.

»Sire, ich war gerade bei einer Gruppe von Männern, die einen Blick über die Mauer geworfen haben«, sagte Roland, während er Ludwigs Aufforderung, auf dem Lehmboden Platz zu nehmen, nachkam.

»Wir können viele Menschenleben retten, wenn wir schnell handeln«, antwortete Ludwig. Seine Hände zitterten und seine Zähne klapperten.

Roland hatte gehört, daß der Sultan dem König seinen Leibarzt geschickt hatte und daß der Höhepunkt der Krankheit schon überschritten war. Trotzdem war der König sehr schwach.

»Was könnten wir tun, Sire?«

Ludwig reichte Isambert die Hand, damit dieser ihm aufhalf. Der König konnte etwas schwankend, aber ohne fremde Hilfe stehen. Sofort erhob sich auch Roland.

»Ich werde zum Sultan gehen«, sagte Ludwig. »Ich werde ihn darum bitten, alle meine Männer freikaufen zu dürfen.« Er legte seine Hand auf Rolands Schulter und sein Griff war noch erstaunlich fest. »Montfort liegt auch mit dem Fieber darnieder. Ihr müßt mich begleiten, um dem Sultan meine Worte zu übersetzen.«

»Nein, Sire!« rief Joinville besorgt aus. »Ihr dürft Euer Leben nicht aufs Spiel setzen.«

»Habe ich es nicht schon die ganze Zeit lang aufs Spiel gesetzt?« fragte Ludwig gefaßt. »Und habe ich nicht von jedem von Euch das gleiche verlangt?«

Die Wachen vor dem behelfsmäßigen, aber stabilen Holztor erkannten den König, und nach Rücksprache mit ihren Vorgesetzten ließen sie Ludwig und Roland aus dem Lager heraus. Sie wurden zu einem Pavillon am Lagereingang gebracht, in dem Sahil, der Eunuch, umgeben von seinen Dienern, auf seidenen Kissen ruhte. Die Ägypter erhoben sich alle und verneigten sich mit vor der Brust gefalteten Händen ehrfürchtig vor dem König.

»Was wünscht der dreifach geehrte König der Franken von uns, o Ritter des Smaragdes?« fragte Sahil Roland.

Es überrascht mich nicht, daß Sahil sich an mich erinnert, dachte Roland amüsiert.

»Sagt ihm, daß ich sofort mit dem Sultan sprechen muß, von Herrscher zu Herrscher«, forderte Ludwig Roland auf.

Sahil hob die Augenbrauen, um seinem Erstaunen Ausdruck zu verleihen, daß ein Mann in Ludwigs Lage Forderungen zu stellen wagte, doch er verneigte sich erneut.

»Ich werde meinen Herrn davon in Kenntnis setzen.«

Roland war glücklich über die Wartezeit in Sahils Zelt, denn hier war die Luft frisch und kühl, und es roch nach Rosenblättern. Doch seine Gedanken wanderten zurück zu Perrin. Gerade in diesem Augenblick konnte sein Fieber vielleicht schlimmer werden. Und wenn er stirbt, während ich weg bin? Es kostete ihn einige Mühe, die Unterhaltung mit Ludwig fortzuführen.

Zwei Sarazenenkrieger mit gezogenen Krummsäbeln betraten Sahils Zelt. An ihren vergoldeten Brustpanzern und Helmen konnte man erkennen, daß sie zur *Halka*, zur Leibwache des Sultans gehörten. Sie sprachen kurz mit Sahil und bedeuteten dann Ludwig und Roland, ihnen zu folgen.

Die Männer des Sultans geleiteten sie eilig durch das ägyptische Lager, und beim Anblick der großen, ehrfurchtgebietenden Gestalt des Königs der Franken, blieb den Kriegern vor Staunen der Mund offen stehen.

Die Zelte, an denen sie vorbeikamen, waren in ordentlichen Reihen aufgestellt, nicht je nach Laune überall verstreut, wie in französischen Lagern.

Die Wachen führten sie zu einem Zeltpalast, einer Ansammlung von gewaltigen, miteinander verbundenen Kuppeln aus gelbem Stoff, der über leichte Holzgerüste gespannt war. Auf dem Boden lagen dicke Teppiche mit kunstvollen Mustern in den Farben Rot und Gold, Blau und Grün. Die Pavillons mit ihren seidenen Kissen und buntbemalten Wandbehängen vermittelten einen wohlhabenden und komfortablen Eindruck. Roland fühlte sich immer elender und schmutziger. Verglichen mit diesen Menschen sind wir Barbaren, dachte er.

Roland wußte nicht mehr, durch wie viele Pavillons sie schon gegangen waren, als sie endlich in den größten Kuppelbau kamen und vor einem Dutzend Männern mit Turbanen standen, die einen Halbkreis bildeten. Das Licht der Messinglampen brach sich in den juwelenbesetzten Säbelgriffen und den mit Gold eingelegten Brustschilden. Ein würziger Duft von Räucherwerk überlagerte den Geruch des verbrennenden Öls.

Ein stämmiger Mann mit den dunklen, kantigen Zügen eines Türken ruhte in der Mitte der Gruppe in den roten, grünen und gelben Kissen auf einem vergoldeten Diwan. Seine von einem glänzenden Bart umrahmten Lippen verzogen sich zu einem verächtlichen Lächeln.

Auf der einen Seite des Zeltes stand einer der Befehlshaber der Mamelucken und sagte: »Kniet nieder vor dem Gesalbten Allahs, vor seiner Majestät Turan Shah, dem Sultan von Kairo.«

Wohl wissend, daß es den Tod bedeutete, jetzt nicht den schuldigen Respekt zu erweisen, fiel Roland auf die Knie, doch Ludwig verbeugte sich nur tief.

»Roland, sagt ihnen, daß sich der König von Frankreich vor einem anderen Monarchen in Höflichkeit verbeugt, daß es ihm aber nicht erlaubt ist, vor irgend jemandem zu knien, außer vor seiner Heiligkeit, dem Papst.«

Das bedeutet unser Ende, dachte Roland, aber ohne zu zögern

übersetzte er die Worte. An der Seite seines Königs zu sterben, wäre kein schlechter Tod. Während er sprach, bemerkte er, daß Baibars neben Turan Shah saß. Ein Lächeln umspielte auch den Mund des Mamelucken-Fürsten.

Ludwigs Antwort rief bei Turan Shah nur ein Schulterzucken hervor. »Mein Vater hat mir erzählt, daß Kaiser Friedrich auch nicht vor ihm niederkniete. Doch sie standen sich beide als Gleichberechtigte gegenüber, nicht als Sieger und Besiegter.« Beifallheischend sah Turan Shah in die Runde. Einige der Sarazenen nickten und kicherten, doch Baibars zeigte keine Regung.

Er umschmeichelt den Sultan nicht, wie all die anderen, dachte Roland bei sich.

Turan Shah nahm eine Traube von einem goldenen Teller und steckte sie sich in den Mund. An jedem Finger trug er zwei oder drei Ringe mit Edelsteinen, einen sogar am Daumen der rechten Hand. Er bedeutete Ludwig und Roland, auf dem Teppich Platz zu nehmen.

Der Sultan ließ Essen und Wein kommen. Ludwig, der die Ruhr kaum überwunden hatte, verzichtete auf das Obst und brach ein flaches rundes Brot in kleine Stücke, die er mit Wein hinunterspülte. Auch Turan Shah und die meisten seiner Offiziere tranken Wein, nur Baibars nicht. Roland erinnerte sich daran, daß strenggläubige Moslems nur Wasser trinken, und bei ihrem ersten Zusammentreffen hatte ihm Baibars auch Wasser angeboten.

Roland stellte fest, daß er den einäugigen Mamelucken immer mehr bewunderte. Sei vorsichtig, warnte er sich selbst, gerade wegen seiner Qualitäten ist Baibars der gefährlichste von allen.

»Nun«, fragte Turan Shah, nachdem sie ihr Mahl beendet hatten, »weshalb beehrt uns der König der Franken mit seinem Besuch?«

Roland stützte Ludwig beim Aufstehen. »Eure Krieger enthaupten meine armen Soldaten. Sie haben schon Hunderte meiner Männer getötet, hilflose Männer, die ihre Waffen niedergelegt und sich Euch guten Glaubens ergeben haben. Hätten sie nicht kapituliert, wären noch viele Eurer Soldaten getötet worden, bevor wir besiegt worden wären. Meine Männer haben es nicht verdient, wie Vieh abgeschlachtet zu werden. Ich beschwöre Eure Majestät, die Hinrichtungen beenden zu lassen.«

»Was haben diese Hinrichtungen zu bedeuten?« fauchte der Sultan. In offensichtlichem Zorn wandte er sich an Baibars.

Rolands Magen verkrampfte sich vor Abscheu. Die vorgetäuschte Empörung des Sultans war leicht zu durchschauen.

Verwundert fragte Baibars: »Mein Herrscher, erinnert Ihr Euch nicht? Wie Ihr befohlen habt, werden alle Christen, die sich nicht freikaufen können, getötet. Natürlich wird ihnen vorher die Möglichkeit gegeben, zum Islam überzutreten und damit ihr Leben zu retten. Eure Majestät haben gesagt, daß wir so viele gefangene Christen nicht verpflegen können.« Baibars' Stimme klang kühl und sachlich.

Turan Shah sah ihn giftig an.

»Das war der berühmte Baibars, der Panther, der eben gesprochen hat«, sagte Roland zu Ludwig, nachdem er ihm die Worte des Emirs übersetzt hatte.

Ludwig verneigte sich vor Baibars: »Ich habe gerade erfahren, daß Ihr Emir Baibars seid, der die Armee des Sultans zum Sieg über mein Heer führte. Ihr habt mir einen Schmerz zugefügt, an dem ich mein Leben lang zu leiden habe, aber Ihr seid ein großer Gegner und ein Meister der Kriegführung. Ich grüße Euch.«

Als Roland dies übersetzt hatte, erhob sich Baibars und verbeugte sich. »Im Namen meines Sultans nehme ich Euer Lob entgegen, o König«, sagte Baibars ruhig, »aber die Ehre gebührt meinem Herrn. Er ist der oberste Befehlshaber. In seinen Adern fließt das Blut seines Vorfahren, des großen Eroberers Saladin, er möge in Frieden ruhen. Ich bin nur sein Sklave.«

»Richtig, Baibars, Ihr seid mein Sklave wie die anderen Mamelucken auch«, sagte der Sultan überheblich.

Baibars' Gesichtsausdruck veränderte sich nicht im geringsten, nur in seiner Haltung war eine leichte Änderung zu bemerken, wie er dort neben dem Sultan stand. Roland fühlte, daß er mit eisernem Willen seinen Zorn bezwang. Schaudernd erinnerte er sich an das Gebet, das in den vergangenen Jahren in den Kirchen der gesamten Christenheit immer wieder gesprochen worden war: »Vor dem Zorn der Tataren, bewahre uns, o Herr.«

Baibars verneigte sich vor dem Sultan und nahm wieder Platz. Die Augen der anderen Mamelucken im Pavillon richteten sich wieder auf Turan Shah. Ihr Blick wirkte völlig unberührt, doch ihr Haß auf den neuen Sultan war für Roland so augenscheinlich wie das Gold auf ihren Brustpanzern. Doch Turan Shah schien sorglos, vielleicht sogar ahnungslos.

Lächelnd beugte er sich zu König Ludwig vor.

»Ihr müßt verstehen, o König, daß unser Volk durch diesen Krieg viel zu leiden hatte. Wir haben fast ein Jahr lang gegen Euch gekämpft. Es wurde weder gesät noch geerntet. Wir haben nicht genügend Nahrung für alle unsere Gefangenen. Ist es dann nicht barmherziger, Eure Männer einen schnellen Tod durch Enthaupten sterben zu lassen, als daß sie langsam und grausam verhungern. Und schließlich, welchen Nutzen könnten sie noch für Euch haben?«

»Bei meiner Ehre als König von Frankreich verspreche ich, für jeden lebenden Christen, der sich in Eurer Gefangenschaft befindet, ein Lösegeld zu bezahlen«, sagte Ludwig und warf den Kopf zurück. Sein blondes Haar glänzte in dem Licht der Lampen.

Während er Ludwigs Worte übersetzte, las Roland Zustimmung in den Augen der Mamelucken-Führer.

Doch Turan Shah lächelte geringschätzig.

»Ist Eure Sorge um Eure Soldaten, Bauern und Pferdeburschen so groß, daß Ihr uns dafür die von Christen besetzten Burgen und Städte in Palästina und Syrien übergebt?«

»Sprecht Ihr von jenen Orten, die weder Euer mächtiger Vorfahr noch seine würdigen Nachfolger erobern konnten?« fragte Ludwig freundlich.

Bei dieser Bemerkung verdüsterte sich Turan Shahs Gesicht, und Roland konnte sehen, daß Baibars schmunzelte.

»Es steht nicht in meiner Macht, sie Euch zu übergeben«, fuhr

Ludwig fort. »Diese Festungen gehören den Templern, den Hospitalern und den adligen Kreuzrittern, die sie besetzt halten.«

»Mir scheint, Euch liegt nicht sehr viel an der Freiheit für Euch und den Rest Eures Heeres«, entgegnete Turan Shah. »Vielleicht wärt Ihr eher gewillt, unseren Forderungen zu entsprechen, wenn wir Euch der Folter unterziehen.«

Roland glaubte seinen Ohren nicht trauen zu können. Man hatte noch nie gehört, daß ein Herrscher einen anderen hatte foltern lassen, nicht einmal von den Moslems. Roland blickte von einer Seite zur anderen und sah, daß auch die Mamelucken-Führer den Sultan anstarrten.

Als er die Worte des Sultans übersetzt hatte, schien der König davon unberührt zu bleiben.

»Ich bin Euer Gefangener, und Ihr könnt mit mir verfahren, wie Ihr wollt«, antwortete Ludwig gefaßt und ohne die geringste Spur von Furcht.

Mit ausdruckslosem Gesicht lehnte sich der Sultan in seine Kissen zurück und nahm einen Schluck Wein.

Schließlich stellte er seinen goldenen Trinkbecher ab und erhob die Hand. »Sehr schön. Wieviel wollt Ihr für Euer Leben und das Leben Eurer Männer bezahlen?«

Heiliger Michael, dachte Roland, der König hat gewonnen!

Ludwig erwiderte: »Alles, was Ihr rechtmäßig verlangt.«

Plötzlich griff Baibars ein: »Habt Ihr wirklich vor, nicht nur die Adligen und Ritter, sondern auch jeden gemeinen Mann, der unser Gefangener ist, freizukaufen?«

»Alle«, sagte Ludwig entschlossen. »Kein einziger soll sein Lösegeld selbst bezahlen. Auf meine Bitte hin haben sie an diesem Kreuzzug teilgenommen, und ihr Lösegeld wird aus der Schatzkammer Frankreichs bezahlt.«

Turan Shah beugte sich vor und zeigte mit seinem fetten Finger auf Ludwig: »Eine Million Byzanten für Eure Männer, alles in allem.«

»Einverstanden«, sagte Ludwig sofort.

Turan Shah rieb sich die Hände und sah seine Offiziere triumphierend an. »Bei Allah, dieser Franke feilscht nicht.«

Hatte der Sultan etwa erwartet, daß der König feilschte?

»Ihr seid sehr freigebig mit Eurem Geld, wie es sich für einen Monarchen gebührt«, meinte Turan Shah. »Soll der Sultan von Kairo denn weniger großzügig sein? Wartet, ich erlasse Euch einen Teil des Lösegeldes. Ihr braucht nur 800000 Byzanten zu bezahlen.« Wieder sah er sich nach seinen Offizieren um, und sie nickten zustimmend.

»Ich bin Euch zu großem Dank verpflichtet«, antwortete Ludwig.

Turan Shah hob die Hand. »Doch weil Ihr ein König seid, geziemt es sich nicht, daß Ihr Eure Freiheit mit Geld erkauft. Ein Herrscher muß mit Ländereien bezahlen.«

»Ich stimme Euch zu«, erwiderte Ludwig ohne zu zögern. »Als Gegenleistung für meine Freilassung sollt Ihr Damietta erhalten.«

Turan Shah sah ihn wütend an. »Besitzt Ihr die Unverschämtheit, uns etwas anzubieten, was uns bereits gehört?«

»Es würde Euch teuer zu stehen kommen, wenn Ihr es zurückerobern wolltet«, entgegnete Ludwig ernst. »Meine Königin hält die Stadt für mich, und sie hat viele Ritter und eine Flotte von über tausend Schiffen. Noch bevor Ihr diese Truppen besiegt hättet, kämen uns weitere Ritter aus Frankreich zu Hilfe. Wenn Damietta seine Tore freiwillig öffnet, wird für Euch mehr wert sein, als die jämmerliche Gestalt Ludwig Capets.«

Sogar noch während Roland diese Worte auf Arabisch für Turan Shah wiederholte, war er voller Bewunderung. Wenn er daran dachte, daß Amalric versucht hatte, Frankreich diesen König zu nehmen!

»Ich weiß nur zu gut, daß Damietta ein zahnloses Kamel ist«, sagte der Sultan, »aber ich möchte meinem Volk und meiner Schatzkammer die Belastung durch einen weiteren Krieg ersparen. Wir müssen uns noch ausführlich darüber unterhalten, aber im Grunde sind wir uns einig.«

»Was ist mit der Hinrichtung meiner Männer?« fragte Ludwig besorgt.

Baibars hob beschwichtigend die Hand. »Als unser gnädiger Sultan Euch diese Audienz gewährte, o König, habe ich meinen Kriegern Einhalt befohlen.«

Turan Shahs Stirn runzelte sich, aber er sagte nichts.

Baibars fuhr fort: »Die Hinrichtungen werden nicht wieder aufgenommen, solange diese Abmachung gilt.«

Roland war vor Freude sprachlos. Hunderten haben wir das Leben gerettet, und wir könnten unsere Freiheit wiedererlangen, dachte er. Vielleicht sehe ich Nicolette wieder.

Doch dann fiel ihm Perrin ein, lebte er noch?

Wieder sprach Ludwig: »Bevor ich mich von Eurer Majestät verabschiede, bitte ich um eine letzte Gunst.«

»Sie ist Euch bereits gewährt«, erwiderte der Sultan mit einer großzügigen Handbewegung.

»Ihr seid sehr freundlich«, sagte Ludwig. »Diesen Ritter, der mein Dolmetscher ist, nennt man bei uns einen Troubadour, einen Liedermacher. Wenn Ihr ihm in Eurer Großzügigkeit ein Instrument zur Verfügung stellen könntet – eine Laute oder eine Harfe –, damit er für uns spielen und singen könnte, wäre das ein großer Trost in unserem Leid.«

Roland spürte einen Kloß im Hals. Heiliger Michael, bitte laß mich vor diesen Sarazenen hier nicht in Tränen ausbrechen.

»Es soll geschehen«, sagte Turan Shah, während er sie mit einer Handbewegung entließ.

Auf dem Rückweg zum Gefangenenlager sagte Ludwig plötzlich: »Hoffentlich hatte ich mit Damietta recht.«

»Weshalb solltet Ihr Euch irren, Sire?«

»Ich weiß nicht, was dort geschieht. Meine Königin erwartet ein Kind, und der Zeitpunkt der Geburt rückt immer näher. Wie kann eine Frau in dieser Verfassung einen klaren Kopf behalten?«

»Sie wird gute Berater haben, Sire.«

»Wird sie das? Wer ist denn bei ihr? Die Genuesen werden

zweifellos nach Hause zurückkehren wollen. Die alten Edelleute werden ihr raten zu fliehen. Und vielleicht haben sie sogar recht. Vielleicht wäre es für sie und das Königreich besser, wenn sie jetzt nach Hause zurückkehren würde.«

Mein Gott, dachte Roland mit plötzlichem Entsetzen, auch Amalric könnte in Damietta sein. Die Ritter, die sich zusammen mit König Ludwig ergeben hatten, erzählten ihm, daß man Amalric gesehen hatte, wie er auf der Straße in Richtung Damietta floh, nachdem er seine Leute im Lager aufgefordert hatte, die Waffen niederzulegen. Damit hatte Amalric die gesamte Armee verraten, und in Damietta könnte er das gleiche tun.

Ludwig sprach weiter: »Dieser Turan Shah hat die Hinrichtung unserer Fußsoldaten angeordnet, damit er härter mit mir verhandeln konnte. Wenn er einen Weg findet, alles, was wir ihm anbieten, zu nehmen und uns nichts dafür zu geben, wird er es tun. Er wird Damietta und das Geld nehmen und uns töten, wenn er kann.«

Und wenn Amalric seinen Teil dazu beitragen kann, wird er es auch tun, dachte Roland.

Die Wachsoldaten des Sultans brachten sie zum Zelt von Sahil, dem Eunuchen zurück, das neben dem Eingang zum Gefangenenlager lag. Sahil trat, gefolgt von zwei Dienern, heraus. Der eine kniete vor dem König nieder und reichte ihm ein kostbares schwarzes Gewand. Der andere gab Roland einen langen schmalen Gegenstand, der in dunkelrote Seide gehüllt war. Roland packte ihn aus. In seinen Händen lag eine Laute. Das Griffbrett war mit Elfenbein ausgelegt, und der birnenförmige Klangkörper war aus poliertem goldenen Holz.

»Ein Geschenk des Sultans«, erklärte Sahil mit einem Lächeln.

Roland nahm die Laute und schlug die Saiten an. Vielleicht, dachte er, kann ich unseren Kummer damit ein wenig lindern.

Ludwig zog das Gewand über, während sie zu seiner Hütte zurückgingen. »Alles hängt nun von Damietta ab, mein Freund. Marguerite muß Damietta für uns halten, sonst sind wir verloren.«

Einer der Ritter, mit denen Roland die Hütte teilte, kam zu ihnen herein und verneigte sich vor dem König.

»Wir haben nach Euch gesucht, Sire Roland. Eurem Spielmann geht es sehr schlecht. Ihr solltet jetzt besser mitkommen, wenn Ihr könnt.«

»Ist Euer Mann krank?« fragte Ludwig. »Verzeiht mir, daß ich Euch von seiner Seite gerissen habe. Natürlich müßt Ihr sofort zu ihm zurückgehen.«

Mit einer hastigen Verbeugung verabschiedete Roland sich vom König und lief voll banger Ahnungen zu seiner Hütte.

Dort warf er sich in der Dunkelheit neben Perrin auf die Knie. Dankbar sah er, wie der Spielmann seinen Blick zu ihm wandte und schwach lächelte.

Perrin versuchte eine Hand zu heben, aber sie fiel kraftlos auf die Lumpen zurück, auf denen er lag.

Ängstlich forschte Roland in Perrins aschfahlem Gesicht, ob die Krisis überstanden war. Er legte die Laute auf den Boden und nahm Perrins Hand. Sie war heiß und trocken.

»Ich bin froh, daß Ihr kommen konntet, Maître«, flüsterte Perrin. »Ich werde nicht mehr lange wach bleiben. Das Fieber kommt zurück. Und diesmal wird es mich dahinraffen. Ich bin nicht mehr stark genug, um dagegen anzukämpfen.«

Roland hielt Perrins Hand fester, als wollte er ihm all seine Kraft einflößen. »Halte durch, Perrin. Der König hat einen Handel mit den Sarazenen abgeschlossen. Er wird uns alle freikaufen. Sie wollen uns gehen lassen. Kämpf nur noch ein wenig länger gegen das Fieber, und dann werden wir alle frei sein.«

Wie um das zu bestätigen, was Roland gerade gesagt hatte, erschien ein Schatten im Eingang der Hütte. Es war der König. Die Männer, die in der Hütte zusammengepfercht waren, versuchten mühsam, sich zu erheben, doch Ludwig bedeutete ihnen, still zu sein.

»Ist es wahr, daß wir freigekauft werden, Sire?« fragte einer der Ritter.

»Ja, es ist wahr«, erwiderte Ludwig.

Die Männer tuschelten aufgeregt untereinander.

Roland weinte fast über seine eigene Hilflosigkeit. Bitte nimm ihn nicht fort, gütiger Gott. Ich brauche ihn.

»Lebe, Perrin«, flüsterte er, »lebe, mein Freund! Bitte lebe!«

»Maître«, preßte Perrin hervor, »es gibt noch etwas, was ich Euch sagen will.«

»Was ist es, Perrin?«

»Wenn Ihr nach Damietta oder nach Frankreich zurückkehren solltet, denkt an eines.« Seine sehnige Hand klammerte sich an Rolands. »Übt keine Vergeltung. Nicht für mich. Nicht für sie – ich meine, Madame Diane. Nicht einmal für den König und seine Armee. Am Ende wird der Teufel sich die seinen selber holen.«

Meinte er Amalric? Er sollte keine Rache an Amalric üben?

Bei dem Gedanken an Amalric geriet Roland fast außer sich. Ich wünschte, daß ich ihn hundertmal töten könnte. Für uns alle hier. Keine Vergeltung? Doch, Perrin, besonders für dich. Ich habe ihm nie zurückgezahlt, was er dir damals angetan hat. Und nun stirbst du, weil er diese Armee verraten hat.

»Wir brauchen jetzt nicht davon zu sprechen, Perrin.«

»Wir werden nie wieder die Gelegenheit haben, darüber zu sprechen, Herr. Es ist wichtig, laßt mich reden.«

»Ja, Perrin.« Roland wischte sich die Tränen vom Gesicht. Dann spürte er einen festen Griff an seinem Arm. Der König versuchte ihn zu trösten.

»Tut Eurem Feind nicht das an, was er Euch angetan hat, Ihr seid dann ebenso schlecht wie er. Ihr würdet Eure Seele verdammen.«

»Ich weiß nicht, wer dieser Feind ist«, sagte Ludwig, »aber das ist gut und weise gesagt. Ich glaube fest daran, daß ein schlechter Mensch mehr durch das gestraft wird, was er ist, als durch das, was ihm ein guter Mensch antun kann.«

Perrin stöhnte und warf seinen Kopf von einer Seite zur anderen. Seine Stirn war naß vor Schweiß.

Ludwig setzte sich auf den schmutzigen Boden neben Perrin

und wischte ihm die Stirn mit einem Tuch aus blauer Seide trokken.

»Es ist Zeit, an Eure Seele zu denken, guter Perrin«, sagte Ludwig. Mit großen ernsten Augen blickte er in Perrins fiebergerötetes Gesicht. »Leider sind all unsere Priester den Märtyrertod gestorben. Es gibt niemanden mehr, der Euch die Beichte abnehmen könnte, doch wenn Ihr Eure Sünden eingesteht und sie bereut, wird Gott Euch sicher erhören.«

»Ich brauche keinen Priester«, erwiderte Perrin, und Roland bereitete sich auf das vor, was jetzt kommen würde. »Wenn mir nur jemand das Consolamentum erteilen könnte.«

Es war still in dem heißen, dunklen Raum, so daß Ludwig ganz sicher gehört haben mußte, daß es Perrin nach dem Sakrament der Katharer verlangte.

Nach der ersten Überraschung sah er Roland traurig an. »Er spricht im Delirium.«

Doch bevor Roland etwas erwidern konnte, sagte Perrin mit zitternden Lippen: »Ich bin nicht im Delirium, Sire. Ich will die Wahrheit sagen, bevor ich sterbe. Ich bin ein Sohn der Kirche Jesus Christus der Katharer. Sire, ein Ketzer stirbt in Euren Armen.«

Roland erwartete, daß der König aufspringen würde, doch er hielt weiterhin Perrins Kopf und trocknete ihm die Stirn.

»Werft es meinem Herrn nicht vor, daß ich ein Katharer bin, Sire«, fuhr Perrin fort. »Er ist ein Katholik, und ich habe es ihm nie erzählt.«

Ludwig schüttelte seinen Kopf. »Ein Katharer, der dem Kreuz gefolgt ist! Nicht zu fassen!«

»Trauert nicht um mich, Herr«, fuhr Perrin fort. Roland hatte Mühe, die Worte, die zwischen den aufgeplatzten und verkrusteten Lippen hervorkamen, zu verstehen. »Ihr wißt, daß wir uns nach dem Tod sehnen. Jetzt werde ich Madame Diane in dem einzigen Licht wiedertreffen.«

Roland merkte, daß Ludwig bei diesen ketzerischen Worten die Augen schloß. Doch er blieb weiterhin bei Perrin.

»Mögest du die Freude finden, die dein Glauben dir verheißt«, sagte Roland sanft.

»Singt für mich, Maître«, bat Perrin, »ein letztes Lied.«

Perrins Atemzüge waren jetzt schwer und langsam; wie die Wellen am Strand, dachte Roland. Ihm fiel ein Lied ein, und er nahm seine Laute.

»Über die Berge, über das Kliff
Gellt einer Möwe einsamer Schrei.
Den Anker gelichtet, mein kleines Schiff,
wir beide sind jetzt vogelfrei.
Schaut uns von Land aus nicht hinterher,
Denn unsere Fahrt geht weit fort, übers Meer.

Der Totenvogel lauert im Mast.
Ich höre die Stimme der Trauer.
Das Ufer in der Ferne verblaßt,
Es brüllen die Wellen bald rauher.
Doch schaut uns vom Land aus nicht hinterher,
Unsre Fahrt geht weit fort, weit fort übers Meer.«

Roland sang weiter, denn er hatte das seltsame Gefühl, daß Perrin sterben würde, wenn er zu singen aufhörte. Er hielt seinen Blick auf die Finger gerichtet, die über das Griffbrett glitten. Als der letzte Refrain begann, sah er Perrin an. Die Augenlider des jungen Spielmanns waren halb geschlossen und seine zitternden Lippen stammelten etwas, während sein Kopf im Schoß des Königs lag.

»Es geht zu Ende«, sagte Ludwig. Doch seine Hand hielt das zerknüllte Stück blauer Seide und wischte unermüdlich über Perrins Gesicht. »Wir können nichts weiter tun als warten.«

»Sire, niemand kann von Euch erwarten, noch länger zu bleiben«, meinte Roland. »Was Ihr für ihn und für mich getan habt, ist weit mehr als nur Freundlichkeit.«

»Ich werde mit Euch wachen. Ich werde nirgendwo anders gebraucht. Niemand erwartet einen geschlagenen König«, erwiderte Ludwig traurig.

Einige der anderen Ritter kamen jetzt dichter heran. Sie bildeten einen Kreis um Perrin, Roland und den König. Es ist, als ob Perrin für uns alle stirbt, dachte Roland.

»Sire, vielleicht könntet Ihr ein Gebet für ihn sprechen«, sagte jemand.

»Vater unser, der Du bist im Himmel...«, begann Ludwig mit fester Stimme.

Einige Augenblicke später, als die Muezzins auf den Minaretten von Mansura die Gläubigen zum Gebet riefen, tat Perrin seinen letzten Atemzug.

Der stechende Schmerz in Rolands Brust wollte sich in Tränen auflösen, aber er hatte keine mehr. Er konnte nur noch dasitzen und den Körper seines Freundes anstarren.

Ach, mein armer, armer Perrin. Du hast dir den falschen Herrn gewählt. Ich habe dir nur Leid gebracht. Du hättest einem reichen Troubadour folgen sollen oder selbst ein Troubadour werden können. Du hättest reiche Gönner gefunden, hättest Seide und Samt getragen und mit einer schönen Frau auf weißen Linnen geschlafen. Du hattest den Verstand und das Können dazu. Warum hast du dein Leben mit mir verschwendet? Ich habe solchen Glauben und solche Liebe nicht verdient.

Langsam und traurig erhob sich der König. »Ich werde Euch helfen, ihn zu beerdigen«, sagte er zu Roland.

»Das könnt Ihr nicht tun, Sire«, sagte Roland abwehrend.

»Ich kann und ich will es«, entgegnete Ludwig und beugte sich hinunter, um Perrin unter die Schultern zu fassen und hochzuheben.

Die anderen Ritter aus der Hütte folgten Ludwig und Roland, als sie Perrins Leichnam zu der Begräbnisstätte trugen. Auf ihrem Weg durch das Gefangenendorf schlossen sich ihnen immer mehr Ritter an.

Schau, Perrin, ein König trägt dich zu deinem Grab, und Hunderte bilden deinen Leichenzug. Es hat dir doch etwas eingebracht, daß du mir treu gedient hast.

Unter den Augen der ägyptischen Bogenschützen, die auf der Mauer Wache standen, gruben einige der Ritter mit hölzernen Spaten ein Stück weiter an dem langen Graben am Rand des Platzes. In den ersten Tagen ihrer Gefangenschaft hatte Ludwig um die Erlaubnis gebeten, daß die Kreuzritter ihre Toten bestatten durften – damit die Leichen nicht in den Nil geworfen wurden. Seit damals wurden jeden Tag einige Tote zu diesem Graben gebracht, von ihren Kameraden sanft hineingelegt und mit der fruchtbaren Erde des Nildeltas bedeckt, bevor die Leichen in der afrikanischen Hitze anfingen, sich zu zersetzen. Tag um Tag verlängerten die Ritter dieses Massengrab, denn mehr und mehr Leute starben.

Nachdem Ludwig und Roland Perrins Leichnam neben die anderen Toten gelegt hatten, trat Roland zurück, um einen letzten Blick auf seinen Freund zu werfen.

Er starrte auf das unbewegte, blasse Gesicht, bis ihm die Augen weh taten.

Dann wandte er sich ab, Ludwig nahm einem der Totengräber die Schaufel aus der Hand und gab sie Roland.

»Wollt Ihr ihn zudecken?«

»Danke, Sire.« Roland nahm den Spaten in die Hand. Aber er brachte es nicht über sich, von oben die Erde auf Perrin hinunterzuwerfen. Also stieg er in den Graben hinab, grub mit den Fingern in dem weichen Boden und ließ die Erde aus seinen Händen über Perrins Gesicht rieseln.

Die Ritter, die zum Begräbnis gekommen waren, hatten sich schon zerstreut. Die Sonne stand als eine gewaltige rote Kugel über dem Horizont.

»Sire, wie kann ich Euch danken?«

Ludwig blieb stehen, drehte sich um und legte seine Hand auf Rolands Schulter. Sie standen auf dem windigen, staubigen Pfad, der zwischen den flachen Hütten hindurchführte. Rings um sie her wanderten erschöpfte, hagere Männer mit sonnenverbrannten Gesichtern ziellos durch das Lager.

»Euer Perrin war ein treuer Kampfgefährte«, sagte Ludwig. »Niemals kann ich so einen Mann verdammen, der auf diesem Kreuzzug an meiner Seite gekämpft hat.«

»Nur wenige Katholiken würden einem Ketzer soviel Freundlichkeit erweisen, Sire.«

In die großen blauen Augen trat ein Ausdruck des Leidens. »Vielleicht habe ich ein Gebot der Kirche übertreten. Ich kann nur hoffen, daß ich den Grundsätzen meines Glaubens treu geblieben bin.«

Roland überkam ein merkwürdiges Verlangen, Ludwig auf die Probe zu stellen. »Er hat Euch in einer Sache belogen. Ich habe gewußt, daß er zu den Katharern übergetreten war. Er hat es mir gestanden, bevor wir diesen Kreuzzug begonnen haben.«

Das Leid in Ludwigs Blick wurde stärker. »Warum quält Ihr mich so?«

»Ihr wißt, daß ich ein Sohn des Languedoc bin. Eure Leute haben mein Volk vernichtet.«

»Und doch seid Ihr mir gefolgt.«

Roland nickte. »Ja, ich bin Euch gefolgt, und ich habe andere, wie Perrin, dazu verführt, Euch auch zu folgen – in ihren Tod. All meine Männer sind nun tot. Und deshalb begebe ich mich nun ganz in Eure Hand.«

Sie standen in der Mitte des Gefangenenlagers und sahen sich an, während die untergehende Sonne den staubigen Boden zu ihren Füßen rötlich verfärbte. Geisterhafte Gestalten, die einmal Kreuzritter gewesen waren, gingen an ihnen vorüber.

Mit gemischten Gefühlen wartete Roland darauf, daß Ludwig etwas sagen würde. Was er mir antwortet, wird mir zeigen, ob ich Perrins Leben, das Leben von Martin und den anderen und auch mein Leben weggeworfen habe oder ob der Einsatz sich gelohnt hat.

»Geht ein Stück mit mir spazieren«, sagte Ludwig. »Ich will nicht so öffentlich über diese Dinge reden.«

Als sie den Weg zu Ludwigs Hütte entlanggingen, hielt eine Gruppe von Männern den König auf.

»Ist es wahr, daß wir freigekauft werden, Sire?«

Ludwig erhob seine Hand. »Betet, daß es Gottes Wille sein möge, Leute. Doch es kann noch viel dazwischenkommen. Ich habe aber mit dem Sultan gesprochen, und wir haben Vereinbarungen getroffen.«

Die Männer begannen zu jubeln.

»Das ist Anlaß für ein Gebet, nicht für ein Freudenfest«, tadelte Ludwig sie freundlich. »Betet für mich, daß mir die Gnade erwiesen wird, einen Weg für unsere Befreiung zu finden.«

»Gott erhört Eure Gebete eher als unsere«, sagte einer der Ritter herzlich. »Wenn nicht beim Sultan, dann legt beim Allmächtigen ein gutes Wort für uns ein, Sire.«

»Wie sehen die Bedingungen aus, Sire?«, fragte ein anderer. »Viele von uns haben ihr ganzes Vermögen für die Ausrüstung und das Gefolge ausgegeben, um auf diesen Kreuzzug zu gehen. Wir haben nicht mehr viel übrig, um Lösegeld zu zahlen.«

Ludwig schüttelte den Kopf. »Nicht einer von Euch muß sein eigenes Lösegeld bezahlen. Der gesamte Betrag wird aus den königlichen Schatzkammern genommen.«

Sie schnappten verwundert nach Luft. »Noch nie hat es einen solchen König gegeben!« sagte einer der Männer, und alle anderen stimmten ihm zu. Einige knieten vor ihm nieder, und einer faßte sein Gewand an, als berühre er eine Hostie.

Ludwig wurde rot und zog sich vor ihnen zurück. »Ich sage Euch noch mal: Betet, daß alles so geschieht, wie ich es erhoffe.«

»Wenn irgend jemand dafür sorgen kann, daß es eintrifft, Sire, dann seid Ihr es«, rief jemand aus der Menge.

Welchen Glauben sie in ihn setzen, dachte Roland, obwohl er sie nur in Niederlagen und Gefangenschaft geführt hat!

»Ich werde alles tun, was Gott mich tun läßt«, erwiderte Ludwig mit gesenktem Kopf. Er ging auf seine Hütte zu, und trotz seiner offensichtlichen Verlegenheit knieten sich die Ritter entlang seines Weges hin. Als sich die Kunde von der Befreiung durch das Lösegeld verbreitete, kamen immer mehr Ritter herbeigelaufen. Noch verlegener als der König ging Roland etwa zwölf Schritte hinter ihm her, damit die Ritter Zeit hatten, sich wieder zu erheben, bevor er an ihnen vorbeiging.

Im Eingang seiner Hütte blieb der König wie angewurzelt stehen.

Roland trat an Ludwigs Seite und sah, daß Ludwigs Bruder Charles und Isambert, der Koch, beim Würfelspiel waren. Ludwig bückte sich, nahm die Würfel und warf sie zur Tür hinaus.

»He, Bruder!« rief der untersetzte Charles und sprang auf die Füße. »Ich habe Stunden gebraucht, um diese Würfel zu schnitzen.«

»Verbringt Eure Zeit mit etwas Nützlichem«, schimpfte Ludwig. »Helft, die Toten zu begraben. Unsere armen Männer sterben dort draußen, und Ihr spielt wie die Kinder.«

»Es gibt nichts, was ich für sie tun könnte«, murrte Charles.

»Geht hinaus«, sagte Ludwig, »kümmert Euch um Eure Leute!«

Brummend ging Charles aus der Tür und schubste Roland beiseite.

Isambert sammelte die Münzen ein, die auf dem Boden aufgestapelt waren.

»Wem gehört das Geld?« fragte Ludwig barsch und setzte sich auf die alten Decken, die in diesem dreckigen Lehmpalast für ihn Thron und Bett zugleich war.

»Mir, Sire«, antwortete Isambert. »Der Graf von Anjou hat sich etwas von mir zum Spielen geborgt, aber ich habe alles zurückgewonnen.«

»Möge mir die heilige Jungfrau Geduld verleihen«, seufzte Ludwig. »Ermuntert meinen Bruder nicht noch zur Lasterhaftigkeit; er braucht nicht gerade Unterstützung in dieser Richtung. Und jetzt, laßt uns allein, Isambert. Es gibt ein paar Sachen, die ich in Ruhe besprechen muß.«

Als sie allein waren, sagte Ludwig leise: »Ich weiß nur eines: Euer Perrin war tapfer und ehrlich, wie auch Ihr tapfer und ehrlich seid. Wie es um seine Seele bestellt ist und was Ihr davon wißt, müßt Ihr selber vor Gott verantworten.«

Was war das für ein Mann, der einen Ketzer mit seinen eigenen Händen begrub und dann in Rage geriet, wenn sein Bruder mit Würfeln spielte?

»Wir alle müssen uns für viele Dinge vor Gott verantworten, Sire«, sagte Roland erschöpft.

Ludwig lächelte traurig. »Prüft Ihr mich immer noch, Roland de Vency?« Dann wurde sein ausgemergeltes Gesicht wieder ernst. »Glaubt Ihr wirklich, daß Gott mir zürnt? Ich lag vor sechs Jahren im Sterben, als mir die Vision von Jerusalem erschien. Wenn Gott nicht gewollt hätte, daß ich auf einen Kreuzzug gehe, hätte er mich damals sterben lassen. Ich kann nicht glauben, daß Gott mir meine Gesundheit nur zurückgegeben hat, damit ich eine ganze Armee in Tod und Vernichtung führe. Gott kann nicht so grausam sein.«

»Ihr wißt, was die Katharer über die zwei Seiten Gottes sagen, Sire«, erwiderte Roland.

Entsetzt hob Ludwig die Hände. »Wiederholt es nicht. Das ist Gotteslästerung. Es gibt nur einen Gott, und er ist ein gütiger Gott. Ich weiß es. Ich glaube daran. Das Leid ist ein Teil seines Plans, und sein Plan ist gut.«

Roland zuckte mit den Schultern. »Viele der Männer, die hier mit Euch leiden – oder deren Väter –, sind ins Languedoc gezogen und haben es vernichtet. Vielleicht hat Gott diesen Weg gewählt, um die Franzosen für das zu bestrafen, was sie im Languedoc getan haben.«

»Das ist unmöglich«, entgegnete Ludwig.

»Sire, Ihr habt gehört, wie Perrin den Namen Diane erwähnte. Sie war eine Frau, die ich geliebt habe, eine Katharerin. Sie war die freundlichste und wundervollste Frau, die ich je gekannt habe. Soll ich Euch erzählen, was mit ihr geschehen ist? Amalric de Gobignons Bruder – Hugues – hat sie wochenlang gefoltert und dann auf den Scheiterhaufen gebracht. Ein Pfeil aus einer gnädigen Hand hat dort ihr Leben beendet. Sire, im Languedoc haben Tausende so gelitten wie Diane. Es waren Eure Barone, Eure Ritter und Priester, die das getan haben.«

»Ich weiß«, antwortete Ludwig mit Schmerz in der Stimme. »Ich weiß es. Ich kann nicht verstehen, wie sich Christen so weit von der Lehre Jesu Christi entfernen konnten. Ich konnte sie nicht aufhalten. Aber mit diesem Kreuzzug hoffte ich die alten Wunden zu heilen. Ihr wißt das. Deshalb seid Ihr mit mir gekommen. Doch ich nehme diese Schuld auf mich.« Er senkte den Kopf.

Die Sonne war untergegangen, und im Haus wurde es dämmrig. Die Sarazenen hatten ihnen weder Kerzen noch Lampen gegeben. Roland konnte Ludwigs Gesichtsausdruck nicht erkennen.

Er hatte den König mit all den Zweifeln konfrontiert, die er in sich hatte, seit er in Ludwigs Dienste getreten war. Ludwig hatte sie gehört und darauf geantwortet.

»Danke, daß Ihr mich so offen zu Euch habt sprechen lassen, Sire«, sagte Roland.

»Danke, für all Eure guten Dienste, Roland«, erwiderte Ludwig, »in der Vergangenheit und in Zukunft.«

XXXI

Durch das Fenster im Schlafzimmer der Königin hörte Nicolette Männerstimmen. Sie kamen aus dem Hof. Aufrecht saß sie in dem großen Stuhl, ihre Finger um die Stuhllehnen gekrampft, ihr Körper starr vor Schrecken.

Es war zwei Wochen her, da hatte sie an einem genauso stillen Sonntagnachmittag wie diesem Lärm in den Straßen gehört. Lärm, der Amalrics Ankunft ankündigte. Sie erinnerte sich, wie er in diesen Raum gestürmt war, die Augen in geheimem Triumph leuchtend. Sie besann sich der Neuigkeiten, die sie gehört und die in ihrem Herzen brannten. Und Roland? War er am Leben oder tot?

Heute, zwei Wochen später, wußte sie es immer noch nicht.

Nun hörte sie unten in der Halle die Schritte schwerer Füße, die die Treppe heraufkamen.

Warum müssen sie gerade jetzt kommen, wer auch immer sie sind? Sie werden das Baby aufwecken. Seit den frühen Morgenstunden hatte Marguerite in den Wehen gelegen. Sie mußte diese Männer zur Ruhe ermahnen.

Sie ging zu dem neugeborenen Königskind, das neben Marguerites Bett schlummerte, und blickte in das rosige Gesichtchen. Der kleine Tristan rührte sich nicht.

Die rauhen Stimmen und die Schritte kamen näher. Auch die Königin schlief fest.

Arme Marguerite! Zwei Wochen lang war sie Nacht für Nacht schreiend erwacht. Sie träumte von den Gewalttaten der Sarazenen. Nicolette war seit Tagen im Palast geblieben und hatte nachts neben dem königlichen Bett gewacht.

Wenn sie diesen Tumult hörte, würde Marguerite sicher denken, die Sarazenen seien da. Sie durfte nicht geweckt werden, dachte Nicolette, nicht nach den Anstrengungen der letzten Stunden.

Sie rannte zur Tür und riß sie auf. De Burgh stand vor einer Gruppe von Männern, mit dem Rücken zu ihr. An den farbenprächtigen seidenen Kappen und Umhängen erkannte Nicolette die genuesischen Kapitäne. Ihr Anführer war der Kommandant Hugo Lercari, der sich selbst Admiral nannte – ein Titel, den die Genuesen von den Arabern übernommen hatten. Mit seinen buschigen Augenbrauen und dem kurzen, dichten Bart, wirkte er eher wie ein Straßenräuber.

»Diese Männer bestehen darauf, die Königin zu sehen«, erklärte de Burgh ärgerlich. »Ich hätte sie gern weggeschickt, Madame, doch ich glaube, ihr Anliegen ist zu wichtig, als daß ich es entscheiden könnte.«

Furcht ergriff Nicolette, als ihr klarwurde, was die Anwesenheit der Kapitäne bedeuten könnte. Erst gestern, als sie mit Amalric über die Wallanlagen gegangen war, hatte der sie gedrängt, die Königin zu überreden, Damietta zu verlassen. Und als sie geantwortet hatte, sie könne Marguerite nicht lenken, hatte er erklärt, er habe eigene Mittel und Wege, die Königin zum Aufgeben zu bewegen. Sie wußte auch, daß er vorhatte, die Flotte heute morgen zu besuchen. Das konnte das Ende bedeuten, den Tod von König Ludwig und all seiner guten Männer.

Ich muß etwas tun, dachte sie. Aber was? Verzweifelt versuchte sie Worte zu finden, die die Genuesen zum Gehen veranlassen würden.

Sie holte tief Luft. »Admiral Lercari, dies kann sicher eine Weile warten. Die Königin hat gerade ein Kind geboren. Sie schläft. Im Namen der Ritterlichkeit ersuche ich Euch, ihr Ruhe zu gönnen, zumindest bis morgen.«

Lercaris Züge verfinsterten sich. Nicolette erschrak innerlich. Sie wußte, daß er nur einen Befehl zu geben brauchte, und seine Flotte würde wegsegeln. Das bedeutete, daß auch all die Kreuzritter, die jetzt noch am Leben waren, neben den bleichen Gebeinen der anderen in der Wüste enden würden.

»Ich weiß, daß die Königin im Kindbett liegt, Madame«, erklärte er in seinem gebrochenen Französisch. »Doch können wir es uns nicht leisten, einen weiteren Tag abzuwarten. Viele Leben stehen auf dem Spiel. Wir sind erfreut zu erfahren, daß sie einem Sohn das Leben geschenkt hat und daß Mutter und Kind wohlauf sind.« Er wandte sich zu den Männern, die ihn begleiteten. Die murmelten bestätigend. »Das ist einer der Gründe, warum wir gerade jetzt zur Königin gekommen sind. Denn nun ist die Gefahr gebannt, daß sie auf hoher See gebären könnte. Jetzt ist der Moment, um wegzugehen.«

Zeit, dachte Nicolette, ich muß um Zeit kämpfen.

»Admiral, viele Frauen werden krank und sterben, nachdem sie einem Kind das Leben geschenkt haben. Wollt Ihr das Leben der Königin auf dem Gewissen haben? Ihr würdet Euch deshalb nicht vor dem König verantworten wollen, oder?«

Die Ungeduld, die sie von Lercaris Gesicht ablesen konnte, sagte ihr, daß er nicht erwartete, den König als freien Mann wiederzusehen.

Sein Lächeln wirkte unangenehm. »Erst konnten wir nicht segeln, weil sie jeden Moment ein Baby bekommen würde, nun deshalb nicht, weil sie das Baby hat. Das nächste, was wir hören, wird sein, daß sie wieder schwanger ist.« Die Kapitäne lachten derb.

»Was fällt Euch ein!« De Burghs Hand schoß an sein Schwert. In Panik packte Nicolette den rechten Arm des Ritters.

»Nein, Sire Geoffrey.« Bittend sah sie in die Augen des alten Mannes. »Christen können es sich nicht leisten, gegeneinander zu kämpfen, während die Sarazenen vor den Mauern stehen.«

Zu ihrer großen Erleichterung nickte de Burgh und ließ das Schwert los.

»Madame«, betonte Lercari, »ich will hier nur darauf hinweisen, daß, sollte die Königin sich der Gefahr, in der sie schwebt, nicht bewußt sein, wir sind es. Die Sarazenen lagern nur ein paar Meilen von hier entfernt. Von den Stadtmauern aus könnt Ihr ihre Zelte erkennen. Ihre Galeeren segeln, wann immer sie wollen, den Fluß hinunter, nur eine Buglänge von Damietta entfernt. Ihr wißt, daß Ihr hier nur einige hundert Männer habt und daß nur eine Handvoll davon wirklich zu kämpfen versteht. Die ägyptische Flotte von Alexandria kann unsere Schiffe jederzeit angreifen. Wir sind hier, um die Königin von unserem Vorhaben zu unterrichten. Wenn wir keine Audienz bekommen, werden wir noch heute wegsegeln, ohne es ihr mitzuteilen.« Er blickte Nicolette eindringlich an, die buschigen Brauen gewölbt. »Mir war versichert worden, Ihr würdet mich unterstützen, Madame, und mir keine Steine in den Weg legen.«

Das war Amalrics Werk, dachte Nicolette. Wie ich auf den Tag warte, an dem ich enthüllen kann, wie er wirklich ist!

Sie trat zurück und neigte den Kopf.

»Gebt mir einige Minuten, die Königin vorzubereiten, so daß sie Euch empfangen kann, meine Herren.«

Marguerite schlief noch, trotz der Auseinandersetzung vor ihrer Tür. Nicolette schaute bedauernd auf sie hinab. Sie lag auf dem Rücken, den Kopf auf der Seite, wirkte hilflos wie ein Kind. Sanft rief Nicolette sie beim Namen, um sie zu wecken. Dann erzählte sie ihr von den Männern, die draußen warteten.

»Nicolette, ich kann sie jetzt nicht empfangen. Was sollte ich ihnen sagen?«

Nicolette nahm die Hände der Freundin und drückte sie sanft. Sie wünschte so sehr, ihre Kraft so auf sie übertragen zu können. »Hört Euch an, was sie zu sagen haben und bittet sie dann um eine Frist. Jeder Tag, den wir ihnen abringen können, wäre ein Sieg für uns.«

Marguerite preßte die Lippen aufeinander und setzte sich unter Schmerzen im Bett auf. »Arrangiert die Kissen so, daß ich aufrecht sitzen kann. Bringt mir die blau-goldene Brokatrobe und steckt mir die Haare hoch. Gebt das Baby zu einem der Mädchen und laßt es in einen anderen Teil des Palastes bringen.«

Kurze Zeit später öffnete Nicolette die Tür, die Seeleute traten ein, ergriffen von dem Anblick der Schwäche, den die Königin bot. Sie beugten das Knie vor Marguerite, und Nicolette hielt den Atem an, als Lercari zu sprechen begann.

»Um schnell zur Sache zu kommen, Madame, ich erfuhr von jemandem, dem ich traue, daß in Damietta die Vorräte ausgegangen sind. Wenn ich nur meine Ruderer zähle, habe ich zehntausend Mann draußen auf dem Wasser. Zehntausend, die täglich essen wollen – und selbst die Galeerensklaven brauchen eine Mahlzeit täglich, sonst fehlt ihnen die Kraft, zu rudern. Ich bin verantwortlich für all diese Menschenleben, Madame, und ich werde sie nicht aufs Spiel setzen. Deshalb bin ich gekommen, um Euch zum Aufbruch zu drängen.«

Keine Lebensmittel in Damietta? Nicolettes Magen krampfte sich zusammen. Wenn Lercari recht hat, können wir nicht bleiben.

Amalric, dachte sie. Er ist es gewesen, der Lercari erzählt hat, daß es kein Essen gibt. Doch unsere Reserven? All diese Monate über waren die Lagerhäuser voll. Ob Amalric die Vorräte zerstört hatte?

»Das kann nicht sein«, kam es entschieden von Marguerite. »Ich weiß nichts von einer Verknappung der Vorräte. Es sind Schiffe unterwegs von Accra und Zypern. Außerdem haben wir genügend Gold, um mehr einzukaufen, Admiral, dessen kann ich Sie versichern.«

Lercari zuckte nur mit den Schultern. »Wenn Madame sich auf die Marktplätze der Stadt bemühen wollen, werdet Ihr sehen, daß es dort nichts mehr zu kaufen gibt. Ihr wißt ja nicht einmal, ob Eure Bestellungen in Accra und Zypern angekommen sind, geschweige denn, ob Hilfe unterwegs ist. Und wir brauchen die Nahrungsmittel jetzt.«

Die Endgültigkeit, mit der er dies sagte, erinnerte Nicolette an das Schließen einer Kerkertür. Sie und Marguerite würden Roland und den König niemals wiedersehen.

»Aber Admiral«, bat Marguerite, »wir können doch jetzt nicht aufgeben. Wir haben vom Sultan gehört. Er verlangt ein Lösegeld von 800000 Byzanten und die Aufgabe von Damietta. Frankreich kann dieses Geld zur Verfügung stellen, sogar mehr, falls es verlangt wird. Wir haben bereits danach geschickt. Nur noch eine kleine Weile und die tapferen Männer, die Ihr hierhergebracht habt, werden frei sein. Sie werden Euch als Brüder umarmen, wenn Ihr sie nach Hause bringt. Wie könnt Ihr ihnen jetzt den Rücken kehren, wo wir so kurz vor ihrer Befreiung stehen?«

»Verzeiht mir, Madame, aber wir stehen doch wohl nicht so kurz vor ihrer Befreiung. Die Sarazenen lieben nichts so sehr wie das Feilschen. Mag sein, daß Ihr den ganzen Sommer über mit ihnen verhandeln müßt und doch nichts erreicht.«

»Aber das ist doch der Grund, weshalb wir hierbleiben müssen«, beschwor ihn Marguerite, die schmalen Hände bittend ausgestreckt. »Bedenkt nur, wieviel länger das Feilschen dauern würde, wenn wir von jenseits des Meeres verhandeln müßten.«

Lercari schüttelte den Kopf in brüsker Verneinung. »Madame,

wir können nicht warten. Meine Männer werden krank, wenn sie länger untätig an Bord bleiben. Unter den augenblicklichen Umständen müßten sie zudem noch hungern. Ihr erbittet mehr, als Euch zusteht, Madame.«

»Mehr, als mir zusteht?« Da war Ärger in Marguerites Stimme. Ihre dunklen Augen blitzten. »In Jesu Namen, welche Art Christ seid Ihr? Dies ist kein gewöhnlicher Krieg, und dies ist kein gewöhnlicher König. Wenn Ihr Euch in unserer Not von uns abwendet, Admiral Lercari, wird er Euch das nicht verzeihen. Das prophezeie ich Euch. Eure Stadt wird Gottes Zorn zu spüren bekommen. Und die Welt wird sich ebenfalls daran erinnern. Wollt Ihr wirklich, daß der Name Genua mit Begriffen wie Feigheit und Verrat gleichgesetzt wird?«

Bei der Erwähnung von Gottes Zorn, der über sie kommen würde, bekreuzigte sich einer von Lercaris Kapitänen. Doch der selbst blickte finster. »Madame, hätte mir dies ein Mann gesagt, müßte er sich dafür verantworten.«

»Ihr versteht es, eine Frau einzuschüchtern, die gerade erst ein Kind geboren hat, Admiral«, sagte Marguerite.

Lercaris Antlitz rötete sich unter der olivfarbenen Haut.

»Wir sind weder Feiglinge noch Verräter, Madame«, meinte er verdrießlich. »Wir sind gute Christen und wollen Euren Gatten und seine Männer nicht im Stich lassen. Aber gegen Hunger sind selbst die stärksten unter uns nicht gefeit. Was sollten wir Eurer Meinung nach tun?«

Jetzt hat sie ihn, freute sich Nicolette. Doch kann sie das auch nutzen?

Nun änderte Marguerite den Tonfall, als wolle sie ein Zugeständnis machen: »Gebt mir ein wenig mehr Zeit, Admiral. Laßt mich nach Vorräten Ausschau halten. Vielleicht hamstern einige Leute Nahrungsmittel. Vielleicht gibt es Proviant in der Stadt, von dem wir nichts wissen. Ich werde zahlen, was immer ich muß. Ich verspreche Euch, Eure Männer werden nicht hungern müssen. Gebt mir wenigstens einen Tag.«

Lercari verneigte sich. »Einen Tag, Madame, ja sicher, Ihr sollt ihn haben. Doch sollte Eure Suche nach Proviant vergeblich sein, gehe ich davon aus, daß Ihr damit einverstanden seid, Damietta zu verlassen.«

Es ist hoffnungslos, dachte Nicolette. Wenn Amalric ihm erzählt hat, daß es nichts zu essen gibt, wird er sicher dafür gesorgt haben, daß die Vorräte unauffindbar sind.

Dann besann sie sich auf Maurice. Stimmte es tatsächlich, daß er eine Übereinkunft mit den Beduinen erreicht hatte. Könnte er mit Hilfe des königlichen Vermögens nicht bewerkstelligen, weit größere Vorräte heranzuschaffen? Und wenn er das könnte, würde er es auch tun?

»Wenn es tatsächlich keine Nahrungsmittel geben sollte, werde ich Eure Lage berücksichtigen, Admiral«, sagte Marguerite mit schwacher Stimme. »Jetzt aber bin ich sehr müde.«

Lercari und seine Männer beugten nochmals die Knie und verließen den Raum.

Kaum waren sie draußen, schlug Marguerite die Hände vors Gesicht und begann bitterlich zu schluchzen.

»O Nicolette, alles ist vergebens. Welchen Unterschied kann schon ein Tag machen? Mein armes Baby wird seinen Vater nie kennenlernen. Und ich, ich werde Ludwig niemals wiedersehen.«

Nicolette setzte sich auf den Rand des Bettes und nahm die Königin in die Arme. »Es gibt eine Chance, Marguerite. Ich glaube, ich könnte einen Weg finden zu bekommen, was wir brauchen.«

Nicolettes Herz schlug bis zum Hals, als sie den Garten an der Rückseite des Palastes durchquerte, der sich bereits gelb färbte, weil alles zur Verfügung stehende Wasser für den Fall der zu erwartenden Belagerung aufgespart wurde. Dann betrat sie die Ställe, in denen das letzte Dutzend der in der Stadt verbliebenen Pferde Tag und Nacht vor den Hungrigen bewacht wurde. In dem kleinen Raum fand sie Maurice, von dem sie wußte, daß er dort untergebracht war. Er saß an einem Tisch und war beim Würfelspiel mit einer der Stallwachen. Beide Männer sprangen auf.

»Ich möchte unter vier Augen mit Euch sprechen, Maurice«, begann sie und suchte in den blaßblauen Augen nach einem Zeichen der Hoffnung.

»Ich hoffe, Madame haben nichts gegen ein kleines Spielchen«, sagte Maurice mit einem verlegenen Grinsen. »Seit der Graf mich zur Bewachung der Pferde eingesetzt hat, gab es wenig zu tun. Das wird sich erst ändern, wenn die Menschen hungriger werden, vermute ich. Wie kann ich Euch dienen, Madame?«

Sie ließ sich an dem Holztisch nieder und bedeutete ihm, sich ihr gegenüber zu setzen. Sie erzählte ihm von der Drohung der Genuesen. Sie konnte nichts in seinem Gesicht lesen, als sie fortfuhr. Seit dem Tag, an dem er sie in dem zerstörten Tempel gefunden hatte, hatte sie nicht mehr allein mit dem alten Kreuzritter gesprochen. Dennoch hatte sie die Entdeckung, daß er ein Geheimnis vor Amalric hatte, mit einem Hoffnungsschimmer erfüllt.

Als sie geendet hatte, lachte er. »Nur weil ich ein wenig frischen Proviant für die Familie besorge, der ich diene, vermutet Ihr, Madame, daß ich die ganze Stadt ernähren kann?«

»Wir müssen einige Tausend Menschen am Leben halten, bis Hilfe eintrifft«, beschwor ihn Nicolette. »Ihr habt Verbindung zu den Beduinen, und die Beduinen könnten uns für einige Zeit versorgen. Stimmt das nicht?«

»Ja, das könnte man sagen«, gab Maurice zu. »Aber Ihr wißt doch, Madame, daß das zwei mächtige Männer sehr verärgern würde: den Sultan Turan Shah und Euren Gatten, den Grafen Amalric.«

»Die Beduinen könnten die Linien des Sultans umgehen, oder etwa nicht? Wenn man ihnen genug Gold gibt?«

»Und was ist mit dem Grafen Amalric, Madame?« fragte Maurice mit einem schiefen Lächeln. »Ich bin sein Mann, oder etwa nicht? Wenn ich ein falsches Spiel mit ihm spiele, wird er mich töten, nicht wahr? Und er ist im Recht, wenn er behauptet, daß es den Christen von Damietta besserginge, wenn sie sofort die Stadt verließen.«

»Macht es Euch gar nichts aus, daß der König, *Euer* König und all seine tapferen Männer, Kreuzritter wie Ihr selbst, mit Sicherheit sterben werden, wenn Ihr nicht helft?«

Maurice stand auf und ging zu dem Torbogen, von wo er auf den verdorrenden Garten schaute. Er verschränkte seine vernarbten Hände hinter dem Rücken. Sie hatte sich umgedreht, starrte ihn an und rätselte, was wohl in seinem Kopf vorgehen mochte. Sie bemerkte zum ersten Mal, daß seine kurze, kräftige Gestalt, von hinten betrachtet, einem wesentlich jüngeren Mann gehören könnte.

Ohne sie anzusehen, stieß er abrupt hervor: »Frauen sollten sich nicht in Kriegs- und Staatsangelegenheiten mischen.«

»Würdet Ihr uns gern in einen Harem verbannen, wie die Sarazenen es mit ihren Frauen tun?«

Immer noch mit dem Rücken zu ihr, erwiderte er: »Ihr wißt nichts über die Moslem-Frauen.«

»Und Ihr scheint vergessen zu haben, was Ihr jemals über die Christen-Frauen wußtet«, entgegnete sie.

Er wandte sich halb um. Vor dem hellen Nachmittagshimmel hob sich sein Kopf wie ein Schattenriß ab.

»Ihr geht ein schreckliches Risiko ein, wenn Ihr so zu mir sprecht, Madame. Was, wenn ich Eurem Gatten erzählte, daß Ihr gegen ihn arbeitet?«

Irgendwie schaffte sie es, die Angst niederzukämpfen.

»Ich bin ganz sicher, daß er mich töten würde«, bekannte sie. »Hättet Ihr mich gern auf dem Gewissen?«

Er kam zurück in den Schatten der Hütte und lehnte sich über den Tisch zu ihr hin.

»Ich weiß, daß er fähig wäre, Euch zu töten, Madame. Nein, das ist es nicht, was ich möchte. Ich bewundere, was Ihr für die Königin tut.« Er drehte sich um und entfernte sich wieder von ihr, offenbar in der Absicht, seine Gefühle vor ihr zu verbergen.

»Und was Ihr für den König und seine Männer tut. Eure Loyalität ist bewundernswert.«

Dieser alte Mann war gütig, das spürte sie.

Sie erhob sich, den Stuhl beiseite schiebend.

»Maurice«, sie sprach zu seinem breiten Rücken, »sollte Damietta aufgegeben werden, werde ich einen Weg finden, zurückzubleiben – das schwöre ich Euch. Ich werde aus der Stadt fortlaufen oder mich verstecken, bis die Flotte ausgelaufen ist.«

»Euer Gatte würde Euch finden«, gab er zu bedenken.

»Nicht, wenn das bedeuten würde, daß er selber das Schiff verpaßt«, sagte sie entschieden. »Ich jedenfalls werde mich nicht von diesen Männern abwenden. Täte ich das, könnte ich nicht in Ruhe in Frankreich leben.« Sie endete atemlos, geschockt von ihrer eigenen törichten Dickköpfigkeit.

Maurice wirbelte herum und starrte sie an.

»Beim Himmel, Ihr meint das ernst!«

»Ja.«

Er schüttelte den Kopf. »Das Zusammentreffen mit Euch hat alte Wunden aufgerissen. Es erinnerte mich daran, wie sehr ich die Frauen von Frankreich in all diesen Jahren wirklich vermißt habe.«

»Dann werdet Ihr mir also helfen? Trotz des Grafen?«

»Madame, ich habe Euren Gatten Dinge tun sehen, die die Scham in mir hochtrieben, selbst ein gebürtiger Franzose zu sein. Und in seinen Diensten habe ich ebenfalls vieles getan, was ich bedauere. Es ist möglich, daß ich nun ein wenig von dem wiedergutmachen kann. Obwohl der Sultan nichts lieber sähe als ein verlassenes Damietta, gibt es unter den Ägyptern eine andere Gruppe, die mir helfen könnte, Vorräte heranzuschaffen. Turan Shahs Pläne zu vereiteln und das Geld zu nehmen, das Eure Königin für Nachschub zu zahlen bereit ist, das könnte sie beides in höchstem Maße interessieren.«

Nicolette fühlte sich wie ein Vogel, der plötzlich aus dem Käfig befreit wird.

»Ich wußte, daß Ihr es tun würdet, Maurice.«

»Bis jetzt habe ich nichts getan, Madame. Und selbst wenn es der Königin gelingen sollte, Damietta zu halten, könnte es sein, daß die Kreuzritter nicht in Sicherheit sind. Es besteht die Möglichkeit, daß Turan Shah, wenn er das Lösegeld erst einmal hat, trotzdem anordnet, daß die Gefangenen massakriert werden.«

Sie ließ sich in den Stuhl des Wachzimmers zurückfallen.

»Ist der Sultan zu einer solchen Gemeinheit fähig? Gibt es nicht sogar unter den Sarazenen eine gewisse Ritterlichkeit?« Wenn der Sultan das Lösegeld nehmen und die Geiseln dennoch töten würde, gab es keine Hoffnung.

»Madame, es gibt eine große Ritterlichkeit unter den Kriegern des Islam, doch selbst Turan Shahs eigene Offiziere halten ihn nicht für einen Ehrenmann«, erklärte Maurice. »Seit dem Tod von Sultan Ayub hat Turan Shah ehrwürdige Mamelucken-Generale durch seine Favoriten ersetzt, durch Männer seines Schlages. Und er drangsaliert selbst die Sultanin, die Hauptfrau seines Vaters, eine Dame, die die Mamelucken außerordentlich schätzen. Deshalb gibt es viele, die den neuen Sultan ablehnen. Das ist auch der Grund dafür, weshalb ich Euch vielleicht helfen kann.«

Sie maß Maurice mit ihren Blicken. Für einen gefangengehaltenen Sklaven schien er zuviel über die Machenschaften der Sarazenen zu wissen. Konnte er während seiner Gefangenschaft ein Moslem geworden sein und sie nun bespitzeln?

»O bitte, Maurice! Ohne Euch haben wir keine Hoffnung.«

»Ihr dürft nicht zuviel von mir erwarten, Madame.« Maurice setzte sich und trommelte mit seinen kurzen, schwieligen Fingern nachdenklich auf den Tisch. Dann schaute er zu ihr auf.

»Madame, Ihr wißt, welche Angst die Christen vor den Ägyptern haben. Wenn sie herausfinden sollten, daß ich Kontakt zu den Beduinen hatte, müßt Ihr Euch für mich einsetzen. Das müßt Ihr mir versprechen, welches Risiko das auch immer für Euch bedeuten sollte.«

»Ich verspreche es«, sagte sie mit fester Stimme und schaute ihm dabei in die Augen.

»Schwört es, bei allem, was Euch heilig ist.«

»Ich schwöre im Namen... im Namen der Liebe.«

Seine grauen Augenbrauen hoben sich. »Ein heidnischer Schwur?«

»Wir müssen offen zueinander sein, Maurice. Schätzt Ihr mich deshalb weniger?«

Er zuckte mit den Schultern. »Ich denke, wenn es um den Glauben geht, haben die Menschen keine Möglichkeit zu wählen. Wenn uns etwas ehrlich gemeint scheint, sind wir gezwungen, es zu glauben.« Seine Augen hatten die Farbe der See an einem wolkenverhangenen Tag, als ob ihm ein alter Kummer in den Sinn gekommen wäre.

Mit steifen Bewegungen öffnete de Burgh die Tür und die genuesischen Kapitäne betraten das Schlafzimmer der Königin Marguerite. Hugo Lercari riß die scharlachfarbene Kappe vom Kopf und machte eine tiefe Verbeugung.

Ich sollte ihn nicht so hassen, dachte Nicolette. Er tut schließlich nur, was die meisten an seiner Stelle tun würden. Doch sie konnte ihre Gefühle nicht verleugnen.

Nicolette stand mit Beatrice und Jeanne, den Frauen der Königsbrüder Charles und Alphonse an der Stirnseite des Bettes. Wie Marguerite angeordnet hatte, war jede der Frauen fein gekleidet. Nicolette trug zu einem blaßblauen Seidenrock einen breiten Gürtel mit goldenen Stickereien. Ihr byzantinischer Mantel aus brokatähnlichem purpurfarbenen Satin war zwar zu schwer für einen heißen Tag wie diesen, aber sie wußte, daß er ihr zusätzliche Würde verlieh. Auf dem Kopf trug sie ihr silbernes Diadem. Marguerite hatte neben dem Bett in einem großen schweren Stuhl Platz genommen, den sie von Dienern aus dem Audienzsaal im Erdgeschoß hatte herauftragen lassen. Sie trug die kleine goldene Krone, die sie für Staatsanlässe aus Paris mitgebracht hatte. In ihren Armen hielt sie ihr Baby. Sie hatte es gerade erst gestillt, und das Kleine schlief friedlich.

»Meine Herren!« Marguerites Augen sprühten, »Hier ist der neueste Erbe des Hauses von Capet, Jean Tristan.«

Amalric hatte sich hinter den genuesischen Kapitänen in den Raum gedrängt. Seine Augen, voll unterdrückter Wut, trafen Nicolettes für einen Moment. Sein Blick wanderte über ihre Staatsrobe, und er preßte die Lippen zusammen.

Wie gut, daß ich zur Zeit nicht mit ihm lebe, dachte sie.

»Tristan«, wiederholte Hugo Lercari, »das bedeutet ›traurige Seele‹. Ein melancholischer Name, Madame, für einen so hübschen Jungen.«

»Er wurde an einem traurigen Tag geboren, Admiral.«

»Mögen diese unglücklichen Zeiten schleunigst enden«, sagte Lercari. »Und möge der königliche Vater Eures Sohnes bald das Vergnügen haben, ihn anzuschauen.«

»Auf Grund dessen, was wir gestern und heute bewerkstelligt haben, ganz sicher«, sagte Marguerite, das Baby ihrer Schwägerin Beatrice reichend, die es in seine Wiege legte. »Seid Ihr heute schon in den Lagerhäusern gewesen, Admiral Lercari?«

»Ich habe mit meinen eigenen Augen gesehen, Madame, daß die Lagerhallen und Kornkammern wieder gefüllt sind. Ich bin verblüfft. Niemals vorher, so glaube ich, ist es einer Stadt unter Belagerung gelungen, Vorräte von den Belagerern zu kaufen.«

»Das ist nicht ganz das, was geschehen ist, Admiral«, erzählte Marguerite mit einem Lachen. »Die wandernden Hirten in diesem Teil der Welt erkennen keinen Herrscher an. Sie sind im Krieg mit jedem oder niemandem – sie behalten sich diese Entscheidung vor. Sie sind natürlich Moslems, aber Gold spricht für sie sogar eine noch deutlichere Sprache als ihre Religion. Mit diesem guten Ritter, der als Käufer fungierte, war ich in der Lage, sie zu überreden, ihre Vorräte mit uns zu teilen.« Mit einem Lächeln wies sie auf de Burgh, der sich verneigte. Seine Augen funkelten vor Vergnügen über die Täuschung, in die er verwickelt war. »Ich habe dreihundertundsechzigtausend Silberlivres ausgegeben, Kapital aus dem französischen Thronschatz, um Ihre Befürchtung, verhungern zu müssen, auszuräumen. Im Gegenzug erwartet die französische Krone, daß Ihr so lange bleibt, wie Ihr gebraucht werdet.«

»Ihr und Sire de Burgh habt ein Wunder vollbracht, Madame«, sagte Amalric und schaute mißtrauisch auf den ältlichen Ritter. »Doch um welchen Preis? Wieviel Geld ist nun geblieben, um das Lösegeld zu bezahlen?«

»Das Lösegeld wird mit Hilfe der Ritter des Tempelordens bald hier sein, Graf«, erwiderte Marguerite. »Es wird uns aus den königlichen Schatzkammern in Paris überbracht.«

»Die Templer«, platzte Amalric heraus, »wenn das Schicksal der Gefangenen von den Tempelrittern abhängt, sind wir wahrhaftig in einem Jammertal.«

»Die Tempelritter gehörten immer zu den vertrauenswürdigsten Freunden der französischen Könige«, wies Marguerite ihn kühl und bestimmt zurecht. Sie wandte sich an Lercari: »Und was ist mit den genuesischen Kapitänen, Admiral Lercari? Können wir sie nun zu unseren getreuen Verbündeten zählen?«

Lercari verneigte sich. »Ich möchte Abbitte dafür leisten, daß ich Euch gestern gestört habe, Madame. Doch meine Mannschaften sind meine Kinder, und ich hatte Angst um sie. Es scheint, als wären wir über die Schwierigkeiten, Proviant aufzutreiben und über die Gefahr, deshalb zu verhungern, getäuscht worden.« Er blickte beiläufig zu Amalric, der ihm abrupt den Rücken kehrte und auf die andere Seite des Raumes ging und durch eines der eisernen Fenstergitter hinausstarrte. Dann fuhr er fort: »Wir schätzen uns glücklich, bleiben zu können, Madame.«

»Dann können wir uns also auf Euch verlassen, solange wir zahlen können?« Marguerite fragte es zuckersüß.

Zumindest hat er den Anstand, verlegen zu schauen, dachte Nicolette als der Admiral schamhaft die Augen niederschlug.

Die Kapitäne verbeugten sich und verließen den Raum. Wir haben ein wenig Zeit für unsere Männer gewonnen, stellte Nicolette mit Befriedigung fest. Doch nur, solange Geld und Nahrungsmittel ausreichen. Und Marguerite hat alles, was sie hatte, für diese Vorräte ausgegeben. Wenn nicht bald Hilfe kommt oder die Verhandlungen weitergehen, kann all dies vergeblich gewesen sein.

XXXII

»Die Heimat so fern
Und die Liebste so weit.
Ach, mein Herz ist voll Leid.

Ich kämpfe für Gott,
Meine Liebste: Adieu!
Meinem Herzen tut das Scheiden
so weh.

Die Heimat ist fern,
Und mein Leib ist wohl hier.
Aber mein Herz, ja mein ganzes
Herz ist bei dir!«

Roland spielte die Melodie des Liedes noch zweimal auf der Laute, brachte es dann zu Ende. Seine Zuhörer applaudierten nicht, sie nickten nur und murmelten in stiller Zustimmung. Im fahlen Licht des Halbmondes, der tief am östlichen Horizont hing, konnte er Tränen auf den hohlen Wangen einiger Männer erkennen, die sich am Bug der Gefangenen-Galeere um ihn versammelt hatten. Sie liebten es, an die Frauen erinnert zu werden, die sie zurückgelassen hatten.

Und Roland wußte, daß die Tiefe seiner eigenen Sehnsucht nach Nicolette seinem Gesang Leidenschaft verliehen hatte.

Er glaubte fast, sie erreichen zu können, daß sie ihn hören könnte. Sie waren, das hatten die Bewacher gesagt, nur fünf Meilen von Damietta entfernt, in einer Stadt, Fariskur genannt. Die Verhandlungen um ihre Freilassung erschienen erfolgversprechend. Turan Shah hatte König Ludwig erklärt, daß er erfreut sei, sie in diesen zwölf Lastgaleeren Damietta und dem Frieden näher zu bringen.

Während er für den König übersetzte, empfand Roland nur Mißtrauen gegenüber Turan Shah. Er war sicher, daß der Sultan sie näher an die von den Christen gehaltene Stadt gebracht hatte, um die Gefangenschaft peinvoller zu gestalten, um so größere Zugeständnisse vom König zu erpressen. Und ob nun nah bei Damietta oder fern – Turan Shah konnte sie immer noch alle abschlachten.

Genug gegrübelt, sagte Roland sich selbst. Die Männer wollen mehr Musik. Er spielte die ersten Töne eines neuen Liedes, brach aber ab, weil seine Aufmerksamkeit von dem Geschehen mittschiffs abgelenkt wurde.

Er sah eine großgewachsene Gestalt über die Gangway das Deck betreten. Ein Helm mit einer Spitze wie ein Dorn glitzerte im Licht der Fackeln. Ein langes Krummschwert hing in einer schlichten Lederscheide von einer reich bestickten Schärpe, die um die Taille des Mannes geschlungen war. Der Mamelucke begann jetzt langsam über das Deck der schlanken ägyptischen Galeere zu schreiten.

Es war Emir Baibars.

Roland sah die zerlumpten Männer zurückweichen, als er näher kam. Doch sie bewegten sich zögernd, und räumten dem großgewachsenen Mamelucken nicht viel Platz ein. Die Gefangenen starrten Baibars mißtrauisch an. Und er erwiderte ihre Blicke, den Kopf unablässig von einer Seite zur anderen drehend, während er weiterging. Kein Zweifel, das mußte er tun, dachte Roland, um so viel zu sehen wie die anderen Männer, die zwei Augen hatten.

Ist es Torheit oder Mut, was ihn veranlaßt, so furchtlos durch unsere Reihen zu gehen? rätselte Roland. Sie könnten ihn umzingeln und zu Boden werfen, bevor er auch nur den Krummsäbel ziehen könnte. Die Männer wußten natürlich nicht, daß dies der Kommandant war, der sie überwältigt und gefangengenommen hatte. Er trug nicht die Goldornamente, die ihm seinem Rang nach zustanden, sondern nur den simplen rotseidenen Überwurf eines gewöhnlichen Schützen. Das ist, dachte Roland, eine fragwürdige Verkleidung.

Nun stand Baibars vor ihm, ein schmales Lächeln auf seinem dunklen Gesicht.

»Folgt mir, Roland de Vency.«

Roland spürte einen Anflug von Furcht. Würde er lebend zurückkommen? Und warum hatte Baibars beschlossen, ihn in eigener Person zu sich zu rufen?

Die anderen Kreuzritter bewegten sich unwillkürlich auf Roland zu, um ihn zu schützen. Ihre Finger zuckten vor Erregung, sie flüsterten untereinander.

Baibars sagte: »Sagt ihnen, daß ich verspreche, ihrem teuren Sänger kein Leid zuzufügen. Erzählt ihnen, daß ich mit Euch über Musik sprechen möchte.«

Roland wiederholte Baibars Worte in Französisch und folgte dann dem Mamelucken zur Gangway. Er konnte das Klingeln des eisernen Kettenhemdes hören, das Baibars unter seinem Gewand trug. Zumindest hatte er da Vorsicht walten lassen. Roland bemerkte, daß die Wachmänner der Mamelucken an der Gangway weder zu Baibars sprachen noch ihn beobachteten. Zweifellos hatte er seinen eigenen Leuten verboten, ihn zur Kenntnis zu nehmen, wenn er verkleidet war.

Rolands Magen krampfte sich zusammen. Was will er von mir? Es muß etwas ungeheuer Wichtiges sein, wenn er allein zu mir kommt.

Baibars blieb stehen, bevor er die Gangway verließ, und schaute in Richtung des Lagers von Sultan Turan Shah.

Roland tat es ihm gleich. Des Sultans gelbe Zelte waren auf einem sanften, grasbewachsenen Hügel aufgebaut. Auf hölzernen Pfählen hingen seidene Stoffbahnen. In der Mitte der Zelte erhob sich ein hölzerner Turm, auf dem Roland verschiedene Male den Sultan selbst gesehen hatte, wie er den Fluß, die nahegelegene Stadt und die Gefängnis-Galeeren beobachtete.

»Wir sollten am Fluß entlanggehen«, entschied Baibars, nachdem sie das Schiff verlassen hatten.

»Ihr hättet nach mir schicken sollen«, sagte Roland, als sie auf dem festgetretenen Boden des Trampelpfades entlanggingen und damit den Zelten des Sultans den Rücken gekehrt hatten. »Ihr habt Euer Leben aufs Spiel gesetzt, als Ihr diesen Männern allein gegenübertratet.«

»Ich hätte nach Euch schicken können«, stimmte Baibars zu, »doch es war unauffälliger, selbst zu kommen.«

Rolands Herzschlag beschleunigte sich, dennoch bemühte er sich um einen beiläufigen Ton. »Unauffällig und unbemerkt schleicht auch der Panther umher, nicht wahr? Ich kenne außer Euch nur einen einzigen Mann höheren Ranges, der sich so frei unter den Menschen bewegt: König Ludwig. Nur, daß er es nicht in Verkleidung tut.«

»Dann riskiert er sein Leben, jedenfalls mehr als ich.«

»Nein, weniger, denn die Menschen lieben ihn mehr«, sagte Roland.

»Meine Leute fürchten mich«, erklärte Baibars. »Ich halte das für verläßlicher. Aber sosehr sie mich auch fürchten, lieben sie es doch, Geschichten über mich zu erzählen.«

Von dem Zeitpunkt an, da er in Ägypten angekommen war, hatte Roland von Baibars Missetaten sprechen gehört. Viele Schilderungen beinhalteten, daß er sich verkleidet Zugang zum Harem anderer Männer verschafft hatte.

»Ich bin sicher, daß sie einige dieser Geschichten selber erfunden und verbreitet haben«, mutmaßte Roland in der Hoffnung, Baibars joviale Stimmung würde anhalten.

Baibars lachte. »Für einen Franzosen habt Ihr viel Weisheit.«

Sie kamen zu einem Dattelpalmenhain, und Baibars blieb in dessen Schatten stehen. Neben ihnen murmelte der Nil in der Nacht. Vor ihnen konnte Roland in dunklen Reihen die Zelte der ägyptischen Armee erkennen. Lagerfeuer leuchteten in der Ferne. Wieviel Tausende mußten dort lagern, bereit, nach Damietta zu marschieren, sobald sie den Befehl bekommen würden? Dieser Anblick erfüllte Roland mit Angst, er fürchtete um Nicolette und die Königin.

»Ich muß Euch eine sehr wichtige Frage stellen, Sänger. Euer König trifft den Sultan fast täglich, und die Spione des Sultans beobachten ihn ständig. Ich kann ihn deshalb nicht ansprechen. Ihr müßt mir sagen, was er denkt.«

Rolands ganzer Körper spannte sich. Ihm erzählen, was der König mir anvertraut hat? Von seiner Furcht berichten, daß die Königin fliehen und uns hier alleinlassen könnte? Doch was geschieht mit mir, mit uns allen, wenn ich nicht auf Baibars Fragen eingehe? Roland vermeinte fast zu fühlen, wie die kalte Klinge des Krummsäbels gegen seinen Nacken gepreßt wurde.

Nein, die einzige Art, mit Baibars umzugehen, war geradeheraus zu sagen, was er dachte.

»Ich werde Euch nichts erzählen, wovon ich glaube, daß der König nicht möchte, daß Ihr es wißt.«

»Natürlich.« Roland sah eine Bewegung von Baibars Hand im Schatten. »Das hättet Ihr nicht betonen müssen, wir sind beide Ehrenmänner.«

Roland verscheuchte einen Moskito, der neben seinem Ohr summte. Ja, ich glaube es, dachte er. Und doch, wie kann er ein Ehrenmann sein und sich gleichzeitig gegen den Sultan verschwören?

»Ich hatte Gelegenheit«, sagte Baibars nach einer kurzen Stille, »eine Nachricht zu lesen, die von einer Person aus Damietta an unseren höchst ehrenwerten Sultan geschickt wurde. Sie wurde heimlich geschickt. Sie war von dem, der die christlichen Verteidiger von Damietta kommandiert, vom Grafen Amalric.«

Roland fühlte heiße Wut in sich aufsteigen. »Amalric de Gobignon verhandelt mit dem Feind?« Also war es ihm gelungen, nach Damietta zu gelangen.

»Nicht mit all Euren Feinden«, unterbrach Baibars. »Nur mit dem Sultan, und das auch nur heimlich. Wer ist Amalric? Was für ein Mann ist das?«

Roland sah vor seinem geistigen Auge eine Reihe von Situationen, bei denen Amalric eine Rolle gespielt hatte: Amalric, der die Vernichtung der Katharer anordnete, der mit dem Morgenstern seine Schulter zerschmetterte, der der Verbrennung Dianes beiwohnte. Er war schier blind vor Haß. Und dann hörte er Perrins Worte: *Übt keine Vergeltung.*

»Ihr könnt von mir keine ausgewogene Antwort auf diese Frage erwarten, Emir Baibars. Dieser Mann ist mein größter Feind auf dieser Welt. Vielleicht mein einziger Feind.«

»Wirklich? Ich kann mir gar nicht vorstellen, nur einen einzigen Feind zu haben. Was hat er Euch getan?«

»Er hat den Tod vieler Menschen verschuldet, die mir nahestanden. Ich habe in meinem Leben zwei Frauen geliebt, und er hat eine davon auf dem Scheiterhaufen verbrannt. Die andere ist seine Frau.«

»Oh, seine Gattin. Eine sehr schöne Frau.«

Roland war verblüfft. »Ihr habt sie gesehen?« fragte er neugierig. »Wann? Geht es ihr gut?«

»Eine Frau gehört zu ihrem Mann. Wenn Ihr die Gattin dieses Mannes geliebt habt, habt Ihr gefehlt, nicht er.«

Mit immenser Willenskraft gelang es Roland, sich zurückzuhalten. Baibars würde ihm über Nicolette nur so viel erzählen, wie er für richtig hielt.

»Ich will über diesen Punkt nicht mit Euch streiten, Emir.«

»Ihr habt mir immer noch nicht erzählt, wer dieser Amalric ist und welche Art Mensch er ist. Ist er ein wirklich wichtiger Mann, oder hat ihm der Zufall seine jetzige Stellung als Kommandant von Damietta zugespielt?«

»Wären wir in Frankreich und nicht in Ägypten, könnte er der zweitmächtigste Mann des Königreiches sein.«

»Mächtiger als die Brüder des Königs?«

»Der König kontrolliert seine Brüder völlig. Amalric de Gobignon hat als Graf eigene Ländereien, über die er wie ein König herrscht. Und welche Art Mensch er ist? Amalric ist intelligent, mutig, grausam, ehrgeizig und verräterisch.« Mit Entsetzen bemerkte Roland, daß er auch Baibars so beschreiben würde. »Ich glaube, er hat unsere Armee bewußt dazu gebracht, sich Euch zu ergeben.«

Baibars lachte unterdrückt. »Dann bin ich ihm dankbar.«

»Erfreut Euch ein Sieg unter solchen Umständen tatsächlich?«

»Ein Sieg erfreut mich unter allen Umständen.« Da war das furchtbare Wort wieder – *Mansura* – Sieg.

Roland sprach den Gedanken, der ihm kurz vorher durch den Kopf geschossen war, aus: »In dieser Beziehung seid Ihr und Amalric einander sehr ähnlich.«

Bairbars lachte erneut in sich hinein, doch es war keine Wärme in diesem Lachen. »Wißt Ihr, daß Ihr alle sterben werdet?« Es war eine Sorglosigkeit in seinem Ton, die seine schrecklichen Worte Lügen strafte. »Höchstwahrscheinlich morgen.«

Eine plötzliche Panik ergriff von Roland Besitz, doch er kämpfte die Angst nieder. Er sagte sich selbst, daß da mehr sein müsse. Baibars würde sich nicht die Mühe gemacht haben, ihn zu diesem verschwiegenen Treffen zu laden, nur um ihn zu erschrecken. Und warum sollte Baibars ihm von Amalrics Brief erzählen, wenn Roland und die anderen am folgenden Tag ohnehin abgeschlachtet würden? Baibars wollte mit Sicherheit etwas von ihm.

Roland zwang sich, gelassen zu klingen.

»Ist das alles, weshalb Ihr mich hierhergebracht habt, Herr? Um mir das zu erzählen?«

Baibars brummte, und Roland hörte Anerkennung heraus.

»Die Botschaft, die der edle Amalric dem höchst ehrenwerten Turan Shah zukommen lassen hat, verlangt, daß der Sultan Euch alle tötet – vom König bis hinunter zu seinem letzten Diener. Amalric verspricht dafür dem Sultan das Geld, das er will und die Stadt Damietta – ohne weitere Gegenleistungen als diese.«

Grenzenlose Wut breitete sich in Roland aus, gefolgt von Verwunderung darüber, daß Amalric eines Verrates und Mordes von diesem Ausmaß fähig war.

»Dieser Teufel«, flüsterte Roland.

Baibars legte ihm beschwichtigend die Hand auf den Arm.

»Nun, da Ihr alles wißt, werdet Ihr zugeben müssen, daß dies ein besseres Angebot ist, als das Eures Königs an Turan Shah.«

Ja, dachte Roland. Ludwig hatte versprochen, die Hälfte des

Silbers sofort zu zahlen und den anderen Teil, nachdem alle Christen wieder sicher in christlichen Ländern angelangt wären. Und Ludwig hatte mit der ihm eigenen hehren Selbstsicherheit außerdem verlangt, daß Turan Shah nicht nur seine eigenen Männer freilassen müsse, sondern alle Christen, die von den Ägyptern gefangengehalten wurden, selbst jene, die sie schon seit Jahren festhielten. Der Ausdruck auf Turan Shahs Gesicht hatte gezeigt, daß Ludwigs Bedingungen, daran erinnerte sich Roland genau, nicht gerade auf sein Einverständnis stießen.

Baibars fuhr fort: »Dieser Amalric verspricht, daß er unseren Kriegern die Stadttore von Damietta öffnen wird, sobald das Geld von jenseits des Meeres eingetroffen ist. Wir dürfen dann mit den in der Stadt verbliebenen Christen verfahren, wie wir wollen, solange wir Amalric allein freies Geleit zurück in die Christenheit gewähren.«

Rolands Atem kam in kurzen Stößen. Amalric würde die Königin, des Königs kleinen Sohn, den Patriarchen von Jerusalem und all die getreuen Ritter, Frauen und Diener den Sarazenen zum Vergewaltigen, Peinigen und Abschlachten übriglassen. Auch Nicolette? Dieser Mann hatte keine menschlichen Züge! Perrin, das hat nichts mehr mit Rache zu tun! Rache wäre nicht genug.

»Es gibt nichts, was man gegen diesen Mann unternehmen könnte«, sagte er, nachdem er sich wieder unter Kontrolle hatte, »keine Strafe wäre dem Bösen in ihm angemessen. Ich habe immer gezweifelt, ob es eine Hölle gibt, aber wenn es nur einen Gott gibt, was mir zu glauben ebenfalls schwerfällt: Für eine Kreatur wie Amalric müßte es eine Hölle geben. Ich wünschte nur, ich könnte ihn dorthin schicken.«

Baibars Worte, aus dem Schatten heraus gesprochen, trafen ihn hart: »Zweifelt nicht an Gott in meiner Gegenwart, Ungläubiger. Ich habe für mein Wissen um den Islam einen sehr hohen Preis gezahlt, und ich will nichts Gotteslästerliches hören. Wenn Ihr nicht einmal sicher seid, ob Ihr an Euren Gott glaubt, war es um so törichter, daß Ihr in mein Land eingefallen seid.«

Der plötzliche Verweis half Rolands Wut ein wenig abzukühlen.

»Stimmt, Herr. Doch ich kam nicht hierher, um meinem Gott zu dienen – ich diente nur meinem König. Könnt Ihr mir diese Nachricht zeigen, die Amalric Eurem Sultan schickte? Ich selbst glaube, was Ihr behauptet, weil ich Amalric kenne, doch für meinen König brauche ich einen Beweis.«

»Ihr seid ein wenig begriffsstutzig«, sagte Baibars, und Roland sah, daß sich sein Gesicht zu einem Lächeln verzogen hatte. »Natürlich kann ich Euch die Nachricht nicht zeigen. Sie ist dem Sultan überbracht worden, bevor er argwöhnen konnte, daß andere sie gesehen hätten. Ich möchte nicht, daß Euer König davon erfährt. Offen und arglos wie er ist, würde er sein Wissen sicherlich beim nächsten Treffen mit dem Sultan enthüllen, und dann würde ich mit allen, die mir zur Seite stehen, vernichtet werden.«

Also gibt es Auseinandersetzungen zwischen dem Sultan und Baibars, dachte Roland.

»Wird Euer Sultan mit Amalric handelseinig werden? Wird er seinen Vorteil aus diesem Verrat ziehen? Kann er den König treffen und mit ihm verhandeln, wie er es fast täglich tut, und die ganze Zeit seinen Tod und den seiner Männer planen?«

»O ja«, antwortete Baibars, »auf diese Art wird er das Silber bekommen, und sobald der König und seine jetzt noch lebenden Krieger tot sind, kann er sicher sein, daß die Franzosen uns für eine ganze Generation in Ruhe lassen werden. Und er wird Damietta ohne weiteren Kampf zurückbekommen.«

Roland, verzweifelt bei dem Gedanken an die Gefahr, in der Nicolette schwebte, fragte: »Was könnt Ihr mir über die Menschen in Damietta erzählen? Geht es ihnen gut?«

»Ihnen geht es so gut, wie es Menschen in einer belagerten Stadt gehen kann. Es gibt wenig zu essen, und die Schwachen und Kranken sterben wie die Fliegen. Deshalb hat die Königin angeordnet, daß im Herzen der Stadt vor dem Palast des Gouverneurs ein großer Graben ausgehoben wird, in dem die Toten und alle, die noch sterben werden, begraben werden können.

Die Königin hat einen Sohn geboren. Ich glaube, Turan Shah hat es Eurem König erzählt.«

»Ja, das hat er getan«, bestätigte Roland. »Der König war hocherfreut«, und bitter fügte er hinzu: »Aber er befürchtete auch, daß der Sultan ihn betrügen könnte.«

»Euer König sollte nicht wissen, daß sein Verdacht berechtigt ist. Noch nicht«, betonte Baibars. »Wie die Christen in Damietta nicht wissen, welche Kreuzritter am Leben sind und welche nicht. Turan Shah hat nicht erlaubt, daß sie diese Information erhalten.«

Dann glaubt Nicolette vielleicht, daß ich tot bin. Wenn ich sie nur verständigen könnte!

»Es besteht keine Notwendigkeit, so grausam zu sein«, sagte er verärgert.

»Unser Sultan glaubt, daß die Leute in Damietta um so eifriger mit ihm zusammenarbeiten, solange alle glauben, ihre geliebten Angehörigen befreien zu können. Sie standen fast ohne Vorräte da und wären gezwungen gewesen, Damietta aufzugeben, hätte ich nicht – durch meine Agenten – vermocht, die Reserven aufzustocken. Im Gegenzug wurde eine große Summe Geldes aus dem Vermögen der Königin an mich ausgehändigt – das Zehnfache der Summe, die man normalerweise für Nahrungsmittel in dieser Menge zahlen müßte. Natürlich hatte die Königin weder eine Ahnung, daß es der Sieger über ihren Gatten war, den sie so großzügig belohnte, noch daß sie die Nahrungsmittel zurückkaufte, die vorher von diesem Grafen Amalric aus der Stadt gebracht worden waren.«

»Warum habt Ihr sie mit Proviant versorgt?«

»Es diente meinen Zwecken, die Dinge so zu belassen, wie sie sind. Ich möchte nicht, daß die Christen Damietta aufgeben, bevor der Handel abgeschlossen ist. Und das Geld, die vielen tausend Byzanten, kann ich gut gebrauchen.«

Roland fühlte, wie Baibars ihn näher zu sich zog. Er war gespannt, wußte, daß der Emir nun so weit war, ihm den Grund dieses Treffens zu enthüllen.

»Hört zu, Sänger«, sagte Baibars mit gedämpfter Stimme. »Ihr müßt mir schwören, daß Ihr von dem, was ich Euch verraten habe, niemandem ein Wort erzählen werdet. Wenn ich auch nur annehmen müßte, daß Ihr geredet habt, würde meine Vergeltung schrecklich sein.«

Roland hörte eine Bewegung und das Klirren des Kettenhemdes, das Baibars unter seinem roten Gewand trug. Dann kam das Zischen einer Klinge, die aus der Scheide gezogen wurde.

Ich muß ihm beweisen, daß ich keine Angst habe.

»Ihr seid Linkshänder«, sagte Roland mit gezwungener Nonchalance, »genau wie ich. Meine Linke ist meine Schwerthand, seit Amalric meine rechte Schulter bei einem Kampf verletzte.«

»Ihr habt gehört, auf welcher Seite ich das Schwert zog? Welch feines Ohr Ihr habt. Ich hoffe, daß es nicht nötig sein wird, einen so klugen Kopf von den Schultern zu trennen. Werdet Ihr nun schwören?«

Roland seufzte. »Ich werde schwören, und zwar nicht aus Angst vor Eurem Schwert, sondern weil ich nicht glaube, daß Ihr mich in die Lage bringen könntet, den König betrügen zu müssen.«

»Ihr habt mich richtig verstanden«, sagte Baibars wohlwollend. »Unter den Menschen, unter denen ich geboren wurde – Ihr nennt sie die Tataren –, ist ein gegebenes Versprechen für immer gültig. Ich nehme das, was Ihr sagtet, als Euren Schwur, und ich werde Euch nicht daraus entlassen. Hört also: Wir Mameluken fühlen uns von der Art abgestoßen, in der Turan Shah mit uns umgeht, seit er unser Sultan wurde. Wir hatten den verwaisten Thron für ihn gehütet, bis er aus Syrien anreiste, und haben den Tod des alten Sultans vor jedermann geheimgehalten, besonders vor Euch Eindringlingen. Er dankt es uns, indem er die Emire degradiert und sie durch seine Günstlinge ersetzt. Nun hat er sogar die Frau seines Vaters, unsere geliebte Sultanin, beschuldigt, das Vermögen ihres Mannes zu mißbrauchen, während er selber den Reichtum Ägyptens mit vollen Händen für seine Ausschweifungen vergeudet.«

Die Wärme, mit der Baibars von der Sultanin sprach, ließ Roland vermuten, daß seine Gefühle für sie mehr waren als bloße Loyalität für die Witwe eines früheren Sultans.

»Es scheint, als hegten die Mamelucken einigen Groll gegen ihren neuen Sultan«, sagte Roland vorsichtig.

Er hörte einen Singsang hinter sich, wandte sich um und sah die Fackeln vor dem Zeltpalast des Sultans aufflammen. Die Wachen riefen die Stunde aus.

»Wie würde Euer König Ludwig wohl über den Groll der Mamelucken denken?« fragte Baibars leise, aber voller Ungeduld. »Stellt Euch vor, daß gewisse hohe Offiziere entscheiden könnten, der Sultan habe sie ausgenutzt, und daraufhin seinen Tod beschlössen. Stellt Euch also vor, sie schickten ihn ins Jenseits. Wie würde Euer König über die Henker urteilen?«

In diesem Augenblick war Roland klar: Ob Baibars handelte oder nicht, ob Ludwig und die Kreuzritter leben blieben oder starben, das hing jetzt von seiner Antwort ab.

Er stand völlig still, während in seinem Inneren eine kalte, klare Gewißheit wuchs. Kein Mensch sollte jemals über so viele Menschenleben entscheiden müssen.

Wenn die Mamelucken rebellierten, ihren Sultan stürzten und töteten, würde Ludwig dann mit ihnen verhandeln?

Turan Shah ist der rechtmäßige Herrscher, Sproß einer langen Reihe von Sultanen bis hin zu Saladin. Selbst wenn Herrscher Feinde sind, gibt es ein Band der Einigkeit zwischen ihnen. Der König hatte Turan Shah jeden Tag getroffen. Die Mamelucken waren Emporkömmlinge, frühere Sklaven sogar, nicht einmal in diesem Land geboren. Würde der König nicht ablehnen müssen, mit ihnen zu verkehren?

Doch das wäre das Ende für uns. Er könnte sein eigenes Leben aufs Spiel setzen, aber würde er nicht auch den Rest von uns in den Tod schicken, nur weil er nicht mit einem Rebellen verhandeln wollte? Und wenn er erfuhr, daß der Sultan mit einem Verräter aus seinem eigenen Lager konspirierte, dann mußte er doch nur froh sein, daß der Sultan beseitigt wurde.

Doch was, wenn er nicht an die Schuld des Sultans glaubte?

Roland fühlte, daß Baibars die Stille nicht länger ertragen konnte. Er mußte sprechen.

»Der König würde keine andere Wahl haben, als mit denjenigen zu verhandeln, die über Ägypten herrschen«, sagte er, »selbst wenn sie den Sultan getötet haben sollten.« Er hoffte, daß dies überzeugend klang.

Babairs ließ ein skeptisches Brummen hören: »Ein Mensch, der glaubt, nach himmlischen Gesetzen zu leben wie Euer König, hat immer eine Wahl. Selbst wenn diese Wahl zu seinem Tod führt; Monarchen sind meist empört, wenn sich geringere Männer gegen einen anderen Herrscher erheben. Ludwig könnte sich weigern, mit den Männern zu verhandeln, deren Hände rot sind vom Blut ihres Sultans. Ich frage Euch noch einmal, als Vertrauten Ludwigs, was würde Euer König tun?«

Ein feuchtkalter Schweiß trat auf Rolands Stirn. Ich bin so viele Jahre ein Troubadour gewesen, und gerade jetzt fehlen mir die rechten Worte. Ich weiß nicht, was der König tun würde. Er könnte entscheiden, wir alle sollten als heilige Märtyrer sterben und auf geradem Weg in den Himmel aufsteigen.

Der Mond stand inzwischen hoch am Himmel. Roland konnte Baibars Gesicht schemenhaft im Schatten erkennen. Doch es war wie eine Maske, er konnte den Ausdruck nicht deuten.

»Er würde die Leben von Tausenden von Männern nicht für seine Prinzipien opfern«, antwortete Roland.

»Das hat er bereits getan«, erklärte Baibars, »als er sein Heer nach Ägypten führte.«

»Doch da glaubte er, es sei Gottes Wille, daß er gewinnen würde«, beschwor ihn Roland, »heute weiß er, daß wir nur am Leben bleiben, wenn Ihr Euch gnädig zeigt.«

Doch Baibars ist nicht gnädig, dachte er. Er erinnerte sich der Geschichte, daß Baibars christliche Gefangene durch Kairo habe marschieren lassen, die die Köpfe ihrer toten Kameraden um den Hals gehängt trugen. Baibars kann uns alle töten. Er kann sogar einen Handel mit Amalric abschließen.

Roland fühlte sich immer noch unter Druck, doch jetzt auch innerlich. Was würde Baibars tun? Er mußte darauf vorbereitet sein.

»Ich werde dem König nichts erzählen«, sagte er, »aber ich muß wissen, was Ihr vorhabt. Ihr müßt mir so viel offenbaren, daß ich ihn beschützen kann.«

Baibars lachte.

»Selbst wenn ich Euch in meine Pläne einweihe«, sagte er, »dann werdet Ihr doch glauben, daß dem Wort eines Sarazenen nicht zu trauen ist.«

Von Baibars Lippen kommend hatte das christliche Wort für die Moslems einen eigenartigen Klang. Es machte ihn wütend, daß Baibars scherzte, während es um ihrer aller Leben ging. Mein Gott, wahrscheinlich bin ich der einzige Mann im Kreuzritterheer, der diesen Krieg gegen die Andersgläubigen nicht gewollt hat.

Baibars redete weiter: »›Mein Herz spricht zu Euch‹, würde man in dem Stamm, in dem ich geboren wurde, jetzt sagen. Ich muß bekennen, daß ich nicht weiß, was werden wird. Das weiß nur Allah. Es gibt nichts, was Ihr jetzt tun könntet, um Eurem König oder Euch selbst aus dieser Situation herauszuhelfen; nichts, was Euch nicht in noch größere Gefahr bringen würde. Ihr könnt nur auf Eurer Laute spielen und Eure Lieder singen. Vielleicht werdet Ihr am Ende alle frei sein. Vielleicht werdet Ihr alle sterben. Vielleicht muß ich selbst Euch töten, wenn der Sultan es befiehlt, falls ich beschließe, daß die Zeit noch nicht reif dafür ist, mich ihm zu widersetzen. Wenn ich das tun muß, Dichter aus Frankreich, werde ich es mit Bedauern tun.«

Als er mit Baibars zu den Gefängnisschiffen zurückging, dachte Roland: Dieser Mann neben mir kann genausogut wie ich schon tot sein, bevor der morgige Tag zu Ende geht.

An der Gangway angekommen, wandte sich Baibars von ihm ab. Dann spürte er eine Hand an seinem Arm und hörte Baibars sanft sagen: »Was auch immer geschieht, geschieht nach Allahs Willen. Wir vermögen nichts. Alle Macht gehört ihm.«

XXXIII

Amalric lauschte dem wehklagenden Gesang, der die Moslems zum Abendgebet rief, und wünschte, er könne die verdammten Sarazenen hängen, die dieses seltsame Katzengejammer verursachten. Er fühlte sich eingesperrt in diese Bibliothek, in der er mit Nicolette saß. Auf Bücherregalen entlang den Wänden standen in ordentlichen Reihen ledergebundene Folianten und Kästen voller Schriftrollen. Ich sollte sie alle ins Küchenfeuer werfen lassen, dachte er. Eine solch große Ansammlung von Büchern hatte seiner Meinung nach fast etwas Obszönes. Waren Bücher nicht ein Hort der Verdammnis, brachten sie nicht Ketzerei und Rebellion hervor? War nicht viel des Bösen, das über die Christenheit gekommen war, gerade diesen sarazenischen und heidnischen Büchern entsprungen?

Er blickte auf Nicolette, die an einem Tisch in der Mitte des Zimmers saß und im Licht der mit Filigranarbeit geschmückten Deckenlampe die Seiten eines großen Bandes umblätterte.

»Sagt bloß nicht, daß Ihr dieses Teufelswerk lesen könnt«, versuchte er zu scherzen.

»Nein«, sagte sie ruhig, »aber in vielen dieser Bücher gibt es wunderschöne Bilder.«

Ihre gelassene, selbstsichere Art, brachte ihn innerlich auf. Sie betrog ihn. Er war sich dessen sicher. Möglich, daß jetzt der Zeitpunkt gekommen war, die Wahrheit aus ihr herauszuholen. Er erinnerte sich, wie sie bei seiner Ankunft gewesen war, besorgt um die verlorene Armee und zitternd vor Angst vor dem, was die Moslems tun würden, wenn sie die Stadt einnähmen. Als er ihr dann vom Tod des Troubadours erzählt hatte, glaubte er zu spüren, daß sie völlig zusammengebrochen war. Doch dem war nicht so. Wie sicher hatte sie bei dem Treffen mit den Genuesen gewirkt, nachdem diese heuchlerischen Beduinen der Königin die Vorräte verkauft hatten! Dieselben Vorräte, die Amalric ihnen für ein Zehntel dessen, was Marguerite bezahlte, verkauft hatte. Als Lercari, diese Schlange, von seinem Wort zurücktrat, da hatte er den Triumph in ihren Augen gesehen, darauf könnte er schwören. Und hätte es diese Schicksalswende zum Bösen nicht gegeben, säße er jetzt schon sicher auf Zypern.

Während er sie anschaute, fühlte er, wie ihre Schönheit immer noch auf ihn wirkte. Doch er spürte kein Verlangen mehr nach ihr. Was er am meisten brauchte, war Schlaf. Endlich schlafen, statt sich die ganze Nacht grübelnd herumzuwälzen! Würde Turan Shah mit ihm zusammenarbeiten, oder würde er ihn betrügen? Würde Ludwig es irgendwie schaffen, sich einzuschmeicheln und ihn zu zerstören? Bilder des Königs, von Robert d'Artois und den anderen, die er verraten hatte, quälten ihn wie Dämonen. Ein Ausruf der Wachen auf den Stadtmauern während der letzten Nacht hatte ihn bis in die Eingeweide erzittern lassen. Er hatte phantasiert, die Kreuzritter wären frei und kämen zurück. An diesem Vormittag hatte einer der Männer, die bei ihm unter Waffen standen, ihn von hinten angesprochen, was ihn fast zu Tode erschreckt hatte, seine Hand war sofort zum Schwert gefahren. Es war gut, daß Nicolette am Bett der Königin gewacht hatte. Gott allein wußte, was er alles im Schlaf gemurmelt hatte.

Und nun war der große Augenblick greifbar nah. Die großen Kisten mit Silber warteten draußen auf dem Wasser, auf Galeeren, auf deren Segeln die schrägen roten Kreuze der Templer leuchteten. Maurice war mit Amalrics Botschaft zum Sultan gegangen und mit der Kunde zurückgekehrt, daß Turan Shah in ein bis zwei Tagen handeln würde.

Plötzlich fühlte Amalric das Verlangen, seine Kinder wiederzusehen. War heute nicht der erste Mai? Da würden sie zu Hause im Château Gobignon um den Maibaum tanzen. Er sehnte sich danach, die Arme der süßen Isabelle um seinen Nacken zu spüren. Also, wenn alles ablief, wie er es geplant hatte, würde Simon eines Tages der König von Frankreich sein.

Verwünscht sei Nicolette, warum konnte sie einen so großartigen Traum nicht mit ihm teilen?

Er beobachtete, wie sie eine weitere Seite umblätterte.

»Ich vermute, Ihr würdet damit zufrieden sein, den Rest Eures Lebens hier zu verbringen, Madame.«

Sie schaute überrascht auf: »Mitnichten, Monseigneur. Nun, da das Lösegeld eingetroffen ist, werden unsere Männer bald zurückkehren, und wir werden alle das Land verlassen.«

Glaubt sie, daß der Troubadour noch am Leben ist? Hat sie mir nicht geglaubt? Er fühlte heiße Wut in sich aufsteigen. Sie schien immer noch zu hoffen, ihn wiederzusehen. Warum sonst war sie so unheimlich ruhig?

Und sie war es gewesen, die der Königin die Kraft gegeben hatte, hierzubleiben.

»Stimmt es Euch froh, Madame, glauben zu können, es wäre Euch gelungen, mich zu betrügen?« Seine Stimme war lauter, als er beabsichtigt hatte, fast wie ein Schrei.

»Ich habe keine Ahnung, wovon Ihr sprecht«, sagte sie kühl und schaute ihn an, die Hände flach auf dem Bauch.

»Tatsächlich? Ich habe Euch beschworen, Marguerite zu veranlassen, die Stadt aufzugeben. Von all den Frauen ihrer Umgebung steht Ihr ihr schließlich am nächsten. Doch mit jedem Tag, der verstreicht, wird sie eigensinniger. Und diese frischen Vorräte – ich glaube, daß Ihr etwas damit zu tun habt. Ihr hättet an meiner Seite sein sollen, habt aber statt dessen meinen Feinden geholfen. Ihr seid eine treulose Frau.«

»Ihr beschuldigt mich der Treulosigkeit, nachdem alles, was Ihr getan habt, nur den Tod Eures eigenen Königs und Eurer Kameraden zum Ziel hatte?«

Die roten Strahlen der untergehenden Sonne fielen glitzernd auf die goldenen Schriftzeichen der Buchrücken. Er haßte die verschlungenen Symbole der arabischen Schrift, weil sie ihre Bedeutung vor ihm verbargen.

Wieviel hat sie Marguerite erzählt?

Hugues hatte recht gehabt. Ich hätte sie längst loswerden müssen. Aber ich konnte es nicht über mich bringen. Warum war ich nur so schwach?

Nein, es war nicht Schwäche. Es war Liebe. Ich kann Armeen kommandieren, sogar einen großen König stürzen, und doch ist es mir nicht gelungen, diese schwache Frau zu erobern.

»Habt Ihr mich denn niemals verstanden?« verlangte er zu wissen. »Dieser König ist dabei, uns zu zerstören.«

»Solltet Ihr das wirklich glauben, dann seid Ihr wahnsinnig«, antwortete sie und gab seinen Blick zurück. »Ich mag ungebildet sein, aber ich glaube daran, daß König Ludwig einer der besten Männer ist, die jemals die Krone von Frankreich getragen haben. Und Ihr sprecht Euch nur deshalb gegen ihn aus, weil Ihr selbst diese Krone wollt.«

Sie ist meine Feindin, dachte Amalric. Sie war schon immer meine Feindin. Er fühlte sich, als habe sie ihm einen Dolch zwischen die Rippen gestoßen. Wie kann sie nur meine Frau sein, meinen Kindern das Leben schenken und nichts so sehen, wie ich es sehe?

»Ich lege keinen Wert darauf, König zu sein. Aber ich will einen Mann auf dem Thron, der die Mitglieder des Hochadels respektiert und die Ketzer ausmerzt.«

»Ihr lügt, Amalric«, sagte sie mit befremdlicher Sanftheit. »Vielleicht belügt Ihr Euch auch selbst. Denn, was Ihr tut, ist so schändlich, daß Ihr es nicht einmal vor Euch selbst zugeben könnt.«

Er fühlte, wie er vor Wut zu zittern begann. Wie kann sie es wagen, sie, eine Frau, die den eigenen Gatten betrogen hat, über mich zu Gericht zu sitzen?

»Es ist nicht der König, um den Ihr Euch sorgt«, preßte er zwischen zusammengekniffenen Lippen hervor. »Eure Gedanken sind immer bei dem Troubadour.«

Wenn ich ihr nur seinen abgeschlagenen Kopf vor die Füße werfen könnte.

»Für Roland de Vency und für mich kommt unser König zuerst«, entgegnete sie ruhig.

Ihre Dreistigkeit war unerträglich. Jetzt will ich ihr etwas erzählen, das sie umbringen wird.

»Ich war es, der Vency tötete«, brüllte er. »Ich habe ihn in den sicheren Tod geführt. Ich sah die Ägypter auf dem Dach über dem Hof in Mansura auf der Lauer liegen, und ich lockte ihn in den Hinterhalt. Was sagt Ihr dazu, Madame?«

Nicolette hatte das Gefühl, als habe er sie gerade mit seinem Schwert durchbohrt. Sie erwartete fast, ihr Blut über das Buch unter ihren Händen spritzen zu sehen.

Sie hatte es geahnt, daß er seine Hand im Spiel gehabt haben mußte. Bis jetzt hatte sie es dennoch fertiggebracht zu glauben, Amalric hätte alles nur erfunden. Jetzt prahlte er mit seiner Tat. Es mußte also wahr sein.

Was kann ich sagen? Nicolette überlegte. Erwartet er wirklich, daß ich irgend etwas dazu sage?

Sie sah Rolands geliebtes Antlitz vor sich und schlug die Hände vors Gesicht. Ihre eigenen Schluchzer klangen laut in ihren Ohren.

Als Amalric das letzte Mal mit ihr über Rolands Tod gesprochen hatte, konnte sie ihren Kummer noch vor ihm verbergen. Nun war ihr alles gleichgültig. Er konnte ihr nicht noch mehr antun. In wenigen Tagen würde der König frei sein und Amalric bestrafen.

Sie nahm die Hände vom Gesicht. Sollte Amalric ihren Kummer sehen. Auf diese Art konnte sie ihn außerdem verletzen. Schau her, Amalric, um dich wird niemals jemand so sehr weinen.

Schließlich schaute sie auf. Sein Gesichtsausdruck erschreckte sie. Das Weiße seiner Augen war blutunterlaufen. Er atmete in kurzen Stößen und hatte den Blick eines wütenden Bullen.

Plötzlich stürmte er auf sie zu. Ein mächtiger Schlag traf ihr Gesicht und fegte sie zu Boden.

Sie hörte sich selbst aufschreien. Das Zimmer schien zu schwanken. Sie rollte sich wie ein Ball zusammen, zog die Hände vors Gesicht und die Knie an die Ellenbogen. So bereitete sie sich auf den heftigen Schlag des Schwertes vor, der sie jeden Moment treffen mußte.

»Steht auf, steht auf, Gott verdamme Euch!« brüllte er.

Nicolette hob den Kopf. Schmerz pochte hinter ihren Schläfen, und ihr war so schwindelig, daß die Bücher und Schriftrollen an den Wänden sich um sie zu drehen schienen. Sie fühlte, wie etwas an Unterlippe und Kinn herunterlief. Sie berührte es mit den Fingern und sah, daß es wirklich Blut war. Sie zwang sich, zu ihm aufzuschauen, während er wie ein Koloß über ihr drohte.

Langsam rappelte sie sich hoch, bis sie auf den Füßen stand. Unsicher schwankend, gezwungen, zu ihm aufzuschauen, selbst als sie stand, sagte sie sehr sanft: »Ihr habt ihn also getötet. Nun, dann ist es an der Zeit, daß ich Euch ein Geheimnis anvertraue. Es mag Euch gelungen sein, ihn in einen Hinterhalt zu locken, in einem fairen Kampf aber hättet Ihr ihn niemals töten können. Er ist besser als Ihr. Und wißt Ihr auch, warum?« Heiser flüsterte sie die Worte: *»Weil er Euer Bruder ist!«*

Er sagte nichts, starrte sie an, als ob sie im Fieberwahn spräche.

Er versteht es nicht, dachte sie.

Immer noch benommen von dem Schlag, lehnte sie sich über das Buch, das sie gelesen hatte, die Handflächen flach auf dem Tisch. Ihre langen schwarzen Zöpfe hatten sich gelöst, die Haare strichen über eine farbige Zeichnung, die ein Liebespaar zeigte, das sich in einem Zelt unter blühenden Bäumen umarmte.

»Ihr habt keine Ahnung, wovon ich rede, nicht wahr?« fragte sie mit einem kleinen wilden Lachen. »Gut, dann solltet Ihr mir besser zuhören: Vor vielen Jahren, als Euer Vater ins Languedoc ritt, um die Ketzer zu bekämpfen, wurde ihm ein erobertes Schloß als Beute übergeben. Der rechtmäßige Besitzer der Burg war ein junges Mädchen, das er vergewaltigte.«

Sie fuhr fort, ihm die Geschichte zu erzählen, so wie sie sie von Roland gehört hatte, damals unter der alten Eiche nördlich von Chartres. Während sie sprach, beobachtete sie Amalric, hoffte, er würde unter der Wucht ihrer Worte zusammenschrumpfen. Sie sah, wie sein Gesicht den Ausdruck wechselte, erst ärgerlich wurde, dann schamrot. Sie bemerkte, wie sein Blick wanderte, als er in sich aufnahm, was sie sagte, es mit dem verglich, was er vorher gehört hatte. Sie sah, wie er bleich wurde unter dem Schock.

»Nun wißt Ihr«, sagte sie, »daß Ihr Euch die ganzen Jahre lang getäuscht habt. Ihr glaubtet, Ketzer hätten Euren Vater getötet, worauf Euer Haß gegen die Ketzer Euer ganzes Leben vergiftete. Obwohl es doch in Wirklichkeit ein junger Mann Eures eigenen Glaubens war, der für sein Heimatland kämpfte.«

Sie beobachtete, wie sich sein Gesicht vor Übelkeit verzog.

Sich mit einer Hand am Bücherbord festhaltend, trat er einen Schritt zurück.

Zitternd wartete sie und hoffte darauf, ihn zusammenbrechen zu sehen.

Statt dessen drückte er das Kreuz durch, sein Gesicht eine undurchdringliche Maske. »Ihr habt da mit Kunstfertigkeit eine Geschichte gewebt, Madame«, sagte er leichthin. »Eine gute Geschichte, die Kinder erfreuen dürfte.«

Er würde nicht so leicht zu besiegen sein. Welche anderen Mittel blieben ihr, ihn zu verwunden?

Nach einem kurzen Augenblick erfüllte Nicolette ein starker innerlicher Jubel. Sie lächelte ihn an. »Ihr glaubt mir nicht?«

Amalric blickte sie fast ängstlich an.

»Welchen Beweis gibt es denn?« Sie konnte die Anspannung in seiner Stimme hören. Die Anstrengung, beiläufig zu klingen.

»Keinen«, stimmte sie zu. »Ihr glaubt, dies sei ein Märchen für Kinder, ja? Gut, dann will ich noch eine andere Kindergeschichte erzählen.«

Ihre Stimme klang nicht länger, als gehöre sie zu ihr. Sie hatte sich in das Raunen eines Dämons verwandelt.

»Simon ist nicht Euer Sohn. Er ist Rolands Kind.«

Panischer Schrecken ergriff sie, kaum hatte sie die Worte ausgesprochen. Sie hatte das Geheimnis ihres Lebens enthüllt und dabei Simons Leben gefährdet. Voller Furcht beobachtete sie Amalric.

Seine Augen rollten in den Höhlen. Er mußte eine Hand auf den Tisch stützen, um sich aufrecht zu halten.

Dann öffnete er die Augen wieder, und Feuer brannte darin. Sein Gesicht rötete und verzerrte sich, und er sah mehr wie ein Teufel aus als wie ein menschliches Wesen.

»Ihr habt gerade Euren Sohn getötet, Nicolette«, sagte er. »Euren Bastard. In dem Moment, in dem ich nach Frankreich zurückkehre, wird Euer Kind tot sein.«

»Nein, nein!« rief sie.

»Hure, schmutzige, verfluchte Hure! Sagt nicht noch einmal nein zu mir!«

Simon! schrie es in ihrem Inneren. Was habe ich dir angetan? Sie fühlte, daß immer noch Blut von ihrem Mund tropfte, doch sie machte sich nicht die Mühe, es wegzuwischen.

»Trotz allem, was Ihr in die Wege geleitet habt, ist der König verloren und alle anderen mit ihm!« sagte er mit gedämpfter Stimme. »Sie sind dem Tod geweiht.«

Eine Nuance in seinem Tonfall verriet ihr, daß er dies nicht erfunden hatte, um sie zu quälen.

»Nein«, wisperte sie angsterfüllt, »sie werden gegen Lösegeld freigelassen.«

»Sie werden getötet werden«, betonte er. »Ich habe dem Sultan alles versprochen, was er wünscht: das Lösegeld, Damietta und alle Christen in der Stadt, wenn er den König und seine Männer tötet.« Er sprach langsam, vernünftig, sie so zwingend, dies als die schlichte Wahrheit zu erkennen. »Ich habe alles in die Wege geleitet.«

Nicolette sah eine große, dunkle Meereswelle, die sich vor ihr erhob. Sie stand wie gelähmt. Die Welle überrollte sie, bedeckte sie mit Dunkelheit. Sie ertrank. Sie legte die Hand auf ihren blutenden Mund und schwankte hilflos hin und her.

»Oh, mein Gott! Oh, mein Gott!«

»Es ist zu spät, Gott anzurufen, Hure.«

»Und Ihr? Wen ruft Ihr an? Ihr betet den Teufel an, Amalric. Nur er kann einen Mann dazu bringen, solche Dinge zu tun, wie Ihr sie getan habt.«

Herr im Himmel, warum habe ich ihn nicht getötet? Ich hätte

ihn erstechen können, während er schlief, hätte ihn vergiften können.

»Ihr nennt meinen Glauben Teufelsanbetung? Das behaupten auch die Ketzer.«

Von Horror ergriffen, starrte sie ihn an und flüsterte: »Ja, nennt mich ruhig eine Ketzerin. Das würde Euer Bruder Hugues, der Frauenvergewaltiger, auch sagen, nicht wahr? Die Welt ist ihn los.« Sie verzog den Mund zu einem Grinsen, wußte sie doch, daß sie ihn wieder verletzt hatte.

Amalric bewegte sich auf sie zu, die Hand zum Schlag erhoben.

Sie verharrte bewegungslos, abwartend.

Und dann sprang sie ihn an, versuchte den Griff des dreischneidigen Dolches zu packen, der an seiner rechten Seite hing.

Dazu mußte sie ihn umfassen, war aber nicht schnell genug. Seine Hand hielt ihre im eisernen Griff, doch die Wut verlieh ihr Kraft. Sie hatte den Dolch fast aus der Scheide gezogen. Doch seine starken Finger drückten ihr Handgelenk zusammen, daß die Knochen knackten.

Sie senkte den Kopf und schlug die Zähne in seine Hand, biß in rasender Wut zu.

Er brüllte seinen Schmerz laut heraus.

Für einen Augenblick lockerte sich sein Griff, und sie zerrte an dem Dolch; fast hatte sie ihn frei.

Da krachte seine andere Faust wie ein Hammer gegen ihre Schläfe.

Die weiteren Schläge spürte sie kaum noch. Sie fiel zu Boden.

Amalric lachte und hob sie auf, als wäre sie ein Bündel Lumpen. Er lehnte Nicolette gegen den Lesetisch, drängte seinen Körper gegen ihren, bog sie zurück.

Sie fühlte den harten Druck an ihren Beinen. Dann bückte er sich und zog ihren Rock hoch.

»Dies ist erst der Anfang der Demütigung, die Euch für den Rest Eurer Tage begleiten wird, Nicolette«, er preßte die Worte durch seine zusammengebissenen Zähne.

Sie wehrte sich mit aller Kraft, krümmte den Rücken, warf die Hüften von einer Seite zur anderen, trat um sich. Für einen Moment gelang es ihr auch, ihn aufzuhalten.

»Macht nur weiter, wehrt Euch.« Er lachte. »Das ist immer noch besser, als Euch wie eine Tote daliegen zu haben wie gewöhnlich.«

»Nein«, keuchte sie, sich in seinem Griff windend. »Mein Gott, Ihr werdet es nicht tun. Es wäre mir lieber, Ihr würdet mich töten.«

Er warf sie zurück und zwang ihre Beine auseinander. »Das weiß ich, Nicolette.«

Sie schrie in ihrer Hilflosigkeit, versuchte sein Gesicht mit ihren Fingernägeln zu zerkratzen, doch er drückte ihre Hände auf den Tisch zurück.

Es war im Nu vorbei, wie die Brunft eines Hengstes. Er lehnte sich schwer atmend gegen sie, und sie entzog ihm ihren Kopf.

»Schwein!« Sie spuckte ihm ins Gesicht.

Er schlug sie wieder. Mit der offenen Hand riß er ihre Lippe ein weiteres Mal auf. Dann ließ er von ihr ab und warf sie zu Boden.

Von Krämpfen geschüttelt, die ihren Körper mit stechendem Schmerz durchzuckten, übergab sie sich. Sie hatte das Gefühl, die geschändeten Eingeweide herauswürgen zu müssen.

Allmählich beruhigte sich ihr Magen. Sie blieb auf dem Teppich liegen und weinte.

Amalric ging zu dem eisernen Gitter, das die Haremsräume vom übrigen Haus trennte. Den Schlüssel hatte er in einem Beutel an seinem Gürtel. Er vermied es, sie anzuschauen, als er sie einschloß und fortging.

»Maurice, Maurice«, brüllte er durch die Korridore des Herrenhauses.

Er fühlte sich, als habe man ihm einen Eisennagel durch die Gedärme gebohrt. Seine innere Stimme beweinte seinen Verlust: die Frau und den Sohn. Jetzt würde er Simon töten müssen.

Doch in Wirklichkeit war sie es gewesen, die seinen Tod besiegelt hatte.

In diesem Augenblick erkannte er Vencys Gesicht in dem des Kindes.

Doch, o Gott, Vencys Gesicht ist auch mein Gesicht! Ihm schwindelte bei dieser Erkenntnis. Mein Vater, ermordet von Vencys Stiefvater. Und mein Vater *sein* Vater. Unmöglich! Lügen. Ich muß krank sein. Ich sollte keinen Gedanken an diese Lügen verschwenden. Ich sollte sie töten.

Wenn ich nur Vencys Leiche finden, sein Herz herausreißen und sie zwingen könnte, es zu essen.

Eine Frau in einem dunkelblauen Kleid erschien auf den Treppenstufen unter ihm.

»Monseigneur«, sie knickste, »ich habe Euer Rufen gehört«.

Er wandte den Blick zu ihr. Ein mageres, verhärmtes Gesicht, das einst schön gewesen war. Braune Augen, voller Angst, die zu ihm aufblickten. Agnes, Nicolettes Zofe.

Verdammt, dachte er. Sie darf nicht mit Nicolette sprechen. Nicolette würde ihr alles erzählen.

Seine Wut wandte sich gegen Agnes. Noch eines dieser verfluchten Frauenzimmer aus dem Languedoc, noch eine wie Nicolette und Marguerite. Sie weiß wahrscheinlich alles über Nicolettes Untreue. Vermutlich hat sie Nicolette die Briefe des Troubadours überbracht – und ihm die ihren. Es ist sogar möglich, daß sie über Simon Bescheid weiß.

Diesen Gedanken konnte er nicht ertragen.

»Ja«, entgegnete er, »Madame braucht dich, komm mit.«

Ohne auf sie zu warten, machte er auf dem Absatz kehrt und ging zurück in den Korridor des zweiten Stocks. Er hörte ihre Schritte hinter sich, wartete, bis sie an einem leeren Raum vorbeikamen.

Dann wirbelte er herum, packte sie an der Kehle.

Als seine Daumen ihre Luftröhre zudrückten, brach ihr Schrei ab. Er zerrte sie in das düstere Zimmer. Sie stolperte gegen ihn, wehrte sich mit ihren Fäusten, er spürte es nicht einmal. Er beobachtete, wie ihr Gesicht dunkel wurde. Dann sah er ein Mosaik an der Wand, fixierte den Blick darauf, die Arme angespannt. Die Hände drückten und drückten.

Es schien, als brauchte sie unendlich viel Zeit zum Sterben.

Als ihr Körper schlaff wurde, sich nicht mehr bewegte, ließ er ihn zu Boden gleiten. Er legte ihr die Hand auf die Brust. Kein Herzschlag mehr. Amalric riß einen Vorhang von der Wand, warf ihn über Agnes und ließ sie liegen.

Wenn ich die Leiche wenigstens Nicolette zeigen könnte, doch dafür ist jetzt keine Zeit.

Er fand Maurice im ersten Stock und erzählte ihm einiges von dem, was zwischen ihm und Nicolette vorgefallen war.

Der alte Mann schaute Amalric verblüfft an. »Aber warum bloß, Monseigneur? Warum habt Ihr Madame so viel erzählt?«

»Ich habe Euch doch gesagt, daß wir Streit hatten. Fragt nicht so viel, verdammt. Sorgt nur dafür, daß sie eingeschlossen und ruhig bleibt, bis wir wissen, daß der König und die anderen tot sind. Und da ist noch etwas, was Ihr für mich erledigen müßt. Ich mußte Nicolettes Zofe töten.«

Maurices Hand fuhr an seine Brust. In seinen Augen spiegelten sich Schock und Qual. Heiliger Dominikus, hatte er sich etwas aus dem verfluchten Mädchen gemacht?

Doch alles, was er sagte, war: »Weiß Madame Nicolette davon?«

»Nein, ich möchte, daß Ihr die Leiche aus dem Haus schafft, bevor irgend jemand sie bemerkt. Sie ist in einem der oberen Räume.«

Maurice nickte bedächtig, das Gesicht vor Amalric verbergend. »Das wird leicht sein, Monseigneur. Wenn der Totenkarren nach Einbruch der Dunkelheit vorbeikommt, werde ich die Leiche draufwerfen. Den anderen Dienern werde ich erzählen, daß Agnes plötzlich zusammengebrochen sei. Sie werden Angst haben, sich ihr überhaupt zu nähern. Zweifellos wird man sie in dem Massengrab im Zentrum der Stadt bestatten. Schließlich sterben täglich viel zu viele.«

»Erledigt das. Und paßt auf, daß niemand die Leiche sieht, bevor wir sie losgeworden sind.«

Maurice hielt den Kopf immer noch abgewandt. »Aber warum habt Ihr sie töten müssen, Monseigneur? Sie hat doch schließlich nichts gewußt!«

»Ich muß mich vor Euch nicht rechtfertigen, verdammt!« brüllte Amalric.

»Nein, Monseigneur«, flüsterte Maurice, als Amalric wegging.

Im Dämmerlicht des frühen Abends bestieg der Graf sein Pferd – eines der wenigen, die in Damietta verblieben waren –, und ritt durch die Straßen zum Südtor, dem größten der vier Stadttore von Damietta.

Das Roß dem Wachposten überlassend, kletterte er zur Spitze des Wachturms.

Seine Schritte waren schwer, die Bewegungen langsam und gequält. Irgendwo in seinem Inneren schrie eine Stimme in tiefer Verzweiflung: Simon! Simon! Ich hatte geglaubt, er würde eines Tages König sein.

Auf der steinernen Plattform des Turmes stehend, gegen einen Pfeiler aus Sandstein gelehnt, starrte er auf den Nil. Das Marschland war schwarz, und der Fluß glitzerte silbern. Nur wenige Meilen flußaufwärts wurden der König und seine Männer gefangengehalten. Bald würden sie abgeschlachtet werden. Nicolette sollte sie sterben sehen! Was kann ich nur tun, um ihr alles heimzuzahlen?

Jetzt zurückgehen und sie töten? Gott, ich habe sie so viele Jahre lang geliebt. Vergeudete Zeit. Diese verräterische Hexe!

Nein, ich werde sie mit zurück nach Frankreich nehmen. Sie soll meinen Triumph erleben, während sie im Kerker schmachtet. Und ich werde sie nach Herzenslust quälen können. Sie soll beim Tod des Bastards dabeisein, den sie und Vency gezeugt haben. Oh, mein armer kleiner Simon. Ich habe dich geliebt. Er fühlte Trauer in sich aufsteigen. Trauer, die ihn zu ersticken drohte.

Dann kam ihm eine neue Idee, so schlau, daß er innerlich frohlockte. Ich werde *sie* zwingen, Simon zu töten. Setze einen Menschen genügend unter Druck, und er tut alles.

Doch was war mit der Ketzerin, die mit Hugues gestorben war? Er hatte sie endlos lange gequält. Aber sie hatte niemals nachgegeben. Ja, und wir wußten, daß Vency ihr Beschützer war, auch wenn wir es nie beweisen konnten.

Bei Gott, Vency war an allem schuld. Was würde ich dafür geben, ihn lebend in die Finger zu bekommen.

Sollte er wirklich mein Bruder sein?

Er schaute zu den Sternen auf, die so nah über seinem Gesicht zu hängen schienen, als wären sie Glühwürmchen, die ihn narren wollten.

»Nein«, schrie er.

Heftig schlug er mit der Faust gegen den Stein. Als der Schmerz sich in seinem Arm ausbreitete, fühlte er sich sofort besser. Er hämmerte die Knöchel wieder und wieder gegen den Pfeiler, bis seine Faust so taub war wie der Stein.

Dann schien er wie aus einem Alptraum zu erwachen.

Was tue ich hier?

Es ist ihre Schuld. Sie macht mich wahnsinnig.

Sie mit zurücknehmen nach Frankreich? Nein, wie könnte ich? Ich werde sie hier töten müssen. Doch zunächst müßte sie leiden. Sie muß so viel Leid ertragen, wie sie mir zugefügt hat.

Ja, sie soll sehen, wie ihre geliebte Marguerite vergewaltigt und wie ihr Baby gegen eine Wand geschmettert wird. Und danach könnte ich sie den Sarazenen als Sklavin ausliefern. Den Rest ihres Lebens würde sie auf ihren Knien verbringen.

Nein, nein. Sie ist zu schlau, sie könnte einen Ägypter dazu bewegen, sie freundlich zu behandeln. Doch ich könnte sie entstellen. Verkrüppeln, so daß sie nichts anderes sein könnte als eine Hure für die niedrigsten Schurken.

Na gut, es bleibt noch genügend Zeit. Aber ich schwöre, daß ich das volle Maß an Rache ausschöpfen werde, bevor sie stirbt.

XXXIV

Roland klammerte sich an die Reling; ein plötzlicher Tumult schien im Lager des Sultans entstanden zu sein. Was bedeutete das? Den ganzen Vormittag lang und noch am Nachmittag nach seinem Gespräch mit Baibars hatte er dumpfe Angst empfunden.

Nun geht es los, sagte er zu sich selbst. Doch was? Der Aufstand der Mamelucken? Oder das von Amalric geplante Massaker?

Jean de Joinville, der neben ihm stand, rief aus: »Mein Gott, sie töten einen Mann. Wer ist es?«

Verhüllte Gestalten stürmten aus dem mittleren Pavillon. Das warme gelbe Licht der späten Nachmittagssonne wurde von den goldenen Ornamenten und dem hellen Stahl der gebogenen Schwerter reflektiert. Roland und Joinville lehnten sich über die Reling, um besser sehen zu können. Ein Türke rannte den anderen voraus. Bunte Gewänder umwehten seinen Körper. Er hielt sich das Handgelenk. Unter der gegen die Brust gepreßten Hand sprudelte das Blut hervor. Er lief zur Sandbank, stolperte ungeschickt. Als er sich den Galeeren näherte, konnte Roland sein Gesicht erkennen, die Augen vor Verblüffung und Angst geweitet, der Mund wie im Schrei geöffnet.

Es war der Sultan von Ägypten, Turan Shah.

»Sie haben versucht, ihren Sultan zu töten«, rief Roland und klopfte Joinville auf die Schulter. »Geht und benachrichtigt den König.« Joinville eilte über das Deck davon.

Eine Gruppe von Kriegern in wehenden weißen Gewändern und mit gezogenen Schwertern folgte Turan Shah über den grasbewachsenen Hügel hinunter zum Nil. Roland erkannte die meisten. Es waren hohe Mamelucken-Offiziere, die er in Beratungen mit dem Sultan gesehen hatte. In ihrer Mitte, alle überragend, ging Baibars. Ihre Schritte waren gemessen, zielbewußt, unerbittlich.

Wo waren die Leibwächter des Sultans?

Roland besann sich, daß Baibars gesagt hatte, er habe das Geld weggegeben, das er für die Vorräte von Damietta bekommen hatte. Also hatte er vermutlich die Leibwachen bestochen. Sie tun es tatsächlich, dachte er – sie töten Turan Shah! Für den Augenblick war er voller Hoffnung. Dennoch, viele vermeintliche Siege hatten sich in Niederlagen verwandelt.

Nun konnte Roland die Männer aus der Leibgarde des Sultans an ihren vergoldeten Brustpanzern erkennen. Statt dem Sultan zu Hilfe zu eilen, kappten sie die Leinen des Herrscher-Pavillons und fällten die Pfähle, die das königliche Zelt aufrechtgehalten hatten. Einige von ihnen metzelten schreiende, fliehende Kuriere und sonstige Nachzügler erbarmungslos nieder. Roland sah einen bärtigen Kopf wie von einem Katapult geschossen über den Rasen segeln und am Fuß des Hanges landen.

Der Anblick stieß ihn nicht besonders ab. Heiliger Michael, dachte er, ich habe soviel Schreckliches gesehen, daß es mir nun egal ist, ob ein Vogel oder der Kopf eines Mannes durch die Luft fliegt.

Turan Shah war unten an dem hohen hölzernen Turm angekommen, von dem aus er die Gefangenen so gern beobachtet hatte. Drei ältere Männer, durch Turbane und schwarze Gewänder als Mullahs erkennbar, hatten sich bereits auf der Plattform versammelt. Turan Shah zog sich über die engen hölzernen Stufen hinauf, eine Blutspur hinterlassend. Als er oben war, riefen die Mullahs ihm etwas zu, winkten mit den Händen ab. Sie schienen ihm mitteilen zu wollen, er möge wegbleiben, weil er sie gefährdete.

Die Mamelucken-Offiziere hatten am Fuß des Turmes Aufstellung genommen, berieten miteinander und erhoben ihre Schwerter gegen den Sultan, als wollten sie ihn auffordern, herunterzukommen und sich zu stellen. Baibars stand abseits, die Arme lässig gefaltet.

Die Galeere schwankte, als die gefangenen Kreuzritter sich an die Reling drängten, um das Schauspiel zu genießen. Einige lachten, einige jubelten den Mamelucken zu. Joinville kam zurück und stellte sich wieder an Rolands Seite.

»Der König fiebert, aber er ist dabei, sich anzuziehen«, berichtete er.

Roland fragte sich, was der König wohl empfinden würde, wenn er sah, was hier geschah.

Die Mamelucken-Offiziere riefen den drei Mullahs etwas zu, drängten sie offenbar, herunterzukommen, versicherten den drei heiligen Männern, daß ihnen nichts geschehen würde. Die Lehrer besprachen sich untereinander und kletterten dann eilends die Treppe hinab. Turan Shah klammerte sich an seinen Sitz. Die Mamelucken verneigten sich vor den Mullahs, die schnell das Weite suchten, ohne sich noch einmal umzuschauen. Ein Soldat aus der Leibwache des Sultans kam herunter zum Turm, einen Gegenstand von Kopfgröße auf Armlänge von sich weghaltend. Roland erkannte darin einen Ballon, aus dem Magen einer Kuh gefertigt. Er ist mit Griechischem Feuer gefüllt, dachte er, während Angst und Panik ihn überfielen. Da traten die Mamelucken-Emire zurück, der Soldat schwang die Blase über seinem Kopf und warf sie geschickt auf die Plattform des Turmes. Bei der Berührung explodierte sie und Flammen schossen in die Höhe.

»Habt Ihr jemals ein schöneres Freudenfreuer gesehen?« frohlockte Joinville.

Roland antwortete nicht, er dachte an die anderen großen Feuer, die er gesehen hatte: Mont Ségur, Mansura, die Steinschleudern. Diese gesamte Rebellion war wie eine Art Feuer gewesen. Es könnte sich leicht ausbreiten und sie alle verschlingen. Was, wenn die Mamelucken mit Turan Shah fertig waren? Roland hatte in diesem Moment die Vision, daß sie die Galeeren erstürmen, die stählernen Krummsäbel gegen ihn und seine Freunde richten könnten. Ihm wurde bewußt, daß seine Hände leer und seine Arme kraftlos waren.

Jetzt rannte Turan Shah die Stufen hinab. Die Mamelucken sammelten sich unten, um den Sultan mit ihren Klingen zu empfangen.

Als seine Füße in Höhe ihrer Köpfe waren, sprang er plötzlich vom Turm, in Richtung Fluß. Er prallte hart auf, rollte herum und erhob sich, humpelte davon. Er hatte einige kostbare Augenblicke gewonnen, erreichte das Ufer vor seinen Verfolgern.

Roland begann Mitleid mit dem Sultan zu empfinden. Er meinte dessen Qual fast am eigenen Leibe zu spüren, empfand seinen verzweifelten Lebenswillen.

Turan Shah drehte sich um, schaute die Männer an, die ihn zu töten versuchten, schrie sie an. Er war ihr Sultan, von Allah selbst über sie erhoben.

»Diese Hunde!« – Es war die Stimme des Königs. »Er ist unbewaffnet. Sie haben nicht einmal genug Ehre, ihn sich verteidigen zu lassen.«

Roland wandte sich um. Des Königs schmales Gesicht war haßverzerrt. Er war bleich und zitterte. Roland nahm seinen Arm, als er zur Reling schwankte und hielt ihn weiter fest.

Dann hörte Roland einen Schrei am Flußufer und blickte sich um. Er sah das Schwert eines Emirs tief in Turan Shahs Brust eindringen.

»Hör auf! Hör auf, du Frevler!« Der König schrie es. »Du wirst dich vor Gott verantworten müssen.«

Nun gab es keinen Grund mehr, Baibars Geheimnis zu wahren. »Sire, der Sultan beteiligte sich an einer Verschwörung, uns zu töten. Er plante, das Lösegeld und Damietta zu nehmen und uns trotzdem zu ermorden.«

Ludwig wandte sich um und schaute Roland mit seinen großen Augen durchdringend an. »Ich habe das immer vermutet, aber wie könnt Ihr sicher sein?«

»Baibars selbst enthüllte mir das Geheimnis letzte Nacht.«

»Der Sultan versucht immer noch zu entkommen«, kam Joinvilles überraschter Ausruf von der anderen Seite. Ludwig und Roland wandten sich um, um das Geschehen weiterzuverfolgen.

Turan Shah hatte sich in Richtung auf das Wasser geflüchtet, entfernte sich von seinen Angreifern. Der Krummsäbel hing noch zwischen seinen Rippen. Mehr fallend als gehend warf er sich in die Schlammfluten. Nicht weit entfernt lagen ein paar Boote. Bis zur Gürtellinie im Wasser watend, zogen einige Mamelucken eines heran und bestiegen es. Drei manövrierten es in die Flußmitte. Sie standen lachend und rufend darin, wie Männer, die einen Jagdausflug genießen.

Rolands Mitleid für den Sultan wuchs. Warum konnten sie ihn nicht entkommen lassen? Dann war ihm aber klar, warum sie es unmöglich tun konnten. Turan Shah würde leicht Leute finden, die ihm loyal gegenüberstanden, und könnte dann zum Gegenschlag ausholen. Neugierig, das weitere Geschehen mitzuerleben, ging Roland auf die andere Seite der Galeere. Hunderte von anderen taten es ihm gleich. Das alte hölzerne Schiff schwankte gefährlich, als sich alle zur Reling drängten.

Turan Shah war bereits weit in den Fluß hinausgeschwommen. Roland wunderte sich, daß er trotz der schrecklichen Wunden noch solche Kraft hatte. Im braunen Wasser hinter ihm konnte man eine Blutspur sehen. Vielleicht, dachte Roland, hat er tatsächlich etwas von Saladins Macht geerbt.

Wo war der König?

Als er ihn an der Reling nicht ausmachen konnte, wandte Roland sich um. Der König kniete an Deck, die Augen geschlossen, die Hände im stillen Gebet gefaltet. Dieser Anblick, wie Ludwig für seinen Feind betete, erfüllte Roland mit Ehrfurcht.

Der Himmel möge uns beistehen, dachte Roland, von plötzlicher Furcht ergriffen. Wenn Ludwig den Sultan so sehr bedauert, wird er dann bereit sein, mit den Mamelucken zu verhandeln? Wenn er sie beleidigt, werden sie uns alle abschlachten.

Ein Schrei entfuhr den Kehlen der beobachtenden Kreuzritter. Er hörte sich an, wie bei einem Wettkampf. Roland schaute nun wieder aufs Wasser. Das Boot der Mamelucken hatte Turan Shah eingeholt und war kurz vor dem Kentern. Dennoch warfen die Mamelucken Enterhaken nach ihm, schlugen ihn mit ihren Stecken und stachen mit ihren Schwertern auf ihn ein. Roland konnte den Sultan inmitten des aufgewühlten Wassers kaum erkennen.

Über die Kreuzritter auf der Galeere senkte sich Schweigen. Schrecken trat an Stelle der Begeisterung.

Die Mamelucken zogen Turan Shah zum Boot, mit ihren Schwertern weiter auf ihn einstechend. Einer hielt ihn an den langen, nassen Haaren fest, während sie das Boot in Richtung Ufer steuerten, seinen Körper mitziehend.

Roland hätte nicht zu sagen vermocht, ob der Sultan lebte oder tot war, doch um ihn herum färbte sich das Wasser rot.

Die Kreuzritter überquerten das Deck wieder, als die Mamelucken ihren Sultan auf die Sandbank zerrten und als sich die verhüllten Männer mit ihren blutigen Schwertern um den leblosen Körper versammelten. Die seidenen Gewänder des Sultans waren nun zerfetzt und ihre einst strahlenden Farben von Blut und Schmutz besudelt. Baibars, das Krummschwert in der Hand, schritt hinunter zur Sandbank. Er schaute einen Augenblick lang auf den Sultan herab, und Roland glaubte, er hätte sich noch bewegt. Plötzlich schoß Baibars Arm nach vorn, trieb den Krummsäbel in die Brust Turan Shahs. Ein Zucken durchlief den Körper, dann lag er still. Danach hob Baibars einen Zipfel seiner weißen Robe, um das Blut von der Klinge zu wischen. Er zeichnet sich bewußt mit dem Blut des Sultans, dachte Roland. Nach einem langen Blick auf die anderen Mamelucken schob Baibars das Schwert zurück in die Scheide und ging fort.

Ein Emir schwang nun auch den Krummsäbel hoch über seinen Kopf und ließ ihn mit einem Schrei auf Turan Shah niedersausen. Dann warf er sich über die Leiche und griff mit beiden Händen in die klaffende Wunde in der Brust. Bald war er wieder auf den Füßen, mit beiden Händen einen bluttropfenden Klumpen Fleisch von sich weghaltend.

»Guter Gott«, sagte Joinville. »Sie haben ihm das Herz herausgerissen.«

Roland fühlte, wie sich sein Magen hob, und drehte sich schnell zur Seite. Ein bitterer Geschmack stieg in seiner Kehle auf, und er bedeckte den Mund mit den Händen. Nein, er war nicht so abgehärtet, wie er geglaubt hatte!

»Möge Gott seiner Seele Gnade und Frieden geben«, sagte Ludwig leise. Er war zur Reling zurückgekommen und stand neben ihnen.

Roland sah Baibars allein auf dem Hügel stehen. Was mit den Gefangenen geschah, hing nun von diesem Mann ab. Die Nachfahren Saladins würden Ägypten nicht länger beherrschen.

Roland gefror das Blut in den Adern, als er dem Freudentaumel der Mamelucken zusah. Sie schrien und sangen in diesen hohen wehklagenden Tönen, die für sie typisch waren. Sie tanzten um den geschändeten Körper, angeführt von dem, der das Herz des Sultans hielt, und schwenkten die Schwerter. Eine kleine Gruppe Musiker kam zur Sandbank und ließ ihre Trommeln, Tamburins und Oboen erklingen.

Plötzlich fiel der brennende Holzturm in sich zusammen, und es war einen Moment lang still. Dann brach das Geschrei und Gelächter wieder los, wilder als zuvor.

Bald, dachte Roland voller Unruhe, werden sie sich an uns erinnern.

Er sah, daß Baibars alles still beobachtete, erfreut schien, aber sich nicht beteiligte. Irgendwann ließen die Emire ihn mit gezogenen Schwertern hochleben, und er empfing die Ehre mit einer Verbeugung. Dann wandte er sich ab und entfernte sich rasch in der heranbrechenden Dunkelheit.

Er hatte den Sultan getötet und sein Gewand mit dessen Blut getränkt, um den Emiren zu zeigen, daß er einer von ihnen war. Doch nun blieb er ihnen fern, um zu beweisen, daß er über ihnen stand.

Sein Weggang ängstigte Roland. Irgendwie hatte Baibars' Anwesenheit dazu beigetragen, daß er sich sicherer fühlte vor dem Wahnsinn, der die Mamelucken offensichtlich ergriffen hatte. In Baibars' Abwesenheit könnten sie vieles tun.

Gerade als er das dachte, sah er einige der Emire auf die Gefängnis-Galeere deuten. Sie boten einen furchterregenden Anblick, die hellen Gewänder mit dunklem Blut bespritzt, die Zähne blitzten zwischen ihren schwarzen Bärten wie die Fänge von Wölfen. Während sie sangen, summten und so wild schrien, konnte Roland kein Wort von dem verstehen, was gesprochen wurde. Die ganze Gruppe, ein Dutzend oder mehr, marschierte auf die Gangway des Schiffes zu, auf dem der König und seine Brüder gefangengehalten wurden.

Roland war überrascht, daß er immer noch Angst empfinden konnte.

Als sie an Bord der Galeere kamen, schien es ihm, als seien die Mamelucken von einem wahnwitzigen Triumph beflügelt. Die wehrlosen, zerlumpten Kreuzritter wichen vor ihnen zurück. Angeführt von dem Emir, der Turan Shahs bluttriefendes Herz trug, trampelten sie das Deck entlang, direkt bis zum König.

Was könnte diese blutrünstigen Männer jetzt noch davon abhalten, den feindlichen Herrscher zu töten? Wir nicht. Dennoch bildeten Roland, Joinville und einige andere einen schützenden Halbkreis um Ludwig.

Sarazenische Fackelträger kamen angelaufen und traten neben den Emir, der das Herz des Sultans hielt. Er hob es hoch, und Roland fühlte, wie ihn eine neue Welle der Übelkeit überkam. In diesem Moment legte sich eine Hand höflich aber bestimmt auf seine Schulter und schob ihn zur Seite, und dann stand der König neben ihm, leicht auf ihn gestützt.

Der Mamelucke machte eine scherzhafte Verbeugung, während er das Herz vor sich hielt, als sei es eine seltene Delikatesse. »Welche Belohnung werden Sie mir geben, König, für das Herz Ihres Feindes? Er starb durch Feuer, Wasser und Eisen. Hätte er weitergelebt, hätte er Sie ermordet.«

Roland übersetzte, zu Ludwig gewandt, der kalt auf den Mamelucken hinabblickte. Die Konturen von Ludwigs unbewegtem Gesicht wurden im Fackellicht dunkel überschattet.

»Sagt ihm, daß ich für jene die ihren rechtmäßigen Herrn ermorden, nichts als Verachtung empfinde«, erwiderte Ludwig.

Roland fühlte sich wie vom Blitz getroffen. Wie er befürchtet hatte, konnte des Königs Ehrgefühl ihrer aller Tod verursachen.

»Unser König sagt, daß er in Eurem Sultan einen Amtsbruder

sah«, sagte Roland, »und er ist deshalb neugierig zu erfahren, welche Missetaten Eures Herrn seinen Tod rechtfertigen.«

»Glaubt Euer Herr, daß er über mich zu Gericht sitzen kann?« fragte der Mameluck ärgerlich. »Ich habe sein Leben gerettet und erwarte eine Belohnung. Jawohl!« Er warf das Herz aufs Deck, es gab einen dumpfen Aufprall.

Roland wandte schnell den Blick.

Der Emir schrie: »Wir wissen, wie man Undank bestraft. Legt Euch alle in einer Reihe aufs Deck.«

Rolands Beine vermochten ihn kaum noch zu tragen, als er dem König diese Worte übersetzte. Wir sind alle todgeweiht, dachte er. In Kürze werden sie uns in Stücke hauen, so wie sie es mit Turan Shah gemacht haben.

Nun sah Roland, wie Mamelucken der mittleren und niederen Ränge an Bord kamen, als Verstärkung für die Emire. Der Offizier, der Ludwig angesprochen hatte, drehte sich um und wiederholte seine Befehle an die Mamelucken gewandt.

Unter Drohungen und Schwerthieben zwangen sie die Kreuzritter zu Boden.

Zwei der Mamelucken packten den König und begannen, ihn von seinen Männern wegzuzerren.

Roland kämpfte sich den Weg zu Ludwig frei, bereit sich in die Krummsäbel zu stürzen, die auf ihn gerichtet waren.

»Tut, was Euch gesagt wird«, sagte Ludwig, »sollte es Gottes Wille sein, werden wir diese Nacht überleben.«

Sie zogen Ludwig in Richtung auf das Zelt auf dem Achterdeck, das ihn und seine Brüder bisher beherbergt hatte.

Der Rest der Kreuzritter wurde gezwungen, sich reihenweise auf den Rücken zu legen – der Kopf eines Mannes neben den Füßen eines anderen. Auf Rolands einer Seite lag Graf Peter von Britannien, auf der anderen Sire de Joinville.

»Roland, nehmt Ihr mir die Beichte ab?« rief Joinville.

»Ich bin kein Priester«, antwortete Roland verlegen, weil eine solche Bitte an ihn herangetragen wurde.

»Das spielt keine Rolle. Ich werde Euch meine Sünden erzählen, ein hohes Maß an Zerknirschung zeigen und dann vielleicht in den Himmel aufsteigen, wenn sie mir den Kopf abschlagen.«

Danach plapperte Joinville eine ganze Liste von Sünden herunter. Er hatte nicht mehr gebeichtet, so sagte er, seit die Sarazenen im letzten Monat in Mansura alle Priester getötet hatten. Roland versuchte wegzuhören und stellte fest, daß es angesichts der Angst um Ludwig und sich selbst leicht war, sich taub zu stellen. Dann, als der Ritter geendet hatte, erteilte Roland auf seine wiederholten Bitten hin die Absolution und machte das Zeichen des Kreuzes, obwohl er sich töricht vorkam.

»Nun werde ich Eure Beichte hören«, bot Joinville an.

»Das ist sehr freundlich von Euch«, sagte Roland, »doch es ist mir lieber, meinen Frieden mit Gott allein auszumachen.«

Das werden wohl jetzt meine letzten Gedanken sein, bevor ich endgültig meinen Kopf verliere. Ich muß glücklich und dankbar sein, daß ich in meinem Leben die Gnade hatte, zwei der liebenswertesten Frauen zu lieben, die jemals auf dieser Erde weilten.

Er bereitete sich auf seinen Tod vor. Und auf die längste Nacht seines Lebens.

Tausende von Vögeln, die im Schilf am Nilufer nisteten, erhoben in der Morgendämmerung ihre Stimmen, und Roland sah den nächsten Tag heraufziehen.

Sie Sonne stand hoch am Himmel, als er die Emire zurückkommen hörte. Er lauschte angespannt, als sie in einiger Entfernung ihre Befehle gaben. Nun würden sie mit ihren Schwertern über sie herfallen.

Eine Stimme rief plötzlich: »Wo ist der Franzose namens Roland?«

Neugierig, ob dies sein letztes Stündchen sein würde, setzte sich Roland auf und schaute in die Augen eines Wachposten der Mamelucken, der einen Speer trug.

»Ihr sollt kommen«, sagte er, »Euer König befiehlt es.«

Der König lebte also noch! Die Freude, Ludwig zu sehen, gab ihm die Kraft, aufzustehen.

König Ludwig, in den schwarzen Mantel gehüllt, den der Sultan ihm gegeben hatte, und umgeben von den Emiren in sauberen weißen Gewändern, stand am Ende der Gangway.

»Es scheint, wir sind eingeladen, das Lager des Panthers zu betreten«, sagte Ludwig. »Wenn er brüllt, müßt Ihr meine Stimme sein.«

Als sie die Gangway hinuntergingen, erkannte Roland, daß die zerstörten Zelte in des Sultans Lager über Nacht weggeräumt worden waren und daß die Spitze des Grashügels nun von einem kleineren Zelt eingenommen wurde, kühl und weiß im Morgenlicht. Vor dem Zelt standen zwei hohe Pfähle. An einem hing ein gelbes Banner mit arabischen Lettern. »Für den Sieg des Glaubens, gegen die Feinde des Islam.«

Am anderen flatterte Frankreichs rotgoldenes Kriegsbanner, die Oriflamme. Ludwig stöhnte auf, als er es sah. Er mußte einen Augenblick stehenbleiben, um die Fassung wiederzuerlangen.

Roland hatte die Oriflamme nicht mehr gesehen, seit sie sie in Mansura verloren hatten. Ihr Anblick, vor dem Zelt der Feinde hängend, ließ auch in seinen Augen Tränen aufsteigen. Es stimmte, er war nur zögernd zu diesem Kreuzzug aufgebrochen, doch dieses Banner war ein Teil seines Lebens geworden. Es war ein Symbol, nicht für die Triumphe der Kriegführung, sondern für König Ludwig und seine Visionen.

Konnte es je eine Annäherung geben zwischen Ludwig, dem überzeugten Katholiken, und Baibars, dem fanatischen Moslem? Würde Ludwig um den verstorbenen Sultan trauern, und würde seine Verachtung für dessen Mörder ihn veranlassen, Baibars zu beleidigen? Der Faden, an dem ihr Leben hing, war dünn.

Roland straffte sich bei dieser Vorahnung und folgte Ludwig in Baibars' Zelt. Es bestand aus einem einzigen Raum. Vier Pfosten aus dunklem schimmerndem Holz hielten das Dach. Der Boden war mit arabischen Teppichen bedeckt. Baibars, bekleidet mit einem roten Umhang und einem gelben Turban, saß auf dem Teppich, den Rücken an eine juwelengeschmückte Lehne gestützt. Ein kleines Mahagonikästchen stand neben ihm.

Der einäugige Emir erhob sich, um sie zu begrüßen, bedeutete ihnen dann, auf dem Teppich Platz zu nehmen. Ein Mullah, vielleicht einer von denen, die letzte Nacht vom Turm des Sultans geflohen waren, hockte vor einem aufgeschlagenen Koran, der auf einem reichgeschnitzten Lesepult lag.

Als Ludwig und Roland sich gesetzt hatten, hörte der Mullah auf zu lesen.

»Die Sonne, der Mond und die Sterne, alle haben ihre eigene Sphäre.« Er schloß das Buch und erhob sich. Baibars verneigte sich ehrerbietig in seine Richtung, und er verschwand. Ludwig und Roland waren allein mit Baibars.

»Bevor wir uns ernsthaften Angelegenheiten zuwenden, möchte ich Euch bitten, meine Morgenmahlzeit zu teilen«, sagte Baibars. Er klatschte in die Hände, der blonde Junge, den Roland schon in Mansura in Baibars Begleitung gesehen hatte, brachte Melonenscheiben, eine Platte mit Orangen und Datteln und Becher mit kühlem, klarem Wasser. Dann war da noch eine kleine Schale mit gestoßenem Salz und ein Tablett voller flacher, runder Brotfladen. Der Anblick dieses Tabletts ließ Rolands Hoffnungen wachsen.

»Er bietet Euch Brot und Salz an«, sagte Roland zu Ludwig. »Das bedeutet, Ihr seid sein Gast. Sobald Ihr sein Brot und sein Salz gegessen habt, verpflichtet er sich nach dem islamischen Gesetz der Gastfreundschaft, Euch kein Leid anzutun.«

»Ich werde sofort essen«, meinte Ludwig mit einem Lächeln, streute Salz auf eine Melonenscheibe und biß in ein Stück Brot. Baibars beobachtete ihn mit einem wissenden Lächeln, offensichtlich amüsiert, weil Ludwig Brot und Salz so schnell verschlang. Es beruhigte Roland, zu sehen, daß beide Männer gut gestimmt waren.

»Danke, Daoud«, wandte sich Baibars an den Jungen, der sich verbeugte und ging.

»Ein hübscher Junge«, sagte Ludwig, »er könnte Franzose sein.«

»Er ist Engländer«, erklärte Baibars und lächelte, als Roland übersetzte. »Es war sein Glück, daß er nach der Schlacht von Gaza als Sklave zu mir gebracht wurde. Er war jung genug, die Lehren des Propheten aufzunehmen, heute gehört er ganz zu uns.«

»Welch eine Schande, daß ein so feiner junger Mann für den wahren Glauben verloren ist«, erwiderte Ludwig.

Roland übersetzte zögernd, doch Baibars lachte.

»Der wahre Glaube? O König, könnt Ihr immer noch von Eurem als dem wahren Glauben sprechen, nachdem Ihr so entsetzlich dafür gelitten habt? Tausende Eurer Männer sind tot, und Eure Hoffnungen auf einen Sieg haben sich in Asche verwandelt. Glaubt Ihr immer noch an den Gott, in dessen Namen Ihr kämpftet?«

»Ich bin immer noch Sein Diener«, antwortete Ludwig.

»Wenn Allah mich in Versuchung geführt hätte, wie Euer Gott Euch in Versuchung geführt hat«, erwiderte Baibars, den Kopf leicht senkend, »hätte ich ihm mit Sicherheit abgeschworen.«

»So, wie Ihr Euren Sultan ermordet habt, nachdem er Euch enttäuscht hat?« fragte Ludwig schnell, »Ihr laßt einen ziemlichen Mangel an Loyalität erkennen, Monseigneur.«

Roland erschrak. Wenn Baibars' Ehre so in Frage gestellt wurde, könnte er sich in Rage hineinsteigern und das Gespräch abbrechen, bevor es richtig begonnen hatte. Er konnte die Worte des Königs unmöglich übersetzen.

Auf Arabisch sagte er zu Baibars: »Gott setzt uns so manches Mal Versuchungen aus und läßt uns Niederlagen erleiden, nur um unsere Unterwerfung unter seinen Willen auf die Probe zu stellen, Herr.«

Baibars nickte. »Doch Gott macht sich selbst erkennbar als der wahre Gott durch Triumphe, die seine Anhänger auf Erden erringen. Allah hat den Glauben der Menschen des Islam lange Zeit auf die Probe gestellt. Hat er nicht Euch Franzosen erlaubt, hierherzukommen, Jerusalem zu erobern und für mehr als hundert Jahre zu besetzen? Dann erst schickte er den großen Saladin

– Friede sei mit ihm –, um es zurückzuerobern. Und danach gab es Sultan Ayub wieder gnädig in christliche Hände, nachdem er von Eurem Kaiser Friedrich darum ersucht wurde. Jetzt ist die Zeit der Proben vorbei. Allah hat seinen Anhängern viele große Siege geschenkt. Dieser, unser Triumph über Euren Kreuzzug, ist nicht der letzte. Bald wird er uns erlauben, auch den letzten Christen von der heiligen Erde des Islam zu vertreiben. Dann werden alle Menschen wissen, daß Allah der wahre Gott ist, der einzige Gott.«

Es war schmerzlich für Roland, diese Auseinandersetzung zu verfolgen, sie Satz für Satz übersetzen zu müssen, während er ständig um sein Leben fürchten mußte. Voller Bestürzung erwartete er Ludwigs Antwort.

»Tatsächlich?« fragte Ludwig. »Mein Gott gab mir ein größeres Geschenk als den Sieg in einer Schlacht. Er erlaubt mir zu wissen, was richtig ist. Wenn ich mit seiner Hilfe das Richtige tue, muß ich mir keine Gedanken machen, ob meine Bemühungen von irdischen Triumphen oder Niederlagen begleitet werden.«

Während ihm dies übersetzt wurde, wirkte Baibars überrascht. »Eine eigenartige Religion. Ihr glaubt daran, daß der große Prophet Jesus, der Messias, hingerichtet wurde wie ein gewöhnlicher Verbrecher. Ihr führt einen Krieg, behauptet, es auf Befehl Eures Gottes zu tun, und dennoch erwartet Ihr nicht, daß er Euch zum Sieg verhilft. Wie könnt Ihr wissen, daß das richtig ist, wenn kein Zeichen darauf hindeutet?«

Fast das, was ich selbst gefragt hätte, dachte Roland.

»Ich brauche kein äußeres Zeichen«, erwiderte Ludwig. »Ich habe das Zeichen in mir.« Er deutete mit dem Finger auf seine schmale Brust. »Gott hilft mir zu glauben.«

Rolands Gedanken schweiften zu Diane, die unermeßliche Qualen erlitten hatte und für das, woran sie glaubte, auf den Scheiterhaufen gegangen war.

Baibars sprach, doch Roland hörte gar nicht zu. Er war in seinen eigenen Gedanken gefangen. Wenn eine Lehre wahr ist, beweist dann mein Tod oder die Tatsache, daß ich einen anderen töte, daß sie mehr oder weniger wahr ist? Kann es sein, daß Gläubige sterben und töten für ihren Glauben, weil sie nicht sicher sind, daß das, was sie glauben, wirklich wahr ist?

»Ihr seid zerstreut, Franzose«, sagte Baibars zu Roland. Plötzlich war Schärfe in seiner Stimme. »Übersetzt Eurem König, was ich gerade gesagt habe.«

»Emir Baibars fragt, ob Ihr glaubt, daß Gott letzten Endes dem Christentum den Sieg über den Islam geben wird«, sagte Roland rasch zu Ludwig. »Sire, warum fragt Ihr ihn nicht, ob unsere beiden Religionen nicht nebeneinander in Frieden existieren könnten, ohne daß die eine über die andere triumphiert?«

Eine neue Art von Erregung hatte ihn ergriffen, heftig und mit Macht. Wie viele normale Menschen hatten jemals eine solche Chance gehabt? Diese beiden Männer hielten das Schicksal von Nationen in ihren Händen. Er mußte sie wissen lassen, wie sehr er sich danach sehnte, daß dieser Krieg beendet wurde, oder er würde sich das nie verzeihen können.

Ludwig blickte überrascht auf, als er Rolands Vorschlag hörte. »Aber wenn zwei Religionen unterschiedliche Dinge lehren, kann nur eine recht haben und die andere unrecht, und die eine, die recht hat, muß am Ende gewinnen.«

»Worüber sprecht Ihr?« verlangte Baibars zu wissen.

Roland übersetzte das Gespräch mit dem König.

»Euer König hat ganz recht«, entgegnete Baibars mit einem Lächeln. »Es kann nur eine Wahrheit geben, und im Laufe der Zeit werden das alle Menschen erkennen müssen. Der König und ich sind uns in diesem Punkt einig. Meinungsverschiedenheiten haben wir nur darüber, wer von uns die Wahrheit in den Händen hält. Ich glaube von ganzem Herzen, daß eines Tages die ganze Welt sich dem Islam anschließen wird.«

Wieder fühlte sich Roland veranlaßt, seine eigenen Gedanken auszusprechen. »Aber, Emir Baibars, ein Sieg im Kampf beweist doch nur, daß einer der Männer besser streiten kann. Er beweist nicht die Wahrhaftigkeit dessen, wofür er kämpft. In unserem

Land sind wir davon abgekommen, Urteile durch Schlachten zu fällen. Dieser König, der vor Euch sitzt, hat das verboten. Ihr selbst habt gesagt, daß Furcht schlechte Konvertierte hervorbringt.«

»Wahr genug«, erklärte Baibars. »Doch der endgültige Sieg der Krieger des Islam wird der Beweis dafür sein, daß Allah der wahre Gott ist.«

Rolands Hoffnungen auf eine Übereinkunft sanken.

»Ihr seht«, sagte Ludwig zu Roland, »Krieg ist das einzige Argument, das sie verstehen. Das ist der Grund dafür, daß wir gegen die Sarazenen Krieg führen müssen. Sagt ihm, daß ich immer noch glaube, daß die ganze Welt eines Tages christlich sein wird. Eine Niederlage wie diese kann meinen Glauben nicht erschüttern.«

»Das hatte ich auch nicht erwartet«, warf Baibars ein. »Weil Ihr ein Mann von solchem Glauben seid, traue ich Euch. Weil ich Euch glaube, biete ich Euch den Frieden zu fast denselben Bedingungen, die Ihr mit dem verstorbenen Sultan vereinbart hattet. Ich weiß, daß ich in Euren Augen ein Rebell bin, der seinen rechtmäßigen Herrn ermordet hat. Werdet Ihr mir dennoch Euer Wort geben?«

Roland geriet ganz außer Atem, während er übersetzte und auf eine Antwort wartete. Er hielt sich aufrecht und wartete auf Ludwigs Entscheidung. Der aber starrte lange auf das kunstvolle schwarz-rote Muster des Teppichs, der den Zeltboden bedeckte. Dann blickte er düster auf. »In diesem Augenblick würde ich mit dem Teufel selbst verhandeln, um zu retten, was von meinen armen Männern geblieben ist.«

Wie unklug, dachte Roland, sein Herz flatterte. »Gott hat gewollt, daß Ihr das Kommando hier übernehmt«, übersetzte er ins Arabische, »und ich werde sehr gern mit Euch verhandeln, um zu retten, was von meinen armen Männern geblieben ist.«

Baibars dünne Lippen verzogen sich zu einem Lächeln. »Ich nahm das Risiko auf mich, eine solche Antwort zu bekommen, als ich beschloß, Turan Shah niederzustrecken. Wärt Ihr nicht zu

Verhandlungen bereit gewesen, hätte ich Euch töten müssen. Wäre mein Verdacht, nicht mit Eurer Zusammenarbeit rechnen zu können, stärker gewesen, hätte ich den Sultan lange genug leben lassen, damit er Euch hätte töten können, wie er es vorhatte. So wäre das unehrenhafte Verhalten an ihm hängengeblieben, nicht an mir.« Baibars richtete sein Auge auf Roland, während er dies sagte.

»Ihr rechtfertigt den Mord an Eurem Sultan damit, daß er ansonsten mich getötet hätte«, sagte Ludwig. »Doch die Wahrheit ist, Ihr hättet zugelassen, daß er mich tötet. Ihr habt ihn überwältigt, weil Ihr selbst Sultan werden wollt.«

Roland fühlte wie seine Handballen kalt und naß wurden, als er dies übersetzte. Warum mußte Ludwig Baibars weiter aufstacheln?

»Ich werde nicht Sultan sein«, erklärte Baibars, während er seine gelblichen Hände in einer verneinenden Geste spreizte. »Der General Ai Beg ist würdiger als ich, er wird die Sultanin heiraten und in Kairo regieren. Darauf haben wir uns geeinigt. So endet also die Dynastie der Saladin. Wißt, daß Turan Shah auch uns Unrecht zugefügt hat. Es würde zu lange dauern, Euch alles aufzuzählen. Wenn der Diener seinem Herrn gegenüber Pflichten hat, hat auch ein Herr seinem Diener gegenüber Pflichten, und Turan Shah hat seine Diener allzu oft getäuscht. Er belohnte Treue mit Verachtung und Bestrafungen. Das ist der Grund, weshalb wir ihn stürzten. Außerdem hatte er sich verschworen, Euch und alle Eure Männer zu töten. Ihm war garantiert worden, daß er auch in diesem Falle das Lösegeld und Damietta bekäme!«

Roland freute sich. Nun würde Ludwig endlich die Wahrheit über Amalric erfahren.

Ludwig starrte Roland an. Er war überrascht und verblüfft.

»Garantiert? Wie meint Ihr das?«

»Der französische Edelmann, der das Kommando über Damietta hat, hatte es mit ihm abgesprochen. Nach Eurem Tod würde er auch die Stadt übergeben.«

Ludwigs gebräunte Haut wurde bleich. Seine Lippen bewegten sich, aber er war unfähig zu sprechen.

»Welcher französische Edelmann?« fragte er Roland nach einem Moment mit gedämpfter Stimme.

»Er meint Amalric de Gobignon, Sire. Es scheint, als hätte er das Kommando über Damietta übernommen.«

»Und er sagte, daß Amalric sich mit dem Sultan gegen mich verschworen hat? Ist es möglich, daß er die Wahrheit sagt?«

»Ja, Sire. Er behauptet, daß der Graf Euren Tod wünscht. Und ich bin sicher, daß er die Wahrheit spricht.«

Ludwig brummte. »Ich weiß, daß Ihr und Amalric alte Feinde seid. Aber ich kann nicht glauben, daß es einen französischen Ritter geben sollte, der so verderbt, so verräterisch ist.«

Und Euch so nahe, dachte Roland. Er hatte Mitleid mit Ludwig.

»Wir können den Emir nach Beweisen fragen.«

»Ja«, bat Ludwig ganz verstört. »Tut es, fragt ihn.«

Statt einer Antwort öffnete Baibars das Kästchen, das neben ihm auf dem Teppich stand, nachdem Roland ihm die Frage übermittelt hatte. Er nahm ein Bündel schmaler Schriftrollen heraus und reichte Ludwig zwei davon.

»Ich erfuhr von diesen Briefen durch den Mann, der sie im Auftrag des französischen Verräters an Turan Shah überbracht hat. Dies ist der erste Brief. Wie all die anderen ist er französisch geschrieben. Das Arabisch ist eine Übersetzung für Turan Shah, von dessen Schreiber angefertigt. Das Original wurde von Graf Amalric selbst geschrieben.«

»Amalric!« Als er Baibars diesen Namen aussprechen hörte, begann Ludwig mit zitternden Fingern die Bänder der Schriftrollen zu entknoten, ohne auch nur darauf zu warten, daß Roland ihm Baibars' Worte übersetzte.

»Jesus, süßer Jesus«, flüsterte Ludwig, während er las. Tränen begannen sich in seinen Augen zu sammeln, als er zu Roland aufblickte.

Den Kopf schüttelnd erklärte Ludwig: »Er bietet dem Sultan

alles an – das Geld, die Stadt und alle Christen, die in ihren Mauern leben. Sogar meine Frau. Meinen Sohn. O mein Gott! Alles und jeden, in dem Augenblick, in dem er von meinem Tod erfährt! Ich kann es nicht glauben. Er muß vom Teufel besessen sein.«

»Vielleicht«, räumte Roland ein. Sein Herz krampfte sich bei Ludwigs Anblick vor Pein zusammen.

»Mein eigener Cousin. Roland, was kann ich ihm nur angetan haben, daß er mir dies wünscht? Meiner Frau. Meinem Kind. Seinen Kameraden. Wie und wann habe ich ihn so verletzt, ihn veranlaßt, es mir so zu vergelten? Das ist schlimmer, weitaus schlimmer, als das, was ich unter den Sarazenen erleiden mußte. Wenn Turan Shah mich getötet hätte, wäre sein Verbrechen nichts gewesen verglichen mit dem Amalrics. Mein Gott, mein Gott!«

»Sogar Jesus hatte einen Judas«, sagte Roland, der nach einer Möglichkeit suchte, Ludwig zu trösten.

»Was soll der Vergleich«, sagte Ludwig in plötzlichem Ärger. »Das ist Blasphemie.« In einem leiseren Ton fügte er hinzu: »Doch Verräterei ist sündig wie bei Judas.«

Baibars bemerkte: »Euer König ist ganz fassungslos.«

»Dieser perfide Herr ist einer seiner Blutsverwandten«, erklärte Roland. »Und ein Mann von großem Einfluß in unserer Heimat. Dem König ist niemals vorher ein solcher Betrug widerfahren.«

»Ist er sicher, daß dieser Brief vom Grafen Amalric kommt? Oder möchte er mehr sehen?« Baibars wies auf einen Stapel von Schriftrollen in seinem Schoß.

»Ich kann die Handschrift nicht als seine identifizieren, weil ich sie nicht gut genug kenne. Doch es ist sein Siegel. Die drei Kronen. Ich habe diesen Ring an seinem Finger wohl an die tausendmal gesehen.« Ludwig bedeckte sein Gesicht mit den Händen.

»Sire, ich weiß schon sehr lange, daß Graf Amalric Euch haßt und Euch Böses tun wollte.«

»Dann habt auch Ihr mich betrogen!« schrie Ludwig. In seinen großen Augen blitzte plötzlich Wut auf. »Warum habt Ihr mir das nie erzählt?«

Roland fühlte sein Gesicht brennen, als hätte der König ihn geschlagen.

»Sire, Ihr habt von schlechtem Blut zwischen Amalric und mir gesprochen. Hätte ich Euch erzählt, was ich zu wissen glaubte oder vermutete, hättet Ihr doch gemutmaßt, ich wolle den Grafen bei Euch schlechtmachen. Wenn das, was ich jetzt sage, nicht der Wahrheit entsprechen sollte, könnt Ihr mich bestrafen, wie es Euch beliebt.

Ludwig seufzte. »Ihr habt recht. Ich erinnere mich, was Amalric Euch während des Wettkampfes antat, und ich habe andere Dinge erzählen hören. Er verdächtigte Euch, seine Gräfin zu lieben, stimmt das?«

»Ich liebe die Gräfin, Sire«, erwiderte Roland leise. »Das war der zweite Grund, weshalb ich mich bei Euch nicht gegen ihn aussprechen konnte. Das meiste, was ich über seine Intentionen wußte, erfuhr ich von ihr, und hätte ich darüber geredet, hätte ich sie in Gefahr gebracht.«

»Ich habe immer vermutet, daß etwas ist zwischen Euch beiden«, sagte Ludwig mit einem traurigen Lächeln. »Das Überreichen des Schals beim Sängerwettstreit meiner Königin war wohl doch keine so unschuldige Geste? Wie lange ist das her! Ja. Ich hätte Euch niemals geglaubt, wenn Ihr ihn beschuldigt hättet, ohne Beweise vorzulegen. Er und ich stritten zwar über vieles, aber dennoch glaubte ich immer, ich könne mich auf ihn verlassen.« Er schaute Roland an, mit Augen, die an ein verwundetes Tier erinnerten. »Ich habe ihm vertraut.«

»Dieser Betrug scheint Euch furchtbar zu erschüttern«, bemerkte Baibars, der den französischen Austausch zwischen Roland und Ludwig verfolgt hatte.

»Wir sind eben nicht so sehr an Verrat von Menschen gewöhnt, die uns so nahe stehen, wie Ihr es hier zu sein scheint«, antwortete Ludwig sarkastisch.

Roland zuckte beim Übersetzen innerlich zusammen. Doch Baibars lachte nur. Des Königs moralische Überlegenheit schien ihn zu amüsieren.

»Turan Shah war so anders als Ihr, o König, wie ein Schakal und ein Adler sich unterscheiden. Das ist der Grund, weshalb ich bereit bin, einen Handel mit Euch abzuschließen. Doch ich möchte, daß Ihr einer Bedingung zustimmt, die über das hinausgeht, worauf Turan Shah sich mit Euch geeinigt hatte.«

»Welche Bedingung ist das?«

»Turan Shah hat sie nicht in den Vertrag aufgenommen, weil er nicht erwartete, daß Ihr am Leben bleiben würdet. Ich bitte Euch zu schwören, daß Ihr den Islam während der nächsten zwanzig Jahre nicht angreifen werdet. Ich bin überzeugt, wenn Ihr einen solchen Eid leistet, dann werdet Ihr Euch auch daran halten. Ihr seid der mächtigste Monarch der Christenheit, allerdings auch der einzige, der darauf besteht, diese törichten Kreuzzüge gegen uns fortzusetzen. Wenn Ihr mir also Euer Wort gebt, weiß ich, daß wir zwanzig Jahre Frieden vor uns haben werden.«

»Warum gerade zwanzig Jahre?« fragte Ludwig. »Warum nicht zehn oder hundert?«

»Ich werde es Euch in aller Ehrlichkeit offenbaren. Wenn ich Euch zu Eurem Volk zurückkehren lasse, so deshalb, weil ich diese zwanzig Jahre brauche, um den Islam gegen die Tataren zu schützen.«

In Rolands Kopf drehte sich alles. Heiliger Michael, was hatten die Tataren mit all dem zu tun? Er wußte, daß Baibars selbst Tatar war und daß die Tataren oder Mongolen vor fast zehn Jahren in Europa eingefallen waren, riesige Armeen christlicher Ritter vernichtet hatten und dann auf geheimnisvolle Weise wieder verschwunden waren.

»Ich verstehe«, rief Ludwig. »Und wenn wir Christen uns mit den Mongolen verbündeten, könnten wir das islamische Reich gemeinsam zerstören. Ihr bittet mich, einer großartigen Gelegenheit abzuschwören.«

»Es wäre töricht von Euch, diese Gelegenheit zu ergreifen. Ich selbst bin ein Tatar vom Stamme der Kiptschak. O König, Allah hat es so gewollt, daß ich als Kind von den Türken gefangengenommen und so ein zivilisierter Mensch und ein Moslem wurde. Die Mongolen glauben, es sei ihre Bestimmung, die ganze Welt zu erobern. Wenn Ihr sie gegen uns unterstützt, werden sie sich Euch als nächste einverleiben.«

»Es ist noch gar nicht so lange her, daß sie auch Frankreich bedrohten«, erinnerte sich Ludwig. »Also gut, Emir Baibars. Es ist beschlossen: Zwischen uns wird es zwanzig Jahre lang Frieden geben.«

Rolands Herz schlug schneller. »Es würde ohnehin zwanzig Jahre dauern«, fuhr Ludwig fort, »bis ich wieder eine Armee aufstellen könnte, um Jerusalem zu befreien.«

Ein neuer Kreuzzug in zwanzig Jahren? Wie viele Männer müssen denn noch sterben, damit wir erkennen, daß wir nicht hierhergehören?

Baibars' Mund verzog sich zu einem Grinsen. »Ihr habt Euer Leben gerettet, o König. Ich hätte Euch nicht freigelassen, ohne dieses Versprechen. Ich werde nach Schreibern schicken, damit die Bedingungen festgehalten und der Vertrag unterzeichnet werden kann.«

Ludwig hob die Hand. »Wartet, Emir! Was geschieht mit Damietta?«

Baibars lächelte. Ein grausames Lächeln, dachte Roland. »Ihr habt versprochen, es mir zu überlassen. Die Stadt muß übergeben werden, bevor Ihr oder irgendeiner Eurer Männer freigelassen wird.«

Ludwig schaute von Baibars zu Roland. »Ihr habt gesagt, Amalric habe dort das Kommando. Meine Königin und mein Sohn sind in seiner Gewalt und Tausende anderer, nicht bewaffneter Christen, die uns begleitet haben. Wenn er erfährt, daß Ihr mich nicht getötet habt, sondern daß ich von seinem Verrat weiß, könnte er sie alle umbringen – oder aber sie als Geiseln benutzen.«

»Ich werde eine Abordnung schicken, die die Übergabe der Stadt verlangen soll«, erwiderte Baibars lebhaft.

»Ihr wißt, daß er Euren Emiren den Zutritt verweigern wird«, meinte Ludwig. »Ihre Ankunft allein dürfte ausreichen, ihm klarzumachen, daß sein Plan gescheitert ist. Er könnte sie sogar angreifen, in der Hoffnung, Euch damit zu einem Vergeltungsschlag gegen uns hier zu veranlassen. Aber die Hilflosen, die in seiner Gewalt sind, werden sicherlich Schaden erleiden. Bitte, laßt mich einige meiner Fürsten schicken. Die Männer unter Amalrics Kommando werden sie erkennen und hereinlassen. Dann könnten sie Amalric überführen und die Befehlsgewalt übernehmen.«

»Meine Emire werden dies, so leid es mir tut, nicht erlauben«, entgegnete Baibars. »Ich kann sie ohnehin nur mit Mühe im Zaum halten. Einige würden es nach wie vor vorziehen, Euch alle zu töten, wie es Turan Shah vorhatte.«

»Laßt *mich* gehen, Sire!«

Roland hatte dies so impulsiv gesagt, daß er selber gar nicht richtig wußte, woher die Worte wohl gekommen waren. Sie hingen in der Luft, in einer Stille, in der Baibars und Ludwig sich verblüfft anstarrten. Er fühlte sein Herz heftig schlagen, nicht vor Furcht diesmal, sondern vor Kampfeslust.

Ludwig schaute zweifelnd drein, doch in Baibars' groben Zügen konnte Roland Zustimmung erkennen. Er übersetzte sein Angebot ins Arabische.

Baibars nickte. »Ich habe Euch sofort verstanden, Euer Gesichtsausdruck und Eure Tonlage verrieten mir, was Ihr sagtet.«

Erregt versuchte Roland, Ludwig von seinem Vorhaben zu überzeugen. »Ich könnte die Neuigkeit über den Verrat nach Damietta bringen, die Evakuierung der nicht am Kampf Beteiligten vorbereiten und die Stadt für die Männer des Emirs öffnen.«

»Doch zuerst«, bestimmte Ludwig, »werdet Ihr mit Amalric abrechnen.«

Baibars lehnte sich vor, kniff sein Auge zusammen, und Roland übersetzte für ihn. Er nickte mit dem Kopf.

»Ich habe Verständnis dafür«, erklärte er. »Doch solltet Ihr versagen, so daß Graf Amalric die Stadt weiter halten kann, ist die Übereinkunft gebrochen. Die Emire werden darauf bestehen, daß ich wenigstens so viel von Euch bekomme, wie Turan Shah verlangt hat. Wenn wir das nicht einhalten können, weiß ich nicht, was geschehen wird.«

Wieder herrschte Stille. Sie alle drei, davon war Roland überzeugt, wußten nur zu genau, was dann geschehen würde.

Ludwig wandte ein: »Ihr seid halbverhungert, geschwächt wie wir alle. Ihr seid kein gleichwertiger Gegner für Amalric.«

Auch Roland fühlte für einen Augenblick Selbstzweifel. Riskierte er ihrer aller Leben, nur um seine Rachsucht zu befriedigen?

Nein, das war es nicht. Um die Botschaft des Königs und Baibars' Bedingungen zu übermitteln, war es notwendig, jemanden zu schicken, der Amalric gut genug kannte, um dem Gegenangriff zu begegnen, zu dem er sicher ausholen würde.

Das konnte nur er sein. Und ganz abgesehen davon: Wer außer ihm konnte Nicolette vor Amalric retten?

»Ich werde ihm nicht allein gegenüberstehen.«

»Woher wollt Ihr das wissen? Er wird die Unterstützung der ganzen Stadt haben. Niemand in Damietta weiß, was geschehen ist.«

»Natürlich, Sire. Doch Euer Brief wird mich als Unterhändler ausweisen. Wir werden einen sorgfältigen Plan ausarbeiten, bevor ich gehe. Und ich habe keinen Zweifel, daß Emir Baibars mehr über die Verteidigungsmöglichkeiten der Stadt weiß, als wir. Er wird mir erklären können, wer mit uns zusammenarbeiten wird. Er könnte mir ebenfalls einen Brief mitgeben.«

Nein, ihn gelüstete nicht länger nach Vergeltung. In den vergangenen Wochen war ihm so viel Leid widerfahren, daß jegliches Rachebedürfnis in ihm ausgelöscht war. Perrin hatte recht. Es gab keine Vergeltung für das, was Amalric getan hatte. Der bloße Versuch, ihm den Schmerz auf dieser Basis heimzuzahlen, würde ihn mit Amalric auf eine Stufe stellen. Roland verlangte nur nach einem Treffen mit Amalric, um ihn unschädlich zu machen.

Er sah den König fragend an.

»Möge Gott mit Euch sein«, stimmte Ludwig zu, und legte die Hand auf Rolands Schulter.

Roland entfuhr ein tiefer Seufzer der Erleichterung. Doch dann kam ein Gefühl der Niedergeschlagenheit in ihm auf. Konnte er es schaffen? Konnte er es wirklich schaffen?

Ludwig wandte sich an Emir Baibars: »Was meint Ihr, Emir Baibars? Wie soll dieser Mann gegen Amalric vorgehen?«

Baibars nickte. »Ich stimme ihm zu: Er muß allein gehen und sich Zugang zu der Stadt verschaffen, bevor dieser Amalric ihn aufhalten kann. Das ist die einzige Möglichkeit.«

»Ihr müßt versuchen, in Damietta die königstreuen Leute herauszufinden«, befahl Ludwig. »Sucht Unterstützung, sobald Ihr in der Stadt angekommen seid.«

Baibars zog einen schweren Siegelring vom Finger.

»Ich gebe Euch hier ein Zeichen, damit Ihr meinem Mann in Damietta, der im Dienst des Grafen Amalric steht, beweisen könnt, daß er Euch zu Hilfe kommen soll.«

Roland nahm den Ring und hoffte, er könne ihn als Erinnerungsstück an einen der bemerkenswertesten Männer behalten, den er je getroffen hatte. Wenn ich überlebe, dachte er wehmütig.

»Wie werde ich Euren Mann erkennen?«

Baibars lächelte. »Ihr kennt ihn bereits. Er heißt Maurice.«

»Maurice!« Roland schrie es fast. »Ich habe immer vermutet, daß er ein Verräter ist.«

»Er war es, der in Mansura den falschen Befehl zur Unterwerfung weitergab«, sagte Ludwig gequält.

»Er ist kein Verräter«, erklärte Baibars. »Er ist schon ungefähr ebenso lange ein guter Moslem, wie Ihr lebt.« Seine Gesichtszüge verhärteten sich.

»Vielleicht erkennt Ihr nun, daß weder Ihr, o König, noch der Graf Amalric, ja nicht einmal Ihr, Troubadour, eine Chance hattet, Eure Ziele zu erreichen. Die ganze Zeit waren wir es, die die Kontrolle über Euch hatten.«

Ja, aber das wird nun bald vorbei sein, dachte Roland. Und ich werde heimkehren können, falls es mir gelingen sollte, Amalric zu überwältigen.

Sein Herz erfüllte sich mit Freude. Was auch immer geschehen würde, selbst wenn er sterben müßte, er konnte doch hoffen, Nicolette ein letztes Mal zu sehen.

XXXV

»Nach allem, was ich gehört habe, Madame, müßten die Kreuzritter nun alle tot sein«, sagte Maurice leise. »Es tut mir leid, wenn diese Nachricht Euch weh tut, aber Ihr habt mich gefragt, und dies ist meine ehrliche Antwort.« Fast entschuldigend stellte er das Frühstückstablett mit Melonenstücken, Eiern, Brot und Wein neben Nicolette ab.

»Mit anderen Worten, Ihr wißt gar nichts.« Nicolette war so ärgerlich, daß sie ihn hätte schlagen können. Gewiß, er war während der beiden vergangenen Tage freundlich zu ihr gewesen; er schien ehrlich zu bedauern, daß er ihr Gefängniswärter sein mußte. Andererseits konnte sie seinetwegen die Königin nicht vor Amalric warnen.

Wo mag Agnes sein? fragte sie sich. Wenn ich sie sehen könnte, wäre es mir vielleicht möglich, ihr eine Nachricht zuzustecken, die sie Marguerite bringen könnte. Warum wird sie von mir ferngehalten? Fieberhaft überlegte sie, wie und ob sie Maurice überwältigen könnte, um zu fliehen. Immerhin war er ein alter Mann. Doch er wirkte stark. Nein, statt mit ihm zu kämpfen, würde sie mit ihm reden. Vielleicht gab es eine Möglichkeit, ihn günstig zu stimmen.

»Ich verstehe Euch nicht, Maurice. Ihr habt mir geholfen, meinen Mann wegen der Vorräte zu täuschen. Warum wollt Ihr mir jetzt nicht helfen? Wem dient Ihr eigentlich wirklich?«

Er trat verlegen von einem Fuß auf den anderen, deutete dann auf einen Stuhl in Nicolettes Schlafzimmer. »Darf ich?« Auf ihr Nicken hin setzte er sich und schaute sie über den Tisch aus schwarzem Marmor hinweg an.

Sie beugte sich neugierig vor. Es war das erste Mal, daß er sich hinsetzte, um mit ihr zu sprechen. Wenn es ihr nur gelänge, ihn in ihrem Sinne zu beeinflussen.

»Es gibt nichts, womit Ihr mich kränken könntet, Madame«, sagte er. »Und ich habe das Bedürfnis, meine Sünden zu bekennen – falls es überhaupt Sünden sind. Ihr verachtet mich, weil ich auf seiten Eures Gatten stehe. Und Ihr werdet mich noch mehr hassen, wenn Ihr hört, wer ich wirklich bin.« Er lächelte traurig.

»Ist es Euch denn wichtig, wie ich über Euch denke?« Sie betete, daß es so sein möge. In dieser Situation war es ihre einzige Chance.

Er nickte bedächtig. »Ich habe Euch einmal erzählt, Madame, daß Ihr mich an den besten Teil des Lebens erinnert, den ich hinter mir gelassen habe, als ich den Sarazenen in die Hände fiel. Doch manches an diesem Leben war schlecht, wenn ich es recht bedenke.«

Ach, dachte sie, genauso habe ich es mir vorgestellt!

»Ihr seid ein Moslem?« wagte sie zu fragen.

Er nickte bestätigend. »Ihr müßt bedenken, Madame, daß man als einfacher Mann nur am Leben bleibt, wenn man zum Islam übertritt. Und selbst dann nur als Sklave. Die meisten meiner Kameraden sind deshalb in den Tod gegangen. Als ich aber das Schwert des Henkers erblickte, kam mir ein Gedanke. Ihr würdet sicherlich sagen, der Teufel habe ihn mir eingegeben. Doch was hatte die Kirche jemals wirklich für mich getan? Ich habe mein ganzes Leben lang gehungert. Einige Jahre vorher waren mein Onkel, meine Tante und meine Cousine als Ketzer verbrannt worden. Ihr wißt ja, daß es damals viel sogenanntes Ketzertum unter den Webern gegeben hat. Danach haben uns diese verfluchten Mönche überredet, übers Meer zu ziehen. Sie behaupteten, es sei Gottes Wille, gegen die Menschen hier zu kämpfen, gegen Menschen, die mir nie etwas getan hatten. Ich ging. Teilweise, weil ich ihnen glaubte, aber auch, weil ich meine Heimat nun haßte. Alles, was dieser Kreuzzug mir gebracht hat, war die Seekrankheit, daß ich meine Zähne verlor, bei lebendigem Leibe von Fliegen aufgefressen wurde und vor lauter Angst kein Essen bei mir behalten konnte. Und für diese Kirche sollte ich mir den Kopf abschlagen lassen? Ich wurde Moslem. Es gab nichts mehr, was ich zu verlieren hatte. Vermutlich werdet Ihr mich nun für einen verdammten Feigling halten.«

Sie bebte innerlich. Die ganze Zeit haben wir einen Spion der Sarazenen im Haus gehabt. Er hätte uns die Kehle durchschneiden können, während wir schliefen.

Doch er hatte es nicht getan.

Wer war sein wirklicher Herr?

»Das hört sich gar nicht nach der Tat eines Feiglings an«, sagte sie. »An Eurer Stelle hätte ich sicherlich dasselbe getan. Die Kirche war auch zu mir nicht gut oder zu den Menschen, die ich liebe.«

Maurice nickte. »Ihr seid eine Frau aus dem Languedoc, nicht wahr? Doch wieder zu mir: Tatsache ist, daß ich den Islam lieben lernte. Ich hatte viele Herren. Einige waren grausam, einige freundlich, aber alle haben sich ernsthaft bemüht, mich zu unterweisen. Ich bekam einen islamischen Namen. Muraddam ben-Faris. Der Islam hat meinem Leben einen Sinn gegeben. Unser Paradies ist ein Ort, an dem man sich wohl fühlen darf, mit gutem Essen und schönen Frauen. Der Himmel, wie ihn christliche Priester beschreiben, erscheint mir dagegen öde. Ich gewöhnte mich an die islamischen Rituale. An das fünfmalige Beten am Tag, an die Pflicht, den Armen Almosen zu geben, an die Pilgerfahrten, sogar ans Fasten. Es fällt mir auch leicht, keinen Wein mehr zu trinken, obwohl sich nicht alle meine Herren strikt an diese Regel halten. Einer meiner Besitzer war ein Teppichhändler. Ich habe ihm geholfen, seine Karawanen zu schützen. Er nahm mich mit nach Mekka, und dort küßte ich den schwarzen Stein in der Kaaba. Ich war auch in Jerusalem, was weder Euer

König noch irgend jemand aus seiner Armee von sich behaupten kann. Es ist für uns Moslems ein geheiligter Ort, wie für die Christen auch. Die Mönche haben uns das nie erzählt. Ich habe dort im Felsendom gebetet, von wo aus unser gesegneter Prophet in den Himmel gefahren ist. Ich habe hier ein gutes Leben gehabt, Madame, ein weitaus besseres, als ich es zu Hause je hätte erwarten können. Ich habe lesen und schreiben gelernt, meine gute Gesundheit verdanke ich arabischen Ärzten, die mehr über Krankheiten wissen als ihre christlichen Kollegen. Moslems essen auch gesünder, unsere Kleidung ist bequemer; wir sind sauberer als Christen. Wußtet Ihr, daß wir jeden Tag baden? Könnt Ihr Euch vorstellen, wie wir den Geruch von Christen empfinden. Eine Moslemfrau duftet süßer als eine Christin. Ich habe hier in Ägypten drei Frauen geheiratet. Man darf das, weil der Prophet es nicht gern sieht, wenn Frauen unbeschützt durchs Leben gehen. Alles zusammengenommen, habe ich Glück gehabt.«

Sie fühlte Rührung in sich aufsteigen. Ob sie wohl die erste Christin war, der er sein Herz ausschüttete?

»Wie habt Ihr das alles als Sklave geschafft?« fragte sie.

»Sogar den Sklaven geht es unter dem Islam besser, Madame. Ein Sklave kann hier reich und mächtig sein. Auch der große Baibars ist ein Sklave. Die Araber und die Türken, die als Moslems geboren werden, trauen uns Konvertierten nicht. Doch die Mamelucken, die ja selber zum Islam übertreten müssen, störten sich nicht daran, daß ich früher Christ war. So geschah es, daß ich Baibars dienen konnte. Er wollte alles von mir wissen, was ich ihm über den christlichen Teil der Welt erzählen konnte.«

Wenn nicht alle, die sie liebte, in so schrecklicher, tödlicher Gefahr gewesen wären, hätte Maurices Geschichte Nicolette bestimmt fasziniert. Doch es waren seine Leute, die König Ludwig und die anderen abschlachten wollten.

»Ihr dient Baibars, dem General, den sie den Panther nennen? Ihr kennt ihn?«

Maurice lachte. »Ihr kennt ihn ebenfalls, Madame.«

»Wie das?«

Dann erinnerte sie sich an den Beduinenhäuptling. Ja, sie hatte einmal gehört, der Panther habe nur ein Auge. »Der Beduine! Er versuchte die Stadt auszukundschaften.«

Maurice nickte. »Ja, das ist seine Art. Er muß alles selbst gesehen haben. Er liebt es, in einer Verkleidung herumzulaufen, wie der große Kalif Harun al-Raschid es vor langer Zeit tat. Ihr habt ihm gefallen, Madame.«

Nicolette erschrak bei dem Gedanken, wie leicht sie hätte entführt werden können.

»Also hat Baibars Euch angesetzt, hier zu spionieren?«

Maurices Augen wirkten wie zwei blaßblaue Fische, gefangen in einem Netz von Fältchen. »Es war meine Idee, Madame, ich habe mich freiwillig gemeldet.«

»Weshalb? Um zu helfen, Eure eigenen Leute zu besiegen?«

»Madame, je mehr ich den Islam liebenlernte, desto größer wurde mein schlechtes Gewissen, daß ich nur aus Angst konvertiert war. Ich zweifelte an meiner eigenen Aufrichtigkeit. Ich mußte mir selbst beweisen, daß ich ein echter, ein richtiger Moslem geworden war. Als die Kreuzritter hier landeten, erkannte ich, daß ich nun Gelegenheit hätte, es unter Beweis zu stellen. Wenn ich es fertigbrächte, noch einmal unter französischen Christen zu leben und dabei mein Leben für den Sieg des Islam riskierte, wäre das der Beweis dafür, daß mein Übertritt ehrlich gemeint war.«

Ich sollte ihn hassen, dachte Nicolette. Aber ich kann es nicht.

»Es kann nicht leicht für Euch gewesen sein, Euren neuen Glauben zu bewahren, nachdem Ihr zu uns gekommen wart.«

»Als ich Graf Amalric sah, diesen großen, stattlichen Edelmann, den ersten freien Christen, den ich seit Jahren gesehen hatte, weinte ich. Es überraschte mich selbst, und ich war ängstlich. Konnte ich diesem Mann und der Armee, die mit ihm kam, einen so bitteren Schaden zufügen, wie ich es beabsichtigte? Doch je besser ich ihn kennenlernte, desto mehr verachtete ich ihn. Es kam so weit, daß ich ihm nicht mehr in die Augen blicken konnte aus Furcht, er könne meine wahren Absichten erkennen.« Sein Gesicht verdunkelte sich.

Während sie ihn reden hörte, wuchs Nicolettes Bedürfnis zu fliehen mehr und mehr, wurde zu einem Gefühl, das ihren Körper zu sprengen drohte. Mit Mühe wandte sie den Blick von dem Schlüssel, der an Maurices Gürtel baumelte, dem Schlüssel, der diesen goldenen Harem öffnen konnte.

Er mag recht haben. Ludwig und alle, die von seinen Kreuzrittern übriggeblieben waren, könnten längst vom Sultan getötet worden sein. Dennoch darf ich meine Rettungsversuche nicht aufgeben.

»Ihr müßt Amalric nicht länger dienen«, erklärte sie. »Ihr habt alles erreicht, was Ihr erreichen wolltet. Der Kreuzzug ist vorbei. Was habt Ihr zu gewinnen, wenn der Sultan alle Gefangenen massakriert?«

Maurice schüttelte den Kopf. Er lächelte grimmig. »Das wird der Sultan nicht tun, Madame. Die Emire der Mamelucken haben den Sultan vor zwei Tagen bei Sonnenuntergang getötet.«

Sie schnappte nach Luft und ließ das Brotstück fallen, das sie in der Hand gehalten hatte. »Wer regiert denn nun? Und was geschieht mit den Gefangenen?«

»Das wird der Panther entschieden haben. Ich habe keine Nachricht von ihm, seit der Sultan überwältigt wurde. Ich muß dem Grafen in allem gehorchen, es sei denn, ich erhielte neue Order von Emir Baibars. Darum muß ich Euch auch hier festhalten.«

Ärgerlich biß sie sich auf die Lippen. Wenn sie nur Hilfe holen könnte. Wo war Agnes?

»Aber Ihr müßt mich nicht wie eine Verbrecherin behandeln, Maurice. Ihr habt mich hier für drei Tage eingesperrt. Ich brauche meine Zofe. Laßt wenigstens Agnes zu mir kommen.«

Maurice wandte den Blick ab. »Ihr dürft sie nicht sehen, so lautet mein Befehl.«

»Aber sie muß doch vermuten, mir sei etwas zugestoßen. Hat sie nicht nach mir gefragt?«

Er starrte auf die schwarze Tischplatte. »Der Graf hat verkündet, Ihr seid krank und die Krankheit ist ansteckend. Für Agnes fand er neue Aufgaben in der Residenz der Königin.«

Aber sie würde darauf bestehen, mich zu sehen, dachte Nicolette. Sie hat es vermutlich versucht, aber Amalric hat sie daran gehindert. Also mußte sie ohne fremde Hilfe hier herauskommen.

Und nun... Baibars. Wieder erinnerte sie sich an das stechende Auge und an die Hand auf ihrer Wange.

»Besteht Baibars darauf, den König und seine Männer zu töten?«

»Er hat es mir nicht gesagt. Aber er ist ein Mann, der Wort hält, im Gegensatz zu Turan Shah. Er respektiert Euren König, so wie ich. Ich glaube nicht, daß er die Gefangenen töten wird, wenn er nicht muß. Wenn er aber entscheidet, daß das nötig ist, handelt er ohne zu zögern und ohne Gnade. So ist er.«

Sie hörte einen Ruf von der Straße. Der Wagen, der die Toten der letzten Nacht aufsammelte, ratterte vorüber. Verzweifelt versuchte sie nachzudenken.

Sie rief sich die Ankunft der Templer vor vier Tagen ins Gedächtnis, fünfzig grimmig blickende Ritter, mit ihren schlichten Helmen aus Stahl und den langen Bärten, den weißen Gewändern mit den roten Kreuzen glichen sie einander alle. Sie ritten kleine Araberpferde und gaben einem Dutzend Ochsenkarren, die unter dem Gewicht des Silbers ächzten, Geleitschutz. Sie hatte die jubelnden Christen gehört, die sich während dieses Vorbeiritts gegenseitig versicherten, daß ein einziger Templer das verrichten könnte, wozu sonst zehn normale Ritter nötig waren.

Also haben wir jetzt, hatte sie gedacht, genug aufrechte, loyale Männer, um die, die Amalric gekauft hat, zu überwältigen. Wir könnten die Sarazenen davon in Kenntnis setzen, daß wir nicht weichen werden, bis der König und seine Männer uns lebend übergeben sind.

Sie fixierte ihn. »Maurice, wenn Amalric erfährt, daß der Sultan tot ist und daß Emir Baibars plant, den König und seine Männer zu befreien, wird er einen Weg finden, das zu verhindern. Die Gefangenen zu töten wäre ein Verbrechen, das nicht nur Euren Herrn, sondern den gesamten Islam entehrt. Wir müssen Amalric aufhalten.«

»Ich wünschte, ich könnte das«, sagte Maurice. Er blickte gequält.

Nicolette griff über den Tisch und nahm seine rauhe Hand in ihre Hände. Seine Augen weiteten sich vor Überraschung, und er begann sich abzuwenden. Doch dann ließ er ihr seine Finger. Sein wettergegerbtes Gesicht rötete sich.

»Amalric könnte Emir Baibars' Gesandte angreifen. Er könnte das Lösegeld auf eine genuesische Galeere laden und wegbringen. Maurice, nachdem Ihr stark genug wart, aus eigenem Antrieb von einem Gott zum anderen zu wechseln, solltet Ihr auch stark genug sein, jetzt aus eigenem Antrieb zu handeln, ohne Befehle.«

Sie gab seine Hand frei und betete aus tiefstem Herzen, daß ihr Appell ihn umstimmen würde.

Lange Zeit saß er schweigend da, den Blick auf den Tisch gerichtet. Endlich sah er auf. »Was kann ich tun?«

Tränen der Erleichterung traten in ihre Augen.

»Bringt mich zum Palast«, sagte sie schnell, aus Angst, er könne seine Meinung ändern. »Bringt mich zur Königin. Ich werde ihr alles erzählen.«

Er stieß ein kurzes Lachen aus. Er klang bestürzt. »Ihr werdet mich an den Galgen bringen.«

»Nein, nein, ich werde der Königin nichts von Euch erzählen. Lassen wir sie doch denken, Ihr wärt ein guter, alter Kreuzritter, der Amalric durchschaut hat und mir hilft. Sie wird Euch auch belohnen, wenn Ihr genug Geduld aufbringt. Und nachdem wir die vertrauenswürdigen Männer um uns gesammelt haben und Amalric losgeworden sind, könnt Ihr ins Sarazenenlager zurückkehren.«

»Das klingt zu leicht, Madame. Wie Ihr wißt, bezahlt Graf

Amalric einen Teil der Palastwache. Er selbst könnte jetzt im Palast sein.«

»Helft mir, an ihnen vorbeizukommen und die Königin allein zu sprechen«, sagte sie. »Sire Geoffrey de Burgh ist stets an der Seite der Königin. Er wird uns zu ihr lassen.«

Maurice schüttelte den Kopf. »Er ist nicht mehr bei der Königin. Der Graf setzte Sire Geoffrey als Befehlshaber der Wachen an der Stadtmauer ein. Die Männer, die noch im Palast sind, stehen alle im Dienst Eures Gatten.«

»Ihr sagtet, Agnes sei im Palast. Sie kann uns Bescheid geben, wann wir am günstigsten zur Königin gelangen können.«

Wieder zögerte er, und ihr Herz klopfte voller Furcht. Es war so still im Zimmer, daß sie seinen Atem hören konnte. Sein Blick war unsicher, und er schloß die Augen für einen Moment.

Schließlich faßte Maurice über den Tisch und griff nach ihrer Hand. Der Schmerz, der sich in seinen blassen Augen spiegelte, erschreckte sie.

»Madame, Ihr müßt tapfer sein. Ich muß Euch etwas Schreckliches erzählen.«

Sie glaubte, ihr Herz müsse stehenbleiben.

»Oh, mein Gott! Nein, nein, nicht Agnes!« schluchzte sie.

»Doch, Madame«, erwiderte er sanft. »Sie ist nicht mehr. Und es gibt etwas, was ich Euch erzählen muß, wenn Ihr es ertragen könnt.«

Sie mußte sich an ihm festhalten. »Ja, erzählt mir alles«, schluchzte sie. »Was ist mit Agnes geschehen?«

»Euer Gatte hat sie getötet, um sie zum Schweigen zu bringen.«

Fassungslos hörte sie zu, als er erzählte, wie Amalric Agnes erwürgt und ihm dann befohlen hatte, die Leiche zu beseitigen.

»Bevor ich ihren Körper auf den Leichenwagen lud, habe ich für sie gebetet. Moslemische Gebete, aber sie waren ehrlich gemeint. Sie liegt nun in dem großen Grab vor dem Palast.«

»Meine Agnes!« war alles, was Nicolette herausbrachte. Sogar ihre Tränen waren versiegt. Sie fühlte sich innerlich ganz leer.

Meine arme, treue Freundin. Warum habe ich dich nur an diesen schrecklichen Ort gebracht? Nur damit du auf so grausame Weise sterben mußtest?

»Er hätte das nicht tun müssen, Madame. Es hätte ein Dutzend anderer Möglichkeiten gegeben, zu verhindern, daß sie Ärger macht.«

»Er hat es getan, weil er mich so sehr haßt«, sagte sie mit lebloser Stimme.

Maurice legte seine Hände auf Nicolettes Schultern und schaute ihr fest in die Augen.

»Ihr dürft Euch nicht dafür verantwortlich fühlen, und Ihr dürft nicht aufgeben. Wenn der Kamerad eines Mannes in der Schlacht fällt, kann er nicht aufhören zu kämpfen, um zu trauern. Er muß weiterkämpfen. Und Ihr befindet Euch jetzt in einer Schlacht.«

Stimmt, dachte sie. Und plötzlich stieg Haß in ihr auf. Etwas kann ich noch für Agnes tun. Ich werde sie rächen.

Ich schwöre es beim Andenken an dich, Agnes: Ich werde Amalric vernichten!

Sie erhob sich. Der Stuhl scharrte über den Boden. Auch Maurice stand auf. »Holt Euren Umhang, Madame, wir gehen zum Palast.«

Nicolette sah ihn dankbar an. »Moslem oder Christ, Maurice, Ihr seid ein guter Mensch.«

Amalric stand an Königin Marguerites Bett. Er bemühte sich, ihr höflich gegenüberzutreten, was jedoch fast über seine Kräfte ging. Innerlich aufgewühlt verneigte er sich vor ihr. Sein Kettenpanzer klirrte leise, die Streitaxt hing schwer an seinem Gürtel.

»Madame, mit Eurer Erlaubnis werde ich Euch den täglichen Bericht über unsere Verteidigungssituation geben.«

Irritiert wartete er, bis der Säugling in ihrem Arm ruhig war. Ihr Gesicht war abgemagert, und tiefe dunkle Ringe lagen unter ihren Augen. Sie ist niemals so hübsch gewesen wie Nicolette, dachte er, und jetzt sieht sie aus wie ein altes Weib.

»Sprecht, Sire, werden wenigstens die Wälle in Ordnung gehalten, und sind unsere Männer kampfbereit?«

Wut stieg in ihm hoch. Wie konnte sie es wagen, ihn mit solchen Platitüden zu belästigen? Wie konnte sie annehmen, er akzeptiere sie als Kommandanten? Oh, wie er auf den Augenblick wartete, in dem er ihr die Wahrheit ins Gesicht schleudern konnte.

Aber wann, in Gottes Namen, würde dieser Moment gekommen sein? Zwei Tage lang hatte er kaum etwas gegessen, zwei Nächte lang hatte er kaum geschlafen. Wenn er heute wieder nichts vom Sultan hörte, würde er noch verrückt werden.

Amalrics Gedanken schweiften ab, wie häufig in letzter Zeit. Ein Teufel flüsterte ihm ins Ohr: Was, wenn der Sultan dich betrügt? Darüber mußte er gründlich nachdenken. Er würde die Stadt zumindest für eine Weile halten. Lange genug, um den Sultan zu provozieren, die Gefangenen zu töten. Er hatte genug Männer unter Waffen, um die Tempelritter zu überraschen. Sie würden wohl kaum mit einem Angriff der verbündeten Christen rechnen, denen sie zu Hilfe gekommen waren. So könnte er das Lösegeld an sich bringen. Und dann, wenn das ganze Vermögen in meinem Besitz ist, wird Turan Shah meine Bedingungen akzeptieren müssen.

Falls der Sultan sich aber nicht kooperativ zeigen sollte, was die Hinrichtung von Ludwig und seinen Mannen anging, könnte er zumindest die Königin und ihren Sohn gefangennehmen, die Flucht ergreifen und die beiden mitnehmen. Ganz gewiß würden ihn einige Genuesen von hier wegbringen, wenn er ihnen genug bezahlte. Die Genuesen waren ohnehin alle Piraten. Dann, mit den königlichen Gefangenen, dem Schatz und einer Schar gedungener Gefolgsleute, könnte er eine Festung für sich finden und sich hier im Orient eine Domäne schaffen.

Doch wie auch immer: Nicolette mußte sterben. Sie wußte zuviel.

Sein Bericht über die Verteidigungsmaßnahmen war beendet und die Königin dankte ihm.

»Wie geht es Nicolette?« fragte sie.

Heiliger Dominikus, verflucht sei sie. Konnte er nicht wenigstens einen Moment Ruhe haben!

Er schüttelte den Kopf. »Sie wirkte schwächer, als ich sie heute verließ, Madame. Es ist sicher die schreckliche Fieberkrankheit.«

»Ich vermisse sie so sehr und mache mir solche Sorgen um sie. Vielleicht könnte ich sie besuchen.«

Ja, vielleicht, dann könnte ich euch gemeinsam einsperren.

»Vergeßt das, Madame. Ihr seid selbst noch nicht kräftig genug. Und Euer Sohn – Ihr würdet sein Leben ebenfalls aufs Spiel setzen. Nicolettes arme Zofe ist bereits daran gestorben.«

»Agnes, o wie schrecklich!« Marguerite machte das Zeichen des Kreuzes. »Es sind so viele gestorben. Tristan darf nichts passieren. Wenn Ludwig nur hier sein könnte, um ihn zu sehen.«

»Ich zweifle nicht daran, daß er bald wieder bei Euch sein wird, Madame.«

Amalric brannte vor Ungeduld, auf seinen Turm zurückzukommen. Turan Shahs Bote würde heute kommen, ganz sicher!

»Ich mache mir solche Sorgen um Ludwig«, fuhr sie fort. Tränen glitzerten in ihren braunen Augen. »Die Sarazenen können ihn längst umgebracht haben, und wir wüßten es nicht einmal.«

Gebe Gott, daß sie es getan haben! O Herr, wann läßt diese Frau mich endlich gehen? Wenn sie mich noch eine Minute aufhält, werde ich dieses Baby nehmen und ihm das Kreuz brechen.

»Ich fühle in meinem Herzen, daß es allen gutgeht, Madame.«

»Ich weiß, daß Ihr genauso verzweifelt auf Ludwig wartet wie ich, Graf Amalric. Seine bloße Gegenwart wäre eine solche Erleichterung. Er sprach oft zu mir darüber, welche Bürde die Krone ist. Aber ich habe nie ganz verstanden, was er meinte, bis er gefangengenommen wurde und damit das Schicksal all der Kreuzritter in meinen Händen lag. Welche Entlastung wird es sein, wenn er zurückkehrt. Ihr müßt seine Führung ebenfalls vermissen, Graf, oder nicht?«

Seine Führung! Die Führung, die Frankreich ruiniert hatte. Der Teufel sollte seine Führung holen!

»Ich finde, meine Führung ist durchaus ausreichend«, kam es schroff aus seinem Mund, ohne daß er nachgedacht hatte.

Instinktiv zog Marguerite das Baby enger an ihren Busen. »Natürlich seid Ihr daran gewöhnt, Eure eigenen Bereiche zu verwalten, Graf«, meinte sie, die Augen weit aufgerissen. »Dennoch seid Ihr kein König, und der Blick vom Gipfel des Berges reicht weiter als der, den Ihr einige Stufen tiefer haben könnt.«

Ich unter Ludwig? Er sieht weiter als ich? Je mehr Marguerite redete, desto ärgerlicher wurde er. Bei Jesus, er hatte genug von dieser törichten provenzalischen Frau und ihrem verrückten psalmensingenden Ehemann!

Meine Zeit wird kommen, sagte er sich. In wenigen Stunden werde ich die Stadt den Ägyptern übergeben. Sie werden jeden gefangennehmen, jeden außer mir. Ich werde nach Frankreich zurückkehren. Und dann, wenn der König und seine Brüder tot sind und nahezu alle Barone im kampffähigen Alter ausgerottet, dann wird mich die alte Königin Blanche bitten müssen, mit ihr die Regentschaft zu übernehmen. Wie sie Gott danken wird, daß ich verschont geblieben bin, um sie nun unterstützen zu können. Die Krone muß ich noch nicht nehmen. Noch nicht. Der höchste der Fürsten des Königreichs zu sein, ist fürs erste genug. Also kann ich es mir leisten, Marguerite jetzt die Meinung zu sagen.

»Habt Ihr jemals einen Berggipfel gesehen, der in Wolken gehüllt ist, Madame? Schaut Euch um! Die Armee ist zerstört und die Sarazenen stehen vor unseren Toren. Und was geschieht mit Frankreich, wenn ich fragen darf, falls die Engländer oder die Deutschen jetzt beschließen sollten, uns anzugreifen. Ich habe ihn davor gewarnt. Ich habe ihn gedrängt, dem Papst zu gehorchen, im Lande zu bleiben und die europäischen Ketzer zu bekämpfen. Niemand von uns wollte wirklich in diesen Kreuzzug ziehen. Doch er war so sicher, daß die Tatsache, daß er König ist, ihn weiser machte als uns andere. Nun gut, Madame, die Ereignisse haben ihn als den Narren gezeigt, der er ist.«

Marguerite errötete. Sie zog sich im Bett hoch, das Baby so eng an sich gepreßt, daß es zu schreien begann.

»Wie könnt Ihr es wagen, so von Eurem König zu sprechen?«

»Ich wage es, Madame, weil er seine Macht und Autorität von den Baronen bezieht. Von mir. Wir sind gleich, und Graf Gobignon ist ein genauso wichtiger Titel wie König von Frankreich.«

»Ich habe fast so etwas vermutet«, flüsterte sie. »Ihr seid sein Widersacher.«

»Nicolette hat mit Euch gesprochen, nicht wahr? Ich habe versucht, der Freund Eures Gatten zu sein, aber er wollte nicht auf mich hören. Hätte er es getan, wären wir nicht hier. Und was Euch anbetrifft, hättet Ihr Euch mir anvertraut statt meiner Frau, wärt Ihr jetzt bereits außer Gefahr.« Amalric mußte seine Stimme erheben, um sich gegen das Plärren des Säuglings Gehör zu verschaffen.

»Weil ich nicht auf Euch gehört habe, ist es uns möglich, meinen Mann und seine Gefährten auszulösen. Dann werden wir alle außer Gefahr sein. Und Ihr könnt sicher sein, er wird von mir erfahren, wie Ihr heute über ihn gesprochen habt.«

Sie hob das Kinn, eine Geste der Entschlossenheit, die ihm ihre Stärke zeigen sollte.

Amalric stand da, seine Brust drohte das Kettenhemd zu sprengen. Diese Törin! Ich könnte sie in diesem Augenblick endgültig vernichten, ihr sagen, daß sie ihren teuren Gatten niemals lebend wiedersehen wird.

Nein, besser nicht! Es kann Stunden dauern, bis ich vom Sultan höre, und in dieser Zeit könnte sie noch etwas gegen mich unternehmen. Diese verdammten Tempelritter!

Dennoch muß ich ihr nicht länger vorspielen, daß ich sie und ihren törichten Mann respektiere.

»Erzählt doch Ludwig, was Ihr wollt«, sagte er zynisch, »es ist mir egal.«

Marguerite holte tief Luft. Sie war außer sich. Doch in diesem Moment hämmerte jemand gegen die schwere Eichentür.

Amalric wandte sich ab, wobei das Kettenhemd seiner Rüstung schwer gegen seine Knie schlug und ging zur Tür.

»Monseigneur«, preßte einer der Wachtposten schwer atmend heraus. »Gerade kam ein Bote der Sarazenen.«

Amalrics Herz pochte vor Begeisterung. Er sog die Luft tief ein. Endlich, endlich! Gott sei Dank!

»Wo ist er?«

»Ein Boot brachte ihn zur Anlegestelle beim Westtor. Er zeigte eine Botschaft mit dem Siegel des Sultans vor, und wir haben ihn hereingelassen. Er kommt zu Fuß in den Palast. Ich bin vorweggelaufen, um Euch…«

»Bringt ihn sofort zu mir«, rief Marguerite von ihrem Bett aus. Ihre Stimme klang schrill vor Ungeduld.

»Ja, natürlich«, sagte Amalric. »Entschuldigt mich, Madame.«

Mit einer knappen Verbeugung verließ er das Zimmer, stieß den Wachtposten beiseite.

»Du bleibst hier«, sagte Amalric, nachdem er die Tür fest geschlossen hatte. »Achte darauf, daß niemand den Raum verläßt oder hineingeht.« Er deutete mit dem Kopf zur Tür. »Du mußt sie drinnen festhalten.«

»Aber, Monseigneur, wie könnte ich die Königin aufhalten, wenn sie ausgehen möchte?« fragte der Junge mit schreckgeweiteten Augen.

Amalric griff in den Lederbeutel an seinem Gürtel und holte einen Schlüssel heraus. Schnell verschloß er die Schlafzimmertür und ließ den Schlüssel wieder in seinem Versteck verschwinden. Er gratulierte sich selbst zu der weisen Voraussicht, sich den Schlüssel vor einigen Tagen eingesteckt zu haben. Durch die Tür konnte er immer noch das Schreien des Babys hören.

»Nun, jetzt kannst du ihr ehrlich berichten, daß es dir unmöglich ist, sie herauszulassen. Oder erwidere gar nichts, wenn sie nach dir rufen sollte.«

Er machte eine Pause, stellte fest, daß der junge Wachmann ihn fassungslos anstarrte. Der Junge würde nicht bereit sein, die Königin von Frankreich gefangenzuhalten, wenn er ihm nicht irgendeine Begründung dafür gab.

»Das geschieht nur zu ihrem Schutz«, erklärte Amalric.

»Nach der Geburt des Kindes hat sich ihre Gesundheit noch nicht wieder gebessert, und die Stadt wird bald voller Sarazenen sein. Die Königin ist starrköpfig und muß davor geschützt werden, sich selbst in Gefahr zu bringen. Du weißt, wie Frauen sind.«

Amalric gab dem Jungen einen Von-Mann-zu-Mann-Schlag auf die Schulter, was die Augen des Knaben vor Stolz aufleuchten ließ.

Er fühlte ein Zittern in der Brust, als er durch die Palastkorridore eilte. Was wird der Bote des Sultans bringen? Großer Gott, sei diesmal auf meiner Seite! Laß Ludwig tot sein! Für Hugues, für meinen Vater, für all die Mißlichkeiten, unter denen wir Gobignons leiden mußten. Gib uns den Sieg, Gott!

Aber warum kam der Mann des Sultans zu Fuß? Warum, zum Teufel, konnte er nicht reiten? Warum muß ich deshalb länger warten?

Er passierte den Audienzraum, wo einige seiner Männer sich versammelt hatten, gemeinsam mit einigen Priestern in schwarzen Soutanen. Sie sprachen aufgeregt miteinander, verstummten aber abrupt, als er an ihnen vorbeiging. Sie haben die Neuigkeit gehört, dachte er und machen sich nun Gedanken darüber, was sie bedeuten mochte. Nun, sie würden es früh genug erfahren.

Amalric fühlte unvermittelt einen Stich in der Brust. Die Priester würden heute abgeschlachtet werden, genauso wie die Damen und Ritter. Er, Amalric de Gobignon, ein guter Sohn der Kirche, hatte die Anweisung dazu gegeben. Doch zumindest würden sie alle den Märtyrer-Tod sterben und damit direkt in den Himmel kommen.

Mit einem Ruck seiner Schulter rückte er die Rüstung zurecht, während er aus der Palasttür schritt. Am Fuß der Stufen stand sein großes, dunkles Schlachtroß, durch einen Panzer geschützt.

Amalric eilte nach unten und reichte dem Wachtposten seinen Helm. Er zog die Kapuze seines Kettenhemds hoch und befestigte sie über Kopf und Nacken. Es war ratsam, gerüstet zu sein. Man konnte den Sarazenen nicht trauen. Dann nahm er den hohen, von einem Wolfshaupt gekrönten Helm wieder an sich und stülpte ihn über den Kopf. Er löste die Streitaxt von seinem Gürtel, wo sie neben seinem Dolch gehangen hatte, und ließ sie vom Sattel baumeln. Er setzte einen Fuß in den Steigbügel, während einer seiner Männer das Pferd festhielt, und schwang sich dann in den Sattel.

Ich bin noch genauso stark wie immer, ich kann nach wie vor in voller Rüstung auf ein Pferd springen.

Amalric nahm den frischbemalten Schild aus seiner Halterung im Sattel und schob den linken Arm durch die Schlinge. Der Bote des Sultans sollte ruhig die drei Kronen von Gobignon auf ihrem königlich-purpurnen Hintergrund sehen. Die Krone von Clovis, die Krone Karls des Großen.

Und die Krone, die noch kommen wird.

Er trieb dem Pferd die Sporen in die Flanke. Das große Tier galoppierte durch den Vorhof, während ihm links und rechts die Männer auswichen.

Dann verlangsamte er das Tempo, indem er die Zügel anzog, und ritt auf den Platz. Die morgenländische Mittagssonne brannte ihm auf den Kopf. Das Glitzern des weißen Staubs an den blau und weiß gefliesten Wänden der Moschee blendete ihn. Der einzig dunkle Punkt in Sichtweite war das große, rechtekkige Massengrab, das vor dem Gouverneurspalast frisch ausgehoben worden war. Gerade jetzt bog ein mit Leichen beladener Karren auf den Platz ein. Der Kutscher ließ seine Peitsche über die Rücken zweier starker Ochsen knallen. Es hatte Mühe gekostet, diese Tiere gegen die hungrigen Menschen zu verteidigen. Sie beförderten nun die Menschen, die sie sonst verzehrt hätten, zu ihrem Grab.

Die Augen zusammenkneifend, konnte Amalric die roten Kreuze auf den Gewändern zweier Tempelritter ausmachen, die vor der Moschee Wache standen, in der der Schatz aufbewahrt wurde.

Ich muß den Sultan ihretwegen warnen. Sie werden kämpfen, um das Silber zu beschützen.

Der Bote. Wo war er?

Amalric sah einen großen Mann in weißer Sarazenen-Tracht den Platz betreten. Er kam von der Straße, die zum Westtor führte. Juwelen glitzerten an der Scheide des Krummschwertes, das an seinem Gürtel hing. Sein Gesicht wirkte dunkel, war halb verdeckt von einer weißen Kapuze.

Amalric gab seinem Pferd die Sporen und ritt auf den Mann zu. Der sah ihn und blieb stehen. Er wartete bis Amalric herangekommen war.

Warum läßt er mich zu sich kommen? Aus Höflichkeit etwa? Amalric verlangsamte die Gangart seines Pferdes.

Der Bote hob beide Hände hoch und warf die Kapuze zurück.

Amalric starrte ihn verdutzt an und holte tief Luft vor Schreck. Seine behandschuhte Hand schoß nach vorn, griff zur Axt.

Da stand sein Erzfeind Vency.

Feuerringe verdunkelten Amalrics Blick, und er sah die Figur auf der anderen Seite des Platzes wie durch einen rötlichen Schleier. War dies eine Kreatur des Teufels, ein von den Toten Auferstandener? In Mansura hatte er den Troubadour in seinem schwarzen Umhang von dem haselnußbraunen Schlachtroß stürzen sehen, als eine Horde schwertschwingender Ägypter vom Dach aus auf ihn heruntersprangen. Wie konnte er das überlebt haben?

Indem er sich mit ihnen verbündete, natürlich. Hatte ich vielleicht doch recht mit meiner Vermutung, daß er auf heidnischen Wegen wandelt? Ein Verräter auch er? Aber ist es tatsächlich möglich, daß er jetzt als Gesandter des Sultans kommt? Oder hat der Sultan mich betrogen?

Diese Frechheit, dort zu stehen, nur in einem Umhang. Keine Rüstung, nicht einmal ein Helm, kein Pferd, nur mit einem dieser lächerlich gebogenen ägyptischen Schwerter.

Amalric ließ den Blick rasch über die nahegelegenen Straßen und Gebäude schweifen. Keine Anzeichen dafür, daß Vency irgendwo Helfer versteckt hatte. Er gab seinem Schlachtroß leicht die Sporen und ritt so nah an den Troubadour heran, daß er zu ihm sprechen konnte, ohne schreien zu müssen.

»Ihr lebt also noch, Sire. Ihr habt demnach Euren Glauben und Euer Land aufgegeben, um Eure Haut zu retten. Ihr hattet wohl niemals einen Glauben oder ein Heimatland?«

Ein ironisches Lächeln breitete sich über Rolands dunkle Gesichtszüge. »Ihr könntet mich über Glaubenslosigkeit noch viel lehren.«

Amalric griff nach seiner Axt. Machte sich bereit, den Feind niederzureiten, dann überlegte er es sich anders. Was, wenn der Sultan ihn geschickt hatte? Möglicherweise waren alle anderen Gefangenen abgeschlachtet worden und dieser Hund, der zum Islam übergetreten war, um sein Leben zu retten, war der einzige, den der Sultan schicken konnte, um die Nachricht zu überbringen.

»Na gut, Verräter, Eure Kleidung und Euer Krummschwert verraten, daß die Sarazenen offensichtlich eine hohe Meinung von Euch haben. Bringt Ihr mir eine Botschaft vom Sultan?«

Er schätzte Vency mit seinen Blicken ab. Sind meines Vaters Züge irgendwo in diesem häßlichen Gesicht erkennbar? Oder, dachte er mit plötzlicher Erschütterung, die meines Sohnes?

Gesandter oder nicht: Ich werde diesen Bastard töten, bevor die Stunde um ist, und werde Nicolette seinen Kopf vor die Füße werfen.

Er ist ein Bastard, wirklich. Meines Vaters Bastard.

»Es wird keine Nachricht vom Sultan mehr geben, Graf Gobignon. Er wurde zur Hölle geschickt, und zwar von seinen eigenen Leuten. Es gibt neue Herrscher in Kairo. Nein, ich bringe Euch den Befehl eines Mannes, dem Ihr den Tod wünschtet, den Befehl eines Mannes, der lebt, um Euch zu vernichten – den Befehl Ludwigs, Eures Königs.«

Amalrics Gedanken rasten. Ludwig war am Leben? Und der Sultan tot? Und Vency war gekommen, der ganzen Stadt zu erzählen, was in Mansura geschehen war? Die Leute werden sich jeden Moment versammeln, um seine Botschaft zu hören. Ich muß ihn sofort töten.

»Der König befiehlt, daß Ihr den Ägyptern die Stadt jetzt übergebt«, sagte Roland, »und daß Ihr Euch mir ergebt.«

Wie dieser Troubadour in seinen Sarazenengewändern dastand und ihm Anweisungen gab, das war einfach lächerlich. Erschöpft von den Anstrengungen der letzten Tage, konnte sich Amalric nicht beherrschen. Er bog sich vor Lachen.

»Welch ein Spaß. Dieser schwatzhafte Tor Ludwig hat mich noch nie so zum Lachen gebracht!«

Dieser Vency mußte sterben, und zwar schnell. Amalric umfaßte die Streitaxt fester.

Nein, von seinem Pferd aus würde er mit der Lanze besser treffen, außerdem verschaffte sie ihm eine größere Reichweite. Er riß sein Pferd mit einem kräftigen Ruck der Zügel herum und galoppierte zurück zum Palasttor. Eine kleine Gruppe Männer hatte sich dort versammelt.

»Holt mir eine Lanze, eine Schlachtlanze. Und beeilt euch.«

Roland empfand tatsächlich ein Gefühl der Freude, als er Amalric sah. Aber nur, weil das hieß, daß sie nun gegeneinander kämpfen würden.

Vielleicht ist das der Moment, für den ich geboren wurde. Mit dem Blut der Gobignons in den Adern und dazu bestimmt, das Haus der Gobignons zu zerstören.

Er beobachtete, wie Amalric zum Palast zurückritt und den Wachen etwas zurief. Einen Augenblick später kam ein Diener mit einer Lanze in der Hand herausgelaufen. Amalric nahm die Lanze und riß die Zügel wieder herum. Die Hufe des schweren Pferdes zischten durch die Luft. Vom Boden wurden Staubwolken aufgewühlt.

Roland hörte ein Rumpeln und das Schwirren einer Peitsche in der Luft. Er wandte den Blick kurz von Amalric, nahm einen langsamfahrenden Ochsenkarren wahr, zwischen dessen Bohlen blauweißverfärbte menschliche Arme und Beine herausragten.

Gott, sie sterben hier genauso schnell weg wie in unserem Gefangenenlager. Jetzt, nachdem er sich an das flirrende Licht auf dem sonnenüberfluteten Platz gewöhnt hatte, sah er, daß zwischen dem Gouverneurspalast und der Moschee ein riesiger Graben für die Leichen ausgehoben worden war.

Der Ochsenkarren kreuzte Amalrics Weg. Er hörte Amalric über den Kutscher fluchen, ihn anbrüllen, ihm aus dem Weg zu gehen. Der Kutscher stand auf und schwang seine Peitsche – länger als ein ausgewachsener Mann – über die Rücken der Ochsen. Ihr Tempo erhöhte sich nur geringfügig. Er wird es niemals schaffen, sie schnell genug aus dem Weg zu bringen, dachte Roland. Das ist ein Umstand, den ich irgendwie nutzen muß.

Er überblickte den Platz. Vor der großen Moschee sah er zwei Tempelritter, ihre Schilde um den Hals gehängt. Sie waren einige Schritte vorgetreten, um Amalrics Anweisungen zu lauschen. Ich werde zu ihnen gehen, dachte Roland. Sie werden vermutlich das Lösegeld bewachen. Ich muß ihnen die Botschaft des Königs überbringen.

Der Kutscher sprang mit einem gellenden Schrei von dem Leichenwagen und entging so knapp Amalrics Lanze. Seine Peitsche fiel zur Erde. Amalric gelang es, sein Schlachtroß im letzten Moment zurückzuhalten.

Die Tempelritter zogen ihre Schwerter, als Roland auf sie zukam. Roland verfluchte die Sarazenenkleidung, die er trug. Doch er wollte auch nicht seinen Krummsäbel fallen lassen, damit sie sähen, daß er unbewaffnet war. Dafür war Amalric zu nahe.

»Ich bin ein Christ, ein Kreuzritter. Ich bringe einen Brief des Königs!« rief er laut.

Amalric war um den Karren herumgeritten und senkte seine Lanze für einen weiteren Stoß.

»Roland!«

Die klare, hohe Stimme ließ ihn einhalten, als hätte ihn ein Pfeil getroffen. Nicolette! Sie lief von Osten her auf den Platz. Ein kleiner grauhaariger Mann begleitete sie. Amalrics Helfershelfer, Maurice. Nein, er war ja Baibars' Mann. Was tat er hier?

Hufschläge dröhnten in seinen Ohren. Als er sich umwandte, raste eine riesige Masse aus Pferd, Reiter und Lanze auf ihn zu.

Im letzten Moment sprang Roland zur Seite, fiel hin und hörte Nicolette aufschreien, als er in den Schmutz rollte.

Er richtete sich auf, und Nicolette lief weiter in seine Richtung.

Auch die Tempelritter rannten los, einer verstellte Nicolette den Weg, der andere stand mit gezogenem Schwert vor Roland.

»Roland, mein Liebster, Ihr lebt!« Sie breitete die Arme aus.

Roland zwang sich, den Blick von dieser lieblichen Gestalt zu wenden, nach deren Anblick er sich so lange Zeit verzehrt hatte. Wo war Amalric? Die Wucht des Angriffs hatte Pferd und Reiter über den Platz hinaus in eine der Seitengassen getrieben. Inzwischen hatte Amalric das Pferd herumgerissen und sprengte wieder auf ihn zu.

Hektisch zog Roland die Schriftrolle aus seinem Gürtel. »Ich wurde von König Ludwig und Emir Baibars geschickt. Hier sind ihre Briefe.« Er hielt sie dem Tempelritter hin, der nahm sie mit einer Hand, mit dem Schwert in der anderen, hielt er Roland weiter mißtrauisch in Schach.

»Dieser Mann, Amalric de Gobignon, hat den König und alle Kreuzritter hintergangen.« Roland sprach weiter, obwohl Amalric gegen sie anstürmte.

Der Tempelritter schob die Schriftrollen in den Gürtel und zog seinen Schild hastig vom Nacken weg über seinen Arm.

Sekundenbruchteile später war Amalric über ihnen.

Roland blieb stehen, bis die Lanzenspitze nur noch wenige Zentimeter von seiner Brust entfernt war, dann warf er sich in den Schmutz. Der Boden erzitterte unter den Hufschlägen, als das Pferd vorbeigaloppierte. Dem heiligen Michael sei Dank, daß ich keine Rüstung trage, dachte Roland, sonst wäre ich nie in der Lage gewesen, mich schnell genug hinzuwerfen.

Amalric war es unmöglich gewesen, den Schwung seiner Bewegung zu bremsen. Er raste auf den Tempelritter zu, der sein Schwert hochriß und »Halt!« brüllte.

Aber Amalrics Lanze zielte direkt auf die Brust des Tempelritters. Der hob den Schild, um sich damit zu schützen. Die Lanze streifte den Schild, und der Tempelherr wurde von der Wucht umgerissen. Er richtete sich mühsam auf und schwang nun das Schwert gegen Amalric.

Amalrics Pferd scheute und raste dann weiter.

Die Augen angstvoll geweitet, suchte Nicolette Schutz im Torweg der Moschee.

Roland, der Amalric von ihr fernhalten wollte, bewegte sich in die Richtung, aus der Amalric gerade gekommen war. Wie kann ich gegen diesen Mann kämpfen mit nichts anderem in der Hand als einem Krummsäbel? Ich habe nicht die Kraft, ihn zu überwältigen.

Mit gezogenen Schwertern und erhobenen Schilden zogen sich die beiden Tempelritter zur Moschee zurück, wo auch Nicolette Zuflucht gefunden hatte.

Der alte Maurice blieb stehen, wo er war. Amalric, nun am Westende des Platzes, riß an den Zügeln des Rosses, verlangsamte den Galopp und zog es herum in Richtung auf Maurice.

»Was, zum Teufel, habt Ihr hier mit ihr zu suchen?« brüllte er Maurice an.

Maurice spreizte seine leeren Hände. »Ich diene Euch nicht länger, Graf Amalric. Der Sultan ist tot. Emir Baibars hat die Befehlsgewalt übernommen, und er wünscht, daß der König und die Kreuzritter am Leben bleiben.«

»Verräter«, brüllte Amalric.

»Ich bin kein Verräter«, sagte da der alte Mann mit verhaltenem Stolz, »ich bin Mukkadam ben-Faris, der Diener des Panthers. Ein Mameluck bin ich und seit dreißig Jahren Moslem.«

Amalric schrie vor Wut und gab seinem Pferd die Sporen, die Lanze auf Maurices Brust gerichtet.

Maurice schaffte es, der Lanzenspitze auszuweichen, obwohl Amalric fast über ihm war.

Amalric warf die Lanze zu Boden und griff zur Axt, die am Sattel hing.

Maurice rannte auf die Moschee zu, doch für Roland war offensichtlich, daß der alte Mann Amalrics Geschicklichkeit unterschätzte. In Sekundenschnelle riß Amalric sein Schlachtroß herum und verfolgte Maurice. Sich weit aus dem Sattel lehnend, schwang er die Axt. Die Klinge drang tief in Maurices Schulter und Brust ein und Amalric schleifte den Körper einige Meter mit, bevor er seine Waffe wieder freibekam.

Roland hörte Nicolette aufschreien. Sie rannte auf den gefallenen, blutenden Maurice zu.

»Zurück, Nicolette!« rief Roland.

Die Axt hoch über seinem Kopf, ritt Amalric direkt auf sie zu. Roland ergriff die Lanze, die Amalric fallengelassen hatte, und stieß sie dem Pferd in die Weichen. Er traf, doch die Wucht seines Schlages riß ihn um, warf ihn auf die Knie. Das Pferd wieherte, von Schmerz gepeinigt. Roland hatte weder das Gewicht noch die Stärke, den Panzer des Schlachtrosses zu durchdringen, aber er hatte es verletzt und aus der Bahn geworfen.

Nicolette floh zurück in den Schutz der Moschee, wo sich einer der Tempelritter schützend vor sie stellte.

Amalric galoppierte unversehens vom Platz in Richtung Norden. Roland konnte hören, wie er seinen Männern am Palasttor zurief, sie sollten ihm eine andere Lanze bringen.

»Ist der Graf verrückt geworden?« fragte der Tempelritter, der in Rolands Nähe stand.

»Lest die Briefe!« rief Roland.

Nicolette lief zu Maurice.

»Keine Tränen, Madame«, flüsterte der zahnlose alte Mann. »Ich bin auf dem Weg in ein Paradies, das mir weit größere Freuden verheißt als das, das Ihr kennt.« Blut tropfte aus seiner Nase und floß aus seinem Mund, und sein Kopf fiel zurück. *»Allah akbar«,* seufzte er.

Roland legte seine Hand auf Nicolettes Schulter, die von Schluchzen erschüttert wurde.

»Nicolette, in Gottes Namen, bringt Euch in Sicherheit«, bat er.

»Was geht hier vor?« Einer der Tempelritter kam von der Moschee herüber. »Wer seid Ihr, Sire?«

Roland wandte sich ihm zu. Der Templer hatte einen langwallenden weißen Bart, der im hellen Sonnenschein glänzte.

»Ich bin Roland de Vency, einer der Mitgefangenen des Königs. Wenn Ihr einen Blick auf diese Schriftrollen werfen wollt...«

»Vorsicht«, rief da der andere Tempelritter. Roland hörte erneut das schreckliche Hufgeklapper. Amalric kam auf sie zugeritten und hielt die neue Lanze auf ihn gerichtet.

Roland blieb, wo er war, während der Tempelherr Nicolette in Sicherheit brachte. Er wollte sich jetzt dem Gegner stellen.

Roland spürte keinerlei Furcht, er hatte vielmehr das eigenartige Gefühl, daß sich das Geschehen um ihn herum mit Verzögerung abwickelte. Nur in seinem Innern schien alles normal weiterzulaufen. Durch Schwaden von weißem Staub und schimmerndes Hitzegeflimmer ritt Amalric auf ihn zu, er glich einem Ritter, der durch Wasser stob. Roland konnte jede kleinste Bewegung seines Angreifers beobachten, bemerkte jede Veränderung, sogar das Spiel der Beinmuskeln. Er selbst blieb ganz still, bis die glitzernde Stahlspitze der Lanze nur noch eine Armlänge von seiner Brust entfernt war. Da machte er einen Schritt nach links. Eine fast unmerkliche Bewegung, und doch konnte er sehen, wie die Lanzenspitze ihr folgte, aber sie war langsam, sehr langsam, und sie verfehlte ihn fast, kratzte eben nur seine rechte Schulter.

Dann war Amalric verschwunden, und die Staubwolken um Roland legten sich. Sein Herz hämmerte immer noch wie wild, und er fühlte Müdigkeit in seinen erschöpften Gliedern. Wenn ich diesen Kampf gewinnen will, muß ich ihn schnell zu Ende bringen, dachte er.

Er sog die staubige Luft tief in die schmerzenden Lungen. Um sich blickend sah er den Körper von Maurice; er lag noch dort, wo er gefallen war; er sah Nicolette im Torbogen der Moschee zwischen den beiden Tempelrittern stehen; er sah viele Menschen, die das Geschehen auf dem Platz von den Dächern und Zinnen der umliegenden Gebäude aus beobachteten; er sah die tiefe Grube in der Mitte des Platzes und die Lederpeitsche des Viehtreibers, die noch da lag, wo er sie auf seiner Flucht hatte fallenlassen.

Das Hufgetrampel schwoll wieder an. Roland stürzte zu der Peitsche, hob sie auf und rannte weiter zum Rand des Massengrabes. Er zog die Peitsche durch und schwang seinen Arm.

Wieder fühlte er diese eigentümliche Klarheit, diese innerliche Heiterkeit, die ihn an die Momente gleißenden Lichts erinnerte, die Nicolette und er in den Stunden ihrer Liebe erlebt hatten.

Pferd und Reiter wurden verschwommen über ihm sichtbar. Er warf sich beiseite und ließ dann aus gebückter Haltung heraus die Peitsche gegen die Vorderflanke des Schlachtrosses knallen. Das Tier gab ein furchtsames Wiehern von sich und fiel, mit dem Kopf zuerst, mit der gleichen eigenartigen Langsamkeit nach vorn. Pferd und Reiter waren verschwunden, wie vom Erdboden verschluckt.

Aus dem riesigen Grab kam ein schauriges metallisches Klappern. Das Schlachtroß war, wie Roland gehofft hatte, über den Rand hineingefallen. Er lief hin, um sich zu überzeugen. Er sah das Pferd zappeln, sah, wie es die großen Augen unter dem Schutzpanzer rollte, sah die Qual des Tieres. Unter seinem schweren Körper gefangen, lag der bewegungslose Amalric. Sein Helm war bei dem Sturz heruntergefallen, eine Seite seines Gesichts war blutig, die andere war in den Matsch am Boden der Grube eingesunken.

»Roland!«

Er wandte sich um.

»Meine Göttin«, flüsterte er.

Sein ganzer Körper schien zu brennen, und heiße Tränen rannen über seine Wangen. Auch ihre Augen waren voller Tränen. Er konnte ihr schweres Atmen hören. Es klang, als sei sie ein langes Stück Weges gerannt.

»Ich habe nicht zu hoffen gewagt, Euch jemals wiederzusehen«, schluchzte sie. »Ich habe Nacht für Nacht um Euch geweint.«

Sein Herz hämmerte immer noch heftig, doch nun in einem anderen Rhythmus – langsamer und stärker.

»Und Ihr habt an der Macht der Liebe gezweifelt?«

»Nein«, sagte sie sanft, »aber ich glaubte nicht, daß wir uns noch jemals in dieser Welt wiedersehen würden.«

Behutsam, fast als hätten sie einen eigenen Willen, streckten sich Rolands Arme nach ihr aus. Meine Hände müssen ihr Gesicht berühren. Ich muß sie in meinen Armen fühlen.

In dem Augenblick, als seine Fingerspitzen ihre Wangen fast erreicht hatten, schrie sie auf.

Sein Herz blieb fast stehen.

Er hörte ein kratzendes Geräusch von Stahl gegen Erde hinter sich.

Nicolette, die Augen schreckgeweitet, schaute an ihm vorbei.

Amalric stand am Rand des Grabens, die Streitaxt erhoben. Sein Überwurf war beschmutzt, ein langer Kratzer auf seiner Wange blutete. Sein Gesicht zeigte den Ausdruck wahnsinniger Kampfeslust.

»Bringt Euch wieder in Sicherheit, Nicolette«, bat Roland leise. »Beeilt Euch«, beschwor er sie. Seine Stimme war ein Flüstern. Die Zähne fest zusammengebissen, wagte er nicht, den Blick von Amalric zu wenden, der Schritt für Schritt näherkam, während Nicolette zur Moschee rannte. Mit der linken Hand zog Roland nun den Krummsäbel aus der Scheide, zum ersten Mal in diesem Kampf. Er erinnerte sich, wie Baibars die Damaszenerklinge gepriesen hatte, ihre Stärke, ihre Härte. Aber selbst sie dürfte schwerlich in der Lage sein, Amalrics Kettenpanzer zu durchdringen.

»Zweifellos bereitet es ihr Freude, mich zu entehren, indem sie Euch in aller Öffentlichkeit umarmt«, grollte Amalric. »Doch damit gibt sie mir andererseits das Recht, sie vor aller Augen zu töten, wenn ich erst einmal mit Euch fertig bin.«

Amalric machte einen Schritt auf Roland zu.

»Sagt mir, Ihr mieser Troubadour, behauptet Ihr tatsächlich, wie sie mir erzählt hat, der uneheliche Sohn meines Vaters zu sein?«

»Kein unehelicher Sohn«, erwiderte Roland, »sondern der Sohn einer Dame aus bester Familie, die Euer Vater – mein Vater – mit Gewalt genommen hat. Er war genauso grausam und gewissenlos wie Ihr.«

»Das ist eine Lüge«, erklärte Amalric, das Gesicht durch ein häßliches Grinsen entstellt. »Ihr habt nichts mit meinem Vater gemein, seid seiner nicht würdig. Und dafür, daß Ihr sein Ansehen zu besudeln versucht, werde ich Euch leiden lassen, bevor ich Euch töte.«

»Ja, es gibt wenig äußere Ähnlichkeit«, räumte Roland ein. »Und in meinem Inneren bin ich erst recht nicht wie Stephane de Gobignon. Der Mann, der mich aufzog, war ein wesentlich besserer Mensch. Er war's, der Euren Vater getötet hat. Wenn Ihr meine Worte immer noch bezweifelt, solltet Ihr darüber nachdenken, weshalb ich die Schande meiner Geburt überhaupt bekenne. Ich tue es nur, weil die Tatsache, daß in mir dasselbe Blut fließt wie in Euch, für mich selber so verachtens- und hassenswert ist, daß ich sie jetzt sühnen werde.«

Amalric hob drohend die Streitaxt. »Verhöhnt mich ruhig. Ihr werdet sehr bald in dieser Grube verrotten. Es wird sein, als hättet Ihr nie gelebt – ob nun Sohn meines Vaters oder nicht.«

Roland wartete argwöhnisch auf den Angriff, der kommen mußte. Er konnte die Mordlust in Amalrics Gesicht erkennen, obwohl es unter dem Wolfshelm kaum sichtbar war.

Amalric bewegte sich langsam auf ihn zu. Ein Schritt, dann noch einer. Er schwang die zweischneidige Streitaxt, die immer noch mit Maurices Blut besudelt war.

Das Krummschwert lag schwer in Rolands Hand, übermäßig schwer. Es war mehr als einen Monat her, daß er irgendeine Art von Schwert gehalten hatte, und seine Kräfte hatten nachgelassen. Er fühlte die innerliche Anspannung bis zur Unerträglichkeit gesteigert, fühlte sich wie ein Bogen, der überspannt wird.

Er beobachtete, wie Amalric näher kam mit behutsamen, gleitenden Bewegungen. Seine Rüstung und seine Sporen klirrten leicht in der Stille, die sich jetzt über den Platz ausgebreitet hatte. Roland wartete.

Als Amalric die große Streitaxt in einem mächtigen Bogen durch die Luft schwang, sprang er zurück. Er vermeinte fast zu fühlen, wie die scharfe Klinge in sein Fleisch schnitt.

Kaum hatte die Axt das Ende des Bogens erreicht, nahm Roland alle Kraft zusammen und hieb mit dem Krummsäbel auf Amalrics rechten Arm ein. Amalric stöhnte auf. Die Klinge wäre wohl glatt durch den Knochen gegangen, wäre der Arm nicht durch die Rüstung geschützt gewesen. Doch zumindest war er verletzt.

Amalric faßte die Axt jetzt mit beiden Händen und schwang sie noch einmal gegen Roland.

Der sprang zurück, richtete den Krummsäbel auf Amalrics Hände, verfehlte sie aber.

Amalric holte schon wieder aus, trieb Roland vor sich her. Er tänzelte zurück, weg von einem weiteren Schlag der Streitaxt, die durch die Luft schnitt. Amalric wurde von dem Gegenschlag des Krummschwertes am Arm getroffen, schien aber unverletzt. Bekämpfte Roland einen Mann aus Eisen?

Rolands Schenkel und Waden schmerzten. Seine Füße erschienen ihm bleischwer. Sein linker Arm zuckte vom Handgelenk bis zur Schulter.

Sie waren nun am Rand des Massengrabes angekommen, und Roland wich der Axt aus und drehte sich dabei, so daß Amalrics Rücken nun der Moschee zugewandt war, während sie sich um die östliche Ecke der Grube herum bewegten.

Roland wollte alle seine Kräfte auf einen letzten, entscheidenden Versuch konzentrieren. Er wartete auf seine Chance.

Amalric hob die Streitaxt erneut zum Schlag. Die blauen Augen, die auf beiden Seiten des Nasenschutzes sichtbar waren, starrten auf Roland, aber das Gewicht der schweren Waffe, zog seine ausgestreckten Arme zu weit nach links hinüber.

Roland sprang ihn an.

Mit all seiner verbliebenen Kraft umschlang er Amalric mit den Armen, und der wurde für einen Moment bewegungsunfähig. Es gelang ihm nicht mehr, zum Schlag auszuholen, während er versuchte, nicht das Gleichgewicht zu verlieren. Roland fühlte, wie er auf einmal nach hinten kippte und den Boden unter den Füßen verlor. An Amalric geklammert fiel er in die Grube. Seine linke Faust umfaßte den Griff des Krummsäbels.

Amalric landete unter Roland auf Nacken und Schultern. Sein panzerbewehrter Leib krachte mit der Wucht eines Felsbrockens auf Rolands Unterarme und Hände nieder; dabei entglitt Roland der Krummsäbel.

Amalric schaffte es, sich frei zu machen und rollte sich über ihn. Mit leeren Händen lag Roland wehrlos auf dem Rücken. Amalric kniete über ihm und holte mit der Axt aus.

Ich bin ein toter Mann, dachte Roland.

Da sah er, daß Amalric einen Dolch am Gürtel trug, und seine linke Hand schoß nach vorn und griff danach. Amalric löste eine Hand von der Axt und versuchte, Rolands Handgelenk festzuhalten. Aber er war nicht schnell genug. Roland riß den Dolch hoch und die Spitze traf genau auf jene Stelle an Amalrics Hals, wo die Rüstung unter dem Kinn endete. Roland spürte, wie der Dolch eindrang. Er legte alle Kraft in den Stoß, drückte den Dolch immer tiefer in die Wunde.

Amalric brüllte auf.

Roland hörte es nicht. Er stieß immer wieder zu, starrte dabei in die verschwimmenden blauen Augen, auf die schmale Nase, den geschwungenen Mund. Amalrics Arme wurden schlaff, und die Axt sackte in die frischaufgeworfene Erde. Das Feuer der blauen Augen erlosch. Der große, kettengepanzerte Leib fiel in sich zusammen, lag schwer auf Roland. Amalric war tot.

Roland ließ den Dolch los und wuchtete den leblosen Körper beiseite. Er rollte sich weg von der Leiche, verharrte hockend, mit dem Rücken an der Wand des Massengrabes. Über sich sah er einen schmalen Streifen blaßblauen Himmels, eingerahmt von den Wänden aus roter Erde. Weiter hinten in der Grube lag Amalrics Pferd, es versuchte verzweifelt, wieder auf die Beine zu kommen.

Ich sollte aufstehen und ihm den Gnadenstoß geben, dachte Roland. Doch ich habe nicht die Kraft dazu. Heiliger Michael, kann es nicht irgend jemand anderer tun?

Er schaute auf Amalrics jetzt zerrissenen und schmutzigen Umhang, auf dem sich das Emblem der drei goldenen Kronen auf purpurnem Hintergrund wiederholte. Keine Krone für Euch, Amalric!

Völlig ausgelaugt betrachtete Roland das verzerrte Gesicht des Toten – von Stahl gerahmt, von Stahl durchbohrt.

Ein mächtiger Mann. Er hätte mein Bruder sein können. Was nur hatte ihn zu dem gemacht, was er gewesen war?

Über ihm entstand Unruhe.

»Roland, o mein Roland«, war alles, was Nicolette sagte.

»Ich lebe, und er ist tot.«

Er sah Nicolette nur als dunkle Silhouette gegen den blassen Himmel, aber er wußte, daß sie weinte.

»Holt bitte jemanden, der mir hier heraushilft«, bat Roland. »Und ruft nach einem Bogenschützen, der dem Leiden dieses armen Pferdes ein Ende macht.«

Sie drehte sich um und sprach mit jemandem. Dann kletterte sie über den Rand, rutschte zu ihm hinunter und kniete neben ihm. Sie warf einen kurzen Blick auf Amalric, schloß dann die Augen und wandte sich ab. Behutsam nahm Roland sie in die Arme, zog ihren Kopf an seine Brust. Die Kapuze ihres seidenen Mantels war heruntergefallen, und ihr langes schwarzes Haar hing um ihr Gesicht.

Er spürte den Schmerz in jedem einzelnen Muskel, aber auch neue Kraft.

»Ihr könnt hier heraufklettern. Kommt, ich helfe Euch.« Es war der Templer mit dem weißen Bart. Er zog den Panzerhandschuh von der Rechten und reichte Roland die Hand.

Roland stand auf. Er suchte die Grube mit den Augen ab und

fand den juwelengeschmückten Krummsäbel, den Baibars ihm gegeben hatte. Er säuberte die verdreckte Klinge und steckte sie in die Scheide zurück.

Nicolette kniete neben Amalric, legte die Fingerspitzen auf seine Lider und schloß ihm die Augen. Tränen rannen über ihre Wangen. Leise schüttelte sie den Kopf.

»Er starb im Glauben, im Recht zu sein«, sagte sie. »Er war überzeugt davon.«

»Die meisten Menschen sterben so«, warf Roland ein. »Falls sie überhaupt darüber nachdenken.«

»Und er ließ sich von seiner Liebe zu mir blenden.«

Liebe? Konnte sie ernsthaft annehmen, daß Amalric sie geliebt hatte – oder irgendeinen anderen Menschen. Doch das konnte Roland ihr wohl nicht gut sagen.

»Ihr zuerst«, sagte er und umfaßte ihre Taille, damit sie den rutschigen Erdwall erklimmen konnte, bevor die Hand des Templers sie heraufzog.

Als sie oben war, wandte Roland sich noch einmal um und schaute auf Amalric.

»Lebwohl, Bruder«, sagte er leise.

Er drehte sich um und streckte sich, um die Hand des Templers zu erreichen.

Nicolette stand oben und wartete auf ihn.

Er nahm ihre Hände und schaute tief in ihre großen dunklen Augen.

»Was Mann und Frau in Liebe eint, ist zu des Höchsten Lob gemeint«, flüsterte er ihr zu.

»Ich bitte um Entschuldigung«, unterbrach der Templer. »Aber haltet Ihr es für angebracht, Sire, daß Ihr und die Gattin des Grafen so liebevolle Blicke tauschen, nachdem Ihr sie gerade erst zur Witwe gemacht habt?«

Nicolette lächelte unter Tränen. »Oh, sehr angebracht, Bruder Templer, weit mehr, als Ihr ahnen könnt.«

»Sire Roland«, fuhr der Tempelritter fort, »wir haben die Briefe, die Ihr mitbrachtet, gelesen und wissen nun, daß Ihr die

Autorität König Ludwigs vertretet, der den Grafen Amalric als Verräter verdammte. Dennoch ist da vieles, was Ihr uns erklären müßt. Ihr habt schließlich den Kommandanten von Damietta getötet.«

Nicolette, immer noch in seinen Armen, nickte Roland zu. Er sagte: »Ich werde alles erklären, Bruder Templer. Und falls Euch das nicht zufriedenstellt, solltet Ihr den König fragen, wenn er eintrifft, was ja bald der Fall sein dürfte. Jetzt muß ich zunächst der Königin die Briefe bringen.«

»Wir haben durch unseren Bruder Guido viel Gutes über Euch gehört«, sagte der Tempelritter und händigte ihm die Briefe aus.

»Ich habe lange um ihn geweint«, erwiderte Roland.

»Kommt, Nicolette.« Er nahm sie bei der Hand und führte sie um das Grab herum zum Palast.

Die vielen Menschen, die den Platz säumten und ihm gratulierten, sah und hörte er kaum, erwiderte zwar ihre Grüße, schenkte ihnen aber keine große Beachtung.

»Es wird zwar behauptet, daß zwischen Ehemann und Ehefrau keine wahre Liebe entstehen kann«, sagte er zu Nicolette, »dennoch würde ich Euch gern zur Frau nehmen, wenn Ihr einwilligt. Denn ich bin überzeugt, daß uns die Liebe unser Leben lang nicht verlassen wird. Was meint Ihr, *mi dons?*«

Sie lächelte amüsiert zu ihm auf. »Ich würde sagen, daß wir bislang vieles bewältigt haben, was andere für unmöglich hielten. Also dürfte es uns auch nicht schwerfallen, unsere Liebe lebendig zu erhalten, sogar wenn wir verheiratet sind. Ich werde jedenfalls nicht zulassen, daß Ihr Euch jemals wieder von mir trennt.«

Die Sonne brannte auf seinen Kopf, während er weiterging. Jetzt konnte er Königin Marguerite im Torweg erkennen. Er verlangsamte den Schritt und genoß die aufkeimende Hoffnung überall um sich herum. Dann übergab er die beiden Briefe Marguerite und erzählte ihr frohen Herzens, daß Ludwig, ihr König, in Sicherheit sei und bald zu ihr zurückkehren würde.

XXXVI

Roland wandte seine Aufmerksamkeit vom Fluß ab, um sich umzublicken und auf die Mauern von Damietta zu schauen. Etwa ein Dutzend großer Sarazenenbanner hingen bei völliger Windstille als dunkle Silhouetten in der schwachen Morgensonne über den Wallanlagen. Sie erinnerten ihn daran, daß die Krummsäbel der Mamelucken nach wie vor drohend über ihnen allen schwebten. Die Mamelucken hatten im Augenblick alles: die Stadt, den Schatz und auch den König. Es kann sich nur noch um Stunden handeln, bis wir alle frei sind, aber jetzt sind wir alle noch in Baibars' Hand.

Er fragte sich, wie wohl dem König beim Anblick der Sarazenen-Banner zumute sein würde. Er stand neben Ludwig vor dem Zelt, das die Ägypter auf einer Sandbank im Nil aufgeschlagen hatten. Ludwig trug den schwarzen Seidenmantel des Sultans, das einzig ansehnliche Kleidungsstück, das ihm geblieben war. Roland hatte sich eine dunkelblaue Tunika übergezogen und das juwelengeschmückte Krummschwert umgeschnallt, das Baibars ihm gegeben hatte. Es schien ihm ein gutes Zeichen zu sein, daß die Ägypter den wenigen weißen Fürsten in der Stadt die Waffen gelassen hatten. Doch sie wissen ja schließlich, daß sie von uns nichts zu befürchten haben, fiel ihm in schmerzlicher Erkenntnis ein.

Die Mamelucken hatten Ludwig kurz vor Sonnenaufgang mit dem Boot an diese Stelle gebracht. Nun beobachteten sie schweigend die Ankunft der Templer, die auf dem Ochsenkarren das Geld herbrachten und es vor einem großen Zelt abluden. Er sah auch die ägyptischen Galeeren mit den Überresten des Kreuzfahrerheeres, die langsam den Fluß hinuntergerudert und an der Sandbank vertäut wurden.

»Dort ist Baibars«, rief Roland, als er den großen Mann im roten Umhang erkannte, der langsam die Gangway der ersten Galeere herunterschritt. Die ägyptischen Soldaten verbeugten sich tief vor ihm.

Kurz darauf stand Baibars ihnen gegenüber. Roland und Ludwig verneigten sich ebenfalls. Baibars goldener Helm, nur teilweise von einem grünen Turban verdeckt, blitzte im hellen Sonnenschein.

»Ich wünschte, ich wäre dabei gewesen, als Ihr diesen Grafen Amalric getötet habt, Sire de Vency«, sagte er und lächelte. »Ich habe gehört, es sei ein bemerkenswerter Kampf gewesen.«

»So mag es auf Beobachter gewirkt haben«, erwiderte Roland gequält, »aber wenn Ihr mich fragt, so bete ich, niemals wieder einen ähnlich bemerkenswerten Kampf bestehen zu müssen.«

Baibars lachte. »Ihr seid ein tapferer Mann, aber trotzdem scheint Ihr nicht die wahre Kampflust zu haben.« Dann zeichneten sich Kummerfalten auf seinem Gesicht ab. »Es tut mir leid, daß wir Mukaddam ben-Faris verloren haben. Dieser alte Franzmann war einer meiner besten Männer, und ich war ihm sehr zugetan.«

»Ich glaube, auch wir stehen in der Schuld dieses Mannes«, räumte Roland ein.

Baibars streckte seine Hand aus. »Ich hätte gern den Ring zurück, den ich Euch gab, um ihn ihm zu zeigen. Er war das Geschenk einer Dame, die mir sehr am Herzen liegt.« Roland holte den schweren Ring enttäuscht aus dem Beutel an seinem Gürtel und überreichte ihn Baibars.

»Schaut nicht so niedergeschlagen drein, Roland de Vency. Der Krummsäbel ist weit wertvoller, und er sei mein Geschenk an Euch. Ihr habt ihn Euch wirklich verdient. Ich hoffe, daß Ihr ihn eines Tages Euren Enkelsöhnen zeigt und ihnen erzählen werdet, wie Ihr dazu gekommen seid.«

»Er hat mir treulich gedient«, sagte Roland mit einer Verbeugung.

Dann übersetzte er dem König, worüber er und Baibars geredet hatten.

»Wo ist Amalric begraben?« fragte Ludwig.

»Auf Befehl der Königin ließen wir ihn, wo er war, Sire, von seinem eigenen Dolch durchbohrt. Die Totengräber haben ihn an Ort und Stelle unter die Erde geschaufelt.«

»Er sei vergessen für immer. Nach unserer Rückkehr nach Frankreich werden wir seinen Namen aus den Annalen streichen.« Er schüttelte den Kopf, wie um das Andenken an Amalric daraus zu löschen. »Wird der Emir dieses Zelt betreten, um sich den Schatz anzuschauen, den mein Königreich ihm darbringt?«

Baibars trat respektvoll einen Schritt zurück, so daß der König als erster ins Zelt gehen konnte. Roland folgte den beiden Führern. Drinnen schien alles zum Zählen bereit zu sein. An einem langen Tisch saßen sich sechs ägyptische Schreiber und sechs lombardische Diener gegenüber. Die Tempelritter hatten sich in einer Reihe vor den mit dem Schatz gefüllten Kisten aufgestellt. Als Baibars näher trat, machten sie ihm Platz, damit er eine der Truhen aus Eichenholz öffnen konnte. Er wühlte mit seinen langen Fingern in den Silbermünzen, hob eine Handvoll auf und ließ sie dann in die Truhe rinnen.

»Erklärt ihm bitte, daß dies *Livres Tournois* aus der Prägerei in Tours sind, größer und schwerer noch als die Byzanten«, bat Ludwig.

Als Roland die Worte arabisch wiederholte, lächelte Baibars. »Ich kenne den Wert jeder einzelnen christlichen Münze. Und ich kenne diese Männer« – er deutete auf die Tempelritter –, »die den französischen Kronschatz bewachen.«

Unter den Templern war auch der mit dem weißen Bart. Er nickte Roland fast unmerklich zu.

Baibars führte sie wieder nach draußen und sagte: »Ihr habt die schlimmste Unbill mit Ruhe und Mut ertragen, o König der Franzosen. Wußtet Ihr, daß es einige Mamelucken-Fürsten gab, die Euch so sehr bewunderten, daß sie wünschten, Ihr würdet zum Islam übertreten, damit sie Euch zum Sultan machen und den ersetzen könnten, den wir gestürzt haben?«

Ludwig zuckte mit den Schultern in einer Bewegung, die

Trauer ausdrückte. »Es ist leicht, Unbill zu ertragen. Ein Esel kann das. Es wäre jedoch die Pflicht eines Herrschers, weit mehr zu bewirken.«

Sie waren nun im Freien angelangt. Sarazenen-Wachen mit runden Schilden und gezogenen Krummsäbeln bildeten in angemessener Entfernung einen Kreis um den Pavillon. Eine genuesische Galeere mit Kreuzen auf den Segeln fuhr den Fluß hinunter zur Anlegestelle.

»Das ist richtig«, erwiderte Baibars mit einem barschen Lachen. »Ich habe die Emire davon überzeugt, daß sie sich in Euch getäuscht haben. Ich brachte ihnen in Erinnerung, daß Ihr, in dem Glauben, Gottes Willen zu folgen, eine riesige Armee ins Verderben geführt hättet.« Er brach ab und schaute Ludwig direkt an. »Ihr solltet niemals vergessen, was hier geschehen ist, falls Ihr jemals wieder der Ansicht sein solltet, Gottes Stimme zu hören.«

Ludwig richtete sich zu seiner vollen Größe auf. »Ich bin ein Sklave Gottes, wie Ihr ein Sklave des Eurigen seid.«

In Roland stieg Furcht auf, als er diese Worte übersetzte. Gott sei Dank hatten die Damen Damietta gestern schon verlassen und waren zu den genuesischen Schiffen vorausgeeilt.

Baibars ähnelte wohl nie mehr einem sprungbereiten Panther als in diesem Moment. »Würdet Ihr wieder gegen uns Krieg führen?« grollte er.

»Ich habe Euch mein Wort gegeben, daß ich vor Ablauf von zwanzig Jahren nicht wieder gegen Euch in den Krieg ziehen werde«, antwortete Ludwig.

»Doch mir scheint, als hättet Ihr nichts aus Eurer Niederlage gelernt«, erwiderte Baibars gedankenverloren. »Neben den Emiren, die Euch gern zum Sultan gemacht hätten, gab es andere, die mich drängten, das zu tun, was auch Turan Shah vorhatte. Vielleicht hätte ich auf sie hören sollen.«

Die Angst in Roland wurde stärker.

Er suchte nach Worten.

»Das französische Königreich ist sehr groß und sehr schwierig zu regieren, Emir Baibars«, erklärte er. »Und in zwanzig Jahren kann viel geschehen. Ich glaube nicht, daß wir Euch jemals wieder Ärger machen.«

Er hielt den Atem an.

Baibars blickte von Roland zu Ludwig und wieder zu Roland. »Na gut«, sagte er nach einer kurzen Pause. »Ich habe meiner Sultanin versprochen, den Pakt zu ehren, den ich mit Euch geschlossen habe. Sie hat Euch in ihr Herz geschlossen. Ihr Franzosen mögt Euch dessen nicht bewußt sein, doch Ihr seid von zwei Frauen gerettet worden, von der Sultanin und von Königin Marguerite.«

Roland atmete auf. Der Augenblick der Gefahr schien vorüber. Er entspannte sich ein wenig. *Drei* Frauen, dachte er, Nicolette hat auch dazu beigetragen.

Baibars nahm eine Schriftrolle aus seinem Gürtel und reichte sie Roland. »Lest das Eurem König vor. Einer unserer Poeten hat es für diese Gelegenheit geschrieben.«

Die Schriftrolle bestand aus schwerem ägyptischen Papier, gefertigt aus dem Schilfgras, das am Ufer des Nil wuchs. Es war cremefarben, bedeckt mit den kalligraphischen, von rechts nach links verlaufenden Federstrichen der arabischen Buchstaben. Den Inhalt der grausamen Worte begreifend, wünschte er sehr, sie nicht aussprechen zu müssen, doch als er zu Baibars aufblickte, sah er in dessen diamanthartem Blick den Befehl, sie laut zu übersetzen.

»Überbringt dem Herrn der Franzosen diese Worte.
Die niedergeschrieben wurden von der Hand der Wahrheit.
Möge Allah Euch dafür belohnen, daß Ihr selbst die
Anhänger Jesu Christi, Eures Messias, in die Vernichtung geführt habt.
Ihr dachtet, Ihr könntet Ägypten beherrschen – Ihr glaubtet,
Hier nur Trommeln voller Luft anzutreffen.
Und Ihr habt Eure Krieger ans Tor des Todes geführt,
Wo das Grab weit geöffnet war.

Fünfzigtausend Eurer besten Männer, wo sind sie?
Tot, verwundet und gefangen!
Falls Ihr vorhabt, wieder nach Ägypten zu kommen:
Seid versichert, daß der Palast des Emirs auf Euch wartet,
mit seinen Ketten und seinen Eunuchen-Wächtern.
Möge Gott Euch gnädig sein,
Trotz alledem, was Ihr vollbracht habt.«

Roland blickte auf, als er geendet hatte und sah Tränen in Ludwigs Augen.

»Euer Poet hat recht, Emir Baibars«, bekannte Ludwig. »Ich brauche Gottes Gnade mehr als irgendein anderer Mensch.«

»Es ist wahr, Ihr seid ein heiliger Verrückter«, sagte Baibars. Er lachte. »Ihr solltet Prophet sein, nicht König.«

»War Euer Prophet nicht auch ein Herrscher über die Menschen?« fragte Ludwig.

Baibars schüttelte den Kopf. »Das bedeutet noch nicht, daß normale Menschen wie Ihr oder ich beides sein können. Niemand darf sich mit dem Propheten vergleichen.«

Er winkte einen Krieger herbei. Der brachte ein langes Bündel, eingehüllt in Seide. »Erlaubt mir, Euch ein weiteres Abschiedsgeschenk zu überreichen, König der Franzosen. Eines, das weniger bitter für Euch sein dürfte, als das Gedicht.« Baibars rollte das Tuch feierlich auseinander. Es war die Oriflamme.

Ludwig preßte das Banner an sein Herz. Er weinte und küßte die scharlachrote Einfassung. »Ich danke Euch, ich danke Euch. Ich fürchtete, es nie wiederzusehen. Möge Gott Euch für Eure Freundlichkeit belohnen.«

»Hütet Euch davor, es jemals wieder hierher in eine Schlacht zu führen«, sagte Baibars brüsk. »Möge Allah Euch die Gnade gewähren, die Ihr erhofft.« Er verneigte sich, wandte sich um und ging.

Roland blieb an Ludwigs Seite, als er mit der Oriflamme in seinen Armen in Richtung der genuesischen Galeere ging, die auf der Sandbank darauf wartete, daß er an Bord kam. Mamelucken-

Offiziere begleiteten sie. Roland hörte jemanden an Deck der Galeere pfeifen, und in Sekundenschnelle war die Reling von genuesischen Bogenschützen gesäumt, die ihre Waffen auf die Mamelucken richteten.

»Die Genueser wollen offensichtlich nicht riskieren, mich in letzter Minute zu verlieren«, meinte Ludwig mit einem Lächeln. »Schließlich wollen sie sichergehen, daß sie für ihre Dienste auch bezahlt werden.« Am Rande der Planke, die die Seeleute für ihn an den Strand geschoben hatten, blieb er stehen. »Ich habe Baibars versprochen, auf diesem Boot zu warten, bis das Geld gezählt ist. Geht bitte zurück in das Zelt und überwacht die Arbeiten.« Roland fiel auf die Knie, küßte Ludwigs Hand und verließ ihn.

Im Zelt stellte Roland fest, daß das Zählen des Silbers begonnen hatte. Eine solch große Anzahl an Münzen sollte nach Gewicht gemessen werden, sonst mußten die Kreuzritter noch hier bleiben, bis der Nil wieder Hochwasser führte. Er beobachtete, wie die Lombarder fünfzig Silbermünzen in die Schale einer großen Waage zählten, während die Ägypter sorgfältig Gewichte in die andere Schale legten, bis die Waage im Gleichgewicht war. Danach warfen die Lombarder die Geldstücke in eine Truhe und warfen, ohne zu zählen, mehr Münzen in die nun leere Waagschale, bis die Schalen ausbalanciert waren. Selbst diese Prozedur, das wurde Roland klar, konnte Tage dauern.

Sire Jean de Joinville und Sire Philippe de Nemours waren ebenfalls anwesend und begrüßten Roland freudig. Die drei würden der Zählung als Vertreter des Königs beiwohnen und machten es sich auf Stühlen hinter den ägyptischen Schreibern gequem.

Joinville knotete ein Tuch auf und holte ein bunt bemaltes Ei hervor. Er gab es Roland. »Die Mamelucken haben uns welche geschenkt, bevor wir das Gefängnisschiff verließen. Sie sagten, es wäre unehrenhaft für sie, würden sie uns nicht füttern, bevor sie uns entließen. Die Malerei auf den Eiern sei ihre Geste, uns zu ehren. Ein angenehmer Brauch, nicht war?« Das Ei war hartgekocht. Roland, der an diesem Tag noch nichts gegessen hatte, schälte die hübsch bemalte Schale mit Bedauern ab.

Der weißbärtige Templer winkte Roland heran und zog ihn dann aus dem Zelt.

»Ich habe für Euch eine Nachricht von einem alten Freund«, sagte er in gedämpftem Ton.

»Von wem?«

»Von unserem Bruder Giudo.«

Rolands Herz hämmerte, als er sich daran erinnerte, wie Guido nach draußen zum Henker gebracht wurde.

»Ich war bei Guido, kurz bevor sie ihn töteten«, sagte Roland.

»Guido ist nicht tot«, erwiderte der Templer entschieden. »Und er möchte, daß Ihr das wißt.«

Roland erschauderte. War dieser Tempelritter verrückt, oder wollte er ihn mit diesem frommen Gerede trösten?

»Wie meint Ihr das?« fragte er scharf.

»Wir haben unsere Verbündeten, sogar unter den Sarazenen«, kam die Antwort. »Für Guido war es an der Zeit, eine neue Identität anzunehmen. Als er Euch verließ, wurde er zu den Ismaeliten gebracht. Wißt Ihr über sie Bescheid?«

»Sie sind die Anhänger des ›Alten Mannes vom Berg‹. Auf dessen Befehl haben sie auf geheimnisvolle Weise Könige und Fürsten getötet und ihren Geist mit Zaubertränken verwirrt. Was kann Guido mit solchen Meuchelmördern gemein haben?«

Der Tempelherr lächelte. »Ihr wißt nur, was ihre Feinde über sie verbreiten. Sie töten nur Tyrannen und Peiniger. Aber sie töten nicht die Brüder des Tempelordens.«

Roland fiel wieder der Pfeil ein, der Hugues de Gobignons Leben beendet hatte, und er schwieg.

»Und was das betrifft, hat Euch Bruder Guido nicht erzählt, daß es viele Wege gibt, das Licht zu schauen?«

»Doch«, bekannte Roland zögernd.

»Deshalb solltet Ihr kein endgültiges Urteil fällen, wenn Ihr noch nicht alles wißt«, belehrte ihn der Templer. »Ich habe Euch dies nur erzählt, weil Guido glaubte, man könne Euch trauen. Ihr dürft es niemandem eröffnen, nicht einmal Eurer Dame.«

»Das habe ich Guido bereits geschworen. Kann ich ihn sehen?« fragte Roland neugierig. Guido war am Leben!

Der weißbärtige Tempelherr schüttelte den Kopf. »Er bat mich, Euch zu erklären, daß er weiter im Osten viel zu tun hat. Da gibt es manch Wissenswertes zu erfahren und Wissen zu vermitteln. Vielleicht werdet Ihr eines Tages selbst gen Osten ziehen und ihn dort treffen.«

Roland blieb stumm, erinnerte sich an Guido. Was war das nur für ein großer Mann. Und ein guter Freund!

Also hielten die Templer Verbindung zu den Ismaeliten, den sogenannten *Maschischiya*, und die Katharer zu den Templern. Würde er sich jemals in diesem Netz von Geheimbünden auskennen, das sich unter der Oberfläche über die ganze Erde auszubreiten schien, wie die Wurzeln eines großen Baumes?

»Ich danke Euch, Bruder Templer, daß Ihr mir diese freudige Botschaft gebracht habt. Wenn Ihr Guido wiederseht, erzählt ihm bitte, daß ich das Lied schreibe, um das er gebeten hat.«

»Ihr werdet von uns hören, wenn Ihr nach Frankreich zurückgekehrt seid.«

Zusammen kehrten sie in das Zelt zurück, in dem immer noch gezählt wurde.

Möge dies mein letzter Blick auf Ägypten sein, dachte Roland, während er neben Ludwig am Heck der Galeere stand und beobachtete, wie der braungrüne Küstenstreifen im Licht der untergehenden Sonne schmaler und schmaler wurde.

Ludwig seufzte schwer. »Was habe ich falsch gemacht, Roland? Ich glaubte, ich hätte eine Vision. Ich war überzeugt, daß wir die Herrschaft Christi in Jerusalem wiederherstellen könnten, daß Gott uns ein neues Land geben würde. Ich dachte tatsächlich, daß Gott mich erwählt hätte, diese Welt aus einem Tränental in einen Ort der Glückseligkeit zurückzuverwandeln. Ich war ein anmaßender Tor! Jawohl, und Gott will, daß ich so leide, wie ich jetzt leide. Der Verlust all dieser Menschenleben muß die Strafe dafür sein, daß ich daran geglaubt hatte, die Bestimmung der Menschen ändern zu können.«

Roland war wie vom Donner gerührt, über die Ausmaße von Ludwigs Vision. Er hatte nicht angenommen, daß irgend jemand einen solchen Traum haben könnte. Doch dann erinnerte er sich an seinen Schwur von Mont Ségur und dachte, daß auch er die Welt hatte verändern wollen.

»Sire, eine solche Vision gehabt zu haben ist mehr, als den meisten Menschen bestimmt ist. Der Versuch, sie zum Erfolg zu führen, ist alles, ob er gelingt oder nicht. Ihr mögt nach wie vor dazu ausersehen sein, eine solche neue Welt zu erschaffen, vielleicht nicht durch die Rückeroberung Jerusalems, sondern dadurch, daß Ihr versucht, in Eurem Königreich ein neues Jerusalem zu bauen.« Dabei kann ich ihm helfen, denn dies ist ein Traum, den ich von ganzem Herzen mit ihm teilen kann.

Ludwig stützte sich auf die Reling, um das Schlingern des Schiffes auszugleichen. »Ihr wißt, daß Baibars mir sicheres Geleit nach Jerusalem versprochen hat, so daß ich die Heilige Stadt wenigstens sehen kann, bevor ich nach Hause segle.«

»Werdet Ihr gehen, Sire?«

»Nein«, entgegnete Ludwig traurig. »Ich bin es nicht wert, auf das Jerusalem, das ich nicht befreien konnte, auch nur einen Blick zu werfen. Wie Baibars' Dichter sagte: Alles, worauf ich hoffen kann, ist, daß Gott mir gnädig ist, mir vergibt wegen all der Menschen, die ich in den Tod geführt habe.« Er legte eine Hand auf Rolands Schulter. »Ich möchte, daß Ihr mir die Übersetzung dieses Gedichts niederschreibt. Ich habe vor, sie für den Rest meines Lebens jeden Tag zu lesen, als eine Strafe, die mich daran erinnern soll, demütig zu sein.«

Abgesehen von seinen Irrtümern, steht hier einer der besten lebenden Menschen, dachte Roland. »Jawohl, Sire, das werde ich tun.«

»Und ich möchte auch, daß Ihr ein Gedicht für mich schreibt.

Eine Antwort, falls das möglich ist. Erklärt, warum dieser Kreuzzug scheiterte. Sagt, wo ich gefehlt habe! Erzählt, warum Gott dies geschehen ließ.«

Roland war entsetzt.

»Sire, Ihr erwartet mehr, als einem armen Poeten wie mir möglich ist. Ich kann Gottes Willen nicht erklären.«

Nun legte Ludwig beide Hände auf Rolands Schultern. »Nachdem dieser ägyptische Dichter mein Herz zu brechen vermochte, könnt Ihr versuchen, es zu heilen.«

»Ich werde es versuchen, Sire.«

Der Wind zerwühlte Ludwigs schütter werdendes Haar. Dies ist das erste Mal nach fast einem Jahr, dachte Roland, daß wir hier draußen auf dem Wasser ein kühles Lüftchen spüren.

Etwas an Deck erregte Ludwigs Aufmerksamkeit. »O Gott!«

»Was ist geschehen, Sire?«

»Zu einer Zeit wie dieser!« rief er aus.

Er eilte zu der Treppe, die zum Hauptdeck hinunterführte und kletterte sie hinab.

Roland sah Charles von Anjou an einem Tisch neben dem Hauptmast sitzen. Ihm gegenüber erkannte er Sire Jean de Joinville und zwischen beiden ein Backgammon-Brett.

Ludwig stürzte sich auf seinen Bruder. »Wie könnt Ihr es wagen?« schrie er. »Ihr wißt doch, daß Spielen eine Sünde ist. Und gerade an diesem Tag solltet Ihr an Robert denken und an all unsere Toten! O mein Gott, vergib uns allen!« Ludwig sank auf die Knie, warf die Arme um die polierten Eichenmasten und brach in ein krampfhaftes Schluchzen aus. Der Ausdruck des Leidens auf seinem Gesicht glich einem gekreuzigten Christus.

Roland wollte gerade zu ihm gehen, als jemand an ihm vorbeihuschte. Marguerite. Sie kniete neben ihrem Gemahl nieder. Ludwig wandte ihr sein schmerzverzerrtes Antlitz zu. Er nahm sie in die Arme, und sie knieten dort lange nebeneinander.

Roland wandte sich um und sah, daß auch Nicolette an Deck gekommen war. Sanft zog sie ihn in Richtung Heck, fort von Ludwig und Marguerite.

Kaum waren sie allein, wollte Roland sie endlich in seine Arme schließen.

»Noch nicht, Roland.« Sie hob warnend die Hand. »Wir müssen uns benehmen, wie es sich geziemt.«

Ritterlich nahm er ihren Arm. »Kommt und laßt uns zum Achterdeck gehen.«

Dort standen sie, schauten auf das vom Schiff aufgewühlte Meer, spürten die Brise, die die Galeere von Ägypten wegtrieb und ihre Gesichter kühlte. Die Küste Afrikas war nur noch ein feiner schwarzer Streifen zwischen dem violetten Himmel und der See.

»Alle Männer, die ich mitbrachte, sind tot«, sagte Roland, »und ich trauere genauso um meine paar Leute wie Ludwig um seine Männer, die nach Tausenden zählen.«

Sie legte ihre Hand tröstend auf seinem Arm.

»Roland, es ist für mich immer noch nicht ganz faßbar, frei zu sein von Amalric, Ägypten hinter mir zu lassen und mit Euch zusammenzusein. Ich kann mir nicht vorstellen, wie unser Leben weitergehen wird. Könnt Ihr es?«

»Ich möchte im Languedoc leben und alles tun, um unser Land wiederaufzubauen. Ihr werdet Eure Kinder bei Euch haben, selbst wenn wir gegen Amalrics Familie kämpfen müssen, um sie zu bekommen.«

Ihr Druck auf seine Hand wurde stärker. »Ja, Roland, ich möchte sie zurückhaben. Ich habe sie so sehr vermißt.« Sie bettete den Kopf an seine Brust. »Simon – er ist noch so klein. Er braucht uns.«

Er legte den Arm schützend um ihre Schultern. »Der König wird uns helfen.«

»Wir können auf unserem Familiensitz wohnen«, sagte sie. »Wird es Euch gefallen, als Herr dort einzuziehen?«

»Ich weiß noch nicht, was mir gefallen wird«, antwortete er und zog sie fester an sich. »Was ich getan habe, seit ich Euch begegnete, tat ich im Namen der Liebe und wegen eines Schwures, den ich den Märtyrern von Mont Ségur geleistet hatte. Dieser

Schwur ist noch nicht voll erfüllt. Er ist ein Teil von mir. Doch ich kann nicht alle Mörder überwältigen, und ich kann nicht die gesamte Menschheit ändern. Ich kann jedoch Lieder schreiben. Ich glaube, daß Lieder am Ende mehr bewirken werden als alle Schwerter dieser Welt.«

Ja, dachte er, so könnte das Lied anfangen, daß ich für den König schreiben soll. Der Kreuzzug ist das Ziel an sich. Ob wir ankommen oder nicht: wir haben uns aufgemacht zum Licht, zu Gott.

Es war schlagartig dunkel geworden, wie es in diesen Breiten so war. Niemand würde sie hier am Heck der Galeere sehen können. Er drückte Nicolette fest an sich.

Dabei schaute er auf zu den Sternen, die einer nach dem anderen aufleuchteten, und flüsterte ihr ins Ohr: »Alles ist Licht.«

Historischer Anhang

LUDWIG IX (der Heilige): Nachdem die Mamelucken ihn freigelassen hatten, blieb er bis 1254 im Mittleren Osten, um die Fürstentümer der Kreuzfahrer zu stärken und zu einen. Er sah seine Mutter, die Königin Blanche, nicht wieder. Sie starb 1252, während Ludwig noch mit den schwierigen Vertragsverhandlungen mit dem Sultan von Kairo und Damaskus beschäftigt war. Es dauerte zwei Jahre, ehe Ludwig seine Aufgabe jenseits des Meeres als beendet ansah und nach Frankreich zurückkehrte.

Er verfügte über einen ausgeprägten Gerechtigkeitssinn, verbot Streitprozesse und erließ ein Gesetz, nach dem die Familie eines Ermordeten vierzig Tage warten mußte, bevor sie Rache nehmen durfte.

1256 machte Ludwig dem verhaßten Enguerrand de Coucy den Prozeß, weil er drei junge Stallmeister des Königs ohne Verhandlung hatte hinrichten lassen, denen vorgeworfen worden war, in seinen Wäldern gewildert zu haben. Coucy, unterstützt von den meisten der großen Fürsten des Königreiches, verweigerte ihm den Gehorsam, doch Ludwig setzte sich gegen den Widerstand des Adels durch. Enguerrand wurde verurteilt, 12000 Livres zu zahlen, von denen ein Großteil dafür verwendet wurde, zahlreiche Seelenmessen für die Getöteten zu bezahlen.

Ludwigs Ruf, ein gerechter Mann zu sein, führte dazu, daß er gebeten wurde, überall in Europa Streitigkeiten zu schlichten. Er vermittelte zwischen den Herzögen von Lothringen und Burgund, zwischen den Königen von Ungarn und Polen und zwischen dem König von England und seinen Fürsten.

Das tragische Ende seines fehlgeschlagenen Kreuzzuges lastete auf Ludwig und machte ihn zu einem wesentlich melancholischeren Menschen, als er es in seiner Jugend gewesen war. Er hielt das Baibars gegebene Versprechen und wartete genau zwanzig Jahre, ehe er einen weiteren Kreuzzug zusammenstellte. Dieser erwies sich als noch unpopulärer, als es der erste gewesen war, und selbst so treue Kameraden wie Joinville weigerten sich, mit ihm zu ziehen.

Ludwigs Bruder Charles hatte es zu diesem Zeitpunkt geschafft, sich zum König von Neapel und Sizilien ausrufen zu lassen und träumte von einem geeinten mediterranen Reich. Deshalb überredete er Ludwig, einen weit ehrgeizigeren Versuch zu unternehmen, das Heilige Land zu befreien und Tunis in Nordafrika zu belagern. Die Moslems blieben in der Sicherheit ihrer Wallanlagen, während sich unter den Soldaten der französischen Armee ein Fieber ausbreitete. Ludwigs einst in Damietta geborener Sohn erlag dem Fieber. Am 12. August 1270 starb Ludwig auf einem Aschenbett, auf dem er Buße tun wollte.

Charles ließ die Leiche seines Bruders in Wein kochen, um das Fleisch von den Knochen zu lösen. Die Knochen wurden in die Abtei von Saint-Denis (nahe Paris) überführt, dem traditionellen Begräbnisplatz der französischen Könige, während das Herz und die sterblichen Überreste in die große Kathedrale von Monreale nach Palermo, in Charles' Königreich Sizilien, gebracht wurden. 1297 wurde Ludwig von der katholischen Kirche heiliggesprochen. Er war der einzige König Frankreichs, dem diese Ehre widerfuhr – eine Ehre, die ihn vielleicht peinlich berührt hätte.

BAIBARS: Er erreichte sein Ziel, auch den letzten Christen aus dem Mittleren Osten zu verjagen, nicht ganz. Dafür gelang ihm vieles andere. Am 3. September 1260 gewann Baibars an der Goliathsquelle, nahe Nazareth, eine historische Schlacht. Er schlug die Mongolen erstmals nach dem Aufstieg von Dschinghis Khan und rettete damit den Islam vor der Mongolenherrschaft. Als der Sultan von Kairo ihn dafür nicht entsprechend belohnte, tötete er ihn und ernannte sich selbst zum Sultan.

Nun wandte Baibars seine Aufmerksamkeit den Christen zu und begann systematisch Festung für Festung an der Küste von Palästina und Syrien zu erobern – Caesarea, Jalla, Tripolis, Beaufort, Antiocheia, Krak des Chevaliers und Belvoir. Bevor er den Plan, die Kreuzfahrer auszurotten, vollenden konnte, starb er 1277 ganz plötzlich, als er in Kairo weilte. Einige behaupteten, er sei vergiftet worden, andere meinten sogar, er habe versehentlich das Gift getrunken, das er für einen seiner Feinde habe mischen lassen. Doch dazu war Baibars sicher zu schlau.

1291 fiel die Kreuzfahrerstadt Akkon an Baibars' Nachfolger al-Ashraf-Khalil. Damit war die Ära der Kreuzzüge beendet.

Die Mamelucken herrschten in Ägypten auch in den folgenden Jahrhunderten und setzten die Sitte fort, Sklavenjungen zu adoptieren und zu Kriegern zu erziehen. Erst 1798 brach wieder eine französische Armee in Ägypten ein, und die Mamelucken, in Erinnerung an die Niederlage Ludwigs des Heiligen, ritten gegen sie in Erwartung eines leichten Sieges. Doch die Welt hatte sich seitdem erheblich verändert. Bei der Schlacht an den Pyramiden schlug die französische Artillerie die Kavallerie der Mamelucken vernichtend, und das Land wurde in wenigen Wochen von einem General unterworfen, der fast so talentiert war wie einst Baibars: Napoleon Bonaparte.

DIE TEMPLER: Der Orden der Armen Ritter vom Tempel Salomons wurde 1120 in Jerusalem von sechs Rittern, angeführt von Hugues de Payns aus der Champagne, gegründet. Seine Aufgabe war, die Routen der Pilgerfahrten ins Heilige Land zu sichern. Bis zur Mitte des dreizehnten Jahrhunderts nahm der Tempelorden eine außergewöhnliche Machtstellung ein, besaß Hunderte von Kommandozentralen überall in Europa und im Mittleren Osten. Könige und Adlige übereigneten den Templern riesige Ländereien. Sie entwickelten ein Banksystem, und der französische Thronschatz wurde in ihrem Pariser Tempel bewacht. Der Großmeister der Templer war fast ein Alleinherrscher mit einem eigenen Reich.

Die Tempelritter besaßen Festungen im Mittleren Osten, bis die Kreuzfahrer daraus vertrieben wurden. 1291 kämpften sie noch mehrere Tage im Tempel von Akkon weiter, nachdem die Moslem-Armee die Stadt erobert hatte. Danach verlegten die Templer ihr Hauptquartier nach Zypern.

Ihr enormer Reichtum war Philipp dem Schönen, dem Enkel Ludwigs des Heiligen, ein Dorn im Auge. Er wandte sich gegen die Tempelritter. In der Nacht zum Freitag, dem 13. Oktober 1307, ließ er nach einem Überraschungsangriff ihre Anführer in ganz Frankreich verhaften, einschließlich des Großmeisters Jacques de Molay, der zu einer Visite aus Zypern gekommen war. Die königlichen Ankläger warfen ihnen vor, daß das Aufnahmeritual der Templer verlange, Christus zu leugnen, das Kruzifix anzuspucken und das Hinterteil eines Ordensoberen zu küssen. Sie wurden ebenfalls der Sodomie angeklagt und der Verschwörung mit den Moslems. Ihre Geständnisse wurden durch Folter erpreßt, doch durch die Zusammenarbeit mit Papst Clemens V. gelang es Philipp IV., viele Templer auf dem Scheiterhaufen verbrennen oder zu lebenslänglicher Kerkerhaft verurteilen zu lassen. Der Orden wurde in ganz Frankreich ausgerottet und sein Vermögen von der Krone beschlagnahmt. Als Jacques de Molay 1314 verbrannt wurde, schrie er, daß Papst Clemens und König Philipp innerhalb eines Jahres ebenfalls tot sein würden. Es geschah in weniger als einem Jahr: König und Papst starben. Innerhalb von 14 Jahren waren alle direkten Nachfahren Philipps tot. Das Haus von Capet, das Frankreich seit dem zehnten Jahrhundert beherrscht hatte, war ausgelöscht, und der Thron ging an die Familie Valois.

Historiker streiten nach wie vor darüber, ob die Anklagen gegen den Tempelorden gerechtfertigt waren. Einige vermuten, daß die Templer dem gnostischen Glauben anhingen, andere, daß es innerhalb des Tempelordens einen Orden gab, dessen Geheimnisse nur der innere Zirkel kannte. Die Tempelritter sollen angeblich Vorgänger der Freimaurer gewesen sein.

Während der Französischen Revolution wurde Frankreichs

letzter König, Ludwig XVI., im Pariser Tempel gefangengehalten und von dort zur Guillotine geführt.

DIE KATHARER: Der Khatarismus hat seine Wurzeln bei so primitiven christlichen Sekten wie den Gnostikern, die lehrten, daß die direkte Kommunikation mit Gott jedem Menschen möglich sei, und bei den Manichaern, die glaubten, daß Gott und das Böse im Universum gleich mächtig seien. Weil der Katharismus im Osten Europas entstanden war, waren die Katharer auch als »Bougrea« oder »Bogomilen« bekannt. Von *Bougre* abgeleitet, wurde der englische Begriff für Analverkehr, »buggery«, da die Katharer der Unterstützung der Homosexualität bezichtigt wurden.

Die Katharer breiteten sich während des 12. Jahrhunderts im Languedoc aus und hatten zu Beginn des 13. so viele Anhänger, daß Papst Innocenz III. begann, gegen sie vorzugehen. Er befahl dem später heiliggesprochenen Bruder Dominic de Guzman, den Orden der Prediger zu gründen und das Languedoc zu bekehren. 1209 rief der Papst einen Kreuzzug gegen die Katharer aus, indem er sie als ein schlimmeres Übel als die Sarazenen bezeichnete. Angezogen sowohl von der Möglichkeit, sich die reichen Ländereien von Südfrankreich anzueignen, wie von dem Verlangen, eine fremde Religion zu bekämpfen, fielen Fürsten und Herzöge aus ganz Europa unter der Führung von Simon de Montfort im Languedoc ein. Katholiken und Katharer vereinigten sich gegen die Angreifer, aber sie wurden überwältigt. Der Kreuzzug endete offiziell 1229, als Raymond VII., Graf von Toulouse, sich in Paris Königin Blanche und dem Dauphin Ludwig unterwarf.

Von da an besetzten französische Armeen das Languedoc, und die Inquisitoren, die in der Mehrzahl Dominikaner waren, fuhren fort, die fremde Religion zu verfolgen. Mitte des 14. Jahrhunderts waren die Katharer so gut wie ausgerottet. Doch die religiösen Meinungsverschiedenheiten dauerten an und schufen schließlich die Voraussetzungen für die Reformation.

Danksagung

Bei der Abfassung dieses Buches haben mir zahlreiche Personen in unterschiedlichster Weise geholfen. Ganz besonders gilt mein Dank Jeanne Bernkopf, Bernadette Bosky, Frances C. Bremseth, Gerald Bremseth, Ric Erickson, Christine Hayes, Dave Hickey, Dr. Joseph R. Kraft, Mary Kaye Kraft, Neal Rest, Michael Erik Shea, Morrison Swift, Robert Anton Wilson und Al Zuckerman.

M. M. Kaye

M. M. Kaye
Die Spur führt nach Berlin
8352

M. M. Kaye
Es geschah auf Zypern
6749

M. M. Kaye
Tod in Kenia
6682

M. M. Kaye
Tod in Sansibar
6648

M. M. Kaye
Vollmond über Kaschmir
6842

M. M. Kaye
Nacht über den Inseln
9106

GOLDMANN